KB272720

그대에게
퐁당

그대에게 퐁당

초판 1쇄 찍은 날 ｜ 2018년 8월 31일
초판 1쇄 펴낸 날 ｜ 2018년 9월 04일

지은이 ｜ 정예인
펴낸이 ｜ 서경석

편 집 책 임 ｜ 조윤희
편　　　집 ｜ 이예진
디　자　인 ｜ 최진실

펴 낸 곳 ｜ 도서출판 청어람
등록번호 ｜ 제387-1999-000006호
등록일자 ｜ 1999. 5. 31
어람번호 ｜ 제5-474호

주소 ｜ 경기도 부천시 부일로 483번길 40 서경B/D 3F
　　　 (우) 14640
전화 ｜ 032-656-4452 팩스 ｜ 032-656-4453
http://www.chungeoram.com
E—mail ｜ chungeorambook@daum.net

ⓒ 정예인, 2018

ISBN 979-11-04-91809-4　03810

Chungeoram romance novel

그대에게 퐁당

정예인 장편소설

도서출판 청어람

목차

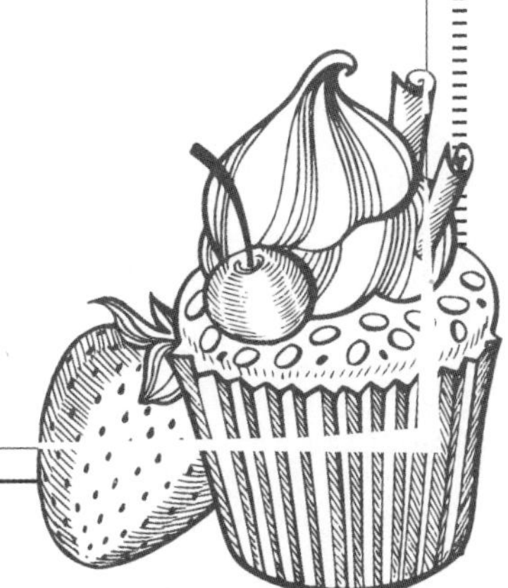

프롤로그 I

전국 고등학생 미술 실기 대회 대상

주 하 나

그렇게 새겨진 트로피에 세상 모든 게 제 것 같던 열아홉 시절이었다. 그러나 그 트로피를 들고 집으로 돌아온 순간부터 물 흐르듯 잔잔하던 하나의 세상은 거꾸로 돌아가기 시작했다.

"지금…… 여기서 뭐 하시는 거예요?"

한시라도 빨리 집에 도착해 가족들에게 트로피를 자랑할 생각이었다. 그런데 집 앞에는 난생처음 맞닥뜨리는 한 무리의 인파가 진을 치고 있었다.

살벌한 표정으로 대답 없는 초인종을 연신 부서져라 눌러대는 이들의 행태에 그만 기가 눌린 하나는 개중 그나마 인상이 나아 보이는 중년의 여인을 붙잡고 물었다. 그러나 돌아온 것은 쌀쌀

맞기 짝이 없는 반문이었다.

“그러는 학생은 누군데?”

“뭐야, 이름이…… 주하나?”

“주 씨면 혹시 이 집 딸 아니야?”

교복 앞자락에 달린 명찰을 발견한 누군가의 음성이 서릿발처럼 허공을 갈랐다. 거짓말 같은 건 모르고 자란 귀한 집 딸답게 하나는 엉겁결에 고개를 끄덕였다.

“여기 저희 집 맞는데……. 누, 누구세요 다들?”

그 순진무구한 대답에 시끌벅적하던 인파 사이로 일순간 찬물을 끼얹은 듯한 정적이 흘렀다. 날이 시퍼렇게 선 반응이 되돌아오는 데에는 그리 오랜 시간이 걸리지 않았다.

“주 사장 딸? 야! 잡아!”

이미 본능적으로 주춤거리며 뒷걸음질을 치고 있던 하나는 그 외침에 아예 돌아서서 사력을 다해 달아나기 시작했다. 몇몇 날쌘 이들이 빠르게 뒤를 쫓는 기척이 뒤통수를 때렸다.

“야! 너 거기 안 서?”

손아귀에서 미끄러진 트로피가 낙하와 동시에 와장창 부서졌다. 그렇지만 하나는 젖 먹던 힘을 다해 달리고 또 달렸다. 금방이라도 잡힐 것 같은 두려움에 심장이 터질 듯 쿵쾅거리고 숨이 턱까지 차올랐지만 멈추는 순간 끝장이라는 걸 본능이 먼저 알았다.

그러나 머리와 다르게 다리는 점점 물을 잔뜩 먹은 솜처럼 느려지고 있었다. 게다가, 이제는 코앞에 막다른 골목까지 보였다.

“너 잡히기만 해! 어?”

쫓아오는 이들의 아우성이 확성기로 증폭시키기라도 한 듯 귓가에 왕왕 울리기 시작한 순간이었다. 오른쪽 발에서 운동화가 벗겨지며 하나는 앞으로 쭉 미끄러졌다.

"악!"

그대로 넘어지기 직전, 옆에서 불쑥 뻗어져 나온 누군가의 팔이 재빨리 하나를 끌어당겼다. 종이 인형처럼 맥없이 어두운 골목으로 끌려 들어가자마자 타닥타닥 쫓아오는 이들의 발소리가 한층 가까워졌다.

"아, 씨. 뭐야? 없잖아?"

"더 도망갈 구석도 없는데 그새 어디로 튀었지?"

험악한 음성에 온몸이 오들오들 떨려왔다. 그러나 폭주하듯 쿵쾅거리는 심장 박동보다 한층 더 가까운 곳에서 들려온 건 낯선 이의 숨소리였다. 제 팔을 움켜쥔 이질적인 손길에 반사적으로 소리를 지르려던 순간, 낮은 음성이 한발 앞질러 하나의 귓가를 울렸다.

"쉿."

그 나직한 목소리에 하나는 목구멍까지 차오른 비명을 가까스로 삼켜냈다. 하지만 뒤를 쫓아온 이들은 여전히 바로 앞 골목을 배회하는 중이었다.

"여기 가만히 있어요."

들릴 듯 말 듯 속삭인 남자가 골목 밖으로 걸어 나갔다. 하나는 스스로 입을 틀어막아 숨을 죽인 채 바깥의 동정에 온 신경을 집중했다.

"거기 학생, 그 근처에서 여고생 하나 못 봤어? 머리 좀 길고 예쁘장하게 생겼는데."

"못 봤습니다."

“정말 못 봤어?”

“골목 나오는 내내 이쪽에서 오는 사람은 아무도 없었습니다.”

남자의 침착한 대답에 낭패라는 듯 여기저기에서 살벌한 욕설이 터져 나왔다. 잡히면 정말로 죽을 수도 있을 것 같았다.

무리가 여기저기로 흩어지는 소리가 들리는데도 조금도 안심이 되지 않아 하나는 제자리에 못 박힌 듯 서 있었다. 어느 순간 정신을 차려보니 골목으로 되돌아온 남자가 눈앞에 보였다.

“괜찮아요?”

대답을 하기는커녕 숨도 제대로 쉬지 못하는 하나를 본 남자가 무릎을 굽혀 앉았다. 그의 손에는 아까 하나의 발에서 벗겨져 날아간 운동화 한 짝이 들려 있었다.

말없이 운동화를 신겨준 남자가 몸을 일으키려던 순간이었다. 얄궂게도 하나의 휴대폰이 정적을 깨고 울리기 시작했다.

“저쪽이다!”

그와 동시에 아직 이 근방에 남아 있던 패거리의 외침이 좁은 골목 안으로 날아들었다. 설핏 굳은 남자의 표정에 또다시 머릿속이 새하얘지려는데, 민첩하게 하나의 손을 잡은 그가 외쳤다.

“뛰어요!”

그 말이 채 귀에 박히기도 전에 하나는 어느새 남자의 손에 이끌려 반대편 골목을 향해 달리고 있었다. 또다시 수많은 이들의 함성이 뒤통수로 날아와 꽂히기 시작했다. 이미 기진맥진해 더 뜀박질할 기력도 없었으나 곁에서 저보다 더 목숨을 걸고 뛰고 있는 남자 덕분에 다리에 힘이 실렸다.

뒤를 쫓는 기척이 잦아들고 나서도 그들은 한참이나 더 달렸다. 남자가 이끄는 대로 이 골목 저 골목을 가로질러 주택가를

벗어나다 정신을 차리고 보니 어느덧 노을 지는 한강 다리 위에
서 있었다.

더 이상 쫓아오는 사람은 없었다. 그제야 걸음을 멈춰 세운 남
자가 그때까지 꽉 붙들고 있던 하나의 손을 놓았다.

"하아, 하아."

맺혔던 숨이 한꺼번에 터져 나오더니 그제야 맥이 탁 풀렸다.
다리는 후들후들 떨리고 머리는 온통 산발이었다.

허리도 제대로 펴지 못한 채 숨을 몰아쉬고 있는데 또다시 휴
대폰이 울렸다. 그 소리에 반사적으로 흠칫 몸을 떤 하나가 무슨
정신인지도 모른 채 휴대폰을 귓가에 가져다 대자마자 다급한 부
름이 새어 나왔다.

[하나야! 너 무사하니? 괜찮은 거야?]

"엄마…… 이게 다…… 무슨……."

[지금 어디니? 잡히지는 않은 거지?]

"엄마는…… 엄마는 지금 어디 있어? 아빠랑 다애는? 우리 집
은, 어떻게 된 거야? 집까지 찾아온 사람들은 누구야……. 대체
갑자기 이게 다 무슨 일인데."

[하나야. 우리, 이제 그 집으로 못 돌아가.]

"왜…… 왜 못 가는데?"

[아빠 회사, 부도났어.]

휴대폰을 간신히 붙들고 있던 하나의 손이 아래로 툭 떨어졌
다. 상을 받고 잔뜩 우쭐해 있던 오전의 풍경이 아주 까마득한
과거처럼 느껴졌다.

누군가가 '이건 몰래 카메라야!'라고 말해주길 기다렸지만 달
라지는 건 아무것도 없었다. 갑작스레 닥친 현실만 감당이 되지

않는 무게로 하나의 어깨를 짓눌렀다. 가까스로 난간을 짚고 기대자 넘실대는 강물이 코앞으로 밀려들었고 곧이어 머릿속이 핑그르르 돌았다.

"아, 꿈이 아니라 현실이잖아."

고요하지만 어두운 강물이 시야를 가득 메꾸자 곧바로 느껴지는 이 어지러움은 분명 실제다. 그와 동시에 지금 이 순간을 기다렸다는 듯 두 눈에서 주르륵 눈물이 흘러내렸다.

차가운 강물에 스스로 몸을 던져 목숨을 버리는 사람들은 도대체 얼마나 절박할까 하는 상상을 하곤 했다. 하지만 그건 어디까지나 스스로가 아닌 철저히 타인의 사정일 뿐이었다. 분명 그랬는데, 어느새 자신이 그 이야기 속 주인공이 되어 있었다. 고작 열아홉 고등학생이 통감하는 심정이라고 하기에는 우습지만 지금, 하나는 모든 걸 잃은 기분이었다.

질끈 감았던 눈을 뜨고 금방이라도 작은 몸을 집어삼킬 듯한 강물을 쳐다본 순간 현기증이 일며 눈앞이 핑 돌았다. 본능적으로 몸을 지탱해야겠다는 생각이 들었으나 눈 깜짝할 찰나에 난간을 짚고 있던 손이 균형을 잃고 미끄러져 허공에서 허우적거리고 두 다리가 땅에서 붕 떠올랐다. 유난히 길었던 하루의 기억들이 슬로모션처럼 느리게 지나가고 몸이 사정없이 휘청거리기 시작했을 때, 하나는 다시금 두 눈을 꼭 감았다.

이대로 세상을 하직하는구나 하는 무의식에 빠진 순간이었다. 옆에서 단단한 손길이 하나를 휙 끌어내렸다. 검푸른 강물이 아니라 포근한 감촉과 나른한 향기가 바르작거리는 몸을 휘감았다.

죽는 것치고는 이상하리만치 행복한 기분과는 대조적으로, 하나는 파르르 떨리는 눈꺼풀을 간신히 밀어 올렸다. 제일 먼저 눈에 들어온 건 엷은 갈색의 니트 위로 보이는 셔츠 깃이었다. 조금 더 시선을 끌어올리자 남자의 깊은 눈망울이 두 눈 가득 들어찼다. 그 순간.

"나 어떡해……."

꾹 참고 또 참았던 눈물이 터져 나왔고 하나는 끝내 엉엉 울고 말았다. 여전히 공포와 긴장으로 인해 덜덜 떨리는 손으로 남자의 옷깃을 꼭 쥔 채 세상이 떠나갈 듯 울었다. 무서움과 두려움, 안도감이 한꺼번에 밀려와 숨을 쉴 수가 없었다.

낯선 남자의 니트 자락이 온통 눈물로 젖어 들어갈 때까지 하나는 하염없이 울고 또 울기만 했다. 한참 지나서야 퍼뜩 정신이 들어 남자의 품에서 떨어지려는데, 그때까지 묵묵히 하나의 말을 듣고만 있던 그가 팔을 뻗어 어깨를 끌어당겼다.

따스하게 머리카락을 쓰다듬는 손길에 너무 놀란 나머지 하나는 일순간 숨을 쉬는 것조차 잊었다. 괜찮다, 다 괜찮다. 달래듯 흘러나온 낮고 부드러운 목소리에 거짓말처럼 마음이 녹았다.

"한강 쳐다보고 있으니까, 어때요?"

"네?"

"기분 묘하죠. 눈앞에는 강물이 소리 없이 흐르고 뒤에서는 차들이 끝도 없이 쌩쌩 지나다니고, 강 위로는 붉은 해가 지는데 보이지도 않는 바람은 무섭게 부니까."

"……."

"해가 지면 더 무서워요. 새까만 강물 쳐다보고 있으면 자기도 모르게 빨려 들어갈 것 같은 기분이 들어서. 괜스레 더 우울해져서 죽는다는 거 생각보다 별거 아니겠구나 싶죠."

"어떻게…… 그렇게 잘 아세요?"

"내가 그 나이에 늘 이곳에 와서 했던 생각이니까."

그 말에 다시금 놀란 하나는 두 번째로 눈물을 뚝 그쳤다. 그러나 그렇게 말하는 남자는 말의 뜻과는 어울리지 않게 평온한 얼굴을 하고 있었다.

"그런데 그런 결론을 내리기에는 아직 너무 이른 것 같아서, 그래서 살아요."

"세상이 다 끝난 것 같은 기분이 들면요?"

"그런 생각이 들어요?"

"내가 가진 것들이랑 헤어져야 하니까. 어제까지만 해도, 아니, 몇 시간 전까지만 해도 갖고 있던 것들을 이제는 가질 수가 없고, 앞만 보고 달려왔던 꿈도 이룰 수가 없게 되면 어떡해요?"

와장창 부서져 버린 트로피가 뒤늦게 마음에 사무쳤다. 10년이 넘게 그려온 꿈을 이제는 포기해야 한다는 걸, 누가 일러주지 않아도 하나는 직감적으로 느끼고 있었다. 그림은 열아홉 고등학생이 꿈꾸던 작은 세계의 전부였다. 전부였던 걸 잃었는데 그래도 죽을 용기로 살아가라는 말은 너무 무책임하다.

그걸 알았는지 잠시 무거운 표정으로 답을 미루던 남자는 한참이 지나서야 다시 느릿하게 입을 열었다.

"지금 죽지 않고 열심히 살아보기로 마음먹는다고 해서 별안간 세상이 다르게 보이지는 않아요. 마음을 고쳐먹고 죽을힘을 다해 아등바등 살아도 세상은 여전히 날 힘들고 버겁게 만드니까."

"……."

"그런데 한 가지 확실한 건, 적어도 그냥 그때 죽을 걸 그랬다고 후회한 적은 없다는 거죠. 그래도 늘 꿈은 꾸니까."

그렇게 말한 남자가 빙긋이 웃었다. 그 웃음에 하나는 저도 모르게 물었다.

"꿈이 뭔데요?"

"열심히 일해서 언젠가는 저쪽 동네에 내 가게를 여는 거."

다리 반대편을 가리킨 남자가 말했다. 하나가 사는 동네였다. 아, 이 남자가 지금 저쪽 동네 땅값이 하루가 다르게 천정부지로 치솟고 있다는 건 알고서 하는 소리인가? 기껏해야 아직 대학생인 것 같은데.

하지만 다음 이어진 말에 하나는 곧바로 그 생각을 잊어버렸다.

"그러니까 아무리 힘들어도 앞으로는 여기 오지 마요. 여기에서 있으면 이대로 죽어버려야겠다는 충동이 드는 거, 순식간이니까. 차라리 복수를 해요."

"무슨 복수요?"

"그야 물론, 죽어야겠다고 마음먹게 만든 현실을 향한 복수죠."

"……."

"세상은 생각보다 공평해요. 그러니까 잘 살아요. 그게 최고의 복수니까."

따스하게 다독여 주는 손길에 결국 하나는 처음 보는 이의 품에서 한참을 더 울었다. 괜찮다, 다 괜찮다. 그 말은 그 순간부터 스스로를 위한 주문이 되었다.

그리고 6년이라는 시간이 흘렀다.

프롤로그II

그라인더로 곱게 간 원두를 포타필터*portafilter*에 담고 탬퍼*tamper*로 꾹 누른다. 탬핑이 끝난 포타필터를 에스프레소 머신에 장착하고 버튼을 누르자 진한 커피가 떨어져 내렸다. 추출된 에스프레소 위에 거품을 낸 스팀 우유를 천천히 붓자 부드러운 라떼 향이 자그마한 가게 안에 그윽이 퍼져 나가기 시작했다.

"아, 그냥 사진만 한 번 보라니까?"

그 평화로운 분위기를 깬 건 정훈의 말이었다. 방금 막 자신의 앞에 놓인 커피는 거들떠보지도 않은 채 열변을 토하는 친구의 모습에 준수는 무덤덤한 목소리로 반문했다.

"결혼 정보 회사로 이직할 계획이야?"

"그러니까 미친놈아, 내가 생전 안 하던 중매쟁이 노릇까지 하고 있는데 그까짓 사진 한 번 봐주는 게 그렇게 어렵냐?"

"사진 본 다음에는 한 번만 만나봐라, 한 번 만난 다음에는 계속 잘해봐라 할 게 뻔하니까."

지극히 간단한 답변이었다. 게다가 정답이기까지 했다. 늘 태평한 노친네 같은 소리만 하면서도 서준수는 가끔 이렇게 아무렇지도 않은 얼굴로 정곡을 찔렀다.

순간적으로 대구할 말을 잃었으나 정훈은 다년간 쌓아 온 영업력을 방패 삼아 슬쩍 화제를 전환했다.

"너 서른이야, 인마. 그것도 벌써 절반이나 지났고. 언제까지 이렇게 돌부처처럼 살 건데?"

"그 정도 여유 없어."

"어련하시겠습니까."

"그럴 만한 시간도 없고."

"그렇지, 당연히 시간이 없지. 하루 12시간씩 일주일을 내리 일하는 넌데. 주 5일 시대가 도래한 지가 언젠데 뭐 이런 정신 나간 놈이……. 세 군데 이틀씩만 일하고 제과점은 하루 빼도 되잖아."

"이제 겨우 자리 잡았어. 아직은 안 돼."

"야, 하느님도 인간적으로 일주일에 하루는 휴업하셨다. 네가 무슨 아이언 맨이세요? 다른 사람들은 무슨 수를 써서든 일하지 않으려고 안달인데 이건 뭐 일 못 해서 죽은 귀신이라도 씌었나."

신이 서준수에게 강철 체력을 하사하신 건 그나큰 실수였다. 아니다, 그 미친 체력은 직종을 가리지 않는 화려한 아르바이트 경력에서 우러나온 후천적 능력치임이 분명하다. 계속되는 핀잔에도 아랑곳하지 않고 필터를 체크하는 친구를 지켜보던 정훈은 결국 혀를 내둘렀다.

일벌레란 바로 이런 놈을 두고 하는 말일 거다. 작년에는 요리에 심취해 주방에서 도통 나오는 꼴을 볼 수 없었던 준수였다. 그 이후로 한동안 잠잠하다 싶더니 이번에는 커피에 꽂혀 온종일 커피머신에 매달려 있는 친구를 정훈은 더는 가만히 두고 볼 수 없었다.

"누가 지금 너보고 약혼을 하래, 결혼식을 올리래? 만나보기만 하라고. 거절을 해도 인간적으로 사진은 좀 보고 거절해라. 지성과 미모를 겸비한 데다가 성격까지 싹싹하다니까?"

"그럼 인기도 많겠네."

"그렇지! 관심 보이는 남자들이 아주 줄을 섰다, 섰어. 그러니까……."

"더더욱 안 되지. 왜 그렇게 대단하신 분을 나 같은 놈한테 갖다 붙여?"

"누군 뭐 아깝다는 생각 안 드는 줄 알아? 그런데 궁금하시단다. 평소에도 내가 네 얘기만 꺼내면 관심 있게 듣더니 네 사진 보여주니까 만나보고 싶대."

"사진?"

마지막으로 사진을 찍어본 게 언제였나. 듣는 둥 마는 둥 모든 말을 한 귀로 듣고 한 귀로 흘리던 준수가 무심코 되묻자 정훈은 이때다 하고 달려들었다.

"대학교 졸업 사진. 네 졸업 사진, 동기들 사이에서 전설 아니고 레전드로 불렸잖아."

"레전드가…… 전설 아닌가?"

"그래, 네놈이 그런 유머를 알 리가 없지. 문명하고는 단절된 놈인데. 어쨌거나, 너 여자들이 언제까지나 네 얼굴 하나에 이렇게 관심 보일 것 같아? 그나마 관심 갖는 여자들 있을 때 정신 차려라, 서준수. 시간 더 지나봐. 나이도 많은데 일밖에 모르는 남자? 답도 없다, 답도 없어. 너 그러다 평생 혼자 늙어 죽는다고."

거의 악담에 가까운 마지막 말에 준수가 처음으로 하던 일을 멈추고 물끄러미 정훈을 쳐다보았다. 이제야 좀 반응이 오는구나 싶어 반색했지만, 다음 이어진 말에 정훈은 하마터면 기함을 할 뻔했다.

"뭐, 그것도 나쁘지는 않겠네."

뭐 이런 미친놈이 다 있나 싶다. 어이가 없어진 정훈이 입을 딱 벌렸지만, 그가 그러든 말든 준수는 다시 커피머신으로 시선을 돌린 후였다. 정훈은 이제 거의 따지고 싶은 심정이었다.

"도대체 뭐 때문에 이렇게 일에만 매달리는 거야? 제발 이유라도 좀 알자. 어렵던 시절도 다 옛말이고 너 이제 자리 잡을 만큼 잡았잖아."

"아까 말했잖아. 시간도 없고, 여유도 없어. 물론, 생각도 없고."

"그러니까 대체 왜? 너 설마, 아직도 윤소희 때문에 그래?"

그 이름에 바쁘게 움직이던 준수의 손이 멈칫한 건 아주 찰나였다. 덕분에 그 미묘함을 조금도 눈치채지 못한 정훈은 스스로 결론을 내리며 말을 계속했다.

"그래, 그건 아니겠지. 어제오늘 일도 아니고 벌써 10년이 지났는데. 아무튼, 그럼 대관절 이렇게 수도승이라도 된 것처럼 혼자 도 닦고 사는 이유가 뭔데?"

"너야말로 오랜만에 월차 썼다면서. 그런데 이렇게 괜한 짓 하면서 시간 죽이고 있어도 돼?"

"그러니까 하는 소리다. 내가 오죽하면 황금 같은 휴가에 너 붙잡고 이러고 있겠냐. 제발 부탁인데, 내가 권하는 여자 만나기 싫으면 네 이상형이라도 말해봐. 지구 끝까지 뒤져서라도 찾아다 줄 테니까."

오늘따라 유독 끈질기게 물고 늘어지는 정훈의 집요함에 준수는 살짝 인상을 찌푸렸다. 도무지 끝이 안 보이는 태평양 같은 인내심도 슬슬 한계에 다다르고 있었다.

어떻게 둘러대야 친구의 집착을 잠재울 수 있을지 궁리하던 차였다. 딸랑거리며 종이 울리더니 여자 한 명이 문을 열고 안으로 들어섰다. 준수가 안내를 하려 반사적으로 몸을 움직였지만 여자는 곧장 혼자 온 손님이 차지하고 있던 테이블로 직행했다.

"늦었으면 뛰어오는 시늉이라도 해라, 좀. 내 표정 빤히 보면서도 태평하게 문 열고 들어오는 거 보고 진짜 분노가 차올랐다, 분노가."

"미안해. 하지만 알잖아, 난 달리기는 정말 두 번 다시 하고 싶지 않은 사람이라는 거."

달리기라는 말에 진저리를 치면서도 배시시 웃는 여자에게 자연스럽게 시선이 꽂힌 순간이었다. 준수는 자기도 모르게 불쑥 정훈의 질문에 대한 대답을 했다.

"달리기 싫어하는 여자."

"뭐? 아, 이 미친놈. 뭔 놈의 취향이 그러냐? 아무튼, 어디 말이라도 해봐. 들어나 보게."

정훈이 채근했으나 준수는 더는 귀를 기울이고 있지 않았다. 한편 지금 이 순간 가게 안에 존재하는 유일한 손님들은 본격적으로 둘만의 환담을 주고받기 시작했다.

“아무리 그래도 그렇지 어떻게 그 이후로 뜀박질 한번 안 하고
사냐?”

“너 잡혀도 죽고 뛰어도 죽을 것 같은 상황 겪어본 적 있어?
그 기분은 직접 체험해 봐야 안다니까. 그래도, 늦은 건 내가 진
짜 미안해. 오늘 내가 쏠 테니까 화 풀어라, 응?”

“엎드려 절을 받지. 위로해 주자고 부른 자리니까 내가 참는
다, 참아. 그나저나 말이 나왔으니 말인데, 그 남자 요새도 꿈에
나와?”

“그 남자? 아, 그리고 보니까 어제 꿈에 나타났어. 한동안 잠
잠했는데.”

“전부터 궁금했는데 그 남자 혹시 잘생겼니? 딱 한 번 봤는데
6년 동안이나 꾸준히 꿈속에 출몰하게.”

“얼굴은 잘 기억 안 나. 그때 워낙 급박한 상황이라 그런 거 따
지고 말고 할 겨를이 없었거든. 꿈에서도 얼굴은 흐릿하게 나오
고. 그리고, 나 원래도 사람 얼굴 잘 기억 못 하잖아.”

“그래도 곰곰이 생각해 봐. 나 진짜 궁금하단 말이야.”

“뭐, 잘생겼던 것 같기도 하고……. 다시 마주하면 기억날 것
같은데. 그렇지만 다시 만날 일은, 아무래도 없겠지?”

“슬프지만 그게 현실이지. 얼굴을 알아, 이름을 알아, 연락처
를 알아. 단서가 아무것도 없잖아.”

“나 그때 너무 정신이 없어서 고맙다는 말도 못 했는데 세월이
벌써 이렇게나 흘렀네. 있잖아, 그 사람은 기억하고 있을까?”

“기억은 하겠지. 그게 보통 일도 아니고 해 질 녘에 강남 한복
판에서 한바탕 추격전을 찍었는데.”

두 손님이 목소리를 한껏 낮춰 소곤거리고 있는 터라 무슨 사

연인지는 정확히 들리지 않았으나 오래된 추억에 잠긴 표정만은 인상적으로 남았다. 저도 모르게 옅은 미소를 지은 준수가 정훈에게 두 번째 대답을 건넸다.

"옛날에 못 한 말을 빚으로 남겨둘 정도로 계산 확실한 여자."

"들을수록 진짜……. 야, 차라리 그만 귀찮게 굴고 꺼지라고 해라."

어느새 다 식어버린 라떼를 마시던 정훈이 불만스럽게 투덜댔다. 오늘은 무슨 일이 있어도 일을 성사시키려고 했는데 아무래도 글러먹은 듯했다.

"그래, 내가 미친놈이지. 내가 미친놈이야."

누구보다 준수를 오래 봐온 정훈이었다. 한없이 느긋해 보이지만 알고 보면 놀랍다 싶을 정도로 칼 같은 사람이 바로 서준수였다. 아니나 다를까, 곧바로 덤덤한 대꾸가 돌아왔다.

"커피 다 마셨으면 영업 방해로 신고하기 전에 가라. 어차피 곧 주문받으러 일어나야 될 것 같거든."

"바짓가랑이 붙잡고 매달려도 간다, 가. 매정한 놈."

평소와 다르지 않게 들리는 준수의 태평한 말투 속에서 이쯤에서 그만하는 게 좋겠다는 무언의 경고를 읽을 수 있었다. 결국 커피 잔을 내려놓은 정훈은 퇴장을 자처했다.

"휴가 즐겁게 보내. 혹시 주위에서 그런 여자 찾으면 언제든 연락하고."

"됐다, 됐어. 나 혼자 잘 먹고 잘 살련다."

질색하며 휙휙 손을 내저은 정훈이 뒤도 돌아보지 않고 가게를 떠났다. 잠시 그 뒷모습을 바라보던 준수는 스툴에 걸터앉아 이제야 비로소 깃든 평화를 만끽했다. 한편 구석 테이블을 차지한 두 손님은 여전히 즐겁게 재잘대고 있었다.

"그런데 너 지금 상당히 아련해 보인다는 거 알지? 그 남자가 무슨 첫사랑이라도 되는 것처럼."

"뭐? 그런 거 아니거든!"

"하긴, 여리고 섬세하고 풍부한 주하나 감성에 처음 본 사람하고 사랑에 빠지는 게 그다지 어려운 일이 아니긴 해? 진짜 첫사랑은 따로 있는 거 내가 몰랐으면 아마 믿었을걸."

"첫사랑이고 끝사랑이고, 잠재적 백수한테 사랑은 곧 사치란다 친구야."

"우아한 백조가 뭐 어때서? 이왕 그만두기로 한 거 뭘 그렇게 사서 걱정을 해. 그냥 지금 이 순간을 즐겨."

"우아가 아니라 으악이지. 언제 굶어 죽을지 모르는데. 베짱이의 삶을 지향하기에는 내가 내 주제 파악을 너무 잘하고 있는 거지."

"그래, 그거야. 생각해 보면 개미가 아니라 베짱이가 진정한 승자 아니니? 좋은 시절에 풍류를 즐기며 하고 싶은 거 다 하면서 살다가 빈털터리가 되기 직전에 극적으로 개미의 구제를 받아서 결국 잘 먹고 잘 살잖아. 어렸을 때 읽었던 동화들 다 재평가가 필요하다니까? 한 번 사는 인생 베짱이처럼, 어?"

익살맞게 받아쳤으나 사실 그녀는 친구가 무척이나 안쓰러웠다. 한때 공주 소리를 들으며 자랐던 주하나는 이제 없었다. 온실 속 화초도 몇 년 사이 갖은 풍파에 휩쓸려 이리 치이고 저리 치이다 보면 강인한 생명력을 지닌 잡초로 거듭날 수도 있다는 걸 몸소 증명하는 산증인만 남았을 뿐이었다.

"그런데 여기 되게 신기하다. 나 이쪽 동네는 처음 와보는데 깜짝 놀랐어. 생각했던 것보다 훨씬 더 이국적인 것 같아.”

“야, 넌 나이가 몇인데 이제야 경리단길을 와보는 거야. 세상 구경도 좀 하고 살아라.”

“그러게, 나 여태 뭐 하고 산 거지.”

“또, 또 처진다. 안 되겠네. 얼른 밥을 먹여야지.”

“맞아, 나 배고파. 어제 집에 돌아오고 나서 내내 늘어지게 잠만 잤거든. 우리 빨리 맛있는 거 먹자. 여기는 뭐가 맛있어?”

“나도 처음 와봐서 잘 몰라. 물어보지, 뭐. 여기요!”

자신을 부르는 제스처를 놓치지 않은 준수가 테이블로 다가왔다. 아까부터 그의 눈길을 끌던 여자가 상냥해 보이는 눈을 또렷이 뜨고는 그를 올려다보며 물었다.

“여기는 뭐가 제일 맛있어요?”

“매일 동해에서 갓 잡아 올린 대구로 만드는 피시 앤 칩스*fish and chips*가 가장 유명합니다. 메뉴판에도 쓰여 있지만, 전국에서 제일 맛있거든요.”

진지한 말투와 어울리지 않게 능청스럽게 들리기까지 하는 답변에 여자가 비시시 웃었다. 그 웃음을 본 준수 역시 빙그레 미소를 지었고 여자는 재차 물었다.

“정말 전국에서 제일 맛있어요? 제가 사는 거라, 맛없으면 안 되거든요.”

“물론이죠.”

“그럼 그거 말고 다른 메뉴도 추천해 주실래요?”

“비스트로 버거도 저희 매장에서 잘나가는 메뉴입니다.”

“그건 전국에서 제일 맛있다는 말이 없네요?”

“그런 장담은 못 드리지만 저희 가게에서 가장 잘생긴 요리사가 재료 손질부터 접시 세팅까지 직접 합니다.”

건조한 어투라 더욱 절묘하게 들리는 대답이었다. 그 말을 들은 여자가 이번에는 소리 내 웃었다. 한참을 까르르 웃던 그녀가 주문을 했다.

“그럼 그 두 개로 주세요.”

“감사합니다. 더 필요한 건 없으십니까?”

“들어오다 보니까 커피 향이 좋던데, 커피도 잘생긴 바리스타가 내려주시는 건가요?”

그 말에 처음으로 당황한 준수가 헛기침을 했다. 이번에는 곧바로 받아치지 못하는 그의 모습에 고개를 갸우뚱한 여자가 물었다.

“왜 그러세요?”

“커피는…… 제가 내립니다.”

“그래요?”

그 대답에 여자는 준수를 빤히 쳐다보았다. 반짝반짝한 눈과 정면으로 시선이 마주쳤을 때, 그는 순간적으로 할 말을 잊고 말았다. 그걸 아는지 모르는지 장난기 섞인 웃음을 지은 여자가 말을 이었다.

“그럼 잘생긴 바리스타가 만들어주시는 거 맞네요. 라떼로 두 잔 부탁드려요. 세상에서 제일 맛있게요.”

“피시 앤 칩스, 비스트로 버거, 라떼 두 잔 주문받았습니다. 금방 준비해 드리겠습니다.”

그제야 미소를 되찾은 준수가 주문 내용을 짚어주고는 메뉴판을 거두어갔다. 주방에 지시를 내리고 직원들이 조리를 시작하는 걸 확인한 후 돌아서다 말고 빙긋이 웃은 그는 나직이 중얼거렸다. 정훈은 절대 듣지 못할 세 번째 대답이었다.

"뭐, 웃는 게 예쁘면 더 좋고."

나뭇결이 고스란히 살아 있는 마호가니 바닥 위로 테라스에서 비쳐 들어온 오렌지색 햇살이 찬란하게 쏟아졌다. 6년이라는 시간을 돌아온 재회는, 누구도 알아차리지 못하는 사이 아주 사소한 마주침으로 시작되고 있었다.

1막
L'amour-사랑을 굽는 제과점

사랑을 굽는 제과점으로
당신을 초대합니다.
세상에서 가장 행복하게 구워드릴게요.

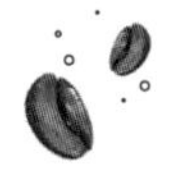

잃어버린 시간을 찾아서

"야, 이태일. 우리 언니가 드디어 미쳤나 봐."

행복한 표정으로 에끌레흐_éclair_ 하나를 입에 넣던 다애가 대뜸 그렇게 운을 띄웠다. 달콤한 디저트에 둘러싸여 보내는 안락한 오후였다. 벌써 1시간째 계속되고 있는 다애의 수다를 심드렁한 표정으로 듣고만 있던 태일이 처음으로 반색을 하며 되물었다.

"하나 누나가 왜?"

"아니, 어제 아르바이트 끝나고 집에 들어오더니 별안간 뭐에 홀린 사람처럼 이렇게 말하는 거야. '그래, 잘한 거야, 쭈하나. 더 이상 이렇게 살 수는 없어.' 난 언니가 무슨 연기 연습이라도 하는 줄 알았다니까?"

"그래서?"

"그래서는 무슨 그래서? 당연히 너무 놀라서 언니를 붙잡았지. 그런데 언니가 나는 본 척도 안 하고 '내가 왜 말썽쟁이 아이

들이나 돌보면서 인생을 낭비해야 돼? 이젠 지긋지긋해!'라고 말
하더니 그대로 자기 방으로 들어가 버리는 거 있지."

"그게 다야?"

"아, 그냥 좀 들어봐. 그러더니 바로 잠들어서는 아침이 밝아
도 안 일어나는 거야. 그래서 내가 얼른 일어나서 아르바이트 가
라고 깨웠거든? 그랬더니 언니가 뭐라고 했는지 알아?"

"뭐라고 했는데?"

"나, 그만뒀어."

"거짓말."

"진짜라니까? 내가 너무 황당해서 아무 말도 못 하고 있는데
부연 설명도 없이 도로 쓰러져서 자는 거 있지. 그러더니 아까 나
나오기 직전에야 일어났어. 어제저녁부터 장장 16시간을 잔 거
야, 16시간을."

연극 톤의 목소리로 하나의 말투를 그럴싸하게 흉내 내던 다애
가 극적으로 이야기를 마쳤다. 그러나 태일은 여전히 믿기지 않
는다는 표정이었다.

"진짜로 누나가 아르바이트를 그만뒀단 말이야? 그냥 휴가 받
은 건데 장난치는 거 아니고?"

"우리 언니가 그런 걸로 장난칠 사람은 아니잖아."

"아니지. 그럼, 누나는 지금 뭐 하는데?"

"빵 만들겠다고 오븐 청소하던데? 일언반구 상의도 없이 아르
바이트도 갑자기 그만두고, 도대체 무슨 생각을 하는 건지 알 수
가 없다니까."

"참 큰일이다."

"그렇지? 너도 그렇게 생각하지? 어쩌려고 그러는지 몰라."

“동생이라고는 딱 하나 있는 게 이 모양이니 원…… 누나도 참 딱하다.”

“뭐? 야, 이태일. 너 말이 심하다?”

“심한 건 너지. 1년 넘게 성실히 일하던 사람이 하루아침에 일을 그만두고, 또 한동안 손 뗐던 베이킹을 다시 하겠다는데 그게 어떤 의미인지 정말 감이 안 온단 말이야?”

“그게 무슨 뜻인데?”

“심경의 변화가 일어난 거잖아, 심경의 변화가.”

“그게 그렇게 되는 거야?”

고운 연보랏빛의 마카롱을 집어 들려다 말고 심각하게 되묻는 다애의 반응에 태일이 혀를 찼다. 꽤 현실적인 감각을 지니고 있으면서도 사태 파악에는 영 소질이 없는 그녀였다.

꿈을 꾸듯 멍한 표정으로 생각에 잠겨 있다 현실로 돌아온 다애가 느닷없이 눈을 부릅뜨고는 태일을 쳐다보았다.

“그런데 너, 우리 언니한테 관심이 아주 많은 것 같다?”

“당연하지. 난 예쁜 여자한테 관심이 아주 많거든.”

“와, 뭐 이런…….”

“그래도 내가 좋아하는 건 너야.”

장난스러운 태일의 대답에 다애가 기가 막힌다는 얼굴을 하고 고개를 절레절레 저었다. 그것도 잠시, 언니바라기납게 집에 있을 하나에게 마음이 쓰인 다애는 금세 울상을 지었다.

“불쌍한 우리 언니. 내가 빨리 돈 많이 벌어서 우리 언니 행복하게 해줘야 되는데.”

“매일같이 술만 퍼마셔서 어느 세월에? 어제 아침에 해장은 잘했고?”

"안 그래도 속 쓰려서 죽는 줄 알……. 그걸 네가 어떻게 알아?"

"뭘?"

"내가 그저께 밤에 술 마시고 들어온 거! 나도 필름이 끊겨서 기억이 안 나는 걸 네가 어떻게 아는 거야? 나 방금 소름 돋았으니까 냉큼 털어놔!"

이틀 전 친구들과 가진 모임에서 다애는 거나하게 취한 나머지 그만 필름이 끊기고 말았다. 아침에 눈을 떠보니 자신의 침대 위였고 기억은 감쪽같이 사라져 있었다. 그런데 술자리에 함께하지도 않은 태일이 도대체 어떻게 그 사실을 알고 있단 말인가.

그 질문 아닌 질문에 태일은 대수롭지 않은 표정으로 어깨를 으쓱해 보였다.

"별거 아니야. 너 술 취해서 고래고래 소리 지르는 게 하루 이틀 일도 아니고. 우리 집에서도 다 들렸어."

"정말 그게 다야? 다른 일은 없었어?"

불안할 때면 늘 나오는 버릇대로 다애는 자신의 짧은 머리카락을 연신 잡아당기며 물었다. 아무것도 기억이 나지 않는 건 여전했으나 자신이 술에 취해 어떤 미친 망발을 지껄였을지 알 수 없는 노릇이었다. 그러나 태일은 더 관심 없다는 듯 자연스럽게 화제를 돌렸다.

"그나저나 머리는 다시 안 기를 생각이야? 계속 단발로 유지하려고?"

"그, 그건 갑자기 왜?"

"아니, 그냥 궁금해서. 너 원래 머릿결 좋기로 유명했잖아. 곧 죽어도 머리 자를 생각 없다더니 예고도 없이 하루아침에 단발로 나타난 게 늘 이상하다 싶었거든. 벌써 반년 넘었지? 그때 갑자기 왜 자른 거야?”

“나, 남자들이 하도 단발도 잘 어울릴 것 같다고 난리길래 잘라봤다, 왜?”

“아, 그래? 난 또, 나 때문에 그런 건 줄 알았지.”

“무, 무슨 소리야?”

애써 결백한 체 되물었지만 머릿속은 이미 어느 정도 앞으로 벌어질 사태를 감지하고 있었다. 그때까지 모르쇠로 일관하던 태일이 야릇한 미소를 지은 순간 비상벨이 울렸고 마침내 그가 입을 열었을 때 다애는 눈을 질끈 감고 말았다.

“내가 너랑 헤어지고 홧김에 단발로 자른 건 아냐, 이 나쁜 자식아!”

“…….”

“……라고 동네방네 광고를 하더라, 주다애.”

“이태일 이 나쁜 놈아! 네가 잘나면 얼마나 잘났다고 수능 끝나고 답 맞춰보기도 전에 나를 차버려?”

“내가 너랑 헤어지고 술만 퍼마시다 충동적으로 머리도 잘랐어, 알아?”

“나와봐, 나와봐! 어디 그 잘난 상판대기 좀 보자!”

참 이상하게도 그 말 하나에 잊고 있던 모든 기억들이 거짓말처럼 되살아났다. 술에 취해 온 동네가 떠나가라 주정을 부렸던 기억이 스멀스멀 떠오르자 다애는 쥐구멍에라도 숨고 싶어졌다.

“나 참, 뭐? 상판대기? 아주 어휘 구사력이 날로 화려해진다?

망아지, 망아지 했더니 진짜 세상모르고 날뛸 셈이야?”

“…….”

“한 번만 더 술 마시고 온 동네에 내 이름 광고하면 내가 어떻게 한다고 했더라, 주다애?”

“잘못…… 했어.”

“잘못한 걸 알긴 알아?”

태일이 짐짓 엄한 목소리로 물었다. 그렇게 말하면서도 다애를 보는 표정은 많이 부드러워져 있었으나 눈길을 피한 채 고갯짓만 열심히 하던 그녀는 그 사실을 알지 못했다.

“내가 다 잘못했어. 다시는 안 그럴게.”

“또 술 마시고 밤늦게 집에 들어올 거야?”

“아니.”

“길거리에서 고래고래 소리 지르는 것도 안 할 거야?”

“응, 절대.”

“약속한 거다?”

무겁게 고개를 가로젓다 다시 고분고분 고개를 끄덕이는 모양새에 태일은 결국 피식 웃었다. 그러면서도 내내 다애의 술주정이 내심 걸렸던 탓에 그는 슬쩍 떠보듯 물었다.

“그나저나 너 내 원망 많이 했겠더라?”

“내가 뭘?”

“머리카락이 네 유일한 자랑거리였잖아. 그런 머리를 나 때문에 싹둑 잘라 버렸으니 술안주로 오징어 대신 나 많이 씹었을 것 같아서.”

“뭐? 오징어?”

생뚱맞은 단어에 다애가 뜬금없이 깔깔대며 웃기 시작했다.

태일이 황당하다는 눈초리로 쳐다보는데도 다애는 한참이 지나
서야 겨우 웃음을 멈추며 눈물까지 맺힌 눈가를 닦아냈다. 마냥
웃을 수만은 없는 사연이었으나 어쨌거나 한바탕 웃고 나니 속이
좀 후련해진 것 같기도 했다.

"그래, 많이 씹었다. 그것도 아주 질겅질겅, 씹던 껌보다 질기
게."

"뭐?"

"왜, 솔직히 그럴 만한 일이잖아. 그나저나 뜬금없이 여긴 왜
데리고 온 거야? 딱 봐도 엄청 고급스러워 보이는데. 아까 보니까
케이크 한 조각에 가격이……. 오늘 무슨 날이야?"

"조금 늦은 감이 있지만 주다애의 잃어버린 황금 머릿결에 대
한 애도의 표시라고나 할까?"

"그 얘기는 이제 작작 좀 해! 오늘따라 사람 막 갈구지? 그래
서 여기가 도대체 어딘데?"

"사랑을 굽는 제과점, 「*L'amour*」입니다."

라…… 뭐? 낯선 단어보다 한발 앞서 머릿속에 들어온 건 느릿
하면서도 무게감 있는 특이한 말투였다. 고개를 들어보니 언제
왔는지 구김 없는 흰색 셔츠를 입고 검은색 앞치마를 두른 남자
가 테이블 앞에 서 있었다. 그러나 반갑다는 듯 먼저 입을 연 사
람은 태일이었다.

"형! 언제 왔어요? 아까 도착했을 때 제일 먼저 찾았는데 안 보
여서 허탕 쳤구나 싶었는데."

"오늘은 좀 늦었어. 다른 데 먼저 들러야 할 일이 생겨서. 그나
저나 옆에는……."

"아, 제가 기르는 망아지예요."

"야, 이태일! 너 오늘 진짜 죽어볼래?"

그래도 처음 보는 사람 앞이라고 조신한 척 입을 다물고 있던 다애가 얼마 못 가 태일의 소개에 발끈하며 주먹을 쥐었다. 바리스타 복장을 한 준수가 느릿한 말투의 소유자라고는 상상도 못 할 민첩한 태도로 재빨리 두 사람 사이에 끼어들었고 들고 있던 트레이를 테이블 위에 내려놓는 것으로 상황을 무마했다.

"아포가토*affogato* 나왔습니다."

"아포가토요? 저희는 주문한 적 없는데요?"

"단거 좋아하는 것 같던데, 맞죠? 주문서 보니까 휘핑크림 아주아주 많이, 캐러멜 시럽도 듬뿍, 그렇게 적혀 있던데."

낯선 이의 지적에 다애는 새삼 자신의 앞에 놓여 있는 빈 유리잔을 내려다보았다. 주문서에 적혀 있는 그대로 정직하게 만들어져 휘핑크림과 캐러멜 시럽이 듬뿍 들어간 프라페는 이미 오래전에 그녀의 배 속으로 자취를 감춘 후였다.

"그런데요?"

"디저트도 음료도 단것만 먹었는데, 좀 텁텁하지 않아요?"

그 말에 다애가 이번에는 온갖 디저트 접시들이 널브러져 있는 테이블 위를 훑었다. 확실히, 디저트도 프라페도 너무 달짝지근하긴 했다.

"그렇긴 한데……."

"원래 디저트에는 달지 않은 커피를 곁들이는 게 정석이거든요."

"그래도 그건 너무 진해 보이는데……. 전 커피 안 마셔요. 쓴맛이 싫어서요."

"아이스크림이랑 같이 먹으면 생각만큼 쓰진 않아요. 나 믿고 한번 맛볼래요? 좋아할 것 같아서 가져왔는데.”

그렇게 말한 준수의 입꼬리가 부드럽게 휘어지며 위로 올라갔다. 빙긋이 웃는 그의 눈과 시선이 마주친 순간 다애는 저도 모르게 침을 꼴깍 삼키며 이렇게 생각했다.

‘와, 한 번만 웃어도 여자 여럿 울리겠네.’

이미 오래전에 유행이 지나간 진부한 표현이긴 하지만 이른바 살인 미소라는 게 어떤 건지 확실하게 알 것 같았다. 제대로 홀린 다애가 멍한 표정으로 고개를 끄덕이자 준수는 다시금 빙그레 웃으며 진한 에스프레소를 바닐라 젤라토 한 스쿱이 담겨 있는 유리그릇 위로 부었다.

“자, 이제 먹어봐요.”

다애가 별로 기대하지 않는다는 듯 시큰둥하게 커피에 살짝 녹아내린 아이스크림을 한 스푼 떴다. 그러나 스푼을 입안에 넣은 다음 순간 다애는 자기도 모르게 탄성을 내뱉었다.

“우와! 진짜 맛있다!”

제일 먼저 감각을 자극한 건 아이스크림의 차가운 온도였다. 그러나 곧 커피의 씁쓸한 풍미가 혀끝에 닿는가 싶더니 다디단 아이스크림을 휘감고 사르르 녹아 사라졌다. 달콤하면서도 쌉쌀한, 묘한 맛이었다.

감탄사를 연발하는 다애를 지켜보던 태일이 못 말리겠다는 듯 고개를 설레설레 저었다.

“주다애 이 푼수를 진짜⋯⋯.”

“왜, 귀여운데.”

“신경 써줘서 고마워요, 형.”

“별말씀을. 더 필요한 게 있으면 언제든지 얘기하고.”

그렇게 당부한 준수가 행복한 표정으로 아포가토에 푹 빠져 있는 다애를 보고 웃더니 카운터로 돌아갔다. 그러나 다애는 그가 자리를 뜨는지도 모른 채 아포가토를 음미하는 데 여념이 없었다.

"그렇게 먹고도 그게 또 들어가? 너도 참 대단하다, 대단해."

"응. 진짜 맛있어. 완전 신세계야. 어떻게 그동안 이렇게 맛있는 걸 몰랐…… 어? 아까 그분 어디 가셨어? 나 아직 감사 인사 못 했는데?"

"넌 어떻게 그렇게 맛있는 거라면 사족을 못 쓰냐."

"아, 자꾸 시비 걸지 마. 그런데 그분 누구야? 너랑은 어떻게 아는 사이고?"

"서준수라고, 나 고등학생 때 과외 선생님이자 내 인생의 멘토."

"인생의 멘토? 얼마나 대단한 사람이면 너 같은 우울한 영혼이 인생의 멘토로 삼아?"

"그래, 네 눈에 그게 보일 리가 있냐."

"아니야. 보이는 게 있긴 있어."

"뭐가 보이는데?"

"잘생겼다는 거."

대수롭지 않게 받아치던 태일이 그 대답에 입을 딱 벌렸다. 그런 답을 예상하고 물은 건 아니었는데. 게다가 그동안 다애가 한 번이라도 누군가에게 잘생겼다는 수식어를 붙이는 걸 본 적이 없었기에 왠지 모를 질투마저 느껴졌다.

"이 속도대로라면 5분 후에는 아주 사랑에 빠지겠다?"

"아니. 그럴 일은 없어."

"아니기는."

“진짜 아니라니까? 잘생기기만 하면 뭐 해. 연예인도 아닌데 생긴 게 밥 먹여주나? 겉가죽에 홀려서 남자한테 목숨 거는 것만큼 꼴불견인 짓은 없어.”

다애는 그 정도의 사리 분별이 가능한 스스로가 몹시 대견스러운 듯했지만, 사정을 아는 태일은 그저 고개를 절레절레 저었다. 서준수가 그럴듯한 얼굴만이 밑천인 인물이 아니라는 걸 안다면 절대 할 수 없는 말이었다. 그러나 그 모든 비화를 구구절절 늘어놓을 필요는 없을 것 같아 태일은 조용히 입을 다물었다.

그로부터도 계속해서 티격태격하던 두 사람은 한참이 지나서야 기나긴 티타임을 마치고 자리에서 일어났다. 두리번거리던 다애가 출입구 앞 카운터에 나와 있는 준수를 발견하고는 다소곳이 인사를 건넸다.

“오늘 정말 감사했습니다. 맛있게 잘 먹었어요. 최고예요.”

“마음에 들었다니 다행이네요. 다음에 또 놀러와요.”

보통 사람들보다 훨씬 느릿하지만, 그래서 더 귀에 정확히 꽂히는 매력적인 말투였다. 듣는 사람을 황홀경에 빠뜨리는 낮은 음성에 또다시 홀려 있던 다애가 한참 지나서야 정신을 차리고는 문을 나서려던 찰나, 다시 무언가가 그녀의 시선을 사로잡았다.

“어? 이태일, 이리 와서 이것 좀 봐봐.”

“뭔데 그래?”

“언니한테 알려줘야겠어.”

문에 붙어 있는 보조 파티시에 모집 공고의 내용을 읽던 다애가 신이 난 표정으로 휴대폰을 꺼내 사진을 찍기 시작했다. 뒤에서 그 모습을 유심히 지켜보던 준수가 물었다.

“언니가 파티시에예요?”

“아니요. 오늘부터, 아니, 어제부터 백수예요.”

“백수?”

“이태일! 얼른 가자! 빨리 집에 가서 언니한테 알려줘야지! 안녕히 계세요!”

사진이 제대로 찍혔는지 확인한 다애가 팔랑거리며 떡갈나무 문을 밀더니 밖으로 모습을 감췄다. 삽시간에 덩그러니 둘만 남겨진 태일과 준수는 약속이라도 한 듯 동시에 웃음을 터뜨렸다.

“하여튼 주다애 저 망아지 진짜…… . 형, 갈게요. 오늘 고마웠어요.”

“그래. 또 놀러와. 연락하고.”

고개를 끄덕인 태일이 문을 나섰다. 이미 저만치 앞서가는 다애를 따라잡기 위해 발걸음을 떼놓으려다 말고 문득 제자리에 멈춰 선 그는 뒤를 돌아보았다. 하얀색 간판 위에 ‘*L’amour*’라는 글자가 멋스러운 필기체로 새겨져 있었다.

“「*L’amour*」라…… 진짜 사랑을 굽는 제과점이네.”

“이태일! 빨리 안 와?”

그것도 잠시, 다애의 외침이 뒤통수로 날아왔고 태일은 고개를 절레절레 저으면서도 미소 띤 얼굴로 돌아서서 그녀의 뒤를 쫓기 시작했다. 그 움직임이 일으킨 작은 파동이 문에 달린 풍경을 흔들자 은은한 소리가 바람을 타고 퍼져 나갔다.

회갈색 벽돌과 파란색 창문 너머로 갓 구운 빵 냄새와 커피 볶는 향이 새어 나오는 곳.

바로 이곳에서 네 사람의 이야기는 시작된다.

그 시각, 집에 홀로 남은 하나는 모처럼 혼자 맞는 오후 시간을 만끽하고 있었다. 마들렌을 구울 요량으로 볼에 밀가루를 담던 그녀는 혼잣말로 중얼거렸다.

"아, 너무 오랜만이라 좀 헷갈리네."

하지만 멈칫한 것도 잠시 하나는 금세 익숙하게 손을 움직이기 시작했다. 베이킹파우더와 설탕, 녹인 버터를 덜어 잘 섞은 후 달걀을 깨 넣고 향을 가미해 줄 레몬 껍질까지 더하고 나니 순식간에 반죽이 완성되었다. 향긋하고 식감이 보드라운 마들렌은 언제나 하나의 특기였다.

노래를 흥얼거리며 부지런히 청소를 하는 동안 숙성된 반죽을 조가비 모양의 틀에 짜 넣고 오븐에 넣은 하나가 이번에는 찬장에서 티백을 꺼냈다. 혼자만의 조촐한 티타임이라도 가질 생각이었으나 다음 순간 현관에서 요란한 기척이 들려왔고 하나는 인상을 찌푸렸다.

"우와! 이게 무슨 냄새야? 마들렌인가?"

자신의 귀가를 동네방네 선전이라도 하는 듯한 다애의 등장이었다. 한가로이 티타임을 즐기려던 계획은 물거품이 되어버렸고 하나는 고개를 절레절레 저으며 티백을 한 개 더 꺼내 들었다.

"좀 얌전하게 다닐 수 없니? 몇 번이나 말해야 알아들을래?"

"언니야말로 이제 포기할 때도 되지 않았어? 알잖아. 난 언니처럼 요조숙녀는 될 수 없는 거."

"요조숙녀까지는 바라지도 않아. 기본이라도 하란 말이야."

"아이, 언니. 그러지 말고 내가 사 온 것 좀 봐봐."

"네가 아니라 태일이가 사준 거겠지. 또 태일이랑 나갔다 왔지? 너희 둘은 어째 헤어지고 나서도 잘 붙어 다니…….”

“언니! 내가 그 얘기는 하지 말라고 했잖아!”

“아, 깜짝이야. 귀청 떨어지겠어.”

다애가 꽥 내지른 소리에 깜짝 놀란 하나가 손끝으로 찻잔을 쳤다. 찻물이 반이나 찻잔 밖으로 넘쳐흘렀고 동생에게 눈을 흘긴 하나는 결국 세 번째로 새 티백을 꺼냈다.

“오늘은 또 어딜 같이 갔다 온 건데?”

“제과점. 쥐꼬리만 한 케이크 한 조각에 가격이……. 와, 난 그런 데는 처음 가봤어. 그런데 자존심 상하게 맛까지 있는 거 있지.”

배시시 웃은 다애가 쉴 새 없이 조잘거리며 부산스럽게 포장된 상자들을 풀어내기 시작했다. 갖가지 디저트와 케이크들 중에서 생토노헤*Saint-Honoré*를 유심히 관찰하던 하나가 물었다.

“동네 빵집 수준은 아니네. 어디 있는 거야?”

“청담동. 이름이…… 뭐라더라? 라 뭐였는데……. 아, 여기 쓰여 있네.”

고개를 갸우뚱하던 다애가 케이크 상자를 가리켰다. 상자 앞면에는 가느다란 필기체로 ‘*L’amour*’라는 글씨가 적혀 있었다.

“아, 이거였구나.”

“그게 무슨 뜻인데?”

“프랑스어로 사랑이라는 뜻이야.”

“사랑? 아, 그래서 사랑을 굽는 제과점이라고 했구나. 으, 갑자기 소름 돋는 것 같아. 난 이렇게 낯간지러운 테마에는 취약하다고.”

과장되게 너스레를 떠는 동생의 제스처에 하나는 결국 웃음을

터뜨렸다. 은근히 그런 언니의 눈치를 살피던 다애가 조심스럽게
운을 띄웠다.

"그런데 언니. 나 뭐 하나 물어봐도 돼?"

"뭔데 너답지 않게 조심스럽게 그래?"

"아르바이트 말이야. 진짜 그만둔 거야?"

"아…… 그렇게 됐어."

"갑자기 왜?"

동생의 물음에, 하나는 찻숟가락으로 각설탕을 넣은 홍차를
젓다 말고 지난 주말의 일을 떠올렸다.

"저, 이제 그만두겠습니다."

"아니, 하나 씨. 갑자기 그게 무슨 말이야? 그만둔다니?"

"죄송합니다. 빨리 다른 사람 알아보시는 게 좋을 것 같아요."

"무슨 소리야. 우리 애들이 하나 씨를 얼마나 좋아하고 따르는
데. 월급 15% 올려줄 테니까 다시 생각해 봐, 응?"

"아니에요. 죄송합니다. 다른 베이비시터 구하실 때까지는 무
급으로 애들 돌봐 드릴 테니까 다른 분 구하세요."

그리하여 며칠간 더 일하다 마침내 어제부로 완전히 손을 털고
백수의 신분으로 돌아온 하나였다. 마지막 순간까지 미련을 버리
지 못한 고용주의 회유에도 하나는 끝끝내 해방을 택했다. 그러
나 홀가분한 기분은 유감스럽게도 그리 오래가지 않았다.

'붙잡을 때 그냥 눌러앉을 걸 그랬나? 월급도 올려준다는데.
15% 인상이면…… 얼마지?'

마들렌 반죽을 만드는 동안 하나의 무의식을 지배하던 계산이

었다.

“쌍둥이들이 언니 괴롭혔어?”

“걔네가 말썽 부리는 게 어디 하루 이틀 일인가. 그런 건 아니야.”

“그럼, 무슨 다른 일 있었어?”

“아니. 그냥, 그만두고 싶어져서.”

도로 현실로 돌아온 하나가 그제야 티스푼으로 무의미하게 찻물을 젓는 행동을 멈추며 대답했다. 며칠간 고민하고 또 고민했던 일이었다.

“언제까지 이렇게 살 수는 없잖아. 올해도 벌써 절반이나 지나갔고, 눈 깜빡하면 서른이야. 그런데 그때까지도 나는 변변한 직업도 없이 말썽쟁이 아이들이나 돌보고 있을 거라는 생각을 하니까 눈앞이 깜깜해졌어.”

“언니…….”

“그러는 와중에도 난 이 일을 그만두면 이제부터 뭐로 먹고살아야 하나 새로운 걱정을 시작하고 있으니……. 난 내가 이렇게 목표도 없이 하루하루에 목을 매고 살게 될 거라고는 상상도 못했어. 적어도 내가 그리려던 내 인생에는 꿈이라는 게 있었다고.”

그러나 지금 반쯤 드러난 윤곽은 하나가 원하던 밑그림이 아니었다. 뭐가 어디서부터 어긋난 걸까?

오븐 설정 시간이 다 됐음을 알리는 소리가 울리는데도 하나는 여전히 우울에 잠겨 있었다. 평소에는 더없이 온화하지만 집안 형편에 관한 이야기만 나오면 눈에 띄게 침울해지는 언니 대신 오븐으로 뛰어간 다애가 잠시 후 마들렌을 담은 접시를 들고 돌아오며 기운을 북돋웠다.

"언니, 우리 좀 긍정적으로 생각하자. 그래도 우리는 당장 오늘의 생계를 걱정하지는 않아도 되잖아. 이렇게 직접 구운 마들렌으로 티타임을 즐길 여유도 있고."

"넌 그걸 말이라고……. 오늘 먹고살 염려는 안 해도 되지만 내일 생활비 걱정은 해야 되잖아. 정말이지 난 더 이상 이렇게 살고 싶지 않아. 이렇게 사는 건 정말 지긋지긋해. 돈 걱정 안 하고 살 수 있으면 얼마나 좋을까."

"걱정 마, 언니. 내가 빨리 돈 많이 벌어서 언니를 행복하게 만들어줄게."

"매일 밤늦게까지 술 마시다 남자 등에 업혀 들어오면서 어느 세월에? 차라리 내가 부잣집에 시집가는 게 빠르겠어. 뭐, 우리 집 형편 생각하면 그것도 쉽지는 않겠지만."

"아, 내가 언제 매일…… 뭐? 그게 무슨 소리야?"

"깜짝이야. 자꾸 그렇게 버럭버럭 소리 지르지 말라고 했지?"

"남자 등에 업혀 들어오다니? 누가? 설마, 내가?"

"그럼 내가 그랬겠어? 오늘 태일이 만났다며. 태일이가 말 안 하디? 그저께 밤에 태일이가 아주 이를 악물고 너 업고 들어오더라."

"언니는 그걸 이제 얘기하면 어떡해! 이태일 그 자식도 그렇지 왜 그 얘기만 쏙 빼놓고……. 아, 난 그것도 모르고 오늘도 엄청 갈구기만 했는데……."

다애가 뒤늦게 머리를 쥐어뜯으며 자책에 빠진 사이 하나는 자신이 만든 마들렌을 바라보며 자괴감에 잠겼다. 한때는 무엇보다 사랑했던 레몬 향도 오늘만큼은 조금도 위안거리가 되지 못했다.

그 마음이 보이는지 힐끔 눈치를 살핀 다애가 언니를 달래듯 능청을 부렸다.

"아, 이 마들렌 색깔 봐. 우리 언니 실력 죽지 않았어. 언니는 역시 뭐든지 잘한다니까. 하지만 그래도 언니는 예쁜 옷 입고 우아하게 그림 그리는 게 제일 잘 어울려."

"그런 시절은 오래전에 다 끝났어."

"아니야, 안 끝났어. 내가 꼭 다시 그렇게 살게 해줄게. 아, 내가 힘만 좀 더 셌으면 공사장 막노동이라도 뛰어서 돈을 벌어오는 건데."

"얘가 지금 무슨 소리를 하는 거야. 자꾸 잊어버리는 것 같은데, 너 허우대만 멀쩡했지 체력은 완전 바닥이거든?"

금방이라도 뛰쳐나갈 것처럼 소매를 걷어붙이는 동생을 보던 하나가 어처구니없다는 듯 미간을 찌푸렸다. 그러나 그렇게 말하는 그녀의 표정은 이제 많이 풀어져 있었다.

"아, 맞다. 진짜 중요한 걸 깜빡할 뻔했네. 언니한테 보여줄 게 있어."

"뭔데?"

"여기에서 보조 파티시에를 뽑는대. 언니 보여주려고 채용 공고 찍어왔어."

손뼉을 친 다애가 휴대폰을 꺼내더니 아까 공고문을 촬영한 사진을 찾아 하나에게 내밀었다. 공고문의 내용은 간단했다.

보조 파티시에(정직원) 모집. 경력자 우대. 이력서 통과된 지원자에 한해 간단한 테스트와 면접. 문의는 매장이나 02-xxxx-xxxx로.

"어때? 아르바이트 그만두자마자 이런 기회가 찾아온 걸 보면 이건 신의 계시인 게 분명해. 하늘이 내린 기회라고.”

“글쎄…….”

“왜 이렇게 반응이 시큰둥해? 난 언니가 좋아할 줄 알았는데.”

“청담동 고급 제과점에 정직원 채용이면 아무리 보조라도 경력이 어마어마한 사람들이 엄청 몰릴 텐데, 내가 어디 명함이나 내밀겠어? 난 외국에서 배운 적도 없고, 경력이라고는 동네 빵집 아르바이트가 전부야. 가망 없어.”

말을 하고 나니 암울한 현실이 한층 더 가깝게 와닿았다. 중학생 시절 아버지의 서재에서 멋모르고 집어 들었던 프루스트의 책에서 주인공이 그랬던가, 마들렌 한 조각에 어린 시절의 모습이 극의 무대 장치처럼 나타났다고 말이다. 그러나 하나가 자신이 만든 마들렌을 보고 떠올린 건 고등학생 시절의 기억이었다.

“언니는 가끔 보면 자기 자신을 너무 과소평가해.”

“과소평가가 아니라 그게 현실이야.”

하루아침에 몰락한 집안 형편 때문에 미술을 그만두고 제과제빵 기능사 시험을 준비하던 시절, 오랜 꿈을 포기하게 된 건 서글펐지만 새로운 세상에는 또 다른 희망이 존재할 거라고 믿었다. 그러나 그로부터 6년이라는 시간이 흐른 지금, 열아홉 고등학생에서 스물다섯 어른이 된 주하나는 어차피 이 바닥이든 저 바닥이든 나락에서부터 일어서기는 똑같이 어렵다는 걸 깨달은 지 이미 오래였다.

“언니, 이 험난한 세상에 자기 자신도 믿지 못하면 대체 누굴 믿겠어.”

“자신 없어.”

“자신이 없긴 왜 없어! 이런 케이크 부스러기보다 언니가 만든 마들렌 한 조각이 훨씬 더 맛있어. 난 언니를 믿어.”

방금 전까지 자존심 상할 정도로 맛있다고 극찬하던 고급 디저트를 한순간에 부스러기로 폄하하는 동생의 감언이설에 하나도 결국에는 피식 웃고 말았다. 그러나 마음은 여전히 무거웠다.

“밑져야 본전이잖아. 어차피 인생 한 방이고.”

“다애야.”

“응, 언니.”

“내가 잃어버린 시간을 찾을 수 있을까?”

비록 그 7부 분량 대하소설의 재미없음에 경악한 나머지 얼마 읽기도 전에 책을 던져 버리기는 했으나, 아직도 기억이 남아 있는 걸 보니 마들렌에 관한 프루스트의 묘사는 꽤 인상 깊었던 것 같다. 그 책의 제목처럼 꿈으로 반짝반짝 빛나던 시절을 되찾을 수 있을까? 스스로에게 묻던 하나는 들릴 듯 말 듯 한 목소리로 대답했다.

“생각해 볼게.”

눈앞에 놓인 회갈색 건물을, 하나는 복잡한 심경으로 바라보았다. 백수로 맞게 된 첫날부터 하루 온종일 다애의 부추김에 시달리다 결국 마음에도 없는 이력서를 새로 써서 아침이 밝자마자 집을 나선 차였다.

나름대로 충분히 마음을 다잡고 왔다고 믿었는데 막상 건물 앞에 도착하니 왠지 모를 위압감이 느껴졌다. 다애는 망상이 지나치다고 말하겠지만 하나는 입장하기도 전부터 범접할 수 없는 기운에 압도되는 것 같았다.

"아, 왜 이렇게 불길하지."

심장을 부여잡은 채 들어갈 엄두도 못 내고 머뭇거리고 있는데 불현듯 휴대폰이 울렸다. 그 소리에 방심하고 있다 거의 까무러칠 듯 놀란 하나는 액정 화면을 확인하고는 곧바로 전화를 받았다. 발신자는 절친한 친구인 지혜였다.

[주하나. 이번 달 말에 개교 60주년 동문인의 밤 행사 있어. 올 거지?]

"웬일로 대뜸 전화부터 걸었나 했더니……. 안 가."

[내 그럴 줄 알았지. 다른 때도 아니고 큰 행사인데 딱 한 번만 가자, 응? 별 다섯 개짜리 호텔에서 한대. 너 그동안 동창회도 한 번도 안 나왔잖아.]

"그리고 앞으로도 나갈 일 없을 거야. 강지혜, 내가 분명히 말해두는데 다시는 이런 용건으로 연락하지 마. 내가 고등학교 시절 리셋 하고 싶어 한다는 거 너도 잘 알잖아."

[알지. 아, 그런데 내 말 좀 들…….]

"그럼 내가 지금 중요한 일이 있어서, 먼저 끊는다."

[야! 주하나!]

수화기 너머에서 지혜가 애타게 부르짖는 소리가 들려왔지만 하나는 그대로 전화를 끊었다. 어두워진 액정 화면 위로 맥없는 혼잣말이 흩어졌다.

"내가 거길 어떻게 가. 당당하게 마주할 수 있는 사람이 없는데."

주하나의 인생은 6년 전 그날 이전과 이후로 나뉜다. 그 순간부터 모든 게 달라졌다. 살고 있는 집도, 하는 일도, 뼛속까지 전부 다.

다시 정면을 쳐다본 하나가 쓰디쓴 웃음을 지었다. 지금의 처지에서 과연 이런 곳에 취직할 수 있을까? 옛 시절을 상기시키는 용건으로 지혜와 통화를 하고 나니 한층 더 갑갑해졌다.

"그래, 다애 말대로 어차피 인생 한 방이야."

하얀색 간판을 한참이나 흐린 눈으로 올려다보던 하나는 마침내 두 주먹을 불끈 쥐었다. 그러고는 마지막으로 전투 의지를 다진 후 문을 열고 안으로 들어섰다. 맑은 풍경 소리가 듣기 좋게 울렸다.

"어서 오십시오. 사랑을 굽는 제……."

카운터에 서서 들어오는 손님들을 맞이하던 준수가 인사를 중간에 끊었다. 방금 막 가게로 들어선 여자가 어제 이태원 브런치 카페에서 만난 손님이라는 걸 알아본 그는 무심코 뚫어져라 하나를 쳐다보았다.

오래 지나지 않아 그 눈길을 알아차린 하나가 의아하다는 얼굴을 하고는 이쪽으로 멀뚱멀뚱한 시선을 보냈다. 알아본 건 쌍방이 아니라 일방뿐이라는 걸 빠르게 눈치챈 준수는 성마르게 아는 척을 하는 대신 빙긋이 웃으며 물었다.

"어떻게 오셨죠?"

"아, 그게……."

"어머, 너 주하나 아니니?"

그 순간 뒤에서 들려온 여자의 음성에 두 사람의 시선이 동시에 소리가 들려온 쪽으로 향했다. 목소리의 주인공을 알아본 하나는 저도 모르게 입을 딱 벌렸다.

"맞네, 주하나. 오랜만이다?"

원수는 외나무다리에서 만난다. 지금 상황이 딱 그 짝이었다.

"영민아, 네가 어떻게……."

"진짜 맞구나. 오랜만이다, 하나야."

"못 본 사이에 많이 촌스러워진 것 같다? 하마터면 못 알아볼 뻔했어."

혼자라고 해도 놀랄 일인데, 딱 붙어 있는 한 쌍의 남녀가 시야에 등장한 순간 하나는 아연실색했다. 마주친 이들은 고등학교 동창인 윤선과 영민이었다. 게다가 그들은 하나가 그토록 피하기 급급한 동창들 중에서도 가장 재회하고 싶지 않은 인물로는 선두를 다퉜다. 한마디로, 최악의 조합이다.

"너 얼굴 한번 보기 힘들다? 되게 비싸게 구네?"

"그동안 잘 지냈어? 소식 많이 궁금했는데, 이렇게 다 만나게 되네."

"어? 아…… 그래. 그러네. 세상 참 좁다. 너도, 잘 지냈지?"

마음에도 없는 안부 인사를 나누면서도 속으로는 어떻게 해서든 빨리 이 상황을 모면하고 싶은 바람뿐이었다. 아무리 세상이 좁다지만, 이건 억지로 성사시키려 해도 불가능한 만남이다. 더군다나 생각지도 못한 조합으로 함께 나타난 두 사람을 보니 다시금 불길한 예감이 들었다.

"그럴 거라고 예상은 했지만 동창회 한 번을 안 나오더라, 너. 애들 소식은 듣고 사니? 나랑 영민이랑 사귀는 것도 모르지?"

"뭐?"

"보아하니 몰랐던 모양이네. 벌써 1년 넘었는데."

그제야 두 사람이 서로 팔짱을 끼고 있는 모습이 눈에 들어왔다. 뜻밖의 소식에 머리를 세게 얻어맞은 것만 같아 두 사람을 번 같아 쳐다보며 눈만 깜빡거리던 하나는 한참 지나서야 여전히 황망한 표정으로 두서없는 말을 꺼냈다.

"아…… 그랬구나. 축하해. 그런데…… 여긴 어쩐 일이야?"

"오늘 윤선이 생일이거든. 윤선이가 여기 딸기 타르트를 좋아해서."

"얘 좀 봐. 어쩐 일이냐고? 그건 우리가 먼저 물어야 되는 거 아니야? 너야말로 여긴 어떻게 왔어?"

"그게, 나는 그러니까……."

"아, 너 전공이 제과제빵이라며? 혹시 여기 취직하려고?"

"그게 무슨 소리야? 제과제빵? 하나가? 미술이 아니라?"

윤선의 시선이 눈치 빠르게 이력서 파일로 향하자 하나는 재빨리 손을 등 뒤로 감췄다. 하지만 윤선은 이미 혼란스러운 표정으로 되묻는 영민을 향해 눈을 돌린 후였다.

"너도 몰랐구나. 하긴, 주하나 재가 워낙에 꽁꽁 숨겼으니까. 우리 3학년 때 주하나네 아버지 사업 갑자기 망해서 재 미술 그만뒀잖아."

"……."

"5년 넘게 숨기고 재도 참 용하지. 동창회 안 나오는 것도 아마 다 그것 때문……."

"하윤선. 그만해."

"어머, 미안. 그런데 맞지? 너 그래서 친하게 지내던 애들하고도 다 연락 끊은 거잖아. 강지혜 빼고. 내 말 틀렸니?"

사근사근한 어조로 사람 속을 내지르는 언사에 간신히 그만하라는 항변을 내뱉었으나 목소리가 덜덜 떨려와 하나는 더 이상 아무런 반박도 할 수가 없었다. 아, 그 불길한 예감은 이것 때문이었나 보다. 역시 이곳에 오지 않는 게 맞았던 건데.

"윤선아. 인사는 이쯤 하고 나가자. 연극 보러 가자며. 이러다 시간 놓치겠다."

머릿속이 온통 마비된 하나 대신 재빨리 사태를 파악한 영민이 부리나케 두 사람 사이에 끼어들었다. 윤선을 서둘러 내보낸 영민은 떡갈나무 문이 열렸다 닫히고 그녀의 모습이 시야에서 사라지자 피곤한 기색으로 벽에 기대섰다.

"미안. 대신 사과할게."

"네가…… 왜 미안해."

"네가 이해해. 너도 알잖아, 윤선이 성격. 반가운데 표현을 잘 못 해서 그래."

"……."

"그래도 반갑다, 주하나. 이제야 제대로 보게 되네. 졸업하고 처음이니까…… 벌써 5년이 넘었나?"

달래듯 말한 영민이 희미하게 웃어 보였지만 하나는 그럴 수가 없었다. 오히려 둘만 남아 있는 지금 이 순간이 조금 전보다도 더 비참한 기분이었다.

"졸업하자마자 번호도 바뀌고 소식도 끊겨서 그런 사정이 있었는지 몰랐어. 윤선이도 그런 말 한 적 없었고. 정말로 소식 궁금해서 네 연락처 알고 있는 애들 찾았는데 아무도 없더라."

"그랬…… 구나."

"이대로 영영 못 보나 싶었는데 다시 만나서 다행이다. 정말 보고 싶었어. 이건 내 명함. 아직 졸업을 못 해서 정식으로 입사한 건 아니지만 아버지 회사에서 인턴 하고 있어. 연락 줄 거지?"

"그래…… 할게."

“넌 여전하구나.”

그 말에 그때까지 꾹꾹 눌러 참고 있던 허탈한 숨이 터져 나왔다. 뭐가 여전하다는 걸까. 6년이 다 되어가도록 여전히 초라하기만 한 모습이? 그때나 지금이나 하고 싶은 말 한마디 제대로 꺼내지 못하는 용기 없는 모습이?

“더 이야기하고 싶은데 윤선이가 밖에서 기다리고 있어서 이만 가야겠다. 윤선이가 기다리는 걸 싫어해서. 아마 지금도 엄청 열내고 있을 거야.”

영민은 재미있는 농담이라도 하듯 그렇게 말했지만 하나는 조금도 웃음이 나오지 않았다. 명함을 받아 들고 억지로 입꼬리를 끌어올려 웃는 속이 바늘로 쿡쿡 찌르듯 쓰라렸다.

“다음에 보면 못다 한 얘기도 하고 그러자. 하고 싶은 말이 정말 많거든. 그럼, 나 먼저 가볼게. 연락해.”

손으로 전화기 모양을 만들어 보이며 씩 웃은 영민이 나무 문 너머로 사라졌다. 그리고 하나는 힘이 풀린 다리를 억지로 지탱하고 섰다. 그 짧은 시간 동안 도대체 몇 번이나 마음이 찔렸는지 셀 수조차 없었다. 무엇이 더 최악인지 가늠조차 되지 않았다.

6년이라는 시간이 흐르는 동안 저를 구해줬던 남자가 꿈에 나오는 날이면 늘 다짐하곤 했다. 만에 하나 기적처럼 다시 마주치게 되는 날이 온다면 씩씩한 목소리로 나 그동안 잘 살았다고, 어릴 적 꿈꿨던 모습은 아니지만 그래도 열심히 살고 있다고 전하겠노라고.

‘그런데 이게 무슨 꼴이야.’

아무리 씩씩해지려 안간힘을 써봐도 처음 보는 사람 앞에서조차 초라해지고 마는 스스로의 모습이 있을 뿐이었다. 눈물이 핑 돌아서 하나는 입술을 잘근잘근 깨물며 돌아섰다. 그길로 이곳을 나가려는데, 누군가가 카운터에서 나와 뒤를 따르는 기척이 들렸다.

"따라오지 마세요."

어설픈 위로라면 사절이었다. 그 말에 발자국 소리가 뚝 끊겼고 하나는 곧장 문을 열어 밖으로 나섰다. 기다렸다는 듯이 한 줄기 눈부신 햇살이 발치로 쏟아졌지만 하나는 더 걷지 못한 채 그대로 제자리에 주저앉았다.

"축하한다고? 그런 상황에서 축하는 무슨 축하…‥. 넌 자존심도 없냐, 주하나."

허탈한 혼잣말이 입술 끝에서 새어 나와 흩어졌다. 고개를 떨구자 이번에는 되는 대로 입고 나온 옷이 새삼 눈에 걸렸고 하나는 다시금 자조적으로 중얼거렸다.

"옷 꼬라지는 또 이게 뭐야…‥. 예쁜 옷도 꺼내 입고 화장도 좀 하고 올걸."

뭐라도 하지 않으면 지금 느껴지는 이 비참함이 자기 자신을 잡아먹을 것 같았다. 무릎에 얼굴을 묻은 채 자책하다 하나는 휴대폰을 꺼내 절친에게 전화를 걸었다.

[뭐야, 중요한 일 있어서 끊는다면서?]

"지혜야."

[어, 너 목소리가 왜 그래? 설마 울어?]

"내 인생은 왜…‥ 늘 이 모양일까. 뭐 하나 제대로 되는 게 없어."

[무슨 일이야, 어? 울지 말고 차근차근 얘기해 봐.]

"영민이가, 그러더라. 내가 여전하대. 그 말이 무슨 뜻인지…‥

나 잘 모르겠어.”

[영민이? 지금 설마 김영민 말하는 거야?]

“왜…… 그동안 나한테 말 안 했어? 영민이랑 하윤선이랑 1년 넘게 만났다는데, 너 나한테는 한 번도 그런 얘기 한 적 없었잖아.”

[그, 그걸 네가 어떻게…… 아니, 이게 아니라……. 너 김영민 만났어? 아니면 하윤선?]

“진짜였구나. 다 아는데…… 나만 몰랐던 거구나.”

이미 당사자에게 직접 들은 이야기지만 확인 사살까지 당하고 나니 이제야 이게 진짜구나 하고 실감이 났다. 한쪽 손에 쥐여 있던 영민의 명함이 힘없이 구겨졌다.

[그게 말이지…… 에라, 나도 모르겠다. 그냥 얘기할게. 까놓고 말해서 우리 고등학교 때 너랑 김영민이랑 사귀지만 않았다 뿐이지 서로 좋아하는 거 모르는 애들 있었어? 그런데 너한테 그 얘길 어떻게 해. 그것도 다른 사람도 아니고 하윤선 그 기지배랑 사귄다는데.]

“…….”

[이제 와서 하는 말이지만 김영민이 그동안 너랑 얼마나 연락 닿고 싶어 했는지 알아? 다른 애들한테도 다 물어보고 다니고, 그래봤자 너랑 연락하는 애들 없으니까 볼 때마다 너랑 제일 친한 나 붙잡고 정말로 네 소식 들은 거 없냐고, 제발 네 연락처 좀 알려달라고 얼마나 들들 볶았는데. 네가 김영민 만나고 싶지 않다고 하지만 않았으면 나 이렇게 입 꾹 다물고 있느라 고생도 안 했어.]

“그랬구나…… 나 진짜 바보 멍청이였구나.”

[안 그래도 둘이 사귄다는 거 알려졌을 때 뒤에서 말 많았어.

너 잠수만 안 탔으면 두 사람 사귈 일 절대 없었을 거라고. 아니, 그래서 넌 대체 이 얘기를 별안간 어디서 들은 거야?]

울지 않으려 입술을 잘근잘근 깨물고 또 깨물었으나 그런 보람도 없이 수화기 너머에서 흘러나오는 지혜의 격분한 음성에 끝내 눈물이 차올랐다. 입 밖으로 나오는 건 그저 흐느낌뿐이었다.

"우리 집 갑자기 망해서 나 미술 그만둔 건…… 하윤선이 어떻게 아는 거야? 혹시…… 네가 말했어?"

[뭐? 야, 너는 날 뭘로 보고. 나 그렇게 정신머리 없는 애 아니야! 그나저나 하윤선 만난 거 맞구나? 그렇지? 걔가 또 뭐라고 하면서 속 뒤집어놓디?]

"둘 다, 만났어. 오늘이 하윤선 생일이라더라."

[둘 다? 세상에, 그럼 하윤선 그게 김영민까지 있는 자리에서 그따위 망발을 지껄였단 말이야? 아, 나 그 못된 기지배. 내가 확 그냥……. 야, 주하나. 그런 놈 때문에 울지 마. 사람은 끼리끼리 만난다고, 하윤선 같은 애 만나는 거 보면 김영민 걔도 답 없어. 뭔가 알려지지 않은 치명적인 단점이 존재하는 게 분명해.]

"……."

[설마, 너 아직도 김영민 못 잊은 거 아니지? 너 그래도 대학 다닐 때 복학생 오빠랑 연애도 했었잖아. 주하나, 듣고 있어?]

거짓말처럼 그 말이 귀에 들어오지 않았던 건 바로 뒤에서 문이 열리는 소리가 들렸기 때문이었다. 몸을 까딱할 힘조차 없어 비키지도 못하고 그대로 주저앉아 있는데 뚜벅뚜벅 걸어 나온 누군가가 하나의 앞에서 돌아섰고 무릎을 굽혀 앉아 눈을 맞췄다.

뿌옇게 흐려진 시야 사이로 준수의 얼굴이 들어온 순간, 하나는 허탈하게 웃었다. 그와 동시에 두 눈 가득 고여 있던 눈물이 주르륵 흘러내렸다. 어설픈 달래주기도, 성급한 위로도 없었다. 그저 손을 뻗어 눈가에 차오른 눈물을 닦아주었을 뿐인데, 그 순간 하나는 바보처럼 그의 앞에서 엉엉 울고 말았다.

"내가 뭘 그렇게…… 잘못했다고……."

"……."

"우리 집이 망한 게 내 잘못은 아니잖아…… 꿈도 잃어버리고 첫사랑은 끝장나고 내 인생에 뭐 하나 제대로 굴러가는 게 없어서 나도 힘든데, 그래도 열심히 살아보려고 했는데…… 그런데 대체 내가 뭘 그렇게 잘못했다고 다들 이렇게 나한테……."

"주하나 씨 잘못한 거 아무것도 없어요."

그 말에 결국 마음 깊은 곳에서 무언가가 뻥 터져 버렸다. 울컥 마음을 건드리는 낮은 음성에 하나는 처음 보는 남자 앞에서 속수무책으로 소리 내 울었다. 그는 그만 울라는 흔한 말 한마디 없이 한참이나 가만히 그 모습을 지켜보기만 했다.

"지금…… 속으로 우습다고 비웃고 있죠?"

"전혀요. 그게 우스운 일인가?"

"그런데…… 제 이름은 어떻게 아세요?"

울면서도 꾸역꾸역 묻는 말에 소리 없이 웃은 준수가 눈짓으로 하나의 손을 가리켰다. 그 눈길을 따라 시선을 움직이자 아직도 손에 들려 있는 이력서 파일이 눈에 들어왔다. 창피해서 얼른 손을 등 뒤로 감추는 하나를 보고 또 낮게 웃은 준수가 물었다.

"이제 다 울었어요?"

한바탕 펑펑 울고 나니 조금 정신이 들었다. 제정신이 돌아오자마자 제일 먼저 느껴진 감정이 창피함이라는 게 부작용이었지만.

'아, 미쳤다 주하나. 넌 미쳤어 진짜.'

뒤도 돌아보지 않고 씩씩하게 걸어 나갔어야 했는데. 스스로에게 부끄러운 마음에 하나는 괜히 눈앞의 남자에게 화풀이를 했다.

"따라오지 말라고…… 했잖아요."

대꾸 대신 준수는 여전히 눈높이를 맞춰 앉은 자세 그대로 빙긋이 웃었다. 시선을 내리깐 채 훌쩍거리며 눈물을 닦아내고 있는 하나의 앞에 불쑥 손수건이 내밀어졌다. 천천히 고개를 든 하나가 그를 올려다보았다.

"시간이 지나도 도무지 그칠 것 같지 않아서."

"다…… 봤어요?"

하나의 물음에 준수는 대답 대신 반대편 손을 들어 어느 한쪽을 가리켰다. 그 방향을 따라 시선을 돌린 곳에는 카운터 쪽 벽으로 난 창문이 있었다. 안에서도 창문 너머로 모든 상황이 훤히 보인 모양이었다. 하다 하다 혼자 청승맞게 제 무릎을 끌어안고 우는 모습까지 선보였다는 생각을 하니 기가 막혔다.

"언제부터 보고 있었어요?"

"처음부터."

"다른 사람이 우는 건 왜 훔쳐보세요?"

"훔쳐본 거라기보다는, 과거의 거울을 들여다본 거라고 해두죠."

하나가 손수건을 받아 들 기미가 보이지 않자 준수는 직접 손을 뻗어 손수건으로 두 뺨에 번진 눈물을 닦아주었다. 하나가 움찔하는데도 끝까지 말끔하게 눈가를 닦아낸 그가 은근슬쩍 이력서 파일을 집어 들었다.

"사진 잘 나왔네요."

"왜 멋대로 남의 이력서를 봐요? 주세요!"

"파티시에 지원하러 온 거, 맞죠?"

"아, 아니에요."

"그것만큼은 아까 친구분 말이 맞는 것 같은데, 정말 아니에요?"

"친구는 누가 친구라는 거예요. 친구 아니거든요?"

"다 운 거 맞네요. 이렇게 기운 내서 대꾸하는 거 보니까."

순간적으로 할 말이 사라졌다. 그 틈을 타 준수는 마침내 필사적으로 이력서를 되찾으려는 하나의 손길로부터 단호하게 파일을 사수해 냈다.

"공고, 이제 안 붙어 있는 거 다 봤어요. 모집 끝난 거 아닌가요?"

"지원자가 한 명 더 늘어난다고 해서 세상이 무너지지는 않죠."

"지금…… 동정하는 거예요? 가진 게 아무것도 없다고 해서?"

여전히 물기 어린 눈을 한 채 하나는 비참하다는 듯 그렇게 말했다. 그러나 준수는 오히려 방금 전보다도 웃음기가 사라진 목소리로 되물었다.

"주하나 씨. 복수하고 싶지 않아요?"

"복수…… 요?"

"누군가가 말했죠. 잘 살아라, 그게 최고의 복수다."

그 말을 들은 순간 하나의 신경을 건드린 건 왠지 모를 기시감이었다. 저 범상치 않은 신조, 저 느릿하면서도 단호한 말투. 언젠가 이미 들어본 것 같은 느낌에 사로잡혀 정신이 없는 와중에도 빤히 준수를 쳐다보고 있는데 그는 계속해서 말을 이었다.

"세상이 떠나갈 것처럼 한바탕 울고 모든 걸 털어버리는 것도 방법이라면 방법이겠죠. 그런데, 그래봤자 달라지는 건 아무것도 없어요. 그러니까 복수하고 싶으면 괜한 시간 낭비, 에너지 낭비는 그쯤 해둬요."

"그걸, 어떻게 알아요?"

"내가 해봤으니까."

간단하게 답하는 어조에서 어쩐지 어울리지 않게 차가운 기색마저 느껴졌다. 그 이면에 당황한 하나가 빤히 그를 바라보다 이번에는 먼저 입을 열었다.

"괜한 시간 낭비는 그쪽이 하게 될지도 몰라요. 길지도 않은 이력서 대충 스캔했으니 이미 아시겠지만, 이렇게 굳이 이력서를 받아갈 정도로 제가 별로 뛰어난 인재는 아니거든요."

"그 판단은 직원들이 합니다. 그러니 괜한 자존심은 접어둬요. 주하나 씨 표현대로 가진 게 아무것도 없는 사람한테 자존심은 사치일 뿐이니까."

여전히 서늘함이 감도는 투로 대화를 일단락 지은 준수가 그제야 조금 표정을 풀었다. 이력서 파일을 챙긴 그가 마지막으로 덧붙였다.

"이력서 검토 후에 연락드리죠. 물론, 주하나 씨가 서류 전형을 통과할 만한 인재라는 전제하에서. 조심해서 가요."

"기대 안 할 거예요. 그러니까 희망 고문하지 마세요."

"뭐, 그건 좋으실 대로. 그런데 앞은 보고 가요. 조심해요, 그 앞 계단에서 넘어지는 사람 한둘이 아니……."

"으악!"

준수의 경고가 채 끝나기도 전에 발을 헛디딘 하나가 비명을 질렀다. 그리 높지 않은 계단이긴 하지만 하마터면 그대로 굴러떨어질 뻔한 순간, 준수가 민첩한 움직임으로 그녀의 팔을 잡아챘다. 그리고 그 반동으로 하나는 엉겁결에 그의 품에 안기고 말았다.

1초가 1년 같은 찰나가 지나고, 하나는 저도 모르게 질끈 감았던 눈을 천천히 떴다. 지금 이 상황, 낯설지 않다. 그리고 다음 순간, 하나는 드디어 자신이 느끼던 기시감의 정체를 깨달았다.

"조심하라고 했죠. 굴러서 내려갈 생각이에요?"

현기증처럼 눈앞이 핑 도는 가운데 몇 년이나 흐릿하기만 했던 꿈속 남자의 생김새가 일순간 또렷해졌다. 남자의 이목구비 위로 다른 이의 얼굴이 겹쳐진 순간 하나는 저도 모르게 속으로 부르짖었다.

맙소사. 6년 전 그 남자다.

그 깨달음에 하나는 황급히 준수의 품에서 떨어져 나왔다. 그런데 바로 그 순간 똑같은 인상을 받은 건 비단 그녀뿐만이 아닌 모양이었다.

"주하나 씨."

무언가가 떠오른 듯 미간을 찌푸린 준수가 이름을 불렀다. 왠지 모르게 불길해진 하나가 천천히 고개를 들자 그가 물었다.

"우리, 어디서 본 적 있죠?"

위기다.

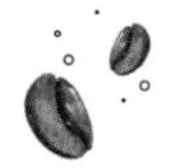

당신의 1년에 행운이 가득하기를

"네? 그럴…… 리가요. 저는 오늘 여기 처음 왔는데요? 그쪽도…… 오늘 처음 보는 거고."

"그래요? 그런데 난 왜 주하나 씨가 이렇게 익숙하죠?"

"다른 분이랑 착각하신 거겠죠. 제가 워낙에 좀 흔한 얼굴이라."

"아, 흔한 얼굴. 진심으로 그렇게 생각해요? 난 한 번 봤는데도 기억이 나는데."

"네?"

"우리 오늘 말고 본 적 있는데, 정말 기억 안 나요?"

"어, 언제요?"

어지간히 당황했는지 말까지 더듬는 하나를 본 준수가 피식 웃었다. 진짜 기억 못 하는구나. 잠시 하나를 빤히 바라보던 그는 느릿하게 대답을 돌려주었다.

“어제요.”

순간적으로 움찔했던 하나가 도로 평온을 되찾았다. 그가 6년 전 일을 기억해 낸 줄로만 알고 마음의 준비를 했으나 아무래도 그건 아닌 모양이었다. 그러나 안도한 것도 잠시 어제라는 단어가 신경을 건드려 하나는 다시 눈을 동그랗게 뜨고 되물었다.

“어제요? 저 정말로 여기 오늘 처음 온 건데요?”

“기억 안 나면 어쩔 수 없죠. 조심해서 가요. 넘어지지 말고.”

굳이 짚고 가지 않겠다는 뉘앙스였다. 불안한 눈으로 눈치를 살피던 하나는 눈인사를 건네고는 부리나케 달아났다.

도망치듯 멀어지는 뒷모습을 오래도록 쳐다보던 준수는 천천히 아래로 시선을 내렸다. 그의 손에 들려 있는 이력서에는 하나가 환하게 웃고 있는 사진이 붙어 있었다. 미소를 띤 채 그 사진을 한참이나 들여다보던 준수는 곧 미간을 좁히며 중얼거렸다.

“진짜로 낯익은데.”

그냥 어제 본 얼굴이라 익숙한 것인 줄로만 알았는데 조금 전 넘어질 뻔한 하나를 부축했을 때 묘한 기시감이 스쳐 갔다. 언젠가 이미 경험한 적이 있는 것처럼 낯설지 않은 상황이었다.

“주하나, 주하나라…….”

게다가 이름도 전에 어디에선가 마주한 적이 있는 것 같았다. 그리 흔한 이름이 아니니 얼른 기억이 날 법도 한데 그렇지 못하다는 게 문제였지만.

제자리에 서서 흩어진 기억을 되돌리려 애쓰던 준수는 많은 시간이 흘러서야 다시 이력서로 시선을 돌리며 혼잣말을 했다.

“재미있네.”

모름지기 기대라는 건 퍽 기이한 속성이 있어서 결과에 대한 기쁨과는 반비례하고 실망과는 비례하는 법이다. 그래서 조금도 기대한 바 없는 뜻밖의 성과는 때때로 두 배의 환희를 가져다주고는 한다. 예를 들면.

"네? 이력서 통과요?"

당연히 떨어질 줄 알았던 취업 서류가 통과됐다는 연락을 받았을 경우처럼.

시작부터 삐걱거렸던 파티시에 자리에는 미련을 버리고 구인구직 사이트를 들쑤시며 새로운 일자리를 알아보던 차였다. 그날의 사건 이후 며칠간 창피함에 이불만 뻥뻥 차다 현실로 돌아온 지 고작 3일 남짓 지난 시점에 걸려 온 한 통의 전화는 기울어가던 전세를 대번에 뒤집어놓았다.

"그러니까, 면접을 보러 오라는 말씀이시죠?"

"면접? 면접이라니?"

"네, 네. 오늘 오후 3시요. 네, 괜찮습니다. 그럼 그때 뵐게요. 감사합니다!"

"뭐래, 뭐래? 면접 보러 오래?

옆에서 덩달아 같이 일간지를 훑던 다애가 호기심 가득한 눈으로 휴대폰에 바싹 귀를 갖다 댔다. 통화를 마친 하나는 얼떨떨한 표정이었다.

"다애야, 나……."

"왜? 뭐라는데!"

"이력서 통과됐대! 면접 보러 오래!"

잠시 멍하니 서로를 쳐다보던 자매는 곧 약속이라도 한 듯 서로를 얼싸안고 환호성을 지르며 방방 뛰기 시작했다. 먼저 현실로 돌아온 건 물론 세상살이를 조금이라도 더 겪어본 하나였다.

"그런데, 왜 된 거지?"

"왜 되다니? 그게 무슨 소리야?"

"나보다 잘난 사람이 널리고 널렸을 텐데…… 서류는 그냥 다 통과시켜 줬나? 아니면 설마, 사기인 건 아니겠지?"

"사기는 무슨 사기? 일자리 알선을 빙자해서 돈이라도 뜯겼어?"

"아니, 그런 건 아닌데…… 그래도 좀 이상한데. 보기만 해도 한숨 나오는 이력서가 어떻게 통과된 거지?"

"언니는 자기 이력서가 허접스럽다고 생각해?"

"허접스럽다고까지 표현하지는 않았어."

동생의 남다른 어휘력에 하나는 인상을 썼다. 잠시 사기의 가능성을 재보던 하나는 그 남자를 믿기로 결론을 내렸다. 다른 사람도 아니고 6년 전에 생판 남남인 그녀를 절체절명의 위기로부터 구해준 남자였다.

"뭐, 어찌 됐든 지금 이 상황보다 더 나쁠 수는 없지. 그냥 부딪쳐 보는 거야."

"아주 바람직한 자세야. 그런데 면접에서는 뭘 하는데 이렇게 당일에 불러내?"

"안 그래도 미안하게 됐다고 했어. 일정이 촉박한가 봐. 이력서에 적혀 있는 사항에 대해서 간단한 질의응답이 있을 거고 실기 테스트도 할 거래."

"와, 그럼 이거 완전 따 놓은 당상이네. 언니 실력이야 두말하면 입 아프잖아. 그뿐이야? 원래 미술 해서 미적 감각도 있고! 아무래도 안 되겠어."

"뭐가 안 되겠다는 거야?"

"이러다 우리 언니 청담동 여신 파티시에로 유명해지는 거 아니야? 남자들이 막 언니 보려고 가게 앞에 줄 서는 거 아니냐고. 그리고 언니는 그중에서 근사한 남자를 골라서 일과 사랑 두 마리 토끼를 다 잡는 거지. 완벽해!"

"와, 내 동생이지만 정말이지 대단한 상상력이다, 대단한 상상력이야. 나 아직 서류 통과밖에 안 됐거든? 면접도 안 봤다고."

당사자가 어처구니없다는 듯 혀를 차는데도 다애는 여전히 행복한 상상에 젖어 있었다. 그 후로 자매는 테스트 과제로 무엇이 나올지 토론하고 준비하며 시간을 보냈다. 그리고 마침내 약속 시각이 다가왔을 때 하나는 동생의 열렬한 배웅을 받으며 집을 나섰다.

"언니, 파이팅!"

내리쬐는 볕은 따갑지만 화창한 오후였다. 스스로를 향한 응원을 주문처럼 외우며 정류장을 향해 걷고 있는데 불현듯 근처에서 경적 소리가 울렸다. 깜짝 놀라 옆을 돌아보니 자동차의 창문이 스르르 내려가며 하나가 잘 아는 누군가가 모습을 드러냈다.

"누나! 어디 가요?"

3분의 2쯤 내려간 창문에 팔을 기댄 태일이 창밖으로 얼굴을 빼고는 손을 흔들었다. 쏟아지는 햇빛 때문에 눈을 찡그린 그가 이내 하나와 시선을 마주하고는 환하게 웃었다. 잠시 망설이던 하나는 곧 멋쩍게 웃으며 대답했다.

"비밀인데."

“와, 진짜 섭섭해지네.”

“미안. 잘되면 나중에 꼭 얘기해 줄게.”

“혹시 데이트예요? 아니면, 소개팅?”

“그런 건 아니고.”

“다행이다. 그런 거였으면 나 질투 날 뻔했는데.”

“뭐?”

“농담이에요. 어쨌거나, 그럼 모르긴 몰라도 사연 있는 약속인
가 보네요. 어디로 가세요? 모셔다 드릴게요.”

“아니야, 괜찮아. 지하철 타면 금방인데, 뭘.”

“그러지 말고 타세요. 약속 장소가 어디예요?”

“청담동. 그런데 나 진짜 괜찮은데.”

“잘됐네요. 저도 그쪽으로 가요. 그러니까 부담 갖지 말고 타
세요. 누나 이대로 그냥 가면 나 진짜 섭섭해할 거예요.”

“그럼, 미안하지만 잠깐 신세 좀 질게.”

계속된 권유에도 주저하던 하나가 방향이 같다는 말에 결국
차에 올라탔다. 운전석에 앉아 있는 태일은 평소와 다르게 흰색
셔츠에 단정한 검정색 슬랙스 차림이었다.

“와, 태일아 너 오늘 정말 멋지다. 너야말로 오늘 무슨 날이
야?”

“누나가 누구 만나는지 안 알려줘서 나도 비밀.”

그렇게 받아치는 태일의 표정은 장난스럽게 웃고 있으면서도
어딘가 모르게 경직되어 있었다. 평소에는 상상도 할 수 없는 그
얼굴에 하나는 문득 언젠가 동생이 지나가듯 했던 이야기를 떠
올렸다.

"난 이태일이 그런 표정 지을 때마다 불안해 죽겠어. 언젠가 일 한번 칠 것 같다니까?"

태일이 간혹 우울과 불안에 찬 얼굴을 하고 있을 때면 뭘 어떻게 해야 될지 모르겠다고, 다애는 말했다. 이렇게 직접 그 표정을 마주하고 있으니 그 말이 무슨 뜻인지 알 것도 같아 더 캐묻기가 조심스러워졌고 결국 하나는 자연스럽게 화제를 돌렸다.

"그러고 보니까 며칠 전 일은 다애가 사과했어?"

"주다애는 기억도 못 하는 것 같던데요?"

"걔는 진짜 어쩌려고 툭하면 그러는지……. 네가 많이 난처하겠다."

"제가 자초한 일이죠, 뭐."

무심코 대꾸해 놓고 아차 싶었는지 태일은 잠시 옆에 있는 하나를 돌아보았다. 하지만 딱히 할 말이 없는 건 이쪽도 마찬가지였다.

한동안 말없이 운전만 하던 태일은 한참이 지나서야 진지하게 덧붙였다.

"누나가 무슨 걱정 하는지 알아요. 누나가 생각하는 그런 일 없을 거예요. 주다애 안 흔들어요, 나."

안 흔들어도 흔들리는 게 문제다. 세상에서 제일 어려운 게 사람의 마음을 얻는 일이라더니 아무래도 진짜 그런가 보다. 어쨌거나 자기가 끼어들 일은 아니라 하나는 입을 다문 채 생각에 잠겼다.

"다 왔어요, 누나."

한참이나 상념에 빠져 있던 하나는 차를 세우는 태일의 말에 그제야 정신을 차렸다. 어느새 역 앞에 도착해 있었다.

"아, 데려다줘서 고마워. 덕분에 편하게 왔어. 그나저나, 화장도 좀 하고 더 괜찮은 옷 입고 나올 걸 그랬나."

차에서 내리기 전 하나는 마지막으로 거울을 들여다보며 스스로의 모습을 점검했다. 어차피 면접은 주로 제빵실에서 이루어질 거라 화장은 하지 않았다. 위생복을 입어야 할 테니 옷차림에도 특별히 신경을 쓰지 않았는데 막상 면접 장소 근처에 도착하고 나니 어쩐지 후회가 되는 기분이었다.

그래서 한참이나 거울을 들여다보고 있는데 문득 저에게로 향해 있는 태일의 시선이 느껴졌다. 그 집요한 눈길에 하나가 민망해졌을 때쯤 태일이 웃으며 말했다.

"누나 진짜 모르는구나."

"내가 뭘 몰라?"

"그런 거 없어도 자기가 굉장히 미인이라는 거."

그 농담에 눈을 흘긴 하나가 태일의 어깨를 아프지 않게 살짝 쳤다. 그러나 과장스럽게 아픈 표정을 짓는 그의 반응에 결국에는 하나 역시 웃어버리고 말았다.

한참이나 마주 보고 웃다 차에서 내려선 하나에게 태일은 마지막으로 인사했다.

"무슨 일인지는 모르겠지만, 행운을 빌어요."

"행운까지는 바라지도 않아. 그냥, 나쁜 일만 없었으면 좋겠어. 그래도, 고마워 태일아."

태일의 차가 시야에서 벗어나 사라지고 하나는 한결 가벼운 마음으로 걷기 시작했다. 태일이 해준 응원 덕분인지 지난번과 다르게 왠지 모를 좋은 예감이 들었다.

"시작도 하기 전부터 괜히 겁먹지 말자, 주하나."

「L'amour」에 도착한 하나는 굳게 닫힌 문을 투시하듯 쳐다보며 마지막 각오를 다진 후 안으로 들어섰다. 들어오자마자 카운터에 서 있던 깐깐한 인상의 여자가 말을 붙였다.

"주하나 씨?"

"아, 네. 제가 면접 보기로 한 주하나입니다."

"이쪽으로 오세요."

이력서 통과 소식을 전해준 전화 속 목소리의 주인공이 자리로 안내하며 자신을 「L'amour」의 매니저라고 소개했다. 텅 빈 홀 중앙의 테이블에는 이미 매니저를 제외한 세 사람이 모여 앉아 있었다.

"반갑습니다, 주하나 씨."

하나가 세 사람의 건너편에 착석하자마자 제일 먼저 말을 건 사람은 문제의 그 남자였다. 구김 없는 흰색 셔츠를 입고 있는 걸 보니 바리스타인 모양이라고, 하나는 생각했다.

무심코 셔츠 왼쪽에 달려 있는 명찰을 살피자 그제야 '서준수'라는 이름이 머릿속에 입력되었다. 잘 어울리는 이름이라는 생각이 든 것도 잠시 준수와 눈이 마주친 하나는 부리나케 그의 시선을 회피해 딴청을 부렸다. 잘못을 저지른 것도 아닌데 그의 정체를 깨달은 이후로 혼자 속이 켕기는 기분이었다.

별다른 표정 없는 얼굴로 하나를 지켜보고 있던 준수가 움찔하는 그녀의 모습에 피식 웃고는 말문을 열었다.

"쇼콜라티에 1급 디렉터 자격이 있으시네요."

"네. 대학 졸업하면서 취득했습니다."

"대학에서는 제과제빵을 공부하셨고요."

“네. 자격증은 대학 입학 전에 취득했습니다.”

“그리고 관련 경력은…….”

이력서를 쥐고 있는 준수의 시선이 아래쪽으로 향했다. 그의 눈길이 몇 줄 되지도 않는 경력 사항에 닿았다는 걸 감지한 하나는 속으로 탄식했다.

‘아, 왜 하필 저 남자가 이력서를. 여긴 인사 담당자 따로 없어?’

“베이커리에서 6개월 정도 근무하셨네요. 실례지만 더 오래 근무하지 않으신 이유를 여쭤봐도 될까요?”

그러나 서준수는 표정 변화 하나 없이 건조한 목소리로 물었다. 공과 사를 확연히 구분하겠다는 건지 제법 냉철한 태도였다. 지난번에도 느꼈지만 마냥 따뜻한 것 같으면서도 은근히 냉정함이 뚝뚝 떨어지는 남자다. 그 점을 본받기로 한 하나는 차분히 대답했다.

“말이 베이커리지 제가 진짜로 하고 싶었던 빵을 굽고 케이크를 만드는 일은 시켜주지 않아서요. 그리고 다른 일에서 재능을 발견했거든요.”

“다른 일이라면…….”

그 말에 다시 이력서로 시선을 돌린 준수가 의외라는 표정을 지으며 되물었다.

“베이비시터?”

“네. 처음에는 잠깐 하려고 했던 아르바이트인데, 어머님들께서 저를 참 좋아하시더라고요. 입소문까지 나는 바람에 여기저기 불러주시는 분들이 많아서 생각보다 오래 일했습니다.”

“그런데 왜 그만두셨죠?”

"어느 날 돌이켜 보니까 문득 회의감이 들어서요. 재능은 있었을지 몰라도 제가 하고 싶은 일은 그게 아니었거든요. 더 늦기 전에 제가 진짜로 하고 싶은 일을 찾으려고 과감하게 그만뒀습니다."

"그러니까, 주하나 씨가 진짜로 하고 싶은 게 이 일이다? 빵 굽고 케이크 만드는?"

내내 물 흐르듯 답변하던 하나가 처음으로 멈칫했다. 의례적인 질문이지만 하나에게는 자못 정곡을 찌르는 물음이었다.

6년 전에 미술이 아닌 이 일을 평생의 업으로 삼기로 결심한 건 물론 사실이었다. 그러나 여전히 마음 깊은 구석에는 못다 이룬 꿈에 대한 미련이 남아 있었다. 게다가, 이건 그저 우연히 찾아온 기회일 뿐이다.

그럼에도 불구하고 하나는 결연히 고개를 끄덕였다. 제법 세밀한 질문은 계속 이어졌다.

"여기저기 불러주는 사람이 많았으면 그만둘 때 만류하는 사람들도 적지 않았을 텐데요."

"네. 안 그래도 그만두겠다고 말씀드렸을 때 고용주께서 월급 15% 인상을 걸고 협상을 시도하셨는데, 깔끔하게 포기했습니다."

"후회되지 않았어요?"

"첫날은 홀가분했는데, 솔직히 말씀드리면 그다음 날은 하루 종일 심란했습니다. 붙잡을 때 그냥 눌러앉을 걸 그랬나 싶어서요."

솔직한 답변에 준수 옆에 앉아 있던 여자가 피식 웃었다. 여자가 처음으로 보인 반응에 민망해진 하나가 얼른 입을 다물고 애써 초연한 표정을 지었다.

마침 여자가 발언권을 가져갔다.

"다시 우리의 일 얘기로 돌아와 보죠. 저희 「L'amour」는 새로운 파티시에를 뽑음과 동시에 신제품 개발을 본격적으로 추진할 계획이에요. 혹시 하나 씨는 기존에 없던 새로운 디저트를 만들어 본 적이 있나요?"

"아시다시피 제가 정식 파티시에로 일한 적이 없어서 상품화될 수준은 아니었습니다."

"그럼 지금 한번 볼까요?"

"네?"

"하나 씨가 어떤 빵과 케이크를 만드는 사람인지 알아야 저희가 평가를 하겠죠? 재료는 얼마든지 준비되어 있으니 제빵실에서 직접, 이 세상에서 오직 주하나 씨만이 만들 수 있는 작품을 만드시면 됩니다."

오로지 나만 만들 수 있는 작품? 생각지도 못한 주제에 당황스럽기만 한데 하필이면 준수가 자리에서 일어나 제빵실까지 길을 안내했다.

머릿속을 정리하던 하나는 손목에 끼워놓은 끈으로 치렁치렁한 머리카락을 질끈 묶어 올렸다. 문가에 기대선 채 하나가 위생모를 쓰는 걸 지켜보던 준수가 슬쩍 말을 걸었다.

"자신 있어요?"

"이 대답도 면접에 포함되는 건가요?"

"이런 단순한 대답도 버전이 두 개나 돼요?"

"면접 보신 적 별로 없으시구나. 당연하죠. 뭐부터 들으실래요?"

“면접용부터 듣죠.”

“자신 있습니다! 최선을 다해서 만들겠습니다!”

군인들이 경례를 하는 것처럼 손날을 이마에 갖다 댄 하나가 씩씩하게 외쳤다. 그 작위적인 답변에 짧게 웃은 준수가 다시 물었다.

“그럼, 비공식 대답은?”

“자신 없어요. 그것도 완전.”

“왜요?”

“이미 말씀드렸잖아요, 저 뛰어난 인재 아니라고.”

금세 시무룩해지는 표정을 본 준수가 밉지 않게 웃었다. 그런 그를 멍하니 지켜보던 하나의 머릿속에 불현듯 어떤 생각이 스쳐 갔다. 다애와 열심히 토론했던 유력한 면접 예상 질문 중에 딱 한 가지만이 나오지 않았다.

“있잖아요, 왜 아까 그건 안 물어보셨어요?”

“뭘요?”

“예중 예고에서 미술 전공해 놓고 왜 느닷없이 생뚱맞은 제과 제빵으로 넘어온 건지 안 물어보셨잖아요. 어딜 가나 다들 그것부터 궁금해하던데.”

“아, 그 얘기. 별로 말하고 싶어 할 것 같지 않아서요.”

“제가요? 왜요?”

“남들한테 알리고 싶지 않은 얘기 의도치 않게 이미 한 번 들 켰는데, 두 번씩이나 당하는 건 너무 잔인하니까.”

느릿하지만 그래서 더 정확히 귓가에 파고드는 어조에 하나는 대꾸 대신 잠시 준수를 물끄러미 바라보았다. 덤덤히 그 시선을 마주하던 준수가 이내 소리 없이 웃으며 덧붙였다.

"행운을 빌어요."

문을 닫은 그가 눈앞에서 사라졌다. 하나가 현실을 자각했을 때는 어느덧 홀로 제빵실 안에 남겨진 후였다. 준수가 한 말에 정신이 팔려 잠시 까맣게 잊고 있었지만, 한 번도 진지하게 고민해 본 적 없는 독창적인 디저트를 만들라고 하니 역시나 뭘 해야 좋을지 감이 오지 않았다.

"그래. 행운의 여신은 늘 내 편이 아니…… 어? 잠깐."

행운? 순간 머릿속에서 반짝하며 좋은 생각이 떠올랐다. 두 남자가 자신에게 마지막으로 했던 말을 되새긴 하나는 곧 미소 띤 얼굴로 버터를 녹이기 시작했다.

"아무리 생각해도 이건 아니에요."

김이 모락모락 올라오는 커피를 한 잔씩 앞에 두고 앉은 「L'amour」의 직원들 사이에 묘한 기류가 흘렀다. 불만스러운 얼굴로 팔짱을 끼고 있던 매니저 수현이 불쑥 입을 열자 모두의 시선이 그쪽으로 쏠렸다. 누가 들어도 그녀가 내내 한마디 하고 싶은 성미를 꾹 눌러 참고 있었다는 걸 알 만한 말투였다.

"꼭 이렇게까지 하셔야겠어요?"

"뭐가요?"

"이력서만 봐도 탈락인 사람을 굳이 면접까지 보셔야겠느냐는 말이죠. 이건 완전히 시간 낭비예요."

"제가 수현 씨를 5년 전에 만나지 않아서 다행이네요."

"네? 왜요?"

"수현 씨가 5년 전의 제 이력서를 봤으면 아마 기절하지 않았을까 싶어서요."

노골적으로 불만을 표출하는 말에도 준수는 예의 그 느릿한 말투로 대꾸했다. 그러나 정작 수현은 그의 느긋한 태도에 속이 터질 지경이었다. 파티시에 모집이라는 여섯 글자가 전부였던 준수의 공고에 경악해 경력자 우대라는 문구를 집어넣고 채용 전형을 전면 수정한 그녀에게 작금의 사태는 도저히 용납이 되지 않았다.

"훌륭한 지원자들이 얼마든지 많은데 굳이 하나하나 살피느라 돈 낭비, 시간 낭비……. 전 이건 정말 아니라고 생각해요."

"그래요?"

"생각보다 지원자가 많아서 채용 공고도 일찍 내렸는데, 굳이 이력서를 한 명 더 받아서 면접까지 보게 해줄 이유가 뭐가 있죠? 한두 명도 아니고 웬만한 지원자들을 다 면접할 거면 굳이 서류 전형과 면접을 분리한 의미가 없잖아요. 설마, 저만 그렇게 생각하는 건 아니겠죠?"

수현이 좌우를 둘러보며 날카롭게 지적했다. 성격이 무른 준수를 대신해 『L'amour』의 쓴소리 담당은 늘 수현의 몫이었다.

"그럼 경력 미달인 지원자는 수현 씨가 처단하고 형편없는 작품을 선보인 지원자는 제가 응징하는 걸로 할까요? 저는 경력이 없는 사람은 괜찮아도 소신도 없고 실력도 별로인 지원자는 용서가 안 되거든요."

"와, 이거 두 분 덕분에 남아나는 지원자가 과연 있기나 할지 모르겠네요."

한참 전부터 재미있다는 표정으로 수현을 지켜보고 있던 파티시에 해인이 농담 반 진담 반으로 운을 띄우자 준수가 너스레로 그 말을 받았다. 가만 보면 은근히 죽이 잘 맞는 두 사람이었다.

"이건 사업 확장이랑 관련된 중요한 문제예요. 아무나 뽑을 수는 없……."

그 분위기를 알아채지 못한 수현이 다시 입을 열었지만 결국 그녀는 말을 끝맺지 못했다. 방금 막 하나가 제빵실에서 완성된 작품을 들고나온 탓이었다.

"자, 그럼 다들 시식 한 번씩 하고 작품 설명을 들어볼까요?"

하나가 쭈뼛쭈뼛 케이크를 테이블 위에 내려놓자 해인이 쾌활한 목소리로 말했다. 모두가 포크를 들어 케이크를 한 입씩 베어 물었다.

제일 먼저 반응을 보인 사람은 역시나 파티시에인 해인이었다. 맛을 보자마자 표정이 변한 그녀가 우아한 듯 빠르게 아몬드 버터 향의 케이크를 마저 음미하더니 입을 열었다.

"흠, 특이하네요. 파운드케이크가 아니에요. 제누아즈*genoise*는 더더욱 아니고."

"네. 아닙니다."

"으레 알려진 것과는 좀 다르긴 하지만 피낭시에*financier* 같은데, 맞나요?"

"맞습니다. 제가 만든 건 피낭시에를 조금 크게 구워서 가나슈*ganache*로 아이싱 한 생일 케이크입니다."

그 대답에 수현이 조금 놀랐다는 얼굴로 준수를 돌아보았다. 그러나 정작 하나는 잔뜩 긴장한 터라 그 미묘한 기류를 눈치채지 못한 채 저를 주목하는 시선들에만 집중하고 있었다.

"굳이 생일 케이크로 한정한 이유가 있나요?"

"네. 요즘에야 케이크가 워낙 흔하지만 곰곰이 생각해 보면 생일 케이크는 부자든 가난한 사람이든 똑같이 1년에 딱 한 번만 먹을 수 있는 거잖아요.”

“듣고 보니 그러네요. 그래서요?”

“그래서 전국 어디에서나 구할 수 있는 똑같은 케이크 말고, 생일을 맞은 사람에게 행운이 찾아오길 바라는 의미를 담은, 세상에 단 하나뿐인 특별한 생일 케이크를 만들어봤습니다.”

“행운?”

“네. 생일 케이크를 먹을 때는 꼭 촛불을 끄기 전에 소원을 빌잖아요. 케이크는 고대부터 풍성함과 행운을 상징하는 음식이거든요. 특히 피낭시에는 그 이름처럼 금괴 모양으로 만들어서 받는 사람에게 행운을 빌어주는 의미로 선물하는 케이크의 한 종류고요.”

“…….”

“사실은, 제가 언제부터인가 생일을 맞이할 때면 그러거든요. 이번 한 해도 무사히 지나가기를, 작년보다 더 좋은 일들이 가득한 한 해가 되기를. 그 마음을 담아서 생일을 맞은 사람의 한 해에 행운이 가득하기를 기원하는 뜻으로 이 케이크를 만들게 됐습니다.”

그 말에 이제는 해인마저도 의아한 눈으로 준수와 하나를 번갈아 응시했다. 이번에는 그 눈길들이 향하는 방향을 알아차린 하나 역시 민망함조차 잊고 뚫어져라 준수를 쳐다보았다. 보일 듯 말 듯 한 미소를 띤 채 하나의 설명을 듣고 있던 준수는 그제야 빙그레 웃으며 말했다.

“고마워요, 주하나 씨.”

“…….”

“주하나 씨의 1년에도 행운이 가득했으면 좋겠네요.”

"별 기대 안 했는데 생각보다 흥미로운 지원자네요. 케이크 맛도 상상 이상으로 훌륭하고."

"아무리 그래도 전 무조건 반대예요."

「L'amour」의 맏언니인 메인 파티시에 해인이 제일 먼저 운을 떼자 불만스러운 얼굴을 한 수현이 기다렸다는 듯 곧바로 반격을 해왔다. 면접을 마친 하나가 돌아간 후였다.

"그래도 수현 씨도 인정하죠? 경력이야 어찌 됐든 실력은 기대 이상이라는 거."

"그, 그 정도 실력은 다른 지원자들도 갖추고 있는 거 아닌가요?"

해인이 은근슬쩍 수현의 표정을 살피며 그렇게 묻자 수현은 자신 없는 대답을 내놓으며 동의를 구하듯 다른 사람들을 둘러보았다. 그러나 준수는 여전히 하나가 만든 케이크에 시선을 고정시킨 채 무언가를 골똘히 생각하는 중이었다.

"그 마음을 담아서 생일을 맞은 사람의 한 해에 행운이 가득하기를 기원하는 뜻으로 이 케이크를 만들게 됐습니다."

생각지도 못한 타이밍에 받게 된 생일 케이크였다. 처음 봤을 때부터 왠지 모르게 눈을 끌던 여자가 이상하게도 자꾸만 서준수가 사는 세상에서 영역을 넓히려 하고 있었다.

케이크를 바라보는 준수의 입가에 어느덧 부드러운 미소가 깃

들었다. 그런 그를 대신해 그때까지 잠자코 관전만 하고 있던 규호가 장난스러운 투로 끊어진 대화를 이었다.

"실력은 둘째치고 우리를 놀라게 만들었다는 점에서 굉장한 의의가 있죠."

"규호 씨 말이 맞아. 사실은 나도 대답 듣고 깜짝 놀랐다니까? 이런 우연도 있나 하고."

"글쎄요, 우연 맞나?"

의미심장한 규호의 말에 그제야 케이크에서 눈을 뗀 준수가 대답 대신 미묘한 표정을 지었다. 그 팽팽한 기운을 깨뜨린 건 다시 기가 살아난 수현의 반격이었다.

"그렇다고 그 우연에 모든 걸 걸 생각은 하지 마세요."

"왜요? 매니저님은 이 케이크 별로였어요?"

"설마 그럴 리 없겠지만 고작 이런 사소한 우연을 빌미로 채용을 결정하신다면 저는 결사반대예요."

"거참, 늘 느끼는 거지만 산통 깨는 데 뭐 있으시네. 아니, 그놈의 경력이 그렇게 중요한가? 아까 케이크 맛보고 흠칫하는 거 다 봤는데."

"뭐예요?"

오늘도 어김없이 톰과 제리처럼 아옹다옹하는 수현과 규호였다. 평화가 깨지고 소란한 와중에 준수 혼자 생각에 잠겨 있는데, 이번에는 해인이 진지하게 의견을 냈다.

"누가 뭐래도 흥미로운 지원자인 건 사실이에요. 이렇다 할 경력이 없는 게 흠이라면 흠이지만 기본기는 되어 있고, 독창성도 있고, 말하는 걸 보니 소신도 보이고 영리한 것 같기도 하네요. 한마디로, 이력서만 보고 떨어뜨리기에는 좀 아깝죠."

“아무리 그래도 학력도 경력도 뭐 하나 제대로 된 게 없는 사람을 뽑는 건 우리 제과점의 격이 떨어지는…….”

“안수현 씨.”

“네?”

예고 없이 튀어나온 자신의 풀네임에 수현이 움찔하며 준수를 돌아보았다. 그가 이렇게 묵직한 음성으로 이름을 부를 때면 절로 저자세가 되고 만다.

“수현 씨가 능력이 뛰어난 사람이라는 것도 알고 매니저로서의 책임 이상으로 우리 매장을 아끼고 사랑한다는 것도 압니다. 그렇지만 그런 식의 발언은 썩 달갑지 않네요.”

“그래도 이건…….”

“그런 기준대로라면 이중에서 제일 먼저 잘려야 될 사람은 접니다. 그랬으면 좋겠어요?”

“제가 그럴 리가…… 없죠.”

“처음부터 모든 걸 할 줄 아는 사람은 없어요, 수현 씨. 처음부터 모든 걸 잘하는 사람은 더더욱 없죠. 무슨 말인지 알겠어요?”

“…….”

“제가 수현 씨의 발언을 무시하는 거라고는 생각하지 않았으면 좋겠네요.”

“그런 건 아니에요. 늘 무엇보다 제 의견을 존중해 주시는 거 잘 알고 있습니다.”

여느 때처럼 느릿하면서도 결코 무시할 수 없는 무게가 실린 준수의 말이었다. 결국 수현은 여전히 미련을 버리지 못하는 표정을 하고 있으면서도 꼬리를 내렸다. 한풀 꺾인 그녀의 태도에 준수는 기죽을 필요 없다는 듯 온화한 어조로 모두를 향해 말했다.

"각자 지원자들의 이력서를 검토하고 의견을 정리해 주셨으면 합니다. 여러분 모두의 의견을 반영하되 최종 선택은 우리의 새로운 가족과 더 가까이에서 더 많은 시간을 함께하게 될 박해인 씨에게 맡기는 게 좋을 듯한데, 동의하십니까?"

"저 때문에 직원을 한 명 더 채용하게 돼서 죄송한 마음뿐인데 그렇게 막강한 권한까지 주시면 저야 영광이죠."

"죄송하다는 생각은 안 하셔도 됩니다. 그럼 다들 주말까지 박해인 씨에게 최종 의견 제출 부탁드립니다. 해인 씨는 다음 주까지 결정 내려주시고요."

준수의 당부에 고개를 끄덕인 직원들이 각자의 본분을 다하기 위해 제각기 흩어졌다. 준수 역시 자리에서 일어나려는데, 마지막까지 테이블에 남아 있던 해인의 목소리가 발목을 붙잡았다.

"주하나 씨 말이에요. 준수 씨 아는 사람이에요?"

고작 한 번 본 사람을 아는 사이라고까지 지칭하기는 뭐했다. 잠시 고민하던 준수가 고개를 가로젓자 또 다른 질문이 떨어졌다.

"그럼, 케이크도 그냥 우연?"

우연이라. 하긴, 그 여자와 이런 식으로 재회한 것부터가 범상치 않은 우연이긴 했다.

"이거 재미있네. 진짜 서로 구면 아닌 거 맞아요?"

"주하나 씨 이력서를 제가 받긴 했지만 원래 알던 사이는 아닙니다."

"그런데 난 왜 두 사람이 서로 알고 있는 것 같은 느낌을 받았을까? 준수 씨 못 느꼈어요? 주하나 씨가 준수 씨하고 도통 눈을 안 마주치려고 하면서 엄청 눈치 보던데.”

장난스러운 덧붙임에 준수가 피식 웃었다. 이 파티시에는 생긴 것과 다르게 가끔은 짓궂다 싶을 정도로 장난기가 많고 눈치가 빨랐다.

그 웃음 속에 숨은 더는 대답하지 않겠다는 뜻을 알아차린 해인은 그제야 자리에서 일어났다.

“생각할수록 재미있네.”

혼잣말처럼 그렇게 중얼거린 해인이 멀어져 가고, 준수는 다시금 하나를 떠올렸다. 해인의 예리한 지적에 새삼 하나가 이력서를 내러 왔던 날 느꼈던 기시감이 되살아났다. 이유는 전혀 짚이는 바가 없지만 하나가 왠지 모르게 낯이 익다는 건 확실했다. 그리고 결정적으로…….

“주하나 씨가 준수 씨하고 도통 눈을 안 마주치려고 하면서 엄청 눈치 보던데.”

그렇다면 그 여자는 정확히 의식하고 있는 거다. 그의 기억 속에는 없는 첫 만남을.

“그쪽도…… 오늘 처음 보는 거고.”

“그게 거짓말이었단 말이지.”

그렇게 결론을 내린 준수는 바래진 과거 어딘가에 숨어 있을 주하나의 존재를 되살리려 애쓰며 중얼거렸다.

분명히…… 어디에서 본 적이 있는데.

"보긴 어디에서 봤다는 거야? 딱 한 번 봤다면서 그게 6년 전이 아니면 그때 일은 기억 못 하는 거 확실한 것 같은데."
단연컨대 근 몇 년간 주하나의 인생에서 남자라는 존재는 눈을 씻고 봐도 찾을 수가 없다. 그런데 그 남자는 대체 뭘 기억하고 있는 건가.
"그리고 또, 고맙다고? 도대체 뭐가?"
인터넷 구인구직 사이트를 둘러보던 하나가 하릴없이 마우스 휠을 굴리다 말고 그렇게 중얼거렸다. 면접을 보고 돌아오자마자 거의 확실한 불합격에 대비해 새로운 일자리를 찾는 중이었다. 그러던 차에 구인 광고에서 즉시 면접이라는 단어를 발견하자 아까의 면접이 자동적으로 머릿속에 재생되었고 하나는 준수가 했던 말을 상기했다.

"고마워요, 주하나 씨. 주하나 씨의 1년에도 행운이 가득했으면 좋겠네요."

행운을 빌어준 건 좋다만, 당최 뭐가 고맙다는 건지 알 수가 없는 노릇이었다.
"고마운 건 차라리 이쪽인데."
6년 전 생명의 은인을 다시 만나게 된다면 다른 건 몰라도 고맙다는 인사만큼은 꼭 전하고 싶었다. 그런데 서로가 기억하고 있는 첫 만남부터 어긋난 이 상황은 뭐란 말인가.
"몇 번이나 봤다고 만날 때마다 빚만 쌓이고 약점도 잡히고.

아, 진짜 신경 쓰여.”

“누가 신경 쓰인다는 거야?”

해결이 시급한 일자리는 눈에 안 들어오고 머릿속에는 온통 그 남자를 향한 생각뿐이었다. 저도 모르게 손에 쥐고 있던 펜까지 내려놓고 그에 대한 생각에 잠겨 있는데 거실에서 뒹굴던 다애가 묻는 소리가 건너왔다. 그러고 나서야 하나는 현실로 돌아왔다.

“아니야, 아무것도.”

“내가 진짜 안 물어보려고 참고 또 참았는데, 궁금해서 도저히 안 되겠어. 면접은 잘 봤어?”

“이왕 참은 거 조금만 더 참지 그랬어.”

“무슨 뜻이야?”

“잘 봤으면 내가 오자마자 이러고 있겠어? 망했지, 당연히.”

“망하기까지?”

“애초에 기대도 안 했지만 내가 만든 케이크를 먹더니 다들 반응이……. 아, 진짜 너무 부끄러워서 그 자리에서 증발해 버리고 싶은 심정이었어.”

“언니 기분 탓인 거 아니고?”

“아니야. 별다른 피드백도 없었어. 이력서가 별로였으면 실력이라도 확실했어야 됐던 건데.”

“이상하네. 난 언니가 만든 것만큼 맛있는 케이크를 먹어본 적이 없는데. 그래도 그 면접, 좋은 결과 있었으면 좋겠다.”

“그럴 리 없으니까 꿈 깨. 자꾸 옆에서 바람 넣지 말란 말이야. 그리고, 통과돼도 문제야.”

“문제는 무슨 문제? 지금 언니 처지에 채용되면 호박이 넝쿨째 굴러 들어온 거 아니야?"

"호박이 아니라, 호랑이야."

"호랑이?"

"호랑이 소굴에 제 발로 들어간 거나 마찬가지라고. 눈치챘으면 안 되는데. 아직은 이르단 말이야."

다시 곱씹어보니 서준수가 6년 전 일을 기억하지 못하는 게 차라리 다행이다 싶었다. 늦은 감사 인사고 나발이고 지금 이 모습으로는 먼저 떳떳하게 그때의 일을 꺼낼 수조차 없으니까.

불안한 눈빛을 하고 전전긍긍하는 언니를 지켜보던 다애가 고개를 설레설레 저었다.

"언니 진짜 좀 이상해. 그나저나, 이태일 얘는 왜 이렇게 연락이 없지?"

"태일이? 너 오늘 태일이 만나기로 했어?"

"아니, 만나기로 한 건 아닌데…… 오늘 같은 날 연락이 없으니까 어째 더 불안해서."

"나 아까 태일이 봤는데? 그런데 오늘 같은 날이라니? 오늘이 무슨 날인데?"

"이태일 봤어? 언제?"

"아까 면접 보러 가다가. 오늘은 직접 운전까지 하던데. 태일이 평소에는 운전 거의 안 하지 않나? 아무튼, 태일이가 역 근처까지 태워다 줬거든. 그러고 보니 평범한 약속 때문에 외출하는 것 같지 않긴 했어."

"평범한 약속이 아니긴 하지……."

"뭐?"

"자기 할아버지 만나러 갔어, 이태일."

“아. 어, 그런데 그게 왜 평범한 약속이 아니라는 거야? 가족 만나는 게 뭐 어때서.”

“걔 보면 그런 말이 안 나올걸.”

“태일이가 할아버지 만나고 오는 날이면 원래 어떤데?”

모르는 소리 말라는 듯 일축하는 동생의 태도에 슬슬 호기심이 동하기 시작했다. 하나의 물음에 다애는 비장한 어조로 입을 열었다.

“장난 아니지. 일단 집에 안 들어와.”

“집에 안 들어온다고?”

“보통 오후에 할아버지 댁 가서 이야기 좀 나누다 저녁 먹고 오는 게 전부거든? 그런데 이게 할아버지 댁 나와서 바로 집으로 오는 게 아니라 꼭 술을 마셔.”

“술을? 태일이가?”

“응. 만나러 나가보면 나이도 어린 게 벌써부터 세상 다 산 표정으로 혼자 술을 퍼마시고 있다니까? 와, 진짜 나보다 술도 못 마시는 게 무슨 깡으로 그러는지 원.”

“의외다, 그거.”

“아무튼 걔는 언니를 너무 좋아해. 지난번에는 또 뭐라고 했는지 알아? 자기는 언니한테 관심이 많대. 나쁜 놈. 나한테는 무슨 일인지 물어봐도 대답도 제대로 안 해주면서…….”

거실 바닥에 배를 깔고 누워 무언가를 쓰던 다애가 살짝 옆길로 샌 주제로 열변을 마무리했다. 투덜거리는 소리가 차츰 작아지는가 싶더니 아예 말꼬리를 흐리고는 벌떡 몸을 일으킨 다애가 별안간 몽롱해진 목소리로 물었다.

“언니. 이태일 어때?”

"의식의 흐름대로 얘기하는 버릇 못 고치지? 앞뒤 없이 태일이가 어떻긴 뭐가 어때?"

"어떻게 생각하느냐는 말이지."

"그야 물론 착하고 좋은 애지."

"아니, 그런 거 말고. 이성으로서 어떻게 생각하느냐고."

"뭐?"

"그냥…… 언니랑 이태일이랑 잘해보는 것도 나쁘지 않을 것 같아서."

이번에는 하나가 자리에서 벌떡 일어났다. 그길로 보고 있던 사이트 창을 닫아버린 하나는 아예 거실로 나와 동생에게 눈을 흘겼다.

"나한테서 무슨 대답을 듣고 싶은 거야?"

"아니, 사실이 그렇잖아. 걔가 우리 옆집에 살아서 감이 안 오니까 그렇지 까놓고 말해서 밖에 나가도 이태일만 한 남자 찾기가 쉬워?"

"얼씨구. 더 해봐라, 그래."

"학벌 훌륭하지 인물 괜찮지, 집안 좋고 돈도 많고. 그 나이에 벌써 차까지 있잖아. 무엇보다 걔가 언니 엄청 좋아하고. 다른 건 몰라두 언니가 원하는 대로 돈 걱정 없이 하고 싶은 일 하면서 살 수 있을걸? 속물 같아 보여도 이게 현실이라고."

"현실 같은 소리 한다. 넌 책을 지겹도록 읽어 치우는 애가 어쩜 그렇게 일차원적이야? 좋아한다는 게 꼭 그런 뜻은 아니잖아."

"그건 언니가 몰라서 그래. 이태일이 언니 얘기를 얼마나 많이 하는데."

"태일이가 나를 좋아해? 너를 훨씬 더 좋아해. 소설 쓰지 마. 요즘 연극 극본 쓴다더니 주제가 막장 드라마야? 아니면 치정? 다른 사람도 아니고 너랑 사귀었던 사람을 왜 나한테 갖다 붙여?"

"내가 잘 생각해 봤거든? 그런데 우린 아무래도 사귀었던 게 아닌 것 같아."

"무슨 소리야?"

"양쪽 다 사귀자고 말한 적도 없고, 좋아한다는 고백도 해본 적 없고, 사귀는 동안 같이 해본 거라고는 공부밖에 없단 말이야. 나 어디 가서 얘기도 못 하겠어. 도대체 이게 무슨 사이야? 헤어진 후에 더 가깝게 지내는 사람들은 아마 우리밖에 없을걸."

안면에 의기소침이라고 써 놓고 심경을 토로하는 동생의 모습에 하나의 얼굴은 금세 측은한 빛으로 물들었다. 평소에는 금기처럼 질색하는 과거의 연애사를 오히려 먼저 끄집어내는 걸 보니 늘상 아무렇지 않게 태일에 관한 이야기를 하면서도 실은 내내 속이 탔나 보다. 결국 동생에게 좀 더 가까이 다가가 앉은 하나는 언니다운 다정한 어조로 물었다.

"네 마음은 어떤데?"

"나도 모르겠어. 언니, 난 진짜 바보 멍청이인가 봐."

"그래, 그러니 자기가 좋아하는지 아닌지도 모르는 사람이랑 사귀었는지도 모르고 사귀다 헤어졌다고 홧김에 제일 아끼던 머리카락까지 싹둑 잘라 버렸겠지."

"그 말이 맞아. 나 진짜 어떡해 언니? 내가 언니처럼 똑똑한 사람이었으면 좋겠어."

'똑똑하기는. 내가 진짜로 똑똑했으면 최소한 첫사랑이 그런

식으로 끝장나지는 않았을 거고 번번이 취업에 실패해서 이렇게 빌빌대고 있지도 않겠지.'

풋풋한 새내기에게도, 집에서 놀고 있는 백수에게도 역시 산다는 건 그리 녹록지가 않다. 고개를 절레절레 젓는 하나를 보면서도 다애는 계속해서 푸념을 늘어놓았다.

"언니, 다들 행복하게 살기 위해 발버둥 치는데 왜 사는 게 이렇게 팍팍한 걸까? 재수할 때만 해도 대학만 들어가면 뭔가 달라지겠지, 했는데 세상은 산 넘어 산이야. 꿈도 연애도 뭐 하나 쉬운 게 없어. 너무 어려워."

"그럼 쉬울 줄 알았어? 벌써부터 삶이 팍팍하다고 우는소리를 하면 어떡해? 인생은 이제 시작인데 살면 얼마나 살았다고."

"그건 아는데, 앞으로 더 많은 장애물들이 기다리고 있을 거라는 건 아는데 지금 당장이 너무 힘든 걸 어떡해. 당장 내가 행복하지 않은데 미래의 내가 잘 먹고 잘 살고 있을 거라는 상상이 대체 무슨 소용이냐고. 행복이 무슨 적금이야? 달마다 꼬박꼬박 이자 붙어서 만기 되면 쏠쏠하게 불어나는 것도 아니고 내가 쓰고 싶을 때 빼서 쓸 수 있는 것도 아닌데 왜 확실하지도 않은 미래를 위해 지금의 행복을 아껴야 해?"

"누군가가 말했죠. 잘 살아라, 그게 최고의 복수다."

왜 그 순간에 하필이면 그 말이 떠올랐는지는 모르겠지만, 왠지 뜨끔한 기분에 하나는 그만 입을 다물었다. 조금 머뭇거리던 하나는 이내 다시 동생에게 물었다.

"다애야. 태일이한테 복수하고 싶어?"

“뜬금없이 무슨 복수야?”

“누가 그러더라. 이리 치이고 저리 치이고 사랑에 배신당했다고 울고불고 야단하면서 괜한 기운 빼지 말고 그럴 시간에 차라리 어떻게 해야 잘 먹고 잘 살 수 있을지 궁리를 하래. 잘 사는 게 최고의 복수라면서.”

“그래서, 어떻게 사는 게 잘 사는 건데?”

“그걸 모른다는 게 함정이야. 그러니 오늘도 어제와 변함없이 이 모양 이 꼴인 거지.”

울기 직전이던 다애가 심드렁한 하나의 대답에 결국 쿡 웃음을 터뜨렸다. 그러나 반작용처럼 이번에는 하나가 우울에 빠져들었다. 딱 한 번 허락되는 인생 잘 살기를 바라는 건 당연한 이치였다. 문제는 어떻게 사는 게 잘 사는 건지 아무리 파헤쳐도 첩첩산중이라는 거지만.

“아, 소주 생각나네. 고작 남자 때문에 힘 빼지 말고 쓰던 거나 마저 써.”

“언니는?”

“난 바람이나 쐬련다.”

갑작스레 너무 많은 일들이 한꺼번에 터진 터라 돌아가는 상황을 차분히 정리할 겨를도 없었다. 동네라도 한 바퀴 돌며 마음을 가라앉힐 생각에 하나는 홀로 집을 나섰다. 하지만 마음을 정리하겠다는 계획과는 달리 그녀의 머릿속은 금세 서준수라는 남자로 점령되고 말았다.

“말투는 태평하기 짝이 없으면서 눈치는 어쩜 그렇게 빠르지?”

그가 했던 말, 행동 하나하나에 신경이 쓰였다. 이리 마음이 심란한 걸 보니 정말로 술이라도 한잔해야 될 것 같았다. 그렇게 서준수를 향한 생각에 사로잡힌 채 무작정 걷고 있었을 때였다.

"어, 하나 누나!"

문득 자신의 이름을 부르는 소리가 들려와 하나는 고개를 들었다. 눈앞에는 놀랐다는 듯 그녀를 쳐다보는 태일이 서 있었다. 그러나 그는 혼자가 아니었다.

"어디 가요?"

태일의 옆에서 마찬가지로 놀란 얼굴로 서 있는 서준수를 발견한 순간, 하나는 저도 모르게 눈을 크게 뜨며 입을 딱 벌렸다.

뭐야, 저 두 사람이 어떻게 아는 사이야?

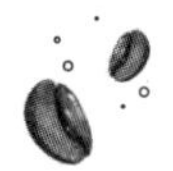

가을, 밤, 그리고 당신의 이야기

"형, 나 왔어요."

늦은 밤, 뜻밖의 손님이 「L'amour」의 문을 열고 안으로 들어섰다. 하루 영업을 마감하고 있던 준수는 예고된 바 없는 방문에 놀란 표정으로 그를 맞았다. 태일이었다.

"연락도 없이 어쩐 일이야?"

"오후에 이쪽 동네 지나가다 생각해 보니까 오늘이 형 생일이 잖아요. 그래서 들렀어요."

"할아버님 뵈러 왔었어? 교수님은, 건강하시고?"

"아주 일관적이시죠."

냉소 섞인 대답에 준수도 더는 묻지 않았다. 건너편에 앉아 지 그시 자신을 꿰뚫어 보는 준수의 눈길을 느낀 태일이 그제야 표 정을 풀고 화제를 돌렸다.

"커피 말고 술 한잔해요, 형. 오늘은 영 혼자 마실 기분이 아니라.”

“그래, 그럼. 정리 끝날 때까지 잠깐 기다려.”

고개를 끄덕이고는 자리에서 일어난 준수가 카운터로 돌아갔다. 바쁘게 움직이는 그를 하릴없이 응시하다 천천히 가게 안을 둘러본 태일이 말했다.

“올 때마다 느끼는 거지만 여기, 되게 따뜻한 느낌이에요. 가게 이름 잘 지었어요. 아, 아닌가?”

“뒤에 붙은 사족은 뭐야?”

“이름 지은 사람이 사랑과 거리가 먼데 사랑은 무슨 사랑이야, 뭐 그런 뜻이죠.”

능청을 부린 태일이 은근슬쩍 준수의 눈치를 살폈다. 아니나 다를까, 무심히 일하다 말고 살짝 미간을 찌푸리는 그의 반응에 태일은 얼른 부연을 덧붙였다.

“객관적인 입장에서 하는 조언이에요. 매장 분위기 가게 정체성에 잘 맞고 좋은데, 왠지 모르게 허전한 느낌이라고요. 내가 봤을 땐 그거 다 형 때문이에요. 형도 더 늦기 전에 연애해야죠. 세월 금방 갑니다.”

“그건 내가 너한테 해야 될 말 아닌가?”

“설교는 사절입니다, 선생님.”

태일이 막 고등학교에 입학했을 무렵, 두 사람은 과외 선생님과 제자로 처음 인연을 맺었다. 처음에는 깍듯이 선생님으로 모시더니 형 동생 사이로 지내온 몇 년 사이 어느새 맞먹으려 드는 태일의 말투에 준수는 어처구니없다는 듯 웃었다.

“사장인지 직원인지를 막론하고 화목하고 화기애애한 분위기, 뭐, 좋다 쳐요. 그래도 진짜 누가 사장이고 직원인지 구분 불가능할 정도로 무지막지하게 일하는 건 너무 비인간적인 거 아니에요? 매일매일이 출근이니 술 한잔하자는 소리도 마음 놓고 못 하고."

"……."

"설마, 아직도 소희 누나 때문에 그래요?"

그 말에 바쁘게 움직이던 준수의 손이 멈칫했다. 여전히, 그 이름은 잊을 만하면 주위에서 튀어나와 잔잔해진 마음에 사정없이 돌을 내던졌다.

곧장 받아치는 대신 옛 생각에 잠겨 있던 준수는 이윽고 천천히 되물었다.

"소희는, 잘 지내?"

"형은 태평하게 고작 그런 게 궁금해요? 그렇게 당해놓고도?"

"당했다는 표현은 과하지."

"그럼 그게 당한 거지 뭐예요? 성인군자 나셨네."

"미련 같은 거 없어. 그냥, 궁금할 뿐이야."

"궁상은 안 떨어서 다행이네. 그럴 시간에 형이나 잘 지내요. 하루 이틀도 아니고 벌써 10년이나 지났는데."

세월이 벌써 그렇게 흘렀나. 태일의 일침에 준수는 잠시 쓴웃음을 지었다. 10년 전과 많은 게 달라졌고, 더 많은 걸 손에 쥐게 됐는데 왜 마음은 그때처럼 가난하기만 한 걸까.

그런 준수를 딱하다는 눈으로 바라보던 태일이 누그러진 투로 화제를 돌렸다.

"생일 선물로 뭐 받고 싶은 거 없어요?"

그 물음에 준수는 그제야 현실로 되돌아왔다. 질문을 천천히 곱씹고는 빙긋 웃은 그가 대답했다.

“없어. 받았거든.”

“좋은 거 받았나 봐요?”

의외라는 듯한 반문에 준수는 하나를 떠올렸다. 아마 앞으로도 그런 뜻밖의 선물은 받기 힘들 거라고 생각하며, 그는 느긋하게 답했다.

“그것보다 더 좋은 게 있을 수 없지.”

“도대체 뭘 받았기에 그래요?”

“행운.”

“행운?”

무슨 생뚱맞은 소리냐는 듯한 태일의 표정에도 준수는 입을 다문 채 미소만 지었다. 혼자 산 세월만 10년이 넘었으니 생일 따위에 연연하지 않은 지 오래지만 어쩐지 오늘은 조금 특별하게 느껴졌다. 평소에는 그다지 술을 즐기지 않는데도 왜인지 한잔하고 싶어지는 밤이었다.

술집을 찾는 대신 태일의 집에서 가볍게 한잔하기로 합의를 본 두 사람은 태일이 사는 동네로 향했다. 근처까지 와서 차를 세워두고 집으로 걸음을 옮기는데, 태일이 맞은편에서 오는 사람을 알아보고는 반갑게 외쳤다.

“어, 하나 누나! 어디 가요?”

준수 역시 뜻밖이라는 표정을 지었다. 놀랍게도, 그 사람은 오후에 면접을 보고 간 하나였다. 세상 좁다더니 그녀가 태일과 아는 사이인 모양이었다.

그저 닮은 사람이기를 바라기라도 한 듯 당황한 얼굴이 제일 먼저 읽혔다. 하나가 알은체를 해야 되는 건지 말아야 하는 건지 고민하는 것 같아 준수는 금세 모른 척 덤덤한 표정으로 되돌아왔다.

멍한 눈을 하고 망부석처럼 서 있는 하나를 의아한 눈길로 쳐다보던 태일이 재차 그녀를 불렀다.

"누나?"

"어, 어?"

"어디 가요?"

"아…… 술 사러 가는데?"

빠르게 현실에 적응을 하지 못하고 정신이 반쯤 로그아웃 된 상태에서 나온 대답이 저거였다. 하나의 그 말에 준수가 제일 먼저 피식 웃었다. 뒤이어 태일의 입꼬리도 위로 올라갔고 하나는 이제 쥐구멍에라도 숨고 싶은 심정이 되었다.

방금 전까지 머릿속을 맴돌던 남자가 눈앞에 나타났다. 그런데 왠지 모르게 억울해지는 이 기분은 대체 뭘까?

"주다애랑 마시려고요?"

"아…… 아니. 혼자."

"혼자? 누나 혼자서 술도 마셔요?"

못 마실 건 또 뭔가. 태일의 옆에서 입가에 미소를 띤 채 오가는 대화를 가만히 듣고만 있는 준수를 보니 왠지 모를 얄미움이 치솟았다. 그래서 이 두 사람, 도대체 어떻게 아는 사이야?

"딱 한 잔만 하고 싶어서 고민 중이었어. 그런데 옆에 서 계신 분은…… 누구야?"

"아는 형이에요. 이름은 서준수. 형도 인사해요. 이쪽은 주하나 씨."

이름으로 확인 사살을 받은 순간 하나는 눈을 질끈 감았다. 현실성 없는 소원이라는 걸 알면서도 그저 닮은 사람이기를 빌었다. 그런데 그 남자가 맞구나. 이미 안면이 있는 사이에서 새삼 받게 된 소개에 어떻게 대처해야 하나 싶은데, 놀랍게도 준수가 먼저 입을 열었다.

"처음 뵙겠습니다. 서준수라고 합니다."

"네? 아, 안녕하세요. 주하나입니다."

선수를 쳐 처음 보는 척 통성명부터 하는 준수의 소개에 하나 역시 엉겁결에 장단을 맞춰 인사를 받았다. 슬쩍 얼굴을 쳐다보니 그는 무덤덤한 표정을 짓고 있었다. 알아서 모른 척해 준 건 고맙다만, 대체 무슨 생각인지 도통 모를 기색이었다.

"태일아, 그럼 나는 이만 가던 길 마저……."

"누나, 술 마실 거면 합류할래요?"

"응?"

"사실은 지금 한잔하려고 우리 집 가는 길이었거든요. 괜찮으면 누나도 같이 가요. 혼자 마시지 말고."

절대로, 절대로 괜찮지 않았다. 저 남자가 있으니까. 게다가, 술이 들어가면 나사 풀린 입이 무슨 망발을 지껄일지 모를 일이었다.

"아니야, 나는 그냥……."

"그래요. 같이 마셔요, 주하나 씨."

거절 멘트를 사전에 차단한 건 그때까지 잠자코 있던 준수였다. 뜻밖의 반응에 하던 말도 잊은 하나가 놀란 눈으로 그를 돌아보는데, 태일이 다시 거들고 나섰다.

"같이 가요, 누나. 오늘 같은 날은 사람이 많으면 많을수록 좋거든요. 오래 안 붙잡아둘게요. 아, 혹시 낯선 사람이 있어서 그런 거라면…… 속는 셈 치고 나 한 번만 믿어줘요."

가볍게 팔을 잡아당긴 건 덤이었다. 얼결에 하나는 태일의 손에 이끌려 앞장을 섰고, 그런 두 사람을 지켜보던 준수는 옅은 미소를 띤 채 그 뒤를 따르기 시작했다.

금세 태일의 집 앞에 다다른 하나는 옆집 문을 바라보고는 한숨을 내쉬었다. 저 문만 넘으면 사랑하는 동생과 안락한 집이 기다리고 있는데 눈앞에 놓인 건 또 다른 호랑이 굴로 통하는 입구였다.

안으로 들어서는 순간까지도 못내 아쉬운 눈으로 제집을 돌아보는데, 태일 역시 비슷한 생각을 했는지 불쑥 말을 꺼냈다.

"그러고 보니 누나 우리 집 오는 건 처음이네요. 바로 옆……."

"태일아! 집에 소주도 있어?"

"네?"

"난 맥주보다 소주가 더 좋거든. 소주 아니면 안 마셔."

무심코 비밀 아닌 비밀을 폭로하려는 태일에게 하나는 황급히 아무 말이나 생각나는 대로 내던지고 말았다. 모르긴 몰라도 그와 잘 아는 사이인 것 같은 준수에게 태일과 자신이 이웃사촌이라는 사실까지 들키고 싶지 않아서였으나, 문제는 그 발언의 방향성이었다. 어색한 웃음으로 방금 전의 호기로운 발언을 무마하려는 시도를 해봤으나 혼자 술을 즐긴다는 것으로도 모자라 주종 취향까지, 생긴 것과는 거리가 있는 하나의 말에 태일은 또다시 웃음을 터뜨렸다. 물론 준수도.

"누나가 이렇게 술을 좋아하는 줄 알았으면 진작 같이 마실걸. 잠깐만요. 냉장고 좀 찾아볼게요."

하나와 준수를 거실 소파로 안내한 태일이 곧장 냉장고로 향했다. 준수는 이 상황이 재미있다는 듯 옅은 미소가 번진 얼굴로 하나를 쳐다보았으나 그녀는 못 본 척 딴청을 피웠다. 그런 묘한 시선 싸움은 캔 맥주 몇 개를 손에 든 태일이 거실로 돌아왔을 때 잠정적으로 중단되었다.

"안주로 먹을 만한 게 없네. 편의점 가서 좀 사 올게요."

"아니야, 태일아! 그냥 있는 걸로 대충 마시지, 뭐."

"누나 좋아하는 소주도 없어요. 금방 갔다 올 테니까 조금만 기다려요, 누나."

"그럼 나랑 같이 가자! 혼자 다 들고 오면 힘들잖아, 응?"

"괜찮아요. 허우대 멀쩡한 짐꾼이 버젓이 둘이나 있는데 왜 누나가 짐을 들어요? 날도 더운데 그냥 있어요. 둘이 맥주 한 잔씩 하면서 안면도 좀 트고."

하나가 필사적으로 매달리는데도 태일은 오히려 웃는 낯으로 준수와 친해지라는 청천벽력 같은 당부를 남기고 집을 나섰다. 죽어도 저 남자와 단둘이 있고 싶지 않은 이 심정을 야속하게도 왜 몰라주는 걸까?

"나랑 같이 있는 거 되게 싫은가 봐요?"

차마 정면으로 시선을 둘 수가 없어 객쩍게 집 안만 두리번거리는데, 웃으며 캔 맥주를 집어 든 준수가 입을 열었다. 불을 켠 두 눈을 크게 뜬 하나가 대꾸했다.

"그럼 그쪽은 편해요?"

"불편할 이유는 없죠."

"그렇겠죠. 그쪽은 갑이고 나는 을이니까. 먼저 모른 척해 줘서 고맙다 싶었는데 어떻게 이럴 수가 있어요?"

"주하나 씨가 왜 을이에요?"

"그걸 말이라고. 생각해 봐요. 그쪽이 열심히 구직 중인 사람인데 낮에 회사 면접을 봤어요. 그런데 면접을 망쳐서 심란한 마음에 바람이나 쐬러 나왔는데 아는 사람을 만났어요. 그런데 그 옆에 낮에 봤던 면접관이 있네? 그것도 둘이 친한 사이라면서. 그것도 모자라서 같이 술 마시러 가자면서 나를 끌어들이는데, 그쪽 같으면 그 자리가 편하겠어요? 완전 가시방석이지.”

캔 맥주를 마시던 준수가 천천히 고개를 끄덕였다. 맥주의 맛을 음미하는 건지 하나가 했던 말을 곰곰이 되씹는 건지 모를 느긋한 태도였다.

“뭐, 그럴 수도 있겠네요.”

아, 얄밉다. 저렇게 얄미울 수가. 느릿한 말투가 왠지 모르게 약을 올리는 것처럼 느껴져 하나는 다시금 눈을 흘겼다. 하지만 준수는 거기에서 그치지 않고 다른 질문을 던졌다.

“그런데 궁금한 게 있는데.”

“뭔데요?”

“왜 면접을 망쳤다고 생각해요?”

“와, 자꾸 그렇게 사람 놀릴래요? 아까 내 케이크 먹었을 때 직원들 표정 이상해지는 거 다 봤거든요? 희망 고문하지 말라니까 또 그러네.”

역시나 얄밉다. 속 터지는 심정에 하나는 맥주 캔을 따서 꿀꺽꿀꺽 삼켰다. 평소에는 별맛 없다고 생각했던 맥주 한 모금에 뼛속까지 시원해지는 기분이었다.

그런 하나를 보며 웃던 준수가 화제를 돌렸다.

“이 동네 살아요?”

“아니요? 옆 동네 사는데요?”

“그런데 바람 쐬러 여기까지 나와요?”

“그러면 안 돼요?”

“금방 들킬 거짓말 하는 게 취미예요? 이력서 보면 금방 나올 답인데.”

맞다, 이력서. 꼬박꼬박 받아치다 순간적으로 입을 다무는 하나의 반응에 준수는 또 웃었다. 발끈한 하나가 다시 반격했다.

“그런 법이 어디 있어요. 공과 사는 구분해야죠. 사적으로 남의 개인 정보 캐고 그러는 거 나쁜 짓이에요.”

새삼 진심으로 억울해졌다. 자신은 서준수에 대해 아는 게 고작 이름밖에 없는데, 나이조차 아직 모르는데 그는 주하나의 신상에 관해 알고 있는 게 너무 많았으니까. 그래서 그녀는 불쑥 물었다.

“태일이랑은 어떻게 아는 사이예요? 나이 차이 봐서는 친구는 당연히 아닐 거고, 재미없게 남자들끼리 술 마시는 거 보아하니 꽤 오래 알고 지낸 사이 같은데.”

“옛 제자예요.”

“제자?”

“대학생 시절에 과외 할 때 만난 동생이에요. 태일이가 청담동 본가 나오기 전까지.”

청담동이라는 요주의 단어에 맥주를 마시다 말고 사레가 들린 하나가 캑캑대기 시작했다. 놀란 준수가 황급히 그녀의 손에서 캔을 뺏어서 내려놓고는 물었다.

“괜찮아요?”

“아, 아 진짜…….”

“그러게 무슨 맥주를 그렇게 물처럼 마셔요.”

티슈를 뽑아 든 준수가 하나의 입가를 닦아주었다. 비로소 취기가 몰려오는 듯 두 볼이 뜨거웠다.

"청담동에서, 과외 했어요?"

"네. 5, 6년 전쯤부터 졸업할 때까지. 태일이가 마지막 학생이었죠."

이 남자와 우연히 얽혔던 게 그럼 그때쯤인 모양이었다. 그 시절 얘기가 나왔는데도 준수는 여전히 아무것도 기억하지 못하는 것 같았다.

하나가 한층 복잡해진 심경으로 준수를 빤히 쳐다보고 있는데, 도어록 비밀번호를 누르는 소리가 들리더니 태일이 다시 모습을 드러냈다.

"둘이 많이 친해졌어요?"

"뭘 이렇게 많이 사 왔어?"

끝도 없이 나오는 소주병들과 안줏거리들에 입을 딱 벌린 하나가 물었다. 반면 똑같은 광경을 지켜보며 또 시작이라는 표정을 짓고 있던 준수는 목소리를 낮춰 하나에게만 들리게 말했다.

"태일이랑 술 안 마셔봤다고 했죠?"

"네. 그런데 왜요?"

"저래 보여도 금방 끝나니까 걱정 마요."

술을 거의 궤짝째 공수해 온 것 같은데 뭐가 금방 끝난다는 건지 당최 알 수가 없다. 하나가 갸우뚱하는 틈을 타 빠르게 술잔을 돌린 태일이 제 몫을 들고는 선창했다.

"건배!"

잔이 쨍쨍 맑은 소리를 내며 부딪쳤고 세 사람은 동시에 원 샷으로 잔을 비웠다. 제일 먼저 잔을 내려놓은 태일이 하나를 돌아보았다.

“누나 벌써 볼 빨갛다.”

“정말?”

얼른 뺨을 만져 보니 열기가 고스란히 느껴졌다. 준수와 이야기를 하는 사이 맥주 한 캔을 너무 빨리 비운 탓인 것 같았다.

그런 하나를 보며 웃던 태일이 다시 잔을 채웠다. 잔을 받아 든 하나가 잠시 머뭇거리는 사이 그는 금세 또 한 잔을 비웠다.

“태일이 너 너무 빨리 마시는 거 아니야?”

“괜찮아요. 취하고 싶어서 마시는 건데, 뭐. 누나랑 마셔서 좋다. 저 형은 맨날 일하느라 바쁘다고 안 놀아주거든요.”

그 장난스러운 투정에 건너편에서 빈 잔을 쥐고 있던 준수가 짧게 웃었다. 바리스타 일이 그렇게 빡빡한가? 준수를 돌아보고는 잠시 고개를 갸웃하다가, 차마 그에게 직접 물을 수는 없어서 하나는 대신 태일에게 물었다.

“뭐 때문에 그렇게 바쁘신데?”

“아, 누나는 모르겠구나. 저 형 일하는 게 거의 머슴 수준이에요, 머슴.”

“왜?”

“누나 일주일에 7일 일하는 사람 봤어요?”

“7일? 일주일 내내?”

“네. 쉬는 날이 없어요, 사람이. 미친 체력이라니까.”

“그게 가능해?”

“농담 아니에요. 지금 하는 일도 세 개나 돼요. 이태원 브런치 카페에서 서빙 하고, 서래마을 레스토랑에서 요리하고, 청담동 제과점에서 커피 내리고. 아주 동에 번쩍 서에 번쩍 홍길동이 따로 없다니까.”

“세상에…….”

“저 형 별명이 아르바이트의 제왕이에요. 안 해본 일이 없거든요. 나랑 알게 된 것도 과외 아르바이트 하면서였고.”

태일의 말에 준수는 뭐라고 해명을 하는 대신 그저 피식 웃었다. 두 사람 사이에 오간 모종의 장난스러운 시선 교환을 알아차리지 못한 하나는 충격에 휩싸였다.

‘일주일에 7일을 일해? 나보다 더한 사람이 여기 있었구나.’

풍부한 감상의 소유자답게 금세 가난한 고학생의 이미지를 그려낸 하나는 그때까지 준수를 얄미워했던 것도 까맣게 잊은 채 딱하다는 눈길로 그를 바라보았다. 그러나 정작 준수는 아무렇지도 않은 얼굴로 태일이 사 온 것들을 챙겨 일어나며 당부했다.

“뭐라도 좀 만들어 올 테니까 둘이서 마시고 있어요. 부탁하는데, 제발 좀 천천히.”

그러나 준수가 부엌으로 사라지기가 무섭게 하나와 태일은 서로 부어라 마셔라 잔을 기울이기 시작했다. 나름 자제하려고 했으나 끝도 없이 술을 들이켜는 태일에게 장단을 맞춰주다 보니 결국은 하나도 따르는 대로 술을 들이붓는 지경에 이르렀다.

“태일이 너 오늘 무슨 일 있었어? 낮에도 좀 이상하더니.”

그 물음에 태일은 묘하게 풀린 눈으로 하나에게 시선을 고정시켰다. 오후에 만났을 때 절로 감탄을 자아냈던 말끔한 차림새는 어느덧 잔뜩 흐트러진 채였다.

“그러는 누나는, 주다애 지금 집에 있다면서 왜 같이 안 마시고 혼자 마시려고 했어요?”

“어휴, 너 매번 그렇게 당하고도 걔 술버릇 몰라? 지난번 일도 여지껏 기억 못 한다며. 절대 안 돼.”

"다 내 잘못이에요, 그거."

"알긴 아는구나? 그러고 보니 다애가 너 만날 때마다 술 마시고 들어오더라. 그동안 이렇게 애처로운 눈으로 붙잡아놓고 우리 다애 술 먹인 사람이 너였구나?"

짐짓 화난 체 던진 말에 태일이 안 통한다는 듯 피식 웃었다. 그러면서 삐딱한 시선으로 가만히 하나를 바라보는데, 평소와는 180도 다른 그 눈빛에 어쩐지 기분이 이상해져서 하나는 테이블을 더듬어 제 몫의 잔을 집어 들고는 그대로 입안에 털어 넣었다.

알코올 특유의 아릿한 끝 맛에 눈을 찡그리는 하나를 물끄러미 보던 태일이 말했다.

"누나 취했어요. 그만 마셔요."

"네가 더 취했어."

"누나 술 잘 못 마시죠?"

"아니야."

"아니기는. 주다애가 그랬는데."

"소주 세 잔은 거뜬히 마셔."

고작 세 잔 가지고 무려 '거뜬히'란다. 어처구니가 없어 피식거리는데, 예고 없이 진지하게 시선을 맞춰오는 하나의 눈빛에 태일은 웃음을 밈췄다. 지그시 그 눈을 미주히던 태일의 음성이 약간 낮아졌다.

"누나가 지금 무슨 말 하고 싶은 건지, 내가 맞혀볼까요?"

"그래, 맞혀봐."

"할아버지 잘 뵙고 왔는지 궁금한 거죠?"

조금 머뭇거리다 하나는 마침내 고개를 끄덕였다. 그러다 조금 더 용기를 내 물었다.

"무슨 일인지 물어봐도 대답 안 해줄 거지?"

"……."

"그래, 나도 싫다는 사람한테 굳이 캐물을 생각은 없는데, 그래도 나한테는 행운을 빌어줘 놓고 너는 혼자 이런 얼굴을 하고 있으니까 속상하잖아, 내가."

"별거 없는데. 너무 시시한 문제라 굳이 말 안 한 거예요. 누나가 그렇게 걱정할 정도가 아니라서."

"할아버님께서 다애네 학교 교수님이시라고 했지? 그런데 넌 왜 그 학교에 안 갔어?"

"그 학교 안 가는 게 목표였으니까."

"왜?"

"학교에서까지 할아버지한테 속박되기 싫어서요."

여과 없이 무심한 어조로 내뱉은 태일이 눈에 띄게 난감해지는 하나의 표정을 슬쩍 확인하고는 웃었다. 웃는 건지 우울해하는 건지 모를 투로.

"누나. 어렸을 때 내가 말썽 많이 부렸을 것 같아요?"

"너는…… 그러니까…… 잘 모르겠어, 사실."

"안 믿을지도 모르겠지만 아무것도 모르던 어렸을 때, 그때는 나도 나름대로 말 잘 듣는 착한 손자였어요. 착한 아들 말고, 착한 손자. 갑작스러운 사고로 부모님 돌아가시고 할아버지 밑에서 자랐으니까."

처음 듣는 얘기였다. 충격적인 이야기였으나 티를 내면 안 될 것 같아 하나가 애꿎은 눈꺼풀만 깜빡거리고 있는데, 태일은 시선을 비스듬히 내리깐 채 말을 계속했다.

"할아버지한테 나는 무조건 고분고분 숙이고 들어와야 마땅한 말썽쟁이 꼬마였어요. 감히 당신 뜻을 거역해서는 안 되는. 그 밑에서 꿈도 버리고 뜻도 꺾고 아무리 순종적인 양이 되어도 할아버지는 양보를 모르는 분이시거든요."

"……."

"고모한테 주워들은 말로는 돌아가신 아버지도 진로 문제로 할아버지 뜻 거스르고 집 뛰쳐나간 뒤에는 할아버지랑 일절 왕래도 없었다고 하던데, 그로부터 몇십 년이 지났는데도 할아버지는 변하신 게 없어요."

나이에 어울리지 않게 쓰게 웃으며 이야기하는 얼굴을 보니 언젠가 다애가 귀띔해 준 말이 생각났다. 태일이 하필이면 고등학교 3학년 때 집을 나와 하나와 다애가 사는 동네로 혼자 이사를 온 게 아무래도 유일한 가족인 할아버지 때문인 것 같다던.

말을 마치고는 침묵의 늪에 잠겨 있는 태일에게 어떤 말을 해 줘야 좋을지 몰라 고민하던 하나는 한참이 지나서야 어렵게 운을 뗐다.

"그랬구나. 태일아, 너 되게 잘 컸다. 진심이야. 의지할 다른 가족도 없었는데, 어린 시절부터 많이 외롭고 힘들었을 텐데."

"……."

"그런데 태일아, 아마도 네 마음 모르고 하는 소리로 들리겠지만…… 할아버님은 그냥 너를 잃고 싶지 않으셨던 게 아닐까?"

"무슨 뜻이에요?"

"할아버님이랑 아버님이랑 사이가 안 좋으셨다고 했지? 그래서 더 할아버님은 너를 놓치고 싶지 않으셨을지도 몰라. 그런데 어떻게 해야 할지는 몰라서 결국에는 가장 익숙한 옛날 방식으로 돌아가는 거지. 나이 든 분들은 잘 변하지 않으시니까. 물론, 그 방식이 무조건 옳다거나 네가 반드시 이해해야 된다는 뜻은 아니야."

"……."

"사실은, 나도 원래는 아버지랑 그다지 가깝지 않았어. 사이가 안 좋거나 한 건 아니었어도 아버지가 워낙에 바쁘셔서 함께할 시간이 많지는 않았거든. 물론 엄청 다정하고 잘해주시긴 했지만……. 아무튼 고등학교 때 아버지 사업이 갑자기 잘 안 돼서 미술을 그만둬야 했을 때, 그땐 지금보다 더 어리고 철부지였던 나도 아버지 원망 많이 했어."

"누나가요?"

"응. 그래도 티는 안 냈다고 생각했는데, 어느 날 밤에 아버지가 나를 붙잡고 내가 하고 싶은 거 마음껏 하게 해주지 못해서 미안하다고 우시더라. 난 그 말이 그렇게 슬프게 들릴 줄 몰랐어. 그때까지는 한 번도 깨달은 적 없었거든. 아버지 마음이 그럴 거라고. 누구보다 가까운 거리에 있는 게 가족이지만, 때로는 그래서 더 보이지 않는 것들이 있다는 걸 그때 알았어."

이야기를 마친 하나가 태일을 돌아보았다. 그때까지 그는 뚫어져라 하나에게만 시선을 고정시키고 있었다.

"아버님이랑 오랜 시간 쌓인 오해를 풀지 못하고 영영 다른 길을 가게 돼서, 할아버님도 마음 한구석에는 괴로움을 간직하고 계시지 않을까? 네가 느끼는 감정은 물론 너의 자유에 달려 있지만 너무 미움만 갖지는 말라고, 나는 너한테 그렇게 말해주고 싶어. 할아버님이 아니라 네 자신을 위해서. 갑작스러운 이별이 닥쳐왔을 때 후회만 남으면 안 되잖아."

멍하니 하나만 바라보던 태일이 손바닥으로 얼굴을 쓸어내리며 조금 웃었다. 그 모습에 하나가 얼른 덧붙였다.

"아…… 나 또 집에 가서 이불 차면서 후회할 것 같아. 내가 방금 한 말은 그냥 잊어버려. 별 도움이 되어주지 못해서 미안. 재미없게 말만 길었네, 위로가 되기는커녕."

"누나."

"응?"

"위로라는 거, 그거 생각보다 되게 어려워요. 아무리 상대방의 입장에서 헤아려 보려고 노력해도 내가 완벽하게 그 사람이 될 수는 없고, 그 사람이 지금 이 순간 어떤 말을 제일 듣고 싶을지도 모르니까."

"그래. 그게 딱 조금 전의 내 심정이었어."

"그런데 또 한편으로는 생각보다 쉬운 게 위로예요. 어떤 거창한 미사여구들보다 괜찮아, 너 지금도 충분히 잘하고 있어, 그런 간단한 말들이 더 마음에 와닿을 때가 있으니까. 힘내라는 말, 때로는 영혼 없는 위로인 것 같아서 공허하게 느껴질 때도 많지만 누나 같은 눈빛으로 나를 보는 사람을 만나면 느껴져요. 아, 저 사람 진심으로 나를 위하는구나."

나 같은 눈빛? 그 표현에 하나가 새삼 지금 자신이 어떤 얼굴을 하고 있는지 자각하려 두뇌 회로를 돌리던 찰나 씨 웃은 태일이 다시 말했다.

"누나는 확실히 주다애보다는 더 어른이네요."

"그럼, 아무리 못해도 그 정도는 되어야지. 내가 네 살이나 더 많은데."

"아직은 비밀이라던 그 일은, 잘 해결됐어요?"

"모르겠어. 그래도 네가 행운을 빈다고 말해줘서, 그 응원 덕분에 한 고비는 무사히 넘겼어. 네가 해준 말이 큰 힌트가 됐거든.”

“도대체 무슨 일이었는데 그래요?”

“나중에 말해줄게. 어쨌거나, 보면 볼수록 넌 참 괜찮은 애야, 태일아. 이런 말을 내가 해도 되는 건지는 모르겠지만.”

혼자 고개를 끄덕이며 술병을 기울이려는 하나의 손을 태일이 막아섰다. 의아하다는 눈으로 올려다보는 시선에 그는 말로 대답을 건넸다.

“세 잔 넘은 지 오래됐어요. 그만 마셔요.”

“그걸 또 세고 있었어? 그건 그냥 하는 소리지. 오늘 술 잘 받는데? 기분도 좋고. 더 마실래.”

“나 주다애한테 혼나요.”

“아, 왜. 이제 막 기분 나려는데.”

방금 전까지만 해도 진지하게 대화에 임하더니 지금은 헤실헤실 웃으면서도 끝까지 술잔을 사수하려는 게 이미 취한 것 같았다. 진짜 술 약하구나. 그렇게 생각한 태일이 하나와 눈을 마주친 채 웃었다.

“그래요, 그럼. 사실 이런 날에는 끝까지 남아서 마셔줘야 되긴 해요.”

“아까도 그러더니 도대체 오늘이 무슨 날인데?”

“오늘 준수 형 생일이거든요.”

“생일? 진짜?”

“그래서 염치 불구하고 누나 붙잡은 거예요. 그래도 생일인데, 맨날 보는 나 말고 특별한 손님이라도 있으면 좋을 것 같아서. 저 형, 천하태평해 보여도 알고 보면 많이 외로운 사람이거든요.”

뜻밖의 정보에 하나는 생각에 잠겼다. 태일의 말대로 일주일 내내 바삐 일하는 사람이라면 오늘도 하루 온종일 제대로 된 축하조차 받지 못했을 것 같았다. 그런 생각들에 혼자 남은 캔 맥주를 마시다 문득 옆을 돌아보니 어느새 진짜로 잠들어 버린 태일이 눈에 들어왔다.

"못살아."

아무리 애어른 같은 말을 해도 이럴 때 보면 확실히 동생은 동생이다. 하나는 키득거리며 태일이 불편하지 않게 그의 머리 밑으로 쿠션을 받쳐 주었다. 그러고는 혼자 과자를 집어 먹고 있는데 접시를 손에 든 준수가 그제야 자리로 돌아오더니 자고 있는 태일을 발견하고는 그럴 줄 알았다는 표정을 지었다.

"금방 끝난다고 했죠?"

"이렇게 될 줄 뻔히 알면서 혼자 부엌으로 도망간 거예요? 배신자."

대꾸 대신 소리 없이 웃은 준수가 테이블 위에 접시를 내려놓았다. 노릇노릇하게 구워 윤기가 흐르는 소시지와 간단한 샐러드였다.

"와, 꼭 호프집에서 파는 것 같네. 직접 했어요?"

"전생에 우렁 각시를 구한 적이 없어서요."

"가만 보아하니 본인이 우렁 각시인 것 같은데, 뭐."

준수가 이번에는 짧게 소리 내 웃었다. 하나가 다시 핀잔을 놓았다.

"전래동화도 아니고 웬 우렁 각시? 진짜 각시를 만나면 되지."

"누굴 만나서 행복하게 해줄 만한 그릇이 안 돼요, 내가."

그 대답에 하나가 입술을 삐죽였다. 잔뜩 날을 세울 때가 언제

였냐는 듯 그새 경계가 풀어지고 표정이 풍부해진 걸 보니 취하
긴 취한 모양이었다.

테이블 위에 늘어진 빈 병들을 훑은 준수가 부드럽게 물었다.

"둘이서 그새 이만큼이나 마셨어요?"

"네, 기분 좋아서요."

"태일이랑 많이 친한 사이인가 봐요?"

"예쁜 동생이죠."

"그냥 예쁜 동생?"

"무슨 생각을 하는 거예요?"

"태일이가 그렇게 스스럼없이 누굴 대하는 거, 드문 일이거든
요."

"나보다 그쪽이랑 태일이 사이가 더 수상하거든요? 둘이 서로
에 대해 하는 말 들어보니까 애틋하기가 아주 이를 데가 없던데."

고개를 설레설레 젓던 하나가 대뜸 소주병을 집어 들었다. 주
저 없이 곧장 잔을 채우려는 손길을 준수가 막아섰다.

"얼마나 더 마시려고 그래요? 보아하니 벌써 주량 한참 넘긴
것 같은데."

"아, 왜요. 이제 막 기분 나려는데. 꼭 별로 마시지도 않은 사
람이 이런 소리 하더라? 직접 안주까지 만들어놓고 무슨 망언이
에요? 빨리 받아요, 잔."

막무가내로 술을 따라주는 하나를 보며 준수는 짧게 웃었다.
하나의 소원대로 건배를 하자마자 빠르게 잔을 비운 준수가 그녀
몫의 잔을 뺏어 들려던 찰나 하나가 기습적으로 말을 걸었다.

"오늘 생일이에요?"

"태일이가 그랬어요?"

"축하 많이 받았어요? 선물도?"

"받았죠. 같이 일하는 동료들한테."

"그런 거 말고. 생일 축하는 가족들한테, 진짜 사랑하는 사람한테 받아야죠."

"……."

"아까, 면접 봤을 때 말이에요. 혹시 그래서 고맙다고 그런 거예요?"

"주하나 씨가 나 보면서 그랬잖아요. 앞으로의 1년에 행운이 가득하기를 바란다고."

나지막한 대답에 하나가 비시시 웃으며 말했다.

"행운이 오늘 여러 사람 구하네."

이번에는 준수가 웃고 말았다. 취한 와중에도 그 웃음을 놓치지 않은 하나가 발끈했다.

"왜 웃어요? 자꾸 나 보면서 웃는 거 기분 나쁘거든요?"

"술이 잘 받긴 뭘 잘 받아요? 벌써 취했는데."

"나 원래 알코올 들어가면 방방 떠요."

"그게 취한 거예요. 취한 사람이 자기 입으로 취했다고 말하는 거 봤어요?"

"진짜 안 취했거든요?"

"발음도 꼬이네. 이만 일어나요."

자리에서 일어난 준수가 건너편으로 다가가 하나에게 손을 내밀었다. 그러나 하나는 그 손을 잡고 일어나기는커녕 오히려 확 잡아당겼다.

무방비 상태에서 역습을 당한 준수가 넘어지듯 주저앉았다. 하나의 얼굴이 너무 가까이 다가와 놀란 그가 반사적으로 몸을 뒤로 뺀 순간 그녀가 다시금 입을 열었다.

"생일인데 이렇게 술로 끝내서 어떡해요?"

"좋은 사람들하고 한잔하는 걸로 충분해요."

"내가, 좋은 사람이에요? 그렇구나, 나 좋은 사람이구나."

취해서 푸념하듯 되뇌는 모습이 이상하게도 사랑스러워 보여서, 준수는 조금 웃었다. 그것도 잠시 고개를 들고 고요히, 그러나 깊게 눈을 맞춰오는 시선에 어쩐지 안타까움이 담겨 있는 것 같아 그는 저도 모르게 물었다.

"왜요, 생일인데 술만 마셔서 내가 슬플 것 같아요?"

"아니요, 그건 아닌데…… 자고로 생일에는 모든 게 완벽해야 하는 법이니까."

"완벽했어요, 오늘. 생각지도 못한 선물도 받았고."

"무슨 선물 받았는데요?"

"행운."

"에이, 그게 무슨 선물이라고."

"난 그것만큼 벅찬 선물을 받은 적이 없는데. 앞으로 몇 년을 더 살아도, 누굴 만나도 그런 선물은 못 받을 거예요. 주하나 씨 덕분에."

그 대답에 하나는 코앞에 보이는 준수의 얼굴을 빤히 쳐다보았다. 평소보다 술을 많이 마신 탓인지 두 눈에 그의 모습이 아른아른하고 이상하게 심장이 두근거리는 것 같았다. 6년 전이나 지금이나 꽁꽁 얼어붙은 마음을 포근하게 녹이는 따뜻한 음색이었다. 왜 진작 알아보지 못했을까.

"많이 늦었어요. 집에……."

다시 한 번 하나를 일으키려던 준수가 문득 말을 멈췄다. 어느새 그녀의 손이 뺨에 닿아 있었다. 두 손으로 준수의 뺨을 감싸 쥔 하나가 곁눈질로 벽에 붙어 있는 시계를 쳐다보고는 다시 그와 시선을 맞추며 말했다.

"선물은 행운으로 줬다 쳐도 축하한다는 말은 못 했잖아요."

"……."

"12시 아직 안 지나서 다행이다. 생일 축하해요, 서준수 씨."

두 눈이 예쁘게 휘어지는 모양이 바로 코앞에서 똑똑히 와닿았다. 취한 것처럼 한동안 멍하니 하나를 바라보던 준수의 입가에도 곧 부드러운 미소가 그려졌다. 술에 취하고, 서로의 눈빛에 취하는 밤이었다.

무지개 너머 그 어딘가에

늦은 아침, 모르는 번호로 걸려 온 전화 한 통이 평화로운 단 잠을 깨뜨렸다. 며칠째 야심한 새벽까지 구인구직 정보의 바다를 헤매다 잠이 든 탓에 전화벨 소리가 달갑지 않았으나 부스스 눈을 뜨고 목을 가다듬은 하나는 전화를 받았다.

[주하나 씨 휴대폰, 맞습니까?]

"네. 제가 주하나인데요. 실례지만 누구시죠?"

[「L'amour」에서 일하는 서준수라고 합니다.]

"라…… 네?"

[지난주에 주하나 씨가 면접 봤던 곳입니다. 설마, 그새 잊어 버린 건 아니죠?]

서준수? 잠이 덜 깬 눈을 비비던 하나는 뒤늦게야 깨달았다. 왠지 모르게 익숙했던 느릿하고 낮은 음성의 주인공이 그녀가 지 난주 내내 부끄러움을 이기지 못해 이불을 뻥뻥 차게 만든 장본인이라는 걸.

[아직도 자고 있었나 봐요? 해가 중천에 떴는데.]

"어, 어쩐 일로 전화하셨어요?"

잠결이 싹 걷힌 목소리로 떨떠름하게 되묻는 반응에 수화기 너머의 준수가 나직이 웃었다. 이 남자가 또 웃네. 여전히 이불 속에 폭 파묻힌 채 전화를 받고 있는 하나의 미간이 점점 찌그러지던 찰나 준수가 다시금 말문을 뗐다.

[목소리를 듣자 하니 별로 기대를 안 하고 있었나 봐요?]

"무슨 기대요?"

[주하나 씨가 우리 매장에 적합한 인재상이면 연락 주겠다고 했던 약속, 벌써 잊었어요?]

"네?"

[「L'amour」의 새 가족이 된 걸 축하해요, 주하나 씨.]

"네에?"

그 말에 하나는 드디어 이불을 박차고 침대에서 벌떡 일어났다. 맙소사, 지금 이게 꿈인가? 냅다 볼을 꼬집어봤지만 분명 현실이다.

"죄송하지만 다시 한 번만 말씀해 주세요. 저 지금 잘못 들은 거 아니죠?"

[오늘 오후에 다른 일정 있어요? 없으면 자세한 얘기는 와서 들어요.]

"오늘요?"

[오늘은 어려워요? 그럼 내일…….]

"아니요! 당연히 되죠! 지금 당장도 갈 수 있어요. 1시간, 아니, 30분만 기다리세요!"

[전화받고 지금 막 일어난 거 아니에요? 늦게 온다고 채용 취소되는 거 아니니까 천천히 와요.]

"지금 바로 출발할게요!"

이번에는 대놓고 잔잔한 웃음소리가 건너왔으나 들떠서 전화를 끊은 하나는 곧장 욕실로 달려갔다. 눈 깜짝할 사이에 샤워를 하고 나와 머리를 말리고 있자니 문득 허전해졌다. 지금의 이 행복을 다른 사람들과 나누고 싶건만 다애마저 외출했는지 집에는 아무도 없었다.

그 순간 초인종이 울렸고 한걸음에 현관으로 달려간 하나는 누가 온 건지 묻지도 따지지도 않고 문을 열어젖히며 외쳤다.

"다애야 나 붙었어! 합격했대!"

제자리에서 방방 뛰며 문을 열자마자 문 앞에 서 있는 사람을 확 끌어안았는데, 3초 후에야 이상이 감지되었다. 다애의 키가 훨씬 크긴 하지만 이 정도는 아니다. 골격도 그렇고 낯선 체향 역시 동생이라고 하기에는 괴리감이 너무 컸다. 결정적으로, 다애는 굳이 초인종을 누를 이유가 없다.

그럼 이 사람의 정체는 뭘까.

덜컥 겁이 나 움츠러든 하나가 고개도 들지 못한 채 그 자세 그대로 얼어 있는 사이 쿡 웃는 소리가 정수리에 내리꽂혔다. 커져만 가던 웃음소리가 한참 지나 잦아들고 나서야 그 사람이 입을 열었다.

"이 누나가 세상 무서운 줄 모르네. 나 아니었으면 어쩔 뻔했어."

귀에 설지 않은 목소리에 천천히 고개를 드니 개구쟁이처럼 웃고 있는 태일의 얼굴이 눈에 들어왔다. 뜨악해서 황급히 품에서 떨어져 나온 하나는 반사적으로 태일의 면전에서 문을 쾅 닫아버리고 말았다.

"미쳤어, 미쳤어. 무슨 망신이야 이게."

현관문에 머리를 콩콩 찧으며 하나는 스스로의 성급함을 탓했다. 실은, 면접을 봤던 날 저녁 태일의 집에서 술을 마시며 그와 이런저런 이야기를 나눈 것까지는 기억이 나는데 그 이후로 필름이 끊겼다. 아무래도 한바탕 추태를 부린 것 같다는 불길한 예감에 안 그래도 며칠째 태일을 피해 다니는 중이었는데 그 와중에 2차 참사를 저지르고 만 것이다.

"아, 앞으로 얼굴을 어떻게 보려고……."

어찌해야 좋을지 갈피를 못 잡고 있는데 이번에는 밖에서 똑똑 노크 소리가 건너왔다.

"보자마자 먼저 끌어안아 놓고 문전 박대하기 있어요?"

"……."

"어차피 마주친 거 그냥 나와요, 누나. 언제까지 도망 다닐 거예요?"

아, 게다가 며칠간 피해 다닌 것까지 이미 눈치챘나 보다. 더는 빠져나갈 구멍이 없다고 판단한 하나는 결국 도로 문을 열고 쭈뼛쭈뼛 태일을 마주했다.

"다애인 줄 알고 내가 실수를 했네…… 미안. 그런데, 어떻게 알았어?"

"뭘요?"

"내가 너 피한 거."

"아, 그거. 주다애랑 반응이 다르잖아요. 주다애는 아무것도 기억 안 나니까 당당하고, 누나는 반만 기억하니까 열심히 피해

다니고.”

“내가 그날 너한테 혹시 뭐 실수라도……. 아, 내가 술이 들어가면 대책 없이 방방 떠서 웬만하면 안 마시려고 하는데…….”

“난 좋았는데.”

“어, 뭐라고?”

했던 말을 거듭하는 대신 태일은 장난스럽게 웃으며 어깨를 으쓱해 보였다.

“그나저나, 뭘 합격했다는 거예요?”

“아, 맞다. 실은, 나 그동안 일자리 구하고 있었거든. 그런데 조금 전에 최종 합격했다는 전화를 받아서.”

“와, 진짜? 축하해요. 이렇게 빨리 재취업에 성공하다니 역시 능력 있는 사람은 다르구나. 어떤 일인지 물어봐도 돼요?”

“제과점. 보조 파티시에로 취직했어. 그런데, 그거 다 네 덕분이야.”

“저요? 왜요?”

“네가 나 청담동 데려다줬던 날, 사실 면접 보러 가는 길이었거든.”

“아, 비밀이라던 일이 면접이었어요?”

“응. 그런데 면접 주제가 세상에서 오직 나만이 할 수 있는 작품 만들기였어. 그런 건 한 번도 해본 적 없어서 눈앞이 캄캄했는데, 그때 네가 해준 말이 생각났어.”

“행운?”

“응, 행운. 그 응원을 되새기면서 행운의 케이크를 만들었는데, 나 진짜 자신 없었거든. 그런데 진짜로 행운이 찾아왔나 봐.”

“그게 왜 운 때문이에요. 누나 실력이지.”

태일의 말을 듣고 나니 하나는 그제야 실감이 나는 기분이었다. 고생 끝 행복 시작. 새로운 일에는 새로운 시련이 기다리고 있기 마련이지만, 어쩐지 무한한 희망이 샘솟는 것 같았다.

"그래서 나한테 빚졌다고 했구나. 그럼 이제 그 빚 어떻게 갚을 계획이에요?"

"첫 월급 받으면 근사하게 한턱 쏠게. 그나저나, 다애 만나러 왔어?"

"네. 그런데 집에 없나 보네요. 누나는 어디 나가요?"

"면접 본 데. 자세한 얘기는 만나서 듣기로 해서."

"그랬구나. 아, 아무리 신나도 수건은 집에 놓고 가는 거 잊지 마세요."

집게손가락 끝으로 하나의 머리 위를 가리킨 태일이 씩 웃었다. 젖은 머리카락을 말리다 말고 뛰어나온 탓에 머리 위에 수건이 그대로 둘둘 말려 있다는 걸 뒤늦게야 자각한 하나가 냉큼 수건을 잡아 내리고는 민망한 웃음을 지었다.

"오늘도 행운을 빌어요."

태일을 보내고 도로 집으로 들어온 하나는 머리를 마저 말리고 오랜만에 예쁜 옷을 꺼내 입었다. 한동안 안 하던 화장도 옅게나마 하고 나니 절로 콧노래가 나왔다. 무지개 너머 어딘가에서 근심과 걱정, 모든 고민거리는 레몬 사탕처럼 녹아버리고 꿈이 현실이 되듯, 열아홉 시절 이후로는 근처에도 얼씬거리지 않았던 동네가 이제는 어엿한 직장이 된다.

"그래, 파랑새도 나는데 왜 나라고 할 수 없겠어? 이번에는 누구보다 오래 버텨야지."

그렇게 중얼거린 하나는 집을 나섰다. 그 어느 때보다도 가벼운 발걸음으로.

☕

청담동 고급 제과점 「L'amour」의 하루는 대개 조용하고 평화롭게 시작되지만, 오늘은 조금 달랐다. 품에 세 살배기 아이를 안은 채 발을 동동 구르는 정훈을 보며 준수는 난감한 표정을 지었다.

"딱 2시간만 부탁하자, 어?"

"조금 있으면 한창 바쁠 때라 곤란한데."

"안다, 알아. 그런데 내가 얼마나 절박하면 여기까지 찾아왔겠냐. 애 봐주기로 한 아주머니가 갑자기 쓰러지셨대."

"아이 보는 데는 자신 없는데……."

"해주가 너 엄청 따르고 좋아하잖아. 애도 벌써부터 잘생긴 건 알아가지고."

"맡아줄 수는 있지만 제대로 신경 못 써줄지도 몰라."

"괜찮아. 점심시간 끝날 무렵에는 올 수 있으니까 그때까지 맡아만 줘."

다급해 보이는 친구의 통사정에 준수는 못내 난처한 얼굴을 하면서도 결국 고개를 끄덕였다. 잘 부탁한다는 말을 남기고는 카운터 앞 의자에 아이를 앉힌 정훈이 허둥지둥 모습을 감췄고 준수는 가벼운 한숨을 내쉬며 아이에게 말했다.

"딱 2시간만 삼촌이랑 얌전히 있자, 해주야."

그 바람을 알아들었는지 의문이었으나, 아이는 의외로 얌전히 의자 위에서 조그마한 인형을 가지고 놀았다. 신경이 쓰여 끊임

없이 곁눈질로 아이를 살피던 준수도 이내 조금은 마음을 놓고는 일에 집중하기 시작했다.

금요일, 「L'amour」의 눈부신 아침을 여는 건 준수가 손수 내리는 커피의 향긋함이었다. 오늘의 첫 손님에게 진한 에스프레소와 방금 막 오븐에서 나온 퐁당 오 쇼콜라*fondant au chocolat*를 가져다준 준수는 창문을 활짝 열었다. 말끔히 닦인 투명한 유리 너머로 따사로운 햇살이 한 줄기 고운 빛으로 부서져 내렸다.

“어서 오십시오. 사랑을 굽는 제과점 「L'amour」입니다.”

준수가 자리로 돌아오자마자 가게로 들이닥친 두 번째 손님은 네 명의 삼십대 여성들이었다. 그들에게 주문을 받고 카운터로 돌아오려다 말고 준수는 흠칫 제자리에 얼어붙었다. 조금 전까지만 해도 아이가 앉아 있던 의자가 텅 비어 있었다.

순간 아찔한 현기증이 머리부터 전신을 타고 흘렀다. 다급히 가게 밖으로 달려 나간 준수는 주위를 두리번거리다 부리나케 계단을 내려갔다.

두뇌 회로가 마비된 채로 근처 골목 여기저기를 배회하고 있는데, 어디선가 들려온 울음소리에 시선이 한데 꽂혔다. 서럽게 울고 있는 아이와 그 앞에 무릎을 굽히고 앉아 아이를 달래주는 여지의 모습이었다.

“많이 아팠어? 치료했으니까 이제 괜찮을 거야. 울지 마, 응?”

“해주야!”

빠르게 그쪽으로 달려간 준수가 제일 먼저 아이가 무사한 것을 확인한 다음에야 안도의 한숨을 내쉬었다. 거의 주저앉다시피 하고 숨을 몰아쉬는 그를 본 여자의 안색이 변했다. 뒤늦게야 상대방을 알아본 준수의 얼굴에도 뜻밖이라는 기색이 스쳤다.

"주하나 씨?"

하지만 하나는 더더욱 놀란 표정이었다. 어안이 벙벙해져서 손가락 끝으로 아이와 준수를 번갈아 가리키던 그녀가 이윽고 혼란스러운 듯 입을 열었다.

"유부남이었어요?"

그 생각지도 못한 질문에 픽 웃고 만 준수가 장난인지 아닌지 모를 어조로 느릿하게 되물었다.

"그래 보여요?"

그렇게 말하는 그를, 하나는 살짝 노려보았다. 아니라는 건가 그렇다는 건가.

"아이는 혼자 돌아다니다 넘어져서 무릎이 좀 까진 것 같아요. 큰 상처는 아니고, 제가 가지고 다니는 구급 키트로 소독도 하고 꼼꼼히 치료했으니까 흉터가 남거나 하지는 않을 거예요. 다쳤다기보다는 많이 놀란 것 같으니까 잘 달래주시고요."

전직 베이비시터다운 훌륭한 처신이었다. 밴드가 붙어 있는 해주의 무릎을 살피고는 고개를 끄덕인 준수가 여전히 울고 있는 아이를 번쩍 안아 들었다. 친구에게 한 소리 듣기야 하겠지만 큰 사고가 아니니 천만다행이었다.

그러게 왜 어린애를 혼자, 하고 작게 투덜거린 하나가 준수를 못마땅한 눈초리로 쳐다보았다. 그러나 금세 환하게 웃고 만 하나는 준수의 품에 안긴 해주의 볼을 쓰다듬었다.

"너 되게 예쁘다. 그러니까 이제 그만 뚝, 하는 거다?"

그 말에 아이가 울다 말고 방긋 함박웃음을 지었다. 그걸 보고는 더욱 활짝 웃는 하나를 지켜보던 준수 역시 저도 모르게 빙그레 미소를 짓고 말았다.

앞장서서 가게로 돌아온 준수는 제일 먼저 매장에 비치된 유아용 의자를 꺼내 그 안에 아이를 앉혔다. 아이들은 언제 어디로 튈지 모른다는 걸 간과하고는 얌전히 있겠거니 하고 방심한 게 실책이었다.

눈물범벅이 된 해주의 얼굴을 손수건으로 부드럽게 닦아주고는 다시금 상처를 살핀 준수가 옅은 한숨과 함께 중얼거렸다.

"어떡하지, 해주야. 아무래도 네 아빠한테 삼촌 한 대 맞을 것 같은데."

덜컥 내려앉았던 심정을 아는지 모르는지 아이는 그저 무구한 눈망울을 하고 방긋방긋 웃어 보일 뿐이었다. 그 역시 결국은 어쩔 수 없다는 듯 웃어버렸고 아이의 손에 도로 인형을 쥐여 주고는 굽혔던 허리를 폈다. 이제는 멀찌감치 떨어진 곳에 어색하게 서 있는 여자를 상대할 차례였다.

"생각보다 일찍 왔네요, 주하나 씨."

습관처럼 손목시계를 들여다본 준수가 입을 열었다. 다른 직원들이 얼른 눈에 띄지 않아 주위를 두리번거리고 있던 하나가 그 목소리에 흠칫하며 준수를 돌아보았다. 이 남자랑 단둘이 있는 건 위험한데.

"지금이 오픈 직후라 파티시에 해인 씨는 아직 정신이 없을 거예요. 안수현 매니저는 재료 문제 때문에 잠깐 자리를 비웠는데, 오래 걸리지는 않을 테니까 조금만 기다려요."

하나가 입 밖으로 내지도 않은 머릿속의 질문에 답을 하듯 준수가 말했다. 곧장 커피 바로 향한 그는 아까 받은 주문을 처리하느라 정신이 없는 와중에도 능숙하게 대화를 이어 나갔다.

"잠깐만 기다려 줄래요? 주문이 밀려서. 아, 일어나자마자 바로 왔으면 아무것도 못 먹었겠네요. 그럼 샌드위치라도 같이 챙겨줄까요? 아니면 뭐 다른 거 먹어보고 싶은 거 있어요?"

준수가 묻는데도 하나는 그저 입을 꾹 다문 채 그를 쳐다보기만 했다. 계속 느꼈지만 친절이 몸에 배어 있는 남자였다. 그것도 아주 자연스럽게.

"원래 그렇게 아무한테나 친절하세요?"

"주하나 씨가 아무나예요?"

"네?"

"주하나 씨 이제 우리 매장 직원이잖아요."

왜 그런 당연한 걸 묻느냐는 듯한 투였다. 그럼 그렇지, 저 말은 결국 아무한테나 친절하다는 뜻이 맞다. 6년 전 그날 역시 하나가 아니라 호호백발 할아버지가 강에 뛰어들려 했어도 끌어안고 말렸을 사람이었다.

그런 생각을 하니 어쩐지 김이 빠지는 것 같아 하나는 퉁명스럽게 대꾸했다.

"전에도 세상은 공평하다고 하시더니 모두에게 공평하게 친절하시네요, 참. 공평이 신조이신가 봐요."

"전에?"

"네, 전에. 옛날이나 지금이나 처음 보는 거나 마찬가지인 사람한테 스스럼없이……."

생각나는 대로 말을 내뱉다 문득 느껴진 서늘함에 하나는 황급히 숨을 들이마셨다. 지금 무슨 헛소리를 지껄인 건가. 아니나 다를까, 바로 눈앞에서 준수가 커피를 내리다 말고 묘하게 미간을 찌푸린 채 그녀를 쳐다보고 있었다.

"그러니까, 우리가 옛날에도 본 적이 있다?"

"네? 아, 그러니까 그게……."

"이력서 내러 왔을 때 처음 본 거였다면서요. 거짓말이었어요?"

"아…… 니요? 그럴 리가요. 그때 말한 거예요, 그때. 그때 저한테 엄청 친절하게 대해주셨잖아요."

생각나는 대로 둘러댔으나 변명의 기색은 숨기기 어려웠다. 아무 말 없이 하나를 지그시 바라보던 준수가 무어라 설명할 수 없는 복잡 미묘한 표정을 지었다.

이로써 준수가 기억하지 못하는 첫 만남이 있다는 건 100% 확실해졌다. 남은 건 그가 스스로 기억해 내는 일뿐이었다.

"좋아요. 그 거짓말, 진짜인 걸로 합시다."

"……."

"단, 내가 기억해 낼 때까지."

그 선전포고에 숨기려는 자와 알아내려는 자의 시선이 달콤 살벌하게 얽혔다.

방심했다. 방금 나온 말은 명백히 하나의 실수였고 변명의 여지조차 없었다. 뚫어져라 하나를 쳐다보다 자신의 본분으로 돌아와 마저 커피를 내린 준수가 서빙을 위해 자리를 비운 틈을 타 하나는 크게 심호흡을 했다.

호랑이에게 물려 가도 정신만 차리면 산다고, 이럴수록 침착해야 한다. 다행인지 불행인지 서준수는 여전히 비밀의 본질에는 접근을 하지 못하고 있었으니까. 아직 열쇠는 하나가 쥐고 있었다.

하나가 그 사실로 정신을 단련하는 사이 준수가 자리로 돌아왔다. 어쩐지 분위기가 어색하게 흘러가는 것 같아 하나는 황급히 아이에게로 눈길을 돌렸다.

"아이가 참 예뻐요. 안아봐도 될까요?"

엄밀히 따지면 준수에게는 권한이 없었으나, 그는 고개를 끄덕였다. 능숙한 손길로 아이를 안아 든 하나가 가까이에서 아이와 시선을 마주했다. 그새 얼굴이 친숙해졌다고 방긋방긋 낯을 가리지도 않고 웃어 보이는 아이의 모습에 하나도 꾸밈없는 미소를 짓고 말았다.

발그레 혈색이 도는 볼에 보기 좋게 통통한 팔다리까지, 보면 볼수록 예쁜 아이였다. 베이비시터로 일하는 동안 말썽꾸러기들이라면 신물이 나게 겪어 학을 뗐지만 천성이라면 천성인지, 천진한 낯으로 방싯방싯 웃는 아이들만 보면 어쩔 수 없이 마음이 약해지고 만다.

"너 정말 예쁘다. 이름이 뭐야?"

"해주, 해주."

"어쩜, 이름도 예쁘네. 대답도 또박또박 할 줄 알고."

옹알이하듯 불분명한 발음으로 나온 대답인데도 엄마의 마음으로 웃은 하나는 조그마한 손을 쥐고 살짝 흔들다 혼잣말처럼 중얼거렸다.

"어떻게 이렇게 예쁘게 생겼지. 아빠…… 닮아서 그런가?"

"엄마를 닮았죠."

기대하지도 않았건만 옆에서 들려온 대답에 흠칫 놀란 하나가 준수를 돌아보았다. 누가 봐도 인형처럼 생긴 아이인 데다가 준수가 객관적으로 흠잡을 데 없는 외모였기에 별생각 없이 덧붙인 말이었다. 그런데 이 뜻밖의 반응은 뭐지? 소리 없는 미소를 짓고 있는 그를 보며, 하나는 왠지 모르게 복잡한 심경에 휩싸였다.

'뭐야, 저건 무슨 뜻이야? 자기 부인이 예쁘다, 뭐 자랑하는 건가?'

하나는 그 말 한마디에 온갖 의미 부여를 하기 시작했지만 실은 그건 너무나도 정직한 표현이었다. 해주가 태어났을 때 정훈을 아는 친구들은 한결같이 그가 사람이 아니라 기적을 낳았다는 표현을 사용했다. 정훈의 평범한 유전자로는 절대로 구현이 불가능한 산물이라며, 제수씨에게 평생 절하고 살아야 한다는 명언은 지금도 친구들 사이에서 심심치 않게 회자되었다. 그런 면박을 듣고도 정훈은 싱글벙글이었으니 해주의 존재는 정녕 기적 그 자체였다.

그 사실을 알 리 없는 하나가 흐리멍덩한 눈으로 저를 쳐다보자 준수는 다정히 웃으며 물었다.

"아이 좋아해요?"

"왜요, 베이비시터였으니까 당연히 좋아할 것 같아서요?"

"아뇨. 진심으로 즐거워 보여서요. 하나 씨가 그렇게 웃는 거 처음 보는 것 같네요."

순간 하나는 또다시 당황했다. 그게 준수가 처음으로 저를 '하나 씨'라고 불러서인지, 그가 저 웃는 칠나까지 놓치지 않고 지켜봤기 때문인지는 헷갈렸지만.

잔뜩 경계하려고 애쓰면서도 어쩐지 서준수의 앞에서는 자꾸만 방심하게 된다. 얼른 웃음기를 지워내고 괜스레 흠흠 헛기침을 한 하나는 대수롭지 않은 말을 하듯 화제를 원점으로 돌렸다.

"뭐, 아이를 좋아해야 한다는 게 베이비시터의 필수 덕목인 건 아니지만 확실히 좋아하는 것과 좋아하지 않는 건 다르긴 해요.

아이들은 본능적으로 알거든요. 이 사람이 진심으로 자기를 좋아하는지 아닌지."

"그럼 하나 씨는 훌륭한 베이비시터였겠네요."

"어째서요?"

"아이들은 안다면서요."

준수가 해주를 가리키더니 빙그레 웃었다. 아이도 얼굴의 반만 한 커다란 눈망울을 깜빡이며 방긋거렸다.

"해주가 원래 낯을 많이 가리거든요."

"그래요? 이렇게 순하고 얌전한데."

"그러니까 하나 씨 능력이 대단한 거죠. 고용주들이 붙잡는 데 목을 맸을 법도 하네요."

아, 저렇게 다정다감한 말을 하면서 웃지 좀 말자. 경계가 풀어질 수밖에 없으니까.

이곳에서의 생활이 아무래도 저 남자 때문에 순탄치 않을 것 같아서 하나는 불현듯 불안해졌다. 정신만 차리면 산다는데, 그게 말처럼 쉽지가 않다. 결국 이번에도 탈출구는 최선을 다해 화제를 돌리는 것뿐이었다.

"그런데, 어떻게 하시려고요? 서준수 씨는 밤늦게까지 일해야 되잖아요. 곧 바빠지는 시간 아니에요?"

"사정이 있어서 한두 시간 정도만 맡게 됐어요. 점심 전까지만."

"그 잠깐도 감당 못 하실 것 같은데요? 아이 돌보는 데는 별로 안 익숙하시죠?"

"왜 그렇게 생각해요?"

"주 7일 일하는 사람한테 아이랑 보낼 수 있는 시간은 거의 없을 테니까. 너도 그렇게 생각하지, 해주야?"

준수에게는 새치름하게 대답해 놓고 다시금 아이를 돌아보며 말갛게 웃은 하나가 그렇게 속삭였다. 그 모습을 지켜보던 준수도 웃고 말았다. 보면 볼수록 왜 주하나가 훌륭한 베이비시터였는지 알 것 같았다.

"제가 도와드릴게요."

"하나 씨가요?"

"서준수 씨를 위해서가 아니라 해주를 위해서요. 해주가 예뻐서."

"하나 씨가 도와주면 고맙지만……."

"그럼, 스콘이랑 따뜻하게 데운 우유 한 잔 주세요."

"커피가 아니라, 우유?"

"저 말고 해주가 먹을 거예요."

"아. 그런 거 먹어도 괜찮아요?"

"그럴 거라고 짐작은 했지만 진짜 잘 모르시는구나. 아무리 바깥일로 바쁘다지만 너무 무관심한 거 아니에요? 사랑과 관심을 듬뿍 주고 키워야 할 시기에. 조금은 먹어도 괜찮아요. 더군다나 여기 빵은 좋은 재료만 사용해서 직접 만드는 거니까."

"알았어요. 그럼 하나 씨는 어떤 걸로 술까요?"

"저 뭐요?"

"무슨 커피 좋아해요? 기억해 둘게요."

"과테말라요. 이왕이면 강배전으로."

돌아온 대답에 준수는 멈칫했다. 커피의 베리에이션을 물었던 것인데 원두의 종류로 답해서였다. 그것도 잠시 그는 하나의 대답을 천천히 곱씹고는 다시 말문을 뗐다.

"의외로 취향이 강렬한 쪽인가 봐요? 다크 로스팅 안티구아면 묵직한 데다 쓴맛이 꽤 강한데."

"자고로 커피는 쓴 게 제맛이죠. 쓰디쓴 시련을 겪어본 사람들만이 알 수 있는 맛이랄까."

세상 다 산 사람처럼 우중충하게 말하는 하나를 보며 준수는 소리 없이 웃었다. 어느 날 갑자기 수수께끼처럼 나타난 이 여자가, 갈수록 궁금해졌다.

"그렇지만 인생이 늘 쓰기만 한 건 아니죠. 그런 의미에서 라떼로 줄까요? 그때처럼."

"그때…… 라니요?"

"주하나 씨가 기억하는 거 말고 내가 기억하는 첫 만남."

그게 소리 소문 없이 슬쩍 찌르고 들어오는 공격이라는 걸 깨달은 순간 하나는 살짝 미간을 찌푸렸다. 이렇게 부드럽게 치고 들어오는 법이 어디 있나. 그녀는 얼른 철옹성처럼 고고하게 방어에 나섰다.

"기억이 안 나요. 카푸치노로 주세요."

쉽게 함락되지 않는 성 앞에서 준수는 아쉬운 기색도 없이 물러났다. 커피 바에 들어가서 우유를 데우고 원두를 고르는 그를 가늘어진 눈으로 관찰하며, 하나는 홀로 중얼거렸다.

"내가 첫 만남에서 라떼를 마셨어? 대체 언제?"

핑퐁처럼 주고받는 이 게임은 도무지 끝이 보이지를 않는다. 오래 끌고 싶은 마음은 없지만 당장 들키고 싶지도 않았다. 그저 아주 조금만 더 떳떳한 사람으로 거듭날 날이 하루 빨리 찾아오기를 바라고 있는데 옆에 있던 해주가 옹알이를 하듯 입을 뗐다.

"아빠, 아빠."

그 단어에 하나는 그때까지 하던 생각을 거두고 해주를 내려다보았다. 새삼 묘한 감정이 마음을 뒤덮었다. 유부남일 거라고는 꿈에도 상상 못 했는데, 그것도 모자라 애까지 있다니.

"해주야. 너 몇 살이야?"

"세 살."

"이만한 애가 있으려면…… 결혼을 되게 일찍 했네. 뭐야, 그렇게 열심히 사는 게 가족 때문이었어?"

10년 만에 만난 고등학교 시절 첫사랑의 결혼 소식을 전해 듣는 기분이 이런 걸까? 또 혼자 중얼거리다가 지금 제 기분이 복잡 미묘하다는 걸 자각한 하나는 화들짝 놀랐다.

"뭐야, 나 지금 혹시 아쉬워하는……. 아, 아니야. 정신 차리자. 저 남자가 결혼을 했든 말든 나랑 무슨 상관이라고."

정식으로 입사를 한 것도 아닌데 벌써부터 서준수에게 이리저리 휘둘리는 느낌이었다. 역시 이곳은 호랑이 소굴이 맞았던 걸까?

"뭘 그렇게 혼자 중얼거려요?"

그사이 트레이를 들고 돌아온 준수가 말을 걸었다. 저도 모르게 잔뜩 헝클어 놓은 머리를 냉큼 단정히 정리하고는 손을 내린 하나가 시치미를 뗐다.

"아무것도 아니에요."

힐끗 하나의 표정을 살핀 준수가 제일 먼저 그녀 몫의 커피 잔을 내려놓으며 슬쩍 웃음을 깨물었다. 누가 봐도 아무것도 아닌 게 아닌 얼굴인데 그 예쁜 입으로 거짓말을 잘도 한다. 그러나 그는 짐짓 모른 척 다른 접시들을 마저 테이블 위에 내려놓았다.

"간식 먹자, 해주야."

갓 구워내서 살짝 말랑하면서도 특유의 부슬부슬한 식감이 살아 있는 스콘을 자른 하나가 작은 조각을 집어 해주의 입에 넣어주었다. 오물거리는 조그만 입술을 바라보는 시선에 진심 어린 애정이 그득했다.

"하나 씨는 좋은 엄마가 되겠네요."

그 고요한 평화는 준수의 말에 불현듯 깨지고 말았다. 그 말을 꼼꼼히 되씹는 하나의 얼굴에서 삽시간에 미소가 식었다.

"별로, 그럴 것 같지는 않은데요."

"아, 무례한 말이었다면 사과할게요."

"아뇨, 그런 게 아니라…… 자신이 없어서요."

"이렇게 능숙한데, 자신이 없어요?"

"좋은 것만 아낌없이 주고 싶은 게 부모 마음이잖아요. 그런데 줄 게 없을 것 같아요. 해달라는 거 다 해줄 수 있을 만한 능력이 안 돼서. 그러면, 너무 슬프잖아요. 아이들이 자기가 원해서 세상에 나오는 것도 아닌데 덜컥 낳아놓고 책임져 주지도 못하면."

"벌써부터 그런 생각을 해요?"

"베이비시터 그만두기 전에 마지막으로 보던 애들이 쌍둥이였는데, 그 집이 되게 부자였어요. 당연히 그 애들은 최고로 좋은 것만 누리면서 살죠. 원하면 다 할 수 있고, 가질 수 없는 게 없고. 그런 만큼 너무 오냐오냐 키우는 경향이 있어서 살짝 버릇이 없긴 하지만 뭐, 거기까지는 제 소관이 아니고……. 어느 날도 그런 생각을 하면서 아이들을 보고 있는데 불현듯 다른 관점에서 생각하게 되더라고요."

"어떻게요?"

"그래도 이 애들 엄마 아빠는 자식들이 원하는 걸 아낌없이 줄 수 있어서 행복하겠구나.”

“…….”

“사실 아이들 키우는 데에서 오는 행복은 별게 아니거든요. 맛있는 걸 줬을 때 맛있게 먹는 걸 보는 게 행복하고, 좋은 걸 줬을 때 좋아하는 걸 보는 게 행복하고.”

“애 셋은 키워본 것 같네요.”

준수의 농담에 하나가 살짝 입꼬리를 올렸다. 그러나 그녀는 금세 도로 가라앉은 목소리로 말을 이었다.

“그리고 동시에 난 앞으로 몇 년을 더 열심히 일해도 내 자식들한테 그렇게 해주기는 힘들겠다 싶어서 서글퍼지던데요.”

그런 결론을 내렸다는 하나가 여전히 기운이 없어 보여서, 준수는 잠시 침묵을 지켰다. 그대로 두었다가는 하나가 더 땅을 파고들 것 같아 그는 이내 의식하지 않는 척 자연스럽게 다른 방향으로 화제를 선회했다.

“애들은 어땠어요?”

“어마어마한 말썽꾸러기였죠.”

“남자아이들이었어요?”

“네. 원하는 걸 다 주는 든든한 엄마 아빠가 있으니 세상에 무서울 게 없는 남자아이 둘이면, 그야말로 무적이죠.”

“매일매일이 전쟁이었겠네요.”

“정말로요. 할퀴고 꼬집고, 머리카락은 또 얼마나 뜯겼는지. 그만둬야겠다는 결심에 그 애들이 못해도 30%는 일조했을걸요. 그래서 때려치우고 나면 속 시원할 줄 알았죠.”

“그런데, 아니었어요?”

“마지막 날에 평소처럼 일하고, 갈 시간 돼서 아이들한테 인사했어요. 안녕, 이모 이제 못 올 거야, 건강하게 잘 지내. 심각하게 각 잡고 말한 것도 아니고 그냥 듣고 흘리라고 지나가는 말처럼 얘기했는데 애들이 빤히 쳐다보더니 가지 말라면서 막 울더라고요. 원하는 게 있어서 떼쓸 때의 그런 울음이 아니라, 정말로 서러운 것처럼요. 전에는 한 번도 그런 적 없었는데……. 어머님도 당황하시고 저도 더 있다가는 덩달아 울어버릴 것 같아서 도망치듯 나와 버렸는데, 결국 눈물 나던데요.”

그 순간을 떠올리니 또다시 눈물이 핑 돌았다. 밉다밉다 했지만 아무래도 정이 많이 들었나 보다. 울적해지지 않으려 애를 쓰며 하나는 아무렇지 않은 척 밝게 웃어 보였다.

“힘들었던 기억밖에 없었다고 생각했는데 그만두고 나니까 어쩜 좋았던 추억만 남는지. 제멋대로이긴 해도 못된 애들은 아니었거든요. 욕심은 많아도 넉넉한 집안 애들이라 그런지 맛있는 거 있으면 꼭 이모도 먹으라고 주고, 종이접기 한 건 맨날 이만큼씩 안겨줘서 아직도 집에 산더미처럼 쌓여 있어요. 그래도 지금쯤이면 다 잊어버렸을 거예요. 애들은 오래 기억하지 않거든요. 처음에 얼굴 익히는 데에도 어찌나 오래 걸렸는지. 첫 며칠간은 그 애들한테 매일매일 처음 보는 낯선 사람으로 새로 고침했다니까요.”

“기억할 거예요, 아마.”

“어째서요?”

“자기한테 잘해준 사람은 못 잊는 법이니까. 아이든, 어른이든.”

아, 그런 것도 같다. 수년 전의 아주 짧은 만남이었는데도 이 남자가 머릿속 깊숙이 남아 있는 걸 보면.

그래서 당신은 언제쯤 날 기억해 낼 건가요? 바람 같은 마음으로 준수와 시선을 마주하고 있는데, 어디선가 쾌활한 목소리가 날아와 두 사람 사이의 공기를 단숨에 바꿔놓았다.

"오, 이 진한 멜로 분위기는 뭐지?"

그 음성에 준수와 하나는 동시에 같은 곳으로 시선을 돌렸다. 요란한 문양의 스냅백을 거꾸로 돌려 쓴 남자가 씩 장난꾸러기처럼 웃으며 두 사람을 향해 손을 흔들어 보였다.

"아, 저 친구를 빠뜨렸네요."

못 말리겠다는 듯 고개를 좌우로 저은 준수가 목소리를 낮춰 귓속말처럼 속삭였다.

"요주의 인물이에요. 앞으로 조심해요."

그 경고 아닌 경고에 하나가 어리둥절해 있는 사이 가까이 다가온 남자가 불쑥 그녀에게 손을 내밀었다.

"반가워요, 누나."

"누, 누나?"

"나보다 한 살 많던데? 아, 저는 「L'amour」의 평균연령은 낮추고 평균 외모는 높이는 데 일조하고 있는 권규호입니다."

"아, 안녕하세요. 저는 주하나……."

"그냥 편하게 반말하세요. 참고로, 저는 오늘까지도 누나를 밀었고 앞으로도 무조건 누나 편입니다. 처음 봤을 때부터 누나가 굉장히 마음에 들었거든요."

"네?"

"정말로 저 형의 행운인지 운명인지, 그날 일은 그냥 우연이었는지 아님 인연인 건지 아주 흥미롭거든요. 아무튼, 그동안 홀로 어르신들 모시느라 힘들었는데 누나가 들어온 덕분에 평균 연령이 0.85세나 더 내려가서 기쁘게 생각해요. 앞으로 잘 부탁해요, 누나."

장난스러운 멘트로 저를 소개한 규호가 하나의 손을 잡고 힘차게 흔들었다. 그 정신없는 요란한 인사에 하나가 얼떨떨해하고 있는데 뒤이어 첫 만남부터 그녀를 왠지 위축되게 만들었던 깐깐한 인상의 여자가 나타나 딱딱하게 악수를 청했다.

"매니저 안수현입니다. 잘해봐요 우리."

"아, 네. 열심히 하겠습니다."

때맞춰 제빵실에서 나온 「L'amour」의 맏언니이자 파티시에인 해인도 반갑게 하나를 맞이했다.

"우리 또 만났네요? 앞으로 하나 씨랑 가장 가까운 곳에서 많은 시간을 보내게 될 박해인이에요. 하나 씨 꼭 다시 보고 싶었는데 이렇게 함께하게 돼서 반가워요."

"저도 다시 뵙고 싶었어요. 잘 부탁드립니다."

진심이 느껴지는 환영사에 그제야 긴장으로 뻣뻣하게 굳어 있던 하나의 표정이 조금 풀어졌다. 그 변화를 놓치지 않은 해인이 살짝 웃고는 준수를 돌아보았다.

"준수 씨. 어디까지 얘기했어요? 내가 하나 씨 데려가도 되나?"

"아. 아직 중요한 얘기는 하나도 못 했는데, 어쩌죠."

"그럼 천천히 얘기해요. 실은 아직도 바빠 죽겠는데 바깥에 활기가 넘치는 것 같아서 슬쩍 나와봤거든. 오늘따라 예약 주문 너무 많은 거 아닌가?"

눈을 찡긋해 보인 해인이 돌아서서 제빵실로 향했다. 여태껏 청소도 해놓지 않고 뭘 했느냐며 아웅다웅하기 시작한 수현과 규호도 멀어져 가고, 하나는 또다시 준수와 둘만 남게 되었다.

"그럼, 일 얘기 좀 해볼까요?"

먼저 입을 연 준수의 말끝에 부드러운 미소가 덧붙었다. 하나가 그새 도로 어색해진 눈빛으로 저를 쳐다보는데도 준수는 변함없이 서글서글한 태도로 설명을 계속했다.

"파티시에 일이 주 5일 하루 8시간 꼬박꼬박 지켜서 할 수 있는 업무가 아니라는 건 하나 씨가 더 잘 알 거예요."

"네, 뭐. 그렇죠."

"「L'amour」는 매일 오전 11시에 오픈해요. 닫는 시간은 재고에 따라 매일 조금씩 차이가 나긴 하지만 대략 밤 9시에서 10시 사이. 직원들은 영업시간 전후로 보통 1시간 정도 일찍 출근하고 늦게 퇴근하지만 파티시에는 그보다 더 일찍 나와서 더 늦게 퇴근해야 해요."

"네. 알고 있어요. 그럼 몇 시쯤 나오면 될까요?"

"그건 전적으로 파티시에 두 분의 재량이죠. 필요한 반죽을 미리 만들어두고 발효시키거나 재고를 확보해 놓는 시간이니까. 마찬가지로 유동적이지만 대강 9시 이전으로 보면 될 거예요. 매일 출근해야 하고 오늘처럼 예약 주문까지 밀려 있는 날이면 자정 다 되어 퇴근하고 새벽같이 나와야 하는 날도 많을 텐데, 괜찮겠어요?"

"안 괜찮아도 할 수 없죠. 일이잖아요. 저는 고용인이고요. 괜찮아요."

"좋아요. 매일 근무인 대신 매달 둘째 주와 넷째 주 월요일은 정기 휴무일이고, 필요에 따라 월차도 쓸 수 있어요. 4대 보험 적용되고, 아마 제일 궁금해할 페이는……."

“열정 페이는 아니겠죠?”

“물론이죠. 주하나 씨가 업무에 할애하는 시간과 노력만큼 확실하게 지급될 거니까 그 점에 대해서는 전혀 염려할 필요 없어요. 보다 자세한 사항은 근로계약서에서 확인하면 될 거고, 더 궁금한 게 있으면 총괄 매니저 수현 씨한테 문의하면 돼요.”

“그럼 이제 다 된 건가요?”

“한 가지가 빠졌죠.”

“그게 뭔데요?”

대답 대신 준수가 하나와 시선을 마주한 채로 웃었다. 그 미소에 하나가 멈칫한 순간, 그가 말을 이었다.

“지금 주하나 씨에게 이런 이야기들을 하고 있는 저는, 「L'amour」에서 커피를 내리는 서준수입니다.”

“…….”

“우리의 새로운 가족이 된 걸 다시 한 번 축하해요, 주하나 씨. 앞으로 잘 부탁해요.”

그렇게 저를 소개한 준수가 가을 햇살처럼 찬란하게 웃었다. 기억하는 여자와 기억하지 못하는 남자의 아슬아슬한 동고동락은, 그렇게 시작되었다.

2막
이상과 현실의 간극

아무것도 알 수 없는
내일이라는 이상한 나라로 뛰어든
앨리스, 너를 응원해.

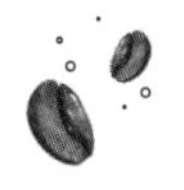

운명인지 모를 무언가

「L'amour」에서의 생활은, 결론부터 이야기하자면 '주다애의 큰 그림'과는 달랐다. 사춘기 중학생처럼 철딱서니 없게 백마 탄 왕자를 꿈꾼 건 아니지만 실은 하나 역시 최소한 청담동 한복판에 위치한 목 좋은 이곳에서 근사한 남자들을 실컷 구경하는 일 정도는 가능하리라고 믿었다. 그러다가 운 좋게 눈이라도 맞는다면…… 뭐 더 좋고.

[개뿔. 내가 바랄 걸 바라라고 했지?]

"절망이야, 절망. 근사한 남자가 다 뭐람. 개미 새끼 한 마리 구경하기도 힘들다, 여기선."

커다란 쓰레기봉투를 툭 내려놓고는 푸념한 하나가 귀와 어깨 사이에 끼워 놓았던 휴대폰을 자유로워진 손으로 고쳐 쥐었다. 반대쪽 손을 들어 이마를 가렸는데도 눈을 찔러 멀게 할 듯 가차 없이 쏟아지는 가을 오후의 햇살이 낯설게 다가왔다.

[요즘 시대가 어느 시대인데. 내가 뭐라고 그랬어? 그런 데 가는 남자들은 이미 옆에 떡하니 임자가 있는 사람들이라니까?]

정말로 그랬다. 게다가 더 절망적인 건, 그런 근사한 남자의 손을 붙잡고 이런 고급 제과점에 오는 여자들은 최소한 그녀처럼 내일은 무얼 먹고 살아야 할지 걱정할 일이 없다는 사실이었다.

케이크처럼 부푼 청운의 뜻을 품고 입사했건만 하나에게 허락된 건 홀과 철저히 단절된 제빵실뿐이었다. 바깥세상과 소통할 수 있는 수단이라고는 커피 바 쪽으로 나 있는 작은 창뿐이었는데 그마저도 서준수가 출근하는 날이면 없느니만 못한 것이었다. 왜냐.

“창살 없는 감옥이 따로 없다니까…….”

[뭐 그럴 거까지야.]

“네가 몰라서 그래. 내가 지금 누구랑…….”

시무룩한 목소리로 지혜와 통화를 이어 나가던 하나가 입을 꾹 다물었다. 정신 차리자. 비록 근무지 밖이긴 하지만 여긴 여전히 적진의 영역 안이다.

[뭐야, 남자라고는 구경도 못 하는 척하더니 너 그새 누구 생겼어?]

“생기긴 뭐가 생겨.”

[그새 썸 타다 깨졌느냐는 말이지!]

“무슨. 남자라고는 달랑 매장 직원 두 명뿐인데. 그나마 한 명은 나보다 어리……”,

[연하야? 환상이네. 요새는 영 앤 리치가 대세잖아.]

“그냥 영이야, 영! 그쪽도 나한테 관심 없어. 그리고 나머지 한 명은…….”

말을 하다 말고 머릿속에 준수의 얼굴을 그린 하나는 저도 모르게 눈을 질끈 감았다. 언제까지 숨겨야 할까? 아니, 언제쯤 정체가 탄로 나게 될까. 그가 저를 언젠가 본 적 있다는 사실을 기억해 낸 것만으로도 이미 충분히 위험했다.

"그 한 명은…… 기대하지 마. 네가 생각하는 그런 장르 아니니까. 나중에 얘기해 줄게."

[그러니까, 영도 아니고 리치도 아닌데 너랑 뭔가가 있기는 있다?]

"아무것도 없다고 할 순 없지."

[뭐지, 이거? 구미가 확 당기는데?]

"그 남자가 누군지 알면 너 깜짝 놀랄걸."

[지금 예고편 날려? 그렇게 말하니까 더 궁금하잖아! 대체 누군데 그래?]

"나중에 얘기해 준…… 엄마야!"

시큰둥하게 대꾸하며 돌아서던 하나가 화들짝 놀라며 뒤로 물러섰다. 어느 틈에 왔는지 준수가 바로 등 뒤에 서 있었다.

하마터면 휴대폰을 놓칠 뻔한 손아귀에 힘을 주고 두근거리는 심장을 진정시킨 하나는 조마조마함 반 떨떠름함 반으로 먼저 입을 열었다.

"왜 거기 서 계세요?"

준수가 대답 대신 팔을 살짝 들어 보였다. 그 손에는 마찬가지로 쓰레기봉투가 들려 있었다.

"아."

더는 말이 없는 걸 보니 다행히 통화 내용은 듣지 못했나 보다. 비로소 안도한 하나는 아무 일도 없었던 양 평소처럼 태연하게 말했다.

"죄송합니다. 그럼 일 보세요."

말없이 하나를 지나쳐 몇 걸음 걸은 준수가 양손에 든 쓰레기 봉투를 내려놓았다. 그 모습까지 지켜본 하나가 가게를 향해 돌아서며 통화를 마무리 지으려 했을 때였다.

"주하나 씨가 누군지 알면 나도 깜짝 놀랍니까?"

예고 없이 들려온 중저음의 목소리에 가슴이 철렁 내려앉았다. 얼음이 된 하나가 뻣뻣하게 뒤를 돌아보자 묵묵히 시선을 맞춘 준수가 재차 입을 열었다.

"도대체 과거에 주하나 씨하고 나 사이에 무슨 일이 있었던 거죠?"

이런, 젠장. 다 들으셨군.

묘한 긴장이 두 사람 사이의 공기를 타고 흘렀다. 일단 무조건 잡아떼고 보자는 작전으로 하나는 배짱 좋게 침묵을 깼다.

"뜬금없이 무슨 말씀이신지…… 뭔가 오해가 있으셨나 봐요. 서준수 씨 얘기한 거 아니……."

[뭐야, 갑자기 소리 지르더니 왜 대답이 없어? 그냥 확 너 일하는 데 쳐들어가서 내가 직접 얼굴 확인해?]

그런 보람도 없이 아직 끊어지지 않은 전화에서 답답해하는 음성이 흘러나왔고 하나는 어금니를 앙다물었다. 통화 음량이 어찌나 컸던지 휴대폰을 든 손을 내렸는데도 통신 내용 식별이 가능할 지경이었다. 뒤늦게야 통화 종료 버튼을 눌렀으나 이미 엎질러진 물이었다. 하여튼 강지혜, 늘 결정적인 순간에 도움이 안 된다, 도움이.

"한 가지만 묻죠."

“…….”

“내가 기억 못 하는 그 과거에, 우리가 좋지 않게 만난 겁니까? 혹시 내가 하나 씨한테 무슨 나쁜 짓이라도…….”

“아니에요, 그런 거. 그런 거였으면 여기에서 일할 엄두도 못 냈을 거예요.”

서둘러 말을 가로챈 하나가 의문을 종결지었다. 따지고 보면 아무 잘못도 없는 이 남자가 존재하지도 않는 과거의 문제로 신경 쓰고 고민하는 건 원하지 않았다.

그 마음을 알기라도 하는지 유심히 하나의 표정을 살피던 준수는 하나가 했던 말을 되풀이하듯 정리했다.

“나쁜 기억은 아니다.”

“네. 아니에요.”

“그런데도 말을 하지 않으려는 건, 나쁜 기억은 아니지만 좋은 기억도 아니라는 겁니까?”

그 지적이 어쩌면 정확한 걸까. 모든 게 한순간에 손바닥 뒤집듯 바뀌었던 그날의 기억을 떠올린 하나가 쓰게 웃는 사이 준수가 재차 말을 이었다.

“나한테도 하나 씨가 언젠가 이미 본 적 있는 것처럼 익숙해요. 그렇지만 아무리 생각해도 그게 언제였는지는…….”

“그럼 서준수 씨한테는 그게 기억에 남을 만한 만남이 아니었나 보죠.”

“…….”

“잊은 데는 잊을 만한 이유가 있는 법이잖아요. 그러니 이미 희미해진 기억 굳이 되살려 내려 애쓰지 마세요. 누가 그러던데요. 망각이라는 건 신의 선물이라고, 그래서 때로는 사람을 구하기도 한다고."

"주하나 씨."

"기억 못 한다고 섭섭하지 않아요. 이미 말했듯이 나쁘게 만났던 것도 아니고. 그러니 과거의 저한테 무슨 잘못이라도 했을까 봐, 그리고 현재의 제가 불편할까 봐 계속 신경 쓰여서 그러시는 거라면, 안 그러셔도 돼요. 서준수 씨의 망각이 나한테는 신의 선물이나 마찬가지니까."

"……."

"그럼, 저 먼저 들어갑니다."

준수를 자리에 남겨두고 하나는 멀어져 가기 시작했다. 그가 더는 붙잡지 않는데도 돌아서는 발걸음은 한없이 늘어졌다.

"진짜 기억 안 나나 보네."

그렇게 중얼거리는 입술에서 왜인지 모를 쓴맛이 느껴졌다. 서준수에게는 기억에 남을 만한 만남이 아니었던 모양이라고 제 입으로 쐐기를 박던 순간, 실은 조금 마음이 아렸다. 주하나 인생의 가장 결정적인 순간이 누군가에게는 희미해져 머릿속 저편으로 사라진 기억이라니.

"사는 거 참 재미있네."

그러나 하나는 그게 신의 선물이라 믿기로 결심했다. 준수에게 스스로 했던 말처럼. 그가 기억하고 있다면 기억한 대로 피곤했을지도 모르는 일이다.

작업장으로 돌아온 하나는 애써 일에 집중하기 시작했다. 잠시 후면 브레이크 타임이었으나 오후 영업 준비를 대강이라도 마친 다음에야 휴식을 취하는 게 파티시에들의 암묵적인 룰이었다. 비좁은 듯 아늑한 제빵실에서 묵묵히 제 할 일을 하던 하나는 한참 지나서야 정신을 차렸다.

"가만 보니까 하나 씨, 보기보다 체력이 꽤 받쳐 주는 편이네?"

옆에서 오늘의 주문량을 체크하던 해인이 불쑥 말을 걸어서였다. 하나가 돌아보자 해인은 의미심장한 표정을 지어 보였다.

"낮은 가능성이긴 하지만 일주일도 안 돼서 두 손 들고 도망갈지도 모른다고 생각했거든. 남들 눈에야 달콤하고 낭만적인 직업처럼 보여도 다른 사람들보다 일찍 일어나서 늦게 퇴근하고, 밀가루 포대 나르려면 힘도 제법 세야 하는데 엔간한 여자들한테 그거 쉬운 일 아니잖아."

해인이 장난스럽게 웃으며 덧붙이자 착잡한 심경에 휩싸여 있던 하나도 결국은 옅게 미소 지었다. 그러더니 이내 해인을 본받아 장난기 어린 눈을 빛내며 받아쳤다.

"생각해 보니까 애들 돌보는 거랑 비슷하더라고요. 새벽같이 일어나서 애들 보러 가야 하지, 애들 안고 어르려면 팔 힘도 세야 하지. 버틸 만해요."

"아, 하나 씨 정말 볼수록 마음에 든다. 오래 봤으면 좋겠네."

"금방 때려치우지 말라는 뜻이죠? 알겠습니다, 선배님."

"정말이야. 우리 전부 다 하나 씨 좋아하거든."

"아…… 안 좋아하는 분도 계신 것 같은데."

진지하게 돌아온 반응에 살짝 민망해진 하나가 농담처럼 받아쳤다. 그게 매니저 수현을 겨냥한 말이라는 걸 깨우치는 건 어렵지 않았고, 해인은 방심했다는 듯 웃고는 답했다.

"그분은 원래 그런 스타일이라. 하나 씨를 싫어하는 게 아니라 좀 완벽주의 기질이 있어서 그래. 신경 쓰지 마. 모두한테 까다로

우니까. 딱 한 사람 빼고."

"한 사람이라면……."

"준수 씨. 의외지? 그런데, 생각해 보면 또 못 그럴 이유도 없더라고. 물이 불을 이기는 것과 같은 이치랄까?"

하긴. 언뜻 들었을 때는 뜻밖이었으나 곧 수긍이 갔다. 주하나의 관점에서도 서준수는 마냥 다정한 듯 은근히 차가운 사람이 아니었던가.

"그러는 자기도 마찬가지 아니야?"

"네?"

"하나 씨도 아닌 척하면서 가만 보면 준수 씨 어려워하잖아. 아니, 그 정도면 대놓고 어려워하는 거라고 봐도 되려나?"

"그게 그렇게 티가 많이 났어요?"

"내 눈은 못 속이지. 자기 정말 예전부터 준수 씨랑 아는 사이 아니야?"

또 이 질문이다. 그 남자도, 주위 사람들도 궁금해하는 질문. 그러나 하나는 누구에게도 제대로 된 답을 할 수가 없었다.

"아는 사이라고 하기는 좀……."

"그러니까, 아는 사이까지는 아니고 그냥 좀 뭔가 있는 사이다?"

"서로 오해가 좀 있어서요."

"오해? 어떤?"

"선배님은 저를 언제 처음 보셨어요?"

"뜬금없이 그게 무슨…… 그야 하나 씨가 면접 보러 왔을 때 처음 봤지."

"그렇죠. 그게 맞는 거죠. 저도 그때 선배님을 처음 본 건데,

그래야 맞는 건데…….”

왜 그 남자와 저는 그게 아닌 걸까. 말꼬리를 흐린 하나가 마저 의문을 끝맺었다.

“서준수 씨는 그때 저를 처음 본 게 아니래요.”

“아니래? 그럼 언제 봤는데?”

“모르겠어요. 저는 정말로 기억이 안 나거든요.”

“그럼 하나 씨는? 준수 씨를 언제 처음 봤어?”

그 물음에 하나는 도로 입을 꾹 다물었다. 그런 하나의 표정을 살피고는 알겠다는 듯 가만히 웃은 해인이 고개를 끄덕였다.

“거기까지는 비밀인 거구나? 알았어, 더 안 물을게. 그래서 두 사람은 지금 열심히 과거 공방전 중인 거야?”

“말하자면요.”

조리대에 기댄 채 하나의 이야기를 듣고 있던 해인이 살짝 미소 지었다. 잠시 침묵이 흐르고, 해인은 다시 조용히 말문을 뗐다.

“하나 씨, 혹시 운명 같은 거 믿어?”

“운명요? 어…… 운명을 믿는다기보다는, 그냥 그렇게 될 일은 어차피 그렇게 된다, 라고 생각하는 정도?”

그러나 사실 하나는 6년 전 이후로 운명론을 증오하게 되었다. 그때껏 멀쩡하게 세를 떨치던 집안이 어쩌다 하루아침에 가세가 기운 건지, 그때부터 엉망진창이 된 제 인생은 6년이 지나도록 대관절 왜 회생 기미가 보이지 않는지, 그 모든 게 정해진 운명 때문이라면 도대체 답은 어디에 있는 건지 첩첩산중 같기만 했다.

“선배님은요? 운명이 존재한다고 생각하세요?”

자신 없는 목소리로 대답해 놓고 잠시 눈치를 살피던 하나는 해인에게 되물었다. 해인은 그렇게 물어달라고 하지 않았으나 어쩐지 그래야 할 것 같았다.

"아니. 안 믿어. 아니지, 정확히 말하면…… 그런 건 없다고 믿고 싶어. 내가 살면서 때로는 열심히 무언가에 도전하고 때로는 지쳐 나가떨어져 포기하고, 그 모든 게 내 의지가 아니라 어차피 그렇게 될 운명 때문이었다고 하면 사는 게 너무 재미없을 것 같아서."

"그렇긴 하네요."

"그런데 가끔은 운명인지 뭔지 모를 무언가가 내가 지금껏 가보지 않은 길로 강하게 나를 끌어당기고 있다는 느낌이 들 때가 있더라. 그럴 땐 그냥 그 길로 가. 그러면 대체로 좋은 일이 생기더라고. 자기는 그런 적 없어?"

"글쎄요, 저는 잘……."

"난 하나 씨한테도 있었다고 보는데."

"저한테요?"

"그래서 하나 씨 오래 보고 싶다는 거야."

무의식중에 자신의 배를 쓰다듬으며 싱긋 웃은 해인이 그렇게 답했다. 해인이 전적으로 제빵실 업무를 총괄하던 「L'amour」가 급작스럽게 보조 파티시에를 구하게 된 건 오랜 기다림 끝에 해인에게 찾아온 아이 때문이라는 걸, 하나는 이제 알고 있었다.

"선배님은 어떻게 여기에서 일하게 되셨어요?"

"그 얘긴 다음 이 시간에. 이제 티타임 좀 가져 볼까? 우리도 좀 쉬어야지."

하나를 잡아끈 해인이 제빵실 문으로 손을 뻗었다. 두 사람은 이내 둘만 속닥거리던 작은 공간에서 넓은 홀로 걸어 나갔다. 브레이크 타임인 탓에 손님들은 하나도 없고 직원들만 테이블 한 개를 차지하고 있었다.

"오늘 제빵실 바쁩니까? 늦게 나오시네요."

"아니에요. 하나 씨랑 비밀 얘기 좀 하느라."

눈을 찡긋해 보이는 해인을 향해 살짝 미소 지은 준수가 하나를 돌아보았다. 아까 일은 없었던 것처럼 자연스러운 태도였다. 그러나 또 괜히 혼자 뜨끔해진 하나는 서둘러 시선을 돌렸다. 모든 사람들이 착석을 완료하자 커피 바 쪽으로 돌아선 준수가 말했다.

"커피 주문받습니다. 해인 씨는 오늘은 뭐 드시겠어요?"

"오늘은 차가 좋겠네. 과일 차로 추천 좀 해줄래요?"

"페르디셔 압펠*Persischer apfel* 어떠세요? 향이 좋던데."

"그럴까요? 그럼 그걸로 부탁해요."

"하나 씨는 어떤 종류로 할래요? 오늘도 안티구아, 진하게?"

"아뇨. 저도 그냥 선배님이랑 같은 걸로 주세요."

곧 테이블에 은은한 사과 향이 올라오는 티팟과 찻잔이 놓여졌고 하나는 일상적인 대화를 나누는 직원들 틈에서 말없이 차만 홀짝이기 시작했다. 그런 하나가 강제로 소환된 건 해인이 일과 관련된 화제를 꺼냈을 때였다.

"하나 씨가 생각보다 적응이 빨라서 신제품 개발 일찍 시작해도 될 것 같아요. 이참에 메뉴 정리도 좀 하고."

"신제품 개발요?"

"응. 오픈한 지 1년 정도 됐으니까 리프레시가 좀 필요할 것 같아서. 수현 씨, 최근 3개월간 주문량 정리한 자료 봤어요?"

“네, 봤어요. 확실히 오픈 초기랑 달라요. 잘나가는 품목이랑 안 팔리는 품목 격차도 점점 커지고. 확실히 재정비할 필요가 있긴 해요.”

“내 말이. 스테디는 계속 우리 매장 주력 상품으로 남기고, 심각하게 안 나가는 것들 정리하고, 새로운 메뉴 좀 추가합시다. 규호 씨는 의견 없어?”

“얘기 나온 거 다 받고, 저는 좀 더 적극적인 홍보도 중요하다고 생각합니다. 제가 또 고객들과 가장 가까운 곳에서 일하는 사람 아니겠습니까. 얘기 들어보면 다들 인터넷에서 똑같은 메뉴 보고 알음알음 찾아오더라고요. 정작 매장 와서는 다른 디저트도 괜찮다, 훌륭하다 소리 나오는데 영 빛을 못 보는 메뉴들이 너무 많아요.”

“명분 확실하네.”

차향을 음미하며 고개를 끄덕인 해인이 이내 모두를 돌아보며 제안했다.

“우리도 그런 거 어때요? 월간 디저트, 뭐 이런 거.”

준수가 빠르게 아이디어를 캐치해 정리했다.

“달마다 새로운 디저트를 출시한다. 맞습니까?”

“그렇죠. 한꺼번에 메뉴를 갈아 치우는 건 고객들한테도 우리한테도 적응 안 되긴 마찬가지니까. 자칫 단골들 잃을 수도 있고. 일단 안 나가는 것들은 메뉴에서 빼고 한 달에 한 번씩 새로운 디저트를 선보이는 게 어때요? 규호 씨 말대로 홍보 확실하게 때리고, 매달 결산해서 반응 좋은 것들은 상시 판매로 고정시키고. 기존 고객들 놓치지 않으면서 트렌드 따라잡기에는 그게 가장 그럴듯한 방법 같은데.”

"파티시에 두 분 괜찮으시겠습니까? 말이 좋아 월간이지 매일 근무하시면서 달에 한 번 신메뉴 내놓는 거, 쉬운 일 아닌 거 압니다."

"쉬운 일 아닌 거 알아주는 건 고마운데, 우리만 몸 쓰고 머리까지 쓰면 억울하지. 다들 아이디어 좀 모아줘요. 나랑 하나 씨야 하루 종일 제빵실에 콕 박혀 있지만 다른 사람들은 상쾌한 바깥공기도 쐬고 세상 돌아가는 이야기도 듣고 하잖아. 안 그래, 하나 씨?"

주제 한 가지를 슬쩍 던져 놨을 뿐인데 순식간에 손발이 척척 맞아 일사불란하게 결론을 이끌어내는 이들의 단합력에 얼이 빠져 있던 하나가 얼결에 고개를 끄덕였다. 특히나 마냥 한량인 듯 보이던 규호의 예리한 지적은 가히 충격적이었다. 다른 직원들도 모이기만 하면 느긋하고 태평한 건 매한가지라 얌전히 제자리를 비워놓은 퍼즐처럼 딱딱 맞춰진 논의는 이곳에서 일을 시작한 지 얼마 되지 않은 하나에게는 허를 찌르는 반전과도 같았다.

"하나 씨는 뭐 할 얘기 없어?"

"어…… 이왕 달마다 새로운 디저트를 낼 거면 어떤 테마가 있는 게 좋을 것 같아요."

"테마요?"

아까부터 직원들이 툭툭 던지는 이야기들을 묵묵히 메모하고 있던 준수가 문득 고개를 들며 되물었다. 그와 눈길이 스친 일순간 할 말을 잊었으나 하나는 이내 차분히 설명을 이어 갔다.

"그러니까, 이런 거죠. 크리스마스면 크리스마스, 연말연시에는 새해. 웬만한 카페들은 이런 특별한 시기가 다가오면 시즌 메뉴를 출시하잖아요. 그런데 그건 남들 다 하는 거니까 그대로 따르기는 좀 식상하고, 차별화할 수 있는 저희만의 무언가가 있었으면 좋겠어요.”

“구체적으로 예를 좀 들어줄래요?”

“방금 막 떠오른 거라 저도 정리가 잘 안 되긴 한데…… 아까 파티시에님이 월간 디저트라고 하셨잖아요. 그 달에 걸맞은 테마를 선정하고 그 주제에 어울리는 메뉴를 개발하는 게 어떨까요? 예를 들어 11월에는 새하얀 눈이 내린 것 같은 몽블랑*mont-blanc*이나 수플레*soufflé*를 내는 거죠.”

“그럼 첫눈이 테마인 거네? 낭만적이다.”

“물론 몽블랑이나 수플레는 원래도 라인업에 포함된 메뉴니까 좀 더 포인트를 줄 필요가 있을 거예요. 다른 곳에도 없는 거, 우리 매장에도 없었던 거. 테마는 계절, 색깔, 상징, 제철 과일, 기념일, 그 어떤 것도 될 수 있어요. 그 달과 어울리기만 하면요. 특정한 시기와 결부시킬 만한 게 있다면 프로모션에도 훨씬 도움이 될 것 같고요. 아닌…… 가요?”

“좋은데요? 와, 벌써부터 몸속의 세포가 막 짜릿짜릿해지네. 난 찬성. 무조건 찬성.”

규호가 제일 먼저 환한 얼굴로 손을 들고 마구 흔들었다. 별말 하지 않은 것 같은데 쏟아진 격한 반응에 민망해진 하나가 옆으로 눈을 돌린 순간, 규호를 쳐다보고 있던 준수의 시선도 움직였다. 그 순간 하나는 다시금 할 말을 잊었다.

“봐, 내가 그랬지? 하나 씨 영리하다니까?”

“누, 누가 뭐랬나요?”

“자기가 걱정이 너무 많았던 것 같아서. 그럼 다음 달에 첫 신메뉴 선보이는 걸 목표로 하고, 우리 월간 디저트 프로젝트 한번 잘해봅시다!”

수현의 옆구리를 쿡 찌른 해인이 선창했다. 그러는 와중에도 하나와 준수의 시선은 여전히 서로에게만 향해 있었다.

하나와 눈이 마주친 준수가 펜을 내려놓으며 소리 없이 미소 지었다. 그게 꼭 잘하고 있다는 응원인 것 같아서, 하나도 마음을 놓고 용기를 내 그와 똑바로 시선을 마주했다. 은은한 사과 향의 차와 함께하는 어느 가을 오후, 운명인지 뭔지 모를 무언가가 두 사람을 서로에게로 이끌고 있었다.

☕

[주다애. 뭐 해?]

“뭐 하긴. 과제 하지.”

엎드린 채 건성으로 노트에 문제의 솔루션을 끼적이다 전화를 받은 다애가 심드렁하게 응답했다. 수화기 너머에서 작게 웃은 태일이 다시 말을 이었다.

[알겠다. 회계학 과제구나.]

“어떻게 알았어?”

[네 목소리.]

“장난치지 말고.”

[진짜 네 목소리. 짜증이 한가득인데 너 그러는 거 회계학 공부할 때 말고 더 있냐.]

태일의 통찰력에 잠시 놀랐다가 다애는 금세 시무룩한 표정을 했다. 펜을 내려놓고 휴대폰은 귀에 가져다 댄 채 바닥 위에서 한 바퀴 반 몸을 굴린 다애가 다시 입을 열었다.

"그 귀신같은 통찰력 나도 좀 나눠주라."

[고작 회계학 과제 하는 데에 통찰력까지 필요해?]

"정신없이 바쁘고 머리는 아파. 사는 게 너무 재미가 없어."

투정 같지만 바싹 메마른 어조에 수화기 너머에서는 잠시 동안 아무런 말도 들려오지 않았다. 그러다 이내 약간의 조심스러움 섞인 명랑한 음성이 이쪽으로 건너왔다.

[과제 어디서 하고 있어? 학교 도서관? 카페?]

"공짜인 집구석 놔두고 카페에 갖다 바칠 돈이 어디 있어. 집이야."

[나도 집. 그럼 나갈래?]

"나 바빠. 과제 하는 중이라니까. 아, 왜 이렇게 진도가 안 나가는 거야. 이 시간이면 책을 세 권은 더 읽었을 텐데."

[내가 문제 푸는 거 도와줄…….]

"너 지금 집이라고? 알았어 딱 기다려 지금 바로 나가면 되는 거지?"

내내 축 처져 늘어지기만 하다 처음으로 튀어나온 그 광속 반응에 태일이 이번에는 큰 소리로 웃었다. 그러나 이미 휴대폰을 내던진 다애는 방 안으로 튀어 들어가느라 그 소리를 듣지 못했다.

수면 양말을 벗어 던지고 방을 나서서 곧장 현관으로 방향을 튼 다애가 멈칫하더니 도로 거실로 향했다. 과제 노트와 필통을 에코백에 대충 구겨 넣은 다애는 마지막으로 아직 전화가 끊어지지 않은 휴대폰을 집어 들었다.

[주다애, 듣고 있어? 왜 대답이 없어. 저녁 되면 쌀쌀해져. 옷 제대로…….]

"응? 뭐라고?"

뒤늦게야 휴대폰을 다시 귀에 가져다 대며 현관으로 나온 다애
는 운동화를 아무렇게나 구겨 신었다. 그리고 아무 생각 없이 현
관문을 연 순간.

"깜짝이야!"

문 바로 앞에 서 있는 태일을 보고 화들짝 놀란 다애가 뒷걸음
질 치다 발을 헛디디는 대참사가 일어났다. 귀를 찌르는 외마디
비명에 더 흠칫한 태일이 정신을 차리고는 빠르게 팔을 뻗어 뒤
로 넘어가려는 다애를 붙들었다.

"옷 제대로 챙겨 입고 나오라고 말하려고 했는데, 넌 참."

허리가 뒤로 꺾인 채 코앞에서 태일의 얼굴을 마주한 다애가
눈만 깜빡거렸다. 두 눈 가득 낯선 듯 익숙한 얼굴이 들어차니
얼른 정신을 차릴 수가 없었으나 태일은 아무렇지도 않게 등을
받친 그대로 다애의 몸을 일으켜 세우며 덧붙였다.

"옷 너무 얇다. 위에 뭐라도 좀 걸치고 나오지?"

"어? 아, 그래."

허겁지겁 돌아선 다애가 마루 위로 올라서서 저도 모르게 심
호흡을 했다. 태일에게는 뒷모습만 보인 채 침착한 척 방으로 향
해 후드 집업을 집어 들었으나 머릿속에서는 소용돌이가 휘몰아
치고 있었다.

"이런 거에 홀리지 말자, 홀리지 말자."

영락없이 편한 친구로 지내면서도 문득문득 저렇게 아무렇지
도 않게 저를 대하는 태일을 볼 때면 묘하게 헷갈린다. 벽에 걸린
거울을 들여다보며 숨을 몇 번이나 고르고 나서야 다애는 다시
현관으로 나왔다.

"운동화 꺾어 신지 말라고 그렇게 얘기했는데, 말 참 안 듣지."

습관처럼 편하게 운동화에 발을 넣자 또다시 잔소리가 떨어졌다. 그리고 마음도 같이 쿵. 그걸 모르는지 다애의 앞에서 허리를 굽혀 앉은 태일은 마구 구겨져 주름이 진 운동화 뒤꿈치를 펴 신발을 제대로 신겨주고 나서야 다시 일어나서 다애와 시선을 마주했다.

"다 됐다, 이제. 가자."

그런 태일을 조금은 원망 섞인 눈빛으로 바라보다 결국 조용히 따라나설 수밖에 없었다. 어디로 가는지도 모르고 마냥 나란히 걷기만 하다 다애는 슬쩍 그에게 물었다.

"왜 갑자기 나가재?"

"날이 좋아서. 너 이런 날에 바람 쐬는 거 좋아하잖아."

"그러게. 술 한잔하기 딱 좋은 날씨네."

"참으로 주다애다운 표현이다, 주다애다워."

부러 걸걸하게 대꾸하긴 했으나 태일의 말대로 쏟아지는 햇살에 눈이 부신 가을 오후였다. 어느덧 결실의 계절이 코앞에 다가와 있었다.

다애는 조금씩 색색으로 물들기 시작한 나뭇잎들을 멍하니 바라보며 걸었다. 이번에는 태일이 불쑥 뒤돌아서더니 보조를 맞춰 뒷걸음으로 걸으며 말을 붙였다.

"넌 왜 사는 게 재미가 없어?"

"그냥…… 왜 살아야 되는지 잘 모르겠어. 아까 회계 과제 하는데, 불현듯 이런 생각이 드는 거야. 도대체 감가상각이 내 인생에서 뭐가 그렇게 중요하다는 거지?"

"……."

"웃기지, 나도 알아. 너무 철없는 투정인 건 아는데, 뭐가 뭔지도 모르면서 기계적으로 하는 손익 계산이 대체 무슨 의미가 있고 내가 대차대조표를 한눈에 파악할 수 있다는 게 앞으로의 내 인생에 뭐 얼마나 도움이 된다는 건지 모르겠어. 그런데 그게 중요하대, 잘해야 하는 거래. 난 남들 눈에 아무 짝에도 쓸모없는 극본 한 줄을 쓸 때 훨씬 더 벅차고 행복한데."

뒤로 걷던 태일의 걸음이 어느새 뚝 그쳐 있었다. 다애는 그제야 자신이 어느 순간 멈춰 섰다는 걸 깨달았다. 그러고도 한참 더 제자리에 선 채 머뭇거리던 다애는 한숨 쉬듯 자신의 속마음을 마저 털어놓았다.

"그런데 그러면 내가 엄마 아빠랑 언니한테…… 너무 미안한 거지."

"너 충분히 잘하고 있는데 왜."

"말은 안 해도 나 재수 하게 됐을 때 엄마 아빠 많이 속상하셨을 거야. 그리고 우리 언니도. 나 대학 보내겠다고 언니가 미술도 포기했는데, 그렇게까지 들어온 학교인데 내가 이러면 안 되는……."

무의식중에 땅을 보고 이야기하던 다애는 불현듯 말을 멈추고 고개를 들었다. 팔을 뻗은 태일이 천천히 다애의 짧은 머리카락을 쓰다듬어 내렸다.

"너도 그 대신 가족들을 위해 네 오랜 꿈을 포기했잖아."

잘게 부서져 흩어지는 가을볕 사이로 태일의 얼굴이 가득 들어찼다. 이윽고 나직한 목소리가 귓가에 내려앉았다.

"여기까지 오려고 노력도 많이 했고. 그 어렵다는 독학 재수로 대한민국에서 세 손가락 안에 드는 대학 들어간 게 너야. 그러니까 그 정도 투정은 부려도 돼. 네가 나쁜 게 아니야. 그럴 자격 있어, 넌."

그 자세 그대로 한동안 뻣뻣하게 굳어 있던 다애는 한참 지나서야 핏 무너지듯 웃고 말았다. 그 별것도 아닌 말이 메마른 마음을 왜 이리도 어루만지는 걸까.

"그래, 재무제표가 딴따라 연극 나부랭이보다 중요한 건 맞겠지, 뭐. 그런데 하도 먹고살기 어렵다, 어렵다 하니까 다 무의미해 보이네. 재수 할 때만 해도 좋은 대학만 가면 모든 게 탄탄대로일 줄 알았는데 어쩜 이렇게 산 넘어 더 큰 산일 수가 있지."

"그러니까 좀 더 멀리 봐. 벌써부터 재미 타령하지 말고. 인생 생각보다 길다, 너."

"참 나. 아주 세상사 통달하셨네. 스물한 살이 아니라 21년생인 줄."

어이없음을 가득 담아 핀잔을 날린 다애가 다시 걸음을 내딛기 시작했다. 그러나 다애는 오래 가지 않아 또다시 제자리에 멈춰 섰다.

"그러는 넌, 지난번에 본 연극 엄청 좋아하는 것 같더라?"

"뭐, 나쁘지 않았어."

"거짓말."

"뭐?"

"시치미 떼시긴. 다 봤거든. 너 엄청 좋아하던데, 뭐."

얼마 전 두 사람은 대학로에서 함께 연극을 관람했다. 실은 연극 중반부쯤, 다애는 무대 위의 배우들에게 주목하는 대신 옆에 앉은 태일의 얼굴을 몰래 훔쳐보았다. 처음부터 그러려던 건 아니었다. 무심코 돌아본 태일의 표정에 환한 미소가 감돌고 있어서, 그런 그의 모습을 보는 게 처음이라서 한참이나 눈을 뗄 수가 없었다. 아마도 연극의 주제가 음악과 관련되어 그런 모양이라고, 다애는 짐작했다. 그녀가 연극 무대를 동경하는 것만큼이나 태일은 음악가가 되고 싶어 했으니까.

"내가 엄청 좋아했다는 이야기를 하는 네 표정은 왜 그래?"

"지금 내 표정이 뭐 어떤데?"

"내가 좋아해서 마음에 안 든다는 얼굴인데."

그럴 리가. 기대 이상으로 좋아하는 태일의 반응이 다애는 반가웠다. 진심으로. 문득 불안해진 건 그다음이었다. 늘 연극 이야기를 입에 달고 사는 다애와는 달리 태일은 음악과 관련된 화제를 좀처럼 입에 올리지 않았다. 주다애에게 연극은 언제나 현재 진행형이지만 이태일에게 음악은 완벽한 과거형이었다. 그러니까 태일은, 더 이상 음악가를 꿈꾸지 않았다.

"넌 왜 내가 불행한 얼굴을 해도 불안해하고 즐거워해도 불안해해?"

"다 가졌는데도 늘 공허해 보이니까."

"다 가지면 반드시 행복해야 돼?"

그 물음에 다애는 일순간 숨이 턱 막혔다. 기껏해야 '내가 다 가졌어?'라는 반문이 돌아올 줄 알았는데 태일은 그렇게 뻔하게 되묻지 않았다. 그 대신 모든 걸 가진 사람은 반드시 행복해야 하느냐는 질문이 멍해진 머릿속을 둥둥 두드렸다.

"너야 뭐, 집안도 괜찮고 학벌도 훌륭하고, 생긴 것도 뭐……봐줄 만하고……."

"와, 면전에서 대놓고 평가질을 하네."

자신 없게 더듬거리는 다애의 앞에서 태일은 말뜻과는 달리 전혀 불쾌하지 않은 투로 그렇게 받아쳤다. 그러나 그는 금세 바람 빠진 풍선처럼 가라앉은 채 혼잣말하듯 덧붙였다.

"집안 괜찮고 학벌 훌륭하고 생긴 것도 봐줄 만한데, 안 행복하네. 그럼 다 가진 게 아닌가 보다."

뭘 더 가져야 할까, 그 중얼거림이 허공으로 흩어졌다. 행복하지 않다는 대목에서 가슴이 철렁 내려앉아 다애는 한동안 말을 잇지 못했다. 태일이 쓴 표현대로, 그가 웃어도 안심이 되지 않고 우울한 얼굴을 하고 있어도 마음이 놓이지 않았다. 그래서 다애는 무턱대고 입을 열었다.

"넌 회계를 그렇게 잘하는데 왜 회계가 싫어?"

"넌 무슨 그런 단순하기 짝이 없는 질문을 해."

"내 말은, 그냥…… 잘하는 걸 좋아할 수는 없는 거야?"

생각의 지도가 너무 멀리 뻗어나갔을 뿐 아주 연결 고리가 없는 질문은 아니었다. 다애는 진심으로 태일이 행복하기를 바랐으나 또한 동시에 이 자리에 남아 있어주기를 원했다. 그가 모든 걸 뒤로하고 어딘가로 훌쩍 떠나 버리지 않기를. 그렇다면 경우의 수는 단 한 가지뿐이었다. 태일이 지금의 위치에 만족하는 것.

"그러는 너도 회계를 극도로 싫어하면서 왜 나한테 회계가 싫은 이유를 물어?"

"나랑 너는 다르잖아. 나야 못 하니까 싫어하는 거고, 넌 잘하니까."

"잘하는 거면 다 좋아야 해? 난 잘하는 게 내가 좋아하는 거랑 달라서 슬픈데."

솔직하게 털어놓는 듯하던 태일은 이내 무겁게 고개를 가로저었다.

"됐다, 관두자. 다른 사람들 눈에는 많은 걸 가진 놈의 배부른 투정으로 보이겠지, 뭐."

"그런 뜻으로 말한 건 아냐. 나도 알아. 아무리 많은 걸 손에 쥐고 있더라도 사람들이 가장 간절히 원하는 건 정작 자기가 갖고 있지 않은 무언가라는 거."

"그리고 대개는 평생토록 소망하던 꿈을 이루지 못한 채 삶을 마감하고."

낮게 깔린 목소리로 태일이 말을 받았다.

"난 가끔 그게 인생의 아이러니 같아. 누구나 일생 동안 무언가를 간절히 원하고 그걸 갖기 위해 어쩌면 평생을 바치는데, 또 다른 누군가는 그걸 태어났을 때부터 이미 가지고 있거나 너무나도 쉽게 손에 넣으니까. 그런데 정작 그 사람은 그게 아닌 다른 무언가를 갈망하고."

"넌 그런 얼굴로 그런 말 좀 하지 마. 세상 다 산 것처럼 말하지 말라고. 꼭 네가 다른 사람처럼 느껴진단 말이야."

진짜 21년생 같아서 무섭다고. 조금 떨리는 다애의 목소리에 태일은 피식 웃었다.

"울겠다, 너."

"방금 전만 해도 뭐랬어, 사는 게 재미없다는 소리 말라며? 인생 생각보다 길다며! 그러면서 넌 왜 그래?"

"난 내 인생이 재미없다고 하지는 않았어. 방금 내가 한 말 복습해 봐."

평소의 장난기를 되찾은 태일이 대꾸했다. 한숨 쉬고 다시 보니 그렇긴 해서 섣불리 과민 반응을 한 것 같아 머쓱해진 다애는 입을 꾹 다물었다. 그러다 다시금 무어라 말문을 떼려던 찰나 휴

대폰이 진동하기 시작했고 액정 화면을 확인하자마자 눈이 휘둥
그레진 다애는 얼른 휴대폰을 귓가에 가져다 댔다.

"여보세요? 네, 선배님! 어쩐 일이세요?"

휴대폰 음량이 컸던 탓에 수화기에서 새어 나온 불분명한 음
성을 들은 태일의 표정이 살짝 변했다. 그러나 선배의 전화라 바
짝 긴장한 다애는 그 사실을 눈치채지 못했다.

"아뇨, 저 지금 밖이에요. 수정본? 어, 그거 선배님이 가져가
신 거 아니었어요? 네, 어젯밤에 저랑 같이 계셨잖아요."

태일의 눈썹이 다시 치켜 올라갔다. 반면 심각하던 다애의 표
정은 그제야 비로소 조금 펴지기 시작했다.

"깜빡하셨구나. 아니에요, 다음부터는 제가 더 꼼꼼히 챙기도
록 할게요. 그럼 다음 연습 때 뵙겠습니다, 선배님!"

한층 밝아진 얼굴로 다애는 전화를 끊었다. 그러고 나서야 태
일과 눈을 마주친 다애가 어딘가 모르게 미묘한 그의 표정을 읽
고는 의아한 눈을 했다.

"왜 그런 얼굴이야?"

"주다애."

"응?"

"나 네가 생각하는 것보다 훨씬 유치해."

"네가?"

"아마 너 후회할걸. 21년생은 개뿔, 저게 스물한 살이 아니라
열두 살 수준이지, 하고."

"뜬금없이 뭔 소리야."

자다가 웬 봉창을 두드리느냐는 듯한 투로 되돌아온 반응에
태일이 픽 웃었다. 그 뜻을 해석하지 못한 다애가 살짝 미간을

찌푸렸으나 태일은 바로 화제를 돌렸다.

"요새 연습 엄청 열심히 하나 보다? 늦게까지 학교 남아서."

"어? 아, 응. 동아리 방에 거의 붙어살지."

"그래서 네 연극은 잘되어 가고 있어?"

"지금 좀 총체적 난국이야. 연출 파트랑 기획 파트 의견이 계속 갈려서 아직도 최종 기획안이 안 나왔어. 그리고 내 연극은 무슨. 나야 하찮은 1학년이고 일개 스태프일 뿐인데, 뭐."

"글쎄, 일개 스태프라고 하기에는 네 선배가 너한테 너무 많은 걸 의존하고 있는 것 같은데."

"아, 극회장이라 요새 아마 정신이 없을 거야."

"극회장이 최종 수정 대본을 자기가 가지고 갔다는 것도 잊어버려? 벌써 치매가 온 게 아니고서야."

아까부터 묘하게 뼈가 있는 듯한 반응에 다애는 곧장 대꾸하지 않았다. 그 대신 태일의 표정을 샅샅이 탐색하고 나서야 뒤늦게 반문했다.

"무슨 뜻이야?"

"역시나 네가 있어야 비로소 하나의 작품이 완성될 수 있다는 뜻이지."

그 능글맞기 짝이 없는 대답에 다애가 어쭙잖은 소리 말라는 표정을 지었다. 알다가도 모를 속뜻에 이제 더는 관심 갖지 않겠다는 듯 다애는 모른 체 저 할 말을 계속했다.

"맞아, 온종일 너덜너덜한 대본 붙들고 씨름하면 가끔은 좀 행복한 것 같기도 해. 말이 나와서 말인데 며칠 전에 네가 보여준 연극, 나도 정말 좋았어. 너무 좋아서 기가 죽을 정도로. 배경에 깔리는 바람 소리나 배우들 아카펠라까지 음향은 완전 섬세한데, 그 와중에 내용은 은유와 풍자로 가득하고 대사는 위트 있더라. 난 언제쯤 그런 연극을 만들 수 있으려나.”

아니, 애초에 그게 가능하긴 한 건가. 태일이 했던 말처럼 그녀 역시 자각하지 못하는 사이 지금 손에 쥐고 있지 않은 걸 바라고 있었나 보다.

가을은 주다애가 가장 좋아하는 계절이었으나 가끔은 이 계절 특유의 감성이 독이 되곤 했다. 머리 위의 하늘은 티 없이 맑은데, 그 아래 드넓게 펼쳐진 세상은 온통 어지러움뿐이라 오히려 서글프게 느껴지기에.

“현실과 이상 사이의 거리는 왜 이렇게 멀기만 할까? 결코 가까워질 수는, 없는 걸까?”

“그럼 이상이라는 말이 괜히 존재하게? 연극과 다르게 현실에는 각본이 없잖아. 이상형은 이상형일 뿐이고, 이상향은 닿을 수 없는 곳으로 남는 법이고. 다 그런 거지, 뭐.”

“하긴.”

“그래도 결국엔 네 생각의 범위 안에 있을걸.”

“내 생각의 범위?”

“이상의 사전적 정의가 그거거든. 생각할 수 있는 범위 안에서 가장 완전하다고 여겨지는 형태. 그러니까 사람들이 기를 쓰고 하루하루를 버티는 거지. 내일은 자신이 그리는 이상에 한 발자국이라도 더 가까워질 수 있길 바라며.”

이런 말을 할 때의 태일은, 꼭 어디론가 훌쩍 떠나 버릴 것 같다. 어쩌다 보니 각자의 꿈은 뒤로하고 같은 길에서 동행하고 있지만 과연 이 길의 끝까지 함께 완주할 수 있을까. 끝이 보이지 않는 불안한 길 위에 나란히 걷는 누군가가 있다는 이유만으로 조금은 마음이 놓였는데 불현듯 태일은 더 먼 곳을 내다보고 있는 것 같다는 예감이 들었다.

"그러는 이태일 넌, 지금 어딜 향해 가고 있는 건데?"

가을바람에 조금은 센티해진 마음을 실어, 다애는 그렇게 물었다. 그러나 태일은 다 알면서도 모르는 척 딴소리를 했다.

"너 좋아하는 버블티 먹으러."

"농담하지 말고."

"농담 아닌데. 난 좋아. 날이 좋아서, 그런 날에 내가 좋아하는 너랑 같이 걷고 있어서, 좋아하는 걸 먹으면서 행복해하는 널 볼 수 있어서. 그런 사소한 좋은 날들이, 날 붙잡아줘서."

"……."

"그러니까 사는 게 재미없다고 하지 말고, 살아야 할 이유를 모르겠는데 억지로 살지 말고 너 하고 싶은 거 마음 가는 대로 해. 인생 길고 사람 일 어떻게 될지 모르는 거잖아. 연극 연출가를 꿈꾸던 너는 늘 무대 아래에 있었지만 네 인생의 무대 위에는 네가 서 있어야 하는 거고."

마지막 말이 가슴을 쿵 때렸다. 한 번도 헤아려 본 적 없는 말이었다. 또래들이 무대 위 화려한 조명을 받는 배우를 꿈꿀 때 다애는 아무도 알아주지 않는 무대 뒤에서 무대 위의 모든 세계를 창조해 내는 연출가를 동경했다. 그런데 오롯한 제 인생의 무대에서조차 저도 모르게 뒤에 숨어 있었나 보다.

무의식중에 또 제자리에 멈춰 선 다애는 한참이나 태일이 한 말을 곱씹었다. 그 말이 지우개처럼 마음 한 귀퉁이의 불안을 지워냈지만 다애는 괜스레 툴툴거렸다.

"뭐야, 갑자기 웬 명언 타임? 우리 교수님인 줄."

“어떡하냐. 내가 입만 열면 명언인걸.”

“뭐래. 좋아, 좀 어른 같아서 오늘은 봐준다.”

“교수님은 너 안 봐주실걸. 지금 듣는 중급회계 교수님이 네 지도교수님이라며. 찍히기 전에 이제 진짜 과제 좀 하러 가지? 내가 너보다 1년 먼저 해봐서 아는데, 감가상각이 그래도 쓸모가 좀 있거든.”

“좋아. 그럼 과제 끝나면…….”

“술 절대 안 돼.”

“아, 왜!”

태일이 어림도 없다는 얼굴로 대답을 대신하고는 앞서 나갔다. 종종걸음으로 그 뒤를 따라가면서, 다애는 남몰래 하늘을 올려다보고는 중얼거렸다.

“날 진짜 좋다.”

여전히 하늘은 티 없이 맑다. 그 하늘 아래에서 감히 소원해 본다. 언젠가는 이상에 더 가까워지는 날이 오기를, 그리고 그런 사소한 좋은 날들에 여전히 그와 함께 걷고 있기를.

각자의 아킬레스건

찬란한 가을 오후에도 「*L'amour*」의 시계는 바삐 움직인다. 오늘은 검진을 받아야 하는 해인이 오전에만 근무하고 먼저 퇴근한 지라 하나 혼자서 분주히 오후 영업 준비를 도맡아 하고 있는데 작은 창을 똑똑 두드리는 소리가 났다. 오전에 일찌감치 품절된 브리오슈*brioche* 반죽을 새로 하던 참이라 하나는 문을 열지도 않고 건성으로 응답을 건넸다.

"무슨 일이세요?"

"손님 왔어요."

건너온 건 준수의 응답이었다. 그 말뜻이 다소 생뚱맞게 느껴져서 하나는 하던 일을 멈추고 고개를 갸웃했다. 문을 연 가게에 손님이 찾아오는 건 당연한 이치인데 그래서 그게 뭐 어쨌다는 걸까.

"손님이 왔는데, 왜요?"

"매장 손님이 아니라 하나 씨 찾아온 손님이에요."

"저를요?"

더더욱 뜻밖이었다. 주하나가 이곳에서 근무한다는 걸 아는 사람은 손에 꼽혔다. 그중에서 다애는 학교에 있을 시간이고, 지혜는 연락 없이 깜짝 방문을 할 성격은 아니다. 그럼 누구일까.

"남자예요."

남자? 의문은 점점 미궁 속으로 빠져들었다. 하나가 이곳에서 일하는 걸 아는 남자가, 아니 일부러 그녀를 만나러 친히 이곳까지 발걸음을 할 법한 남자가 과연 주하나의 인생에 존재하긴 했던가?

"혹시 태일이예요?"

"아니에요."

"지금 저랑 스무고개 하자는 거 아니죠? 누구인지 물어봐요, 그럼."

"그건 진작 물었죠. 상대방이 대답을 안 하니 문제지."

"대답을, 안 해요?"

"하나 씨하고 어떻게 아는 사이냐고 물었더니 잠깐 고민하다 답하기 난처한지 그냥 불러달라네요. 직접 얘기 좀 하고 싶다고."

정말 알 수가 없다. 그렇다고 애꿎은 준수를 탓할 수도 없는 노릇이어서, 하나는 침착하게 답했다.

"반죽 만드는 중이에요. 발효 시간 감안해서 오후에 내놓으려면 지금 끝내야 해요. 누구신지는 모르겠지만 조금만 기다려 달라고 전해주세요."

말을 마친 하나는 다시 반죽에 집중했다. 다른 빵에 비해 유지 함량이 많아 반죽 단계부터 섬세해야 하는데 신경이 자꾸만 흩어졌다. 하마터면 적정 시간을 초과할 뻔한 위기를 무사히 넘기고 서둘러 믹싱 볼을 발효실에 넣은 하나는 에이프런과 위생모를 벗었다.

"도대체 누가 온 거야."

예고도 없이 찾아온 정체불명의 손님이 벌써부터 달갑지 않게 느껴지는 건 어떤 이유에서일까. 제빵실을 나선 하나는 모자에 눌려 있던 머리카락을 손가락 사이로 띄우며 밖으로 나왔다. 그러나 그것도 잠시 홀에서 제일 먼저 마주친 사람의 얼굴을 확인한 그녀는 저도 모르게 경직된 자세로 팔을 내렸다. 그와 동시에 가슴이 철렁 내려앉았다.

"영민아."

전혀 생각지도 못한 이가 내내 홀에 서서 기다리다 하나를 보고는 설핏 웃었다. 그러나, 어쩐지 씁쓸하게 느껴지는 얼굴이었다.

"네가 여긴 어떻게……."

"넌 나 볼 때마다 그 말부터 하는구나. 나는 너를 만나면 안 되는 사람인 것처럼."

그 말에는 하나도 무어라 대꾸할 여지가 없어 어색한 웃음만 흘리고 말았다. 짧은 침묵이 흐르고, 또 다른 목소리가 상황을 중재했다.

"앉아서 천천히 이야기 나누시죠."

그제야 하나는 옆에 서 있는 준수의 존재를 깨달았다. 엄연히 근무 시간이라, 그녀는 당황스러운 나머지 매니저도 아닌 그에게 속삭이듯 양해를 구했다.

"그래도 될까요?"

"괜찮아요. 하나 씨가 원한다면."

간단명료하지만 묘한 뉘앙스로 답한 준수가 하나와 영민을 비어 있는 자리로 안내했다. 곧 두 사람 사이에는 준수가 가져다준 간단한 다과가 놓였다.

상황이 갑작스러운 건 여전한지라 하나는 쉽사리 말문을 떼지 못했다. 오랜만이라는 식상한 인사를 거의 입 밖으로 낼 뻔했다가, 그마저도 지난번 이곳에서 우연히 마주쳤을 때 했던 말이라는 걸 깨달아 접어두었다. 결국 먼저 입을 연 사람은 보라색 꽃이 탐스럽게 피어 있는 커피 잔 손잡이를 객쩍게 만지작거리던 영민이었다.

"불쑥 찾아와서 미안."

"어? 아, 아니야. 그런데, 여긴 어쩐 일로……."

"지난번에 너랑 그렇게 헤어지고 나서 후회했어. 난 너한테 연락처를 묻지도 못했고, 넌 연락이 없고……. 우연이었지만 다시 만나게 돼서 기뻤는데 달라진 건 없더라. 또 원점이구나 싶어서 허탈했는데 내내 네 생각이 나서, 단념이 안 돼서 혹시나 싶은 마음에 여기까지 와봤어."

"……."

"연락 왜 안 했어. 기다렸는데."

원망 아닌 원망에 하나는 조금 쓰게 웃고 말았다. 그때 받았던, 구겨진 영민의 명함은 끝내 버리지 못하고 지갑 한구석에 꽂아두었다. 하지만 연락할 생각은 처음부터 없었다. 그를 만나서 무슨 좋은 이야기를 할 수 있을까.

"네 연락처, 이번에도 안 알려줄 거야?"

"응."

“하나야.”

“너 나 만나러 여기 온 거, 윤선이도 알아?”

차분한 물음에 영민이 불편한 얼굴로 입을 다물었다. 그 모습에 순간 씁쓸해졌지만, 하나는 금세 마음을 다잡고 말을 이었다.

“우리가 별 용건도 없이 이렇게 따로 만나는 거, 좀 아닌 것 같아. 얼굴 봤으니까 됐지. 그만 가.”

“윤선이 때문에 그런 거면 신경 쓰지 말고 내 얘기부터⋯⋯.”

“내가 어떻게 그래.”

“왜 못 그래. 내가 너 좋아하는데.”

여태까지와는 다르게 영민의 음성이 조금 격해졌다. 그 고백을 듣는 입장인 하나도 일순간 마음이 덜컹했다. 좋아했는데, 가 아니라 좋아하는데. 과거형이 아니라, 현재형이다.

“너도 알잖아. 그때 내가 너 많이 좋아했다는 거. 너도 분명 같은 마음이었어. 아니야?”

“과거가, 그렇게 중요하니?”

“나한테는 중요해.”

“넌 나 안 좋아해.”

“어떻게 그렇게 장담하는데?”

“그때랑 많은 게 달라졌으니까. 이제 우린 그림밖에 모르던, 다른 점보다 같은 점이 더 많던 고등학생이 아니니까.”

“⋯⋯.”

“너도 다 들었잖아. 내가 왜 너랑 멀어져야 했는지. 그거, 다 사실이야. 이제 우린 같은 동네에 살지도 않고, 같은 관심사를 공유하지도 않고, 서로 가는 길이 달라졌어.”

“난 그냥 너랑 있는 것만으로도⋯⋯.”

"아직도 모르겠어? 오랜만에 마주쳐서 반가운 마음에 얼마간은 그때로 돌아간 것 같은 기분이 들 수도 있겠지. 그런데, 말 그대로 그건 잠깐이야. 그때와는 달라진 나에게 금방 실망해 버릴 네가, 상상만으로도 끔찍하더라. 그게 싫어서 너를 보고 싶지 않았어."

"내가 좋아한 건 미술 하는 주하나가 아니라 그냥 너 자체야. 너도 알잖아."

"아니, 가끔은 나조차도 깜짝깜짝 놀라는걸. 네가 알던 주하나는 이제 없어. 난 있잖아 솔직히, 밀레가 어떻고 세잔이 어쩌고 떠들던 시절이 정말 나한테 있긴 있었는지, 그것조차 까마득해. 그런데 넌 그때의 마음이 5년도 넘게 지난 지금까지 이어졌다 믿을 정도로 아직 순수하니? 난 아니야, 영민아. 아무리 현실에 가깝게 살려고 노력해도 현실은 늘 나를 배신하거든."

멍한 눈으로 하나를 바라보던 영민이 온기가 사라진 커피 잔을 들더니 단숨에 거의 반을 비웠다. 다 식어 빠진 쓰디쓴 커피를 마시고도 그는 여전히 혼란스러운 듯 초점 나간 눈을 하고 있었다. 어찌할 바를 몰라 떨리는 손으로 잔을 움켜쥐고만 있던 영민이 다시 입을 열었다.

"난 그래도, 네가 원망스럽다. 그런 식으로 연락 끊지만 않았어도 우리가 이렇게 되지는 않았을 거야."

"그러게. 한 3년 전쯤만 해도 네가 윤선이랑 사귄다는 소식을 들었다면 난 아마 펄펄 뛰었을걸. 나 대신 만나는 게 고작 하윤선이냐고, 걔보다는 내가 너랑 훨씬 잘 어울리지, 하고."

"그렇게 말하지 말아 줄래? 나 지금 농담하는 거 아니야."

영민은 정색했으나 그 어조는 어쩐지 서글프기만 했다. 그걸 감지한 하나의 입가에 옅게 떠 있던 미소도 사라졌다. 하지만 그 녀도 시답잖은 농담 같은 걸 주고받고 싶은 게 아니었다.

"기운이 없어서 그래, 지금은. 윤선이보다 내가 나은 점이 뭔 지 일일이 따져 봤자 마음만 쓰라리거든. 그렇게 자책하고 있을 여유도 없어. 하루하루 먹고살기도 바빠서. 그러니까 그만하자, 영민아. 너 이러면 내가 힘들어."

"주하나."

"네가 나를 정말로 좋아하면, 아니, 좋아했으면 그냥 앞으로 도 그때 모습 그대로 날 간직해 주라. 그리고 다시는 나 찾아오지 마. 지금의 내 모습이 네 머릿속에서 그때의 주하나까지 지워 버 리면, 나 정말로 슬플 것 같거든."

그렇게 덧붙인 하나가 자리에서 일어났다. 이제 현실로 돌아갈 시간이다.

"가, 이제. 나 일해야 돼."

"하나야."

"넌 나한테 하고 싶은 얘기가 많다고 했지만 난…… 아무리 생 각해 봐도 너한테 할 수 있는 말이 없었어. 그래도, 잊지 않고 늘 내 안부 챙겨줘서 고마워. 그동안 얘기 다 들었어. 그리고 우연히 다시 마주쳤을 때 먼저 반갑게 인사해 준 거, 그것도 고마워. 만 약 그때 네가 나를 보고도 그대로 모른 척 지나가 버렸다면, 그 건 그거대로 마음이 아팠을 것 같거든."

"그렇게 끝이라는 듯이 말하지 마. 나는 이대로 단념 못 하겠 으니까."

하나를 따라 일어선 영민이 그녀의 팔을 붙잡았다. 당황스러 운 눈으로 주위를 살핀 하나가 영민을 올려다보았다.

“이러지 마. 여기 나 일하는 데야.”

“왜 해보기 전부터 겁을 내. 왜 그렇게 선만 긋는 건데. 내 말은 들어보려고 하지도 않고.”

“윤선이가 알면 어쩌려고 이래.”

“너만 있었으면 걔 만나지도 않았어.”

“이거 놔, 영민아.”

“제발 내 얘기 좀 들어.”

아무것도 듣고 싶지 않았다. 그래봤자 더 비참해지만 할 테니까. 그러나 감정이 격해진 영민의 손아귀에서는 조금도 힘이 풀리지 않았다. 그때였다.

“손 놓으시죠.”

묵직한 목소리가 끼어들더니 곧이어 단단한 팔이 하나를 영민에게서 떼어놓았다. 하나와 영민의 시선이 동시에 그에게로 향했다. 준수였다.

“함부로 끼어들지 마시죠.”

하나의 기억 속에서 늘 차분하고 침착하기만 하던 영민의 표정이 불쾌하다는 듯 살짝 찌푸려졌다. 그러나 준수는 얼굴색 하나 변하지 않고 말했다.

“주하나 씨. 할 말 다 끝낸 거 맞아요?”

“네? 아, 네.”

“그럼 들어가서 일해요. 이분은 신경 쓰지 말고.”

“얘기 아직 안 끝났습니다.”

다시 하나를 붙잡으려는 영민의 손길을 막아선 준수가 아예 그녀를 제 뒤에 세웠다. 영민의 얼굴이 이번에는 숨기지도 않고 일그러졌다.

"그쪽이 뭔데……."

"주하나 씨 표정부터 살피고 말씀하시죠."

한참 전부터 이성을 잃고 있던 영민의 눈에 그제야 또렷이 하나의 얼굴이 들어왔다. 반쯤은 겁에 질리고 반쯤은 당혹스러운 낯빛이었다.

그걸 알아차린 영민의 안색이 이번에는 낭패감과 자기 자신을 향한 자책으로 물들었다. 그럼에도 준수는 높낮이 없는 어조로 계속 말을 이었다.

"여긴 영업장이고 엄연히 주하나 씨 직장이기도 합니다. 그런데 근무 시간에 불쑥 찾아온 것도 모자라서 동료들 고객들 다 있는 데에서 언성 높이고 막무가내로 붙잡고 곤란하게 만드는 거, 경우 없는 행동입니다. 주하나 씨한테 사과부터 하세요."

처음 보는 남자에게 힐난 섞인 충고를 들어 화가 난 것 같았으나, 영민은 순순히 잘못을 시인하고는 평소처럼 침착한 얼굴로 돌아왔다. 무겁게 입을 뗀 그가 하나에게 사과했다.

"내가 실수했네. 미안해."

진심이라는 건 알았으나 괜찮다는 말이 나오지를 않았다. 그저 시선을 내리깔고 어느 누구와도 눈을 마주치지 않은 채 가만히 호흡을 고르고 있는데, 앞에 버티고 선 준수가 목소리를 낮춰 하나에게만 들리게 말했다.

"가요, 하나 씨."

"잠깐만요. 한마디만 하고요."

그렇게 대답하고는 고개를 든 하나가 영민을 쳐다보았다. 영민도 하나와 시선을 마주했다. 그의 두 눈 속에 어느덧 분노에 가까운 감정은 사라지고 늦은 후회만이 남아 있었다. 그 눈빛에 일

순간 동요할 뻔했으나 이내 하나는 피하지 않고 똑바로 영민을 마주한 채 마지막 쐐기를 박았다.

"무슨 마음인지는 알아. 그런데, 아무리 그래도 지금 네가 만나는 사람은 윤선이야."

"……."

"윤선이 만나면서 너 나한테 이러는 거 아니야. 이제 여기 찾아오지 마. 잘 가."

돌아올 답을 기다리지도 않고 하나는 먼저 돌아서서 곧장 제빵실로 직행했다. 작업장에 홀로 남겨지자마자 다시금 머리를 질끈 묶은 그녀는 그 위에 위생모를 쓴 후 에이프런을 둘렀다.

곧이어 깨끗이 손을 씻고 발효실의 반죽들에 문제가 없는지 유리창 너머로 넘겨다본 하나는 냉장실에서 1시간 동안 휴지시킨 타르트 반죽을 꺼내 얇게 밀어 편 후 타르트 팬에 덮었다. 그러고는 테두리를 잘라내고 바닥에 살짝 구멍을 내 공기를 제거한 뒤 팬을 오븐에 넣고 시간을 맞췄다. 그 모든 일들을 순식간에 뚝딱 해치우고 나서야, 하나는 혼잣말로 중얼거렸다.

"안 울었네. 장하다, 주하나."

하지만 머리와 마음은 여전히 어지러웠다. 일이나 열심히 하자 싶어서 얼른 기억을 지우고 반죽이 구워질 동안 타르트에 올릴 딸기 필링을 준비하는데, 지난번에 들었던 영민의 말이 예고 없이 머릿속을 울렸다.

"오늘 윤선이 생일이거든. 윤선이가 여기 딸기 타르트를 좋아해서."

그 문제의 딸기 타르트를 이제는 자신이 만들고 있다니. 별안간 속상해져서 볼을 작업대 위에 팽개치듯 내려놓았다가 금세 도로 집어 든 하나가 한탄했다.

"여자와 버스는 떠나면 잡는 거 아니랬어. 남자도 똑같지, 뭐."

그러면서도 한참이나 상념에 잠겨 있던 하나는 오븐이 울리고 나서야 화들짝 놀라며 현실로 돌아왔다. 어느새 타르트지가 먹음직스러운 황금색으로 구워져 있었다.

타르트지가 살짝 식을 동안 아몬드 가루를 섞은 커스터드 크림을 준비한 하나는 타르트지에 크림을 짜 넣고 딸기 필링을 듬뿍 올렸다. 그 위에 빨간 빛으로 잘 익은 생딸기를 촘촘히 깔고 마지막으로 눈꽃 같은 슈거파우더를 사르르 뿌리면 완성.

"넌 누구 손으로 갈 거니?"

잘 만들어진 타르트를 들여다보며 하나는 혼잣말로 물었다. 예약 주문만 받는 「L'amour」의 홀 사이즈 타르트는 이렇게 파티시에의 손을 떠나고 나면 아마도 누군가를 위한 선물로 맡은 바 역할을 완수하게 될 것이다. 하지만 그녀 자신에게 그랬던 것처럼 또 다른 누군가에게는 나쁜 기억으로 남을지 모른다는 생각을 하니 마음 한편이 묵직해졌다. 매일 쳇바퀴처럼 반복되는 작업이라도 완성품을 매장으로 내보낼 때면 늘 뿌듯했는데 완벽하게 만들어진 작품을 보고도 보람이 느껴지지 않은 것은 이번이 처음이었다.

"그래, 비싼 타르트를 아무리 많이 선물 받으면 뭐 해. 애인이 한눈파는 하윤선보다는 내 팔자가 훨씬 낫지."

기분이 좋지 않으니 반작용으로 오히려 일에 대한 의지가 불타올랐다. 거의 무아지경에 빠져서 해인의 부재에도 불구하고 두 사람 몫을 뚝딱뚝딱 거뜬히 해내던 하나는 별안간 들려온 목소리에 정신을 차렸다.

"퇴근 안 해요?"

"아, 깜짝이야."

비가*biga*, 이스트를 넣어 미리 발효시켜 놓은 반죽에 물을 넣다 말고 기절초풍한 하나가 손에서 놓칠 뻔한 물병을 부리나케 사수했다. 까딱하면 내일 팔지 못하는 비운에 처했을지도 모를 치아바타*ciabatta* 반죽이 무사하다는 걸 확인하고 나서야 하나는 고개를 들었다. 하지만 목소리의 주인공이 누구인지는 이미 알고 있었다.

"노크도 없이 갑자기 들어오면 어떡해요. 놀랐잖아요."

하나가 눈을 살짝 흘기며 핀잔을 놓았다. 그 말에 눈썹을 올리며 미묘한 표정을 지은 준수가 방금 닫은 나무 문에 대고 똑똑 노크를 하며 하나를 쳐다보았다.

"못 들었어요? 노크했는데, 두 번."

정말? 하지만 아무 소리도 못 들었는데. 하나의 눈에 담긴 혼란스러움을 읽은 준수가 반대편으로 고개를 기울였다. 옅은 미소를 띤 채 그는 다시 입을 열었다.

"오늘 몇 번이나 노크했는지 모르죠."

"몇 번이나요?"

"방금 전까지 한, 세 차례쯤."

하나가 더더욱 눈을 크게 떴다. 누군가가 머릿속에 손을 대 깔끔하게 기억을 지우기라도 한 것처럼 맹세코 들은 바가 없다. 하나의 표정에서 대답을 읽었는지 준수는 더 묻지 않았다.

"응답이 없기에 내버려 뒀는데 퇴근 시간 지날 때까지도 도무지 나올 기미가 안 보여서 그냥 들어왔어요."

"무슨 퇴근을 벌써……. 세상에, 언제 시간이 저렇게 됐지?"

오후 들어 처음으로 시계를 올려다본 하나가 잇따라 충격을 받으며 눈을 크게 떴다. 대충 저녁 타임이 됐겠거니 어림짐작했는데 어느덧 10시가 훌쩍 가까워져 있었다.

어리둥절해하는 하나를 보며 또 소리 없이 웃은 준수가 제안했다.

"퇴근하기 전에 커피 한잔할래요?"

"이것만 끝내고요."

"얼른 마무리하고 나와요."

그렇게 당부한 준수가 문을 닫고 나갔다. 하던 작업을 마저 갈무리 짓고 나서야 하나는 문밖으로 빼꼼 고개를 내밀었다.

다들 이미 퇴근했는지 매장은 깨끗이 정돈되어 있고 준수만 혼자 커피 바에 서 있었다. 제빵실에서 나오는 하나를 발견한 그가 버릇처럼 살짝 웃고는 레버를 당겼다.

"안티구아 좋아하죠?"

짙은 갈색의 풀시티*full-city* 로스팅 원두를 추출하기 시작하자 진한 향기가 홀 안에 그윽이 퍼져 나갔다. 그 향에 유난히도 길었던 하루를 비로소 마무리하는 기분이 들어서 하나의 마음도 한결 편안해졌다. 그러면서도 그녀는 괜히 딴죽을 걸었다.

"이런 밤에는 커피보다는 술인데."

그 말에 순간 당황한 준수가 힐끗 하나를 건너다보았다가 이내 짧게 웃었다. 여전히 입매에 웃음이 감도는 채로 그가 물었다.

"그럼 아이리시 커피*Irish coffee, 뜨거운 커피에 위스키와 설탕을 넣고 생크림을 띄운 것*로 줄까요?"

"농담이거든요."

준수가 다시 웃었다. 이윽고 그는 데미타스*démitasse* 두 개를 들고 와 하나가 앉은 테이블 위에 내려놓았다.

"콘 판나*(espresso) con panna*, 에스프레소에 휘핑크림을 얹은 커피예요?"

하나 몫의 자그마한 잔 위에는 휘핑크림이 듬뿍 올라가 있었다. 주문한 적도 없는 그 커스텀 메뉴에 하나는 준수를 쳐다보았다.

"술이 낫다는데 뜬금없이 이게 무슨……. 야밤에 이거 마시고 살찌라는 거예요?"

"당 충전하시라고."

간단하게 답하고는 웃은 준수가 코스터 위에 티스푼을 내려놓았다. 정작 그의 몫은 심플한 에스프레소인 걸 포착한 하나가 눈을 흘겼다.

"가끔 보면 참 얄미운 거 알아요? 내가 여기서 더 살찌면 그건 다 서준수 씨 책임이에요."

"맨날 아니고 가끔이에요? 다행이네요. 난 하나 씨가 나를 엄청 싫어하는 줄 알았는데."

그 농담 아닌 농담에 곧바로 받아치는 대신 하나는 티스푼을 집어 들었다. 잠시 머뭇거리다 비스듬히 준수의 눈길을 피한 채 티스푼으로 휘핑크림을 뜬 하나가 들릴 듯 말 듯 답했다.

"싫어하는 건 아니에요."

"아. 싫어하는 건 아니고. 그럼 미워요?"

어쩜 싫으냐 미우냐 묻는 게 이리도 다정하게 들릴 수 있는 걸까. 그 물음에 하나는 복잡한 심경에 휩싸였다. 미운 것도 아니다. 실은 스스로도 알지 못한다. 서준수를 향한 감정은 그녀 자신조차 종잡을 수가 없으니까. 그를 처음 본 순간부터.

"있잖아요, 왜 안 물어보세요?"

준수가 물은 대답을 내놓는 대신 하나는 화제를 돌렸다. 그도 더 물고 늘어지지 않고 따라와 주었다.

"이번에는 또 뭘요?"

"낮에 찾아온 사람, 누군지."

이 남자는 분명히 알고 있다. 초대받지 않은 손님의 방문이 주하나에게 어떤 의미인지. 돌아오는 응답이 없는데도 종일 제빵실 창문을 똑똑 두드려 상태를 확인하고, 평소와 다르게 달콤한 크림을 얹은 커피를 만들어주고, 다른 말을 걸어 신경을 분산시킨다. 그 모든 사소한 행동들이 말해주었다.

그러나 다른 사람이라면 열에 아홉은 궁금해할 법한 일을 서준수는 결코 묻지 않는다. 마냥 다정하고 친절하다고 하기에는, 그래서 맞지 않는다. 선인지 벽인지 아니면 그것조차 배려인지 모르겠지만 그의 겉모습 너머에는 언제나 미확인 접근 불가 구역이 존재하니까.

"흠, 이번에도 대답은 똑같은데. 별로 말하고 싶어 할 것 같지 않아서요."

"서준수 씨가 말하고 싶지 않은 거 아니고요?"

하나를 볼 때 과거의 서울을 들여다보는 것 같았다던 말의 의미를, 이제 와서 어렴풋이 이해할 수 있을 것 같기도 했다. 잘은 모르겠지만 아마도 지금 그녀의 모습이 서준수의 과거의 그림자와 많이 닮았나 보다.

"첫사랑이에요."

말이 없는 준수를 보며, 하나는 불쑥 입을 열었다. 그가 여태까지와는 다르게 무표정한 얼굴로 돌아보았다.

“열아홉 살 때, 같은 학교였던 첫사랑.”

여느 때와 달리 준수는 맞장구를 치지 않았다. 그러나 하나는 편한 것 같기도 하고 불편한 듯하기도 한 묘한 기분으로 덧붙였다. 그제야 그가 어렴풋한 미소를 지으며 말문을 뗐다.

“그런데 잘 안 됐나 보네요.”

“왜요? 첫사랑은, 안 이루어지는 법이라서?”

“그런 말 믿어요?”

“네. 적어도 나한테는 맞는 말이니까.”

에스프레소를 한 모금 마신 준수가 그럴 수도 있겠다는 듯 고개를 까딱했다. 스푼으로 크림을 한 입 떠먹은 하나는 내친 김에 이야기를 계속했다.

“예고 다니면서 아직 미술 할 때 같은 과 친구였어요. 화풍도 비슷했고, 희망하는 진로도 같은 쪽이었고, 좋아하는 아티스트도 같아서 자연스럽게 가까워졌어요.”

“그러다 사귀었어요?”

“아니요, 거기까지는 아니고. 어차피 이른 아침부터 늦은 밤까지 종일 학교에 붙어 있어야 되니까 밖에서 따로 만날 일은 별로 없긴 했지만. 그래도 할 건 다 했어요.”

장난스럽게 덧붙인 뒤 하나는 또다시 크림을 입안에 넣었다. 지켜보던 준수도 따스하게 웃었다.

커피 위에 얹은 휘핑크림은 이제 반쯤 남아 있었다. 남은 크림을 아직 온기가 감도는 에스프레소와 섞자 진한 커피의 색이 한결 부드러워졌다.

“그 정도면 거의 사귄 거 맞는데, 아니에요?”

“그렇긴 하죠. 나 너 좋아해, 라고 고백한 적은 없지만 서로 좋아하는 거, 다들 알았거든요. 비공식 자타공인이랄까."

"그런데 왜 잘 안 됐어요?"

"그야, 집이 갑자기……."

무심코 대답하려다 말고 하나는 말을 끊었다. 또 방심했다.

"아, 그게…… 잠깐만요."

주제가 이쪽으로 흘러가면 준수와의 첫 만남에 관한 이야기가 나올 공산이 컸다. 의아한 눈을 하고 살짝 눈썹을 치켜세운 준수의 얼굴을 본 순간 하나는 대책도 없이 대뜸 자리를 박차고 일어섰다.

"갑자기 왜 일어나요? 얘기하다 말고."

"10분 후에 계속할게요."

TV 예고 같은 생뚱맞은 멘트를 날리고 하나는 부리나케 준수에게서 멀어지기 시작했다. 제일 익숙한 길로 걸음을 옮기다 보니 제빵실이었다. 문을 열고 안으로 들어오자마자 하나는 가슴을 쓸어내렸다.

"큰일 날 뻔했어."

그러나 그것도 잠시 등 뒤에서 다시금 나무 문이 열리더니 준수가 얼굴을 내밀었다. 흠칫 놀라는 하나를 보고는 문간에 기대선 채 팔짱을 낀 그가 말했다.

"여긴 왜 들어왔어요?"

"그러니까 그게…… 배고파서요."

아, 어쩜 그의 앞에서는 황급히 둘러대는 말마다 다 이런 식일까. 반사적으로 튀어나온 그 대답에 준수의 표정이 더욱 뜬금없다는 듯 변했다. 그걸 의혹의 눈초리로 해석한 하나는 쫓기듯 덧붙였다.

“갑자기 달달한 게 끌리잖아요. 그러게 누가 이 야심한 밤에 크림 들어간 커피 주래요?”

“그래서, 뭘 만들 건데요?”

“생각 좀 해보고요.”

진심으로, 이 위기를 모면하기 위해 숙고할 여유가 필요했다. 너무 시간이 많이 걸리는 건 곤란하다. 한시라도 빨리 이 상황에서 벗어나야 하니까.

남은 재료들로 무얼 만들 수 있는지 빠르게 계산기를 두드리던 하나는 마침내 마음을 정하고는 마스카포네 치즈와 산딸기 퓌레를 찾아 꺼냈다.

“뭘 만드는 거예요?”

대답할 정신도 없이 치즈에 사워크림, 설탕, 레몬즙을 넣고 빠르게 섞은 하나가 다시 생크림을 더해 퓌레를 담은 디저트 컵 위에 짜 넣었다. 그대로 컵을 냉장실에 넣고 나서야 하나는 뒤늦은 답을 건넸다.

“크렘 당주*créme d'Anjou*요.”

“크렘 당주*créme d'ange*⋯⋯ 천사의 크림?”

“네. 발음이 같아서 그렇게 부르기도 해요. 워낙 야매로 만든 거라 천상의 것처럼 보이지는 않겠지만.”

“크림이니까 굳힐 시간이 필요하겠네요.”

“그렇죠.”

여전히 문에 기대서 있던 준수가 말없이 뒷정리를 돕기 시작했다. 그런 그를 보며 하나는 생각에 잠겼다. 묵묵함이라는 단어가 참 잘 어울리는 남자였다. 요란하고 화려하지는 않지만 무게감 있는. 흔한 서른 살들은 대개 어떠한지 잘은 모르겠지만, 서준수는 확실히 어른처럼 느껴졌다.

"낮엔 고마웠어요."

그래서 알게 모르게 자꾸만 그에게 의지하게 된다. 정리를 마치고 허리를 편 준수와 눈이 마주친 순간 하나는 불쑥 그런 인사말을 건넸다.

"낮에, 뭐요?"

"곤란한 순간에 나타나서 상황 정리해 준 거요. 생각해 보니까, 처음도 아니고 벌써 두 번째네요."

"두 번째?"

"그때 기억하세요? 제가 이력서 내러 찾아왔던 때."

"물론 기억하죠."

"그때 여기서 마주친 친구가, 아까 찾아온 그 친구예요."

"아. 어쩐지 조금 낯이 익다 싶었는데."

잠시 기억을 더듬던 준수가 이제 알겠다는 듯 고개를 끄덕였다. 그러나 금세 무언가가 이상하다는 걸 깨달은 그는 하나에게 되물었다.

"그때, 옆에 여자분이 있었던 걸로 기억하는데. 친구냐고 하니까 하나 씨가 아니라면서 화를 냈죠."

"맞아요. 걔도 고등학교 동창이에요. 내가 뭘 해도 사사건건 미워하고 시기하던 라이벌. 그런데 졸업하고 내가 잠수 탄 사이에 두 사람이 사귀게 됐다네요. 그게 내 첫사랑의 허무한 결말이에요."

그 사실이 불과 한 달 전만 해도 처음 보는 사람 앞에서 펑펑 눈물을 쏟아낼 만큼 서러웠는데 막상 지금은 심드렁하게 말할 수 있을 정도로 덤덤하게 다가왔다. 아니, 그건 어쩌면 이번에도 서준수의 앞이기 때문일까. 절친인 지혜에게도, 동생인 다애에게도 하지 못할 이야기를 그에게는 허심탄회하게 털어놓을 수 있을 것 같았다.

"안 울었네요, 오늘은."

"언제는 괜한 데 힘 빼지 말라면서. 잘 사는 게 최고의 복수라면서요. 그래서 안 울고 잘 살려고요."

"씩씩하네요."

하나의 대답에 준수가 웃었다. 잠시 그와 시선을 마주하다 시간을 확인한 하나가 냉장고에서 아까 넣어두었던 컵 두 개를 꺼냈고, 두 사람은 다시 홀로 나가 마주 앉았다. 먼저 스푼을 든 하나가 살짝 굳은 크림치즈와 퓌레를 듬뿍 떠 올려 그대로 입안에 넣었다.

"아, 맛있다."

본능에서 우러나온 그 감탄사에 나직이 웃은 준수가 하나를 따라 달콤한 디저트를 음미했다. 새콤한 산딸기가 먼저 미각을 자극하고 뒤이어 알맞게 굳어 더욱 폭신하게 느껴지는 크림치즈가 부드럽게 혀끝에 녹아들었다.

"어때요? 맛있어요?"

"급하게 만든 것치고 아주 훌륭한데요. 전에 만들어본 적 있어요?"

"아니요. 레시피만 대충 본 적은 있죠. 제대로 만들면 훨씬 맛있을 거예요. 이건 재료도 다르고 너무 엉성하게 만들어서……. 하긴, 핵심 재료를 구하기 힘들어서 국내에서는 오리지널 크렘 당주를 파는 데는 드물다고 하더라고요."

"그래요?"

"네. 저는 어렸을 때 프랑스에 가서 딱 한 번 먹어본 적 있는데, 생긴 것도 그렇고 맛도 그렇고 그건 정말 천사의 크림 같았어요. 겉은 눈이 소복이 쌓인 둥근 언덕 같은데 안에는 라즈베리 콩포트compote가 듬뿍 들어 있거든요. 아, 또 가고 싶다."

"또 먹어보고 싶은 거 아니고요?"

다 식은 커피도 왠지 달콤하게 느껴지는 밤이었다. 각자의 몫의 디저트 컵이 바닥을 드러냈을 때쯤 이번에는 준수가 먼저 물었다.

"왜 받아주지 않았어요?"

"뭐를요?"

"첫사랑. 아직도 하나 씨한테 마음 있어서 찾아온 거, 아니에요?"

그 물음에 하나는 스푼을 움직이던 손길을 멈췄다. 뭐라고 대답해야 할까 잠시 고민하던 하나는 마지막 남은 크림을 떠 올리며 말했다.

"첫사랑을 끝사랑까지 끌고 갈 자신이 없어서요."

"무슨 뜻이에요?"

"서로 공유할 수 있는 게 많아서 좋아하게 됐는데 같았던 것들이 달라진 지금은 그 친구가 나한테 실망할까 봐. 그때의 나는 이제 없거든요. 그럴 바에야 그냥 좋았던 추억으로 남겨두는 게 나을 것 같아서. 결정적으로, 과정이야 어찌 됐든 엄연히 임자 있는 남자 뺏는 취미도 없고."

"하나 씨는, 스스로한테 자신이 별로 없어요?"

무심코 대답을 하려다가 흠칫 말문이 닫혔다. 그렇게 묻는 그의 깊은 눈 속으로 순간 홀리듯 빨려 들어갈 것 같은 기분이 들

어서였다. 그래서 대답 대신 흠흠 헛기침을 한 하나는 방금 준수
가 한 말을 듣지 못한 것처럼 화제를 도로 원점에 돌려놓았다.

"아무튼, 그래서 나는 믿어요. 첫사랑은 이루어지지 않는다는
말. 적어도 나한테는 맞는 말이라서."

"맞는 말에 한 표 더 추가하죠."

"네?"

예상을 비껴나간 반응에 하나가 어리둥절한 얼굴로 되물었다.
그러나 이번에는 준수가 빈 컵과 잔들을 들고 일어나며 다른 말
을 꺼냈다.

"재료를 구하기 힘들어서 못 만든다고 했죠. 어떤 재료예요?"

"네? 아, 네. 프로마주 블랑*fromage blanc*요. 그런데 그건 갑자기
왜……."

"구해다 줄게요. 신제품 개발 거들 테니까 하나 씨도 나 한 가
지만 도와줄래요?"

"그게 뭔데요?"

"하나 씨가 하는 일, 배우고 싶은데 가르쳐 줄 수 있어요?"

"파티시에 일 말씀하시는 거예요?"

준수가 짧게 고개를 끄덕였다. 더더욱 예상 못 한 제안인지라
하나는 난감한 얼굴을 했다.

"그럴 만한 시간이 없잖아요. 준수 씨나 저나 매일 일해야 되
는 처지인데."

"많은 시간 내달라는 건 아니에요. 그냥 신제품 개발하는 동안
아는 거 없는 골치 아픈 조수 한 명 뒀다 쳐요. 그럼 되겠어요?"

골칫덩어리를 자처하는 준수의 표현에 하나는 잠시 웃고 말았
다. 내리 심란했던 하루 끝에 그가 내려준 향긋한 커피 덕분인지

달콤한 디저트 덕분인지 왠지 모르게 풀어진 마음으로, 하나는
웃으며 승낙했다.

"좋아요."

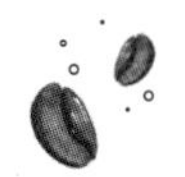

첫사랑에 실패한 자들에 관한 지침서

"오늘 만들어볼 건 타르트 타탱*tarte tatin*이에요."

"타르트 타탱. 타르트의 일종인가 보죠?"

"맞아요."

하루의 영업이 공식적으로 종료된 지 1시간이 지났지만 「*L'amour*」의 제빵실은 여전히 불이 환히 밝혀져 있었다. '주하나의 골칫거리 제과제빵 교실'의 첫 시간이었다. 진지하게 수업에 임하는 학생처럼 간간이 메모를 해가며 자신의 말을 경청하는 준수를 보며, 하나는 저도 모르게 미소를 머금은 채 설명을 이어갔다.

"타르트 타탱은 설탕과 버터에 졸인 사과를 얹은 프랑스식 애플파이예요."

"그냥 애플파이라고 부르지 않고 따로 이름을 붙인 데에는 이유가 있겠네요."

"예리하시네요. 전설 같은 일화가 있죠. 타탱은 프랑스에서 호텔을 경영하던 어느 가문의 성씨인데, 그 가문 사람이 어느 날 사과 타르트를 만들다가 그만 실수를 저지른 거예요. 일반적으로 타르트가 어떻게 만들어지는지는 아세요?"

"흠, 너무 피상적인 답변이긴 하지만 구운 타르트지 위에 메인 재료로 만든 필링을 채우죠. 우리 가게 딸기 타르트를 그런 식으로 만드는 걸로 아는데."

"맞아요. 그런데 그날 타탱 가 사람이 하필이면 반죽을 깔기도 전에 졸인 사과를 먼저 올려 버린 거예요. 그런 상황에서 준수 씨 같으면 어떻게 하시겠어요?"

"손님한테 내갈 거라면 처음부터 다시 만들어야겠죠."

"저 같아도 그랬을 거예요. 그런데 그 사람은 사과 위에 그냥 페이스트리를 덮어서 구운 다음에 뒤집어서 파이를 내놓았대요."

"아, 그래서 타르트 타탱이라는 이름이 붙은 건가 보네요."

"그렇죠. 저나 준수 씨였다면 전 세계 디저트 역사에 한 획을 그을 수 있는 절호의 기회를 허무하게 날려 버렸을 텐데 그 사람은 남달랐던 거죠. 역시 될 놈은 되고 안 될 놈은 안 된다니까."

평소에도 입버릇처럼 하는 말을 무심코 덧붙인 하나가 뒤늦게야 흠칫하며 준수의 눈치를 살폈다. 부디 흘려들었길 바랐지만 그 사족이 인상 깊었는지 그는 입가에 잔상처럼 남은 미소를 띤 채 메모를 하고 있었다.

"그래서, 신제품 1호 후보로 타르트 타탱을 선택한 이유는요?"

"가을 하면 또 사과 아니겠어요? 그리고 타르트 타탱은 프랑스에서 굉장히 중요한 위치에 있는 디저트예요. 프렌치 레스토랑에서 타르트 타탱을 얼마나 맛있게 만드는지로 우열을 가릴 정도거든요. 그런데 우리나라에서는 시판 중인 곳이 많지 않아서 잘만 만들면 메뉴가 역으로 매장을 홍보할 수 있을 만큼 자리 잡을 수 있지 않을까 해서요. 우리 매장이 특정 국가의 정통 디저트를 표방하는 건 아니지만 아무래도 프랑스풍이 강세이기도 하고요."

"흠, 레시피가 어떻게 되죠?"

"고전적인 방식은 사과를 잘라서 캐러멜라이징, 그러니까 버터와 설탕에 갈색이 될 때까지 졸여서 그 위에 반죽을 덮고 오븐에서 구워내요. 그리고 아까 말했듯이 꺼내서 뒤집으면 완성. 서양배나 다른 과일을 이용하기도 하는데 아무래도 사과가 제일 대표적이죠."

"만드는 과정이 일반적인 파이랑 정반대라는 게 흥미롭긴 하지만, 이쪽에 대해 전혀 모르는 일반 고객의 입장에서 본다면 이름만 특이하지 실상은 별다를 거 없는 흔한 애플파이로 비칠 수도 있겠다 싶어요. 어떻게 생각해요?"

곰곰이 생각하다 신중히 묻는 태도가 사려 깊게 느껴져서, 하나는 순간적으로 홀린 것처럼 준수를 쳐다보았다. 잘 모르는 분야에 대해, 특히나 먹는 것에 관해서는 함부로 후려치거나 별로 중요하지 않은 듯이 치부하는 사람들 때문에 지칠 정도였는데 객관적이면서도 진중한 관점에서 접근해 오는 자세가 뜻밖이라 낯설면서도 뭐랄까, 방심했을 때 훅 마음을 치고 들어오는 것 같았다. 그래서 저도 모르게 대답도 않고 그를 빤히 쳐다보고만 있는데, 그 시선을 마주하고는 빙그레 웃은 준수가 다시 물었다.

"왜요, 전문가 입장에서는 아무것도 모르면서 막 던지는 황당무계한 얘기처럼 들려요?"

"아, 아니요. 그리고 전문가는 무슨…… 그 정도 아닌 거 알잖아요."

"매번 자신에 대해서 그런 식으로 말하네요. 안 그랬으면 좋겠는데."

느릿하면서도 낮은 음성으로 전해진 말이 귓가를 파고들자 더더욱 기분이 이상해졌다. 이러다가는 본연의 의무를 영영 잊어버릴 것 같아서 하나는 서둘러 잡념을 떨쳐 내고는 준수를 흘겨보았다.

"앞으로 교육 시간에는 사담 금지예요. 아무튼…… 준수 씨 말도 일리가 있어요. 그래서 다른 디저트 카페나 제과점이 굳이 시도를 하지 않는 걸 수도 있고요. 그래서 저도 고민을 좀 해봤는데, 약간 변형을 하면 어떨까 싶어요."

"어떻게요?"

"홀 사이즈로 만들어서 조각으로 판매하는 게 아니라 애초에 작게 만드는 거예요. 핑거 디저트로. 또 전통적인 방식 대신 사블레*sablé, 표면에 설탕을 뿌려 바삭바삭한 느낌을 주는 과자*나 밀푀이유*mille-feuilles, 파이의 얇은 틈 사이에 크림을 넣은 케이크*로 응용을 해도 나쁘지 않을 것 같아요. 그럼 레시피도 훨씬 간단해지고요."

"구체적으로 생각해 봤어요?"

"두꺼운 타르트지 말고, 밀푀이유처럼 여러 겹의 얇은 파이 껍질 사이사이에 크림을 깔고 캐러멜라이즈드 애플을 올려요. 거기에다 바닐라 아이스크림 한 스쿱을 곁들이고 말린 사과로 장식. 어때요?"

"파이에 크림, 설탕과 버터로 졸인 사과, 그리고 아이스크림."

“맛이 없을 수가 없는 조합이죠.”

그렇게 사족을 붙인 하나가 장난스럽게 웃었다. 비스듬히 기대서서 레시피를 머릿속으로 그려 보던 준수도 미소를 지으며 고개를 끄덕였다.

“느낌 좋네요.”

“커스터드 크림이나 생크림 대신 사과잼, 혹은 메이플 시럽도 괜찮을 것 같아요. 파이를 크럼블 사블레로 대체하면 훨씬 더 간단해질 거고요.”

“응용도 좋지만 반대로 본연의 정체성을 잃을 수도 있어요.”

“그 점도 염두에 두고 있어요.”

“흠, 솔직히 말하자면 감이 잘 안 오네요. 정통 타르트 타탱부터 차근차근 짚어볼 수 있을까요?”

“물론이죠. 먼저 타르트지 재료는 1 대 1 대 1의 비율로 준비한 버터, 박력분, 강력분, 그리고 달걀이랑 약간의 설탕과 소금이에요. 캐러멜라이즈드 애플을 만들 때 설탕과 버터가 따로 더 필요하고요. 아, 시나몬 파우더도 빼먹을 수 없죠. 자세한 레시피는 나중에 적어서 드릴게요.”

“직접 만들어요? 지금?”

“그럼 말로만 때우려고요? 배우고 싶다면서요. 빨리 시작해요. 얼른 마치고 집에 가야죠. 타르트지 반죽부터 만들어야 돼요. 달걀 빼고 아까 말한 재료 계량해서 전부 섞으세요.”

갑작스러운 태세 전환에 살짝 당황했으면서도 준수는 이내 하나의 지시에 따라 움직이기 시작했다. 익숙하지 않은 손길로 끊임없이 그녀의 눈치를 살피면서도 그는 곧잘 해냈다. 만든 반죽을 냉장고에 넣어 식히는 동안 과일 손질을 시작한 준수를 감독

하던 하나가 그의 솜씨를 칭찬했다.

"사과 예쁘게 잘 깎으시네요."

과도로 사과를 깎다 말고 힐끗 하나를 쳐다본 준수가 피식 웃었다. 껍질을 깔끔히 제거한 사과를 정확하게 8등분 한 후 그는 한 박자 늦게 답했다.

"못 할 줄 알았어요?"

"서준수 씨가 못 하는 게 어디 있어요. 전천후 아르바이트의 제왕이신데."

하나가 입술을 삐죽이며 대꾸했다. 장난스럽게 투덜댈 때면 나오는 버릇대로 입술을 오물거리는 하나를 보며 준수는 또다시 웃었다.

"이제 집중하세요. 제일 중요한 캐러멜라이징 시작할 거니까. 계속 쳐다보고 있어야 해요. 방심하다가는 금방 까맣게 타버리기 십상이거든요."

"알았어요. 그런데, 좋아하는 디저트 있어요?"

"너무 많죠. 그런데 갑자기 그건 왜요?"

"만드는 사람 입장은 어떤가 해서요. 그럼, 우리 매장에서 파는 것들 중에는 뭘 제일 좋아해요?"

"음…… 일단 딸기 타르트는 빼고요."

"딸기 타르트? 왜요?"

"오랜만에 마주친 첫사랑이 마음에 비수를 꽂은 메뉴라서."

그 대답에 더는 묻지 않은 채 준수는 말없이 중불 위에서 녹아가는 설탕만 들여다보고 서 있었다. 서준수라는 사람은 늘 차분하고 정적인데, 그런 그를 볼 때면 어쩐지 매번 이상한 충동에 휩싸이게 된다. 그래서 하나는 본인이 내세운 사담 금지 규칙도 잊은 채 또다시 불쑥 말을 걸었다.

"있잖아요. 첫사랑은 이루어지지 않는다, 에 한 표라고 했죠. 그때 그렇게 말했던 거, 본인 얘기예요?"

"……."

"서준수 씨 첫사랑은, 어땠어요?"

즉답을 하는 대신 준수는 서서히 연한 갈색을 띠기 시작한 설탕에 버터를 넣었다. 대답을 하지 않을 작정인가 싶었지만 잊지 않고 불의 세기를 줄인 그는 천천히 말문을 뗐다.

"별거 없어요. 스무 살 때 잠깐 찾아왔다 지나간, 뭐 그런."

"에이, 표정은 잠깐 스쳐 간 게 아닌 것 같은데."

뼈 있는 농담으로 받아치는 반응에 준수는 말없이 웃었다. 어쩐지 이대로 대화가 끊어질 것 같아서, 하나는 얼른 화제의 방향을 조금 선회했다.

"스무 살 때면, 혹시 캠퍼스 커플이었어요?"

"그랬죠."

"용감했네요. 남들 다 뜯어말리는 캠퍼스 커플이라니, 그것도 신입생 때."

"경험에서 우러나온 한탄 같네요."

"어떻게 알았지. 맞아요. 저도 해봤어요. 뭐, 첫사랑도 아니고 그거야말로 정말 잠깐이었지만. 학과 술자리에서 안줏거리 되기 싫어서 얼른 도망쳤거든요."

하나가 키득거리며 이야기하자 준수도 소리 내 웃었다. 첫사랑과의 소꿉장난 말고 하나가 해본 유일한 연애였으나, 연애라고 부르기도 뭐한 짧은 만남이었다.

"첫사랑이 스무 살 때였으면, 딱 10년 지난 거네요?"

"그러게요. 별로 오래된 것 같지도 않은데 시간이 참 빨라요, 이럴 때 보면."

"나쁘게 끝났어요? 아니면 잘되지는 않았지만 그래도 마무리는 아름답게?"

"글쎄…… 생각하기 나름이죠. 그때 일을 계기로 지금까지 열심히 살게 됐지만 어쨌거나 엔딩은 장렬했으니까."

"장렬해요? 왜요?"

"장렬하게 차였거든요."

"뭐야, 그게 나쁘게 끝난 거지 그럼."

허무한 핀잔에 준수가 다시 웃었다. 말수도 적고, 늘 태평하고, 친절하고, 그러면서도 왠지 모를 벽이 있는 이 남자의 첫사랑은 어떤 그림이었을까. 자꾸만 궁금해졌다.

"아직 못 잊었어요?"

"고작 몇 개월이었는데 10년이나 못 잊을 정도로 내가 순정파 같아요?"

처음으로 녹은 설탕에서 시선을 거두고 하나를 돌아본 준수가 그렇게 되물었다. 미소가 엷게 번져 있는 얼굴이었지만 어쩐지 하나는 그에게서 눈을 떼지 못했다. 두 눈을 읽기라도 하듯 지그시 바라보던 하나는 한참이 지나서야 조용히 감상을 이야기했다.

"되게 묘한 표정이네요."

"어떤 면에서요?"

"그냥, 말로 설명할 수 없는. 별로 얽매이지 않고 초탈한 것 같기도 하고, 완전히 못 잊어서 슬퍼 보이기도 하고."

"그래 보여요? 그럼 아직 사람이 덜 됐나 보네요. 깨끗이 정리하고 열심히 살려고 했는데."

"깨끗한 정리가 필요할 정도로 깊은 사이였구나? 그런데 왜 차였어요?"

"가진 게 없어서요. 아무것도."

"……"

"그 친구는 가진 게 아주 많았거든요. 나와는 달리."

그렇게 말하는 준수의 표정이 그를 안 이후로 처음 보는 것이어서, 이번에는 정말로 더는 물을 수가 없었다. 무어라 말을 건네야 하나 싶은데 그가 서둘러 팬으로 손을 뻗었다.

"어, 탄다."

불을 줄인 준수가 팬에 사과 조각들을 넣었다. 이제는 시키지 않아도 알아서 척척 다음 과정을 해내는 그를 옆에서 지켜보며, 하나는 말했다.

"그 여자분 그럼 지금쯤 후회하겠네요. 서준수 씨가 이렇게 가진 게 많은 사람이 된 줄 알면."

"가진 게, 많아요?"

"서준수 씨가 할 줄 아는 게 다 그쪽 재산이죠. 적어도 평생 굶어 죽을 일은 없겠네. 서준수 씨가 못 하는 일, 이 세상에 없잖아요."

조금은 새치름한 대답에 준수가 잠시 멍한 얼굴을 했다. 이윽고 입가를 매만지며 낮게 웃고 만 그는 들릴 듯 말 듯 나직한 음성으로 대답했다.

"고마워요, 부자로 만들어줘서."

그 말이, 이상하게도 참 서글프게 들렸다. 분명 준수는 웃었는데도 그 말을 들은 하나에게까지 그 침울한 심사가 전염될 정도로.

캐러멜라이징이 끝나고 휴지시켜 놓은 타르트지를 얹은 사과
는 예열해 놓은 오븐 속으로 들어갔으나 하나는 그 앞에 버티고
선 채 보이지 않는 열기 속에서 구워지는 타르트를 멍하니 쳐다
보았다. 그런 그녀에게 이번에는 준수가 먼저 말을 붙였다.

"왜 그렇게 우울한 얼굴이에요?"

그 물음에 비로소 정신이 들었다. 아, 내가 지금 울적한 낯을
하고 있었나. 실은 그가 하는 말을 듣고 있는 동안 깨달은 바가
있었다.

"그냥, 그동안 대체 뭘 하고 살았나 싶어서요. 서준수 씨는,
지금 첫사랑을 만난다면 어떨 것 같아요?"

"다른 사람 눈에는 어떻게 보이는지 모르겠지만 그 친구를 여
태 못 잊은 건 아니에요. 그렇지만 한 번쯤은 만나고 싶어요. 그
친구는 지난 시간 동안 어떻게 살았는지, 잘 지내는지. 여전히
가진 게 많고, 그래서 행복한지."

"부럽네요. 그래도 그 사람 앞에 설 자신이 있어서. 난 없어
요."

"그때 그 첫사랑 말고, 다시 만나고 싶은 사람이 또 있어요?"

그게 당신이에요.

그 말은 하지 못하고 삼킨 채 하나는 준수를 물끄러미 올려다
보았다. 본의 아니게 그를 속이는 게임을 하고 있지만, 속일 의도
같은 건 없었다. 다만 6년 전 그 짧은 만남을 기억하느냐고, 내가
그때 그 학생이라고 떳떳하게 밝힐 자신이 없을 뿐이었다.

"네, 있어요. 그리고 다시 만나면 그 사람한테 듣고 싶은 말
도."

"어떤 말인데요?"

"힘든 일 어려운 일 다 씩씩하게 이겨내고 예쁘게 잘 컸다고, 잘했다고."

"……."

"그런데 지금 내 모습으로는 그런 말 못 들을 거라는 거 뻔히 아니까 차라리 영영 안 만났으면 좋겠어요. 서준수 씨는 첫사랑 때문에 10년을 열심히 살아왔고 덕분에 할 줄 아는 것도 많은 사람이 됐는데, 난 이게 뭐죠? 몇 년째 제자리걸음만 하고 있는 것 같아요."

오븐에서 땡 하고 시간이 다 됐음을 알리는 소리가 울렸다. 우울한 얼굴을 하고 있는 하나 대신 오븐을 연 준수가 팬을 꺼내고는 그 위에 큰 접시를 덮어 과감하게 뒤집었다. 아직 뜨거운 캐러멜이 파이 위로 살짝 녹아 흘렀다. 일단 겉모습은 완벽하게 합격점이었다.

완성된 타르트 타탱을 조그맣게 잘라 포크로 집은 준수가 그걸 그대로 작은 접시에 받친 채 하나에게 건넸다. 그녀가 그제야 고개를 들었다. 어서 맛을 보라는 듯한 제스처에 하나는 포크를 받아 들어 타르트 한 조각을 입에 넣었다. 버터와 설탕의 본래 형체는 녹아들어 사라졌음에도 불구하고 그 풍미는 고스란히 입안에서 살아났다. 부드럽지만 적당히 씹히는 사과의 식감도 살아 있었다.

"맛있어요?"

준수의 물음에 하나는 캐러멜에 물든 사과 조각을 씹으며 고개를 끄덕거렸다. 그가 다시 말했다.

"맛있는 걸 먹으면 행복하고요."

그 일차원적인 데다가 예측 범위를 빗나가는 말에 잠시 당황했지만, 곰곰이 생각하던 하나는 다시 고개를 끄덕였다. 단순한 발상이긴 해도 틀린 말은 아니었다. 맛있는 걸 먹고 기분이 나빠지는 사람은 없을 테니까.

"그게 하나 씨가 하는 일이에요."

"네?"

"하나 씨가 매일같이 이른 아침부터 출근해서 만드는 빵과 디저트를 맛보고 고객들은 행복을 느껴요. 다른 사람들을 행복하게 만든다는 거, 대수롭지 않은 거 같지만 아무나 할 수 있는 일은 아니에요. 그렇지만 하나 씨한테는 매 순간 하고 있는 일이죠."

"……."

"그러니 그만큼 하나 씨는 행복해도 돼요. 충분히 멋진 일을 하는 사람이고."

입안에 남아 있는 사과의 단 향 때문인지 귓가에 사르르 내려앉은 나른한 말 때문인지 하나는 갑작스레 머리가 어지러워지는 것 같았다. 이 남자와 같이 있으면 자꾸만 무언가에 홀리는 기분이었다. 아, 이러면 안 되는데. 그 순간 준수가 갑자기 눈을 가늘게 떴다.

"잠깐만요."

"왜요?"

"얼굴에 뭐가 묻었어요."

그 말과 동시에 준수가 하나의 얼굴로 손을 뻗었다. 흠칫 놀란 하나가 그대로 뻣뻣하게 굳었으나 그는 아무 동요도 없는 표정으로 그녀의 뺨을 손끝으로 부드럽게 문질렀다. 아, 숨을 쉴 수가 없다. 예고도 없이 이렇게 훅 들어오는 건 대체 어느 나라 법도인 거지?

“제, 제가 할게요.”

“하나 씨는 자기 얼굴 볼 수 있어요? 어디 묻었는지 모르잖아요.”

“그래도 이건 좀…….”

“가만히 있어봐요. 잘 안 지워지네.”

얼른 닦이지 않는지 준수가 살짝 미간을 찡그린 것과 동시에 그의 얼굴이 거의 코앞까지 다가왔다. 하마터면 크게 숨을 들이마실 뻔한 하나는 가까스로 호흡에 제동을 걸고는 눈을 크게 뜬 채 준수를 쳐다보았다. 이런, 젠장. 이 남자는 자기가 얼마나 잘생겼는지 모르는 건가?

“이제 됐네요.”

되긴 뭐가 됐다는 건지. 바로 눈앞에 있는 동료가 호흡 곤란으로 쓰러질 지경이라는 것도 모르면서 준수는 그제야 하나의 뺨에서 손을 뗐다. 그러고도 마지막까지 이목구비를 꼼꼼히 들여다본 그가 농담을 했다.

“분명히 이건 거의 다 내가 만들었는데 왜 밀가루는 하나 씨 얼굴에 묻죠?”

“왜, 왜 남의 얼굴을 예고도 없이 그렇게 막 만져요?”

“아, 그래서 화났어요? 미안해요.”

준수의 표정이 심각하게 변했다. 이렇게 역정을 낼 일이 아니라는 걸 알면서도 이 근원 모를 감정을 주체할 수가 없어서, 하나는 혼자 씩씩거리다 충동적으로 외쳤다.

“자기 얼굴 자기가 볼 수 없다면서! 그쪽 얼굴에도 밀가루 묻었거든요?”

"그래요? 어디요?"

"알아서 찾아봐요!"

그렇게 소리친 하나가 어리둥절한 준수를 남겨두고 허겁지겁 제빵실을 빠져나왔다. 뭐가 문제인지도 몰라서 상대방을 속 터지게 만드는, 그래서 역시나 얄미운 남자였다. 홀까지 빠르게 걸어 나오고 나서야 하나는 위생모를 벗어 던지고는 두 손바닥으로 얼굴을 가리며 중얼거렸다.

"말려들지 마, 주하나. 말려들지 말라고."

얄미울 정도로 아름다운 남자, 아니, 아름다운 밤이었다.

☕

[서준수. 너 여자 생겼냐?]

수화기 너머에서 다짜고짜 튀어나온 정훈의 물음에 준수가 살짝 미간을 찡그렸다. 궁금한 것이 있어 전화를 걸었을 뿐인데 살가운 응대나 안부는커녕 인사도 없이 대뜸 맥락 없는 질문이라니.

"무슨 소리야, 뜬금없이?"

[안 그래도 참다 참다 궁금해서 전화하려고 했다. 해주가 이상한 소리를 해서.]

"해주가? 궁금한 건 난데. 해주 몸은 좀 어때. 상처는 흉 남지 않았고?"

[애 엄마한테 엄청 깨졌지. 상처는 거의 나았어. 초장에 치료를 잘한 덕분에. 애 엄마도 그래서 덜 난리였고.]

"미안하게 됐다. 내가 더 주의했어야 했는데."

[됐어, 인마. 내가 급하다고 바쁘신 몸한테 어거지로 데려다

맡긴걸, 뭐. 나야말로 미안하다. 애 없어져서 장사하다 말고 놀라서 뛰쳐나갔을 텐데.]

"아니야. 그런데, 해주가 무슨 말을 하는데 그래?"

[몰라, 나도. 토막토막 단어로만 내뱉으니 당최 무슨 말인지 알아들을 수가 있어야지. 내가 듣고 있는 건 분명 한국말인데 무슨 뜻인지 해석이 안 된다니까. 그래도, 요새 말이 엄청 늘어서 보고 있으면 예뻐 죽겠다.]

은근슬쩍 끼어든 딸 자랑에 준수는 구태여 그 사실을 지적하는 대신 소리 없이 웃었다. 이르게 결혼한 탓에 여기저기에서 쏟아진 우려를 일축하듯 가정에 충실한 가장으로 살아가는 친구의 모습이 보기 좋았다.

[아, 해주 얘기 하다 보니까 또 말이 옆길로 샜네. 아무튼, 너희 가게 갔다 온 날 해주가 평소랑 좀 다르더라고.]

"평소랑, 달라? 그런 건 딱히 못 느꼈는데."

[나쁘단 얘기는 아니고. 그날따라 되게 방싯방싯 잘 웃더라고. 상처 보고 기겁한 애 엄마가 거의 통곡하는데 애는 아무렇지도 않은 얼굴로 방긋방긋. 그러니 애 엄마가 더 안 놀라? 애가 왜 이러느냐고 혹시 머리라도 다친 거 아니냐고 난리도 아니었다, 진짜.]

"흠……."

[삼촌이랑 뭐 했느냐고 물어보니까 열심히 옹알거리긴 하는데 당최 이게 무슨 소린지……. 그래도 열심히 해독해 보니까 그날 예쁜 이모를 만났다, 맛있는 것도 먹었다, 뭐 이런 내용인 것 같더라.]

"아."

심각하게 귀를 기울이는 동안 굳게 다물려 있던 준수의 입매가 그제야 느슨하게 풀렸다. 이제 좀 알 것 같았다. 해주가 하나에 대한 이야기를 했나 보다. 전화가 연결되자마자 다짜고짜 던져진 정훈의 물음도 비로소 이해가 갔다.

[어라, 이 반응은 뭐지?]

"뭐가?"

[부정을 안 하잖아. 맞는 얘기 들은 사람처럼 왜 이렇게 태연해? 난 그 예쁜 이모가 누군지 얼른 알아내고 싶어서 며칠이나 몸이 근질거렸고만.]

"딱히 설명할 게 없는데. 새로 온 직원이야."

[아. 예쁘냐?]

그 원초적인 질문에 준수는 어이가 없어서 피식하고 말았다. 사내놈들은 왜 다들 하나같이 이런 것만 궁금해하는 건지.

"예쁘면, 뭐?"

[잘해봐야지.]

얼굴에 철판을 깐 그 천연덕스럽고도 진지한 대답에 준수는 다시금 웃었다.

[아, 상처 치료는 누가 했어? 난 무슨 병원이라도 다녀온 줄 알았다.]

"그것도 그 직원이."

[이렇게 고마울 데가. 나 대신 감사 인사 전해라. 꼭.]

친구가 말하는 감사라는 단어가 문득 가슴 깊이 와닿아서 준수는 생각에 잠겼다. 지금까지는 그저 막연히 좋겠거니 싶었는데 도대체 무엇이 이 친구를 이토록 행복하고 감사하게 만드는 걸까.

"결혼하니까 좋니?"

[그걸 결혼한 지 3년 만에 물어보냐. 참 빨리도 묻는다.]

"그냥, 불현듯 궁금해져서."

[이 세속적이면서도 심오한 감정을 어떻게 설명해야 되나. 그 것도 너같이 도 닦는 중처럼 칩거하는 놈한테.]

"후회한 적 없어? 사실 걱정됐거든. 다른 사람도 아닌 네가 일 찍 결혼이라는 걸 한다는 게."

[내가 왜 힘들단 얘기 안 하는 줄 아냐? 힘들다는 쉬운 말로 정리하기에는 너무 어려운 문제거든. 그 감정을 다 담기에는 힘 들다는 말이 너무 가볍게 느껴질 정도로, 내 몸뚱이 하나 건사하 기도 벅찬 세상에 처자식 생계까지 내 손에 달려 있다는 게 얼마 나 막대한 책임을 지우는 일인지. 어느 날은 칭얼거리는 해주 달 래다 지쳐서 같이 잠든 애 엄마랑 해주 얼굴을 보는데, 그 부담 이 새삼 머리를 쿵 때리면서 어깨가 다 묵직해지더라니까. 아, 이 두 여자의 인생이 어쩌면 내 사소한 행동거지 하나에 오락가락할 수도 있겠구나, 싶으면서.]

"그런데?"

[그런데 또 동시에 말로 설명할 수 없는 묘한 벅차오름 같은 게 느껴지는 거야. 늘 누군가의 울타리 안에서 보호만 받던 내가 다 른 누군가를 책임지게 되었다는 게, 그리고 그 사람이 내가 세상 에서 가장 사랑하는 여자고 그 여자와 나 사이에서 태어난 생명 이라는 게. 그게, 새삼 참 신기하면서도 경이로운 일이라는 생각 이 들었어.]

친구의 이야기를 따라가며 준수는 잠이 든 아이와 엄마, 그 모 습을 지켜보는 남자의 모습을 머릿속으로 그려보았다. 더없이 평 화롭지만 어쩔 수 없이 그 자신에게는 낯설기만 한 풍경이었다.

[그래서 나 열심히 살려고. 아직 어린 나이에 나 같은 놈이랑

결혼해서 준비 없이 덜컥 애까지 낳느라 몇 달을 고생한 우리 집 사람, 그렇게 태어난 내 자랑, 내 기쁨, 내 전부인 우리 해주. 여왕처럼 공주처럼 살게 해주지는 못하더라도 최소한 고생은 시키지 말아야지.]

"그렇게 말하는 네가 훌륭해 보이기는 한데…… 참 낯설다."

[나도 가끔은 내가 신기해. 결혼하고 나서 예전에 비해 자유롭지 못한 것도 맞고, 그렇게 환장하던 게임도 마음껏 못 하고, 밤 새워서 친구 놈들이랑 술 마시는 것도 불가능해졌는데 해주 얼굴만 보면 놀랍게도 그 모든 걸 다 감수해도 좋다는 생각이 들거든.]

"해주는 좋겠네. 그런 아빠를 둬서."

[내가 괜히 너한테 잔소리하는 거 아니야, 인마. 너는 늘 네가 다른 누군가를 책임질 만한 능력이 안 된다고 입버릇처럼 말하지만 나처럼 철 덜 든 놈도 그럭저럭 해내는 걸 네가 왜 못 하겠냐.]

"……."

[그래도 이해 안 되지? 내가 그래서 사내자식들한테는 이런 얘기 안 하는데.]

피부로 와닿는 이야기는 아니지만 달라진 친구의 모습만큼은 진심으로 응원해 주고 싶었다. 그러나 정작 정훈은 일장연설은 이제 끝이라는 듯 다시 새 직원에 대한 호기심으로 열을 올렸다.

[그러는 넌 그 직원이랑 진짜 아무 사이 아니야?]

"아무나하고 엮는 것 좀 그만하지. 상대방한테도 실례인데."

[느낌이 좋아서 그래. 몇 살인데?]

"적당히 하래도. 나보다 한참 어려."

[한참 어려봤자 뭐, 스무 살도 안 됐어?]

“스물다섯이라고 그랬나.”

[난 또 뭐라고. 그 정도면 충분히 극복 가능한 차이 아니냐?]

“글쎄, 아무래도 안 될 것 같은데.”

[왜? 너 설마 벌써부터 나 일밖에 몰라요, 여자도 관심 없어요, 라는 티 폴폴 풍기고 다녔냐?]

“그것보다 더하지. 애 있는 유부남…….”

[뭐?]

미처 말을 끝맺기도 전에 되돌아온 따가운 반응에 준수는 이맛살을 찌푸리며 수화기를 멀리 떨어뜨렸다. 그러나 어떻게든 친구에게 임자를 찾아, 아니, 갖다 붙여주려고 하는 정훈으로서는 당연하게도 기막혀 죽을 노릇이었다.

“……내지는 애 딸린 싱글 대디 정도 되는 줄 알거든. 어디까지나 짐작이지만.”

[미친놈. 어쩌다가?]

“말 그대로 어쩌다 보니. 그런데 거기에 해주가 결정타를 날렸지.”

[그런데 넌 인마 해명도 안 해?]

“물어본 적도 없는데 무슨 해명을 해.”

[와, 돌겠다 진짜. 이 정신 빠진 놈. 내가 너 그러라고 한동안 가만히 내버려 둔 줄 알아? 벽 치는 것도 모자라서 이제는 하다 하다 셀프로 오해를 만드네. 왜, 그냥 얼굴에 써 붙이고 다니시지?]

“아무 짓도 안 했는데 왜 욕을 먹어야 하는지 모르겠네. 아무튼 해주 괜찮다면 됐어. 나중에 시간 나면 해주 데리고 가게 놀러…….”

[절대 안 가, 인마! 네 애 아니고 내 애야! 끊어!]

미처 어찌할 도리도 없이 통화는 순식간에 종료되었다. 잠시 황망한 눈으로 끊어진 전화를 쳐다보던 준수는 이내 고개를 설레설레 저었다.

"철이 든 건지 만 건지."

그럼에도 불구하고 친구의 진중한 결혼 소감만큼은 긴 여운이 되어 마음을 맴돌았다. 평소의 그 다짜고짜 만남을 주선하는 방식보다는 훨씬 더 효과 있는 방법임이 틀림없었다. 그런 탓에 통화가 끝나고도 한참이나 상념에 잠겨 있던 준수가 정신을 차린 것은 매장으로 한 손님이 들이닥쳤을 때였다.

여자의 등장은 처음부터 주의를 끌었다. 소음이 발생하는 것도 개의치 않은 채 당당하게 나무 문을 밀고 들어온 여자가 입구에서 머뭇거리는 대신 곧장 쌩하니 카운터 앞으로 걸어왔다.

"어서 오십시오. 사랑을 굽는 제……."

"여기 주하나 있죠?"

여자의 얼굴을 본 준수가 눈을 가늘게 떴다. 어쩐지 낯이 익었다. 그러나 여자가 인사조차 잘라먹은 채 내뱉은 질문을 단번에 알아듣지 못한 건 문을 박차고 들어올 때부터 방금 소리친 이 순간까지도 여자의 태도에서 흐르고 있는 냉기와 오만 때문이었다.

"뭐라고 하셨죠?"

"여기에서 파티시에인지 나발인지로 일하는 주하나, 얼굴 좀 보자고."

말에서 예의가 한 줌 증발함과 동시에 언성이 높아졌다. 본격적으로 윤곽을 드러내기 시작한 소동에 하릴없이 자리를 지키고 있던 규호가 이쪽으로 슬금슬금 다가왔다. 섣불리 움직이지는 않았으나 먼 곳에서 홀의 상황을 살피던 수현도 이쪽을 예의 주시하기 시작했다. 그러나 준수는 어떠한 동요도 없이 침착하게 응대했다.

"매장에서 판매하는 제품에 관한 불만 사항은 먼저 매니저를 통해……."

"지금 내가 고작 이따위 설탕 덩어리들 때문에 이러는 것 같아 보여요? 주하나 불러요."

그 과격하고도 모욕적인 표현에 근처에서 지켜보던 규호의 눈썹이 살짝 꿈틀했다. 반면 준수에게서는 여전히 아무런 표정 변화도 엿볼 수 없었다. 그 대신 그는 하나를 생각하며 속으로 탄식했다. 그 여자는 뭐 이리도 막무가내로 찾아오는 사람이 줄을 선 건가. 누군가는 절박하게, 또 누군가는 무례하게.

"주하나 씨 지금 근무 중입니다. 저희 매장과 관련된 용건으로 찾아오신 게 아니라면 유감스럽지만 만나실 수 없습니다."

"아, 그 구질구질한 애가 어떻게 이 동네에 취직했는지 이해가 안 갔는데 이제 보니 알 만하네. 쥐뿔도 없는 주제에 단체로 이렇게 잘난 척들이니 원."

점점 교양을 벗어 던지는 언사에 마침내 준수도 미간을 찌푸렸다. 그러나 아랑곳 않고 고개를 빳빳이 치켜든 여자는 선전포고처럼 내뱉었다.

"좋아요. 며칠 전 이 시간에 다른 사람이 주하나 만나고 간 거 뻔히 아는데 감싸고도시겠다? 그럼 내가 직접 만나지, 뭐."

그렇게 말한 여자가 잠시 주위를 훑더니 곧장 제빵실 쪽으로 걸음을 옮겼다. 외부인은 물론 파티시에 이외의 직원들조차 출입이 통제된 성역으로 향하는 막무가내 침입자의 돌발 행동에 눈이 휘둥그레진 전 직원들이 제빵실을 엄호하기 위해 우르르 몰려들었다.

제빵실을 세 걸음 앞두고 가까스로 여자를 막아선 준수가 보다 냉랭해진 목소리로 경고했다.

"지금 이게 무슨 짓입니까."

그러나 여자도 한층 불을 켠 눈으로 응수했다. 완력을 행사할 의사는 없었으나 도무지 상식이 통하지 않는 상대의 태도에 준수는 끝내 여자의 팔을 잡았다.

"지금 어디에 손을 대? 안 놔요?"

"왜 이렇게 소란스러······."

여자의 앙칼진 음성이 살얼음판 같은 공기를 가른 순간 삐거덕 소리를 내며 제빵실 문이 저절로 열렸다. 모두가 약속이라도 한 듯 입을 다물었고 아무것도 모른 채 조용해진 사위로 등장한 하나는 뜻밖의 인물을 발견하고는 눈을 크게 떴다.

"하윤선?"

"그래, 나야. 제 발로 나와주니 고맙네."

모두가 아뿔싸 싶은 차에 이미 악에 받칠 대로 받혀 있던 윤선이 냅다 하나의 머리채를 잡았다. 위생모가 바닥으로 떨어지고 단정하게 묶어 올렸던 머리가 엉망으로 헝클어졌다.

"아! 너 지금 이게 무슨 짓이야? 이거 안 놔?"

"그래, 안 놔! 무슨 짓? 너야말로 네까짓 게 뭔데 남의 남자를 만나? 어?"

우아한 바이올린 선율이 흐르던 안락한 공간은 삽시간에 난장판이 되고 말았다. 미처 사태 파악을 하기도 전에 윤선의 손아귀에 붙잡힌 신세로 전락한 하나는 영문도 모른 채 끌려 다니기 시작했다.

"남의 남자를 만나긴 누가 만난다는 거야! 아! 이거 놓고 얘기해!"

"어디서 모른 척 잡아떼? 김영민 여기 왔었던 거 다 알아! 너 그 순진한 척 잘난 척 옛날부터 재수 없었어!"

"내가 대체 언제…… 아! 너 진짜 미쳤어?"

"그래, 미쳤다. 이젠 뭐 하나 잘난 것도 없는 주제에 넌 아직도 네가 공주님인 줄 알지? 뭘 믿고 이렇게 까불어, 어?"

말리는 일도 쉽지 않았다. 매장 오픈 이래로 처음 벌어진 육탄전에 혼을 빼앗긴 수현은 입만 떡 벌리고 있고, 어느 타이밍에 끼어들어야 할지 도무지 갈피를 잡지 못하던 규호는 소란을 듣고 뒤따라 나왔다가 경악한 해인을 도로 제빵실 안으로 밀어 넣었다. 결국 다 큰 어른들의 살벌한 몸싸움에 용감하게 뛰어든 사람은 준수였다.

"그 손 놓으시죠."

서로를 붙잡고 비명과 고성을 질러대는 두 여자를 보고는 나지막이 한숨을 내쉰 준수가 이번에는 무력으로 두 사람을 떼어놓았다. 그제야 두 사람이 서로에게서 떨어져 나갔지만 윤선은 여전히 독기를 품은 눈을 하고 손을 들어 올렸다. 그걸 본 하나가 정신이 없는 와중에도 반사적으로 두 눈을 질끈 감았다.

그러나 한참이 지나도 아픔 같은 건 느껴지지 않았다. 대신 서늘한 목소리가 귓전을 때렸다.

"뭐 하시는 겁니까, 지금."

"그쪽이야말로 뭐 하는 짓이에요? 이거 안 놔요? 놓으라니까!"

그때가 되어서야 하나는 실눈을 뜨고 주위의 동태를 살폈다.

제일 먼저 윤선의 팔이 준수의 손에 잡혀 있는 게 보였다. 윤선이 팔을 빼내려 몸부림쳤지만 그의 손아귀 힘은 조금도 풀리지 않았고 오히려 이전보다 더욱 딱딱해진 음성이 들려왔다.

"사과하세요."

"뭐라고 했어요, 지금?"

"사과하시라고 말씀드렸습니다."

"사과? 내가 그런 걸 왜 해요?"

적반하장도 유분수인 발언이었다. 그러나 단호함으로 무장한 채 사과를 종용하는 준수의 태도에는 흔들림이 없었다.

"나 몰라요? 나 여기 단골이에요!"

"고객으로서의 권리와 품위를 먼저 저버린 건 고객님이십니다. 남의 영업장에 막무가내로 침입해 폭력을 행사한 것도."

"침입? 폭력? 하, 진짜 기가 막히네. 당신이 뭐라도 돼? 뭔데 끼어들어!"

"그럼 법대로 해결할까요? CCTV도 확보되어 있고 증인도 충분한 것 같은데."

조곤조곤한 음성으로 유하게 달래는 듯하면서도 무시할 수 없는 힘이 실린 엄격한 어조였다. 그제야 제정신이 든 윤선은 뒤늦게 휙휙 주위를 둘러보았다. 매장 안 손님들의 시선이 온통 그녀에게 쏠려 있었다. 동영상이라도 찍는지 세워진 휴대폰들도 여기저기 보였다.

윤선의 얼굴이 일그러졌다. 최후의 발악이라도 하듯 윤선은 마지막으로 공허한 협박을 내뱉었다.

"당신, 후회할 거야."

"글쎄요. 세상은 생각보다 공평하다는 게 제 신조라서."

파르르 떨며 준수를 노려보던 윤선이 주먹을 꽉 쥐며 돌아섰다. 그런 윤선을 불러 세운 건 놀랍게도 그때까지 잠자코 호흡만 가다듬던 하나였다.

"잠깐만."

근처 테이블에서 물컵을 집어 든 하나가 윤선에게로 걸어갔다. 코앞까지 가서 멈춰 선 하나는 눈 한번 깜빡하지 않고 손에 쥔 컵을 들어 그대로 윤선에게 뿌렸다.

놀란 윤선이 외마디 비명을 지르며 몸을 움츠렸지만 물은 쏟아지지 않았다. 애초에 컵이 비어 있었기 때문이었다.

뒤늦게야 그 사실을 깨달은 윤선이 다시 눈을 크게 뜨고는 금방이라도 고함을 지를 듯 하나를 노려보았으나 하나는 침착하게 응수했다.

"드라마 많이 봤구나? 겁먹기는. 그런데 어쩌니, 너 같은 애한테 뿌리기에는 물도 아까운데."

"너 이게 무슨 짓이야?"

"네가 한 짓은 잘한 짓이고? 자꾸 남의 남자 남의 남자 하는데, 그러는 넌 고작 남자 하나 때문에 남의 직장까지 찾아와서 이게 무슨 행패야. 너 수준 낮은 거 셀프로 인증하는 것도 아니고."

"뭐?"

"가진 거 참 많은 너 같은 여자친구 두고 네 표현대로 이젠 뭐 하나 잘난 것도 없는 나한테 한눈파는 남자를 넌 네 거라고 부르니? 나 같으면 창피해서 쫓아올 생각은 꿈도 못 꿀 텐데 이렇게 동네방네 소문까지 내고 너 참 간도 크다."

"야!"

"네가 네 남자친구 제대로 간수 못 한 걸 누구한테 와서 따져?

착각하지 마. 너 같은 애가 만나는 남자 난 요만큼도 관심 없으니까. 한 번만 더 너든 네 잘난 남자친구든 내 눈에 띄기만 해. 그때는 진짜로 개망신 당하게 해줄 테니까."

"······."

"혹시 나중에 정신 차리더라도 사과는 하지 말고. 네 말대로 내가 부족한 게 참 많아서 네 사과 같은 거 받아줄 아량이 없거든. 뭐, 네 수준에 그럴 것 같지도 않다만. 잘 가."

깔끔하게 마무리한 하나가 지금이 나갈 때라는 듯 눈짓했다. 차마 더 소리는 지르지 못하고 몸만 부들부들 떨던 윤선이 홱 돌아서서 퇴장했다.

후련한 것 같기도 하고 씁쓸한 듯하기도 한 심경으로 서 있던 하나에게도 서서히 창피함이 몰려들기 시작했다. 볼꼴 좋은 짓을 한 사람은 가고 없건만 왜 부끄러움은 그녀의 몫인가. 그 순간 짝짝짝 박수 소리가 들렸고 하나는 뒤를 돌아보았다.

"와, 누나 진짜 존경."

진심으로 경탄스러운 표정을 한 채 박수를 치는 규호의 말에 도리어 얼굴이 화끈 달아올랐다. 오래 보고 싶은 사람들과 이제 막 첫 걸음을 뗐는데 이런 추태를 보였다는 생각을 하니 그대로 이 자리에서 증발해 버리고 싶은 심정이었다. 그러나 상상은 상상일 뿐, 헛소동을 수습하기 위해 창피함을 무릅쓰고 홀 안의 고객들에게 일일이 사과의 뜻을 전한 하나는 이번에는 직원들을 향해 돌아섰다.

"소란 피워서 죄송합니다. 다시는 이런 일 없도록 할게요, 매니저님. 정말 죄송합니다. 규호 씨도 많이 당황했죠, 미안해요. 그리고······."

“누나가 왜 사과를 해요? 뭘 잘못했다고. 피해자는 엄연히 누나인데.”

무슨 그런 말도 안 되는 소리를 하느냐는 듯한 규호의 반응에 어쩐지 말문이 막혔다. 잠시 침묵이 흐르고, 이번에는 수현이 예의 그 불만 섞인 딱딱한 말투로 동조했다.

“맞아요. 매장에서 이런 일이 벌어진 건 당황스럽긴 하지만…… 어찌 됐든 하나 씨 잘못은 아니죠.”

“하나 씨야말로 많이 놀랐지? 괜찮아?”

주위의 만류를 뿌리치고 다시 홀로 나온 해인도 자상하게 하나를 다독였다. 진심으로 염려해 주는 이들의 위로에 마음이 멋대로 움직이면서 아까도 흐르지 않은 눈물이 날 것만 같았다. 윤선의 앞에서는 아무렇지 않은 척 당당하게 쏘아붙였지만 실은 정말로 창피해서 죽을 것 같았는데, 울고 싶었는데 그 마음을 뜻밖에도 이해받은 기분이었다.

“다들 정말 고맙습니다.”

그들과 더 있다가는 정말로 어린애처럼 엉엉 울고야 말 것 같아서 하나는 도망치듯 스태프룸으로 향했다. 혼자 남고 나서야 비로소 숨을 고르고, 한쪽 벽에 걸려 있는 거울을 들여다보았다. 머리는 온통 산발인 데다 꼴이 말이 아니었다.

입술을 꼭 깨문 채 엉망으로 헝클어진 머리카락을 매만지고 있는데 거울 속의 하나 뒤로 누군가가 슥 나타났다. 캐비닛에서 무언가를 꺼낸 그가 머리를 만지던 손을 내리고 뒤를 돌아본 하나에게로 다가왔다. 준수였다.

“괜찮으냐고 물어봤자, 의미 없겠죠?”

조용한 목소리로 물음인지 혼잣말인지 모를 말을 남긴 준수가 손에 든 무언가를 열었다. 구급상자였다.

"아니에요. 괜찮아요."

"안 괜찮아요. 얼굴에 상처 났어요."

준수가 또다시 차분히 대꾸했다. 어쩐지 볼 쪽이 따끔하다 싶었는데 머리채를 잡힌 틈바구니 속에서 윤선의 손톱에 긁혀 작은 생채기가 생긴 모양이었다.

"제가 할게요."

"상처 치료는 하나 씨가 더 잘하는 거 알지만, 이번에는 그냥 맡겨줘요."

"자기 얼굴은, 자기가 못 보는 거니까요?"

언젠가 준수가 했던 말을 인용해 자조적으로 되묻자 그가 소리 없이 미소 짓고는 고개를 끄덕였다. 그걸 보고 있자니 또다시 마음이 울렁거렸다. 통제할 수 없이 제멋대로 엇나가는, 그런 감정이었다.

준수가 옆에 쌓여 있는 상자 위에 걸터앉아 연고를 발라주는 사이 하나는 제 얼굴 위에서 왔다 갔다 하는 그의 손을 멍하니 응시했다. 아니, 정확히 말하면 그 너머에 있는 준수의 얼굴을 바라보았다. 지금 이 알 수 없는 감정은 무엇에서 비롯된 걸까.

"죄송합니다."

그러던 끝에 하나는 마침내 준수에게서 눈길을 거두고 시선을 내리깐 채 가라앉은 목소리로 입을 열었다. 그 사과에 멈칫한 그가 다시 면봉을 쥔 손을 움직이며 덤덤히 대꾸했다.

"아까 규호가 한 말 못 들었어요? 하나 씨가 왜 죄송해요. 그것도 나한테."

"그래도요. 한 번도 아니고 두 번씩이나 같은 일로……"

“상대가 그런 거죠. 하나 씨는 일방적으로 당했고. 그런데 왜 그렇게 저기압이에요.”

“준수 씨 아니었으면 더 험한 꼴 당했을 거예요. 고맙습니다, 도와주셔서.”

“내가 도와줬다고 생각해요? 아닌데. 그쪽 물리친 건 주하나 씨였죠.”

“물리치긴 무슨…… 고작 그 정도 가지고 복수가 되겠어요? 잘 살려면 아직도 멀었는데요, 뭘.”

제가 듣기엔 과한 표현에 다시금 아까의 순간을 떠올린 하나가 민망한 웃음을 지었다. 상처 치료를 마치고 손을 뗀 준수가 하나 의 얼굴을 들여다보았다. 제일 먼저 상처를 살피고 천천히 하나 와 두 눈을 마주한 준수의 입꼬리가 이내 조금 위로 올라갔다.

“오늘도 안 울었네요. 씩씩하게.”

“…….”

“잘했어요, 오늘도.”

나지막이 속삭이는 그 말에, 가슴이 더더욱 울렁거렸다.

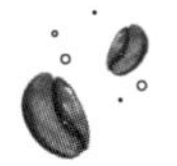

가장 보통의 사람으로 사는 법

전국 대학 연극제를 위한 맹연습이 본격적으로 시작되었다. 늦게까지 연습에 매진한 다애는 오늘도 소품들이 가득 든 상자를 들고 동아리실로 돌아왔다. 무대를 청소하고 연습에 사용한 소품들을 반납하거나 원 위치에 돌려놓는 건 대개 건장한 남학우들의 몫이었으나 다애는 궂은일도 마다하지 않았다.

아무도 없는 연습실에서 다애는 홀로 뒷정리를 시작했다. 웬만한 건 혼자서도 감당할 만했으나 문제는 무겁기로 악명 높은 무대 장치였다. 젖 먹던 힘까지 끌어 올려 쏟아부어 봐도 장치는 꿈쩍도 하지 않았다.

오기가 생겨 본격적으로 장치에 달라붙어 끙끙대며 안간힘을 써봤으나 전세는 달라질 기미가 보이지 않았다. 지쳐 나가떨어지기를 세 번째, 마지막으로 달려들어 장치 밑에 손바닥을 밀어 넣었을 때였다.

"들려라 좀…… 으…… 어, 어어?"

맞은편으로 나타난 두 개의 손이 힘을 보태자 꿈쩍도 하지 않던 장치가 위로 들어 올려지더니 곧이어 누군가의 얼굴이 시야에 나타났다. 당황한 다애가 저도 모르게 손에서 힘을 풀자 시야 가득 들어찬 환한 얼굴에 난감한 기색이 스쳤다.

"그렇다고 갑자기 그렇게 힘을 빼면 곤란한데."

"아."

냉큼 정신을 차린 다애가 다시 손에 힘을 주려 했으나 그새 혼자 자세를 잡고 장치를 든 남자는 거뜬히 장치를 본래 위치로 옮겨 놓았다. 그가 허리를 펴고 일어나자 옆으로 밀려나 어색하게 쭈뼛거리고 있던 다애가 꾸벅 인사를 건넸다.

"죄송…… 이 아니라, 감사합니다, 준호 선배."

"뭘 감사해? 이거 너만 해야 되는 일도 아니고."

"아, 뭐…….."

"이런 건 좀 남자 애들 시키라니까, 너도 참."

준호가 딱하다는 눈길로 다애의 손을 쳐다보았다. 그를 따라 시선을 내리깔자 손바닥에 피가 몰려 푹 팬 자국이 눈에 들어왔다. 괜히 그 자리를 문지르고 있는데 빨갛게 변한 손바닥 위로 차가운 캔이 내려앉았다.

"너 그거 잘 마시더라."

다애가 좋아하는 이온 음료였다. 남자들과는 으쌰으쌰 선머슴처럼 어울리는 게 일상이라 이런 종류의 친절에는 전혀 익숙하지 않은 다애가 황소 같은 눈만 끔뻑거리며 준호를 쳐다보자 그가 피식 웃었다.

"그렇게 쳐다보면 마음 약해지는데."

무슨 마음이 어떻게 약해진다는 건지 당최 알 수가 없다. 같은 자세로 여전히 저를 빤히 쳐다보고만 있는 다애의 시선을 피하지 않은 채 준호가 다시 말문을 뗐다.

"네가 이렇게 할 일 안 할 일 모조리 나서서 열심히 하니까 다른 애들 버릇만 나빠지잖냐. 힘쓰는 일이라도 남자 애들 좀 시켜. 네가 하지 말고."

"걔들도 사람인데 힘든 일 하는 게 좋을 리는 없잖아요."

"아…… 뭐 그렇게 남녀 유별한 발언을 하려던 건 아니었고. 나 그런 사람 아니야."

다애의 반박 아닌 반박에 당황했는지 준호가 헛기침을 하다 또다시 피식 웃었다. 별생각 없이 대꾸했다가 뒤늦게야 제가 또 버릇없게 굴었구나 싶어 얼른 자세를 바로 한 다애도 다시 꾸벅 고개를 숙였다.

"죄송합니다. 저도 선배한테 말대꾸하려던 건 아니고요."

흡사 조직의 세계를 연상시키는 그 각 잡힌 태도에 흠칫해 눈을 크게 뜬 준호가 이내 눈매가 휘어지도록 웃었다. 그를 연극 동아리의 '그 선배'로 만들어준 전매특허 눈웃음이었다.

"너 참 신기하다."

이번에는 다애가 고개를 갸웃했다. 죄송하다고 했더니 신기하단다. 이건 대관절 무슨 맥락인가. 아무래도 다음 학기에는 남자 어語를 수강해야 할 것 같았다.

"그런 거 아닌 거 알아, 인마. 뭘 그렇게 딱딱하게 굴어."

"아, 그럼 다행이고요."

"그래도 이제는 너도 몸 좀 사려. 네 말대로 걔들이 하는 게 당연한 건 아닌데, 네가 하도 군말 없이 파트 안 가리고 다 도맡아서 하니까 애들도 너 시키는 게 당연한 줄 알잖냐.”

“네, 선배님.”

도무지 뭐가 뭔지는 모르겠으나 다애는 일단 그렇게 대답했다. 단연컨대 지금껏 준호가 불편한 선배라고 느낀 적은 없었다. 아니, 그렇게 의식할 여지 자체가 없었다. 그를 마주한 건 언제나 다른 동기들 및 선배들 틈바구니 속에서였기 때문이었다.

준호와 단둘이 대화를 나누는 게 처음이라는 걸 불현듯 깨달은 순간 분위기가 급격히 어색해졌다. 물론 다애 혼자만.

“이제 다 끝난 건가?”

“어…… 네……, 아마도요.”

“그래? 그럼 나랑 밥 먹자.”

“네?”

훅 치고 들어오는 말에 다애의 목소리가 일순간 격해졌다. 다애가 그 큰 눈을 더욱 휘둥그레지게 뜨고 저를 쳐다보는데도 준호는 그저 웃기만 했다.

“늦었잖아. 밥 먹자, 나랑.”

“어…… 굳이…….”

‘굳이 그래야 하나요?’라고 튀어나오려던 말을, 다애는 황급히 삼켰다. 이건 정말로 버릇이 없는 게 확실하다. 그런데 이 선배, 정말 왜 이래?

“그러니까요…… 어…… 선배는 친구도 많으시고…… 쫓아다니는 후배도 많은…….”

“요즘 쓰는 극본 어떻게 되어가고 있어? 내가 엄청 기대 중이거든.”

“네?”

"지난번에 네가 쓴 거 좋더라. 〈비커밍 신데렐라〉. 신데렐라 재구성한 작품, 네 거 맞지?"

그렇게 말한 준호가 눈을 찡긋했다. 그가 언급한 극본은 다애가 이번 학기 첫 창작 합평회 때 야심차게 제출했으나 장렬하게 묻힌 작품이었다. 무반응보다 악평이 낫다고 했던가. 나쁜 말이라도 좋으니 제 작품에 대해 활발한 토론이 오가기를 기대했으나 너무나도 참신했던 나머지 어느 누구도 선뜻 나서서 비평을 하려들지 않았다. 그리하여 한동안 주다애의 넘치는 패기를 잠재웠던 문제작을, 무려 심준호가 언급한 거다. '극예술연구회'의 핵심, 실세, 빛과 소금이라 불리는 심준호가. 이건 대사건이었다.

"진심이세요?"

"물론이지. 내가 동아리 들어온 이래로 그렇게 흥미로운 작품은 처음이었어. 그날 내가 사회자만 아니었으면 마구 칭찬해 줬을걸."

"그런데 뭐가 문제였을까요?"

"유감스럽게도 우리의 능력으로 구현이 불가능하다는 게 단한 가지 걸림돌이지."

진실과는 거리가 먼 얘기였으나 다애의 광대는 승천 직전에 이르렀다. 그게 너무 훤히 보여 준호 역시 웃음을 감추지 못했다.

"그러니까 나랑 밥 좀 먹어주라. 요새 쓰는 작품 얘기 듣고 싶은데. 뭐, 밥이 싫으면 술도 환영이고."

"그럼 맥주 한잔하실래요? 지금 쓰고 있는 거 조언 좀 부탁드려도 돼요?"

"물론이지. 무슨 내용인데?"

"제목은 〈소년을 부탁해〉. 자신이 어른임을 인정하지 않으려는 남자가……. 어, 잠깐만요.”

본격적으로 설명을 시작하려던 찰나 주머니에서 진동이 울렸고 잠시 대화가 끊어졌다. 별생각 없이 휴대폰을 꺼내 화면을 들여다본 다애는 이윽고 눈을 크게 떴다.

〈SOS. 언니가 오늘 사람들 앞에서 머리채를 잡혔어. 술과 네가 필요해.〉

하나에게서 온 메시지였다. 충격으로 입을 다물지 못하는 다애를 보며 고개를 기울인 준호가 물었다.

“왜 그래?”

“선배, 죄송해요. 저 가봐야겠어요.”

“뭐?”

“술은 다음에요. 죄송합니다, 진짜 죄송합니다!”

연달아 허리를 숙여 사과를 건넨 다애가 휴대폰을 손에 쥔 채 바람처럼 동아리실을 빠져나갔다. 단발머리가 밤바람에 휘날리도록 달리던 걸음이 불현듯 확연히 느려진 건 버스 정류장이 가까워졌을 무렵이었다.

반대쪽 손에 쥐고 있는 이온 음료가 뒤늦게야 눈에 밟혔다. 차갑던 캔은 어느덧 미지근하게 식어 있었다.

“아…… 좀 마음에 걸리네.”

오늘따라 조금 달라 보이던 준호를 떠올리며 잠시 느리게 걷던 다애는 다시 정류장을 향해 달리기 시작했다. 쌉싸름한 가을 내음이 물씬 풍기는 거리 위에 밤공기는 물론 오가는 마음마저 떠다니는 어느 가을날이었다.

“그 언니가 거기까지 찾아와서 깽판을 쳤어? 미친 거 아니야?”

하나의 이야기를 모두 전해 들은 다애가 격분한 목소리로 외쳤다. 야심한 시각, 어질러진 마룻바닥 위에는 맥주 캔 몇 개와 다애가 집 앞에서 사 들고 온 치킨 박스가 굴러다니고 있었다.

"여기 이 상처도 그 언니 때문에 생긴 거라고? 와, 배울 만큼 배운 사람이 교양머리 없게 이게 무슨! 이 예쁜 얼굴에 감히 상처를 내? 그 언니 사는 데 어디야? 내가 찾아가서 아주 깽판을 쳐 줘야지!"

닭다리를 집어 들다 말고 경악을 금치 못한 다애가 흥분에 겨워 열변을 토했다. 언니의 일이라면 언제나 제 일보다 더 격하게 반응하는 다애였다.

"그래서 언니는 어떻게 했어? 같이 머리채 잡아줬어? 설마, 당하고만 있었던 건 아니지? 제발 아니라고 해줘."

"같이 머리채를 잡긴 무슨. 그럼 똑같은 인간 되는 건데."

"그럼 진짜 가만히 당하기만 했어?"

"아니. 구해줬어. 같이 일하는 직원이."

"직원? 직원 누구? 혹시, 그 잘생긴 바리스타?"

"네가 준수 씨를 어떻게 알아?"

척하면 척이라고 잘생겼다는 단서 하나로 대번에 같은 사람을 떠올린 자매가 서로를 쳐다보았다. 뒤늦게야 손에 쥔 닭다리를 한 입 베어 문 다애가 곧이어 맥주 캔을 집어 들며 대답했다.

"그때 이태일 따라서 놀러갔을 때 봤지. 이태일이랑 엄청 친한 사이인 것 같던데."

"그렇다더라. 오래 알고 지냈다고."

"아무튼 그 사람이 언니를 구해줬어? 어떻게?"

"그냥, 뭐."

다시 그 순간으로 되돌아가자 얼굴에 난 상처가 아닌 마음 한 구석이 따끔거리며 또다시 기분이 이상해졌다. 이제는 눈앞에 그 남자가 없는데도 그저 떠올리는 것만으로 마음이 일렁이니, 이런 걸 바로 무조건 반사라고 하는 건가?

"아, 울렁거려."

"울렁거려? 왜? 치킨이 잘못됐나? 아닌데, 언니는 얼마 먹지도 않았는데."

혼잣말을 중얼거리며 가슴을 쓸어내리는 하나를 보고는 치킨 상자 안을 들여다보고 야단법석을 떨던 다애가 영문을 모르겠다는 얼굴로 언니를 쳐다보았다. 돌아오는 반응이 없자 머쓱하게 상자를 내려놓은 다애는 화제를 도로 원점으로 돌렸다.

"아무튼 그 잘생긴, 음, 뭐라고 불러야 되지? 어쨌거나 다행이다. 잘생긴 사람이 매너도 좋구나. 역시 좋은 얼굴에 좋은 정신이 깃드는 건 진리라니까."

"그 남자는 자기가 잘생긴 거 몰라."

"자기가 잘생긴 걸 몰라? 어떻게 그럴 수가 있어? 난 그렇게 잘생긴 사람을 태어나서 처음 봤는데?"

"나도 그게 참 의문이었는데, 내가 그동안 관찰한 바에 따르면 진짜 모르는 것 같아. 가끔은 진짜 속 터진다니까. 자기가 가만히 있으면 그림이고 좀 고민하는 표정을 지으면 화보라는 걸 어떻게 까맣게 모를 수가 있느냐고."

"그렇게 치면 언니도 예쁘다, 뭐."

언니의 열렬한 팬인 다애가 입술을 삐죽이며 받아쳤다. 그러나 하나는 전혀 우쭐하지 않은 얼굴을 하고 고개를 가로저었다.

"모두가 공평하게 화장 안 하고 똑같은 옷 입고 야작에 찌들어

있을 때야 그랬지. 요새 예쁜 여자 너무 많아. 나 같은 건 비교도
안 돼.”

“언니, 겸손이 너무 지나친 거 아니야? 내 눈에는 언니가 세상
에서 제일 예뻐.”

“너 어디 나가서 그런 소리 하지 마. 나 돌 맞아. 요즘 살도 더
쪄서 속상해 죽겠단 말이야. 아니, 끼니도 제대로 못 챙기는데
왜 몸무게는 늘어나는 거야…….”

손에 든 치킨을 우울하게 쳐다보던 하나가 푸념했다. 한층 적
극적으로 고개를 도리질 친 다애가 찬양했다.

“언니는 살이 좀 올라도 예뻐.”

“그러니까 네가 봐도 살이 찌긴 쪘다는 거지?”

다애는 아무리 많이 먹어도 깡마른 게 고민이라는데 왜 저는
물만 마셔도 살이 찌는 기분일까? 이상한 곳에 핀트를 맞춘 하나
는 결국 눈물을 머금고 손에서 치킨을 내려놓았다. 캔에 반쯤 남
은 맥주도 그냥 내버릴까 했으나, 오늘은 술이 고픈 밤이니 이 정
도는 스스로를 위로하기 위해 눈감아주기로 했다.

술이 꽤 들어가 알딸딸해지니 또다시 스멀스멀 낮의 기억들이
안개처럼 머릿속에 깔렸다. 가까이에서 마주한 준수이 얼굴을
떠올리다 하나는 저도 모르게 진저리를 쳤다.

“왜 그래, 진짜?”

“아, 너무 답답해.”

“왜 답답한데?”

“진짜 답답해. 어떻게 그런 것도 몰라. 눈만 마주쳐도 깜짝깜
짝 놀라고, 가까이 다가오면 떨리고, 코앞에서 웃으면 더 떨리는
데. 그런데도 자기는 아무렇지도 않게 얼굴 들여다보고, 눈 마주

치고 웃고…… 아, 진짜…….”

“언니. 그거 지금, 언니 얘기야?”

언젠가부터 치킨 대신 언니를 수상한 눈초리로 쳐다보던 다애가 적절한 순간에 끼어들었다. 그러나 동생의 말이 들리지도 않는 듯 하나의 안색에는 수심이 짙게 깔려 있었다.

“그 남자 혹시 선수 아니야?”

“선수? 차라리 그런 거면 억울하지나 않겠어. 하는 행동은 여자라고는 쥐꼬리만큼도 모르는 것 같은데, 얼굴이 다 하잖아. 그 얼굴로 쳐다보는데 안 떨리고 그 얼굴로 나 보고 웃는데 착각 안 하게 생겼어?”

“세상에, 우리 언니가 남자 얼굴에 빠지는 날이 다 오는구나.”

“누가 얼굴 때문에 그래? 그건 그냥, 말이 그렇다는 거지.”

“그럼 얼굴 빼도 그 남자 진심으로 좋아?”

“아, 모르겠다 나도.”

정말 모르겠다. 맥주를 벌컥벌컥 들이켠 하나가 무릎을 끌어모아 안은 채 미간을 찌푸렸다. 이제는 아예 치킨의 존재마저 잊은 채 제대로 빠졌구나 빠졌어 하는 표정으로 언니를 관찰하던 다애가 혀를 찼다.

“언니, 난 반대야. 잘생긴 게 밥 먹여줘? 얼굴 뜯어먹고 살게?”

“내가 무슨 그 남자랑 결혼이라도 한대? 좋아한다고도 안 했으니까 멀리 나가지 마.”

“지금 언니 봐서는 내일모레 혼인 신고서에 도장 찍을 기세인데 뭐. 이럴수록 이성적으로 생각해야 돼, 언니. 지난번에 얘기 들어보니까 그 남자 꼬박 일주일 내내 일한다며? 요즘 같은 시대에 어려운 사람들끼리 만나면 정말 답이 없어, 답이. 물에 빠진 사람 구하려다 같이 빠져 죽는다니까? 난 언니가 평생 이렇게 사는 거 못 봐. 눈에 흙이 들어가도 절대 안 돼."

다애의 결사반대가 단어마다 마음에 박혔다. 하나도 알고 있었다. 만약 자신에게 누군가와 함께하는 미래를 꿈꿀 자격이 주어진다면 근사한 남자까지는 못 건져도 최소한 지상 최대의 과제가 내일 먹고사는 일은 아닌 남자를 만나야 한다는 걸.

그러나 불행히도 작금의 세태는 보통 사람들에게도 연애는 사치고 결혼과 육아는 미친 짓인 시대였고 냉정하게 말해 주하나는 자기 몸 하나 건사하기도 벅찬 부류에 속했다. 평균에도 못 미치는 자격 미달. 그게 주하나의 현주소였다. 그건 아마도 가진 게 없어 첫사랑에 실패했다던 준수도 매한가지일 터였다.

"내 처지는 내가 제일 잘 아니까 그렇게 자꾸 찌르지 마. 좋아한다는 말 안 했으니까 소설도 쓰지 말고. 그 남자는 아무것도 모르는데 우리끼리 이러쿵저러쿵 저울질하는 거 진짜 골 빈 짓이야. 게다가 그 남자 애도 있는 거 같던데, 뭘."

"애가 있어? 그럼 유부남이란 말이야? 이상하다, 그런 얘기는 못 들은 것 같은데."

"몰라, 나도. 서너 살 정도 되는 딸이 있는 것 같았어. 아무튼 난 그냥, 누구도 안 만나고 혼자 늙어 죽을래."

세상 그 누구보다 언니의 행복을 바라기에 그 선언에는 동의할 수 없는 다애가 무어라 다시 뜯어말리려 했을 때였다. 주머니에 넣어 둔 휴대폰이 한발 앞서 짧게 진동했고 다애는 숨을 삼키고는 휴대폰을 꺼내 액정 화면을 들여다보았다.

〈잘 들어갔어? 무슨 일 있는 건 아니지?〉

발신인에는 '심준호 선배'라는, 건조하기 짝이 없는 다섯 글자가 찍혀 있었다. 고개를 갸우뚱한 다애가 '네.'라고 짧게 답을 치고 휴대폰을 내려놓았으나 다애가 미처 다시 말문을 떼기도 전에 하나가 발언 순서를 가로챘다.

"뭔데 그래?"

"아, 동아리 선배."

"그런데 답장도 안 해?"

"했는데?"

"했어? 그새? 무슨 용건인데 답장이 그렇게 간단해?"

"별 얘기 없으니까."

"뭐라는데?"

"그냥, 잘 들어갔느냐고."

다애는 대수롭지 않게 대답했으나 그 답에 하나의 표정은 미묘하게 변했다. 좀 더 동생에게 가까이 다가앉은 하나가 다시 물었다.

"너야말로 뭐 있구나?"

"있긴 뭐가 있다는 거야?"

"진짜 그냥 선배야?"

"그럼 무슨 선배여야 되는데?"

다애가 영문을 모르겠다는 표정으로 되물었다. 약도 쓰지 못할 그 순진무구함에 하나가 이번에는 미간을 찡그렸다.

"이 답답아. 너 마음에 있으니까 그런 시답잖은 거나 물어보려고 따로 연락한 거, 아니야?"

"허, 그 선배가? 미치지 않고서야 그럴 일은 없어. 언니 이 선배가 누군지나 알아? 엄청 유명하고 인기도 많은 선배라고."

“그게 뭐? 그런 사람은 너 좋아하면 안 되는 법이라도 있어?”

“언니, 난 언니가 아니야. 그런 선배가 뭐가 아쉬워서 날?”

“네가 뭐 어때서? 그리고, 남자는 아무한테나 집에 잘 들어갔
느냐고 따로 연락까지 해가면서 물어보지 않아. 너 그래서 뭐라
고 답장했는데?”

“네.”

“네? 그게 다야?”

“그럼 더 뭐가 필요해? 문제없는데?”

“답도 없지, 넌!”

“난 언니가 왜 이러는지 이해할 수가 없어. 그 선배가 잘 들어
갔느냐고 물어본 건 그냥, 그 선배가 착해서 그래.”

“얼씨구. 착한 남자 다 얼어 죽었니?”

“아무튼 아니야. 학교에서 내 성별은, 그냥 무성이야. 아무도
나를 여자로도 남자로도 안 본다고.”

“자랑이니?”

“언니, 난 남자에 관심 없어.”

“너 지금 그 말 책임질 수 있어? 그럼 태일이는?”

정곡을 찔린 다애가 아주 잠시 불편한 표정을 지었다. 그러나
다애는 이윽고 독립 선언이라도 하듯 당당하게 외쳤다.

“이태일이 남자야? 우린 그냥 좋은 친구야.”

“얼씨구. 좋은 친구도 다 얼어 죽었다.”

“어쨌든, 나야말로 돈 많이 벌어서 엄마 아빠 모시고 살다 혼
자 늙어 죽을 거야. 그러니까 언니는 그런 소리 말고 꼭 좋은 남
자 만나서 행복하게 살아. 일과 사랑 두 마리 토끼는 언니가 잡으
라고.”

"두 마리 토끼는커녕 현실은 한 마리 생쥐도 힘들어."

예의 그 심드렁한 표정과 말투로 곧장 받아쳤다가, 하나는 머뭇거리는 얼굴로 자신의 발언을 수정했다.

"그래도, 그럴 수 있었으면 좋겠다. 그런 희망이라도 없으면 네 말대로 사는 게 너무 팍팍하잖아."

"뭐 이보다 더 나쁘기야 하겠어?"

"요즘은 그럴 수도 있겠다 싶어. 하도 답이 안 보이니까. 그냥, 내가 지금 가려는 길이 옳은 방향이었으면 좋겠는데 너무 큰 걸 바라는 걸까?"

"언니."

엄숙한 어조로 저를 부르는 소리에 하나는 대답 대신 동생을 쳐다보았다. 이윽고 다애는 목소리보다 더 무게가 실린 근엄한 표정을 한 채 말을 이었다.

"《이상한 나라의 앨리스》에서 체셔 고양이가 했던 말 기억나?"

"그런 얼굴로 뜬금없이 웬 동화 얘기야? 안 어울리게."

"앨리스가 나가는 길을 알려달라고 하니까 체셔 고양이가 그러잖아. 그건 네가 어디로 가고 싶은지에 달렸다고, 그리고 그게 어디든 오래 걷다 보면 분명 도착하게 되어 있다고."

"그랬나. 그런데 그게 뭐?"

"그러니까 언니도 언니가 가고 싶은 길을 열심히 걷다 보면 언젠가는 도착하게 될 거야. 그 길 위에서 허우대 멀쩡한 시계 토끼도 한 마리 건질 수 있게 내 몫의 행운까지 언니한테 줄게."

그 말에 하나는 감동받은 눈으로 동생을 바라보았다. 천방지축으로 까불지만 이럴 때 보면 누구보다 믿음직스럽다. 미우나 고우나 해도 역시 피붙이는 괜히 피붙이라고 하는 게 아니었다.

“고마워. 그래도 이왕이면 시계 토끼보다는 백마 탄 왕자로 해 줄래? 말 안 통하는 동물보다야 사람이 낫지.”

“그래, 뭐 언니가 원한다면. 난 백마 탄 왕자 같은 거 필요 없어. 그런 건 책 속에서 만나는 걸로 충분해. 그러니까 근사한 왕자님은 언니한테 양보할게.”

“양보할 왕자님은 갖고 있기나 하고?”

“난 진심으로 언니가 공작 부인이나 하트 여왕보다 멋지고 행복하게 살았으면 좋겠어.”

그 응원이 마음 깊은 곳을 파고들었다. 꿈은 잃어버린 지 오래고, 그럼에도 불구하고 잘도 흘러가는 시간은 어서 앞으로 가라고 등을 떠민다. 가장 보통의 삶을 꿈꾸는 것조차 사치가 되어버린 시대, 그들은 과연 살아남을 수 있을까?

머랭을 치던 하나는 열심히 거품기를 젓다 말고 바깥으로 통하는 작은 창을 노려보았다. 굳게 닫힌 저 창문 너머에 그 남자가 있다. 밤새 심란했던 마음을 안고 출근해 행여나 준수가 말을 걸기라도 할까 봐 직원들과 인사도 하는 둥 마는 둥 제빵실로 직행했는데, 그런 보람도 없이 도무지 집중이 되지 않았다.

“아, 왜 오늘도 출근인 거야.”

서준수가 가게에 나오는 날이라고는 일주일에 고작 사흘뿐이었으나 어쩜 그를 보고 싶지 않은 날마다 귀신같이 출근 날짜가 겹치는지 억울해질 정도였다. 서준수가 출근하는 날의 제빵실은 여전히 주하나에게 창살 없는 감옥 같았다. 물론 예전과는 다른 이유로.

보이지 않는 창문 건너편에서 바삐 움직이고 있을 남자를 그려 보니 어김없이 마음이 울렁거리기 시작했다. 다른 데 정신이 팔려 있으면서도 기계적으로 손목을 움직인 덕분에 표면에 점차 거품이 일며 반투명한 달걀흰자가 단단한 흰색으로 변해 가고 있었지만 하나는 계속해서 투시라도 하듯 뚫어져라 창문을 쳐다보았다. 그 염원이 하늘에 닿기라도 한 걸까? 그 순간 반대쪽에서 창문이 드르륵 열렸다.

"깜짝이야!"

예고 없이 나타난 준수의 얼굴에 하나는 글자 그대로 펄쩍 뛰며 뒤로 물러났다. 구석에서 한창 마카롱의 꼬끄_coque_를 구워내는 오븐을 살피고 있던 해인도 무슨 변고라도 났나 싶어 이쪽으로 다가왔고, 몰래 나쁜 짓이라도 저지르고 있었던 양 격한 하나의 반응에 표정 없던 준수의 얼굴에도 덩달아 당황스러운 빛이 번졌다.

"앞으로는 창문 열 때도 노크할까요?"

제빵실 내의 작업을 방해하지 않으면서도 홀과의 빠른 소통을 도모하기 위해 낸 창이었는데 그 창이 열릴 때마다 거의 경기하듯 소스라치는 새 파티시에 때문에 이제는 그도 창문 열기가 다 겁이 날 지경이었다. 그사이 놀란 가슴을 쓸어내린 하나가 새치름하게 답했다.

"그래주면 고맙겠어요."

별것도 아닌 일로 질겁한 게 민망하면서도 태연한 체 대꾸했으나 하나의 심장은 아직도 파닥파닥 뛰고 있었다. 방금 전까지 생각 속에서 숨 쉬고 있던 사람이 느닷없이 실물로 나타났으니 놀라지 않는 게 이상한 일이었다.

"준수 씨, 전달 사항 있어요?"

해인이 물었으나 준수는 머랭 상태를 확인하고 체에 곱게 친 아몬드 가루와 슈거파우더를 섞어 마카로나주*macaronage*를 시작한 하나를 말없이 지켜보았다. 볼에만 시선을 고정시킨 채 반죽을 끊임없이 뒤집고 섞으면서도 그 시선이 고스란히 느껴져서, 하나는 핑핑 도는 머릿속을 진정시키기 위해서도 애를 써야 했다. 눈을 마주치지 않는데도 이토록 어지러우니 차마 고개를 들 수가 없었다. 제발 그만 쳐다봐 주었으면 좋겠다고 간절히 바란 순간, 준수가 드디어 다시 입을 뗐다.

"마카롱 재고가 거의 바닥났어요."

서준수는 알기나 할까? 주하나의 평정심은 어제부터 이미 바닥이라는 걸. 그러나 하나는 조용히 그가 원할 만한 대답을 건넸다.

"알아요. 만들고 있어요. 바닐라랑 헤이즐넛, 그리고 또……."

"청귤도."

"아, 또 품절이에요?"

"반응이 기대 이상이에요. 축하해요."

"그럼 청귤 먼저 얼른 내보낼게요."

"홀케이크 예약 주문도 들어왔어요. 내일모레 픽업 예정이에요."

"이따 브레이크 타임에 메모 확인할게요."

"……."

"더 하실 말씀 있으세요?"

다시 찾아온 침묵을 감지한 하나가 반죽을 나눠 각기 빛깔이

다른 색소 파우더를 넣으며 물었다. 준수는 묵묵부답이었으나 그러면서도 붙박인 시선은 떠나지 않았다.

그 눈빛에 담긴 의미가 어떤 것인지 읽을 필요가 생겼는데도 여전히 자신이 없어서, 하나는 모른 체 완성된 꼬끄 반죽을 짤주머니에 넣었다. 태연한 척 동글동글 짜 넣은 노란색과 초록빛의 반죽으로 팬을 반쯤 채웠을 때 어떠한 말 대신 조용히 창문이 닫히는 기척이 들렸다.

그제야 하나는 짤주머니를 내려놓으며 고개를 들었다. 창문은 도로 굳게 닫혀 있고, 준수의 얼굴은 보이지 않았다.

"하나 씨, 너무 티 난다."

그때까지 가만히 있던 해인이 웃음기 듬뿍 담긴 목소리로 말을 걸었다. 그러나 하나는 이미 자책에 돌입한 후였다. 스스로도 알고 있었다. 태연한 연기가 형편없이 실패했다는 걸. 굼뜬 나무늘보 같으면서도 눈치는 100단인 서준수가 그걸 알아채지 못했을 리 만무했다.

"저 아무렇지도 않아요."

그럼에도 하나는 반죽으로 팬을 마저 채워 해인에게 건네며 그렇게 답했다. 누군가가 그랬던 것 같다. 어른이 된다는 건 진짜 속마음과는 다른 말과 행동을 해야 하는 경우가 늘어나는 일이라고. 그게 정녕 올바른 명제라면 주하나는 아직도 진짜 어른의 세계로 넘어가지 못한 게 분명했다.

제대로 얼굴을 마주한 것도 아닌데 마음은 더욱 제멋대로 흐트러지고 말았다. 아무렇지도 않은 척, 감정 없는 척. 저 남자는 수월하게 해내는 일이 그녀에게는 왜 이리도 어려운 걸까.

애써 정신을 다잡은 하나는 마카롱 사이에 채울 필링을 준비하기 시작했다. 지금이 제철이라는 제주 유기농 청귤을 산지에서 공수해 와 재료로 사용하는 마카롱은 하나가 파티시에로서 아이디어를 내 처음으로 채택된 제품이자 「L'amour」의 '월간 디저트' 프로젝트의 첫 주자였다. 싱그러운 청귤을 빼닮은 꼬끄의 마블링부터 시작해서, 직접 담근 청귤청에 크림치즈를 더해 새콤한 과육이 고스란히 씹히는 레시피까지 모두 하나가 며칠간 밤을 새워 가며 연구에 연구를 거듭한 끝에 탄생시킨 결과물이었다.

정작 당사자는 반신반의하며 자신 없게 내놓았으나 이번 주에 처음 판매를 개시한 청귤 마카롱은 기대 이상으로 불티나게 팔리고 있었다. 오늘만 해도 벌써 두 번째 품절이었다.

"그러고 보니까 축하한다는 말에 고맙다는 인사도 안 했잖아."

아까 준수가 했던 말이 뒤늦게야 귀에 박혔다. 파티시에로서 난생처음 세상에 내놓는 정식 제품이라는 중압감에 최근 며칠간 하나는 거의 제정신이 아니었다. 그 옆에서 용기를 북돋워 준 것도, 프로젝트 개시를 앞두고 나온 다채로운 아이디어들 중에서 하나의 기획안을 적극적으로 밀어준 것도, 레시피를 개발하는 내내 기꺼이 밤샘 작업을 함께하며 테스터를 자처해 준 것도 모두 서준수였다.

매번 준수에게 신세만 지고 있다는 생각에 결심을 굳힌 하나는 완성된 청귤 마카롱을 들고 몸소 홀로 나갔다. 인기가 많다는 말이 과장은 아닌지 쇼케이스의 마카롱 코너는 남김없이 비워져 있었다.

일단 재고부터 채우고 일어선 하나는 매장이 한산한 걸 확인하고는 시계로 눈을 돌렸다. 브레이크 타임이 코앞이었다. 그러고 보니 준수와 수현, 규호가 한데 모여 무언가를 의논하고 있는 게 보였다.

가까이 다가가니 규호가 연필을 쥐고 테이블 위에 놓인 종이에 무언가를 슥슥 그어가며 열변을 토하는 광경이 눈에 들어왔다. 하나는 의아한 얼굴로 규호에게 물었다.

"뭐 해요?"

"아, 누나. 포스터 만들려고요."

"포스터?"

그렇다면 이 되는 대로 찍찍 그은 선들이 무려 '그림'이라는 건가? 살짝 경악했으나 하나는 내색하지 않은 채 더 설명해 달라는 듯 규호를 바라보았다.

"제가 지금 굉장히 고무되어 있거든요. 누나, 지금 SNS에서 우리 청귤 마카롱 반응이 얼마나 뜨거운지 알아요?"

"그 정도예요?"

"그래서 물 들어온 김에 노 저으려고요. 우리 월간 디저트 프로젝트도 널리 알리고. 테마가 월간이니까, 달력처럼 홍보 포스터를 만들 거예요."

규호는 몹시 열성적이었으나 그의 그림 실력은 불행히도 그 열정을 따라주지 않았다. 뭘 말하고 싶은 건지 그 그림만으로는 전혀 깨우칠 수가 없었다.

다시금 종이 위의 '그림'을 바라본 하나는 한때 미술학도로서 기본을 무시한 작품을 볼 때면 차오르던 답답함이 오랜만에 밀려드는 걸 느꼈다. 그러면서도 용케 입을 다물고 있는데, 때맞춰 수현이 입바른 소리를 꺼냈다.

"이건 저어야 될 노를 일부러 물에 빠뜨리는 수준이죠. 안 하느니만 못 해요."

"와, 제가 총대 메겠다는 것도 아니고 의뢰하기 전에 가이드 좀 잡겠다는 건데. 그럼 매니저님이 그려보세요."

"난 그림 못 그려요."

"그러면서 그렇게 트집 잡고 싶으세요?"

두 사람은 늘 그렇듯 티격태격하기 시작하고, 준수마저도 이번 만큼은 제 능력 밖의 일인지 난색을 표하고 있었다. 한숨을 내쉰 하나는 자리에 앉으며 규호의 손에서 연필을 뺏어 들었다.

"규호 씨, 매니저님이랑 그만 싸우고 말해봐요."

"뭘요?"

"지금 포스터를 어떻게 만들고 싶은지 머릿속에 그림은 있는데 그걸 실제로 표현을 못 하고 있는 거잖아요. 뭘 하고 싶은지 한번 얘기해 봐요."

"어, 그러니까…… 실사 포스터보다는 일러스트였으면 좋겠어요. 그런데 또 만화 같은 거 말고, 직접 손으로 그린 느낌으로. 이게 무슨 말인지 아시려나."

"알아들었어요. 계속해 봐요."

잠시 눈만 끔벅거리던 규호는 이내 자신이 뜻하는 바를 설명하기 시작했다. 간간이 고개를 끄덕이며 설명에 귀를 기울이던 하나는 연필을 쥔 손을 움직여 서서히 빈 종이를 채워 나갔다. 처음에는 어려워하다 슬슬 입이 풀리는지 한동안 열심히 떠들어대던 규호의 두 눈이 불현듯 종이를 내려다보고는 휘둥그레졌다.

"와, 이게 뭐지?"

무심코 그림을 그려 나가고 있던 하나도 그 반응에 화들짝 놀라며 새삼 종이 위를 쳐다보았다. 어느새 밑그림이 거의 완성되어 있었다. 선의 형태를 조금 손보고 채색만 한다면 당장 벽에 걸어도 손색이 없을 수준이었다.

입을 벌리고 그림만 쳐다보던 규호가 느닷없이 하나의 손을 잡아 올려 이리저리 살피기 시작했다. 당황한 하나가 입을 열었다.

"왜, 왜 그래요?"

"누나 손 혹시 금으로 만들었어요? 어떻게 대충 슥슥 그렸는데 이런 퀄리티가 나오지?"

"아, 뭐⋯⋯."

"아, 누나 예전에 미술 했었다고 그랬나? 누나 혹시 부업으로 디자이너 하는 거 아니에요?"

규호는 순수하게 감탄하고 있었으나 하나는 불편한 얼굴로 서둘러 연필을 내려놓았다. 열아홉에 미술을 그만둔 이후로는 그림을 그려본 적이 없었다. 그림의 '그'만 나와도 외면하기 바빴다.

두 번 다시 그림 같은 건 그리지 않겠다고 엉엉 울며 화구를 모두 내다버렸던 밤을 생생히 기억한다. 지금도 그림을 그릴 의도는 없었던지라 마음이 불편해졌고 하나는 서둘러 자리에서 일어나며 말했다.

"원하는 게 이런 스타일인 거 맞아요?"

"완전 맞아요. 누나 대박."

"그럼 디자인 의뢰할 때 그거 보여주면서 규호 씨가 설명해요."

"의뢰요? 무슨 의뢰? 그냥 누나가 그린 걸로 하면 될 것 같은데."

"네?"

"매니저님, 그렇지 않아요? 나 지금 좀 취향 저격당했는데."

"그래요, 하나 씨. 우리가 뭐 대단한 작품 내려는 것도 아니고, 이 정도면 아주 훌륭한⋯⋯."

"그건 안 돼요."

딱 잘라 튀어나온 하나의 거절에 일순간 정적이 흘렀다. 규호의 얼굴색이 이해할 수 없다는 듯 변했다. 평소의 하나답지 않은 단호한 응대에 당황한 건 수현도 마찬가지였다. 그 틀어진 기운들이 모조리 느껴져서 본능적으로 움츠러든 채 눈치를 살피던 하나는 이윽고 다시 고개를 가로저었다.

"그러니까…… 아무튼 저는 못 해요. 전문가한테 맡기세요."

더는 어느 누구도 반응을 보이지 않았고 하나는 그대로 돌아서서 제빵실로 복귀했다. 준수에게 고맙다는 말은 하지도 못했고, 뜻밖의 덤터기만 뒤집어쓴 모양새가 되어버려 기분은 내리막길 고속도로를 타고 있었다.

"우울하다, 정말."

매일매일 어쩜 이렇게 새로운 방식으로 바닥을 칠 수 있는 걸까. 한숨을 푹푹 내쉬며 하나는 막간의 휴식마저 포기한 채 오후 작업에 착수했다.

재고가 빠르게 소진된 덕분에 오늘의 영업은 9시를 조금 넘겨 마무리되었다. 준수와 따로 약속을 잡은 바도 없어 모처럼 이른 퇴근을 할 수 있게 되었으나 하나의 심중은 여전히 저기압의 영향을 받아 우중충한 먹구름이 잔뜩 끼어 있었다. 아무래도 곧 비가 내릴 것만 같다는 강한 예감이 들었다.

위생복을 벗어 던진 하나는 락커에서 짐을 꺼내 챙기기 시작했다. 수현과 규호가 먼저 퇴근한 다음까지도 남아 있던 해인이 하나에게 슬쩍 말을 걸었다.

"이러다 어깨 땅으로 꺼지겠네. 하루 종일 왜 이렇게 축 처져 있어?"

“아, 피곤한가 봐요.”

“피곤해요, 도 아니고 피곤한가 봐요? 꼭 남의 일처럼 말하네. 자기가 개발한 신제품도 잘되고 있는데 기운 좀 내.”

“네, 그럴게요. 선배님 오늘도 고생 많으셨어요. 조심히 들어가세요.”

“그래, 하나 씨. 자기도 수고했어. 내일 봐.”

웃으며 인사한 해인도 떠나고 스태프룸에는 하나 혼자만이 남았다. 마지막으로 코트를 걸치고 가방을 어깨에 멘 하나는 벽에 걸린 거울을 쳐다보았다. 해인의 말대로 시무룩하기 그지없는 얼굴이 그 안에 비쳤다.

“내가 작년 생일에 소원을 잘못 빌었나.”

아니, 실은 케이크에 촛불을 꽂았었는지조차 기억이 나지 않았다. 모든 게 까마득하기만 해서 거울 속의 자신을 쳐다보며 또다시 땅이 꺼져라 한숨을 내쉰 하나는 천천히 스태프룸을 빠져나왔다.

홀에 나오니 준수가 마지막으로 뒷정리를 하고 있었다. 눈이 마주칠세라 본능적으로 시선을 내리깔았다가, 하나는 이내 멈칫했다. 혼자서 계속 땅굴을 파고 들어가는 건 분명 바람직한 자세가 아니었다. 특히나 직장에서는. 아무 죄가 없는 서준수에게 이런 식으로 구는 것도 예의가 아니다. 그렇게 마음을 고쳐먹은 하나는 고개를 들었다.

준수는 이미 이쪽을 쳐다보고 서 있었다. 어떠한 말도, 표정도 없는 고요한 눈길이었다. 조금 떨어진 거리에서 그 시선을 마주하고 있는데도 어김없이 울렁거리는 증상이 시작되어 난처해졌다. 무언가 말을 하고 싶은데 입이 떨어지지 않았다. 말없이 서로 시선을 마주하기만 하다 한참 지나서야 하나는 간신히 평범한 인사를 건넬 수 있었다.

"저 먼저 가볼게요. 주말 잘 보내시고, 조심히 들어가세요."

"하나 씨, 잠깐만요."

살짝 고개를 숙이고는 돌아서려는데 준수도 그제야 입을 열었다. 그가 뚜벅뚜벅 이쪽으로 걸어오는 소리가 들려 마음이 더욱 요동쳤다. 못 들은 척 도망쳐야 하는 걸까? 그러나 하나가 제 속마음을 미처 실행으로 옮기기도 전에 앞으로 와 멈춰 선 준수가 손을 뻗어 아무렇게나 접혀 있던 트렌치코트의 칼라를 바로잡아 주었다.

"아침보다 날이 많이 쌀쌀해졌어요. 감기 걸리지 않게 조심해요."

"……."

"고생했어요, 오늘도. 집에 가서 푹 쉬어요."

어떤 것도 묻지 않고, 말하지 않고 그렇게 인사한 준수가 돌아섰다. 짧은 순간 갈등하다, 하나는 결국 준수가 더 멀어지기 전에 그의 등에 대고 하고 싶은 말을 꺼냈다.

"아까는, 제가 너무 예민하게 굴었어요. 죄송합니다."

멈춰 서서 그 말을 듣던 준수가 천천히 돌아서서 다시 하나와 시선을 마주했다. 부연 설명이 없는데도 무슨 말을 하는지 다 알아들은 그는 이내 고개를 저었다.

"하나 씨는, 뭐가 그렇게 매번 죄송해요."

"아니에요. 제가 다, 죄송해요. 애들처럼 감정 조절 하나 못 하고, 어른스럽게 대처하지도 못하고. 먼저 하겠다고 나섰으면서 나중에 가서 못 하겠다고 말이나 바꾸고."

스스로 그렇게 고하고 나니 자기 자신의 모습이 못나도 한참 못나게 느껴졌다. 그러나 이번에도 준수는 하나의 편을 들어 주었다.

"충분히 그럴 수 있는 상황이었어요. 잘은 모르지만 아마도 하나 씨에게 그림은, 트리거 같은 거겠죠."

"트리거요? 방아쇠?"

"맞아요. 방아쇠를 당기면 총알은 발사될 수밖에 없는 것처럼, 사람은 특정 자극을 받으면 자동적으로 과거의 어떤 기억을 떠올리게 되고 그게 그 사람의 행동과 사고에 영향을 끼치게 돼요. 그 어떤 이성적인 인간에게도 제어 가능한 영역은 아니죠. 그러니 자책할 이유 없어요."

맞는 말이었다. 한동안 멀리했던 그림 앞에서 하나는 끄집어내고 싶지 않은 시절을 떠올리고는 그 기억에 그대로 잠식되어 버렸으니까. 그리고 보니 서준수는 이미 오래전부터 그 마음을 헤아리고 있었다.

"예중 예고에서 미술 전공해 놓고 왜 느닷없이 생뚱맞은 제과 제빵으로 넘어온 건지 안 물어보셨잖아요. 어딜 가나 다들 그것부터 궁금해하던데."

"아, 그 얘기. 별로 말하고 싶어 할 것 같지 않아서요."

"제가요? 왜요?"

"남들한테 알리고 싶지 않은 얘기 의도치 않게 이미 한 번 들었는데, 두 번씩이나 당하는 건 너무 잔인하니까."

면접을 보던 날 준수와 나눴던 대화가 떠올랐다. 이곳에서 새

출발을 하기도 전부터, 그리고 지금까지도 그에게 늘 많은 것을 빚지고 있었다.

"제가 밥 한번 살게요."

그래서 하나는 불쑥 그렇게 내뱉고 말았다. 다분히 충동적인 말이라 스스로도 깜짝 놀랐으나, 약간 당황한 듯한 준수의 표정을 보면서도 하나는 꿋꿋이 말을 이었다.

"제가 많이 감사해서요."

"뭐가 고마워요?"

"그냥, 다요."

"죄송한 것도 다, 고마운 것도 다예요?"

그게 그렇게 되나. 하지만 정말인걸. 그제야 조금 웃는 준수를 보고 있자니 잠시 잊고 있던 증세가 도로 밀려들었다. 아, 웃지는 말지. 그 다정한 미소에 멍해지려는데, 준수가 뜻밖의 말을 했다.

"하나 씨 들어온 이후로 매장 분위기가 확 달라졌어요."

"저 때문에 분위기가 바뀌었어요? 어떻게요? 제가 맨날 혼자 삽질 하고 땅굴 파서, 그래서 그런 거예요?"

화들짝 놀라며 되묻는 하나의 반응에 덩달아 깜짝 놀란 준수가 이내 다시 미소를 지었다.

"아니요. 하나 씨가 상냥하고 밝아서 그래요. 덕분에 다른 직원들 표정까지 환해졌고. 그래서 하나 씨한테 다들 고마워하고 있으니까 죄송해할 필요도 없어요."

"서준수 씨는 아니잖아요."

"내가요?"

"저 때문에 골치 아파 보여요."

심각한 얼굴과 함께 돌아온 대답에 준수는 결국 소리 내 웃고 말았다. 이 파티시에가 들어온 이후로 확실히 그의 일상이 조금 다이내믹해지긴 했다.

“맞아요. 골치가 좀 아파요.”

“그거 봐요. 역시…….”

“새로 합류한 직원이 기대 이상으로 잘해줘서, 긴장이 돼요.”

“네?”

“처음 내놓은 신제품도 척척 성공시켜서 매출도 늘리고, 분위기도 바꿔놓고. 그래서 어떻게 해야 부족하지 않게 뒷받침이 되어줄 수 있을지 고민이 늘었어요.”

“아…… 그것도 서준수 씨 덕분인데요. 안 그래도 꼭 말씀드리고 싶었어요, 감사하다고. 준수 씨 아니었으면 아무것도 못 했을 거예요.”

“그것도 하나 씨 몫이에요. 지난 며칠간 하나 씨가 얼마나 고심하고 고생했는지 알아요. 온전히 하나 씨가 해낸 거니까 고맙다는 말은 이제 넣어둬요. 그렇게 생각해 준 마음만 고맙게 받을게요.”

“그래도 밥은 사고 싶어요. 저 원래 빚지고 못 살아요.”

“마음만요, 하나 씨.”

“저 지금 들이대는 거 아니에요!”

다급해진 하나가 또다시 불쑥 외쳤다. 그쯤 했으면 충분하련만 준수가 당황해하는 게 고스란히 눈에 보여 입을 다물지 않은 게 첫 번째 실수였다. 이미 머릿속은 새하얘진 후였고 하나는 횡설수설하기 시작했다.

“아니, 그런 게 아니라…… 서준수 씨는 아이도 있고…… 제가 지금 그런 분한테 이상한 마음으로 그런……."

"나한테 아이가 있어요?"

"네, 그러니까 그런 건 절대 아니……. 네?"

이건 또 무슨 말이지? 본인에게 애가 있는지 아닌지를 왜 저한테 묻는 걸까.

땅만 보고 아무 말이나 주워섬기던 하나는 그제야 고개를 들었다. 준수의 얼굴이 어쩐지 웃고 있는 것처럼 보여서, 더더욱 이해할 수가 없어졌다.

"제 말은, 그러니까…… 아니에요?"

"하나 씨. 난 혼자 살아요. 결혼은 한 적 없고, 아이는 더더욱 없어요."

"그럼…… 해주, 해주는요?"

"친구 딸이에요."

그 간단한 대답에 허망해져서 하나는 얼른 머릿속으로 지나간 상황들을 되감기 해보았다. 준수뿐만 아니라 어느 누구도 그가 유부남이라거나 최소한 한 번 이상 결혼한 적이 있다는 이야기는 하지 않았다. 해주가 아빠라는 단어를 입에 담긴 했으나 준수에게 한 건 아니었다. 하나가 결정적으로 오해를 하게 만들었던, 해주가 엄마를 닮아 예쁘다는 말조차 이제 와 짚어보니 해주가 준수의 아이라는 증거가 될 수는 없었다. 글자 그대로 해주가 엄마를 닮았다는 거지, 그 엄마가 서준수의 아내라는 근거는 어디에서도 찾아볼 수 없었으니까.

그러니까, 주하나 혼자서 여태 북 치고 장구 치며 대하소설을 썼던 거다. 오해는 풀렸으나 이제 문제는 어마어마한 창피함이었다. 양손으로 머리까지 붙잡고 잠시 상황을 되짚어보던 하나는 곧 쥐구멍에라도 숨고 싶어졌다. 다애더러 막장 드라마를 쓴다며 핀잔을 놓을 게 아니었다.

"저 갈게요. 안녕히 계세요."

쥐구멍이 없으니 냉큼 달아나는 수밖에 없었다. 눈도 못 마주치고 손바닥으로 얼굴을 가린 채 속사포처럼 작별 인사를 건넨 하나는 쏜살같이 출입구를 향해 걸음을 서둘렀다. 그러나 노력만 가상했을 뿐 하나는 문을 세 걸음 앞두고 더는 나아가지 못했다.

"하나 씨."

바로 뒤를 쫓아온 준수가 붙잡은 탓이었다. 여전히 얼굴을 가린 채 하나는 그를 돌아보지 않고 말했다. 아, 쥐구멍이 없으면 파서라도 숨고 싶다, 제발.

"저 지금 창피해서 죽을 것 같아요. 그냥 보내주세요."

"설마 하긴 했지만 정말로 그렇게 오해하고 있을 줄은 몰랐어요."

"진작 말씀 좀 해주시지 그랬어요!"

"물어본 적도 없었는데 내가 무슨 변명을 해요."

준수는 이번에도 정훈에게 했던 것과 같은 대답을 돌려주었다. 공연히 화도 나고 속은 쓰리지만 그게 맞는 말이라는 걸 알아서, 하나는 더는 아무 반박도 할 수가 없었다. 혼자 오해하고 애만 태웠지 그에게 직접 물어본 적은 없었다. 그럴 생각을 하지도 않았다.

"그래요, 다 제 잘못이에요. 알아요."

"그런 뜻으로 한 말은 아니었어요."

"그것도 알아요! 그런데 서준수 씨 정말 얄미운 거 알아요?"

"지난번에는 가끔이라고 하더니, 이젠 그냥 미워요?"

"네! 엄청, 엄청 미워요!"

대놓고 제가 밉다는 말에도 준수는 소리 없이 웃었다. 여전히, 얄미울 정도로 다정한 남자였다. 민망함과 당황스러움으로 혼란한 와중에 이 남자가 좋은 마음까지 뒤범벅이 되어 열이 오르고 머리가 다 어질어질했다. 그런데 불난 집에 기름이라도 끼얹으려는지 준수가 한 걸음 더 가까이 다가왔다.

"욕은 얼마든지 더 들을 테니까 지금은 얼른 집에 가요. 늦었어요."

이 남자는 너무 친절하고, 너무 따뜻하고, 너무 다정하다. 그래서 참 좋은 사람인데, 왜 그녀는 억울해지는 걸까.

서준수를 다시 만난 이래로 내내 종잡을 수 없던 마음이 새삼 버거워져서 하나는 코앞에 있는 그를 물끄러미 올려다보았다. 열이 오른 얼굴이 뜨거웠다. 설탕 같은 미소가 옅게 녹아 있던 그의 눈빛이 조금 변했다.

"어디 아파요?"

준수가 하나의 얼굴 위로 손을 뻗었다. 그의 손바닥이 이마에 닿기 직전, 하나는 저도 모르게 눈을 질끈 감았다. 그 순간, 지척에 있는 나무 문이 예고 없이 삐걱거리며 열렸다.

뒤늦게야 인기척을 감지한 하나가 흠칫했다. 그러나 준수의 손이 하나에게서 멀어지고, 하나가 당황스러운 눈을 출입구로 돌렸을 때는 이미 너무 늦은 후였다.

"우리 언니한테서 당장 떨어져요!"

예고 없이 날아든 제삼자의 고함에 흠칫한 준수와 하나가 서로에게서 떨어져 동시에 같은 곳을 돌아보았다. 문 너머에서 나타난 다애가 안 그래도 큰 눈을 더욱 휘둥그레지게 떴다. 뜻밖의 복병이었다.

하나가 온전히 정신을 차리지 못하는 사이 다애는 성큼성큼 이쪽으로 다가왔다. 제 언니와 준수 사이를 가로막고 선 다애가 눈에 힘을 주고 준수를 쏘아보았다. 눈을 가늘게 뜬 그가 먼저 입을 열었다.

"아, 혹시 그때 태일이랑 같이 왔던 친구……."

"지금은 이태일 친구가 아니라 주하나 동생인데요?"

"하나 씨, 동생이에요?"

준수가 눈앞에 떡 버티고 선 다애의 어깨 너머로 물었다. 가뜩이나 어지러워 죽겠는데 예고도 없이 다애까지 나타나고 나니 두통이 다 밀려와서, 하나는 머리를 짚었다.

"네, 제 동생이에요. 죄송합니다. 얘가 술을 좀 마셨나 봐요."

"안 마셨어!"

이번에는 휙 언니를 돌아본 다애가 소리쳤다. 제 언니가 골치 아파 죽겠다는 얼굴을 하고 있는 게 뭐 때문인지 다 안다는 듯.

"얘가 왜 이래, 정말."

"언니야말로 성인 남녀가 야심한 시각에 딱 붙어서 뭘 하고 있는 거야?"

"주다애! 너 진짜 이렇게 예의 없게 굴래?"

"둘이 사귀어요? 아니죠? 그런데 뭐 이렇게 딱 붙어 있어요? 손은 왜 올리고?"

"그런 사이 아닌 거 맞아요. 그렇지만 다애 씨가 오해할 만한 일도 없었어요."

준수가 침착하게 사태를 정리하려 나섰다. 그런 사이 아니라는 너무나도 정직한 대처에 속이 쓰렸으나 하나도 그를 거들었다.

"그래, 너 대체 무슨 상상을 하는 거야? 아무 일도 없었어. 손은 닿지도 않았다고."

"닿았겠지! 내가 결정적인 순간에 등판하지만 않았다면 말이야."

다애는 여전히 상기된 얼굴이었다. 당당하게 준수와 시선을 부딪친 다애가 따지듯 물었다.

"그런 사이 아니라면 이런 행동, 안 되는 거 맞죠?"

"그것도 다애 씨 말이 맞아요. 그럴 의도는 결코 없었지만, 뭘 걱정하는지도 충분히 알겠고. 앞으로 주의할게요."

"좋아요, 그럼."

다애가 도도하게 대꾸했다. 확답을 받아내고 나서야 고압적인 자세를 한 꺼풀 벗어낸 다애가 망부석이 된 언니를 돌아보았다.

"이제 정리 끝난 거 맞지? 가자, 언니."

그 와중에도 준수에게 깍듯이 인사하는 걸 잊지 않은 다애가 먼저 문을 열고 나갔다. 동생이 시야에서 완전히 사라진 걸 두 눈으로 확인하고 나서야 하나는 안도 아닌 안도의 한숨을 내쉬며 이마를 짚었다. 준수에게 뭐라고 사과는 해야 할 것 같은데, 도대체 이런 상황에서는 무슨 말을 해야 하는 걸까.

"죄송합니다."

결국 꺼낼 말은 또 그것뿐이었다. 잔뜩 주눅이 든 채 하나는 변명을 이어 갔다.

"제 동생이 덤벙대기는 해도 저렇게 천방지축은 아닌데, 제 일이라면 유독 물불 안 가리고 덤벼들기부터 해서요. 아…… 뭐라고 말해야 될지 모르겠네. 이해해 달라는 강요는 차마 못 하겠어요. 죄송합니다."

“괜찮아요. 다애 씨가 어떤 마음으로 그랬는지 충분히 아니까.”

전혀 불쾌하지 않은 음성에 하나는 그제야 조심스레 고개를 들었다. 빙긋이 웃은 준수가 말했다.

“얼른 가봐요. 둘이 있는 시간 길어지면 이번엔 진짜 접근 금지 명령이 떨어질 것 같은데.”

“아, 저 진짜 창피해서 서준수 씨 얼굴을 못 보겠어요. 마음에 담아두지 마세요. 제발요.”

“알았어요. 안색이 좋지 않은데, 정말로 감기 조심해요.”

속도 모르는 남자는 끝까지 다정했다. 진이 다 빠진 채 퇴장한 하나는 출입구에 버티고 선 다애를 다시 마주했다. 기다렸다는 듯 눈에 불을 켜는 동생을.

“왜 이렇게 늦게 나와?”

“주다애. 내가 너를 진짜……. 아, 뭐라고 할 기력도 없다, 정말.”

“왜 이렇게 늦게 나온 건데!”

하나는 대꾸 대신 앞장서서 걸음을 옮기기 시작했다. 그러고는 냉큼 뒤에 따라붙는 동생에게 푸념과 잔소리를 쏟아냈다.

“넌 연락도 없이 여긴 왜 왔어?”

“내가 왜 왔겠어? 언니 이러고 있을까 봐 예고 없이 급습했지. 그렇지만 설마 했는데 어떻게 그래?”

“어떻게 그러긴 뭘 어떻게 그래! 대체 뭘 했다고?”

“언니 표정을 언니가 봤어야 돼. 언니 정말 그 남자한테 넋이 나갔구나?”

동생의 핀잔은 안중에도 없이 하나는 다른 곳에 정신이 팔려 있었다. 창피한 것도 창피한 거지만, 그것만이 문제는 아니다. 준수가 신경 쓰지 않는다고 하면서도 앞으로 은근히 거리를 두려고 하는 건 아닐지 조바심이 났다.

"가뜩이나 그 남자한테 오해하고 있었던 거 이제 알아서 민망한 상황이었는데……."

"오해? 무슨 오해?"

"그 남자한테 애 있는 거 아니래. 결혼한 적은 더더욱 없고."

"언니, 설마 그렇다고 해서 잘됐다고 마음 놓고 그 남자 좋아하겠다는 건 아니지?"

"제발 그만 좀 해, 어? 막말로 그 남자가 날 왜 좋아해. 나 때문에 파렴치한이라는 오해만 뒤집어썼는데 내가 뭐 어디가 잘났다고."

그러나 다애는 자타공인 언니바라기답게 기대와는 전혀 다른 반응을 보였다.

"언닌 지금 겸손한 거야 그 남자 두둔하는 거야?"

"내가 미치겠다, 진짜. 너를 어쩌면 좋니."

그로부터도 다애의 잔소리는 한참이나 이어졌다. 끝까지 혈육인 저를 치켜세우는 다애를 보며 하나는 다짐했다. 그녀를 너무나도 사랑하는 동생의 앞에서는 더 이상 서준수의 '서' 자도 꺼내지 말기로.

답을 찾지 못한 날

〈다애야. 오늘 점심 약속 있어?〉

2교시 시작 전 쉬는 시간, 다애의 휴대폰이 울렸다. 준호의 이름이 뜬 걸 본 다애는 저도 모르게 웃고 말았다. 어색하게 굴었던 게 얼마나 됐다고 연극 준비를 하는 사이 준호와 부쩍 편한 사이가 되어 있었다.

〈없어요!〉

〈그럼 점심 같이 먹을래?〉

〈좋아요. 지난번에 선배가 사주셨으니까 오늘은 제가 살게요.〉

〈넌 뭘 먹을지 정하기도 전에 무슨 그런 것부터. 뭐 먹고 싶어?〉

〈고기요.〉

한 치도 망설이지 않고 나온 단호한 대답에 곧장 박장대소하는 모양의 이모티콘이 날아왔다. 웃음을 터뜨린 준호의 얼굴이 눈에 선했다.

〈그래, 고기 먹자. 12시에 정경대 후문에서 봐.〉

〈네, 선배! 수업 잘 들으시고 이따 뵈어요.〉

짧은 대화를 마무리 짓고 휴대폰을 내려놓자마자 강의실 문이 열리며 담당 교수가 등장했다. 다애의 학과 지도교수이자 다애가 끔찍하게도 싫어하는 중급회계를 가르치는 교수였다. 서둘러 전공책을 펼쳐 드는데 무심코 하품이 나왔고 깜짝 놀란 다애는 얼른 손을 들어 입을 가렸다.

"아, 미쳤나 봐. 벌써 졸리네."

지금 다애가 듣는 강의는 경영대에서 세 손가락 안에 드는 명강의인 데다 담당 교수도 학계에서 이름 높은 원로 학자였으나 신입생 시절부터 회계와는 이미 담을 쌓은 다애에게는 그야말로 무용지물이었다. 회계 과목에게 화해를 청하기 위해 흡사 전쟁을 방불케 했던 수강 신청 경쟁까지 뚫고 이 수업에 등록하는 데 성공했음에도 불구하고 늘 졸기 일쑤였다. 게다가 어제는 늦게까지 학교에 남아 동아리 사람들과 연극 연습을 하며 밤을 꼴딱 새웠으니 자동적으로 졸음이 쫓아왔다.

"졸지 말자, 졸지 말자."

한 학기의 절반 정도 과정을 듣고 나니 명강의라는 건 충분히 깨우치고도 남겠으나 일찌감치 집을 나간 흥미는 다시 돌아올 기미가 보이지 않았다. 불행히도 다애는 이미 1학기 회계학원리 수업에서 처참한 성적을 받은 전적이 있었다. 그러니 여기서도 망하면 회계와의 인연은 이대로 끝장이다. 그렇게 전의를 불태운 다애는 눈을 초롱초롱 빛내며 강의 PPT가 띄워진 스크린으로 시선을 박아 넣었다.

그러나 30분이 채 경과하기도 전에 고비가 찾아왔다. 제 살을 꼬집어가며 버티려 안간힘을 썼으나 자비 없는 졸음의 습격 앞에서는 역부족이었다. 열변을 토하는 노교수와 시선을 마주치고 그가 하는 설명을 알아들었다는 듯 고개를 끄덕이던 다애는 결국 저도 모르는 사이 잠에 굴복하고는 꾸벅꾸벅 졸기 시작했다.

"거기, 단발머리 학생."

모든 게 들리지 않고 보이지 않는 무의식 속에서 헤매다 그 부름에 퍼뜩 정신이 들었다. 때로는 구체적으로 지칭하지 않아도 저를 부르는 말이라는 게 느껴질 때가 있다. 요새 가장 핫하다는 여자 연예인이 단발로 변신한 덕분에 단발머리 대열에 합류한 학생들이 강의실 안에 한둘이 아니건만 직감적으로 그게 자신을 일컫는 부름이라는 걸 깨달은 다애는 번뜩 눈을 떴다. 황소 같은 눈을 황망히 끔뻑거리자 아니나 다를까, 이미 이쪽을 주시하고 있던 교수와 눈이 마주쳤다.

"자네 지금, 수업 시작한 지 30분이 훨씬 넘었는데 나한테 인사를 몇 번이나 하는 건가."

그 말에 대형 강의실 안의 수강생들이 일동 폭소를 터뜨렸다. 남은 졸음을 쫓으려 고개를 흔들다, 다애는 뒤늦게야 머리를 꾸벅 숙이며 기어 들어가는 목소리로 사죄했다.

"죄송합니다, 교수님."

"그동안 수업 시간마다 매번 조는 게 눈에 띄었는데."

그 뜻밖의 말에 다애는 눈을 크게 떴다. 맙소사, 내가 요주의 인물이었단 말이야?

"죄송합니다. 그렇지만 고의는 아니었습니다, 교수님."

"수업이 재미가 없나?"

"그것도 아닙니다."

“그러고 보니 자네, 내 지도 학생 아닌가?”

“아…… 맞습니다.”

“허, 지도 학생까지 졸 정도로 내 수업이 그토록 형편없었다니…….”

“그건 절대 아닙니다, 교수님!”

여태껏 모기만 하던 목소리는 어디로 갔는지 불현듯 터져 나온 다애의 외침에, 혀를 차던 노교수가 글자 그대로 펄쩍 뛰며 소스라쳤다. 학생들이 다시금 박장대소했다. 아, 이게 아닌데. 뜻대로 나아가지 않는 전개 앞에서 꽉 쥔 손에 식은땀이 맺히기 시작했다.

“그러니까…… 죄송합니다, 교수님.”

“자네, 수업 끝나고 나랑 면담 좀 하지.”

아, 제대로 찍혔다. 다 죽어가는 소리로 메아리 같은 사죄를 거듭하던 다애는 잔뜩 기가 죽어 지체 없이 재개된 강의를 듣기 시작했다.

열심히 집중하는 척했으나 실은 남은 시간이 어떻게 가는지도 모르는 채로 그날의 수업은 허무하게 끝이 났다. 감사 인사를 외치고는 책을 챙겨 삼삼오오 떠들며 강의실을 빠져나가는 학생들을 쳐다보다 다애는 눈물을 삼키고 휴대폰을 집어 들었다.

〈선배, 진짜 죄송해요. 저 지도교수님이 갑자기 보자고 하셔서 오늘 점심 같이 못 먹을 것 같아요. 급하게 펑크 내서 정말 죄송합니다. 점심 맛있게 드세요.〉

거기까지 쓰자 흠흠 헛기침하는 소리가 들렸다. 허겁지겁 메시지 끝에 우는 모양의 이모티콘을 덧붙여 전송 버튼을 누른 다애는 가방을 챙겨 자리에서 일어났다. 얼른 강연대 앞으로 다가간 다애는 다시금 머리를 조아렸다.

"정말 죄송합니다, 교수님. 죄송합니다."

"가지."

사과는 묵살하고 할 말만 무뚝뚝하게 뱉은 교수가 앞장서서 강의실을 나섰다. 같은 건물 다른 층에 위치한 연구실까지 뒤를 따르며 다애는 역모를 꾀한 대역 죄인에게 빙의해 살아남을 묘책을 강구하기 시작했다. 그러다 정신을 차리니 어느덧 연구실에 도착해 있었다.

"흠, 자네 이름이……?"

"아. 주다애입니다, 교수님."

노교수의 연구실은 구역의 구분도 없이 온갖 서적들과 논문들로 발 디딜 틈 없게 뒤덮여 있었다. 갖가지 문서들이 그야말로 산더미처럼 쌓여 있는 책상 위에 강의 자료를 억지로 밀어붙여 내려놓은 교수는 다애에게 시선도 주지 않고 곧장 파일 하나를 집어 들어 살피기 시작했다.

'우와, 교수님들 연구실은 다 이런가. 으, 그나저나 어떻게 변명을 해야 되는 거지.'

출입구에서 몇 발짝 들어오지도 못하고 몸 둘 바를 모르던 다애는 이내 응접 테이블 끝에 세워져 있는 액자로 오갈 데 없는 시선을 두었다. 액자 속 사진에는 딱 봐도 나이 차이가 어마어마해 보이는 두 남자가 어색한 듯 다정하게 정면을 바라보고 있었다. 한쪽은 귀엽게 생긴 귀공자 타입의 남자 아이였고, 다른 쪽은 물론 백발이 성성한 노교수였다.

"흠, 과제물을 보니 허투루 공부한 것 같지는 않은데, 수업 태도는 왜 그리 불량한가?"

정감 있는 사진 속 분위기에 제 처지도 잊고 몽글몽글해지려
는데 잠시 깜빡하고 있던 기세 좋은 음성이 정신을 일깨웠다. 퍼
뜩 놀란 다애는 선 자세에 냉큼 각을 세웠다. 칭찬 반 힐난 반인
그 말조차 양심에 찔리지 않을 수 없었다. 주다애라는 이름을 달
고 제출한 회계 과제의 절반은, 아니, 8할은 그녀 자신이 아닌
이태일의 작품이었으니까.

"아, 그게…… 제가 정말로 교수님 수업이 재미없다든가 싫어
서 그런 게 아니라……."

"그럼 뭔가?"

"물론 교수님 강의는 저에게는 과분할 만큼 훌륭합니다만…….
아닙니다, 교수님. 제가 다 잘못했습니다. 앞으로 정신 똑바로 차
리겠습니다."

"학교생활에 문제가 있나?"

"아닙니다. 저는 누구보다 잘 지내고 있습니다."

노교수가 형형한 눈빛으로 다애를 쏘아보았다. 안경테 너머로
도 그 눈길이 너무나도 강렬하게 느껴진 나머지 다애는 저도 모
르게 움찔하고 말았다.

"흠, 일단 앉게."

"아, 예. 그럼 잠시 실례하겠습니다."

그제야 자리에 앉을 것을 권유한 교수가 응접 테이블로 다가와
착석했다. 건너편에 쭈뼛거리며 앉은 다애는 여전히 좌불안석이
었다. 처음으로 근거리에서 1 대 1로 마주한 지도교수는 꼭 늙
어서도 고산 지대를 호령하는 백호 같다고, 그 멸종 위기의 영물
을 실제로 본 적도 없는 주제에 다애는 그렇게 비유했다. 이 어색
한 공기를 도저히 견뎌낼 재간이 없던 불량 학생은 결국 용감무

쌍하게도 테이블 끝에 놓인 액자를 가리키며 조심스럽게 대화를 시도했다.

"저, 혹시 손자분이신가요?"

다애의 손끝을 따라 사진을 한 번 쳐다본 교수가 다시 정면으로 시선을 돌리며 군기침을 했다. 제대로 짚었구나. 일순간 눈빛이 예리하게 날이 서긴 했으나 그다지 노여워하는 것 같지는 않아 다애는 용기를 내 대화를 이어 갔다.

"엄청 똘똘하게 생겼어요. 교수님을 닮았나 봐요!"

"정녕 나를 닮았으면 그렇게 속을 썩일 리가 없지."

"어, 혹시 손자분이랑 사이가 안 좋으신 거예요?"

귀티 나는 인상과는 달리 아이는 제법 말썽꾸러기인 모양이었다. 아무리 그래도 그렇지, 이 나이대 손자를 둔 할아버지들은 보통 눈에 넣어도 안 아플 정도로 손주를 귀여워하지 않나? 약간 심기가 불편해진 듯한 교수의 안색을 살피는 동안 이제는 순수한 호기심에 발동이 걸린 다애가 또다시 사족을 붙였다.

"교수님, 제가 상담해 드릴까요?"

"무얼?"

"손자분과의 관계 개선 프로젝트."

목소리까지 낮춘 다애가 의미심장하게 속삭였다. 순간 어처구니가 없어진 노교수가 예의 그 쩌렁쩌렁한 음성으로 일갈했다.

"지금 자네가 나를 상담해 줄 때인가?"

"그럼요, 교수님. 다른 사람도 아니고 가족이잖아요. 가정 문제에 적절한 때가 어디 있나요? 하루라도 빨리 화해하셔야죠."

"허, 참……."

"교수님, 손자분께도 저희 대하듯 엄하게 하시죠?"

"다를 게 무에 있어?"

"에이, 엄청 다르죠. 저희야 강의실에서나 눈에 띌까 말까 한 교수님 제자이지만, 손자분은 말 그대로 교수님 손자잖아요. 피붙이. 저를 보세요. 제가 졸업해서 학교를 떠나도 매년 새로운 지도 학생들이 교수님께 배정되겠지만 손자분은 교수님께서 원하신다고 해서 얻을 수 있는 게 아니니까요."

"……."

"저희한테는 아무리 엄격하고 무섭게 하셔도 변함없이 존경스럽고 훌륭한 교수님인데요, 손자분께도 그렇게 남고 싶으신 건 아니죠? 그러니까 조금만, 아주 조금만 더 다정하게 대해주세요. 아직 어리잖아요. 제 주위에도 할아버지랑 사이 안 좋은 친구가 하나 있는데요, 그 친구가 반항기 있어 보여도 실은 아주 연약하고 외로운 영혼이라 온정의 손길이 필요하거든요. 아주 사랑받고 싶어 하고, 또 사랑받을 만하고요. 그 친구가 지금 손자분 나이에 다정하고 자상한 할아버지와 지냈다면 지금쯤 더 따뜻한 사람이 되어 있었을 거예요."

"……."

"주제넘었다면 죄송합니다, 교수님. 그런데 제가 워낙에 오지랖이 넓어서요. 하하……."

"알긴 아는구먼."

노교수의 핀잔에도 본연의 성정을 되찾은 다애는 배시시 웃었다. 시계를 흘깃 쳐다본 교수가 다시 다애에게로 시선을 고정시켰다. 여전히 등등하긴 했으나 그 눈길은 눈치채지 못할 만큼 아주 조금 누그러져 있었다.

"점심때 다 지나가는데 이만 가보게. 밥을 사주고 싶지만, 오늘은 교수 회의가 있어서.”

“아닙니다, 교수님. 말씀만으로도 감사합니다. 그나저나 점심 시간에도 바쁘시네요. 그런 와중에도 늘 명강의를 해주시는데 감히 졸아서 죄송합니다. 다음부터는 이런 일 없도록 주의하겠습니다. 실례가 많았습니다, 교수님.”

“말은 청산유수구먼.”

“손자분이랑 꼭 화해하시고요. 혹시 상담 필요하시면 언제든지 불러주세요. 그럼, 바쁘신데 이만 물러가겠습니다. 따뜻한 오후 보내세요!”

들어올 때와는 달리 얼굴 가득 함박웃음을 지은 다애가 꾸벅 인사를 건넸다. 돌아서서 연구실을 나서는 등 뒤로 ‘다음에 올 때는 왜 졸았는지 변명 들고와!’ 하는 호령이 날아왔으나 발걸음이야말로 날아갈 듯 가벼웠다. 어쩐지 전화위복이 된 것 같은 하루였다. 그때까지만 해도.

「L'amour」의 하루 영업시간이 끝날 무렵, 반가운 손님이 찾아왔다. 나무 문을 열고 들어온 태일이 커피 바에 있는 준수를 향해 만세 하듯 팔을 뻗어 크게 손을 흔들었다.

“형! 저 왔어요!”

곧장 이쪽으로 다가온 태일은 웬일인지 준수의 안부 대신 제일 먼저 쇼케이스를 살폈다. 재고가 바닥이 나면 자연스럽게 그날의 영업을 종료하는지라 진열장 안은 거의 비어 있었다.

의아한 눈으로 태일을 주시하던 준수가 물었다.

"뭐 필요한 거 있어?"

"청귤 마카롱 사러 왔어요."

"소문이 벌써 거기까지 났나."

요새 들어 SNS를 보고 찾아오는 손님들이 태반이긴 했으나 한동안 발길이 뜸하던 태일까지 입소문을 타고 왔다니 놀랍지 않을 수 없었다. 하나가 고생 끝에 내놓은 신제품이 정말로 성황 중이라는 생각에 흐뭇해하던 준수가 뒤늦게야 답변했다.

"청귤 마카롱은 이미 몇 시간 전에 재고가 떨어졌는데."

"이럴 수가. 그럴 거라고 짐작은 하고 왔지만 이거 낭패인데."

"네가 먹으려고? 이런 걸 좋아하는 줄은 몰랐는데."

"이 시대의 트렌드 세터답게…… 가 아니라, 선물하려고요."

"선물? 더더욱 놀랍네. 누구한테?"

"음, 내가 이 세상에서 제일 좋아하는…… 망아지한테요."

씩 웃은 태일이 대답했다. 그 답변이 어처구니없으면서도 한편으로는 평소답지 않게 밝은 태일의 모습이 보기 좋아 준수는 웃고 말았다.

"어쩌지. 그 선물 진심으로 응원하고 싶은데 재고가 없어서."

"할 수 없죠, 뭐. 딱히 급한 건 아니긴 한데. 아, 예약은 되나?"

"그 제품 개발한 우리 파티시에한테 한 번 물어……."

"말소리가 들리네. 영업 끝난 거 아니었어요?"

내일 쓸 반죽을 만들어놓느라 퇴근이 늦어진 하나가 때맞춰 그 순간 홀로 나왔다. 내내 묶어 올렸다 풀어 헤친 머리를 정돈하며 밖으로 걸어 나오던 하나의 두 눈이 휘둥그레졌다.

"어? 태일아."

“누나가 왜 거기에서 나와요?”

더더욱 놀란 태일이 덩달아 눈을 크게 떴다. 태일이 준수와 하나를 번갈아 쳐다보는 사이 하나가 멋쩍게 웃으며 답했다.

“여기가 내 직장이야.”

“와, 그런 거였어요? 이게 무슨 우연이지? 아니, 인연인가?”

태일이 그제야 벙벙한 얼굴빛을 지워내며 활짝 웃었다. 제가 좋아하는 두 사람이 같은 곳에서 일하는 동료가 되었다는 사실에 그가 더 기뻤다.

“내가 왜 이 생각을 못 했지. 청담동인 것도 알았고 파티시에인 것도 알았는데, 심지어 주다애가 공고 찍어간 것도 봤는데! 이 사실을 이제야 알다니 너무 뒷북이네. 축하해요, 누나. 아니지, 축하는 준수 형한테 해야지.”

“나한테?”

“하나 누나 정말 좋은 사람이에요. 이런 사람 잡은 거, 행운이라고요.”

“너무 띄우지 마, 이태일.”

민망해진 하나가 핀잔과 함께 입을 가렸다. 태일의 말을 딱히 부정할 생각이 없는지라 조용히 웃던 준수가 하나를 돌아보며 말문을 열었다.

“아, 태일이가 특별 주문을······.”

“아니에요. 그 주문, 취소. 안타깝지만 다른 데 알아봐야겠어요.”

“어째서?”

“누나가 만든 걸 누나 동생한테 선물로 줄 수는 없죠.”

“응? 그게 무슨 소리야?”

영문을 모르는 하나가 되물었지만 그제야 전말을 깨달은 준수
는 옆에서 고개를 끄덕였다. 몇 달 전 태일과 함께 이곳을 찾았
던 다애가 파티시에 모집 공고를 보고는 제 언니에게 보여줄 거라
며 공고문을 찍어 갔던 일이 새삼 떠올랐다. 다애가 말한 언니가
하나일 거라고는 꿈에도 상상하진 못했지만 그 모습이 어쩐지 눈
에 밟혔는데, 일이 이렇게 되려고 그랬나 보다.

"하나 씨가 우리 가게랑 인연은 인연인가 보네요."

"네? 그건 또 무슨 말이에요?"

"아니에요. 늦었는데 얼른 퇴근해요. 오늘도 고생했어요. 그리
고 태일이 넌……."

"아, 전 오늘 계획도 변경합니다. 어쩐지 오늘 운세에 귀인을
만날 거라더니, 형을 보러 왔지만 뜻밖의 귀인을 만났으니 그냥
보낼 수 없죠. 제가 누나 집까지 모셔다 드릴게요."

"아니야, 태일아! 나 때문에 괜히 그럴 필요 없어."

"그냥 그렇게 해요, 하나 씨. 뭐…… 졸지에 버림받은 것 같아
서 기분은 좀 그렇지만 하나 씨 늦은 시간에 혼자 보내는 거 나
도 마음에 걸려요. 잘됐네요. 태일이라면 동생분도 안심할 것 같
고."

평상시의 서준수답지 않게 장난스러운 투로 덧붙은 말에 하나
가 눈을 흘기면서도 미안한 표정을 지었다. 마음에 담아두지 않
길 바랐는데.

"그 말은 신경 쓰지 마시라니까요. 걔가 원래 좀, 상상력이 지
나치게 풍부해서. 기분 상하신 거 진짜 아니죠?"

"농담이에요. 어서 가요. 태일이 너도 조심히 들어가고."

"알겠습니다. 지금은 미인의 안전 귀가를 책임지고, 형은 조만

간 다시 보러 올게요.”

준수에게 작별 인사를 한 태일과 하나는 매장을 나와 밤거리를 나란히 걷기 시작했다. 쌉쌀한 가을바람이 내내 훈훈한 실내에만 있었던 하나를 에워쌌다.

“으, 춥다.”

“추워요?”

“조금? 날씨가 부쩍 쌀쌀해진 것 같아.”

“옷 좀 따뜻하게 입고 다니지.”

“괜찮아. 어차피 출퇴근할 때 아니면 밖에 나갈 일도 없고.”

“목이 너무 허하잖아요. 그게 뭐예요.”

태일이 마침 눈에 띈 작은 상점으로 들어갔다. 여러 가지 색과 재질로 된 머플러들을 살피다 두어 개를 골라내 하나에게 이리저리 대보던 그는 이윽고 검은색 머플러를 집었다.

“누나가 워낙에 화사하고 예뻐서 무슨 색을 갖다 대도 색이 다 죽어 보이네. 그냥 검은색으로 해요.”

“뭐라는 거야.”

그 능청스러운 농담에 하나가 어처구니없다는 듯 웃음을 터뜨렸다. 평소에는 나이답지 않게 진중하면서도 하나 앞에서는 유독 느물느물한 개구쟁이 남동생스러워지는 태일이었다.

“자, 선물이에요.”

“돈도 버는 사회인이 무슨 학생한테 이런 걸 뜯어? 그러지 마.”

“비싼 것도 아닌데 뭐. 그냥 받아줘요. 대신 그렇게 추위에 떨지 말고 꼭 머플러 하고 다녀요. 따뜻하다 싶을 땐 내 생각도 같이 해주면 더 좋고.”

태일이 제가 고른 머플러를 직접 하나의 목에 둘러주었다. 허전하던 목에 머플러를 두르자 한결 추위가 가셨다. 한 발자국 떨어져서 하나를 보던 태일이 비로소 만족스러워진 얼굴로 고개를 끄덕였다.

"이제 좀 보기 좋네."

"고마워, 태일아. 매번 이렇게 신세만 져서 어떡하니."

"무슨 말씀을. 저 처음 이사 왔을 때 누나네 가족들이 얼마나 잘해주셨는데요. 그 은혜 절대 못 잊어요."

"그렇게 예쁘게 말해주면 내가 더 몸 둘 바를 모르지."

"그런데 누나."

"응?"

"못 본 사이에 더 귀여워졌네요?"

고개를 기울여 하나를 빤히 보던 태일이 웃으며 그렇게 말했다. 무슨 뜻인지 알겠다는 듯 눈을 흘긴 하나가 받아쳤다.

"지금 그거 살쪘다는 뜻이지?"

"아, 예쁜 것도 모자라서 귀여운 것까지 하면 곤란한데."

"빈말로도 아니라는 얘기 안 하는 거 봐. 진짜 살쪘나 보네."

한밤중이라 한산한 버스에 올라탄 두 사람은 친남매처럼 시시콜콜한 이야기를 나누었다. 잠시 대화의 맥이 끊겼을 때 태일이 화제를 돌렸다.

"그런데 아까 그게 무슨 말이에요? 주다애랑 준수 형이랑 무슨 일 있었어요?"

"아. 일이라고 할 것까지는 없는데, 며칠 전에 다애가 가게에 찾아왔다가 오해를 좀 했거든."

다른 것도 아니고 저와 준수가 얽인 일이라 하나는 최대한 담백하게 상황을 설명했다. 전말을 전해 듣는 동안 태일의 얼굴에 차츰 웃음기가 번지더니 이내 그는 고개를 설레설레 저었다.

"주다애답네, 진짜."

"당장 떨어지라면서 난리를 치는데 내가 다 부끄러워서 혼났다니까. 왜 민망함은 내 몫인지."

"그래도 누나, 주다애가 영 틀린 말 한 건 아니에요."

"응?"

"진짜로 그 형 조심해야 돼요. 그 형, 위험한 사람이에요."

목소리까지 은밀히 낮춘 태일이 눈을 찡긋하며 속삭였다. 그 경고 아닌 경고에 하나는 난데없는 혼란에 휩싸였다. 완벽한 싱글이라는 것도 알았겠다, 이제야 무언가 그 남자와의 사이에 존재하던 장벽 같은 게 허물어진 기분이었는데 이건 또 무슨 날벼락 같은 소리람?

"까딱하다 홀려요, 얼굴에."

"아, 뭐야. 난 또 뭐라고."

"농담 아닌데. 그 얼굴로 친절하고 자상하게 구는데 안 넘어가는 게 이상한 거 아닌가? 내가 한두 명 본 게 아니에요."

"하긴……."

당장 하나 자신도 그런 피해자들 중 하나였으니 일리가 없는 경고도 아니었다. 그러면서도 자기가 잘생긴 줄도 모르는 남자를 떠올리니 새삼 억울해져서, 하나는 저도 모르게 입을 비죽거렸다. 그녀의 얼굴을 살피며 다 아는 것처럼 웃는 태일 때문에 얼른 표정을 감춰야 했지만.

동네 정류장에 도착해 버스에서 내린 하나와 태일은 다시 나란히 집을 향해 걸었다. 웬일로 하늘에 별이 삼삼오오 반짝이는 밤이었다. 잠시 밤하늘을 감상하던 하나는 태일에게 물었다.

“그런데 태일이 너, 오늘 기분 좀 좋아 보인다? 뭐 좋은 일 있었어?”

“아니요. 그런 거 없어요.”

“정말로? 아닌 것 같은데.”

“아, 생각났다.”

“봐, 맞지? 그래서 무슨 일인데?”

“음…… 우연히 누나를 만난 일?”

“뭐? 아, 넌 내가 진짜 못 당하겠다.”

그러나 거기에서 그치지 않고 태일은 씩 웃으며 한술 더 떴다.

“누나.”

“어, 왜?”

“맥주 한잔할래요?”

“맥주? 어디서?”

“여기서.”

“여기서?”

많은 말 대신 태일은 백팩을 열었다. 가방에서 나온 건 뜻밖에도 캔 맥주 두 개였다.

“실은 준수 형하고 딱 한 잔씩만 하려고 온 거였어요.”

“미친다, 진짜. 언제는 안전 귀가를 책임지겠다면서?”

그러면서도 하나는 슬쩍 맥주 캔을 받아 들었다. 적당한 장소를 물색하던 두 사람은 동네 놀이터로 향했다. 야심한 밤이라 당연히 인적이 끊긴 후였다.

“놀이터 진짜 오랜만이다. 예전에 그네 타는 거 엄청 좋아했는데.”

“말투가 아련하네요.”

"어, 사실 안 그래도 새삼 시간이 많이 흘렀구나 하는 중이었어. 나 이런 생각 요즘 엄청 많이 해. 확실히 나이가 들고 있긴 한가 봐."

"그 생각이 든 지금 이 순간을 딱 1년 후에 떠올려 봐요. 그래도 그때가 어리고 좋았지, 할걸."

"맞아, 그것도 그래."

벌써 취한 것처럼 실실 웃던 하나가 땅 위에 발을 굴렀다 놓았다 하며 괜스레 그녀를 흔들었다. 아닌 체하면서도 저를 살피는 시선을 눈치 빠르게 알아차린 태일이 먼저 물었다.

"왜 그렇게 쳐다봐요? 내가 뭐 신기하게 생기기라도 했어요?"

"어, 나는 네가 엄청 궁금하고 신기해. 그러니까 태일아, 오늘은 네 얘기 좀 해봐."

"내 얘기요?"

"응, 네 얘기. 넌 네 얘기는 잘 안 하잖아. 매번 다른 사람 말만 들어주고. 그런 너는 동생 같지 않게 참 어른스럽고, 그런데 장난칠 때는 또 마냥 개구쟁이 같고……. 너를 잘 모르겠어서."

"누나는 주다애랑 똑같은 소리를 하네요."

불쑥 나온 다애의 이름에 하나는 괜스레 발로 모래를 툭툭 차며 고민했다. 태일에 관한 이야기가 나올 때마다 울적해하는 동생이 마음에 걸렸지만 끼어들어도 괜찮을지는 확신할 수 없었다. 한참을 재 보다 하나는 결국 눈 딱 감고 십자가를 지기로 했다.

"태일아. 이건 내가 술기운을 빌려서 물어보는 거니까 오늘밤이 지나면 그냥 잊어버려. 넌 다애를 어떻게 생각해?"

그 물음에 처음으로 태일의 표정 위에 긴장하는 기색이 번졌다. 거의 마시지도 않은 맥주 캔을 무의식중에 구겨 버릴 듯 손에 쥐었다 놓기를 거듭하던 태일이 이윽고 입을 열었다.

"내가 아는 여자 중에 가장 멋진 사람."

예상 답안을 제대로 비껴가는 대답에 하나는 순간적으로 받아칠 말을 찾지 못했다. 한참이나 말줄임표 같은 의미 없는 소리만 입 밖에 내던 하나는 다시 마운드에 올라 변화구를 던졌다.

"그런데 왜 헤어지자고 했어?"

"내가 멋진 사람이 아니라서요."

또다시 수수께끼 같은 답변이었다. 태일에게서 시선을 떼지 않은 채로 다음 꺼낼 말을 고민하던 하나가 물었다.

"네가 왜 멋진 사람이 아니야? 내가 보기엔 충분히 멋진데."

"누나, 나는 사실 그런 말을 들으면 숨이 막혀요. 내가 겉으로 보이는 것만큼 속으로도 그럴듯하지 못하다는 걸 이 세상에서 나만 아는 것 같아서."

그 말이 귀에 박힌 순간 하나도 숨이 멈춘 듯했다. 아주 찰나였지만 그 고민의 무게가 훅 어깨를 짓눌렀다.

"나는 사람들이 보는 것만큼 어른이 아니에요. 생각보다 속 좁고 옹졸해요, 나. 주다애가 좋아하는 건 그런 나는 아닌 것 같고, 그걸 열심히 감춰가며 옆에서 기를 쓰고 버틸 수 있을 만큼 내 자격지심은 작지 않고……. 그게 이유예요. 대놓고 드러내기엔 너무 초라한. 그래도 친구 정도는 될 수 있지 않을까 싶었는데, 주다애가 더 멋진 사람 만나야 한다고 생각하면서도 그게 내가 아니라는 건 괴롭고. 그래서…… 어떻게 해야 할까 고민 중이에요, 요즘."

"지금의 네 자신이 멋진 사람이 아니라고 생각한다면, 넌 어떤 사람이 되고 싶은 건데? 아니, 어떤 사람이 멋지다고 생각하는데?”

“꿈을 꾸는 사람.”

“네 꿈은 뭐였어?”

“없어요, 그런 거.”

그렇게 툭 대답한 태일은 이내 고개를 저으며 방금 한 말을 수정했다.

“내가 꿈꾸는 대로 살아보겠다고 전쟁을 치렀으면서 결국 할아버지가 원하는 모습대로 살고 있어요, 내가. 그 껍데기를 깨고 싶어서 그렇게 발버둥을 쳤으면서. 사실 모르겠어요. 가끔은 내가 내 자신을 속이면서 사는 것 같아. 진짜 내 마음을 진솔하게 들여다보려고 해도 답을 찾을 수가 없어요. 매번 할아버지 핑계를 대지만 어찌 됐든 내가 포기한 건데, 더는 싸울 자신이 없어서 그냥 안전하게 살기로 마음먹은 건데 왜 깔끔하게 미련을 내려놓지 못하는 건지, 왜 행복해지지 않는 건지.”

줄곧 발끝만 내려다보던 태일이 고개를 들어 하나를 쳐다보았다.

“그래서 난 주다애가 좀 알았으면 좋겠어요. 자기가 세상에 둘도 없는 못난이라고 믿지만 사실은 얼마나 멋진 사람인지.”

“못난이 맞지 뭐. 오늘은 뭐라더라, 강의 시간에 졸다가 교수님한테 혼났다고 징징대던데?”

그 말에 태일이 피식 웃었다. 그네에서 내려선 그가 말했다.

“아, 진짜 재미없는 얘기였다. 내가 이래서 내 얘기 하는 거 싫어해요.”

“재미없지는 않았어. 그냥…….”

“어려웠구나.”

"어, 맞아. 실은 전혀 짐작도 못 했거든. 네가 남몰래 그런 고민들을 하고 있을 거라고. 게다가 나는 너랑 정반대로 남들이 나한테 기대하는 모습으로 살지 못해서 한이 맺힌 사람이니까. 그래도, 결국에는 모두가 공평하게 무게는 똑같은 고민을 하면서 사는 것 같기도 하고……. 다애랑 나는 매일 그래. 넌 뭐 한 가지 빠지는 게 없다고, 네가 진짜 부럽다고. 난 심지어 네 사연 알기 전까지는 이렇게도 생각했어. 너희 부모님은 세상에 남부러울 게 없으시겠다고."

"나는 누나네 가족이 세상에서 제일 보기 좋아 보이는데, 진심으로."

"그러니까. 모두가 자기 자신에게 만족하지 못하고 남들이 가진 걸 동경해. 그래서 우리 엄마가 늘 그런 말씀을 하신 건가?"

"뭐라고 하셨는데요?"

"아무리 넉넉하고 행복해 보이는 사람이라도 알고 보면 다 제각기 남모를 고충이 있는 거라고, 그러니 다른 사람을 부러워할 필요 없다고."

하나도 그네 줄을 놓고 몸을 일으켰다. 그네를 타고 하늘 높이 날다 떨어지는 게 세상에서 가장 겁이 나는 일이던 어린 시절이 있었다. 그러면서도 매번 시간 가는 줄 모르고 더 높이 오르기 위해 열심히 발을 구르던. 그러나 이제는 두려운 일이라면 이 세상에 얼마든지 있고, 시간이 다 되어 그네를 떠나는 게 더 이상 아쉽지 않다. 고작 그네를 타고 더 높은 곳으로 날아오르기 위해 쓸 기력도 없다. 이래서 어른이 되면 두 번 다시 놀이터로 돌아오지 않는 걸까?

"어떡하지, 내가 해줄 말이 없어서."

"누나가 무슨 말을 하겠어요. 나도 스스로를 두둔할 수가 없는데. 이렇게 떠들다 보면 나도 내가 대체 무슨 공허한 궤변을 늘어놓고 있는지 모르겠어. 알아요, 내가 아무것도 하지 않는다면 죽어도 해결되지 않을 고민이라는 거. 결국 결론은 내 자신인데, 내가 달리 행동하지 않으면 답이 없는 문제인데 바뀔 생각도 없으면서 도돌이표 속에 갇힌 것처럼 똑같은 고민만 반복하는 내가 싫어요, 난."

"모임 만들어야겠다. 나도 요즘 내 자신이 너무 마음에 안 들거든."

그렇게 대꾸한 하나는 잠시 동안 가만히 태일의 옆얼굴을 바라보다 다시 입을 열었다.

"음…… 방금 전에 해주고 싶은 말이 생겼어. 들어볼래?"

"뭔데요?"

"그래도 나는 네가 잘됐으면 좋겠어, 태일아."

"……."

"사회적으로 성공하는, 그런 의미의 잘됐으면 좋겠다는 말이 아니라, 그냥 네가 조금 더 행복해졌으면 좋겠어. 모두가 행복해지려고 열심히 사는 건데, 행복하지 않아야 될 이유가 없잖아. 그럼에도 우리가 왜 행복하지 않은지는 참 의문이지만……. 너무 앞만 보고 달려서 그런가? 가끔은 옆을 돌아볼 필요도 있는 건데. 아무튼, 나는 네가 더 행복해지기를 응원할게. 진짜야."

대답 대신 태일은 보일 듯 말 듯 고개를 끄덕였다. 집으로 발걸음을 돌리기 전 그가 마지막으로 물었다.

"누나는 꿈이 있어요?"

"꿈? 꿈을 찾는 게 꿈이다, 난."

그 심드렁한 대꾸에 태일이 처음으로 소리 내 웃었다. 그런 태일을 보며 하나는 방금 한 말을 고쳤다.

"난 평범하게 살고 싶어. 딱 남들 하는 만큼만."

"그거 실은 되게 어려운 건데."

"그러니까 그게 나한테는 꿈인 거지. 이루어지기 힘든."

"평범하다는 단어만큼 이상한 말도 없어서 그래요. 어느 날 평범하게 사는 게 어떤 걸까 고민하다 사전을 찾아봤는데 난 더 기분이 나빠졌어요. 누나는 평범하다는 말의 정의가 뭔지 알아요?"

"음…… 보통이다?"

"맞아요. 뛰어나거나 색다른 점이 없이 보통이다."

보통이다. 별것도 아닌 그 말이 새삼 와닿았다. 그 개념을 정의한 사람은 보통만 한다는 게 실은 얼마나 어려운 일인지 알기나 할까? 아마 모를 거다. 온 국민이 보는 사전에 등재될 뜻풀이를 정할 정도라면 모르긴 몰라도 일생 동안 평균 이상은 해온 사람일 테니까. 그러나 그저 '보통' 사람에 지나지 않는 하나에게는 그 쉬운 단어가 너무나도 어려웠다.

"평일에는 9시 출근 6시 퇴근, 주말에는 내 방 침대 위에 뻗어서 아무것도 못 하다 어느새 다시 한 주의 시작. 그렇게 쳇바퀴 같은 일생 동안 평균적인 시기에 졸업을 하고 취직을 하고 가정을 꾸리고, 딱 남들이 하는 만큼만 울고 웃고, 그다지 특이하지 않은 일로 먹고살면서 가끔 적당한 시련도 겪다 평화롭게 인생이 끝난다는 거. 그게 얼마나 어려운 일인데 그런 걸 대체 왜 평범하다는 평범하지 않은 단어로 정의하는 걸까?"

"그래서 그 말은 틀렸어요. 뛰어나거나 색다른 점은 없지만 남들보다 빠지는 점도 없어야 되는 거니까."

"그래, 네 말이 맞아. 평범한 삶을 살려면 평범하지 않은 노력을 해야 해. 그런데 있잖아, 나 한마디만 해도 될까?"

"뭔데요?"

"그걸 벌써 알고 있다는 것부터가 네가 평균 이상이라는 증거야. 그러니까, 넌 꽤 괜찮은 사람이라고."

내내 동조하는 줄로만 알았던 하나가 뜻밖에 건넨 말에 멈칫한 태일이 이내 졌다는 듯 살짝 고개를 끄덕였다. 서로가 서로를 괜찮은 사람이라 위로하지만 그럼에도 자기 자신에 대해서는 책망하기 바쁜, 한밤중의 아주 이상한 모임이었다.

집으로 향하는 길 위에는 선선한 밤바람뿐 오가는 대화는 없었다. 달라진 공기가 서먹하게 만든 분위기를 수습할 한 방이 필요한 타이밍이었으나 정작 그날 하루의 전개는 전혀 뜻밖의 등장인물과 함께 뒤집혔다.

지척에 집이 보이기 시작했을 무렵이었다. 하나와 태일은 약속이라도 한 듯 동시에 멈춰 섰다. 등에 만취한 여자를 업은 남자가 집 주위를 서성이고 있었다. 먼저 제 동생을 알아본 하나가 경악했다.

"저거 지금 설마…… 다애야?"

그러나 태일은 이미 행동을 앞세워 하나마저 뒤로하고 성큼성큼 그쪽으로 다가가고 있었다. 몸도 혼자 가누지 못할 정도로 인사불성이 된 다애와 그런 그녀를 업고 있는 남자의 얼굴을 번갈아 쳐다보던 태일이 무거운 목소리로 다애의 이름을 불렀다.

"주다애."

"어? 이태일, 이태일이다."

"너 지금 뭐 하는 거야."

여태껏 조곤조곤하기만 했던 목소리의 온도가 삽시간에 급강하했다. 태일을 경계의 눈초리로 살피던 준호도 흠칫하고, 조금 떨어진 곳에서 안절부절못하며 그 광경을 지켜보던 하나는 저도 모르게 두 손으로 입을 가렸다. 준호의 등에 업혀 있는 다애만이 약간 풀린 눈으로 물끄러미 태일을 올려다보았다.

"너, 지금 화내는 거야?"

"내려와."

"왜 화내는 건데?"

"내려오라니까?"

"저기, 뭐 때문에 그러는지는 모르겠지만 지금 너무……."

"모르겠으면 그냥 빠져요."

보다 못한 준호가 끼어들었으나 태일은 그쪽을 쳐다보지도 않고 말을 잘랐다. 여전히, 평소답지 않게 냉랭하고 날이 선 태도였다.

"선배, 저 내려주세요."

"괜찮겠어? 속도 안 좋다고 했잖아."

"괜찮아요. 내려갈래요."

곱지 않은 눈으로 태일을 보던 준호가 어쩔 수 없다는 듯 다애를 내려놓았다. 그가 발이 땅에 닿자마자 비틀거리는 다애를 부축했으나 그녀는 괜찮다는 뜻으로 고개를 내젓고는 곧 혼자 힘으로 똑바로 섰다.

"왜 화내? 넌 내가 우습지."

발음이 평상시보다 느릿하고 불분명하긴 했으나 그 자리에 있던 모두가 똑똑히 알아들을 수 있었다. 태일마저 일순간 얼어붙게 한 그 말을, 다애는 계속 이어 나갔다.

"넌 내 앞에서 맨날 뜻 모를 소리만 해. 이유나 좀 알자. 넌 늘 이유를 설명하지 않아. 그래, 아마도 내가 너한테 뭔가 잘못했겠지. 나보다 훨씬 더 똑똑하고 무슨 생각을 하는 건지 한 개도 모르겠고, 그런 네 속마음 헤아리기에는 내가 너무 멍청하니까, 뻔한 걸 나만 모르는 거겠지. 그런데…… 나 진짜 모르겠거든."

"주다애."

"넌 늘 모든 걸 다 알아. 그런데 난 아무것도 몰라. 회계학 과제를 할 때보다 더 머리를 굴려봐도 모르겠어. 그러니까 그냥 좀 알려주라. 내가 또 술을 마신 게 보기 싫은 건지, 술을 마시고 야밤에 들어와서 싫은 건지, 이 늦은 시간까지 술 퍼마신 주제에 몸도 제대로 못 가누고 남자 등에 업혀 들어와서 화가 나는 건지…… 그것도 아니면 그냥 내가 싫은지."

"……."

"그런데 넌 또 대답이 없지. 그러면서 뭔데 나한테 화내? 어? 너 진짜 별로야. 나처럼 이렇게 확실하게 말하란 말이야. 그러지도 못하면서 네가 그럴 자격이나 있어? 네가 뭔데!"

제법 취했으면서도 술을 마신 것 같지 않게 덤덤히 말을 잇던 음성이 끄트머리쯤 가서 높아지더니 곧 다애는 마구 삿대질을 하며 고함을 쳐 대기 시작했다. 또다시 역전된 형세에 정신을 차린 하나가 그제야 다애에게 달려들어서는 난폭해진 동생을 뜯어말렸다.

"주다애, 너야말로 왜 이래? 술을 마시려거든 곱게 마시고 곱게 들어왔어야지 이게 무슨 행패야!"

"언니, 쟤 봐봐. 나 쟤 싫어. 또 자기만 잘났잖아, 혼자만 알면서 아무 대답도 안 해주잖아.”

“너 진짜 미쳤어? 나중에 정신 들어서 태일이 얼굴 어떻게 보려고 그래? 동네 창피하게 정말!”

아예 땅바닥에 주저앉아 주정을 부리는 동생을 하나가 열심히 어르고 달래던 때였다. 어느 순간 침묵이라는 공백이 뜬 골목 위에 나직한 목소리가 울렸다.

“그래, 맞아. 네 말대로 나 정말 후지다.”

“…….”

“그러니까, 관두자 우리.”

표정만큼이나 착 가라앉은 목소리로 그렇게 내뱉은 태일이 몸을 돌려 제집으로 들어갔다. 대문이 닫히는 소리가 울리기가 무섭게 다애는 언니의 품에 안긴 채 엉엉 울기 시작했다. 롤러코스터처럼, 스릴러 영화처럼 온종일 오락가락 반전에 반전을 거듭하다 끝내는 올바른 해답을 찾지 못한 하루였다.

어른이 되지 못한 이들을 위한 동화

"으…… 언니, 지금 몇 시야?"

부스스한 얼굴로 방에서 기어 나온 다애가 좀비처럼 식탁으로 향했다. 출근 준비를 끝내 놓고 토스트로 아침 식사를 때우고 있던 하나는 동생을 향해 눈을 흘겼다.

"가관도 아니다, 가관도 아니야. 거울 좀 봐."

"언니, 나 물 좀."

할 말이 많은 낯을 하면서도 컵에 물을 따라 다애에게 건넨 하나가 다시 못마땅한 눈초리로 동생을 쏘아보았다. 그러나 아직 사태 파악이 덜 된 다애는 따가운 눈총도 느끼지 못한 채 물을 단숨에 비우고는 지끈거리는 머리를 흔들었다.

"아, 머리 너무 아프다. 눈은 또 왜 이렇게 부었지."

"안 붓는 게 이상하지."

"아, 안 붓는 게 이상…… 엉? 뭐가 이상해? 왜?"

"참 세상 살기 편한 주사다. 술 마시고 한숨 푹 자고 일어나면 아무것도 기억이 안 나니, 원."

"내가 뭐 또 실수했어?"

"실수? 너 기억나는 거 정말 없어?"

언니의 물음에 다애는 미간까지 찌푸리며 깨질 것 같은 머릿속을 더듬기 시작했다. 그래봤자 잠도 덜 깬 데다가 숙취까지 폭발적으로 밀려들어서 시도만 가상한 결과가 되어버렸지만.

"아…… 언니. 나 기분이 나빠. 왜 나쁘지? 나 어제 분명히 기분 괜찮았는데, 왜 이러지?"

"네 무의식이나마 노력을 하고 있어서 다행이다."

"언니 뭐 아는구나. 어제 무슨 일 있었어?"

"너야말로 어제 너 업고 들어온 남자 누구야?"

"헉, 내가 또 누구 등에 업혀 들어왔어?"

그제야 조금 정신을 차린 다애가 소리를 빽 질렀다. 인상을 쓴 하나가 다시 말했다.

"너 어디까지 기억하는 거야."

"어제 학교 끝나고 선배랑 밥 먹고, 기분이 너무 좋아서 맥주도 한잔했지."

수업 시간에 찍히긴 했으나 기분은 좋았고, 그 좋은 기분을 안고 점심에 만나지 못했던 준호를 만나 술을 한잔했다. 아니, 처음에는 분명 한 잔이었는데 두 잔이 되고 세 잔이 됐다. 그런데 마치 곤두박질쳐 진창에 처박힌 듯한 이 기분은 어인 연유 때문일까.

"헉, 설마 준호 선배가 데려다준 건가? 나 어떡해. 미쳤나 봐 진짜. 선배 얼굴을 어떻게 봐."

"진짜로 얼굴 못 볼 사람은 따로 있거든? 너 태일이랑 무슨 일 있었지. 또 싸웠어?"

"여기서 난데없이 이태일이 왜 나와?"

"네가 고주망태가 돼서 선배인지 나발인지 하는 남자 등에 업혀서 빌빌대던 시점에 태일이가 등장했으니까 그렇지!"

멍하니 듣고 있던 다애가 믿을 수 없다는 듯 잔뜩 부은 눈을 부릅떴다. 그제야 조금씩 어제의 기억이 수면 위로 떠오르기 시작했다.

"주다애. 너 뭐 하는 거야. 내려와. 내려오라니까?"

"왜 화내? 너 진짜 별로야. 나처럼 이렇게 확실하게 말하란 말이야. 그러지도 못하면서 네가 그럴 자격이나 있어?"

"맞아. 네 말대로 나 정말 후지다. 그러니까, 관두자 우리."

오갔던 대화의 얼개를 뒤늦게야 대강이나마 꿰어 맞춘 다애가 저도 모르게 두 손을 들어 입을 가렸다. 고개를 절레절레 저은 하나가 한마디 보탰다.

"평소랑은 분위기가 달랐어. 완전 달랐어. 너도 취중에 그간 쌓인 거 다 터뜨린 것 같고, 태일이는 말할 것도 없지. 모르긴 몰라도 어제 일까지 얼렁뚱땅 넘어가지는 못할걸."

컵을 손에 든 채 화석처럼 굳어진 다애의 안색이 급격히 창백해지기 시작했다. 거기까지 말하고는 식탁 의자에서 일어난 하나가 당부했다.

"주다애, 전에도 말했지만 너는 내 동생이고 그래서 난 무조건 네 편이야. 그러니까 태일이랑 일은 너 마음 가는 대로 정리해.

그런데, 술은 작작 마셔. 아직 나이도 어린 게 어디서 술을 잘못 배워 와가지고 매번 필름 끊길 정도로 만취해서 외간 남자 등에 업혀 들어오는 거야? 이참에 술 끊어. 콩나물국 끓여 놨으니까 챙겨 먹고."

때늦은 충격의 여파에 휩쓸려 있는 동생을 뒤로한 채 하나는 편치 않은 마음으로 출근길에 올랐다. 하루가 갈수록 쌀쌀해지는 날씨에 옷깃을 여미다 문득 손길이 허공에 멈췄다. 태일이 사준 머플러를 매만지다 보니 자연히 어젯밤 일을 복습하게 되었다.

"아, 어떻게 타이밍이 그래."

하필이면 그런 일이 터지기 직전 태일의 속마음을 들은 건 신의 한 수였을까 신의 악수였을까? 어젯밤 울고불고 난리를 치는 다애를 달래다 재운 끝에야 잠자리에 든 하나가 되레 잠을 설치고 말았다.

다애에게 말했듯 주하나는 주다애의 편이지만 웃고 떠들다가도 그늘진 얼굴을 하고, 불같이 화를 내다 돌연 체념한 얼굴로 관두자는 말을 내뱉고는 들어가 버린 태일의 마지막 모습도 마음에 걸렸다. 태일이 취해서 그런 게 아니라는 건 누구보다 하나가 잘 알았다. 먼저 한잔하자고 해놓고도 그는 술을 거의 입에 대지 않았으니까.

"역시나 끼어들지 말았어야 했어."

차라리 아무것도 몰라서 다애와 함께 태일을 욕할 수라도 있으면 좋으련만. 그러나 하나는 태일이 어젯밤 다애에게 화를 내던 순간 어떤 심정이었을지 조금은 이해할 수 있을 것 같았다.

"아, 역시 사람 마음이 세상에서 제일 어려워."

그리고 많이 안다는 건 역시나 피곤한 일이다. 고개를 흔든 하나는 버스 위에서 차창 밖의 풍경을 바라보다 눈을 감았다. 그러나 설핏 잠이 들었을 무렵 야속하게도 버스는 내려야 할 정류장에 도착했고 피곤한 눈을 깜빡거리며 버스에서 하차한 하나는 종종거리며 자신의 근무지를 향해 걸음을 옮겼다.

"으, 추워…… 어?"

몸을 움츠리며 「L'amour」의 문을 연 하나는 저도 모르게 놀라움 담긴 탄성을 입 밖으로 내고 말았다. 분명 눈을 뜨고 버스에서 내려 여기까지 걸어왔다고 생각했는데 설마 아직도 꿈속을 헤매고 있는 걸까?

"왜 그런 눈으로 봐요?"

하나와 눈이 마주치고는 고개를 갸웃한 준수가 그리 물었으나 하나는 여전히 제자리에 우뚝 선 채 눈만 깜빡였다. 어째서 눈앞에 이 남자가 보이는 걸까, 오늘은 그가 출근하는 날도 아닌데.

"오늘 날짜를 잘못 알았나."

"오늘 토요일이에요, 하나 씨."

"아, 토요일……. 어, 그럼 맞는데."

고개를 한 번 세차게 흔든 하나가 눈을 크게 떴다. 그러나 서준수의 모습은 사라지지 않았다. 아, 서준수 때문에 하도 전전긍긍 애를 태워서 그런지 이젠 하다하다 환영까지 보이나 보다. 그런데, 환영이 원래 이렇게 말도 거나?

"오늘 토요일 맞고, 원래대로라면 난 출근하는 날이 아니고, 그런데도 여기 나와 있는 거 맞아요."

무슨 생각을 하고 있는지 다 안다는 듯한 준수의 말에 정신을 차린 하나는 다시 눈을 동그랗게 떴다. 그러고 보니 그의 뒤로 저보다 늦게 출근하는 수현과 규호까지 매장에 나와 있는 게 뒤늦게야 포착되었다. 그제야 몰려든 창피함은 덤.

"아, 제가 잠이 덜 깨서……. 그런데, 출근하는 날도 아닌데 이렇게 일찍 어쩐 일이세요?"

"긴히 상의할 일이 있어, 하나 씨."

어디선가 튀어나온 해인이 대신 질문을 받고는 눈을 찡긋해 보였다. 해인을 돌아본 준수가 못 말리겠다는 듯 웃었다.

"아, 그럼 저 얼른 옷 갈아입고 나올게요."

"아니야, 하나 씨. 오늘은 그럴 필요 없으니까 그냥 있어도 돼."

이건 또 무슨 소리일까. 오늘은 그럴 필요가 없다니? 아직 상황 파악이 되지 않은 하나가 여전히 어리둥절해 있는 사이 해인이 모두를 소환했다.

"자자, 임시 회의를 소집합니다."

전 직원이 일사불란하게 한자리에 모였다. 「L'amour」의 직원회의는 보통 매니저인 수현이 주재하지만, 오늘은 어인 일인지 해인을 주축으로 진행되는 것 같았다.

"먼저 박수 한번 치고 시작합시다."

해인이 가장 먼저 꺼낸 말도 뜬금없기 짝이 없었다. 여전히 꿈을 꾸고 있는 듯한 기분으로 하나는 얼결에 박수를 따라 쳤다.

"오늘 무슨 날인가요?"

"아주 기념비적인 날이죠. 준수 씨가 생애 최초로 휴가를 쓴답니다. 그것도 일주일이나!"

다짜고짜 다 같이 모여 박수를 친 다음 나온 얘기라고 하기에는 대단찮았으나 뜻밖의 화제이긴 한 터라 하나는 다시금 놀라고 말았다. 일주일에 7일을 꼬박 근무하는, 일밖에 모르는 저 남자가 휴가라니?

"우리 매장뿐만 아니라 준수 씨가 일하는 다른 곳에서도 휴가를 받은 결과, 오늘부터 정확히 일주일 동안 준수 씨는 자유의 몸이 됩니다. 준수 씨, 얼마 만에 쉬는 거라고 했죠? 아무튼, 그러니 우리는 열흘이나 지나고 나서야 준수 씨를 다시 볼 수 있다는 아주 슬픈 소식입니다."

"와, 그런데 왜 제가 해방된 것처럼 기쁠까요."

때맞춰 익살스럽게 끼어든 규호가 과장되게 박수를 쳤다. 준수는 조용히 웃고, 멍하니 듣고 있던 하나도 마지못해 피식하고 말았다.

"열흘이라고는 해도 실질적으로 우리 매장에 영향이 있는 날은 다음 주 주중 3일뿐이지만 저도 근무 시간이 반으로 줄어든 상태라 남은 세 분의 소임이 아주 막중해질 것 같습니다."

"이번 기회에 제가 한번 제대로 집권해 보도록 하겠습니다."

손을 든 규호가 비장하게 출사표를 던졌다. 수현이 한마디 일침을 놓고 싶은 얼굴로 고개를 절레절레 저었다.

"그런데…… 이게 다인가요?"

이제 좀 적응이 된 하나가 조심스럽게 첫 발언을 했다. 이례적인 사건이긴 했으나 그렇다고 해서 임시 직원회의까지 소집할 정도의 안건은 아니라고 머리가 판단을 내렸기 때문이었다.

그러나 해인은 장난기 가득한 표정으로 고개를 저었다.

"한 가지 더. 하늘은 높고 말은 살찌고 사람은 더 살찐다는 음식의 계절, 가을을 맞이하여 서울 디저트 페어가 열립니다. 원래는 제가 매장 상황 봐서 여유가 되면 참석하곤 했는데, 이번에는 아시다시피 몸이 많이 무거워져서 어려울 것 같습니다. 그렇지만 신제품 개발에 전력을 다하고 있는 우리 상황에서 이번 박람회를 그냥 넘기기도 아쉽겠죠? 그렇다면 어떻게 해야 할까요?"

유치원 선생님을 연상하게 하는 어조였다. 이 상황극 아닌 상황극에 장단을 맞추어 이번에도 규호가 손을 들었다. 해인이 대답해 보라는 듯 손짓하자 그가 아이 같은 투로 또박또박 답했다.

"다른 사람이 대신 가도록 합니다."

"참 잘했어요. 그럼 누가 가는 게 가장 좋을까요?"

이번에는 모두가 대답 대신 고개를 돌려 하나를 쳐다보았다. 갑작스러운 상황 전개에 다시 멍해져 있던 하나가 화들짝 놀라며 물었다.

"제가요?"

"왜, 하나 씨 가기 싫어?"

"아뇨, 그런 게 아니라…… 그런데 디저트 페어가 언제인데요?"

"오늘."

"네에?"

하나가 다시금 놀란 눈을 크게 떴다. 이러려고 옷을 갈아입지 말라고 했나 보다.

"이렇게 갑자기요? 아니, 저야 뭐 합법적으로 땡땡이치고 좋지만…… 그럼 매장 운영은요? 준수 씨도 없는데 저까지 없으면 좀…… 요새 손님도 많은 편이잖아요."

"어휴, 이 넘치는 애사심. 그럴까 봐 지원 사격도 준비해 놨지. 오늘은 제가 특별히 종일 근무를 하도록 하겠습니다."

"아……."

"어, 여전히 반응이 미적지근한 건 아무래도 처음이라 난처해서 그런 거겠죠?"

여전히 얼떨떨해서 눈꺼풀만 깜빡이는 하나를 향해 해인이 슬쩍 눈을 찡긋했다. 그 의중을 가늠해 보기도 전에 임의로 하나의 심정을 단정 지은 해인이 좌중을 둘러보더니 이윽고 준수를 지목했다.

"준수 씨, 휴가 첫날부터 미안하지만 준수 씨가 하나 씨랑 같이 가줘요."

"네?"

이번에는 하나와 준수가 동시에 반문했다. 뜨악한 얼굴을 하고 준수를 한 번 쳐다본 하나가 다시 해인에게로 시선을 돌렸다. 이 작전에 대해서는 입을 맞춘 바 없는지 준수도 뜻밖의 전개에 당황한 눈치였다.

"그럼 어떡해, 준수 씨밖에 동행 가능한 사람이 없는데. 수현 씨나 규호 씨 중에 한 명까지 빠지면 정말로 매장 운영은 누가 하고?"

일리 없는 말은 아니었으나 표면 그대로 받아들이기에는 모종의 음모가 감지되었다. 장난기 가득하던 눈짓이 한층 심증에 무게를 실어주었으나 달리 반박할 재간도 없었고 해인이 주도한 이 날치기 의결은 반대표 없이 통과되고 말았다.

"자, 그럼 청춘 남녀는 외근하러 떠나시고, 나머지 우리는 얼른 오픈 준비합시다. 준수 씨, 열흘이나 못 본다고 생각하니 아쉽네. 푹 쉬고 휴가 알차게 보내고 나중에 봐요. 하나 씨도 잘 다녀와. 연구 목적으로 가는 거니까 공금도 막 쓰고 오고. 오늘 날씨 끝내주던데, 좋겠네."

정작 두 사람보다 더 활짝 편 얼굴을 하고 손을 흔든 해인이 자리에서 일어나 제빵실로 사라졌다. 여느 때처럼 티격태격하며 수현과 규호도 매장 오픈을 준비하러 떠나고, 자리에는 덩그러니 하나와 준수 두 사람만이 남았다. 왠지 모르게 어색한 공기를 깨고 먼저 입을 연 건 준수였다.

"얼떨떨한 표정이네요."

"어젯밤부터 정신이 하나도 없어요. 출근하는 날도 아닌데 나타난 서준수 씨는 난데없이 휴가를 받았다고 하지를 않나, 선배님은 별안간 디저트 페어에 다녀오라고 하지를 않나. 꼭 사기당한 기분이에요."

"디저트 페어는 보통 정오에 시작해서 두 타임으로 나눠서 진행해요. 종일권도 판매하긴 하지만 굳이 하루 내내 있을 필요까지는 없다 싶은데. 어떻게 하고 싶어요? 여기에서 바로 출발해서 1부에 참석했다 일찍 퇴근할래요, 아니면 일단 집으로 갔다 늦은 오후에 전시장에서 만나는 게 낫겠어요?"

"후자요. 명색이 오랜만의 외출인데 남루한 꼴로 갈 수는 없어요."

단호한 반응에 준수가 웃었다. 그러나 하나는 한없이 진지한 얼굴이었다. 왜 하필이면 오늘따라 유난히 대충 아무거나 걸친 듯한 차림으로 출근했을까. 후회가 막심했다.

"그럼 일단 퇴근했다 오후에 만나요."

오늘 하루 매장 업무에서는 손을 떼도 좋다는 허가를 받았으나 박람회 2부까지는 한나절이나 남아 있었고 집에 가봐야 달리 할 일도 없었기에 하나는 오전 근무를 택했다. 준수도 은근슬쩍 남아 일손을 도우려 했지만 휴가 첫날부터 외근을 나가게 된 마당에 잔업이 웬 말이냐며 한사코 등을 떠미는 여론에 의해 영업 시작 직후 매장을 떠났다.

해인을 거들어 재고를 넉넉히 준비해 놓은 후 점심 무렵이 되어서야 하나는 「L'amour」를 나섰다. 토요일 오후의 번화가는 온통 사람들로 북적였다. 태양이 아직 높은 하늘에 떠 있는 휴일에 따사로운 햇살을 맞으며 집으로 돌아가려니 어색하기 짝이 없었다. 환한 대낮에 밖에 나와 있기도 오랜만이었다.

활기찬 바깥세상과 다르게 집 안은 적막했다. 다애도 외출한 건지 도로 잠이 든 건지 기척이 없었다. 집에 들어서자마자 자신의 방으로 직행한 하나는 새로운 고민을 시작했다.

"대체 뭘 입어야 하는 거야."

옷차림을 핑계로 내세웠으니 차려입긴 해야 할 텐데 당최 뭘 입어야 좋을지 알 수가 없다. 격식 있는 자리도 아니고 데이트도 아니다. 잠깐, 데이트?

"미쳤나 봐."

뒤늦게야 이게 준수와 함께하는 바깥나들이라는 걸 자각하고 나니 얼굴이 다 뜨거워지는 것 같았다. 처음으로, 바깥에서, 그 남자와 무언가를 함께한다. 그것도 단둘이.

"아니야, 정신 차려. 이건 데이트가 아니야. 일의 연장선이야."

얼굴을 감싸 쥐다 제 뺨을 몇 번 톡톡 치고 머리를 흔든 하나가 다시 옷장 안으로 시선을 두었다. 그 남자는 지극히 업무일 뿐이라 생각하고 평소와 다르지 않은 차림으로 나타날 텐데, 저 혼자 작정하고 꾸몄다 민망해지는 상황은 만들고 싶지 않았다. 그러나 평소와 달리 색다른 모습을 보여주고 싶은 소박한 욕심도 마음 한구석에서 꿈틀대고 있었다.

"그래봤자 그런 쪽으로 눈치라고는 요만큼도 없는 그 남자가 알아주기나 하겠느냐고."

그렇게 푸념하듯 중얼거리면서도 하나는 옷장 앞에 서서 괜스레 이 옷 저 옷을 건드려 보며 한참을 망설였다. 죄다 어째 신통치 않아 보이는 자질구레한 옷가지들뿐이었다. 고등학생 때까지만 해도 다애가 공주님 옷장이라고 부르던, 온통 하늘거리고 화사한 옷들로 가득 찬 드레스룸을 가지고 있었건만 지금 눈앞에 펼쳐진 건 멋이라고는 약에 쓰려 해도 없는 우중충한 무채색투성이의 옷장이었다.

요새는 거의 손이 가지 않는 옛날 옷들까지 헤집던 끝에 하나는 마침내 원피스 하나를 찾아냈다. 부잣집 딸로 살던 시절 최고급 비스포크 양장점에서 맞췄던 미니 드레스였다. 미니 드레스라고는 하지만 평상시에 걸치기에도 손색이 없는 아담한 원피스라 하나는 조금 머뭇거리다 옷걸이에서 그 옷을 끌어내렸다.

"와, 이거 마지막으로 입었던 게 도대체 언제야."

최고급 원단으로 제작해서인지 수년이 흘렀음에도 옷에는 조금도 손상이 없었다. 손끝에 착 감겨드는 부드러운 옷감은 이내 옛 기억을 불러냈다.

남부러울 게 없던 열여덟 살, 세상에 나온 지 꼭 열일곱 해를 채우던 생일, 하나는 이 옷을 입고 특별히 주문 제작한 화려한 케이크에 제 나이만큼 꽂힌 촛불을 불었다. 예쁜 것만 보면 사족을 못 쓰는 데다 식탐도 별로 없는 다애는 그저 아름다운 케이크 장식에 호들갑을 떨며 감탄했지만, 하나는 제일 먼저 생크림을 한 스푼 떠서 입에 넣고는 사르르 녹아내리는 크림을 음미하며 생각했다. 눈처럼 새하얗고 설탕보다 더 달콤한 이 크림 속에는,

대체 어떤 마법이 숨어 있을지.

"마법은 마법이네. 그 케이크를 이제 내가 만들고 살 줄 누가 알았겠어."

원피스를 입어본 하나가 거울 속 제 모습을 들여다보며 중얼거렸다. 파티시에 일을 하는 동안 살이 조금 붙은 탓에 약간 작아진 감이 있긴 했으나 옷은 그럭저럭 잘 맞았다. 그럼에도 주인공의 얼굴은 썩 밝지 못했지만.

옷은 변함없이 그대로지만, 옷의 주인은 더 이상 예전 같지 않다. 그리고 보니 올해의 생일이 어느덧 코앞이었으나 하나는 다가올 생일이 더 이상 조금도 기대되지 않았다. 예쁜 옷과 맛있는 케이크에 기뻐하던 소녀는 이제 없고 팍팍한 일상에 지친, 어른이 되다 만 미완성 작품만이 거울 속에 남아 있었다.

한참이 지나서야 하나는 우울한 자화상에서 시선을 거두어들였다. 너무 딱 맞는 옷일랑 집어치우고 평소대로 맨투맨 티셔츠에 청바지나 입을까 싶었지만 눈 딱 감고 이왕 걸친 옷 그대로 외출하기로 마음을 굳힌 하나는 이번에는 화장품으로 눈을 돌렸다. 오늘 하루만이라도 아주 조금이나마 다른 사람이 되고 싶었다.

한참 공들여 매끈하게 피부의 결을 채운 하나는 속눈썹을 바짝 올렸다. 손이 잘 가지 않던 립스틱도 꺼내 입술에 발랐다. 거창하게 한 것도 없는데 그러고 나니 평소 모습보다 생소한, 조금 전과도 어딘가 다르게 느껴지는 얼굴이 거울 속에서 그녀를 쳐다보고 있었다.

시계를 한 번 들여다보고 다애와 공유하는 작은 체인백에 몇 가지 소지품들을 챙겨 넣은 하나는 신발장 앞에서 다시 한참을 고민하다 집을 나섰다. 아침에는 조금 쌀쌀하다 싶었는데 한창인 오후의 햇살은 더할 나위 없이 포근했다. 살랑이는 바람 덕분에 아주 조금씩 날아오르는 기분을 안고, 하나는 박람회장으로 향했다.

만나기로 한 시간보다 약간 이르게 도착했으나 이미 건물 입구부터 줄이 기다랗게 늘어져 있었다. 그 틈바구니에서 준수의 모습을 발견한 하나는 잠시 제자리에 멈춰 섰다. 준수가 별다른 반응을 보이지 않으면 실망하고야 말 거라는 걸 알면서도, 어쩐지 그에게 색다른 모습을 보여주게 될 잠시 후의 순간이 조금 기대가 됐다.

"주하나, 제발 설레발치지 마. 저 남자는 나한테 아무 관심도 없잖아."

그럼에도 여지없이 두근거리는 마음을 진정시키려 애쓰느라 하나는 본의 아니게 제자리에서 약간 지체했다. 벌써 몇 번째인지 모를 심호흡을 거듭한 끝에 하나는 서서히 준수에게 다가갔다. 팔짱을 낀 채 비스듬히 시선을 내리깔고 있던 준수가 문득 고개를 든 순간 두 사람의 시선이 마주쳤고, 이내 그는 옅은 미소를 지었다.

준수도 아까와는 옷차림이 조금 달라져 있었다. 그가 입고 있는 미색의 포근한 니트 스웨터를 보니 꼭 그를 처음 만났던 때가 떠올랐다. 서준수는 여전히 까맣게 모르고 있는, 6년 전 가을 그 어느 순간.

"오전에 뭐 하다 왔어요?"

쭈뼛쭈뼛 어색하게 준수의 앞에 선 하나가 먼저 대화의 포문을 열었다. 미소의 자취가 선명한 그의 입매가 천천히 열렸다.

“서점에 들러서 책 두어 권 사고, 오랜만에 세상 구경도 좀 하고. 그랬죠.”

“황금 같은 휴가 첫날인데 또 일이라니, 역시 서준수 씨 팔자에는 일복밖에 없나 봐요. 휴가 기분도 안 나겠네요. 그런데 갑자기 웬 휴가예요?”

“휴식이 좀 필요한 타이밍인 것 같아서요.”

“맞아요. 서준수 씨는 좀 쉬어야 돼요. 원래 오늘 계획은 뭐였어요?”

“밀린 책들이나 좀 볼까 싶었고, 그거 말고는 아무것도 없었어요. 실은 뭘 해야 할지 잘 모르겠어요. 갑자기 시간이 아주 많아져 버려서.”

“또 부자 되셨네요. 이번에는 시간 부자.”

하나의 대답에 준수가 또 웃었다. 이번에는 조금 더 선연한 웃음이었다.

불쾌하지 않을 정도로 하나의 모습을 훑은 준수는 다시 그녀와 두 눈을 마주했다. 여자 옷 같은 건 잘 모르지만 밑단으로 갈수록 사르륵 펼쳐지는 연보랏빛 원피스는 퍽 예뻤고 그 원피스를 입은 여자는 더 화사했다. 하얀 라운드 칼라 끝에 스카프처럼 매여 있는 엷은 빛깔의 시폰 리본이 맑은 낮을 한층 환히 밝히고 있었다. 사방이 짙게 물든 가을인데, 꼭 이곳만 옅은 햇살이 피어나는 봄인 양.

“예쁜 옷 입었네요.”

“신경 써서 입고 나온 거 아니거든요.”

제 속마음을 들키기라도 할세라 하나는 얼른 통명스럽게 다다다 쏘아붙였다. 신경 써서 입었다고 하지는 않았는데. 그럼에도 준수는 구태여 지적하는 대신 말없이 웃었다. 밉지 않게 눈을 흘기다, 하나는 괜스레 준수가 들고 있는 쇼핑백을 기웃거렸다.

"오늘 샀다는 책이 이거예요? 무슨 책인지 물어봐도 돼요?"

"에세이 한 권, 시집 한 권."

"시집도 읽어요? 문학 소년이시네."

"소년이라는 말을 듣기엔 너무 늙었죠."

"취미가 독서예요?"

"일하다 보면 손님이 뜸한 시간대가 있어서 그럴 때 틈틈이 읽어요. 그런데 요새는 통 시간이 안 나서 취미라고 할 만큼 많이 읽지는 못했어요. 시간 부자가 된 게 고작 몇 시간 전이라."

준수가 하나의 표현을 인용해 답했다. 얼핏 본 책의 제목들을 얼른 캐치해 머릿속에 저장한 하나는 준수를 올려다보았다. 여기에서 더 그를 바라보고 서 있다가는 틀림없이 그에게서 헤어날 수가 없을 것 같다는 예감이 든 순간, 관리 요원의 지시에 따라 행렬이 앞으로 이동하기 시작했다. 얼른 걸음을 내디디려는데 준수가 불쑥 제자리에 멈춰 서서 하나는 의아한 눈으로 그를 올려다보았다.

"왜 그래요? 뭐 해야 될 게 있어요?"

"그런 게 아니라, 못 한 말이 있어서. 잘 어울려요."

"네?"

"오늘 입은 옷."

그렇게 말하고는 빙긋 웃은 준수가 먼저 걸음을 떼어놓았다. 하나가 얼른 준수를 따라나서지 못한 건 그가 두고 간 말의 어마어마한 파급력 때문이었다. 열 글자 남짓한 그 말이 쿵, 세차게 마음으로 떨어졌다. 이 옷을 입을지 말지 고민했던 시간들이 두

배의 설렘으로 돌아온 것 같아 자꾸만 올라가려는 입꼬리를 내
리려 애를 쓰며, 하나는 뒤늦게야 준수를 쫓아갔다.

"와, 너무 귀엽다."

건물 안으로 이동하고 나서도 길게 늘어선 줄 안에서 한참을
기다리던 끝에 마침내 입장이 시작되었다. 가지각색의 캐릭터 솜
사탕이 관람객을 반기는 입구에 들어서자마자 별 고민도 없이 토
끼 모양의 하얀색 솜사탕을 덜컥 사 든 하나가 뒤늦게야 준수의
눈치를 살피고는 배시시 웃었다.

"아니, 너무 귀여워서. 애 얼굴에 쓰여 있잖아요. 어머, 이건
사야 해!"

그것도 모자라 하나는 아예 준수를 공범으로 만들려는지 얼
른 토끼 귀 한쪽을 뜯어 그에게 건네며 물었다.

"있잖아요, 어렸을 때 솜사탕 좋아했어요?"

"글쎄요, 기억이 잘. 너무 옛날이라."

"저는 엄청 좋아했어요. 아니, 이렇게 말하면 안 되나."

"왜요?"

"별로 못 먹어봤거든요. 부모님이 길거리에서 파는 건 먹으면
안 된다고 질색을 하셔서. 덕분에 환상만 더 커졌죠. 그래서 아
직도 솜사탕 보면 설레요. 이제 다 컸는데, 애처럼."

"동심의 세계로 돌아간 것 같고?"

"어, 맞아요. 동네 초등학교에서 운동회 같은 거 하면 교문 앞
에서 솜사탕 팔잖아요. 그거 보면 기분이 막, 말랑말랑 몽글몽
글해져요. 뭐, 생각해 보면 그 시절이라는 게 꼭 솜사탕 같은 거
같기도 하고."

"어떤 면에서요?"

"그냥 바라보기에는 참 예쁜데 입에 넣으면 너무 빨리 녹아버리잖아요. 감질나서 아무리 많이 밀어 넣어도 눈 깜짝할 사이에 흔적도 없이 사라져 버리고, 그래서 더 이상 남은 게 없을 땐 허전해지고. 예쁘고 소중한 시절인데, 그 순간은 너무 짧아요."

파티시에답게 하나는 모든 걸 디저트와 연결해 비유하는 경향이 있었다. 오른쪽 귀를 잃은 솜사탕에서 나머지 귀 한쪽마저 뜯어내 입안에 쏙 넣은 하나가 팸플릿을 훑어보며 주위의 부스를 곁눈질했다. 저러다 다음 달 신메뉴는 솜사탕이 될지도 모르겠다는 생각에 웃으며, 준수는 조용히 하나의 선택을 기다렸다.

"우리 저기 가봐요."

무지개 빛깔의 머랭 쿠키와 다양한 필링을 채운 마카롱을 판매하는 부스였다. 한쪽 구석에는 여러 가지 디저트 모양의 키링도 진열되어 있었다. 키링 한 개를 들어 보인 하나가 준수를 돌아보며 말했다.

"우리도 부업으로 이런 거 만들어보는 거 어때요?"

준수가 미처 대답을 하기도 전에 하나는 시식용 마카롱으로 눈을 돌렸다. 그러고는 한참을 고민하다 연둣빛 마카롱을 집어 들어 작은 조각을 입안에 넣더니 곧 눈을 크게 떴다.

"어, 그냥 말차 맛이 아니네."

겉으로는 화이트 초콜릿을 섞은 말차 필링만 보였는데 깨물어 보니 다크 초콜릿 칩이 씹혔다. 천천히 맛을 음미하던 하나가 고개를 끄덕였다.

"이런 반전에는 높은 점수를 주고 싶네요. 아, 그나저나 너무 맛있네."

여기가 바로 천국인가 보다. 마카롱을 먹으면서도 알록달록 무지갯빛 머랭에서 눈을 떼지 않던 하나는 결국 유리병을 집어 들었다. 바삭하면서도 쫀득하고 폭신폭신하다 사르르 녹아 사라지는 별 모양의 머랭 쿠키가 투명한 병 안에 소담히 담겨 있었다. 지나가는 관람객들도 한 번씩 손가락질할 정도로 알록달록 고운 색감은 대번에 눈길을 끌었다.

"이거 꼭 그거 생각나지 않아요?"

"종이 별 접기."

"맞아요. 종이학이나 별 1,000개 접어서 예쁜 병 안에 담아 좋아하는 사람한테 선물하는 거, 한때 유행했었죠."

추억을 회상하던 하나가 문득 눈을 가늘게 뜨며 준수를 돌아보았다.

"바로 떠올리는 거 보니까 학생 때 그런 거 많이 받아봤구나."

이 남자에게는 천 마리의 종이학을 선물하고 싶어 안달이 난 여학생이 줄을 섰을 것 같았다. 그러나 대답 대신 빙그레 웃은 준수는 슬쩍 화제를 돌렸다.

"다른 데도 좀 돌아볼까요?"

"음, 저기. 저기 가요 우리."

여느 손님들처럼 특이하고 맛있는 디저트들에 감탄하다가도 동종 업계 종사자답게 코너마다 꼼꼼히 특색을 파악하던 하나는 부스의 주인들에게 찬사를 보내는 것도 잊지 않았다. 준수가 옆에서 굳이 거들 필요가 없을 정도로 알아서 척척이었다.

"있잖아요, 이건 신제품 개발하고는 상관없는 얘기지만 우리도 선물용 제품 라인 보강하는 게 어때요?"

"어떤 면에서요?"

"계속 생각해 왔던 건데요, 어차피 우리는 위치나 가게 특성상 매장 손님이 대부분이고 테이크아웃 수요는 사실상 없다고 봐도 무방해요. 그렇죠?"

"맞아요."

"그렇지만 제품만 구입해서 바로 매장을 나가는 고객들도 없지는 않아요."

"선물 구입을 위해 방문한 고객들이죠."

"그러니까요. 말 그대로 매장 밖에서 먹기 위해 포장해 나가는 사람들은 없단 말이에요. 그런데 그런 것치고는 우리 매장에 선물용으로 내놓은 제품은 사실상 없어요. 기껏해야 홀케이크나 타르트 정도? 그렇지만 그건 또 예약 주문만 받는단 말이죠."

"그렇네요."

"저는 선물용 제품들이 꽤 경쟁력이 있다고 보거든요. 무언가 작은 선물이나 답례를 해야 하는 경우에 가격 부담이 그렇게 크지 않으면서도 신경 쓴 느낌을 주고 싶을 때 고급 양과자가 합리적이면서도 무난한 선택이잖아요. 그런데 프랜차이즈 제과점에서 판매하는 제품들은 너무 흔하거나 식상하고, 또 대체로 공장 생산인데도 불구하고 품질 대비 가격 만족도가 너무 떨어져요. 요새는 수제 베이커리 제품들이랑 별반 차이가 나지 않을 정도로 가격이 많이 올라갔더라고요."

"그렇다고 그 가격대에 구입할 만한 다른 선물이 마땅하지도 않죠."

"바로 그거예요. 그래서 저는 선물용 제품 구성에 대해서도 고민을 좀 해봤으면 좋겠어요. 우리는 선물용 라인 몇 개 늘린다고 해서 비용이 더 들거나 하지도 않잖아요. 매장에서 판매하는 제품들을 선물용으로 재구성만 하면 되니까. 이렇게 특별히 격식

차리지 않는, 별거 아니지만 기분은 좋아지는 작은 선물도 좋고
요.”

옆의 진열대에서 분홍색의 장미가 가득 피어 있는 머랭 쿠키
병을 들어 보였다가 도로 내려놓으며 하나는 말을 이었다.

“이런 거라면 패키지 비용도 거의 안 들 거고, 만약 고급 패키
지를 추가한다 해도 효용 가치를 고려하면 밑지는 장사는 아니지
않을까요?”

“하나 씨 장사꾼 다 됐네요.”

절로 혹하게 만드는 설명에 찬찬히 귀를 기울이고 있던 준수가
웃으며 말했다. 하나가 한 제안을 신중히 곱씹으며 그는 고개를
끄덕였다.

“아주 좋은 생각이에요. 다른 직원들하고도 정식으로 회의해
봐요. 일단 수현 씨한테 전달할게요. 아, 물론 하나 씨 아이디어
라는 것도.”

“생색내고 싶은 마음 없거든요.”

새초롬하게 대꾸한 하나가 다음 둘러볼 부스를 고르기 위해
주위를 두리번거렸다. 그러더니 이내 눈을 크게 뜨며 환해진 얼
굴을 하고는 사람들이 바글거리는 곳으로 달려갔다.

“와, 이걸 어떻게 만들었지?”

하나가 감탄사와 동시에 웃음을 쏟아냈다. 이번에는 각종 캐
릭터 모양의 마카롱이 전시된 곳이었다. 캐릭터를 본뜬 마카롱
이 디저트 업계에 유행 중이기는 해도 이곳에 진열된 제품의 퀄
리티는 차원이 달랐다.

“이거 디테일 좀 봐요. 완전 똑같다. 와, 이제 이런 것도 만드
는 게 가능하네.”

감탄하던 하나가 부스 주인을 향해 엄지손가락을 들어 보였다. 원형의 마카롱에 단순히 얼굴 모양만 옮겨 놓은 것이 아니라 그 아래로 다양한 포즈의 몸통 부분까지 세세하게 재현되어 있어 그냥 마카롱이라고 부르기에는 아까울 지경이었다. 귀와 코의 모양, 음영이 깔린 눈동자의 색까지도 정확히 같았다.

그러나 너무 즐거워하는 하나를 보면서도 준수는 도통 공감하지 못하는 얼굴이었다. 그의 표정이 의미하는 바를 알아차린 하나가 뒤늦게 웃음을 멈추고는 물었다.

"이게 뭔지 몰라요?"

"많이 보긴 했는데…… 유명한 캐릭터예요?"

"와, 무슨 사람이 이걸 몰라. 요새 이 캐릭터 모르면 진짜 간첩인데. 규호 씨가 들었으면 최소 보름간 놀림감이에요. 인터넷 좀 하고 살아요, 서준수 씨."

잠시 고민하다 개별 포장된 캐릭터 마카롱을 한 종류 구입한 하나가 그걸 그대로 준수의 손에 쥐여 주었다. 그가 쳐다보자 하나가 대답했다.

"숙제. 얘 이름이 뭔지 알아 오세요."

엷게 웃은 준수가 박람회장 안을 한 번 둘러보았다. 그러고는 다시 하나를 보며 말했다.

"흠, 거의 다 본 것 같은데 생각보다 디저트 종류가 다양하지는 않네요."

"마카롱 열풍이 생각보다 오래 지속되는 중이라 참가 부스도 마카롱 전문점이 압도적인가 봐요. 그래도 건진 건 좀 있는 것 같아요. 영감도 막 샘솟고, 무엇보다……."

"맛있는 것도 많이 먹고."

하나가 할 대답을 무심히 가로챈 준수가 놀랐다는 듯한 그녀의 표정에 피식 웃었다. 헛되이 부인하는 대신 하나는 이내 배시시 웃으며 열심히 고개를 끄덕였다.

"맞아요. 실은 그게 제일 좋았어요."

"기분 좋아 보이네요. 오늘따라 유난히."

"좋죠, 당연히. 주말에 이렇게 밖에 나오는 거 엄청 오랜만이거든요. 예쁜 옷도 오랜만에 입어보고."

"갑작스럽게 나오게 돼서 당황스러웠을 텐데, 잘해줘서 고마워요."

"아니에요. 휴가 첫날인데 기꺼이 동행해 주셔서 저야말로 감사하죠."

해가 눈에 띄게 짧아진 탓에 밖으로 나오고 보니 이른 저녁밖에 되지 않았는데도 주위가 어둑어둑했다. 준수가 습관처럼 손목시계를 내려다보았다. 그 앞에서 하나는 문득 빠르게 색이 짙어져 가는 하늘만큼이나 마음이 조급해졌다.

서준수의 말대로 기분이 무척 좋았고, 그건 8할이 이 남자 때문이었다. 평소였다면 만나지 못했을 주말에, 매장이 아닌 색다른 곳에서 준수와 단둘이 시간을 보내고 있다는 낯선 사실이 여지없이 마음을 들뜨게 만들었다. 그와 이대로 헤어질 생각을 하니 지금 이 자그마한 행복을 놓치고 싶지 않다는 작은 욕심이 생겨날 정도로. 아주 조금이라도 더 이 시간을 붙잡아 두고 싶어서, 서서히 하강비행을 시작한 제 마음을 잃지 않으려 하나는 무작정 입술을 열어 덜컥 외쳤다.

"있잖아요."

준수가 의아한 눈으로 하나를 쳐다보았다. 아, 안 그래도 없던 자신감이 더 사라질 것만 같다.

"저기, 그러니까……."

"……."

"그러니까…… 저랑 술 한잔하실래요?"

불쑥 튀어나온 말에 놀란 건 비단 준수뿐만이 아니었다. 무작정 입 밖에 낸 제안이 하나 스스로도 내뱉고 나서야 아차 싶어졌다. 기껏 한다는 말이 또 술 얘기라니, 왜 매번 입을 열 때마다 이 모양일까.

속으로는 수없이 저를 나무라면서도 하나는 아무렇지 않은 체 표정 관리를 하려 애를 썼다. 입은 꾹 다문 채 눈만 동그랗게 뜬 하나를 보고는 소리 없이 웃은 준수가 되물었다.

"저녁도 안 먹었는데 술이에요? 가만 보면 하나 씨 애주가네요."

헉, 저녁 식사를 하자고 했어야 됐던 건가? 2차로 당황했지만 하나는 여전히 얼굴에 철판을 깐 채로 다시 입을 열었다.

"둘러보는 동안 이것저것 많이 먹어봐서 밥은 생각이 없어요. 맥주 어때요? 진짜로 딱 한잔만. 싫어요? 싫으면 말고."

속마음을 들킬세라 쿨한 척하긴 했으나 실은 거절당할까 봐, 그래서 상처받을까 봐 애가 탔다. 그 마음을 아는 건지 모르는지 다시금 웃은 준수가 고개를 끄덕였다.

"좋죠."

그 대답에 맥이 다 풀렸다. 좋아서 목청껏 소리라도 지르고 싶은 심정이었으나 티를 내지 않으려 살짝 입술 안쪽을 깨문 하나가 다시 제안했다.

"오늘 날씨도 좋은데 우리 밖에서 마셔요."

"밖에서요? 어디?"

"음, 여기서 조금만 걸으면 한강 공원이에요. 편의점에서 맥주 한 캔 사 들고 한강, 어때요?"

"아주 좋네요."

그리하여 두 사람은 붉은 해가 저무는 하늘 위로 암청색의 물 감이 서서히 스며들어 번져 가는 하늘을 바라보며 근처 한강 공 원을 목적지 삼아 나란히 걷기 시작했다. 간간이 스쳐 지나가는 한 점 밤바람마저 완벽한 저녁이었다.

먼저 편의점에 들른 두 사람은 맥주 코너 앞에서 한참을 서 있 었다. 냉장고 안에 진열된 다양한 맥주들을 쭉 훑어본 준수가 옆 을 돌아보고는 하나에게 물었다.

"원래 소주 아니면 안 마신다고 하지 않았어요?"

"아, 진짜."

평소답지 않게 장난기 다분한 그 말에 눈을 흘긴 하나가 준수 의 어깨를 살짝 쳤다. 소리 없이 웃은 그가 정말 묻고 싶었던 것 을 물었다.

"어떤 맥주 좋아해요?"

"이게 제일 맛있어요. 저 사실 맥주는 별로 안 좋아하는데, 이 건 마셔요."

문을 연 하나가 제가 좋아하는 맥주를 골라 들었다. 그러고는 준수를 올려다보았다.

"준수 씨는요?"

"이거."

씩 웃은 그가 같은 줄 세 칸 옆에 있는 짙은 갈색 캔을 꺼냈다. 그 캔을 한 번 쳐다보고는 냉장고 문이 닫히기 전에 제가 집은 캔을 냉큼 도로 제자리에 내려놓고 준수가 고른 흑맥주를 꺼낸 하나가 그를 쳐다보았다.

"그럼 나도 이거 마실래요."

준수는 아무 말도 하지 않았으나 입꼬리에 미소가 번져 있는 그의 얼굴에 어쩐지 다 안다고 쓰여 있는 것만 같아 하나는 얼른 덧붙였다.

"그냥, 무슨 맛인지 궁금해서 그런 거예요."

왠지 모르게 화끈거리는 얼굴이 안 해도 될 말이었다는 걸 일러주어서 하나는 서둘러 준수를 등지고 돌아선 채 다른 코너로 향했다. 그럼에도 어쩐지 자꾸만 웃음이 나왔다. 지금 이 기분이 주체가 되지 않아서 웃음을 깨무는데 그새 옆으로 다가온 준수가 물었다.

"안주는 뭐가 좋겠어요?"

고민하다 옆에서 감자칩을 집어 든 하나가 준수에게 동의를 구하듯 고개를 옆으로 살짝 기울이자 그가 고개를 끄덕였다. 계산대 앞에서 서로 제가 사겠다며 잠시 실랑이 아닌 실랑이를 벌이던 두 사람은 이내 사이좋게 똑같이 생긴 맥주 한 캔씩을 손에 쥔 채로 편의점을 나와 나란히 걸음을 내디뎠다. 이제 완연한 어둠에 잠긴 하늘에는 별이 두어 개 반짝이고, 잔디밭 위에는 그늘막을 친 사람들이 한가로이 가을밤을 만끽하는 풍경 속으로.

자전거들과 조금 이른 밤 산책을 나온 사람들이 바삐 지나다니는 강변로 앞, 한강이 내려다보이는 벤치 위에 준수와 하나가 나란히 앉았다. 눈을 감은 채 두 손을 모으고 밤공기를 흠뻑 들이마신 하나가 이내 숨을 뱉어내며 말했다.

"아, 너무 좋다."

‘너’라는 음절을 길게 끌어 발음하는 하나의 목소리에 귀를 기울이던 준수가 피식 웃었다. 멀지 않은 곳에는 한강 다리의 조명이 휘황찬란하게 내리쳐 검고 깊은 강물을 비추고, 사방에 가을 내음이 가득했다.

각자 몫의 캔을 따서 짠 하고 부딪친 두 사람은 첫 한 모금을 목 안으로 넘겼다. 이 맥주를 처음 먹어보는 하나가 곧장 눈을 크게 뜨며 소감을 외쳤다.

“우와, 되게 신기한 맛이에요.”

묵직한 듯하면서도 부드럽고, 고소한 듯 달콤 쌉싸름한 풍미가 혀끝에 감돌았다. 꼭 지금 코끝을 스치는 이 계절 같고, 옆에 앉은 이 남자 같았다.

“서준수 씨는 맥주도 꼭 자기 같은 걸 마시네요.”

“칭찬이에요?”

“글쎄요?”

능청을 부린 하나가 까르르 웃었다. 낙엽 굴러가는 것만 봐도 웃음을 터뜨린다더니 딱 그 짝이어서, 이번에는 준수도 소리 내 웃고 말았다.

“오늘따라 정말 잘 웃네요.”

“맞아요. 너무 좋아서 곧 날아갈지도 몰라요. 그러니까 방해하지 마세요. 지금 이 기분 깨고 싶지 않으니까.”

그렇게 대답하고는 문득 준수를 돌아본 하나가 물었다.

“아, 그러고 보니 오늘 서준수 씨 휴가 첫날이었지. 어떡해요? 첫날을 이렇게 허무하게 보내서.”

“허무? 전혀 안 그래요. 시작이 지나치게 좋아서 남은 휴가가 시시할까 봐 걱정될 정도로.”

서준수는 어디에서도 그게 주하나 때문이라는 말은 하지 않았건만, 하나는 빈칸을 채우듯 생략된 괄호 안에 제멋대로 저를 넣어 생각하기로 했다. 아니, 그렇게 믿고 싶었다. 오늘 하루가 그에게 퍽 괜찮은 날이었던 수많은 이유들 중에 아주 조금은 그녀 자신도 포함되어 있을 거라고.

"술, 오랜만에 마시는 거 아니에요?"

"그렇죠. 평소에는 일 때문에 거의 안 마시니까. 그러고 보니까…… 마지막으로 마신 것도 하나 씨랑 마신 거였네요."

"저랑요? 아, 그때?"

"하나 씨 면접 봤던 날."

"그리고 서준수 씨 생일."

처음처럼 들떠 있었는데 그러고 보니 처음은 아니라는 데에 그제야 생각이 미쳤다. 밥은 아직 같이 못 먹어봤는데, 진짜로 저녁을 먹자고 할 걸 그랬나 보다. 그러나 하나는 금세 그 작은 아쉬움을 지워 버렸다. 생일이라는 의미 있는 날에 함께 잔을 부딪쳐 본 게 어디인가. 그리고, 지금은 오롯이 이 순간의 행복에만 집중하고 싶었다.

"그땐 진짜 꿈에도 몰랐는데, 이렇게 일하게 될 줄."

"안 그래도 물어보고 싶었어요. 일하는 건 힘들지 않아요? 이제 11월부터는 제빵실 업무도 혼자 맡게 될 텐데."

"힘들어요. 일이 어떻게 안 힘들겠어요? 서준수 씨는 안 그래요?"

"힘들죠."

"그러니까요. 그렇지만 먹고살아야 하니까, 그래서 하는 거죠. 뭐…… 그래도 가끔은 그런 거 다 잊어버리고 즐거울 때도 있어요. 보람이 느껴질 때도 있고, 같이 일하는 사람들도 좋고."

당신은 더 좋은 것 같고……. 뒷말은 혼자 마음속에만 담아두고, 하나는 살짝 화제를 돌렸다.

"우리 월간 디저트 포스터요, 시안 외주 맡겼어요?"

"아니요, 아직."

"그럼 그냥 제가 해볼게요."

"굳이 그러지 않아도 돼요."

"아니에요. 그 이후로 계속 불쑥불쑥 생각하게 돼서 그래요. 나도 모르게 이건 이렇게 그리고, 저건 저렇게 하고, 그런 것들을 무의식중에 머릿속으로 구상해 보고 있거든요. 그럴 바에는 죽이 되든 밥이 되든 한번 해보는 게 나을 것 같아서……. 프로는 아니라 최종 결과물 나오면 까일 수준일지도 몰라요. 그러니 일단 시안만 만들어볼게요."

그렇게 말하고는 무심코 준수를 쳐다보았는데, 그가 자연스럽게 시선을 돌리는 대신 지그시 눈을 맞춰 왔다. 너무 떨려서 눈길을 피하고 싶은데 또 한편으로는 그에게서 눈을 떼고 싶지 않았다. 취기가 슬슬 밀려오는 건지 그 눈빛 때문인지 하나의 두 뺨은 터질 듯 뜨거워졌다.

"하나 씨. 하나 씨는 정말로 좋은 사람이에요. 아마도 하나 씨가 생각하는 것보다 훨씬 더."

"……."

"그리고 아주 잘하고 있어요. 그것도 하나 씨가 생각하는 것보다 더 많이. 그러니 괜한 자책으로 하루하루를 흘려보내지 않았으면 좋겠어요. 그 대신, 지금처럼 많이 웃어요. 모든 날들이 하나 씨를 웃게 만들 수는 없겠지만, 그래도 한 번 더 웃어요. 오늘 같은 모습이 하나 씨한테 가장 잘 어울리니까."

느릿하지만 진중한 목소리가 주위를 울리고, 마음에 울렸다. 나름대로 열심히 살아왔으나 그렇게 느끼지 못했던 건 어느 누구도 그렇다 말해준 적이 없었기 때문이었다. 인생이라는 성을 매일매일 차곡차곡 쌓아가지는 못하고 오히려 하루하루 엉망으로 망치고 흩뜨리며 사는 것만 같아 늘 초조했는데, 다른 누구도 아닌 이 남자가 잃어버린 중심을 잡아주었다. 잘하고 있다고, 더 많이 웃어도 된다고.

고백도 아닌 그 말에 왈칵 눈물이 날 것 같아서 하나는 스치는 밤바람에 눈물을 날려 버리고 부러 쾌활한 체 받아쳤다.

"방해하지 말라니까 이분이 또 분위기 인간 극장으로 만드시네."

"아, 그러려던 건 아닌데. 미안해요."

"됐어요. 서준수 씨도 뭐가 그렇게 미안해요. 나보고는 매번 죄송해하지 말라고 했으면서. 서준수 씨도 좋은 사람이에요."

그래서, 좋아요. 많이…… 아주 많이. 한 가지 말이 되지 못하고 목 안을 안타깝게 맴도는 단어들이 자꾸만 늘어났다. 그것도 모르면서 참 다정한 남자가 빙긋이 웃으며 물었다.

"엄청 미운데도요?"

틀렸다. 엄청 미운데도 좋은 사람인 게 아니라 좋은 사람이라서, 그렇기에 좋아서 미운 거니까. 그러나 하나는 하염없이 준수를 바라보다 대답 대신 정면으로 시선을 돌리며 맥주 캔을 입가로 가져갔다. 참 설레고, 그런데 조금 서글프기도 하고, 마음이 복잡했다. 꼭 이 남자가 내려주는 커피의 맛처럼.

두 사람은 한동안 말없이 맥주 캔만 비웠다. 괜스레 칼라 끝에

달린 옅은 분홍색의 리본을 만지작거리며 맥주를 홀짝이던 하나
는 한 번 숨을 고르고 입을 열었다.

"있잖아요."

동시에 준수의 입 밖으로 나온 말이 같은 단어라 하나는 흠칫
하며 그를 돌아보았다. 할 말도 잊고 크게 뜬 눈만 깜빡거리는 하
나와 시선을 맞춘 채 웃은 준수가 말했다.

"놀랐어요?"

"뭐, 뭐예요?"

"그거, 하나 씨 말버릇이에요. 오늘만 해도 한 다섯 번쯤 그랬
나?"

"제가 그래요?"

"네. 방금 막 반짝 떠오른 생각을 입 밖에 낼 때, 아니면 어려
운 이야기라 말 꺼내기 전에 쭈뼛쭈뼛 고민하다 마음먹었을 때,
꼭 그렇게 시작해요."

"아, 뭐야. 안 그런 척하면서 은근슬쩍 사람 놀리는 거 좋아해
요, 아주?"

살짝 준수를 흘겨본 하나가 그의 팔을 툭 쳤다. 전혀 안 어울
릴 법한데 권규호와 은근히 쿵짝이 잘 맞는다 싶더니 이 남자,
사람 당황시키는 재주가 있다. 또 한편으로는 그녀 자신조차 자
각하지 못했던 말버릇을 다른 누구도 아닌 서준수가 알아주니
놀라우면서도 기분이 묘해졌다. 이쯤 되면 다애의 표현대로 구제
불능인 거 아닌가? 별게 다 설렌다, 진짜.

"춥지 않아요? 쌀쌀하니까 이거라도 걸치고 있어요. 바람이 찬
데 감기 안 걸리게."

하나가 잠시 다른 데 정신이 팔려 있는 사이 준수가 제 겉옷을

그녀의 어깨 위로 덮어주었다. 예고 없이 내려앉은 그의 향에 하나의 심장도 같이 쿵 내려앉았다. 이건 별게 아니다. 그래서 설레 죽을 것 같았다. 심장이 팔딱팔딱 뛰는 게 느껴졌다. 아, 아까 디저트를 이것저것 시식하느라 당분을 과다 섭취했나?

"서준수 씨는…… 안 추워요?"

"이 정도는 괜찮아요. 그리고 하나 씨 옷이 너무 얇아 보여서. 그건 그렇고, 하려던 말이 뭐였어요?"

웃음을 멈추고 준수가 묻자 하나는 옆을 돌아보았다. 그리고는 목 끝에 달린 리본을 매만지며 한참이나 탐색하듯 그의 얼굴을 들여다보았다. 이 얘기를 해도 될까?

"이 옷 있잖아요, 열여덟 살 때 생일 선물로 받은 옷이에요. 부모님한테."

"그때 입던 옷을 아직도 가지고 있어요?"

"마지막으로 갖게 된 좋은 옷이니까."

"……."

"저 면접 볼 때 서준수 씨가 그랬어요. 이 일이, 주하나 씨가 진짜로 하고 싶은 게 맞느냐고."

"그랬죠."

"그리고 또 그랬어요. 주하나한테 그림은, 아마도 트리거 같은 게 아니겠느냐고."

"……."

"저 거짓말했어요. 서준수 씨 표현대로 빵 굽고 케이크 만드는 일은 다른 사람을 행복하게 만드는 멋진 일이지만, 그래서 그 일을 하면서 나 역시 보람을 느끼고 때로는 행복하기도 하지만 그건 내가 정말로 하고 싶었던 일은 아니었어요. 주하나한테 꿈이라는 건, 그림이었으니까.”

거기까지 말한 하나가 맥주를 한 모금 마셨다. 알지 못하는 사이 점차 작아진 목소리에 준수가 한껏 귀를 기울이고 있다는 것도 모르고, 하나는 계속 말을 이었다.

“어렸을 때부터 10년 넘게 미술을 했어요. 집이 꽤 잘사는 편이라 좋은 예중 예고에 진학했고, 지금까지 그랬듯 앞으로도 예쁜 옷 입고 우아하게 그림 그리면서 사는 게 인생일 줄 알았죠. 찬사만 받으면서, 고생 같은 건 먼 나라 얘긴 줄만 알고. 내가 동화 속 공주님이라는 유치한 착각 같은 걸 하진 않았지만 적어도 공주만큼 특별하고 소중한 사람이라고 믿었어요. 그런데, 사람 앞날이 어떻게 그렇게 손바닥 뒤집듯 한순간에 바뀌는지…….”

“…….”

“거짓말처럼, 어느 날 아버지 사업이 망했어요. 고등학교 3학년 때, 대상 트로피 들고 집에 돌아오던 길이 주하나의 짧은 미술 인생의 마지막 장면이에요.”

그쯤에서 다시 이야기를 끊었지만 준수는 어떤 말도 하지 않았다. 섣불리 입을 열고 싶지 않아 하는 그의 마음이 느껴져서, 하나는 살짝 분위기 전환을 시도했다.

“그다음에 어떻게 됐게요?”

그 물음에 비로소 준수가 피식 웃었다. 하나도 조금 웃고는 다시 말문을 틔웠다.

“부자 망해도 3년은 간다는 말 알아요? 진짜 그렇긴 하더라고요. 옛날 집으로는 두 번 다시 돌아갈 수 없게 됐지만 그렇다고 곧바로 길바닥에 나앉을 정도는 아니었거든요. 그냥…… 예전에 살던 집의 3분의 1밖에 안 되는 낡은 집에서 온 가족 고생문이 훤히 열렸다는 것 정도?"

"감수성 풍부한 고등학생한테는 아주 큰일이죠."

"어, 어떻게 알았어요? 맞아요. 자기 집 한 칸 갖지 못하는 사람들이 이 서울에 수두룩 빽빽하지만, 그래도요…… 그게 열아홉의 나한테는 너무 큰일이었어요. 바쁘긴 해도 꼬박꼬박 얼굴은 볼 수 있던 아빠는 혈혈단신으로 지방에 내려가시고, 일평생 손에 물 한 방울 묻혀본 적 없는 우아한 부잣집 사모님으로 살던 엄마는 주부 습진이라는 걸 다 걸려보고, 가장 큰 고난과 역경이 미술 대회에서 입상 못 하는 건 줄 알고 자라 온 철부지 열아홉 살이 평생 듣도 보도 못 한 고민을 시작하게 됐으니까. 처음에는 매일 울고불고 난리를 쳤어요. 당연하게 그리던 그림들이 왜 이제는 사치라고 불러야 할 것이 되어버렸는지, 머리로는 아는데 마음으로는 받아들일 수가 없었어요."

"……."

"좀 창피한 얘기지만 학교 가기 싫다고 떼도 썼어요. 학교 친구들한테 집 망한 것도 들키기 싫은데, 그 애들이 일상처럼 하는 미술을 나만 더는 못 하게 됐으니까. 그래도 꼴에 자존심은 세서 아무 일도 없는 척 꾸역꾸역 학교는 다니면서, 앞으로 뭘 하고 살아야 될지 고민했어요. 미술은 할 수가 없고, 수능이 코앞인데 이제 와서 공부하겠답시고 책을 펼칠 수는 없으니 좋은 대학 가는 건 꿈도 못 꿨고…… 그때 생일 케이크가 생각났어요."

"……."

"조각 작품 같은 케이크를 볼 때면 늘 신기했거든요. 어떻게 설탕으로, 밀가루로 이런 걸 만들까, 이런 맛을 낼까. 달콤하긴 해도 까슬까슬한 설탕이 들어가는데 결과물은 설탕보다도 더 달콤하고 부드럽잖아요. 그게 참, 신기했어요. 그런데 그것조차 이제는 먼 얘기가 되어버릴 게 싫어서 그럼 내가 해보자, 그렇게 다짐했어요. 더는 그림을 그릴 수 없다면 크림에라도 파묻혀 살아야겠다. 그렇게 결심하고 그날로 화구를 다 내다버렸어요. 실은 그때까지도 미련을 못 버렸는데, 이젠 정말 다 끝이니 마지막으로 후련하게 울어버리고."

거기까지 말한 하나가 헛헛하게 웃었다. 웃음이 나올 타이밍은 아닌데, 어쩐지 그랬다. 다시금 맥주를 입안에 털어 넣고, 과거의 그림자마저 털어내며 하나가 말했다.

"그 이후로 그림은 한 번도 그린 적 없고, 대신 제과제빵 기능사 자격증을 따서 전문대에 갔고, 어쩌다 졸업을 하고, 경력도 특출한 재능도 없으니 이 일로 먹고살기는 힘들어서 여러 아르바이트를 전전하다, 돌고 돌아서 결국 도로 이 길 위에 있어요. 그게 주하나의 현주소고, 지금의 나예요. 그렇지만…… 아직도 딱 맞는 옷을 입은 것 같지는 않아요. 그런데 그때 이후로 이 옷을 처음 꺼내 입어본 내 모습도 그때랑은 다른 것 같아서, 그래서 그 시절에서 너무 멀리 와버린 것 같아서 조금 서글펐어요. 내가 저 하늘에 제일 높이 뜬 별처럼 반짝이던 시절이 있었는데 지금은, 너무 초라하고 형편없어요. 어디가 내 자리인지, 나는 어딜 향해 가야 하는 건지…… 잘 모르겠어요."

"……."

"그냥, 그랬다고요. 아, 이 얘기 너무 재미없다. 그만 갈래요."

이야기가 끝나고 나니 그제야 창피해지고 멋쩍어져서 하나는 자리에서 벌떡 일어났다. 또 괜한 소리를 한 것 같았다. 이 남자가 뭐라고 생각할까?

"아, 진짜 내가 왜 이러는지 모르겠네. 아무래도 취했나 봐요. 있잖아요, 나 원래 이렇게 말 많은 사람 아니거든요. 진짜, 진짜 아니란 말이에요. 이거 다 서준수 씨 때문이에요."

"나 때문이에요?"

"서준수 씨가 너무 말이 없어서, 그래서 그래요. 맨날 잠자코 들어주기만 하니까, 그래서 뭐라도 말해야 될 것 같아서 늘 이상한 소리만 하게 되잖아요. 맨날 나만 얘기하고, 누가 물어보지도 않았는데 막, 안 해도 될 얘기까지 하게 만들고……. 밉다, 진짜."

횡설수설하다 결론은 도돌이표처럼 또 준수가 밉다는 얘기였다. 나직이 웃은 그가 말했다.

"이렇게 미움을 받아서 아무래도 천국에 가기는 글렀네요. 그런데, 진짜 집에 갈 거예요?"

"그래요. 더 있다가는 나도 내가 무슨 망발을 지껄일지 모르겠어요."

"진심으로요?"

"실은…… 창피해서 더 못 있겠어요. 아니, 이럴 때는 부끄럽다고 해야 맞는 건가……. 아무튼, 실망했죠?"

"실망해요? 내가, 하나 씨한테?"

"왜냐하면…… 나도 내 자신이 부끄러워서 견딜 수가 없으니까. 나, 사실 부자 동네에 취직해서 근사한 남자 만나 팔자 펴봐야겠다는 생각까지도 해봤어요."

"그런 생각을 했어요?"

"네. 그런데 근사한 남자는 개뿔. 하루 종일 제빵실 안에 갇혀 있느라 사람 구경도 못 하고, 호랑이 굴에 걸어 들어온 줄 알았더니 호랑이가 아니라 나무늘보였고, 그런데 느려 터진 나무늘보라고 하기에는 사람 마음 막 정신없이 흔들고……. 아, 이게 뭐야 진짜.”

이제는 정말로 취했는지 브레이크가 걸리지 않은 말들이 마구 튀어나왔다. 호랑이 굴은 뭐고 나무늘보는 또 뭐란 말인가. 알아 들을 수 없는 말들에 잠시 당황했으나 준수는 계속되는 하나의 푸념에 가만히 귀를 기울였다.

“그러니까, 내 말은…… 막, 겁이 났어요. 되는 대로 살다 스 물다섯 살이 됐고, 이러다 눈 깜빡하면 서른일 것 같은데 변변한 직업을 찾을 가망은 안 보이고. 이렇게 흘러가는 대로 살면 안 될 것 같아서, 별다른 직업의식도 없이 그냥 어떻게든 먹고살아 보겠다고 얼굴에 철판 깔고 무작정 들이대서 여기에 왔어요. 이 력서 내려 가면서 되면 진짜 진짜 좋겠지만 안 돼도 뭐, 크게 상 관은 없다고 생각했어요. 어차피 일을 가릴 처지가 아니었으니 까. 내 꿈? 좋은 일이긴 하지만, 재미있는 일이긴 하지만…… 꿈 이라고 말하기엔 양심에 찔리네. 나 너무 대책 없죠, 못났고.”

“하나 씨.”

서준수가 그렇게 이름을 부를 때마다 심장이 쿵, 쿵 떨어지는 것만 같다. 그 낮은 목소리가 가뜩이나 빙빙 어지러운 마음을 잔 뜩 어지르고 흐트러지게 만들어서 숨조차 쉬기 힘든데, 준수가 계속 말을 이었다.

“아까도 말했지만 오늘 입고 온 옷, 하나 씨한테 잘 어울려요.”

“네…… 네에?”

“열여덟에 그 옷을 처음 입었을 하나 씨는 어땠을지 모르겠지 만 여전히, 지금도 충분히 잘 어울려요.”

“……”

“그리고 이것도 아까 말한 거지만, 하나 씨는 좋은 사람이에요. 지금 있는 자리에서 훌륭히 제 몫을 해내고 있는. 하나 씨는 스스로 직업의식이 없다고 했지만, 내가 하나 씨에 대해 아주 많은 걸 아는 건 아니지만…… 적어도 내가 본 하나 씨는 그렇지 않아요. 하나 씨한테 할당된 업무에만 국한하지 않고 치열한 고민을 하고 진심으로 이 일을 즐긴다는 걸 직원들 모두가 알아요. 그래서 내가 해줄 수 있는 말도 여전히 같아요.”

괜한 자책으로, 하루하루를 흘려보내지 말 것. 하나가 떨리는 음성으로 그 말을 되뇌자, 준수가 조용히 고개를 끄덕였다.

“꿈을 접어두고 다른 일을 하며 산다고 해서 누구도 비난받지 않아요. 그러니 지금 하는 일이 하나 씨가 꿈꾸던 일이 아니라고 해도, 전혀 실망스럽지 않아요. 누구나 자기가 원하는 일만 하며 살지는 못하니까. 어쩔 수 없는 사정이 생기면 우린 이루지 못한 꿈을 가슴 저편에 밀어두고, 숨기고…… 그렇게 다른 일을 하며 살아가죠. 그러다 어느 순간 꿈에 대해서는 까맣게 잊어버릴 수도 있고, 영영 잊지 못해서 한으로 남을 수도 있고.”

“……..”

“지금 하나 씨의 모습도 좋지만 오랜 꿈을 언젠가는 이뤄내는 게 하나 씨가 진정으로 원하는 삶이라면, 빵을 굽고 케이크를 만드는 주하나보다 그림을 그리는 주하나로 사는 게 더 행복할 것 같다면, 진심으로 응원할게요. 어쩌면 아주 오랜 시간이 걸릴지도 모르겠지만, 그렇게 되기까지 지금 내가 하는 말이 별 도움은 되지 않겠지만 그래도 언젠가는 그렇게 될 수 있기를, 진심을 다해서.”

그 순간, 하나는 옆에 앉은 이 남자를 꼭 안아주고 싶어졌다.

그러나 한참을 머뭇거리다 차마 그렇게 하지는 못하고 대신 준수를 빤히 바라보았다. 이 남자는 어쩜 하는 말마다 이토록 예쁘고, 따뜻하고, 그래서 이렇게 사람을 울릴까. 괜스레 손에 쥔 캔을 만지작거리다 남은 맥주를 마저 목 안으로 넘긴 하나가 뒤늦게 대꾸했다.

“인간 극장 찍지 말라니까, 진짜 말 안 들어요.”

풀벌레 울음소리 사이로 준수가 조용히 웃는 소리가 흩어졌다. 정말 가을이 온 것 같았다.

“언제쯤 어른이 될 수 있을까요. 어렸을 때는 스물다섯이면 다 큰 어른인 줄 알았는데.”

“서른인 사람 앞에서 자꾸 그런 소리 해도 되는 거예요?”

준수가 짐짓 어처구니없는 체 그렇게 받아쳐서, 하나도 취기를 빌려 비시시 웃음으로 무마하고 말았다. 가만히 따라 웃은 준수가 다시 말했다.

“서른이 되면 짠 하고 하루아침에 세상이 뒤바뀔 것 같아요? 마음가짐이 막 달라지고? 그렇지 않아요. 아, 달라진 게 아주 없다고 하면 거짓말이겠지만.”

“뭔데요?”

“오랜만에 나이 앞자리가 바뀌었구나. 끝.”

“뭐예요, 그게.”

“삼십대가 되어도 똑같아요. 내 입으로 이런 말 하려니 웃기지만 서른도 아직 한참 어려요. 나는 왜 서른이나 먹었는데 아직도 이 모양일까, 아는 것보다 모르는 게 더 많을까…… 그러죠.”

“서준수 씨가 그런다고요? 진짜? 상상이 안 돼요.”

“낯선 일 앞에서는 어김없이 허둥대지만 안 그런 척하고 사는 거죠, 어른인 척. 어쨌든 스스로의 인생에 대해 책임은 져야 할 나이니까."

"아…… 너무 어렵다. 제 동생은요, 연극 연출가가 되고 싶다는 꿈을 못 버려서 아직도 극본 한 줄에 목을 매면서 살아요. 그러면서 나보고 맨날 자기가 돈 많이 벌어서 예쁜 옷 입고 그림 그리며 살게 해주겠다고 그래요. 서준수 씨는 어떤 쪽이에요? 꿈을 가슴 한구석에 미뤄두고 까맣게 잊었어요, 아니면 이루지 못해서 한으로 남았어요? 그것도 아니면……."

"이뤘어요. 어린 시절의 꿈이라고 할 수는 없지만."

"진짜? 그럼, 행복해요 지금?"

"어떻게 보면 그럴 수도 있겠고…… 아닐 수도 있고."

"이것 봐. 매번 자기 얘기는 이렇게 두루뭉술하게 넘기고. 또 나만 당했네, 나만."

눈을 흘기면서도 기분 좋게 웃어넘긴 하나가 눈을 감고 불어오는 바람을 느꼈다. 쌉쌀하고, 또 적당히 서늘하고. 오늘은 정말로 완벽한 하루가 되려는지 날씨마저 돕는 것 같았다.

"아, 날씨 진짜 좋다. 누군 좋겠네, 이렇게 좋은 계절에 일주일 휴가도 받고. 내일은 뭐 해요?"

"내일은 정말로 한가롭게 밀린 책들이나 봐야죠."

"나머지 5일은요?"

"그건 차차 생각해 볼 거예요."

"아, 진심으로 부럽다. 나도 며칠 그렇게 쉬어봤으면 좋겠네. 요새 날씨가 이렇게 좋았나."

두어 개 반짝이던 별이 어느새 까만 밤하늘을 가득 수놓고 있었다. 고개를 뒤로 젖힌 하나는 가만히 별을 헤아려 보았다.

"오늘은 하늘에 별도 참 많네. 어린 왕자도 저기 어딘가에서 웃고 있으려나."

"흠, 그러게요. 부끄러움을 잊기 위해 술을 마신다는 술꾼은 여기 있는데."

"아, 자꾸 그렇게 놀릴래요? 그럼 서준수 씨는 뭐야, 명령이라고 쉬지도 못하고 끝도 없이 불을 껐다 켰다 하는 가로등 지키는 사람이에요? 아주 딱이시네, 딱이야."

"그거 괜찮은 비유네요. 「L'amour」 브레이크 타임이 왜 3시에서 4시까지인지 알아요?"

"《어린 왕자》 때문이에요?"

"맞아요. 이 구절 때문이죠. '네가 오후 4시에 온다면, 나는 3시부터 행복해질 거야.'"

"'4시가 가까워질수록 나는 점점 더 행복해지겠지.' 와, 말도 안 돼…… 손님이 4시부터 다시 들이닥친다는 생각을 하면 난 조마조마해지던데."

그런 자의적인 해석까지는 미처 예상하지 못한 준수가 무심코 웃음을 터뜨렸다. 덩달아 깜짝 놀랐다가 하나는 손끝으로 그를 가리키며 입을 열었다.

"와, 엄청 크게 웃으시네. 서준수 씨가 이렇게 큰 소리 내는 거 처음 봐요."

"하나 씨는 정말……."

"내가 뭐요?"

"재미있어요. 같이 있으면 웃지 않을 수가 없어요."

"이분이 진짜. 내가 나 보면서 웃지 말라고 했어요, 안 했어요?"

《어린 왕자》에서 왕자는 말했다. 사람들은 저마다 급행열차에 몸을 싣지만 정작 자기들이 무엇을 찾으러 가는지는 모른다고, 그래서 초조히 제자리를 맴돌기만 한다고. 그러나 지금 이 순간 하나는 알 것 같았다. 눈에는 보이지 않지만, 마음으로는 찾을 수 있었다. 자신이 무엇을 원하는지.

그래서 하나는 이 가을밤, 저 하늘 높이 떠 있는 어느 별 하나에 보이지 않는 비밀을 깊숙이 간직했다. 그는 그녀에게 이 세상에 단 하나뿐인 존재가 되고 그녀도 그에게 세상에 하나뿐인 유일한 존재가 될 수 있도록, 마치 그녀의 이름처럼.

3막

독백 혹은 방백

내 꿈은 당신이 행복해지는 것.
그 곁을 맴돌다 고단한 하루가 저물면
지쳐 쓰러진 당신을 안아주는 것.

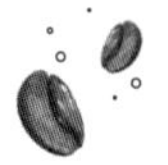

크렘 브륄레*crème brûlée* 같은 남자

　─사랑에 빠지다. Fall in love. 우리말은 물론 머나먼 대륙의 언어도 사랑의 불가항력을 묘사하기 위해 .공교롭게도 동일한 의미의 동사를 차용한다. '사랑에 빠지다'라는 표현은 더할 나위 없이 달콤하고 낭만적으로 들리지만, '빠지다'라는 단어는 과연 그러한가?

　수렁 속으로 떨어져 잠겨 들어가고, 곤란한 처지에 놓이고, 그럴듯한 꾐에 속아 넘어가고, 심지어는 혼수상태에 들고, 그렇게 무언가에 정신이 쏠려 헤어나지 못하게 됐을 때 우리는 어딘가에 '빠졌다'라고 이야기한다. 곤경에 처한 사람은 필연적으로 그곳에서 헤엄쳐 나와야 할 숙명을 안게 되고, 넘어진 사람은 몸을 일으켜 두 발로 단단히 땅을 딛고 서야 한다. 요컨대 어딘가에 빠진 사람은 반드시 빠져나와야 한다. 그러나 문제는, 사랑에 빠진 자는 대개 스스로의 힘으로 그럴 의지가 없다는 데에 있다.

　우리 고유의 언어와 세계 곳곳에서 통용되는 국제어가 사랑이라는 몹시 추상적인 감정의 속성에 관해 똑같이 정의하는 것은, 아마도 단순한 우연에 지나지는 않을 것이다. 수없이 떨어지고, 곤란해지고, 속아 넘어가고, 그러다 다치고…… 그럼에도 때로는 기꺼이 몸을 던질 만큼, 우리는 일생을 사랑에 '빠지며' 살아간다.

도입부부터 대번에 마음을 사로잡은 구절에 밑줄을 그은 하나가 행간의 의미를 곱씹으며 책장을 덮었다. 추상적인 크로키가 그려진 모노톤의 겉표지에는 차츰 아래로 떨어지며 크기가 작아지는 정자체로 '빠지다.'라는 글씨가 돋을새김되어 있었다. 《빠지다》, 준수가 오랜만에 서점에 들러 집어 왔다는 에세이의 제목이었다.

오늘은 준수가 휴가 사흘째 아침을 맞이했을 월요일, 그리고 새로운 한 주의 시작점이었다. 마침 「L'amour」의 정기 휴무일이라 하나는 오랜만에 절친인 지혜와 만나기로 약속을 잡고 외출을 했다. 그리고 약속 장소로 향하기 전 서점에 들러 그의 쇼핑백 안에서 몰래 훔쳐본 제목의 책을 찾았다.

평소에도 주말에는 준수가 「L'amour」에 출근하지 않는 데다가 그를 못 본 지 채 이틀이 지나지 않았음에도 불구하고 그가 무척이나 보고 싶었고, 그 책을 읽으며 그는 어떤 생각을 할지 궁금했다. 그가 직접 골랐다는 그 책을 읽는다면 서준수가 어떤 사람인지 조금이라도 더 깊게 이해할 수 있을 것만 같았다. 그러니까, 주하나가 평소라면 거들떠보지도 않을 에세이를 직접 서점까지 가서 구입하고 곧장 펼쳐 들기까지 한 건, 전부 서준수에게로 아주 조금이나마 더 가까워지기 위한 작은 몸부림이었다.

그런데 고작 첫 문단부터 하나는 벌써 옴짝달싹도 할 수 없게 되었다. 몇 개의 문장들이 완벽히 그녀의 마음을 포로로 삼아서 더는 책장을 넘겨 책을 읽어나갈 수가 없었다. 지극히 다의적인 책 제목이 가리키는 수많은 정의들 중 첫 번째는, 바로 하나 자신을 겨냥하고 있었다.

"왜 그렇게 심각한 얼굴이야?"

자리에 당도하자마자 가방부터 턱 내려놓고는 털썩 건너편 빈자리에 주저앉은 지혜가 말을 붙였다. 검은색 가죽 라이더 재킷을 입고 긴 생머리를 휘날리는 그녀는 오늘따라 유난히 도전적으로 보였다. 턱을 괸 채 반대쪽 손으로 책 표지를 톡톡 두드리고 있던 하나는 황급히 책을 옆으로 밀어놓으며 대답했다.

"아무것도 아니야."

"아무것도 아닌 얼굴이 아닌데?"

절친의 얼굴을 탐색하듯 살핀 지혜가 대꾸했다. 그러고도 유심히 하나를 뜯어보던 지혜는 다시 입을 열었다.

"아무튼, 오랜만이다. 얼굴 한번 보는 게 아주 하늘의 별 따기 뺨치게 어렵네. 미천한 제가 바쁘신 몸을 다 뵙습니다. 아주 황송해 몸 둘 바를 모르겠습니다?"

"저 말투하고는……. 그래, 내가 나쁜 년이다. 오늘 밥은 내가 산다, 사."

"그런데 안색은 오묘한 게, 간만에 명탐정 촉이 막 발동하려는데? 구미가 당겨."

영문을 모르겠다는 반문에 지혜가 야릇한 표정을 지었다. 그러더니 절친에게로 바싹 몸을 들이밀며 속삭이듯 말을 이었다.

"얼굴은 폈는데 표정은 심란해. 이거, 보통 일 아니거든?"

"뭐라는 거야."

"나야말로 궁금하다. 일 힘들어 죽겠다고 징징대기에 다 죽어

가는 얼굴일 줄 알았더니 그것보다 훨씬 더 복잡 미묘한 표정이
야. 뭐야, 대체? 그 사랑의 제과점이 도대체 너한테 무슨 짓을
하고 있는 거냐고. 내가 고대하는 그런 장르가 아니라던 그 남자
는 누구고? 나중에 얘기해 주겠다면서 예고편 날려놓고 감감 무
소식이었던 본편 좀 풀어봐, 얼른.”
“성질 급하기는. 주문부터 하고. 나 배고프단 말이야.”
먹음직스러운 브런치 플레이트와 알리오 올리오를 주문하기가
무섭게 지혜는 다시 하나를 채근하기 시작했다. 심란하게 구석에
밀어둔 책을 쳐다보던 하나가 막 입을 열려는데 그새를 못 참고
지혜가 냅다 말문을 채갔다.
“일단 신상 명세부터. 같이 일하는 사람들 중에 남자가 둘이라
고 했는데 너보다 어리다던 한 명은 아니라고 했으니, 남은 쪽인
거지?”
“응. 바리스타야.”
“장르 먼저 말해봐. 내가 기대한 건 물론 로맨스였는데, 아니
라고?”
“서로 기억 못 하는 과거가 있어.”
“와우, 스릴러네?”
“그랬는데, 아무래도 장르가 다시 바뀐 것 같아.”
“로맨스로? 그럼, 로맨스릴러야?”
환상이네. 지혜가 휘파람을 불었다. 그러나 그녀는 금세 미간
을 좁히며 되물었다.
“잠깐만. 기억 못 하는 과거라니? 전에 알던 사람이야?”
“지혜야. 6년 전 그 남자 있잖아.”
“6년 전이면, 한강 다리 추격전? 뜬금없이 무슨. 왜, 또 꿈에

나왔어?"

이젠 꿈이 아니라, 현실에서 만나.

대답 대신 하나는 떨떠름한 표정을 지었다. 영문을 모르겠다는 얼굴로 친구를 멍하니 쳐다보던 지혜가 뒤늦게야 깨닫고는 눈을 크게 뜨며 소리쳤다.

"설마, 그 남자가 그 남자야?"

하나가 조용히 고개를 끄덕였다. 어울리지 않게 두 손으로 입을 가리고 있던 지혜는 이윽고 긴 머리를 마구 헝클어뜨리며 온갖 감탄사를 연발하기 시작했다.

"와, 이런 세상에. 맙소사…… 진짜? 내가 다 안 믿겨. 어떻게 알았어? 확실한 거야?"

"확실하지는 않아. 안 물어봤고, 그냥 내 느낌이거든."

"뭐야, 그럼 그 사람은 너 못 알아본 거야?"

"아마도."

"넌 어떻게 알아봤는데? 이름이나 연락처는커녕 심지어 얼굴조차 제대로 기억 못 했잖아."

"데자뷔 같은 느낌이 어느 순간에 스쳐 지나갔어. 그리고 하는 말도 똑같아. 6년 전에 내가 들었던 말을 그 남자가 똑같이 하더라고."

"세상에, 어떻게 이런 일이."

당사자보다 더 감격해서 한동안 감탄사만 거듭 내뱉던 지혜는 한참이 지나서야 제정신을 되찾았다. 주문한 음식들이 나왔으나 두 사람 모두 이야기에 열을 올리고 있었다.

"그 남자, 바리스타라고? 나이는?"

"서른 살."

"서른이면, 다섯 살 차이네. 그 남자한테 직접 확인은 왜 안 한 거야?"

"지혜야."

"뭐야, 갑자기 왜 그렇게 비장하게 불러?"

"나, 아무래도 그 남자가 좋은 것 같아."

좋다는 말을 하는 순간 목소리가 이상하게 떨려왔다. 다애의 앞에서는 끝끝내 인정하지 않았지만, 시간이 흐를수록 부인은 침묵이 되고 침묵은 긍정으로 변하기 시작했다. 긍정이 확신이 되기 전에, 그래서 그 남자에게 더욱 빠져 버리기 전에 SOS를 청해야 했다.

"주하나. 고마움은 사랑이 아니야. 환상도 마찬가지고."

호들갑을 떨 줄 알았던 지혜는, 뜻밖에도 덤덤히 프렌치토스트 조각을 썰어내며 건조하게 대꾸했다. 그럼에도 하나는 천천히 고개를 저었다.

"나도 알아. 그런데, 그런 거 아니거든. 처음에는 내가 더 피하고 싶었어. 왜 그 남자한테 확인해 보지 않았느냐고? 이 꼴로 내가 6년 전 그 학생이에요, 하고 싶지 않았으니까. 그런데…… 그 남자 너무 다정해."

"……."

"너무, 따뜻해. 그 남자, 내 못난 꼴 다 봤어. 영민이 일도 알아. 하윤선이 내 머리채 잡은 것도 똑똑히 다 봤고, 그 난리에서 구해줬고…… 진심으로 나를 응원해 줘. 우리 집 잘살다가 갑자기 망한 것도 알아. 아니, 내가 다 얘기했어. 아무에게도 하고 싶지 않았던 이야기도 그 남자한테는 털어놓게 돼. 다애가 정신 차리라고 했는데 그럴수록 어려워져. 그 남자가 너무 좋아서."

"이 정도면 중증이네, 중증이야."

고개를 절레절레 저으며 포크를 내려놓은 지혜가 다애와 같은 진단을 내렸다. 입가를 닦아 내고 물을 한 모금 마신 지혜는 이윽고 진한 붉은 색으로 말끔히 칠해진 입술을 열어 아주 따끔한 충고를 처방했다.

"너한테만 다정해? 너한테만 친절해? 너한테만 따뜻하냐고. 아무한테나 나긋나긋한 족속치고 속 안 썩이는 부류 못 봤다, 내가."

"그건 그렇지만……."

"봐, 너한테만 그런 거 아니지? 안 봐도 비디오다. 그런 남자가 왜 이날 이때껏 싱글이겠어?"

"상처가 많은 사람인 것 같았어. 말은 안 하지만."

"점입가경이네. 과거 있는 남자? 더 위험해. 때려치워."

"넌 왜 그렇게 단호해?"

"그 남자는 너한테 마음 있대? 게다가 다섯 살 연상이면 적은 나이 차 아니야. 조심해, 너. 홀라당 넘어가서 안 그래도 꼬인 팔자 남자 때문에 셀프로 더 꼬지 말고."

그 나이 먹도록 순진해 빠져 가지고, 너도 참 큰일이다. 그렇게 투덜거리던 지혜가 이내 입을 꾹 다물었다가 다시 은근히 속삭였다.

"그런데 그 남자, 잘생겼어?"

순간 웃음이 터질 뻔했으나 간신히 입술을 깨문 하나는 고개를 끄덕이며 웃음기가 짙게 밴 목소리로 답했다.

"응. 엄청."

"미친 기지배."

지혜가 신랄하게, 그러나 장난스러운 어조로 받아쳤다. 잘생겨서 좋아하는 거 아냐, 라는 하나의 중얼거림에 지혜는 금세 호기심이 동한 얼굴로 캐물었다.

"그냥 좀, 도 아니고 엄청? 도대체 얼마나 잘생겼기에 네가 그런 말을 다 해?"

"그 남자 솔직히 유머 감각은 별로 없거든? 농담도 할 줄 모르고 요새 유행하는 말 쓰면 전혀 못 알아들어. 나보다 더하다니까? 그런데, 얼굴만 봐도 재미있어. 왜 연예인 안 하나 몰라."

"그 정도야? 와, 나 또 궁금해지네. 진짜 너희 가게 한번 가야겠다. 아, 그러고 보니…… 얘기 들은 것 같아."

"무슨 얘기?"

"내가 너희 가게 검색해 본 적 있었거든. 그런데 뻥 안 치고 포스팅 절반은 거기 직원이 엄청 잘생겼다는 얘기였어. 소문 듣고 기껏 찾아가 봤더니 근무하는 날이 아닌지 못 봐서 아쉽다는 말도 꽤 본 것 같고."

그 얘기에 하나의 미간이 살짝 꿈틀했다. 아니, 그 남자는 왜 쓸데없이 그렇게 잘생겨 가지고.

"왜, 질투 나니?"

친구의 표정 변화를 예리하게 잡아낸 지혜가 빙글거렸다. 째려보는 것으로 대답을 대신한 하나는 그제야 먹는 것에 집중하기 시작했다.

큰 접시 두 개를 남김없이 비우자 디저트가 나왔다. 크렘 브륄레였다. 표면에 골고루 설탕을 뿌리고 토치로 가열해 그을려 낸, 살얼음처럼 얇고 파삭거리는 캐러멜 층을 스푼 끝으로 톡 깨자 향긋한 바닐라로 풍미를 더한 커스터드 크림이 탱글탱글한 자태를 드러냈다.

별생각 없이 크림을 떠올리려다 말고 하나는 불현듯 어떤 관념에 사로잡혔다. 입안을 차갑게 식히는 크림을 음미하던 지혜가 동작 그만 주문에 걸린 친구를 보고는 핀잔을 놓았다.

"넌 네가 맨날 만들어대는 게 디저트면서 여기까지 와서도 연구하니? 직업병이다, 직업병. 너도 참."

"그런 게 아니라, 그 남자가 생각나서 그래."

"뭐?"

"그 남자, 꼭 크렘 브륄레 같아."

겉은 따뜻하지만 그 속은 어딘가 모르게 차갑다. 표면에는 딱딱한 벽이 있는 듯하면서도 조금 안으로 파고들어 보면 부드럽기 짝이 없었다. 차고 뜨거운 온도 차와 달콤 씁쓸함…… 저를 빠지게 한 그 남자를 고스란히 담아 놓은 디저트 앞에서, 하나는 속절없이 무너졌다.

"애 정말 큰일 났네. 하긴, 종일 그 남자랑 붙어 있으니 제정신이 들 리가 있나. 나가서 바람도 좀 쐬고 그래라. 요새 날씨도 엄청 좋은데."

그럼에도 계속 가보고 싶어지는 걸 보니 아무래도 그 표현이 정녕 맞나 보다. 수렁 속에 떨어져 잠기고, 곤란해지고, 정신이 쏠린, 심지어는 주위에서 서로 건져 내 주겠다고 아우성인 이 상태에서…… 하나는 헤어 나오고 싶지 않았다. 크렘 브륄레처럼 알 수 없는 그 남자에게 풍덩, 빠져서.

드디어 그가 돌아온다. 장장 일주일의 휴가가 끝나고도 사흘이 더 지난 끝에 준수가 「L'amour」로 돌아오는 날이었다.

황금 같은 토요일 오후를 함께한 후 준수가 없는 일주일이 참 길게도 느껴졌다. 그를 마주하고 싶지 않은 날마다 귀신같이 출근 날짜가 겹친다고 억울해하던 게 언제였냐는 듯, 하나는 그 일주일 동안 자신이 그를 아주 많이 그리워했다는 사실을 인정하지 않을 수 없었다.

일찌감치 출근해 제빵실 안에서 디저트를 만들고 있는데 바깥이 조금 소란스러워졌다. 그 순간부터 벌써 마음이 두근거리기 시작했다. 만들던 걸 갈무리해 내려놓은 하나는 제빵실 문밖으로 빠끔히 고개를 내밀었다.

준수가 다른 직원들과 반갑게 안부를 나누고 있었다. 1년도 아니고 고작 열흘 만에 보는 건데, 그래서 달라졌다고 할 만한 것도 없는데 어쩐지 그가 눈물이 날 정도로 반가웠다. 그래서 먼발치에서 멍하니 그 모습을 훔쳐보고만 있는데 준수가 문득 이쪽을 돌아보았다.

미처 뭘 어쩌기도 전에 눈이 마주쳤고 그가 고개를 살짝 기울이더니 빙긋이 웃었다. 그 눈길을 채 5초도 마주하지 못하고 시선을 떨군 하나는 이내 조심스레 제빵실에서 나와 홀 중앙으로 향했다.

"잘 지냈어요?"

"네. 준수 씨는요? 휴가, 잘 보냈어요?"

"나쁘지 않았어요. 내내 날씨가 좋아서."

준수의 말대로 내리쬐는 햇살의 빛깔은 더욱 선연해지고 바람의 온도는 조금 더 차가워져 이제 완연한 가을이었다. 길 위에는

갖가지 색의 떨어진 잎사귀들이 바스락거리다 불어오는 바람에
날아올라 흩어지곤 했다.

"이러다 금방 첫눈 오겠어요."

"그래서 준비했어요. 11월의 디저트."

"어, 벌써요?"

"그래서 서준수 씨 기다렸어요. 테스터 되어줄 사람이 없어
서."

실은, 꼭 그것 때문만은 아니었지만. 또 그 말은 혼자 마음속
에 꼭꼭 숨겨두고 있는데 준수가 물었다.

"무슨 디저트예요?"

"직접 보세요."

"만들어놨어요?"

"기다렸다니까요."

그렇게 답한 하나가 돌아서서 제빵실로 향했다. 뒤를 따르는
발자국 소리가 쿵쿵, 마음에도 울렸다.

제빵실로 돌아온 하나는 다시 에이프런을 두른 뒤 위생모를
쓰고 깨끗이 손을 씻었다. 만반의 준비를 마치고 조리대 앞에 서
는 하나를 가만히 지켜보던 준수가 물었다.

"별일 없었어요?"

"네, 아무것도. 왜요?"

"분위기가 조금 달라진 것 같아서."

아, 하고 하나는 엷은 미소를 지었다. 그 끝에 쓴맛이 번졌다.
이 남자는 역시나 눈치가 빠르다.

"가을이라 그런가 봐요."

"가을 타요?"

"아마도. 그래서 가을이 더 싫어요."

"가을이 싫어요?"

"너무 쓸쓸하니까. 한 해가 또 저물어 가는구나, 올해에도 난 해낸 게 아무것도 없는데, 싶어서. 가을은 수확의 계절이라지만 뭐, 한 게 있어야 거두어들일 것도 있죠. 몇 년 전이었지…… 아무튼 한창 정신없이 일에 치이던 때가 있었는데, 바쁘게 길을 걷다 문득 낙엽이 발에 밟혀서 걸음을 멈추고 하늘을 봤거든요. 사방이 나무인데 벌써 낙엽이 다 져서 가지가 앙상하더라고요. 다시 바닥을 보니까 다 말라비틀어진 커다란 낙엽은 산더미처럼 여기저기 쌓여 있고. 난 가을이 온 줄도 몰랐는데 세상은 나만 빼고 다 가을이었어요. 그때 깨달았죠. 아, 이래서 사람이 하루에 한 번은 하늘을 보는 삶을 살아야 된다고 하는 거구나."

"……."

"그때부터, 가을이 좀 싫어졌어요. 떨어지는 낙엽 보면 허무해져서."

"얼른 눈이 내려야겠네요. 하나 씨가 더는 우울에 빠지지 않게."

우연일까, 준수가 '빠지다'라는 표현을 쓴 건. 그러나 내색하지 않은 채 하나는 살짝 화제를 전환했다.

"음, 저한테는 조금 다른 의미로 눈이 내려야 해요. 11월 안에."

준수의 표정이 의아하다는 듯 변했다. 더 설명하는 대신 하나는 아까부터 만들고 있던 디저트에 다시 손을 대기 시작했다. 미리 만들어서 냉장고에 차게 식혀둔 크렘 앙글레즈*crème anglaise, 우유, 설탕, 달걀노른자로 만들어 뜨겁거나 차게 하여 케이크, 과일 또는 다른 디저트 위에 끼*

없는 연한 커스터드 소스가 깔려 있는 접시 위에 오븐으로 살짝 익혀낸 하얀 머랭을 띄운 하나는 잘게 부순 프랄린 조각과 구운 아몬드를 뿌린 후 마지막으로 설탕을 태워 만든 캐러멜 장식을 얹었다. 옆에서 조용히 지켜보던 준수가 입을 열었다.

"알겠어요. 무슨 디저트인지는 몰라도, 11월의 테마는 뭔지."

"뭔데요?"

"첫눈."

"맞았어요. 이 디저트의 이름은 일 플로땅뜨*île flottante*예요. 영어로는 floating island."

"정말 눈 내린 섬이 떠다니는 것 같네요. 언뜻 보면 아이스크림 같기도 하고."

"시식해 보세요. 맛이 좀 독특할 거예요."

스푼으로 머랭을 작게 베어낸 준수가 바닐라 빈이 콕콕 박혀 있는 묽은 크림과 머랭 조각을 듬뿍 떠 입에 넣었다. 그의 표정이 금세 변했다.

"음……. 이걸 뭐라고 표현해야 되죠? 머랭 때문에 씹는 식감은 분명 있는데 케이크보다 훨씬 부드럽네요. 가니시로 얹은 것들은 바삭거리며 부서지고."

"누군 바닐라 소스에 묻힌 마시멜로를 먹는 것 같다고 하더라고요."

"어, 그 표현 그럴듯하네요."

폭신한 머랭이 꼭 부드럽게 녹아내리는 마시멜로 같았다. 살짝 노란 빛을 띤 흰 눈 위에 떠 있는 빙하 섬을 연상시켜 눈과 입을 동시에 만족시키는, 절로 기분이 좋아지는 디저트였다.

"난 아주 마음에 들어요. 다른 직원들한테도 얘기해 봤어요?"

“아뇨. 어떻게 그래요, 테스터도 아직 맛보기 전인데.”

“정말로 11월이 다 가기 전에 첫눈이 와야겠네요.”

소리 없는 미소를 지은 준수가 덧붙였다.

“내가 없는 동안 고생 많이 했겠어요.”

“왜요?”

“봤어요, 포스터.”

준수가 언급한 건 결국 하나의 시안대로 최종안이 확정된 월간 디저트 프로젝트의 포스터였다. 규호가 관리하는 공식 SNS에도 올라오고 매장 출입구 옆에도 붙어 있는 포스터를 준수도 봤나 보다.

“그쪽으로는 문외한이지만, 그림체도 좋고 전반적인 느낌도 인상적이었어요.”

“칭찬 그만하세요. 알레르기 있어요.”

하나가 소름이 돋는다는 듯 양쪽 팔을 감싼 채 진저리를 쳤다. 낮게 웃은 준수가 인사했다.

“그만 나가볼게요.”

“잠깐만요.”

“더 할 말 있어요?”

“11월 포스터 카피는, 이걸로 하고 싶어요.”

“뭔데요?”

“첫눈에 빠지다.”

디저트가 불러일으키는 심상과 동시에 서준수를 향한 주하나의 마음을 나타내는 문구였다. 첫눈에 빠지다. 메아리처럼 작은 목소리로 되뇌더니 고개를 끄덕인 준수가 이내 문밖으로 모습을 감췄다. 그가 사라진 자리를, 하나는 오래도록 바라보았다. 가을이 깊어 가는 만큼 마음도 한없이 깊어졌다. 아무래도 이번 가을은 유난히 더 버티기 힘들 것 같았다.

하루 중 유일한 휴식 시간인 브레이크 타임에도 하나는 평소와 조금 다른 모습으로 대화에도 끼지 못한 채 겉돌았다. 준수만이 그런 그녀를 주시했을 뿐 다른 직원들은 평상시와 다를 것 없는 기조로 수다를 떨고 있었다. 그 와중에도 열심히 휴대폰으로 웹 서핑을 하던 규호가 지나가듯 던진 말이 새로운 이야깃거리로 올라왔다.

"어, 그거 철거한다네요. 생명의 다리."

"생명의 다리? 아, 다리에 문구 새겨놓은 그거? 꾸준히 철거 소문 돌더니 진짜 없앤대?"

"네. 그거 설치하고 오히려 자살 시도자 수 늘었다고 그랬잖아요. 뜻밖의 관광 명소가 되질 않나. 인터넷에서 본 건데, 죽고 싶어서 그 다리 찾아간 사람이 그러더라고요. 벼랑 끝에 내몰리다 못해 찾아간 곳인데 다른 사람들은 그곳에 놀러 와서 하하 호호 웃으면서 사진을 찍고 있더라고, 그 순간만큼 비참했던 때가 없었다고."

그때까지만 해도 하나는 오가는 이야기에 전혀 집중을 하지 못하고 있었다. 창문 너머에서 새어 들어오는 찬란한 햇살만 심술궂게 눈에 박혔다. 그런 하나의 귀에 퍼뜩 경고의 단어가 박힌 건 다음 순간이었다.

"흠, 그 아이디어가 상까지 받았다지? 보통 사람들한테는 획기적인 발상일지 몰라도 진짜 죽을 작정으로 거기 찾아가는 사람들한테는 솔직히 뜬구름 잡는 말들이긴 하지. 죽고 싶을 정도로 절박한 사람한테 그래도 아직 세상은 밝다고 말해주면 갑자기

이 세계가 달라 보이고 살고자 하는 의지가 샘솟겠어? 너무 단순한 발상인 거지. 그걸 몰라서 거길…….”

“헉!”

그제야 귀에 들어온 말들에 하나는 사레가 들려 캑캑대기 시작했다. 하마터면 그대로 뱉어낼 뻔한 커피를 가까스로 삼킨 그녀의 두 눈에 지진이 일었다. 왜 진작 알아차리지 못했을까. 주제가 위험한 방향으로 향하고 있다는 것을.

“어머, 하나 씨. 괜찮아?”

“네? 아, 괜찮아요. 괜찮은데…….”

두서없는 대답을 늘어놓으면서도 하나는 황급히 준수의 눈치를 살폈다. 이건 그들의 첫 만남을 너무나도 직접적으로 일러주는 대화였다. 아니나 다를까, 늘 덤덤하던 그의 표정이 지금은 어쩐지 살짝 찌푸려져 있는 것처럼 보였다. 착각일까?

“아…… 그러니까 그게…… 제가 이럴 때가 아닌 것 같아요.”

“이럴 때가 아니야? 갑자기 뭐가?”

“할 일이…… 너무 많아서요.”

“뭐? 난 또 뭐라고. 됐어, 하나 씨. 매일같이 중노동 하는 마당에 하루에 한 번 커피 한 잔도 못 마셔? 그냥 있어.”

“그래요 누나. 커피 마시고 해요.”

“아, 아니에요. 저 먼저 일어날게요.”

다행히 대화의 맥은 끊었으나 여전히 위험한 상황이었다. 어서 자리를 뜨는 게 낫겠다고 판단한 하나는 주위의 만류마저 뿌리치고 몸을 일으켰다. 그러고는 경황도 없이 마구잡이로 걸음을 옮기고 있는데 그새 화제를 도로 원점으로 돌린 규호가 등 뒤에서 결정타를 날렸다.

"아무튼 이건 너무 공허한 방법이었어요. 차라리 다리 위에서 프리 허그를 하지? 이 구질구질한 세상 더는 살아가고 싶지 않은 분들 나오세요, 안아드립니다, 하고."

오, 주여.

밥상을 차려주다 못해 거의 떠먹여 주는 수준에 이른 그 힌트에 하나는 스태프룸을 코앞에 두고 우뚝 멈춰 섰다. 목 뒤에서 식은땀이 다 흘렀다. 이쯤 되면 알아채지 못하는 게 더 이상하다는 결론에 이른 순간.

"주하나 씨."

낮고 신중한 음성이 그녀의 이름을 불렀다. 그 목소리가 이런 식으로 이름을 부른다는 건, 보통 일이 아니라는 뜻이다. 이윽고 뚜벅뚜벅 가까이 걸어오는 기척이 들리더니 준수가 앞으로 와 문과 하나 사이를 가로막고 섰다.

"나 기억났어요."

그 말에 결국 심장이 쿵 떨어졌다. 하나가 아무 말도 하지 못하고 그저 제 얼굴만 뚫어져라 쳐다보자, 준수 역시 혼란으로 일렁이는 깊은 눈을 하고 한참이나 물끄러미 하나의 눈을 들여다보다 느릿하지만 확신에 찬 목소리로 말했다.

"내가, 주하나 씨를, 언제 어디서 처음 봤는지."

"그게…… 언젠데요?"

하나가 들릴 듯 말 듯 한 목소리로 속삭이듯 물었다. 여전히 두 사람의 시선은 오롯이 서로에게만 붙박여 있었다.

"6년 전 가을. 청담동에서 우연히 사람들한테 쫓기던 고등학생을 만난 적이 있어요."

그렇게 이야기를 시작한 준수가 손을 뒤로 뻗어 스태프룸의

문을 열고는 안으로 들어섰다. 조금 머뭇거리다 그의 뒤를 따라 들어간 하나가 문을 닫았다. 여전히 제멋대로 쌓아 올려져 있는 상자 위에 걸터앉은 준수가 하나를 돌아보고는 다시 말을 이었다.

"정신없이 달리다 보니 영동대교 위까지 갔었고, 그때 그 학생이……."

"울었죠. 서럽게."

"그 학생이, 하나 씨 맞는 거죠."

준수의 물음에 하나는 대답하지 않았다. 결국 이렇게 들키고야 마는구나. 술래잡기는 허무하게 끝이 났다. 좀 더 떳떳해진 다음에 그의 앞에 서고 싶었는데, 왜 뭐 한 가지 뜻대로 되는 게 없는 걸까.

"하나 씨는, 처음부터 알고 있었어요?"

"아니요. 그건 아니고……."

"그러면?"

"기억나세요? 제가 이력서 내러 왔던 날."

"물론 기억하죠."

"그날 돌아가기 직전에 떠올랐어요. 갑자기."

준수도 그날의 기억을 떠올렸다. 그리고 계단에서 넘어질 뻔한 하나가 엉겁결에 품에 안긴 순간 느꼈던 기시감을. 그 직감이 옳았다. 그걸 이제야 깨달았다는 게 문제였지만.

"어떻게, 이렇게 다시 만나죠?"

입가를 매만지던 준수가 물었다. 하나도 묻고 싶었다. 왜 이 남자를 6년 만에 이렇게 다시 만나게 됐을까. 두 번의 우연에는, 어떤 신의 뜻이 숨어 있는 걸까.

"미안해요. 진작 못 알아봐서."

준수의 사과에 맥이 탁 풀렸다. 그가 무엇에 대해 사과를 하고 있는 건지, 아니, 그녀 자신이 정녕 사과를 받고 싶긴 한 건지 헤아릴 수가 없었다. 그동안 내내 기를 쓰고 숨겨왔던 비밀을 기어이 들켜 버린 게 불행인지, 그가 결국은 알아봐 줘서 다행인지.

"하나 씨가 먼저 말해줬으면 좋았을 텐데……. 기억하고 있었으면서 왜 그동안 모른 척했어요?"

마냥 회피하고 싶었던 물음과 끝내 직면하게 된 하나는 잠시 침묵을 지켰다. 이미 물은 엎질러졌고 더 물러날 곳은 없다. 그럼 어떤 답이 옳을까, 어떤 답을 그에게 내주어야 할까.

"기억…… 못 하시는 것 같아서요. 저도 제 기억에 확신이 있는 게 아니라 먼저 얘기하기가…… 좀 그래서."

주절주절 덧붙인 말들이 제 귀에도 어쩐지 어쭙잖은 변명처럼 들렸다. 하나의 대답이 석연치 않았는지 준수도 잠자코 듣고만 있었다. 점점 더 무거워져만 가는 어색한 공기를, 하나는 결국 뻣뻣한 웃음으로 무마했다. 용케 웃긴 웃었으나 그와 반대로 시선은 저절로 발끝을 향해 떨어졌다.

"괜찮아요. 기억 못 하기를 바란 건 나였으니까. 별로 기억에 안 남는 만남이었을 수도 있죠, 뭐."

"그렇지 않아요."

"……."

"6년이 지나는 동안 그때 일 잊어버린 적 없어요. 지금은 어떤 모습으로 지내고 있는지, 잘 이겨낸 건지 가끔 궁금하기도 했고. 그 학생이 설마 하나 씨일 거라고는 상상도 못 해서 몰라봤을 뿐이지."

“…….”

“그러고 보니 그게 벌써 6년이나 됐네요. 그때 만났던 고등학생은 이렇게 어엿한 어른이 됐고.”

살짝 자세를 낮춰 고개를 숙인 하나와 시선을 마주한 준수가 조용히 미소 지었다. 그 앞에서 또 한 번 마음이 일렁이기 시작했다. 어쩌면 병이 아닐까 싶을 정도로 고요하지만 거센 소용돌이 속에서, 하나는 또다시 헷갈려졌다. 지금 이 울렁거림은 차오르는 울음인지, 벅찰 정도의 기쁨인지.

“왜 아무 말이 없어요?”

“창피해서…… 요.”

“창피해요? 뭐가?”

“들키고 싶지 않았으니까요.”

자신 없지만 또한 동시에 확고한 대답이었다. 하나는 여전히 들키고 싶지 않았다. 지금 자신이 그의 앞에서 어떤 눈빛을 하고 있는지, 어떤 심정으로 이 말들을 꺼내놓고 있는지.

“저는요, 이렇게 초라하고 구차하게 들키고 싶지는 않았어요. 비록 처음 알게 됐을 때 곧바로 말하지는 못했지만 그래도 언젠가는 꼭 제가 먼저 이야기하고 싶었어요. 그때 일 기억하느냐고, 그게 나였다고. 덕분에 씩씩하게 잘 살았다고, 고맙다고.”

“…….”

“정말로 이렇게 다시 만날 줄은 꿈에도 몰랐지만 저도 그날 이후로 늘 생각했거든요. 만에 하나 다시 만나게 된다면 그때는 더 멋진 사람이 되어 있었으면 좋겠다고. 잘 사는 게 최고의 복수라고 하셨으니까, 더 나은 모습으로 다시 볼 수 있었으면 좋겠다고. 그런데 그때보다 나아진 게 하나도 없어서…… 그게 너무 한

심해서……."

말을 잇는 목소리가 뚝뚝 끊어졌다. 준수의 얼굴에 떠올라 있던 고요한 미소도 사라졌다. 점차 작아지던 목소리가 아예 들리지 않더니 이내 하나가 고개를 들었다.

"그래서 말 안 했어요. 그게 저라고."

이때까지와는 달리 단호한, 그러나 서글픈 대답이었다. 그제야 준수는 언젠가 하나가 했던 말을 떠올렸다.

"지금 내 모습으로는 그런 말 못 들을 거라는 거 뻔히 아니까 차라리 영영 안 만났으면 좋겠어요."

그리고 밝으면서도 가끔은 이유 모르게 우울해지던 하나의 모습도, 간혹 그를 바라보던 알 수 없는 눈길도, 본의 아니게 비밀을 숨겨야만 했던 마음이 어땠을지도. 이 우연한 재회가, 하나에게는 마냥 신기하고 반가울 수만은 없었으리라는 것도.

그래서 준수는 잠시 침묵을 지켰다. 섣부른 위로는 나락까지 떨어져 보지 않은 사람들이 한강 다리 위에 새겨놓은 문구들만큼이나 공허하게 다가온다는 걸 그 역시 잘 알고 있었다.

한참을 생각하던 준수는 특유의 느릿하지만 정확한 어투로 엉뚱한 질문을 던졌다.

"그 이후로 다시 그 다리 위에 가본 적, 있어요?"

생뚱맞다 싶은 준수의 물음에 순간 갸웃했지만 하나는 이내 고개를 저었다. 그의 화법이 어떤 식인지, 이제 그녀는 잘 알고 있었다.

"아니요. 안 갔어요."

“왜요?”

“다시는 오지 말라고 했잖아요. 차라리 복수나 하라고.”

뭘 그런 걸 묻느냐는 투의 대답에 준수가 가만히 웃었다. 그러면서도 단 한순간도 하나에게서 시선을 떼지는 않던 그가 다시 나직이 물었다.

“그런데도 하나 씨는 아직도 6년 전 그 자리에 서 있는 것 같아요?”

“네?”

“이제 아무리 마음을 달리 먹는다 해도 사는 건 변함없이 버겁다는 것도 알고, 그럼에도 복수를 위해 열심히 사는 게 나름대로 괜찮은 방법이라는 것도 아는데?”

“아⋯⋯.”

“지금 하나 씨 모습이 6년 전의 고등학생이 꿈꾸고 그리던 모습이 아니더라도, 지금의 하나 씨도 충분히 멋진 일을 하는 사람이에요. 난 다시 만난 하나 씨가 이런 모습이라 고마워요. 힘든 일 어려운 일 다 씩씩하게 이겨내고 잘 컸네요, 예쁘게.”

“⋯⋯.”

“잘했어요.”

“힘든 일 어려운 일 다 씩씩하게 이겨내고 예쁘게 잘 컸다고, 잘했다고.”

아, 이 남자는 그 말을 기억하고 있구나. 언젠가 유난히도 아름다웠던 밤, 첫사랑 말고 다시 만나고 싶은 사람이 있느냐는 그의 물음에 차마 그게 당신이라는 말은 꺼내놓지 못하고 대신 들고 싶은 말이 있다며 둘러댔던 대답이었다.

세상에 걱정이라고는 없다가 한순간에 밑바닥으로 떨어진 고등학생 시절부터 자그마치 6년이었다. 하지만 그 시간 동안 어느 누구도 말해주지 않았다. 너 참 잘하고 있다고, 지금 있는 그대로의 너의 모습을 응원한다고. 그런 말을 듣고 싶다고 생각해 본 적 없었는데 실은 그게 마음 깊은 곳에서는 가장 듣고 싶었던 말이었나 보다. 그 별거 아닌 말에 이토록 울컥해 눈시울이 뜨거워지는 걸 보면.

오랜 시간을 끌어 온 것치고는 허무하게 비밀을 들켜 버린 가을날, 햇살은 그 어느 때보다도 찬란했다. 너무 따사로워서, 서글프리만치.

우리는, 어쩌면, 만약에

다애는 지금 며칠째 터지기 일보 직전인 시한폭탄을 안고 있는 기분이었다. 태일과 크게 다퉜는데 그게 제정신도 아닌 상태에서 제대로 인지하지도 못하는 사이 벌어졌다는 게 억울했고, 그 이후로 태일이 저를 만나주지 않는 건 더더욱 열불이 뻗쳤다.

전화를 걸어도 받지 않고 문자 메시지를 보내도 답이 없다. 그러니까 이건, 이태일이 주다애를 무시하기로 작정한 것임에 틀림없다.

"좋아, 아주 해보자는 거지."

이런 상태로 중간고사를 치르느라 집중력 따위는 개나 줘버리고 시험은 장렬히 망했는데 전세는 호전될 기미가 보이지 않았다. 분노를 담아 화면에 태일의 번호를 띄우고 통화 버튼을 눌렀으나 신호음은 결국 전화를 받을 수 없다는 자동 안내 멘트로 넘어갔고 다애는 벌떡 자리에서 일어났다. 이판사판, 단도직입이다.

그길로 다애는 현관을 박차고 집을 나섰다. 그런데 그 순간 맞은편에서 똑같이 문이 열리며 그 안에서 태일이 모습을 드러냈고 다애의 두 눈은 휘둥그레졌다. 뭐야, 집에 있었어? 그러면서 전화를 안 받았단 말이야?

"이태일."

마찬가지로 다애를 발견한 태일의 눈동자가 서늘히 내려앉았다. 일언반구 말도 없이 그는 제 갈 길을 가겠다는 듯 몸을 틀었다.

아무리 무디고 착해 빠진 주다애라 해도 면전에서 무시를 당하는데 과히 기분이 좋을 리 만무했다. 그것도, 상대가 바로 다름 아닌 이태일이라면. 저를 완전히 투명 인간 취급하는 그 태도에 안 그래도 커다란 눈을 부릅뜬 다애가 한층 언성을 높였다.

"야!"

그럼에도 태일은 들리지 않는 사람처럼 앞만 보고 걸었다. 더는 제자리에서 고함만 지르는 데 그치지 않고 냉큼 태일을 따라잡은 다애가 그의 두 귀에서 이어폰을 잡아 뺐다.

태일의 안면이 일그러졌으나 이어폰에서 아무것도 흘러나오고 있지 않다는 걸 몸소 확인한 다애의 낯빛은 그보다도 훨씬 더 험악해졌다. 그러나 먼저 입을 연 사람은 태일이었다.

"지금 뭐 하는 거야?"

"너야말로 뭐 하자는 건데 나랑?"

"새삼스럽게 뭘?"

"새삼스럽게? 뭘? 내 문자 내 전화 왜 씹는데?"

"할 말이 남았어?"

"그걸 몰라서 묻는 거야? 수없이 메시지 남겼잖아. 얘기 좀 하자고, 이런 식으로 쫑 내기 싫다고.”

“나 싫다며. 거기서 더 무슨 말을 하려고? 나 진짜 별로라며, 화낼 자격 없다며.”

“뭐?”

“다 인정한다고, 나 후지다는 거. 그러니까 관두자는데 무슨 말이 필요해.”

가시 박힌 투로 내뱉는 음성에 다애는 순간 말문이 막혔다. 문득, 어쩌다 상황이 여기까지 와버렸는지 모르겠다는 막막함이 덮쳐 왔다. 관계의 균열은 어느 지점부터였을까, 어디에서부터 길을 잃었는지 알아낸다면 돌아갈 수 있는 걸까?

다애가 말을 잇지 못하는 사이 태일은 다시 돌아섰다. 그대로 성큼성큼 멀어져 가는 그의 등 뒤에 대고 다애가 소리친 말이 사방에 울렸다.

“야, 이 비겁한 자식아!”

그 외침에 태일이 제자리에 우뚝 멈춰 섰다. 천천히 뒤를 돌아본 그에게 다애는 떨리는 음성으로 다시금 독설을 날렸다.

“거봐, 또 도망치는 거. 넌 늘 그래. 정면으로 맞설 자신이 없어서.”

일순간 주위에 찬 공기가 흘렀다. 이윽고 비틀린 미소를 지은 태일이 나직이 대꾸했다.

“그것도 인정해. 네 말, 틀린 거 없어. 나 비겁한 놈 맞아. 그래서 도망치는 거야. 더 이상 비겁하게 굴기 싫어서.”

비겁해지고 싶지 않아 도망친다. 언뜻 모순처럼 들리는 말을 남겨두고 태일은 자리를 떴고 다애는 더는 그를 붙잡지 못했다. 태일을 향해 마구 화를 내고 싶은데, 헝클어져 못내 정리되지 않은 제 감정보다 눈앞에 선명히 보이던 비틀린 표정 하나하나가 더 마음을 할퀴었다.

도로 집에 들어온 다애는 불도 켜지 않은 채 거침없이 냉장고로 직진해 문을 열고 구석에 뒹굴던 캔 맥주를 하나 꺼내 들었다. 그대로 탭을 당겨 따고는 꿀꺽꿀꺽 맥주를 삼키던 다애는 캔을 입에서 떼어내고 멍하니 생각에 잠겨 있다 결국 엉엉 소리 내 울고 말았다. 왜 눈물이 나는지는 모르겠는데, 그냥 울음이 나왔다.

"이태일 때문에 별 궁상을 다 떠네, 주책스럽게. 나쁜 자식."

어둠 속에서 홀로 한바탕 울고 난 다애는 어느 순간 눈물을 뚝 그쳤다. 손등으로 아무렇게나 눈물 자국을 닦아내고, 다애는 자조적으로 웃었다. 엉엉 울고 나니 속은 조금 시원한 것 같기도 한데 달라진 게 아무것도 없다. 태일과 이대로 정말 끝이 나게 되는 걸까? 이런 결말을 원한 적은 한 번도 없었는데.

눈물을 그치고도 어두운 부엌에 우두커니 서 있는데 어느 순간 현관문에서 소리가 울리더니 문이 열리고 누군가가 들어서는 인기척이 났다. 곧이어 말소리가 들려왔다.

"뭐야, 집에 아무도 없……. 주다애, 너 뭐 해?"

퇴근하고 들어오며 챙긴 우편물들을 손에 움켜쥔 채 부엌의 전등 스위치를 켠 하나가 깜짝 놀라 손에 든 것마저 떨어뜨리고는 달려왔다. 한 손에 맥주 캔을 든 채 냉장고에 기대서 있는 동생을 이리저리 살핀 하나가 최소한 육안으로는 아무 이상이 없다는 걸 확인하고는 뜨악한 얼굴로 다그쳤다.

"어둠의 자식이야? 야밤에 불도 안 켜고 대체 뭘 하고 있는 거야?"

"언니. 잘 사는 게 최고의 복수라고 했지. 울고불고 야단법석

떨지 말고, 그럴 시간에 차라리 잘 살아볼 궁리를 하라고.”

“뜬금없이 뭔 소리야?”

“그럼 어떻게 사는 게 잘 사는 거야?”

“주다애.”

“언니, 난 아무리 생각해도 어른이 되고 싶지가 않아.”

어린 시절에는 치고받고 싸우고 난 다음 날에도 별일 없었던 양 까르르 웃으며 털어내 버리면 그만이었는데, 그때보다 더 아는 게 많아지고 의젓해진 어른의 관계는 뭐가 이리도 복잡한 걸까? 나이를 먹을수록 모든 것들이 더 어려워지기만 하는 게 어른이라면 다애는 어른이 되고 싶지 않았다. 그녀가 쓰고 있는 극본 속 주인공처럼.

“너 피터팬 아니야. 네버랜드는 없어.”

단호하게 동생의 푸념을 잘라낸 하나가 심란한 눈으로 다애의 손에 들린 맥주 캔을 쳐다보더니 이윽고 새 맥주를 꺼내 들었다. 준수가 실망을 했든 아니든 어쨌거나 숨기고 싶었던 비밀을 들켜 버린 터라 그녀 자신도 며칠째 심란해 죽겠는데 동생까지 이러고 있는 꼴을 보니 심사가 사나웠다.

식탁 의자 위에 털썩 주저앉은 하나가 캔의 탭을 당기며 신랄하게 중얼거렸다.

“쌍으로 궁상떠는 것도 못 봐주겠다, 이제. 이쯤 되면 푸닥거리라도 해야 되는 거 아니니?”

그 말에 다애가 픽 웃음을 터뜨리더니 건너편으로 와 앉았다. 캔을 부딪쳐 건배를 한 자매는 한동안 말없이 맥주만 홀짝였다.

“너 또 태일이 때문에 그러는 거지?”

“몰라, 나도.”

"언제는 그럴수록 이성적으로 생각하라며?"

역시 남의 일이 제일 쉽지. 하나가 혀를 찼다. 맥주 캔을 옆으로 치워 버린 다애가 대꾸했다.

"뭐가 어디서부터 꼬였는지 모르겠어. 그래서 답이 안 나와."

차라리 사는 게 회계학 과제 같았으면 좋겠다, 그럼 헤매더라도 어찌 됐든 정해진 해답이라도 있지. 다애가 푸념하듯 덧붙이자 하나는 고개를 가로저었다.

"너 자꾸 사는 게, 사는 게 하는데 네 나이 생각하면 웃기지도 않은 거 알지? 1년, 아니, 한 달만 지나도 이불 뻥뻥 찰걸? 넌 왜 이렇게 정답에 집착해?"

"원래 사람들은 자기한테 결핍되어 있는 무언가에 집착해."

그리고 그게 나한테는 정답이고. 다애가 기죽지 않고 진지하게 반박했다.

"그래서 이럴 때 답답하다는 표현을 쓰는 건가? 해답은 언제나 한 가지뿐이어야 하는데 열심히 머리 굴려 구한 답이 두 개라서, 그런데 어느 쪽이 옳은 건지 알 수가 없어서. 언니 말대로 답답이야, 난."

"정답이 그렇게 중요하니? 틀릴 수도 있지, 그게 뭐 어때서. 그리고, 원래 사는 데는 정답이 없어. 나 취직할 때 너 뭐라고 그랬어. 인생 한 방이라며? 그러면서 아직 앞길 창창한 애가 뭘 그렇게 인생이 어쩌고저쩌고…… 애늙은이처럼."

"그 한 번이라는 게 바로 문제야. 누구나 공평하게 딱 한 번 사는 인생이라 정해진 답이 없다는 걸 알아서, 그래서 더 잘 살아 보고 싶으니까 이러지. 내 답이 틀렸다고 해서 리셋 누르고 다시 처음으로 돌아가서 시작할 수 있는 게 아니잖아."

그러나 다애는 금세 장난스러운 투로 덧붙였다.

"하긴, 누가 그러더라. 지금 유치원 들어가도 마흔 되기 전에 대학 갈 수 있는데 뭔 놈의 나이 타령이냐고."

다애가 깔깔거리며 웃었다. 어처구니가 없어서 따라 웃긴 했으나 하나는 금세 입을 다물고 다애의 동태를 살폈다. 동생이 유별나게 웃음이 많아지는 건 취하기 시작했다는 징조였다. 오늘따라 취기가 빨리 오르는 모양이었다.

진이 빠지도록 동생을 어르고 달래 방으로 들여보낸 하나는 그제야 옷을 갈아입고 집 안을 정돈하기 시작했다. 아까 떨어뜨렸던 우편물들을 종류별로 정리하는데, 부피가 큰 우편물이 하나 걸렸다. 다애의 소속 학과인 경영학과에서 분기마다 발송하는 소식지였다. 정작 다애는 소식지라 쓰고 자기 자랑이라 읽는다며 뜯어보지도 않아 매번 처치 곤란 애물단지 신세인.

"앤 이것 좀 집으로 못 오게 하라니까."

살짝 미간을 좁힌 하나가 투덜거렸다. 그대로 재활용 쓰레기로 분류하려다가 하나는 순간 멈칫했다. 겉을 감싸고 있는 반투명한 비닐 너머로 보인 기사 사진이 눈길을 붙잡았다.

멍하니 있던 하나는 이윽고 비닐을 벗기고 신문을 꺼내 들었다. 1면의 절반을 차지하는, 전 세계 MBA 과정 평가에서 최상위권에 랭크되었다는 헤드라인 기사 아래로 '자랑스러운 동문을 만나다 ③ : 변화를 일으키는 아주 작은 힘-청년 창업의 아이콘' 이라는 타이틀을 읽은 하나가 믿을 수 없다는 듯 그 옆의 사진으로 눈길을 주었다. 아주 익숙한 사람의 사진이었다.

"내가 지금…… 뭘 보고 있는 거야?"

'2면에서 계속'이라는 깨알 같은 글씨를 확인한 하나는 서둘러

신문을 다음 장으로 넘겼다. 문답식으로 이루어진 해당 기사에 지면의 절반 정도가 할애되어 있었다. 정신이 아득했으나 하나는 제일 먼저 특집 인물 소개부터 차근차근 읽어 내리기 시작했다.

"교내 창업 활성화가 주요 의제인 요즘, 제1회 캠퍼스 타운 창업 경진대회를 앞두고 편집진은 만장일치로 청년 창업의 아이콘을 선정하고 그를 자랑스러운 동문 특집의 세 번째 주자로 선택했다. 졸업한 이래 스물여덟의 나이에 소규모 창업의 첫 삽을 떠올려 이제 막 삼십대로 접어든 그는 서울 시내 점포 세 개를 운영하는 어엿한 경영인으로 발돋움했음에도 여전히 자신이 고용한 직원들 틈에 섞여 오늘도 구슬땀을 흘리고 있다. 청년 창업보다 청년 실업이 화두인 시대, 흔치 않은 자수성가를 이뤄낸 그가 써 내려간 신화는 아직 현재 진행형이다. 자랑스러운 동문 반열에 오르기에는 여러모로 부족하다며 정중히 인터뷰를 거절한 그를 《경영 신문》이 삼고초려 끝에 만나보았다……."

거기까지 읽은 하나는 떨리는 손으로 신문을 내려놓았다. 사진 속에서 옅게 미소 짓고 있는 자수성가 신화의 주인공은, 바로 그녀가 아는 서준수였다.

제자리에 멍하니 서 있다 도로 신문을 챙겨 든 하나는 유령 같은 얼굴을 한 채 자신의 방으로 향했다. 기계적인 동작으로 욕실로 가 씻은 후 침대로 기어 들어갔으나 머리가 어지러워서 도무지 잠을 청할 수가 없었다. 서준수가 그냥 바리스타가 아니라 오너였다니, 상상조차 하지 못한 일이었다. 그러니까, 그들은 같은 처지의 고용인이 아니라 고용주와 고용인의 관계였던 거다.

준수에게 6년 전 일을 들켜 버린 이후로, 그는 괜찮다 위로해 주었으나 초라해진 기분만큼은 못내 감출 수가 없었다. 그런데 서준수가 저와 비슷한 처지에 있는 사람이 아니라는 걸 알고 나니 이제는 비교도 할 수 없을 만큼 자신이 보잘것없는 존재가 된 것 같았다. 하나는 그와의 사이의 거리가 한층 멀게만 느껴졌다. 감히 거슬러 올라갈 엄두가 나지 않을 정도로.

결국 하나는 뜬눈으로 밤을 새우고 다음 날 아침 출근길에 올랐다. 마침 준수가 근무하는 날이었고, 출산이 머지않아 잠시 「L'amour」를 떠나는 해인이 마지막으로 출근하는 날이기도 했다.

제일 먼저 스태프룸으로 향해 옷을 갈아입으려는데 이미 누가 있는지 안에서 말소리가 들려왔다. 문을 열고 들어가는 대신 가만히 귀를 기울여 보니 해인과 수현이었다.

"네 명이서 시작한 일이었는데 아쉬워서 어떡해요."

"꼭 내가 다시는 안 돌아올 것처럼 말하네. 기대해. 화려하게 컴백 할 거니까."

"준수 씨는 왠지 모르게 어렵고, 규호 씨는 못 미덥고…… 파티시에님 없으면 저 어떻게 근무하나 몰라요. 처음 매장 오픈 할 때부터, 아니, 그전부터 제가 엄청 의지했던 거 아시죠?"

"알지. 그런데 자기는 조금 더 솔직해질 필요가 있어. 내 말은, 수현 씨가 지나치게 걱정이 많다는 거야. 사사건건 너무 조급해하고 날 세우지 말고, 규호 씨랑도 그만 싸우고. 오픈 초기 때야 그렇다 쳐도 이젠 우리도 자리 잡을 만큼 잡았잖아."

"글쎄요, 전 걱정이 돼요. 파티시에님 없는 매장은 상상이 안 돼서."

"왜, 이제 하나 씨도 있는걸. 하나 씨 잘해. 그건 제일 가까이에서 지내본 내가 보장해. 난 지금 내가 떠나 있는 동안 하나 씨 때문에 내 존재감이 희미해질까 봐 걱정인데?"

"농담 마시고요."

"어머, 진심이야. 아무튼, 나 떠나도 여전히 여기엔 넷이 남는 거야. 그러니까 하나 씨한테도 좀 잘해줘. 자기가 준수 씨한테 어색하게 구는 만큼 하나 씨도 자기 어려워하는 거 알지?"

"그 정도예요? 저 하나 씨 싫어하는 거 아닌데……."

"가만 보면 매장 상황에는 엄청 예민한데 같이 일하는 사람들한테는 의외로 무디다니까. 수현 씨만큼 우리 매장 아끼고 사랑하는 사람이 어디 있어. 그건 우리 모두가 알아. 준수 씨도 그 정도는 아닐걸? 그런데 자긴 너무 가게밖에 몰라서 탈이야."

"어휴, 다른 사람도 아니고 준수 씨랑 비교는 좀…… 준수 씨는 저희랑은 위치가 조금 다르잖아요."

해인이 뭐라고 반박하는 소리가 더 이어졌지만 거기에서 더 듣지 못하고 하나는 뒤로 몇 발자국 물러났다. 이로써 확인 사살까지 당한 셈이 되었다. 왜 헤아리지 못했을까. 돌이켜 보면 평범한 바리스타라고 하기에는 매장 운영과 직결되는 핵심 영역에 관여하던 준수였다.

현기증마저 일어서 하나는 꼼짝도 하지 못한 채 멍하니 문만 바라보고 서 있었다. 그때 뒤에서 누군가가 말을 붙였다.

"거기에서 뭐 해요? 들어가지 않고."

소스라치며 뒤를 돌아보았지만 굳이 그러지 않아도 목소리의 주인공을 이미 알아 마음이 더럭 내려앉았다. 서준수였다.

순간 눈이 마주쳤을 때, 준수는 평소와 별반 다르지 않은 표정으로 하나를 바라보고 있었다. 아주 찰나에 그를 향한 두 눈 속에 원망 비슷한 감정을 담았다가, 하나는 일언반구 말도 없이 홱 돌아서서 그대로 스태프룸 안으로 들어가 문을 닫았다. 이야기를 나누고 있던 두 여자가 대화를 중단하고 인사를 건넸으나 귀에 제대로 들어오지 않았다. 느닷없이 눈앞의 세상이 온통 캄캄해진 기분이었다.

허공에 붕 뜬 듯 어지럽고 사고 회로가 제대로 돌아가지 않았다. 브레이크 타임을 틈타 「L'amour」를 잠시 떠나는 해인을 위한 조촐한 송별회가 열렸으나 규호가 아무리 분위기를 띄워도 하나는 내내 겉돌기만 했다. 의연하게 굴어야 한다는 걸 머리로는 알았으나 준수와 자연스레 눈이 마주치기만 해도 서둘러 피해 버리기 일쑤였다.

서준수가 계속 저를 의식하고 있다는 것도, 그 표정에 도무지 이해할 수 없다는 기색이 덧씌워져 있다는 것도 알았다. 세상에는 몰라야 마음 편한 일들이 너무나도 많은데 하나는 그런 것들만 쏙쏙 골라 알았다. 정작 알아야 할 것들은 알지 못하고, 모르는 게 약이라는 오랜 경구를 이런 식으로 실감하게 될 거라는 사실마저 포함해서.

"주하나 씨."

자리가 파할 무렵 서둘러 제빵실로 복귀하려는 하나를 준수가 붙잡았다. 언제나 낮고 느릿한 음성에, 지금은 조금 이질적인 감정이 실려 있었다. 성을 붙여 이름을 부르는 것도 흔치 않은 일이었다.

이번만큼이라도 마냥 회피하는 대신 떳떳하게 준수를 마주하려 했으나 역시나 잘 되지 않았다. 이내 비스듬히 고개를 떨구고야 마는 하나를, 준수는 한참이나 지그시 바라보았다. 그 끈질긴 시선과 견디기 버거운 정적이 꽤 오래 이어지고 나서야 준수는 다시 입을 열었다.

"나 지금 하나 씨가 뭐 때문에 이러는지 이해가 안 가요. 이번 만큼은 짐작 가는 바도 전혀 없어요."

"……."

"잠자코 기다리려고 했는데 달라지는 건 없을 것 같아서 이렇게 물어요. 하나 씨가 말을 하지 않으면 나는 알 수가 없어요. 그러니 얘기해 줘요. 뭐가 문제인지, 아주 개인적인 이유가 아니라면."

이번에도, 하나는 알았다. 서준수는 이런 사람이라는 걸. 마냥 다정하기보다는 이성적이고 선을 지키는 사람이라 그 친절에도 뚜렷한 경계가 있다는 걸. 그리고 또 알았다. 제가 새로이 알게 된 사실이 지나간 시간을 변질시키지는 못한다는 걸. 그럼에도, 그런 이 남자를 알았던 시간이 송두리째 부정당한 듯했다. 서준수로부터 따스하게 위로 받았던 모든 순간들이 허공으로 증발하듯 공허해졌다.

"내가 하나 씨한테 뭔가 잘못했어요?"

"아뇨."

"그럼 다른 이유가 있어요?"

"없습니다, 사장님."

그 어색한 호칭을 발음하는 목소리가 뭉개졌다. 준수의 짙은 눈썹이 일순간 찌푸려졌다.

"지금, 뭐라고 했어요?"

"……."

"주하나 씨가 언제부터 나를 그렇게 불렀죠?"

하나는 대답하지 않았다. 그렇게 묻는 서준수는 지금껏 단 한 번도 본 적 없는 표정을 짓고 있었다.

"도대체, 어디에서 무슨 말을 듣고 와서 이러는 거예요?"

"아니라고는 안 하시네요."

아닐 리 없다고 여겼으나 또한 아니기를 바랐다. 그러나 준수는 부정이라는 걸 하지 않았다. 평소와는 조금 다른 모습이기는 해도 덤덤한 그를 보고 있자니 진짜구나, 이 모든 게 정말이었구나 싶어 하나는 여지없이 허탈의 나락으로 떨어졌다.

"여기에서 일하는 어느 누구도 나를 그렇게 부르지 않아요. 그렇게 여기지도 않고."

"호칭이 중요한 건 아니죠. 본질은 변함없으니까."

"좋아요. 그렇다 쳐요. 뭘 보고, 나에 대해서 어떤 결론을 내리고 하나 씨가 지금 이러는지는 모르겠지만 그런다고 해서 달라질 게 있습니까? 사장이든 바리스타든 어제의 나와 지금의 내가 달라요?"

서준수는 정확히 근본적인 문제를 꿰뚫어보고 있었다. 그러나 세상에는 알아도 알고 싶지 않은 것이 있는 법이다.

"뭘 새롭게 알아냈든 예전과 다르게 굴 것 없어요. 난 똑같은 서준수고, 무언가가 달라지진 않아요."

"제 기분이 달라져요."

"하나 씨."

"서준수 씨가 한 말, 다 맞아요. 저도 알아요. 그런데, 제 기분은 안 그래요. 설탕에 파묻혀 사는 일을 한다고 해도 그 사람의 매 순간까지 설탕처럼 무한히 달콤하기만 한 건 아니라고요."

"……."

"달라진 게 아무것도 없다고 해서 그게 제 감정까지 좌우하지는 않아요. 그러니까 그냥 두세요. 며칠 지나다 보면 마음이 풀리든 아니면 그대로든, 그건 제 그릇에 달렸으니까."

그렇게 말한 하나가 단호히 돌아섰다. 행여나 잡히기라도 할까 멀리 달음박질치듯. 끝난 줄 알았던 숨바꼭질과 술래잡기는 지칠 줄도 모르고 계속되고 있었다. 진짜 술래는, 과연 누구인 걸까?

소란하고 막막한 마음을 껴안은 채, 하나는 스태프룸으로 향했다. 아마도 해인이 그곳에 있을 터였다. 아니나 다를까, 근무 마지막 날을 마무리하고 퇴근 준비를 하던 해인이 인기척을 듣고 출입문으로 시선을 돌리더니 하나를 발견하고는 미소 지었다.

"우리 예쁜 하나 씨 얼굴 볼 일도 당분간 없겠네. 아쉬워서 어쩌나."

"선배님. 그간 정말 감사했고, 고생 많으셨어요."

"다들 어쩜 이렇게 마지막인 것처럼 구나 몰라. 규호 씨처럼 좀 쿨하게 보내주라. 여행 다녀오는 것처럼."

"보고 싶을 거예요."

함께한 시간이 얼마나 됐다고 그새 담뿍 정이 들었는지 잠깐의 헤어짐이 진심으로 아쉽고, 또 섭섭했다. 시무룩한 하나의 얼굴을 본 해인이 웃으며 하나를 안아주었다. 진한 포옹 후 하나는 락커에서 미리 준비해 둔 선물을 꺼내 해인에게 내밀었다.

"이거, 별건 아니고 작은 감사의 표시예요."

"언제 이런 걸 다 준비했어? 마음만으로도 충분히 차고 넘치는데. 아무리 다른 데보다 후하게 쳐 준다 해도 매일같이 하는 중노동에 비하면 받는 월급도 새 발의 피잖아."

"그래도, 제가 진심으로 드리고 싶어서요. 마음 같아서는 엄청 좋은 거 드리고 싶지만 별건 아니고요. 어…… 제가 이런 선물 하는 게 처음이라 잘 몰라서 좀 알아봤는데, 산모들한테는 선물이 밀려들어도 죄다 아기 용품뿐이라고 들었어요. 정작 산모 선물은 섭섭할 정도로 하나도 안 들어온다고. 그래서 뭐가 좋을지 고민해 봤는데, 어렵더라고요. 크림이나 화장품 같은 건 개인 피부 타입 영향도 크고 또 아기가 태어나면 아기 피부에 닿지 않게 조심해야 될 것 같아서……. 그래서 그냥 영양제로 준비했어요. 엽산이랑 철분제, 유산균이에요. 건강하셔야 해요."

"하나 씨는, 참 이기적이야."

"네?"

"어쩜 마음도 얼굴만큼이나 고울 수가 있느냐고. 둘 중 한 가지만 하기도 어려운데. 나 그동안 매일 하나 씨 예쁜 얼굴 보면서 태교 제대로 했다? 예쁜 아가 나오면 다 하나 씨 덕분이야."

"그렇게 과분하게 말씀해 주시면 제가 너무 민망해요."

"아냐, 정말 고마워. 하나 씨 말대로 아가 선물만 엄청 들어오는데, 날 위해 열심히 고민한 선물이라니 감격스럽네. 준수 씨가 준 선물도 엄청 감동이었는데 하나 씨 선물이 더 좋다. 열심히 챙겨 먹어서 건강한 아이 낳고 나도 더 씩씩한 모습으로 돌아와서 하나 씨 예쁜 마음 꼭 갚을게."

"어…… 준수 씨는 뭘 드렸는데요?"

"내가 돌아오기만 하면 가게를 통째로 주겠대."

"예?"

"농담이야. 그런데 정말 내가 말만 하면 가게라도 안겨줄 기세더라고. 한참 전부터 뭐가 필요하냐고 그렇게 사람을 달달 볶더니 뭘 그리 많이도 준비했는지……. 손목 보호대부터 시작해서 오가닉 화장품이랑 샴푸 세트에 아가 모빌까지 챙겼더라니까? 심지어 모빌은 손수 만든 거래. 눈코 뜰 새 없이 바쁜 사람이 그런 건 또 어느 틈에 손을 댔는지 원.”

섬세한 건 익히 알았지만 매번 놀라워 죽겠다며 해인이 입이 마르도록 칭찬했다. 그 남자답다고, 하나도 생각했다. 서준수는 늘 그렇게 한없이 세심했다. 그게 오히려 서러울 정도로.

잠시 침묵이 흘렀다. 평소처럼 장난기가 배어 있으면서도 예리하게 저를 살피는 해인의 눈길이 느껴졌음에도 하나는 입을 열기까지 조금 더 머뭇거렸다. 무의식중에 심호흡까지 하고 나서야 하나는 어렵게 말문을 뗐다.

“선배님. 한 가지만 여쭤봐도 돼요?”

“한 가지 말고 얼마든지.”

“이 가게가…….”

“준수 씨 거냐고?”

해인이 틈 없이 매끄럽게 말을 받았다. 한 치의 오차도 없이 정확히 의중을 간파한 반응에 흠칫했으나 하나는 이내 조용히 고개를 끄덕거렸다.

꿰뚫어 보듯 물끄러미 하나를 응시하던 해인이 이윽고 천천히 말문을 틔웠다.

“하나 씨. 내가 하나 씨한테 전에 이런 말을 한 적이 있는데, 기억할지 모르겠네.”

“어떤 말씀요?”

“운명인지 뭔지 모를 무언가가 지금껏 가보지 않은 길로 강하게 나를 끌어당기고 있다는 느낌이 들 때가 있다고, 그럴 땐 그냥 그 길로 간다고.”

“아, 네. 기억나요.”

"나는 사실 지금까지 살면서 그런 적이 두 번 있었거든? 한 번은 우리 남편을 만났을 때였고, 또 한 번은 준수 씨를 처음 봤을 때였어. 웃기지?"

남편은 까맣게 모르는 얘기고 앞으로도 그래야 한다며, 해인이 키득거렸다. 한바탕 웃고 나서야 그녀는 다시 이야기를 이어 나갔다.

"자기가 그때 물었지? 어떻게 여기서 일하게 되었느냐고."

"네. 아직 대답 안 해주셨어요."

"자기도 알듯이 나는 원래 프랑스에서 살았어. 아직 패기 있던 이십대 초반에 제빵사가 되고 싶어서 무작정 프랑스로 날랐거든. 그땐 그 결단력이 대범한 건 줄 알고 스스로를 대견스럽게 여겼는데, 지금 돌이켜 보면 제대로 미친 짓이었지. 고작 10년 전인데 한 살이라도 어린 게 그렇게 무섭다 하나 씨?"

어떠한 대꾸 대신 하나는 그저 조용히 웃었다. 입가에 잔잔한 미소를 머금은 채 해인은 그 시절의 이야기를 계속했다.

"어찌어찌 공부를 마치고 현지 호텔에 구박받는 천덕꾸러기 막내로 들어가고 나서도 그 나라가 마냥 낯설기만 했어. 난 완벽하게 들어맞지 못하고 겉도는 톱니바퀴 같았고. 그러다 교포 2세인 남편을 만나 호텔 일을 그만두고 파리 구석에 자그마한 불랑제리를 차리면서 그 머나먼 타국에 비로소 뿌리를 내리기 시작했지. 매일 아침 지겹도록 크루아상을 구워내는 삶, 뭐, 나쁘지 않았어. 어쨌거나 하고 싶은 일을 하면서 살고 있었으니까. 여전히 그곳에서 난 이방인이었지만, 결혼한 지 몇 년이 지나도록 아이가 생기지 않았던 거 빼고는 나름대로 행복한 생활이었어."

어느 날 가게에 손님 한 명이 들어오기 전까지 말이야. 이국에서의 평화로웠던 삶을 추억하던 해인이 그렇게 덧붙임으로써 화제가 전환되었다.

"그 손님이 처음 들어온 순간부터 왠지 눈에 띄었어. 남자 손님답지 않게 가게 안을 한참이나 찬찬히 둘러보아서 그런 것도 있지만 딱 보기에 한국인 같아서 반가웠는지도 모르지. 그 남자도 내가 한국 사람인 걸 알아본 것 같았어. 커피랑 바게트 주문할 때는 불어로 하더니 슬쩍 한국어로 말을 걸었거든."

"뭐라고요?"

"실은 길을 잃어서 한참 헤매다 보이는 대로 들어온 거래. 그랬는데 뜻밖에도 한국인 주인을 만나게 돼서 반갑다고. 뭐, 나도 마찬가지였어. 짧은 대화였지만 오랜만에 한국어로 대화를 나누니까 숨통이 다 트이는 것 같았거든. 지금이야 많이 나아졌지만 그때 우리 남편은 한국말을 거의 못 해서……. 아무튼, 난생처음 보는 사람이었지만 반가운 마음에 그때 우리 가게에서 제일 인기가 좋았던 산딸기 무화과 타르트도 맛보라고 내줬던 것 같아. 그러다 1시간쯤 지나서 커피를 다 마시고 돌아가기 전에, 그 사람이 또 말을 걸었어."

"이번엔 뭐라고 했는데요?"

"말을 꺼내기 전에 자기가 생각해도 우스운지 조금 웃더니, 그러더라. 미친 소리로 들릴 거라는 건 아는데, 지금은 구체적으로 말할 수 없지만 꼭 다시 만날 일이 생겼으면 좋겠다고."

"네? 그거 완전 도를 믿으십니까 아니에요? 아니면 세기 말 작업 멘트라든지."

"이게, 인용문으로 옮겨놓으니 그렇지 눈 푸른 사람들이 득실거리는 낯선 땅에서 우연히 만난 잘생긴 동양인이 면전에서 그런 멘트를 날리니까 그렇게 들리지가 않더라고. 역시 얼굴이 중요하다니까."

장난기 어린 눈을 빛내며 그렇게 받아친 해인이 다시 덧붙였다. 방금 한 건 농담이야, 라며. 그 말 그대로 그녀의 얼굴은 금세 도로 진지해졌다.

"그런데 그게 있지, 참 이상하게도 뻔한 수작을 부리는 것처럼 들리지가 않았어. 그 이상의 설명은 없었지만 그 사람도 나도 알았어. 그게 남자가 여자한테 작업 거는 멘트가 아니라 인간 대 인간으로 하는 말이라는 걸. 그래서 그런지 그 남자가 떠나고 나서도 오랜 세월이 지나도록 그 말이 잊히지가 않았어. 그리고 지극히 평범하기만 했던 내 일상도 그때부터 조금씩 변화하기 시작한 것 같아."

"어떻게요?"

"사실 그다지 변한 건 없었는데, 내 마음가짐이 달라졌어. 파리에서 자리 잡기 시작한 이후로는 매일이 그저 똑같이 되풀이되는 나날들일 뿐이었는데 그 말을 들은 순간부터 오랫동안 잊고 있던 내 안의 모험심이 다시 눈을 뜬 거지. 통속적이기 짝이 없는 표현이긴 하지만 오랜 시간 멈춰 있던 운명의 수레바퀴가 다시 돌아가는 것 같았어. 무언가 더 의미 있는 일을 찾고 싶었지만 뭘 어떻게 해야 될지는 몰랐는데, 몇 년쯤 지나서 그 남자가 진짜로 다시 우리 가게에 나타난 거야."

"정말요? 와, 무슨 영화 같아요."

"몇 년 전 그날처럼 혼자 문을 밀고 안으로 들어서는데, 이번에는 내가 먼저 알아보고 인사했어. 실은 거의 함성을 질렀지. 정말로 다시 만나게 된 그 순간부터 무언가 좋은 예감이 들어서.

오랜 친구처럼 서로 안부를 나누고 그 남자는 그때랑 똑같이 아메리카노랑 바게트를 주문하고, 그러다 또 커피를 다 마시고 돌아가기 전에 그 남자가 말을 걸었어. 실은 한국에서 제과점을 낼 계획인데, 혹시 함께할 의향이 있느냐고.”

그제야 왜 해인이 케케묵은 비화를 꺼내놓았는지 깨달을 수 있었다. 해인은 지금, 서준수에 관한 이야기를 하고 있는 거다. 하나가 알아들었다는 걸 알았는지 조용히 고개를 끄덕인 해인이 과거사를 마저 풀어놓았다.

“그때 느꼈어. 아, 나는 이 사람을 따라가겠구나. 그 길이 나를 끌어당기고 있구나. 그렇다면 가야겠다, 내 나라로 돌아갈 때가 됐다.”

“…….”

“그래서 그날로 짐을 쌌지.”

“네? 자세한 얘기도 안 들어보고요?”

“물론 준수 씨는 구체적인 계획을 가져왔어. 그런데, 나 사실 그때는 자세히 안 들었어. 듣고 말고가 내 결심을 좌우할 것 같지는 않았거든.”

“아…….”

“미친 것 같지? 남편도 있는 여자가 생판 처음 보는 남자의 한마디 말만 믿고 무턱대고 고국 땅을 밟았다는 게.”

“그렇다기보다는…… 아, 어렵네요.”

“하나 씨, 자기한테는 어떻게 보일지 모르겠지만 그때 난 파리에 정착한 지 10년이나 되었고, 그곳에서 평생 사랑할 남자를 만나 둘만의 가정도 꾸렸고, 작고 보잘것없긴 하지만 순전히 내 힘으로 이끌어가는 내 가게도 있었어. 파리에서의 생활은 외로웠지

만 분명 한순간에 다 버리고 돌아보지 않은 채 떠나올 수 있는
건 아니었지. 그런데, 내가 믿은 건 내 운명이었어. 준수 씨가 아
니라.”

“…….”

“물론, 나는 준수 씨를 믿어. 그때도 지금도. 그런데, 그게 내
인생을 준수 씨한테 걸었다는 뜻은 결코 아니야. 이 말을 준수
씨가 들으면 어찌 생각할는지는 모르겠지만, 그때의 나에게 준수
씨는 뭐랄까…… 길잡이 같았어. 인생이라는 미로 속에서 헤매
고 있는 나를 바른 길로 인도해 주는. 아니, 바른 길이 아니어도
상관없었어.”

미로 속에서는 누구나 어떤 길이 옳은지 알지 못하니까. 막다
른 골목에 가로막히면 돌아가고 갈림길에서는 어느 방향으로 나
아갈지 고민하지. 이어진 해인의 말에 하나는 순간 멍해졌다.

“그래도 용감하긴 했지. 객기라고 해야 되나? 프랑스 태생인
남편까지 끌고 한국으로 돌아온 주제에 설령 준수 씨가 나한테
사기를 친 거라 해도 상관없다고 생각했거든. 밑바닥부터라도 좋
으니 한국에서 다시 시작해 보고 싶었어. 아무튼, 우리의 프로젝
트는 그렇게 막이 올랐어. 수현 씨가 합류하고 규호 씨가 들어오
고…… 창립 멤버를 모은 건 9할이 준수 씨 성과야. 나도 준수
씨가 데려온 거였고, 난 한국에 연고가 없는 거나 마찬가지라 별
도움이 되지 못했으니까.”

“…….”

“이미 준수 씨가 자세한 플랜을 가지고 있긴 했지만 사람들이
모이고 계획이 수정되고 하나둘 윤곽이 드러나기 시작하니까 신
이 나더라. 마냥 들떠 있었지, 새로운 활로를 찾을 생각에. 내가

살아 있다는 기분을 참 오랜만에 실감했어. 오롯이 내 힘으로 열게 될 내 인생의 2막이, 기대가 됐어. 자기 눈에는 어때 보여? 지금 한창 상영 중인 박해인의 인생 2막이.”

“선배님은 언제나 배울 점이 많은 분이에요. 그래서 존경해요.”

“내가 존경받을 정도의 위인은 못 되는 것 같지만, 고마워. 그렇게 말해줘서. 있지, 조금 이르지만 난 이미 결론을 내렸어. 그때의 결정은 내 인생 최고의 선택이었다고. 난 지금의 내 삶에 아주 만족해. 10년 가까이 들어서지 않던 아이도 한국으로 오자마자 축복처럼 찾아와 줬고. 후에 또 어떤 방향으로 운명의 주사위가 던져질지는 알 수 없지만 적어도 지금의 나는 굉장히 행복하고 더 바랄 게 없어, 하나 씨. 그래서 준수 씨한테 늘 감사하고.”

“…….”

“아, 서론이 너무 길었네. 「L’amour」가 준수 씨 거냐고 물었지? 답은 ‘아니요’야. 준수 씨가 아닌 나도 자신 있게 말할 수 있어. 내가 아는 준수 씨는 절대 이곳이 자기 소유라고 생각하지 않아. 내가 준수 씨 속마음에 들어가 본 건 아니지만, 그렇게 말하면 아주 싫어할 거야. 그리고 그건 수현 씨나 규호 씨도 마찬가지일 거고.”

알아요. 하나는 간신히 목소리를 짜내 대답했다. 밑그림을 그리는 건 물론 준수였지만, 그는 늘 한 발 물러나 있었다. 그가 정말로 ‘사장님’의 자세로 임하고 있었다면 규호가 지나가듯 툭 던지는 시시껄렁한 잡담까지 귀를 기울였을까? 하나가 새로이 만들어내는 디저트들에 관해 단지 테스터의 자격으로만 의견을 냈을까? 그 모두가 하나 역시 머리로는 이미 주지하고 있던 사실들이었다.

하나는 자신이 이곳에 처음 일자리를 얻었을 때 여타 제과점들에서는 좀처럼 찾아볼 수 없는 직원들의 단합력에 감탄했던 기억을 떠올렸다. 그게 어떻게 가능했는지 이제 조금 알 것 같았다. 게다가, 서준수는 거기에서 그치지 않고 구성원들 사이의 아주 미세한 빈틈을 촘촘히 메꾸듯 늘 바쁘고 섬세하게 움직였다. 언뜻 눈에 띄지 않는 곳에서도.

"우리 중 어느 누구도 우리가 여기에 고용되었다고 여기지 않아. 우리 네 사람이 뜻을 모아서 만든 곳이니까. 준수 씨가 운영하는 다른 가게는 어떤지 모르겠지만 적어도 여긴 그래. 실제로 그런 건 없지만 만약 이곳에 지분 같은 게 있다면 우리 모두가 동등할 거야. 물론 하나 씨도 포함해서."

덧붙은 말에 하나는 가슴이 뭉클해지는 걸 느꼈다. 어떤 돛을 달고 인생이라는 기나긴 항해를 헤쳐 나가야 할지 마음 갈 곳을 정하지 못한 채 무작정 닻을 내린 이곳에서 뜻밖에도 그녀의 가치를 알아봐 주는, 그리고 진심으로 그녀를 아끼고 이해해 주는 이들과 조우한 기분이었다.

"하나 씨. 난 처음 봤을 때부터 이상하게 자기한테 마음이 갔어. 단순히 하나 씨가 뛰어난 파티시에라서가 아니라, 말로는 잘 설명이 되지 않는 그런 동질감 있잖아. 비록 하나 씨는 우리 가게가 어느 정도 자리를 잡은 다음에 들어왔지만 내 마음으로는 자기가 오랫동안 함께 머리를 맞대고 고생한 동지 같아. 하나 씨가 들어와서 이곳이 비로소 완성되었다는 느낌이 들어. 그러니까 하나 씨, 우리 오래 보자. 하나 씨는 어떨지 모르겠지만 난 그래."

"저도 그래요. 그러니까 선배님, 무탈하게 잘 다녀오셔야 해요. 그동안 제가 제빵실 잘 지키고 있을게요."

언젠가 해인은 말했다. 가끔은 운명인지 뭔지 모를 무언가가 지금껏 가보지 않은 길로 강하게 끌어당기는 그런 순간이, 하나에게도 분명 있었을 거라고. 그게 과연 언제였을까? 잘은 모르겠지만 확신 없이 이곳에 처음 발을 들인 순간이었으면 좋겠다고, 하나는 생각했다. 아직은 한 치 앞도 알 수 없는 미로 속을 헤매고 있지만 서준수를 다시 만나고 오래도록 함께하고 싶은 동료들을 알게 만든 그 걸음이 결국에는 옳은 선택이 되기를.

하나는 준수의 인터뷰 기사를 꼼꼼히 읽어보았다. 서준수는 그의 능력을 칭송하는 대목에서는 모든 걸 같이 일하는 사람들의 공으로 돌리고, 그의 노력을 높이 사는 평에 관해서는 운이 좋았다며 겸양의 자세로 답했다. 필진이 대화를 재구성해 실었을 인터뷰겠지만 왜 서준수가 한사코 취재를 거절했는지 충분히 깨우칠 정도로, 그는 몇 안 되는 질문에 성실하고 또 신중하게 답을 내어놓고 있었다.

그다지 길지 않은 기사를 세 번쯤 읽고 나니 몰랐던 그에 대해 조금이나마 알게 된 듯한 기분이 들었다. 그래서 더 심경이 복잡해졌다. 바로 곁에서 지켜보며 헤아렸던 것보다 서준수가 훨씬 더 대단한 사람이라서, 그래서 그를 함부로 마음에 담아두면 안 될 것 같아서. 이제 와서 그를 좋아한다고 스스로 인정하게 된 제 자신이 속물처럼 느껴지기도 했다. 여전히, 머리는 모든 걸 알았으나 마음으로는 모든 게 어려웠다.

그래서 서먹한 나날들은 며칠째 이어졌다. 준수와 계속해서 이런 사이로 지내고 싶은 것은 아니었다. 그의 표정이 굳어지는 걸 보면서도 다짜고짜 내뱉었던 말들에 대해 사과부터 하고 싶었으나 아직 정리되지 않은 마음과 말들이 앞을 가로막았다. 그를 대면할 때면 어김없이 느껴지는 초라함과 거리감도 여전했다.

간혹 마주치는 준수의 눈빛은 예전처럼 안온하고 부드러웠다. 하나가 했던 말 그대로 그저 내버려 두겠다는 듯, 시간을 주겠다는 듯. 그래서 더 머뭇거리게 되었다. 그에게 조금이라도 더 성숙한 대답을 주고 싶었다.

오늘도 하나는 그런 고민 속에 잠긴 채 제빵실에서 나왔다. 브레이크 타임이었으나 홀에는 손님은 물론 다른 직원들의 모습도 보이지 않았다. 넓은 매장에 덩그러니 혼자 있는 게 어색해서 객쩍게 주위를 두리번거리다 예고 없이 울린 풍경 소리에 하나는 고개를 돌려 출입구를 쳐다보았다.

긴 생머리에 우아한 원피스를 차려 입은 여자가 동행 없이 혼자 떡갈나무 문을 밀고 매장 안으로 들어섰다. 하나는 무의식적으로 여자의 모습을 눈으로 훑었다. 한때나마 부잣집 딸로 귀하게 자랐던 그녀는 한눈에 여자가 그와 같은 부류임을 알아보았다. 그런 건 무릇 요란한 치장 없이도 드러나는 법이다.

"3시부터 4시까지는 브레이크 타임입니다, 손님."

보통 때라면 준수가 했을 안내를, 하나는 어색하게나마 대신 전했다. 처음 와보는 듯 낯선 눈길로 천천히 내부를 둘러보던 여자가 그제야 하나를 발견했다는 듯 한곳으로 시선을 고정시켰다.

"손님으로 온 거 아니니까, 상관없죠?"

뒤이어 경쾌하지만 무시할 수 없는 무게가 실린 답이 되돌아왔다. 직접적인 고객 응대는 제 소관이 아닌지라 하나의 마음은 급속도로 불편해지기 시작했다. 이런 시간에 손님으로 온 게 아니라면 대체 무엇 때문에 찾아왔다는 걸까?

"혹시 직원을 찾아오신 거라면 찾는 분 성함을 말씀해 주세요. 불러 드릴게요."

이제 하나는 준수라도 부디 빨리 나와주길 바라는 심정이 되었다. 그런 마음으로 다시금 공손히 물었으나 낯선 방문객의 시선은 이미 그녀를 비껴가 있었다.

"준수 씨."

여자의 입에서 나온 뜻밖의 이름에 하나는 예상외의 일격을 받은 기분으로 뒤를 돌아보았다. 수현과 함께 방금 막 스태프룸에서 나온 준수가 발걸음을 멈춰 세웠다. 순간적으로 흔들렸다 이내 굳어진 눈빛은 정확히 낯선 여자에게로 향해 있었다.

그 얼굴을 본 순간 하나는 아무 이유 없이 가슴이 철렁 내려앉았다. 서준수에게서 처음 발견하는 표정이었다. 그리고 그녀는 직감적으로 깨달았다.

드디어 나타났다.

"아니, 준수야."

그 남자의 벽.

"오랜만이야."

그 남자의 첫사랑.

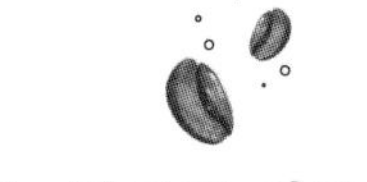

사랑한다는 말로도 위로가 되지 않는

표정 없는 얼굴은 평소와 같았으나 지금 준수의 눈빛에 담겨 있는 감정은 평소의 덤덤함과는 결이 달랐다. 바로 옆에 서 있던 수현은 물론 어디에선가 불쑥 튀어나온 규호도 덩달아 그를 따라 숨을 죽인 채 이 심상치 않은 상황을 지켜보았다.

"지금은 브레이크 타임입니다, 손님."

마침내 입을 연 준수가 그렇게 말했다. 하나가 여자를 보고 처음 했던 말과 내용은 같았으나, 낯빛만큼이나 감정 없는 사무적인 목소리였다.

"문에 팻말이 걸려 있을 텐데요."

"여긴 고객 응대 매뉴얼이 확실하네. 그럼 내 대답도 같겠다. 손님으로 온 거 아니야."

시종일관 얼굴에 떠올라 있는 여유로운 미소를 잃지 않은 채, 여자가 덧붙였다.

"너 만나러 왔어."

준수는 더는 미동조차 하지 않은 채 여자에게서 시선을 떼지 않았다. 직원들의 눈길도 자연히 여자에게로 붙박였다. 모든 게 정지된 화면 속에서 여전히 생기 넘치게 움직이는 건 낯선 방문객뿐이었다. 민망할 정도로 길게 늘어지는 침묵 앞에서 고개를 왼쪽으로 살짝 기울인 여자가 낮게 웃었다.

"10년이나 지났다고 그새 내 이름도 잊어버렸니? 그래서 아무 말도 못 하는 거야?"

"……."

"앉으라는 권유 정도는 해주라."

그럼에도 준수는 여전히 아무런 말도 하지 않았다. 제일 먼저 동작 그만 주문에서 깨어난 건 하나였다. 무겁다 못해 점점 더 버거워지는 정적에 질식할 것만 같아 결국 하나는 총대를 메고 나섰다.

"서준수 씨 찾아오신 거였구나. 앉으세요. 차 내올게요."

"고마워요. 주, 하나 씨?"

하나의 명찰을 힐끗 쳐다보고는 미소와 함께 인사를 건넨 이방인이 알아서 가까운 테이블에 자리를 잡고 앉았다. 그러나 준수는 여전히 여자만 뚫어져라 쳐다보고 있었다. 누군가가 저렇게 쳐다보면 결국에는 숨이 막혀 졸도하고야 말지 않을까 싶을 만큼 곧은 시선으로.

준수는 자리를 만들어주려는 하나를 말리지도 않았다. 대신 하나의 말을 신호로 비로소 각성한 다른 직원들이 이 기묘한 현장에서 슬금슬금 철수하기 시작했다.

대뜸 용감하게 나서서 커피 바로 향했으나 낯선 기계 앞에 선

하나는 다시금 정신을 차렸다. 그녀는 커피를 내릴 줄 모른다. 이건 늘 서준수의 몫이었으니까.

"커피는 제가 할게요, 누나."

눈치 빠르게 다가와 준 규호가 속삭였다. 평소라면 '누나 이제 내 자리까지 넘보는 거예요?' 따위의 농담을 던질 법도 한데 심각한 분위기를 감지했는지 그답지 않게 장난기라고는 조금도 묻어나지 않는 어조였다.

그러나 하나는 그 변화를 제대로 깨닫지 못했다. 그때까지 망부석처럼 서 있던 준수가 성큼성큼 걸음을 옮겨 이방인의 건너편에 앉았기에.

"어떻게 온 거야?"

"어떻게라, 질문이 묘하네. 한국에? 아니면 여기에?"

"……."

"전자라면 천천히 이야기하고 싶고 후자라면 이미 대답한 것 같은데? 너 만나러 왔다고."

여전히 건조하기만 한 반응에도 굴하지 않은 여자는 한시도 여유를 잃지 않은 채 꼬박꼬박 답했다. 그것으로도 모자라 여자는 묻지도 않은 질문에 대한 대답까지 알아서 꺼내놓았다.

"그동안 얘기 많이 들었어. 하는 일마다 성공했다고, 잘 살고 있다고……. 궁금하더라, 성공한 너는 어떤 모습일지. 꼭 한 번 와보고 싶었어. 그러다 한국에 올 일이 생겼고, 읽지도 않는 정크 메일들을 정리하다 잘못 클릭한 학교 소식지에서 네 얘기를 봤고, 귀국 일정을 당겼어. 오늘이 마침 네가 청담동에 있는 날이라는 말을 들어서 곧장 여기로 왔고."

"……."

“빈손으로 와서 미안. 축하할 일도 없는데 꽃은 좀 그렇고, 제과점 오면서 다른 집 케이크는 아니다 싶어서.”

여자가 거기까지 말했을 때 간단한 다과가 나왔다. 규호가 내린 커피 두 잔과 홍차 스콘, 그리고 밀푀이유를 담은 접시를 내온 하나가 잔을 내려놓으며 슬쩍 준수의 눈치를 살폈다. 말을 잃은 사람처럼 침묵을 지키면서도 그의 시선은 여전히 못 박힌 것처럼 건너편의 여자에게만 고정되어 있다는 걸 깨달은 순간 또다시 가슴이 철렁했다.

“아까 얼굴 봤을 땐 하나도 안 변했다 싶었는데, 예전이랑은 조금 달라진 것 같네.”

“10년이라는 시간이 우스운 건 아니니까.”

첫 질문 이후로 내내 말문을 닫고 있던 준수가 그제야 입을 열었다. 우습다는 표현이 이상하게도 제3자인 하나의 가슴 한가운데를 내질렀다. 그건 상대방에게도 마찬가지였는지 여자는 즉답을 하는 대신 자줏빛 들장미 덩굴이 손잡이까지 휘감는 찻잔을 집어 들어 커피를 한 모금 음미하고는 천천히 대답했다.

“하긴 그러네. 나이 첫 자리도 바뀌었는데, 변했다 안 변했다를 운운하기도 우습지.”

“……”

“그래도 난 너만은 그대로이기를 바랐어. 그래서 좀 슬프네. 예전에 그랬던 것처럼 아무렇지도 않게 너를 이름으로 부르면 안 될 것 같은 지금 이 상황이.”

비련의 여주인공 같은 대사를 치는 여자도, 그 말을 듣고 있는 준수도 모두 덤덤하기만 했다. 그래서 오히려 비현실적이었다. 그 순간 하나는 불현듯 자신이 그들의 곁에서 물러나고도 여전히 그

들이 나누는 대화를 향해 청각을 곤두세우고 있다는 사실을 깨
달았다.

"내가 입버릇처럼 했던 말을 아직도 기억할지 모르겠지만 난
한국에서 사는 게 너무 따분했어. 한국에서 회사를 경영할 거면
학사 학위만큼은 한국에서 따야 한다는 아버지 철학에 발목을
잡혀 피 튀기지만 의미는 없는 입시 경쟁 속에서 십대 시절을 보
내는 동안, 난 어서 시간이 흘러 이 땅을 떠나고 싶다는 마음뿐
이었지."

"……."

"자식 이기는 부모 없다는 걸 좀 더 일찍 알았더라면 난 무슨
짓이라도 했을 거야. 하지만 순진하게도 그땐 그걸 몰랐고, 그렇
게 간 대학도 고등학교 때와 별다를 건 없었어. 여전히 하루하루
가 별 의미가 없던 그때에, 나는 널 만났어."

그 대목에서 무감하던 준수의 안색이 조금 굳어졌다.

"넌 코웃음 칠지도 모르겠지만, 난 널 만나고 처음으로 사는
게 재미있다는 생각을 했어. 정말이야. 넌 재미있는 사람은 아니
었는데 이상하게도 너랑 있는 시간은 재미있었거든. 늘 빨리 지
나가 버리길 바라던 하루가 널 만나고 나서 때로는 기다려지고
때로는 아쉽게 느껴졌어. 그런데……."

"딱 거기까지였던 거지. 그 이상도, 이하도 아닌."

준수가 냉정하게 대신 말을 끝맺었다. 잠시 멈칫했으나, 여자
는 이내 살짝 고개를 끄덕이며 다시금 커피 잔을 손에 쥐었다.

"부인하지는 않을게. 너도 알다시피 나는 욕심이 많아. 늘 꿈
을 꿨고, 그 꿈들을 이루기에 한국은 너무 좁은 땅이었어. 그래
서 나는 더 큰 꿈을 꾸는 걸로 버텼어. 더 많은 걸 가지고, 더 좋

은 걸 누리고, 더 행복하게 살 날들을. 그런데 그 모든 걸 실현할 수 있는 기회가 왔을 때, 불현듯 깨달았던 거지. 내가 꿈꿔왔던 미래 속에 너는 없다는 걸.”

“네가 무슨 얘기를 하고 싶어서 여기까지 왔는지 전혀 모르겠는데.”

담담하지만 직설적인 여자의 말에 좌중이 흠칫하기도 전에 그렇게 대꾸한 준수가 자리에서 일어났다. 이제 그의 태도에서는 노골적인 냉기가 흐르고 있었다.

“함께하면 즐겁고, 그렇지만 다른 걸 포기할 정도는 아닌 사이. 네가 원하는 걸 전부 채워주기에 내 그릇은 지나치게 작았고 가진 건 너무 없었어. 그게 너도 알고 나도 아는 너의 결론이었고, 그로부터 10년이 지난 지금도 넌 후회하지 않으니 그 결론에는 변함이 없는데 네가 대체 왜 갑자기 나타나서 고작 추억팔이나 하고 있는지 모르겠다.”

“준수야.”

“외면하면 그만이었을 텐데 알음알음 굳이 여기까지 찾아온 이유도. 네 눈으로 직접 확인하고 싶었어? 꿈꾸던 대로 더 많은 걸 가지게 된 너와는 달리 나는 여전히 아무것도 가진 게 없고, 그래서 불행한지?”

마지막 쐐기에 홀 안에는 찬물을 끼얹은 듯 냉랭한 공기가 흘렀다. 어조는 무덤덤했지만 스스로를 찌르는 비수 같은 말이었다. 여자마저 대답할 말을 찾지 못한 듯 대꾸를 하지 않았으나 준수는 그치지 않고 말을 이었다.

“어른이 되기도 전부터 더 많은 걸 꿈꾸던 너와는 달리 나는, 그래, 당장 손에 쥔 게 없어서 하루하루 살아가기도 벅찼어. 그러니 내가 너를 이해할 수 있었을 리가. 하지만 지금은 이해가 가. 아니, 최소한 그 말을 받아들일 수는 있게 됐어."

"그런데 왜……."

"네가 여기 나타나기 전까지는 그랬지. 10년이라는 세월이 흘러서야 겨우 그럴 수 있게 됐는데, 갑자기 내 앞에 나타나서 너는 또 내 상식으로는 납득할 수 없는 말들을 하는구나."

"……."

"난 너한테 더 할 말이 없어. 이제 와서 미안하다는 말을 주고받기에는 10년이라는 시간이 너무 길지. 원망은 우습고. 안부 인사는 충분히 나눈 것 같은데."

"안부? 넌 나에게 아무것도 묻지 않았어."

"묻고 싶은 건 이미 네 모습에서 다 읽었으니까."

"준수야."

"차 다 마셨으면 그만 가라. 하루 온종일 일하는 직원들 겨우 한숨 돌리는 시간마저 뺏지 마."

"친구로라도 지낼 수 있었잖아."

그대로 돌아서려다 그 말에 발목을 붙잡힌 준수가 다시 뒤를 돌아보았다. 앉은 채로 그를 올려다본 여자가 말했다.

"만나다 헤어지면 죽을 때까지 보지 말아야 해? 네 표현대로 아무것도 모르던 스무 살 때 잠깐이었을 뿐인데, 이렇게 남보다 못 한 사이 될 정도로 우리가 절절한 건 아니었잖아."

"너한테는 잠깐이었구나. 나한테는 10년이었는데."

"……."

"유감이다."

싸늘하게 답한 준수가 이번에는 완전히 돌아서서 뚜벅뚜벅 걸어갔다. 짧게 한숨을 내쉰 여자가 그의 등 뒤에 대고 말했다.

"끝까지 이름 한번 안 불러주네."

"……"

"커피 잘 마셨어. 다시 올게."

그 말을 끝으로 핸드백을 챙겨 들어 일어난 여자가 뒤도 한 번 돌아보지 않고 미련 없이 매장을 떠났다. 아랑곳하지 않고 여느 때처럼 커피머신 앞에 선 준수는 여느 때와 다르지 않은 얼굴로 커피를 내리기 시작했다. 그러나 그 속을 채우고 있을 감정들마저도 평소와 같을까? 어느새 한곳에 모여서 눈치만 살피던 하나와 수현, 규호는 멀찌감치 서서 그런 그를 지켜보았다.

"저게 괜찮아 보이는 얼굴일까요, 아닐까요."

먼저 입을 연 규호가 스스로 묻고 답했다.

"전 안 괜찮다에 한 표."

"괜찮을걸. 은근히 냉정한 사람인 건 일찍이 알았다만 어쩜 자기 아픈 얘기를 하는데도 저렇게……."

수현이 진저리를 치며 뒷말을 생략하자 규호의 시선은 자동적으로 하나에게 옮겨 갔다. 그러나 하나는 복잡한 심경으로 준수에게서 시선을 떼지 못하는 중이었다. 그는 습관처럼 표정 없는 얼굴을 하고 일에 집중하고 있었지만, 하나는 알았다. 그의 마음에 먹구름이 잔뜩 끼어 있다는 걸.

며칠 내내 준수로 인해 소란했던 마음이 한층 우울해졌다. 여자를 본 순간 준수의 얼굴에 떠올랐던 표정을, 아무리 많은 시간이 흘러도 결코 잊을 수 없을 것 같았다. 처음 보는 얼굴이었다. 첫사랑이 앞을 가로막을 때마다, 서준수는 여지없이 처음 보는 얼굴을 했다.

준수의 첫사랑에 관한 이야기를 들은 이후로 하나는 종종 무의식적으로 상상하곤 했다. 저런 남자는 어떤 여자를 어떤 방식으로 사랑했을지. 감이 잘 잡히지 않았는데 오늘에 이르러서야 비로소 조금은 알 것 같았다. 늘 차분하고 덤덤한 남자를 단번에 휘둘러 놓을 수 있는 여자가 한때 그의 곁을 차지했던 거다. 주하나와는 감히 견줄 수도 없을 만큼 근사한 여자가.

"방해해서 죄송합니다."

그런 상념에 잠겨 있는 사이 커피를 다 내린 준수가 세 개의 잔을 들고 이쪽으로 다가왔다. 가까운 테이블에 트레이를 내려놓은 그가 눈만 깜빡거리며 어색하게 모여 서 있는 세 사람에게 말했다.

"커피는 제가 임의로 내렸습니다. 평소에 자주 드시던 것들로."

"아, 네……."

"죄송합니다. 저 때문에 제대로 쉬시지도 못했네요."

"아니에요. 괜찮아요."

누가 봐도 뻣뻣하기 그지없는 미소를 지으며 수현이 얼른 답했다. 늘 익살맞은 규호마저도 이번만큼은 적절하게 받아치지 못했다. 그 부자연스러운 분위기를 읽지 못할 리 없는데도, 무덤덤한 표정으로 빠르게 세 사람을 슥 쳐다본 준수는 도로 걸음을 돌려 커피 바로 돌아갔다. 아까 그는 앞에 놓인 커피에 손도 대지 않았는데 그럼에도 티타임을 가진 걸로 칠 모양이었다.

"난 정말 준수 씨를 알다가도 모르겠다……. 난 포기."

먼저 패배 선언을 한 수현이 트레이에서 콜드 브루 라떼를 집어 들더니 총총 멀어졌다. 아무래도 오늘 오후의 티타임은 제대로 파투인 듯싶었다.

"저도 끼어들 군번이 아닌 것 같네요."

각진 얼음이 띄워진 아메리카노가 들어 있는 긴 유리잔을 잡은 규호가 스트로로 커피를 한 모금 빨아들이며 고개를 설레설레 저었다. 그도 곧 퇴장했고 하나는 트레이 위에 덩그러니 남아 조금씩 식어 가는 제 몫의 카푸치노를 내려다보다 이윽고 고개를 들어 저 멀리 커피 바를 지키는 준수에게로 시선을 뻗었다. 그녀도 끼어들어서는 안 되는 걸까?

갈피를 잡지 못하고 갈팡질팡하는 중에도 긴긴 하루는 예외를 허락하지 않았다. 퇴근 시간이 지났다는 걸 알면서도 제빵실 안에서 괜스레 꾸물대던 하나는 한참이 지나서야 문을 열고 조심스럽게 홀로 나왔다.

수현과 규호는 이미 퇴근했는지 눈에 띄지 않았다. 조용히 두리번거리던 하나는 이내 커피 바에서 여전히 보초를 서고 있는 준수를 포착해 냈다. 그는 커피머신의 레버에 손을 올려놓은 채 미동조차 없이 서 있었다.

그 모습을 조금 딱하게 바라보다, 하나는 조심스럽게 그쪽으로 다가섰다. 아주 가까이 다가갔을 때까지도 그는 인기척을 알아차리지 못했다.

"퇴근 안 하세요?"

준수와 며칠째 어색한 사이로 지내왔음을 굳이 되새기지 않으려 작게 심호흡을 한 하나가 용기를 내 입을 열었다. 그 물음에 퍼뜩 놀라 현실로 돌아온 그가 옆을 돌아보았다. 하나의 얼굴을 한 번 보고 벽에 걸린 시계를 올려다본 준수가 다시 하나에게로 시선을 고정시키더니 이내 한쪽 손을 들어 쓴웃음이 밴 얼굴을 쓸어내렸다.

"아, 좀 피곤해서……."

과연 지쳐 보이기는 했으나 그게 신체적 고갈 때문은 아니라는
걸, 하나는 알고 있었다. 이 남자는 지금 열심히 괜찮은 척을 하
고 있구나. 문득 그게 그만의 자기 방어 방식일지도 모르겠다는
생각이 들었다. 늘 아무렇지도 않은 얼굴이라는 벽을 세우고 그
는 뒤에 숨는 거다. 괜찮으니 건드리지 말라고, 신경 쓰지 않아
도 된다고.

"몇 년 만에 처음으로 일주일 휴가 쓰시더니 한꺼번에 무너지
셨나 봐요."

"그런 것 같네요. 시간이 많이 늦었는데 하나 씨도 얼른 퇴근
해요. 오늘도 고생했어요."

그러면서도 다른 사람을 먼저 챙기는 그에게 어떤 위로를 해줄
수 있을까. 별거 아닌 거 같아도 위로라는 게 참 어렵다던 태일의
말이 떠올랐다. 언젠가 그녀가 비슷한 상황에 놓였을 때 서준수
는 티가 나지 않게, 그러나 분명한 배려로 위로가 되어주었다. 그
러나 지금, 어쩐지 하나는 자신이 생기지 않았다. 언뜻 무던한
것 같지만 그만큼 어려운 이 남자에게는, 대체 어떤 종류의 위로
를 처방해 줘야 하는 걸까.

"퇴근하기 전에 뭐 좀 드실래요? 사바랭*savarin*이 조금 남았는데.
아니면…… 까넬레*cannelé*?"

어쭙잖은 멘트에 준수가 피식 웃었다. 커피머신을 등지고 서서
바 위에 손을 짚은 그가 살짝 고개를 기울인 채 하나를 바라보며
딴소리를 했다.

"하나 씨는, 참 좋은 사람이네요."

“다 아는 얘기는 안 해도 돼요.”

살짝 퉁명스러워진 대꾸에 준수가 또 나직이 웃었다. 뻔한 첫마디로 깡그리 의도를 간파당한 것 같아 하나는 못내 안타까워졌다. 이토록 서투르기만 한 자신이 어이가 없었다. 그러나 준수는 또 다 안다는 듯 천천히 덧붙였다.

“애쓸 필요 없어요. 마음만 받을게요.”

“뭘 또 맨날 마음만 받아. 준다고 한 적 없거든요?”

“…….”

“서준수 씨. 그냥 한번 얘기해 봐요. 들어줄게요.”

서준수의 방식은 역시나 주하나의 체질에는 맞지 않는다. 결국 정공법으로 돌아온 하나는 먼저 물어보는 법도, 먼저 말해주는 법도 없는 그를 위해 다시 말문을 뗐다.

하나를 바라보는 준수의 시선이 조금 가라앉았다. 그 눈빛에 기껏 끌어모은 용기가 사그라지려는 걸 부인하려 애쓰며, 하나는 덧붙여 물었다.

“낮에 찾아온 사람, 누구예요?”

“…….”

“그때 말했던 첫사랑, 맞죠?”

조금 쓰게 웃은 준수가 보일 듯 말 듯 고개를 끄덕였다. 바를 짚었던 팔을 풀어 팔짱을 끼더니 먼 곳을 바라보듯 살짝 빗나간 시선을 허공에 두는 그를 보며 하나는 풀이 죽은 투로 중얼거렸다.

“생각보다 엄청 근사한 분이시던데.”

“그랬죠. 그때나 지금이나 가진 게 너무 많아서, 남들 가진 건 가진 걸로 보이지도 않을 정도로.”

"한 번쯤 만나고 싶다고 했었잖아요. 그런데 왜 아무것도 묻지 않았어요? 궁금하다면서. 지난 시간 동안 어떻게 살았는지, 여전히 가진 게 많고 그래서 행복…… 아."

언젠가 준수가 첫사랑에 대해 했던 말을 떠올리며 묻던 하나는 불현듯 말을 그쳤다. 뒤늦게야 납득이 됐다. 그가 느닷없이 나타난 첫사랑에게 아무것도 묻지 않았던 이유를.

"묻지 않아도 다 보이던가요? 여전히 가진 게 많아서 10년이 지난 지금도 행복하다는 게?"

"맞아요. 그래서 굳이 묻지 않았어요."

준수가 덤덤히 시인했다. 실패한 첫사랑과 재회하는 순간에도 역시나 그는 그녀보다 어른답다. 그러나 짙은 그림자가 드리워진 얼굴이 마음에 걸려서, 하나는 다시 용기를 내 물었다.

"그런데 얼굴이 왜 그래요?"

"실망해서요."

"그분한테?"

"아뇨. 나 자신에게."

무겁게 고개를 가로저은 준수가 뜻밖의 대답을 했다. 얼른 이해가 되지 않아 미간을 모으는 하나를 보며, 그는 쓴웃음을 채 지우지 못한 목소리로 부연했다.

"지난 10년이라는 시간 동안 잘못 살아도 한참 잘못 살았구나, 싶은 거죠."

"어째서요? 잘 사는 게 최고의 복수라고 했잖아요. 그래서 잘 살았고."

"바로 그게 문제였는데, 그걸 몰랐다는 게 또 문제예요."

수수께끼 같은 말이었다. 하나가 섣불리 대꾸를 하지 못하고

또 침묵만 지키고 있는데 준수가 여전히 비스듬히 시선을 내리깐
채 자조 섞인 음성으로 말했다.

"이제는 이해된다, 그때보다는 더 어른이 됐으니까. 아닌 척하
면서도 속으로는 그렇게 스스로를 위로하며 10년을 살았는데 실
상은 그게 다 위선이었다는 걸 그 친구를 본 순간 깨달았어요.
아주 느리게라도 앞으로 나아가고 있는 줄 알았는데 실은 10년
째 제자리걸음 중이었다는 걸."

"그렇지 않아요. 충분히 노력했고, 그만큼 잘 살았잖아요."

"정말 그랬다면 잘 사는 게 최고의 복수라는 비틀린 신념 같은
건 껴안고 살지 않았겠죠."

"……."

"잘 살고 싶었던 게 아니라, 복수를 하고 싶었던 거예요. 그래
서 지금 이렇게 비참한 거고."

비참하다. 한참 늦은 첫사랑의 결말 앞에서 하나 역시 분명 그
런 기분에 사로잡혔다. 그러나 지금 서준수가 말하는 비참함이
란 그것과는 차원이 다르다는 걸, 하나는 느낄 수 있었다. 그건
모르는 사이 10년이나 마음 한구석에 켜켜이 쌓인 둑이 무너져
해일처럼 덮쳐 오는 감정이라는 걸. 그래서 하나는 아주 조심스
럽게, 그러나 어딘가 참담한 심정으로 되물었다.

"비참해요?"

"솔직히 말하면, 조금 그래요. 아니…… 아주 많이."

"……."

"그때의 난 그 친구를 이해할 수가 없었어요. 아무리 납득하려
고 노력해 봐도 안 됐어요. 난 그냥, 그저 바라보고 있는 것만으
로도 벅차고 경이로워서 그걸 어딘가에 주워 담을 생각 같은 건

하지도 못하고 정신없이 보고만 있었는데, 같은 순간에 그 친구
는 더 먼 곳을 내다보고 있었다는 걸.”

“…….”

“당연하게도 내가 깨달을 때까지 그 친구는 기다려 주지 않았
고, 혼자 남은 나는 생각하고 또 생각했어요. 뭘 어떻게 해야 할
까, 뭐가 잘못된 걸까……. 그러다 내린 결론이 그거였어요. 가
진 게 아주 많은 사람이 되자. 가진 게 없다는 말을 비웃어줄 수
있을 정도로. 거짓말처럼 그때부터 그 생각만 하고 살았어요. 피
곤해도 피곤한 줄 모르고, 힘들어도 힘든 줄 모르고 반쯤 미쳐
서.”

그제야 고개를 든 준수가 천천히 하나와 시선을 마주했다. 평
소처럼 깊은 눈빛이었으나 그 두 눈 속에 쓰라린 후회가 배어 있
어서, 하나는 안타까운 눈길로 그를 바라보았다.

“주위 사람들이 농담 반 진담 반으로 사람 같지 않다는 말을
할 때에도 난 아무것도 못 느꼈어요. 운 좋게 일이 잘 풀려서 모
든 게 잘되어 가고 있었으니까. 그런데도 더 잘, 더 빨리, 더 많
이…… 아닌 척하면서도 실은 늘 그렇게 조급한 마음으로 살았어
요, 나도 모르는 사이에. 손에 쥔 건 하나둘 늘어 가는데 마음은
변함없이 가난한 것도 모르고. 그걸 그 친구를 다시 마주한 순간
에야 깨달았어요.”

“…….”

“그래서 잘 사는 것도, 복수하는 것도 난 실패예요. 하나 씨가
그랬죠. 내가 할 줄 아는 것들이 다 내 재산이라고, 그래서 난 부
자인 거라고. 하지만 그 친구 눈에는 그렇게 보이지 않겠죠. 나
스스로도 느꼈듯이 그 친구에게도 난 여전히 10년 전의 초라한

서준수일 테니까."

당신을 보는 내 마음도 그러한데, 당신도 또 다른 누군가를 바라보며 그런 생각들을 했구나. 하나도 그 순간 더없이 비참해졌다.

말을 마친 준수는 다시금 시선을 내리깐 채 자조적으로 웃었다. 그러다 손바닥으로 얼굴을 쓸어내린 그가 쓴웃음을 지으며 말했다.

"이런 내가, 옹졸한 사람처럼 보이겠네요."

"아니요. 그냥 사람 같아 보여요. 늘 아무렇지 않은 척 괜찮은 척하던 때보다 지금이, 훨씬 더 사람 같아요."

하나가 분명한 어조로 답했다. 그 말에 준수의 표정이 순간 굳어졌다 반작용처럼 조금 멍해졌다. 이윽고 그는 멍하니 한 개의 단어를 혼잣말처럼 되뇌었다.

"사람……."

"네, 사람. 난 이제야 서준수 씨가 좀 사람 같아 보여요. 《오즈의 마법사》에 나오는 양철 나무꾼 알아요? 그동안 이 사람은 철로 만들어져서 무쇠 체력을 가진 대신 심장이 없나, 그래서 늘 저렇게 덤덤한 건가…… 싶었는데. 다행이네, 사람 맞아서."

"……."

"서준수 씨가 이러는 건 옹졸한 게 아니에요. 누구나 다들 그렇게 사니까. 이런 상황 앞에서는 좌절하고, 삽질 하고, 그러다가도 또 일어나고. 이 또한 지나가리라, 그 말 알죠? 사실 나 그 말 되게 싫어해요. 아직 안 지나가서 내가 지금 이렇게 힘든 건데 아무 짝에도 도움 안 되는 그따위 말이 다 무슨 소용이야. 그런데, 사실 그 말이 맞아요. 나도 알아, 지금 아무리 버거워 죽겠

어도 결국에는 지나갈 일이라는 거. 그래서 그거 믿고 한번 악착
같이 버텨보는 거예요. 아무것도 아닌 게 되는 그 순간이 올 때
까지. 그러는 동안 좀 징징거리면 어때, 너무 힘들어서 그냥 다
관두고 싶은 거 꾹 참고 견디는 중인데 그 정도 투정 좀 부리는
게 뭐 어때서. 그러니까…… 서준수 씨도 아무렇지 않은 척 애쓰
지 말고 그냥 이렇게 살아요. 그게 훨씬 더 사람다우니까."

하나가 하는 말을 잠자코 듣고만 있던 준수의 입가에 허전한
미소가 걸렸다. 그런 그를 안타깝게 바라보며 머뭇거리다, 하나
는 살며시 손을 뻗어 준수의 어깨 위에 올렸다. 마음 같아서는
그를 꼭 안아주고 다독여 주고 싶었으나 끝내 하나가 할 수 있었
던 일은 해묵은 상처를 다 감싸 안기에는 너무 작은 손으로 어설
프게 그의 어깨를 두드려 주는 것뿐이었다.

☕

풀리지 않는 수수께끼 같았던 그 남자의 내면에 조금 더 깊게
파고들게 되었지만, 그와 동시에 씁쓸해졌다. 서준수가 보통 사
람과 같은 심장을 가졌고 그래서 예고 없는 첫사랑과의 재회에
흔들릴 수도 있다는 걸 알게 되었기에.

"판도라의 상자를 열었네."

그러니 이쯤에서 그만 정리하자. 그와 다시 말을 하게 되었고
서준수는 변함없이 따뜻하고 좋은 사람이니 이 정도 관계에서
만족해야 되는 게 아닐까. 그러면서도 하나는 끝없이 우울했고,
그치지 않고 준수와 그의 첫사랑이라던 여자에 대해 생각했다.

힘없는 걸음으로 터덜터덜 집을 향해 걷고 있을 때였다. 고개

숙인 좁은 시야에 어느 순간 누군가의 발이 걸렸다. 그 발길이 멈춰 선 걸 확인한 하나는 고개를 들어 정면을 보았다.

마스크를 쓴 태일이 이쪽을 보고 서 있었다. 다른 때 같았다면 하나가 저를 발견하기도 전에 쾌활한 인사를 건넸을 법도 한데, 태일은 그대로 지나쳐 들어가거나 어떠한 말을 꺼내지도 않고 그저 가만히 하나를 바라보기만 했다.

태일이 왜 그러는지, 하나는 모르지 않았다. 그녀 자신의 심중에서도 다애와 저는 별개라는 듯 아무 일도 없던 척을 해야 할지, 아니면 저도 다애와 같은 태세를 취해야 하는 건지 그 짧은 순간 수없이 많은 갈등이 일어나고 있었으니까.

요즘에는 그 선택이라는 게 한없이 무겁게 마음을 짓눌렀다. 인생의 아주 사소한 순간마다 갈림길 위에 서게 되고 그 기로에서 결국은 어떠한 결정을 내려야 한다는 게, 그리고 어쩌면 그 별거 아닌 선택이 때로는 운명을 좌우한다는 게.

"잘 지냈어요?"

먼저 선택을 마친 건 태일이었다. 얼굴의 반을 덮고 있던 마스크를 벗어 내린 그가 한발 늦은 인사를 건넸다. 어슴푸레한 가로등 밑이라 확신할 수는 없었지만 그제야 드러난 태일의 얼굴은 어딘가 모르게 달라져 있었다.

"아니. 잘 못 지냈어."

"왜요?"

"잘 지내고 싶었는데, 그게 잘 안 돼서."

담담하게 대처하려 했으나 덧없이 의지를 배반한 목소리가 확연히 떨려왔다. 꼭 금세라도 울고 말 것 같은 하나의 표정을 읽은 태일의 안색도 변했다. 안절부절못하는 기색이 확연하면서도 어찌할 바를 몰라 주저하던 태일은 이내 하나를 데리고 무작정 걷기 시작했다.

두 사람은 한동안 말없이 산책했다. 한적한 주택가를 지나 아직 불이 훤히 밝혀진 상점들이 드문드문 보이기 시작하는 번화가로 접어들었을 때쯤 태일이 다시 조심스럽게 말을 걸었다.

"왜 잘 안 됐어요?"

"글쎄…… 실은 잘 모르겠어, 그것도. 별거 아닌 일인데 왜 이리 마음이 복잡할까."

"원래 그래요. 그런 말도 있잖아요. 세상의 어려운 일은 쉬운 데에서 일어나고 세상의 큰일은 작은 데에서 시작한다고."

"넌 뭘 그렇게 어른처럼 말하니."

그 대꾸에 태일이 비로소 조금 웃었다.

"우리 할아버지가 들으시면 어이가 없어서 기절하시겠네. 볼 때마다 사내놈이 도통 군자가 될 기미가 안 보인다고 불호령을 치시는데."

"지금의 내가 딱 그 마음이야. 하루하루가 지날수록 마음이 조급해져. 몸만 어른이 된 것 같아서, 지금의 내가 너무 초라해서 자꾸만 다른 누군가와 비교하게 돼. 정말 근사한 사람을 봤거든."

다시금 준수의 첫사랑을 떠올린 하나가 우울하게 덧붙였다. 아주 어렸을 때는 다 자란 어른이 되면 당연하게도 그 여자 같은 모습일 줄 알았다. 우아하고, 성숙하고, 아름다운. 그런데 스스로가 꿈꾸던 그런 모습이 되지 못한 것도 서글픈 와중에 자신이 생각하는 근사한 어른의 표본인 여자가 하필이면 서준수의 첫사랑이라는 것도 속이 쓰렸다.

"근사한 사람은 다 행복할 것 같아요? 아닐걸. 가까운 데에 본보기가 있잖아요, 누나."

"가까운 데 어디?"

"서준수."

예고 없이 튀어나온 이름에 하나는 일순간 흠칫했다 다시 평온을 되찾았다. 그 형이 행복해 보이느냐는 태일의 물음에 준수가 했던 말들이 생각났다. 지금 행복한지 묻자 그럴 수도 있고 아닐 수도 있다며 모호한 답을 흘리던 그가, 그리고 첫사랑 앞에서 비참했노라 말하던 그가.

퍼뜩 어떤 생각이 머리를 스쳤다. 어쩌면 태일도 그 여자에 대해 알고 있을까?

"태일아. 혹시 너, 서준수 씨 첫사랑이 누군지 알아?"

"알죠. 어떻게 모르겠어요. 사촌인데."

"사촌?"

뜻밖의 답변에 좀처럼 입을 다물지 못하는 하나를 보며 태일은 고개를 끄덕였다. 썩 좋지 못한 표정으로.

"누나도 아는 거 보니 가게까지 찾아갔었나 보네요, 윤소희답게."

그 여자 이름이 소희인가 보다. 한 떨기 백합을 닮은 청초하고 고상한 외양만큼이나 그 여자에게 참 잘 어울리는 이름이었다.

"자기가 하고 싶은 건 꼭 하고 말아야 직성이 풀리지. 그 누나가 그래요. 아, 이건 혹시나 해서 붙이는 사족이지만 내가 두 사람 서로한테 소개한 거 아니에요. 준수 형이랑 알고 지내게 된 건 훨씬 나중 일이니까. 두 사람은 대학 동기였다고 들었어요. 뭐, 그 누나가 1학년 마치기가 무섭게 학교 그만두고 유학 가버렸으니 동기라고 말하기도 그렇지만."

"엄청 멋진 분 같던데. 꼭 백합 같은 분위기였어."

"백합보다는 장미죠. 자기가 가진 가시로 다른 사람을 찌를 수도 있는. 멋진 분…… 그래요, 어쩌면. 가진 게 많은 사람이긴 하니까."

준수가 썼던 것과 같은 표현이었다. 게다가 그렇게 말하는 태일의 말투에서 어쩐지 빈정거리는 기색이 느껴진 덕분에 불필요한 호기심은 몸집을 더 불리기 시작했다.

"뭐 하는 분이기에 그렇게 얘기해?"

"YN그룹 일가거든요."

그 대답에 하나는 걷다 말고 다시금 눈을 크게 떴다. YN그룹은 이름만 들어도 누구나 아는, 대한민국에서 손꼽히는 대기업 중 하나였다.

"그럼 태일이 너도……."

"아뇨. 저는 YN이랑 아무 관계도 없어요. 고모부가 YN 사람이고 소희 누나는 그 집 딸이에요. 그러니 행여나 나까지 엮어서 대단하거나 어렵게 여기지는 말아줘요."

가진 게 많다더니 고작 많다는 표현으로 치부할 정도가 아니었다. 스스로가 더욱 보잘것없어지는 걸 의식하지 않으려 안간힘을 쓰며, 하나는 애써 말을 돌렸다.

"그렇구나. 어쩐지, 인상이 남다르시더라."

"그 누나는 어렸을 때랑 달라진 게 없어요. 일찍부터 어른인 것처럼 구는데 그게 또 그렇게 잘 어울릴 수가 없었죠. 소희 누나는 언제나 더 많은 걸 가지고 싶어 해요. 더 많이 가질수록 더 많은 걸, 주위 사람 상처받는 건 아랑곳하지 않고."

　10년 전에도 그 여자는 그토록 우아한 얼굴을 하고 준수에게
이별을 고했을까. 하나는 점점 더 나락으로 가라앉았다. 두 사람
사이의 사연을 제대로 알지도 못하는 주제에 준수가 가여워지
고, 또 그런 그를 하염없이 바라보기만 해야 하는 제 자신이 안쓰
러워졌다.

　"유학 가신 거면, 지금껏 계속 외국에 계셨던 거야?"

　"네. 그 누나는 여길 별로 좋아하지 않았어요. 그래서 공부 마
치고도 귀국하지 않고 바로 해외 지사에서 근무 시작했고. 그런
데 고모랑 고모부는 항상 한국에 들어오라고 성화시죠. 아마 이
번에도 그래서 들어오지 않았나 싶은데."

　그럼 그 여자는 또다시 나타날까? 그럼 서준수는 어떤 반응을
보일까, 저는 그를 보며 또 얼마나 앓아야 하는 걸까. 그 마음이
불쑥 생각지도 않은 말이 되어 튀어나왔다.

　"두 사람, 잘 어울리던데. 만약에 그분이 떠나지 않았다면, 그
랬다면 두 사람은 어땠을까?"

　그 물음 아닌 물음에 태일은 대답 대신 잠시 제자리에 멈춰 서
더니 하나를 돌아보았다.

　"만약은 없어요, 누나. 이미 끝은 났고 현재만 있을 뿐이에
요."

　지극히 현실을 관통하는 답에 하나는 쓰게 웃었다. 그건 그녀
자신을 겨냥한 말이기도 했다. 만약에 소희가 돌아오지 않았다
면 어쩌면 무언가 달라지지 않았을까 하고 무의식중에 바라던.
그 마음을 읽은 것처럼 태일이 다시 말했다.

　"누나. 난 누나를 응원해요."

　"나를, 왜?"

"진짜로 중요한 건 대체로 눈에는 보이지 않는 법이니까. 그러니 보이는 것들에 주눅 들고 작아지지는 마요."

정확히 무엇을 염두에 두고 건넨 응원의 말인지는 알 수 없었지만 하나는 힘없이 웃으며 고개를 끄덕였다. 혼자만의 시간들은 무참히 흐르고 저만 아는 방에만 가둬두고 걸어 잠근 감정들은 어느새 차고 넘쳐흘러 다시 주워 담을 수 없는 지경에 이르렀다. 이제 남은 방법은 한 가지뿐이었다. 문을 열고 남아 있는 감정들을 내보내 방을 깨끗이 비우는 것.

그래야 한다는 걸 알아서 그러고 싶었으나 또한 동시에 그렇게 하고 싶지 않았다. 수도 없이 공허해지고 좋은 상상과 나쁜 상상을 반복해 봤자 결국 어엿한 이름조차 붙이지 못하는 이 감정은 도무지 멈출 수가 없기에.

⠀

다애가 이 시간까지 준호와 있었던 건 순전히 버블티 때문이었다. 아니다, 어쩌면 연극 극본 때문일지도 몰랐다. 연말 연극제가 두 달도 채 남지 않아 철야 연습이 일상이 되었고 자연히 극본 파트에 속한 다애가 극회장인 준호와 보내는 시간도 늘어났다.

연습할 때마다 수정에 수정을 거듭한 끝에 며칠 전에야 드디어 최종본이 확정되어 이제야 한숨 돌릴 수 있게 되었으나 강행군은 멈추지 않고 계속되었다. 오늘도 늦게까지 연습을 하고 시간이 너무 늦었다며 바래다주겠다는 준호와 동행하다 버블티를 사주겠다는 꼬드김에 넘어가 집 근처 버블티 가게로 들어온 참이었다.

졸린 와중에도 버블티를 앞에 두고 있으니 기분이 좋지 않을 때마다 버블티를 사다 안기며 달래주던 태일이 떠올라서, 다애는 허무하게 웃었다. 나쁜 놈. 결국에는 이럴 거면서 왜 쓸데없이 잘해준 거야.

"넌 지금 버블티를 먹는 거니, 잠을 자는 거니."

빨대를 입에 문 채 멍하니 허공을 보고 있는 다애를 바로 코앞에서 지켜보던 준호가 낮게 웃었다. 지나치게 많이 깜빡거리는 다애의 눈꺼풀은 감겨 있는 시간이 더 길었다.

"너무 졸려요. 선배님은 왜 안 졸리세요?"

"뭐?"

준호가 이번에는 소리 내 웃었다. 여전히 빨대를 입에 물고 다애는 어리둥절한 얼굴로 준호를 쳐다보았다. 왜 웃을까? 웃긴 말은 한마디도 안 했는데.

"주다애. 넌 참 눈치가 없어."

"힐, 제가 뭐 어때서요?"

잠결에 무심코 그렇게 내뱉었다가 뒤늦게야 아차 싶었다. 상대가 심준호이니 망정이지 동아리의 다른 선배들한테 이렇게 말대꾸를 했다가는 그날로 전설이 되어 길이길이 박제될 터였다.

"아, 죄송해요. 제가 잠을 못 자서 정신이 없……."

"넌 나를 너무 어렵게 생각해."

"그야, 제가 술 취해서 선배님께 추태도 부리고, 또 선배가 이렇게 친히 집까지 데려다주시기도 하니까……. 맞아요 아무리 생각해도 지난번 일은 제가 선배한테 정말……."

"말 잘했다. 우리 동아리에 여자가 너 혼자야? 내가 다른 애들도 데려다줘?"

그건 다애가 늘 풀고 싶어 하는 수수께끼이기도 했다. 심준호는 매번 기상천외한 기획안만 짜 오는 주다애와 이야기하고 싶어 하고, 끗발 떨어지는 신입생인 주다애에게만 밥을 사주려 했다. 심지어는 주량을 넘겨 만취한 그녀를 몸소 집까지 업어서 데려다준 후로도 변함없이 친절했다. 처음에는 짬밥도 안 되는 1학년이 연극 한번 해보겠답시고 열의를 불사르는 게 극회장으로서 기특하고 또 신기해서인 줄로만 알았는데, 꼭 그것 때문만은 아니라는 걸 다애도 막 감지하기 시작한 참이었다.

멍하니 저를 쳐다보는 다애의 시선을 마주하던 준호가 옅게 한숨을 내쉬고는 다시 말문을 열었다.

"꼬박꼬박 선배님, 선배님. 나는 차라리 내가 너랑 동갑이었으면 좋겠다. 그럼 네 동기 남자 애들 대하듯 편하게 했을 텐데."

"제가 어떻게……."

"네가 뭐 어떠냐고? 그래, 맞아. 네가 뭐 어때. 너 충분히 매력 있는데, 그래서 너랑 있으면 졸리지가 않은데."

"선, 아니, 그러니까……."

"주다애. 난 너랑 있는 거 좋아. 그러니까, 네가 좋다고."

이 사태가 다애는 영 소질이 없는 장르에 속한다는 게 확인되는 순간이었다. 잠이 확 달아나 물고 있던 빨대마저 놓친 다애는 머리카락을 잡아당기며 뜨악한 얼굴로 준호를 쳐다보다 더듬거렸다.

"선, 아니…… 아, 뭐라고 해야 돼……. 아무튼 왜, 저를요?"

"말했잖아. 너 매력 있다고."

"그럴 리가 없어요."

그 단호하기 짝이 없는 대꾸에 준호가 웃었다. 웃을 타이밍은 아니었으나 반응이 지극히도 주다애다워서 그는 웃지 않을 수가 없었다.

"나 지금 차인 거 알겠는데, 주다애 넌 이런 순간까지도 나를 웃게 만드는구나."

"무슨 그런. 제가 감히 선배를요?"

심준호가 주다애한테 차이다니. 그 어떤 형태소도 말이 되지 않는 경악스러운 문장이다. 이것도 널리 알려지는 날에는 '극예술연구회'의 역사에 한 획을 그은 사건으로 오래오래 기록될 터였다.

그러나 다애는 그쯤에서 말을 멈췄다. 여기에서 더 부정하면 긍정의 의미가 된다. 그리고 그건 그녀의 마음과는 명백히 다른 방향이었다.

"선배. 저는 선배랑 안 어울려요."

"그걸 무슨 기준으로 판단해?"

"제가 그렇게 느끼니까요. 솔직히 저는요, 문득문득 낯설어요. 저 같은 게 선배랑 이렇게 스스럼없이 지낸다는 게."

"너 자꾸 그렇게 너를 낮춰서 말할래?"

준호가 이번에는 약간 화난 듯한 음성으로 받아쳤다. 그러나 다애가 침묵을 지킨 건 그 때문만은 아니었다. 했던 말 그대로, 요새 들어 부쩍 불현듯 낯선 감정의 습격을 받는 일이 늘어났다. 시시콜콜 참 많은 걸 공유하던 태일과 서먹한 관계로 전락했다는 걸 새삼 자각할 때면 여지없이 외로워지고 공허해지곤 했다.

다애는 그대로 멍하니 태일을 향한 상념에 끌려들어 갔다. 그런 후배를 보던 준호가 다시 한숨을 쉬며 말했다.

"차일 거 알았어. 알면서도 말하고 싶었고."

“…….”

“답 안 해줘도 돼. 네가 이미 나를 너무 어려워해서 더 어려워할 것 같지도 않지만, 그래도 선배라는 위치 남용해서 감정 강요하지 않을게. 대신 한 가지만 약속해. 네 자신을 그렇게 한없이 낮추지 않겠다고.”

준호가 이렇게 제 마음을 고하는 지금 이 순간 다애는 얄궂게도 태일이 보고 싶어졌다. 예쁜 건 주하나지만 주다애가 더 좋다고 장난스럽게 말하던 그가, 그러면서도 이토록 확신에 찬 고백 따위는 한 적 없던 그가. 다른 남자에게 들은 네가 좋다는 말을, 태일의 목소리로 듣고 싶었다. 만약 그가 그렇게 말해주었다면 지금쯤 무언가 달라졌을까?

보이지 않는 힘에 이끌리듯 창밖으로 시선을 돌리자 거짓말처럼 태일이 보였다. 머나먼 어둠 속에서도, 사이를 가로막는 유리창 너머에서도 한눈에 알아볼 수 있었다. 소원해진 마음의 거리만큼 먼 곳에 그가 걷고 있었다. 하나와 함께 나란히.

끝내 저를 알아보지 못한 채 멀어져 가는 태일의 뒷모습을, 다애는 오래도록 바라보았다. 여전히 그에게 묻고 싶었다. 지금 어딜 향해 가고 있는지, 그의 마음은 어디쯤인지. 코끝을 스치는 바람이 쌉싸름한 가을밤, 멀어져도 변함없이 함께 걷고 싶은 어린 마음은 그렇게 깊어만 갔다.

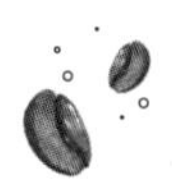

Happy Birthday to You

동짓달의 소슬한 가을바람이 간간이 유리창을 덜커덕 흔드는 날씨가 며칠째 계속되었다. 오늘만큼은 다른 게 있다면 하나의 생일이라는 사실이었으나 그마저도 오락가락 바람을 타고 떠도는 어지러운 심경에 묻혀 의미를 갖지 못하고 말았다.

하나는 심란한 마음을 안고 제빵실에서 일 플로땅뜨 위에 올릴 캐러멜 장식을 만들기 위해 설탕을 끓이고 있었다. 불에 녹은 설탕이 갈색 빛을 띠기 시작했을 무렵 작은 창을 똑똑 두드리는 소리가 났다. 또 한 번 준수의 표정 없는 얼굴을 마주하게 될 생각을 하니 마음에 찬바람이 일었으나 정작 창문 너머에서 날아온 소식은 뜻밖의 것이었다.

"하나 씨, 뭐 중요한 전화 올 일 있어요?"

"중요한 전화요? 아니요, 그런 거 없는데. 갑자기 무슨……."

"아까부터 스태프룸에서 계속 진동 울린다고, 하나 씨 락커인 것 같다네요. 아무래도 급한 용건인 것 같은데 확인 좀 해볼래요?”

영문도 모르고 일단 제빵실에서 나오긴 했으나 하나는 도무지 이해가 되지 않았다. 이제 막 점심시간이 지났으니 다애는 학교에 있을 거고, 어머니는 물론 지방에 계신 아버지도 한창 근무 중일 터였다. 친한 친구라고 해봤자 지혜뿐인데 강지혜가 난데없이 중요한 용건으로 전화를 했을 리는…… 없고.

고개를 갸웃하며 스태프룸으로 들어간 하나는 락커에서 휴대폰을 꺼냈다. 화면을 켠 그녀는 순간 자신의 눈을 의심했다.

“부재중 전화 10통?”

더군다나 그 집요한 통화 시도의 장본인은 다애였다. 자신의 동생에게 이토록 끈질긴 면모가 있었던가 하며 흠칫한 하나가 통화 버튼을 누르려던 찰나 화면이 휙 넘어가며 통화 착신 창이 나타났다. 또다시 다애였다. 망설임 없이 초록색 버튼을 택한 하나가 수화기를 귀에 가져다 대며 막 입을 떼려 했을 때였다.

[언니 왜 이렇게 전화를 안 받아!]

뭐라고 운을 틔우기도 전에 말허리를 휙 잡아챈 다애가 악을 쓰듯 외쳤다. 날이 선 반응에 하나는 하려던 말을 접고 떨떠름하게 말문을 열었다.

“근무 중인데 전화를 어떻게……. 너 왜 그래? 울어?”

순간 불길한 예감이 엄습해 왔다. 알 수 없는 긴장감이 속을 뜨겁게 달궜다. 수화기 너머에서 들려온 다애의 음성은 평소와 달리 아주 생소하게 느껴졌다. 동생의 이런 목소리를 전에 들어본 적이 있었던가 싶을 만큼.

“주다애. 무슨 일이야? 어?”

불안해진 하나가 아예 다그치기 시작했지만 수화기 너머에서는 흐느끼는 소리만이 건너왔다. 한참이나 중언부언 알아들을 수 없는 말들을 주워섬기던 다애가 더 큰 울음소리를 내며 말했다.

[이제야 전화를 받으면 어떡해…… 나 너무 무서운데…….]

"그러니까 무슨 일이냐니까? 너 정말 속 터지게 할래? 주다애, 네가 말을 해야 내가 뭘 하든 할 거 아니야!"

응대하는 목소리가 저도 모르게 까탈스러워졌다. 영문도 모르면서 가슴은 불을 붙인 성냥처럼 무섭도록 빠르게 타들어 갔다.

[언니…… 엄마가…… 엄마가…….]

드디어 나온 핵심 단어에 이번에는 머릿속에서 번개가 쳤다. 발등에 떨어진 불이 그대로 입 밖으로 튀어나왔다.

"엄마? 엄마가 왜!"

[엄마가…… 쓰러졌어 언니…… 어떡해…….]

"뭐? 갑자기 무슨……. 그래서 엄마는? 어떻게 됐는데? 병원은, 병원에는 간 거지? 어?"

[앰뷸런스 타고…… 난 지금 막 왔는데…… 엄마는 검사 중이라고 하고…… 아, 어떡해…….]

거의 혼이 나갔는지 다애의 음성에서는 평소의 명랑함이나 은근히 엿보이던 이성적인 면모라고는 조금도 찾아볼 수 없었다. 이 뜻밖의 비보에 제 머릿속도 새하얘지고 얼굴은 뜨거워졌으나 하나는 뒤늦게나마 언니답게 동생을 달래려 애를 썼다.

"다애야, 뚝 그치고 침착해져. 지금 너까지 이러면 안 돼. 정신 차려, 응? 지금 너 혼자 있어?"

[엄마 잘못되면 어떡해…… 나 너무 무서워…….]

그러나 그런 보람도 없이 다애의 울먹임을 끝으로 통화는 종료되고 말았다. 휴대폰을 손에 꼭 쥐고는 멍하니 제자리에 서 있던 하나는 제가 뭘 하는지도 모른 채 유령처럼 얼굴이 하얗게 질려 스태프룸에서 걸어 나왔다.

“하나 씨.”

“어떡해…….”

기다렸다는 듯 저에게 다가온 준수를 마주한 순간 하나는 절실히 동생의 심정을 통감했다. 조금 전까지만 해도 어떻게 해야 하느냐는 말만 되풀이하던 다애가 답답해서 미칠 노릇이었는데 무의식중에 입 밖으로 제일 먼저 튀어나온 말이 그거였으니 말이다.

“무슨 일인지 차분하게 얘기해 봐요.”

침착하게 손수건을 꺼내 하나의 눈가를 닦아준 준수가 물었다. 그제야 하나는 자신이 울고 있었다는 걸, 갑자기 얼굴이 뜨거워지던 게 두 볼에 흐르기 시작한 눈물 때문이라는 걸 깨달았다. 이대로 주저앉아 펑펑 울고 싶었으나 하나는 다애보다 네 살 더 먹은 언니답게 눈물을 닦아내고 의연하게 준수를 올려다보며 입을 열었다.

“엄마가…….”

그러나 그 단어를 입에 담은 순간 목소리가 떨려오기 시작하더니 끝내 하나는 속절없이 무너지고 말았다. 입 밖에 낼 수 있는 말이 그것밖에 없었다. 엄마가, 엄마가……. 그 단어에서 한 발자국도 더 나아가지 못한 하나는 결국 흐느끼기 시작했다.

“엄마가…… 아, 어떡해…….”

“어머님께 무슨 일 생겼어요?”

걷잡을 수 없이 눈물을 쏟아내면서도 가만히 있지 못하고 전 전긍긍하는 하나를 부축해 중심을 잡아준 준수가 다시금 차분 히 물었다. 그렇다는 짧은 대답조차 건넬 수가 없어서 하나가 간 신히 고개를 끄덕이자 준수는 다시 한 번 손을 뻗어 흐르는 눈물 을 닦아주고는 더 들을 필요도 없다는 듯 단호하게 말했다.

"가봐요."

그 반응에 이상하게도 퍼뜩 정신이 들었다. 그제야 조금씩 이 성이 되돌아오기 시작했다. 마음은 이미 먼 곳으로 달려가고 있 었지만 또한 동시에 주하나는 어른이었다. 책임감을 가지고 제 몫을 해내야 하는. 파티시에가 없는 제과점은 무의미하다는 걸, 하나는 알고 있었다.

"그럼…… 오늘 매장 운영이……."

"재고 여유 있고 정 안 되면 몇 시간쯤 일찍 마감해도 상관없 어요. 가요. 얼른."

"……."

"다른 건 생각하지 말고 지금 이 순간 하나 씨한테 가장 중요 한 일을 해요. 후회 없게."

올곧게 두 눈을 마주한 채, 준수가 다시금 강단 있게 말했다. 이 남자의 눈빛은 벼랑 끝까지 떠밀린 절체절명의 순간에도 차분 해지게끔 만드는 힘이 있다. 처음 만났을 때 이미 느꼈듯이. 빨 려 들어갈 것처럼 물끄러미 그의 눈을 들여다보던 하나는 이내 고개를 끄덕였다.

눈물을 그치고 마음을 굳게 먹은 하나는 제빵실에서 하던 작 업들을 갈무리해 두고 옷을 갈아입은 후 매장을 떠났다. 어디로 가야 할지, 무엇을 해야 하는 건지 막막하기만 했으나 뜻밖에도

태일에게서 연락이 온 덕분에 지체 없이 올바른 목적지로 향할
수 있었다.

줄곧 울고불고 횡설수설하기만 하던 다애 대신 태일은 침착하
게 상황을 설명해 주었다. 병원에 도착했을 때 건물 입구까지 마
중 나와 제일 먼저 하나를 맞이한 것도 태일이었다.

"누나. 왔어요?"

"태일아. 고마워, 정말로. 그리고 미안해."

"누나는 보자마자 무슨 그런 말부터. 괜찮아요. 누나 지금 많
이 힘들 텐데 내 걱정까지 보태지는 마요."

"학교까지 빼먹고 달려왔으니까 그렇지. 그래도 너 아니었으면
어쩔 뻔했니."

"아니에요. 어머님은 아직 검사 중이세요. 잘은 몰라도 피 검
사니 뭐니 이것저것 확인할 게 많은 것 같더라고요."

"고마워. 이 은혜를 어떻게 갚아야 할지 모르겠다. 그런데……
다애는?"

하나의 기분을 풀어주려 일부러 밝게 웃던 태일의 표정이 삽시
간에 흐려졌다. 이윽고 짧게 한숨을 내쉰 그가 대답했다.

"미안해요, 누나. 내가 다른 건 못 해도 주다애 달래는 건 했
어야 됐는데, 실패했어요. 충격이 좀 컸나 봐요."

"지금 어디 있는데?"

"2층 휴게실에 있어요. 내내 울기만 해서 어쩌나 했는데 조금
전부터는 그래도 진정이 좀 된 것 같더라고요. 가보세요. 저는
천천히 올라갈게요."

고개를 끄덕인 하나가 다시금 태일에게 감사 인사를 전하고는
각종 검사실이 위치해 있는 2층으로 올라갔다. 복잡하게 얽혀

있는 복도에서 조금 헤매다 보니 이내 관계자 외 출입 금지라는 표시가 붙은 유리문 앞 의자에 웅크리고 앉아 있는 익숙한 실루엣이 시야에 들어왔다. 그쪽으로 가까이 다가간 하나는 그 옆에 주저앉으며 입을 열었다.

"다애야. 언니야."

그 부름에 내내 머리를 푹 수그리고 있던 다애가 고개를 들어 옆을 돌아보았다. 제 언니를 알아본 순간 온통 눈물 자국으로 범벅이 된 얼굴 위로 다시 눈물이 흐르기 시작하더니 하나가 미처 팔을 다 뻗기도 전에 언니를 덥석 끌어안은 다애는 세상이 떠나갈 듯 목 놓아 울음소리를 쏟아냈다.

"언니 왜 이제 와…… 나 얼마나 무서웠는데……."

저보다 키도 훨씬 더 크고 듬직하기만 했던 동생이 새삼 아직은 어리다는 게 와닿아 하나의 콧잔등도 시큰해졌다. 어떤 고난이 닥쳐도 늘 씩씩하게 굴더니 엄마의 빈자리 앞에서는 이토록 속절없이 무너져 서럽게 우는 모습이 마음을 아리게 만들었다.

"미안해 다애야. 언니가 너무 늦게 와서, 미안해. 많이 놀랐지?"

"아니야, 언니…… 내가 미안…… 내가 너무 바보 같아서……."

"왜 그런 말을 해. 언니 없는 동안 혼자 씩씩하게 잘 버텼는데."

"엄마 잘못되면 어떡해? 엄마가 일 나갔다가 갑자기 쓰러졌다고 전화가 왔는데…… 내가 병원 왔을 땐 벌써 검사받으러 들어가서 나 아직 엄마 얼굴도 못 봤어……. 나 엄마 위해서 아무것도 못 했는데…… 바보같이 울기만 했는데…… 괜찮겠지? 엄마 아무 일 없겠지, 언니?"

"그럼, 당연하지. 괜찮을 거야. 그러니까 울지 마. 울지 마, 다애야. 다 괜찮아."

금방이라도 후두둑 떨어질 것 같은 눈물을 거두려 안간힘을 쓰며 하나는 동생의 등을 토닥여 주었다. 괜찮다, 다 괜찮다. 또다시 그 주문을 외웠다. 동생을 위해 하는 말이었지만 동시에 자신을 향한 위로이기도 했다. 괜찮을 거라고, 아무 일 없을 거라고.

검사실의 문은 다애가 눈물을 그치고 나서도 한참이 지나서야 열렸다. 울다 지쳐 꾸벅꾸벅 졸고 있던 다애도, 온몸의 신경을 곤두세우고 있던 하나도 문이 열리는 기척에 벌떡 자리를 박차고 일어났다.

실신한 상태로 병원에 실려 오자마자 한나절이 지나도록 네다섯 개의 검사를 거친 자매의 어머니는 침상 위에서 잔뜩 녹초가 되어 있었다. 눈도 제대로 뜨지 못하면서도 딸들을 알아본 어머니가 힘겹게 입을 열었다.

"하나 왔구나…… 다애도……. 역시 우리 딸들밖에 없네."

"엄마 원래 아들 없고 딸만 둘이잖아."

퉁명스럽게 대꾸하긴 했으나 실은 검사실에서 나오는 엄마를 본 순간부터 눈시울이 시큰거렸다. 큰일을 겪은 엄마의 앞이라 울지 않으려 애를 쓰고 있는데 옅은 미소를 지은 어머니가 띄엄띄엄 말했다.

"왜, 남편도 있잖아. 남의 편이라…… 이런 중요한 순간에는 늘 곁에 없어서 그렇지."

호황을 누리던 사업의 부도 이후로 홀로 지방에 내려가 생활하며 가족의 생계를 책임지고 있는 아버지에게 어머니의 소식을 전할 생각을 하니 안 그래도 무겁던 가슴 한구석이 더욱 묵직해졌다. 하지만 이번에도 내색은 하지 못하고 있는데 움직이는 침상 곁을 따라 걷고 있는 자매의 손을 차례로 어루만진 어머니가 속삭였다.

"하나야, 다애야…… 엄마가 미안해. 열심히 공부하고 일하는 너희들…… 별것도 아닌 일에 이렇게 뛰어오게 만들어서……."

"엄마가 왜 미안해? 우리가 미안하지. 엄마 이렇게 쓰러질 때까지 난 도대체 뭘 한 거야……."

마냥 선머슴 같아도 은근히 마음이 여린 다애가 또다시 울먹거렸다. 약해진 엄마의 모습과 말들에 숨이 턱 막힌 하나는 한 박자 늦게 대꾸했다.

"엄마는…… 무슨 말을 그렇게 해. 우리가 남이야? 자식이잖아. 엄마가 쓰러진 게 어떻게 별거 아닌 일이야."

"알아, 알아. 우리 딸들 마음 엄마가 다…… 아, 말하는 게 왜 이렇게 힘이 드니……."

그만 말해야겠다, 다 꺼져 가는 목소리로 혼잣말을 하듯 중얼거린 어머니가 병실을 향해 이동 중인 침상 위에서 눈을 감았다. 엉엉 소리 내 울고 싶었으나 옆에서 다애가 훌쩍거리고 있기에 하나는 또다시 입술만 잘근잘근 씹었다.

그들 가족에게 주어진 병실은 두 개의 침상에 왜소한 노파들이 기력 없이 누워 있는 4인실이었다. 비어 있는 나머지 한 침상은 병동 생활에는 이력이 난 간병인들이 슬쩍 차지해 왁자지껄하게 수다를 떨고 있었다.

새로 들어온 환자를 흘깃 탐색하는 시선을 비집고 들어가 단출한 짐을 정리하고 주위를 정돈하는 사이 하루해가 저물고 창문 밖으로 짙은 어둠이 내려앉았다. 뒤늦게 담당의가 들이닥쳐 환자의 상태에 관해 긴 이야기를 쏟아놓고 갔다. 쉽게 이해하기 힘든 말들을 이맛살을 찌푸린 채 귀담아듣고 끊임없이 곱씹다 띄엄띄엄 알아들은 말들로 큰 문제는 없을 거라는 결론에 다다르고 나서야 하나는 한숨 돌릴 수 있었다.

병원의 밤은 이르게 찾아온다. 다른 병실에서 건너와 진을 치고 있던 간병인들도 물러가고 모두가 초저녁부터 일찍이 잠을 청했다. 너무 울어 머리가 아프다며 바람을 좀 쐬어야겠다고 밖에 나간 다애도 곁에 없었다. 담당의가 한 말만 줄곧 곰곰이 생각하느라 잊고 있던 피로가, 두려움이, 막막함이 그제야 한꺼번에 몰려왔다.

“괜찮아, 다…… 괜찮아.”

그러나 이제는 제가 정말로 괜찮은 건지, 아니면 그저 괜찮은 척할 뿐인 건지 분간조차 되지 않았다. 다애가 있어서, 엄마가 있어서 꾹꾹 눌러 참기만 했던 울음이 가슴속에서 자꾸만 불덩이처럼 차올랐다. 바로 눈앞에서 지쳐 쓰러지듯 잠들어 있는 엄마의 얼굴을 보고 있으니 더욱 그랬다.

하나는 새삼스레 그녀 자신이 아닌 어머니의 인생을 되짚어보았다. 하나의 앞에 놓여 있던 길이 순식간에 방향을 틀었던 6년 전 그 순간, 그녀의 어머니가 걸어온 길은 아예 흔적조차 없이 자취를 감추고 말았다. 곧고 평탄하게 펼쳐질 것만 같던 하나의 길은 서서히 내리막으로 이어졌으나, 추호의 의심도 없이 눈에 보이는 이정표를 따라 걷던 자매의 어머니는 예고 없이 앞을 가로막은 가시덤불 숲에 갇히게 되었다.

오십 평생 세간의 풍파에는 발을 담가본 적 없는 은퇴한 성악

가는, 그때부터 한 여자로서의 삶을 내려놓고 어머니라는 이름으로 앞장서서 고단한 여정을 헤쳐 나가기 시작했다. 세상 무엇보다 사랑하는 두 딸을 위해.

지금 이 순간 하나가 억울한 건 바로 그거였다. 그녀가 한때 귀하게 자란 딸이었듯 그녀의 엄마도 마찬가지였을 것이다. 그런데 이게 뭐지?

바래진 기억 속의 엄마는 늘 우아한 차림을 하고 고운 목소리로 딸들을 반겨주었다. 그러나 지금 하나의 가슴에 대못처럼 박힌 건 눈에 띄게 거칠어진 엄마의 손이었다. 아버지에게는 아무 잘못이 없다는 걸 알지만, 그럼에도 하나는 오랜 시간 마음 저 밑바닥에 숨기고 꾹꾹 눌러 온 해묵은 원망을 도로 끄집어내고 싶어졌다. 이름 날리는 성악가였던 엄마를 부잣집 사모님으로 눌러 앉힌 것도, 다시 억척스러운 중년 여성으로 끌어내린 것도 아버지였으니까.

뜨거운 눈물이 끝없이 차올라서 입술만 깨물고 또 깨물던 하나가 정신을 차린 건 휴대폰에서 진동이 울렸을 때였다. 연달아 울린 짧은 진동은 여러 개의 메시지가 도착했음을 일러주었고 하나는 뻑뻑한 눈꺼풀을 깜빡이며 휴대폰 액정 화면을 응시했다.

〈누나. 생일 축하해요. 많이 준비했는데 좀 더 일찍 말 못 해서 속상하네. 괜찮은 거죠?〉

〈하나 씨 덕분인지 뭔지 오늘 매장은 일찍 마무리하고 닫았어요. 갑자기 시간이 많아져서 뭘 해야 될지……. 아무튼 여긴 이상 없으니까 걱정 말고. 생일 축하해요. 별일 없었으면 좋겠네.〉

〈생일 축하해, 하나 씨. 나 없이 잘 지내? 그럼 나 좀 서운한데. 지금은 곁에 없지만 마음만은 늘 하나 씨하고 함께하고 있다는 거 알아줬으면 해.

언제나 응원할게.〉

「*L'amour*」의 동료들에게서 온 메시지들이었다. 순간 울컥한 하나가 혼잣말을 했다.

"아, 나 오늘 생일이었지."

손등으로 눈가를 훔치며 벽시계를 올려다보니 어느덧 자정에 가까워져 가는 시곗바늘이 눈에 들어왔다. 어느 순간부터는 스스로조차 잊고 있던, 이토록 정신없고 잔인했던 생일마저 온종일 제대로 축하받지 못한 채 저물어가고 있었다.

발신자를 확인하지 않아도 누가 누군지 알 것 같은, 각자의 개성이 고스란히 묻어나는 글자들을 한참 들여다보다 고맙다는 답장을 보내려던 하나의 움직임이 불현듯 뚝 멈췄다. 눈물이 결국 그녀를 이겼다.

"어쩜 이렇게…… 나쁜 패만 고를 수가 있지."

어렸을 때부터 아주 사소한 제비뽑기를 하는 순간조차 행운은 단 한 번도 하나의 편을 들어주지 않았다. 넉넉하던 시절에는 역시 운에 약하다며 너그럽게 웃어넘기곤 했으나, 이제 와서 하나는 신이 존재한다면 진심으로 따져 묻고 싶어졌다.

삶의 어느 지점부터 행운 같은 건 바라지도 않았다. 보통의 사람들은 그런 걸 바로 다름 아닌 사치라고 부른다는 걸 일순간 깨달아 버렸기 때문이었다. 그래서 그저 평범하게, 딱 남들 하는 만큼만 하며 살고 싶었는데 왜 그것마저도 뜻대로 되지 않는 걸까.

하루하루를 살아가는 게 문득 버겁게 느껴져 숨이 막히는 순간에도 그녀 자신보다 더 불행한 처지에 놓인 사람이 허다하다는 걸, 그래서 누군가는 지금 이 눈물마저 배부른 투정이라 여길 수도 있다는 걸 알고 있었다. 그러나 그렇다고 해서 그게 위안거리가 되는 것은 아니다. 그래서 오늘 하루 참고 또 참았던 눈물이 끝내 눈가를 비집고 흘러내렸을 때였다.

똑똑 노크하는 소리가 나더니 곧이어 드르륵 문이 열렸고 하나는 반사적으로 손을 들어 얼굴을 가리며 문 쪽을 돌아보았다. 바이털을 체크하러 온 간호사인가 싶었으나 익숙한 실루엣이 조도가 낮은 조명 아래로 걸어 나온 순간 하나는 벌떡 자리에서 일어났다.

"서준수 씨……."

그 남자다. 그 남자가 왔다.

"여긴 어떻게……."

하나가 멍하니 준수에게서 눈을 떼지 못하는 사이 그 시선을 헤치고 천천히 다가온 그가 이윽고 하나의 앞에 섰다. 물끄러미 하나를 보던 준수가 나직이 입을 열었다.

"어머님은, 좀 어때요?"

"급성 심부전이래요. 기본적인 검사 결과는 괜찮은데…… 원인이 불분명하니까 날 밝으면 그때 자세한 검사 한두 개 더 해보자고……. 일단은 괜찮은 것 같아요. 그런데 여긴, 어떻게……."

차분히 대답을 건네려는데 목이 메어와서 몇 번이나 말이 끊겼다. 울었다는 걸 준수가 눈치챌까 봐 어색하게 시선을 내리깔았으나 그의 시선은 집요하게 하나를 향해 머물러 있었다. 이내 그가 다시 말문을 뗐다.

"혹시나 싶어서 태일이한테 연락해 봤어요. 뭐 좀 알고 있나 해서. 제대로 짚은 덕분에, 하나 씨한테 물어보지 않고 찾아올 수 있었고."

“…….”

“연락도 없이 불쑥 찾아와서 미안해요. 그런데, 좀 힘든 하루 였을 것 같아서.”

무슨 말인지도 모른 채 하나는 그저 열심히 고개만 주억거렸 다. 실은 서준수를 본 순간 눈물이 멎었다가, 다시 크게 목 놓아 울고 싶어졌다. 청승맞게 혼자 눈물짓고 있었다는 걸 들키고 싶 지 않았으나 또한 동시에 마음을 내려놓고 울고 싶었다. 이 남자 라면 이해해 줄 것 같아서. 하지만 어느 쪽을 택하는 게 좋을지 가늠을 하지 못하고 있는데, 다음 이어진 그의 말에 하나는 결국 한바탕 눈물을 쏟아내고 말았다.

“생일 축하해요, 하나 씨. 12시 아직 안 지나서 다행이네요.”

벽시계를 힐끗 쳐다본 준수가 다시 눈을 맞추며 속삭이듯 말 했다. 끝에 부드러운 미소를 덧붙인 채. 그의 생일날 하나가 준 수에게 했던 말이었다. 그리고 다음 순간, 그가 내민 무언가에 하나는 울다 말고 픽 웃어버리고 말았다.

“미안해요. 숙제 제출이 너무 늦어서.”

준수가 건넨 건 곰인지 사자인지 언뜻 분간이 어려운 캐릭터 인형이었다. 함께 디저트 페어에 갔을 때 하나가 농담 반 진담 반 으로 그에게 이름을 알아오라는 숙제를 냈던.

이걸 진짜로 기억하고 있었구나. 그러나 그는 거기에서 그치지 않고 또 다른 무언가를 선물했다.

“기억나요?”

“안 날 리가…… 없잖아요.”

이번에는 케이크였다. 그냥 케이크가 아니다. 면접을 보던 날 하나가 만들었던 행운의 케이크였다.

"하나 씨 덕분에 나는 그날 참 많은 걸 선물 받았어요. 그냥 케이크가 아니라, 그냥 축하한다는 인사가 아니라 더 값진 무언가를. 그런데 아무래도 내가 너무 많이 뺏어 간 것 같아서, 돌려줄게요. 하나 씨의 1년에 행운이 가득하길 바라는 마음으로."

이 남자는 어쩜 이럴까. 어쩜 이렇게 울고 싶은 순간마다, 누군가에게 기대고 싶은 순간마다 나타날까. 가장 불운했던 인생의 전환점에도, 비참했던 첫사랑의 결말에도, 이보다 더 울적할 수 없는 생일에도.

"하나 씨가 다음 생일을 맞이할 때까지 한 해가 무사히 지나가기를, 지금까지보다 더 좋은 일들이 가득한 한 해가 되기를, 진심으로 바랄게요."

그 순간 그늘진 마음 어느 한구석에서 웅크리고 있던 무언가가 툭 터져 나왔다. 비로소 마음 깊숙이 사무쳤다. 스스로 가늠했던 것보다 훨씬 더 많이, 자신이 이 남자를 좋아하고 있었다는 사실이. 이쯤에서 정리하려 헛되이 애를 썼으나 모르는 사이 그 서툰 감정이 더욱 짙어져 있었음이.

"그러니까…… 그러니까 나는…… 아……."

고맙다는 말 그 이상의 마음을 전하고 싶은데 야속하게도 말을 잇는 입술이 떨려와서 입술을 꼭 깨문 하나는 끝내 고개를 떨구고 말았다. 손끝마저 저릿저릿했다. 울지 않으려 했으나 그 다정한 축하에 한번 마음이 무너지고 나니 도무지 통제가 되지 않았다. 그래서 두 손바닥에 얼굴을 묻으려는데 한 걸음 더 가까이 다가온 준수가 팔을 뻗었다.

"그럴 땐 그냥, 울어도 괜찮아요."

처음 본 순간처럼 따스하게 다독여 주는 손길이었다. 그 품에서 비로소 하나는 모든 짐을 내려놓은 채 마음 놓고 울었다. 지난 시간 동안의 모든 괴로움과 외로움을 쏟아내듯…… 그렇게 울었다. 고요한 정적을 헤집고 움직이는 시곗바늘이 자정을 향해 나아가 결코 잊을 수 없는 생일에 마침표를 찍을 때까지.

한참을 울던 하나가 지쳐서 잠이 들고 나서야 준수는 조용히 병실을 나섰다. 이미 새벽이었고 이른 아침부터 출근을 해야 했으나 그는 조금도 서두르지 않았다. 그러나 그 느긋한 걸음을 가로막은 건 따로 있었다.

"안녕하세요. 제가 드릴 말씀이 좀 있는데요."

준수가 무어라 위로의 말을 전하기도 전에 그의 앞을 가로막은 다애가 딱딱한 인사를 건넸다. 어딘가 냉랭한 태도에 준수는 화답하는 대신 다애와 묵묵히 시선을 마주한 채 다음 말을 기다렸다.

짧게 심호흡을 한 끝에 고요한 병동 복도에서 나눌 이야기가 아니라고 판단한 다애가 앞장서서 성큼성큼 걸음을 옮겼다. 비상구로 나와 계단 몇 개를 내려가 층계참에 서고 나서야 다애는 다시금 도전적인 눈을 하고 준수를 돌아보았다.

"실례인 건 아는데 제가 도저히 방관하고 있을 수가 없어서 좀 여쭤볼게요."

"……."

"제가 끼어들 일은 아니지만 언니가 요즘 많이 헷갈리고 힘들어해서요."

속사포처럼 단숨에 서론을 쏟아붙인 다애가 잠시 말을 끊었다. 이내 다시 단호하게 준수와 시선을 마주한 그녀가 물었다.

"우리 언니랑, 정확히 어떤 사이세요?"

언뜻 듣기엔 평범할 수도 있는 그 질문이, 묘하게도 그 순간 준수에게는 강한 울림으로 다가왔다. 주하나와 서준수는 어떤 관계인가. 그 주제에 대해 지금껏 한 번도 깊게 생각하지 않았다는 걸 새삼 깨달았기 때문이었다. 그러나 다애를 코앞에 세워두고 고민하는 대신 준수는 일단 무난한 대답을 내놓았다.

"같이 일하는 동료죠."

"그냥 동료일 뿐이라고요? 정말 그게 전부인가요?"

추가 심문에 대해 준수가 재차 입장을 밝히기도 전에, 아니 그 질문의 의미에 관해 곰곰이 생각해 보기도 전에 다애는 한층 감정이 실린 격한 목소리로 말을 이었다.

"그럼 헷갈리게 만들지 마셨어야죠. 그냥 동료 사이인데 이 야심한 시각에 혼자 문병을 온다고요? 단순한 호의로? 같이 일하는 사람이 한 명뿐인 것도 아닌데?"

"……."

"말이 안 된다는 거 스스로도 아시죠? 제가 어리고 남녀 관계에 대해서라면 쥐뿔도 모르는 거 맞는데요, 적어도 이거 한 가지는 알아요. 그거, 상대방 고문하는 거예요. 희망 고문."

퍽 과격하긴 했으나 그 뉘앙스조차 미처 느끼지 못한 건 다애의 말이 제법 정곡을 찔렀기 때문이었다. 다애는 몰랐으나 그녀의 입장에서는 럭키 펀치였다. 그리 길지 않은 정리에는 틀린 구석이 없었고 그게 서준수에게 정확한 타격이 되었다. 그때부터 그는 다애가 던진 질문에 완벽하게 사로잡히고 말았다.

"무례하고 경우 없는 짓인 거 아는데 그래도 할 말은 해야겠어요. 확실하게 정리해 주세요. 제가 예전에 이미 말씀드렸잖아요.

우리 언니한테서 떨어지시라고. 그런데 왜 거리 안 두세요? 왜 헛된 희망만 주시냐고요. 다 필요 없고요, 저는 우리 언니가 행복했으면 좋겠어요. 언니는 저만큼, 아니 저보다도 훨씬 더 많이 언니 사랑해 주는 사람 만나서 행복할 자격 있다고요. 우리 언니 울리는 사람? 제가 가만 안 둬요. 그러니까 마음 없으면 우리 언니 더는 흔들지 마세요.”

최후의 분격까지 깔끔하게 마무리 지은 다애는 그대로 준수를 지나쳐서 계단을 내려가기 시작했다. 그의 앞에서는 용케 냉철한 체했으나 실은 스스로가 저보다 열 살 가까이 많은 사람에게 감히 그런 훈계 아닌 훈계를 했다는 사실이 믿기지 않아 얼떨떨했다. 종일 울어서 머리가 아팠는데, 지금은 아예 누군가가 머릿속에 들어앉아 북을 치듯 머리를 두드리고 있는 듯한 기분이었다.

빙글빙글 끝없이 돌고 도는 계단을 멍하니 내려가 병동 밖까지 나오고 나서야 다애는 퍼뜩 정신을 차렸다. 소슬한 바람이 볼을 할퀴어서 그런 것도 있지만, 그것보다는 태일과 마주쳤기 때문이었다.

다애는 다시금 당황하고야 말았다. 그녀 자신에게도 정리해야 할 관계가 남아 있었다. 스스로도 헷갈리고 버거워하는 주제에 누구 사이에 끼어들어 이래라저래라 훈수를 둔 걸까.

건물 초입에서 다애와 마주친 태일은 말없이 그녀의 얼굴을 바라보더니 이윽고 출입문 안쪽 자판기에서 캔 음료 하나를 빼왔다. 다애가 즐겨 마시는 이온 음료였다. 그걸 그대로 그녀에게 건넨 태일이 그제야 입을 열었다.

“마셔. 하루 종일 기운 빼서 탈진 상태일 텐데.”

엉겁결에 받아 들긴 했으나 다애는 캔을 딸 엄두를 내지 못했다. 자동적으로 머리가 아래로 수그려졌다. 뭐라고 말을 꺼내야 할까. 아니, 무엇부터 말해야 할까.

자식인 다애와 하나보다도 한참 먼저 병원에 달려와 준 사람이 바로 태일이었다. 강의 중에 엄마가 쓰러졌다는 연락을 받고 혼이 나간 다애는 허둥거리다 얼떨결에 아버지도, 언니도 아닌 태일에게 가장 먼저 메시지를 남겼다. 그냥, 그 순간에 제일 먼저 떠오른 사람이 그였다.

메시지에 응답한 태일이 전화를 걸어오자마자 횡설수설 헛소리를 한바탕 쏟아놓았으나 그는 침착하게 상황을 묻고 다애를 진정시켰다. 뿐만 아니라 제정신도 아닌 채 먼 곳에서 발만 동동 구르는 다애를 대신해 제가 병원에 가보겠노라고 약속까지 했다. 태일이 남은 수업을 몽땅 빼먹고 곧장 병원으로 내달려 각종 수속을 밟아준 덕분에 한발 늦게 병원에 도착한 다애가 한 일이라고는 또다시 한바탕 울고불고 난리를 친 것뿐이었다. 그 순간조차도 저를 달래려 애를 써준 태일에게, 정신이 없었다는 명분으로 아직 고맙다는 말조차 하지 못했다.

"이태일."

어렵게 이름을 입에 담고 불러보았으나 돌아오는 응답은 없었다. 다시금 용기를 낸 다애가 입술을 열었지만 그 미약한 움직임이 채 목소리가 되어 나오기 전에 태일이 앞서 말문을 채갔다.

"일단 그것부터 마셔. 너한테도 충분히 길고 힘든 하루였어. 이러다 너까지 쓰러질까 봐 겁난다."

"고마워."

"……."

"너 아니었으면, 큰일 날 뻔했어. 나 바보처럼 아무것도 못 했을 거야. 고마워 정말로.”

제 말에도 아랑곳하지 않고 할 말을 하는 다애에게 무어라 대꾸하는 대신 손에서 캔을 뺏어 든 태일이 탭을 당겨 열고는 그걸 다시 다애의 손에 쥐여 주었다. 옅게 한숨을 쉰 그가 뒤늦게야 답했다.

“어머니는 나한테도 소중한 분이야. 네가 부탁하지 않았어도 상황을 알았다면 난 똑같이 했을 거야. 그리고, 고맙다는 말 5분쯤 더 늦게 한다고 내가 너 죽이기라도 할까 봐 그래? 벌써 세 번째 말하네. 마셔, 얼른.”

그제야 다애는 손에 들린 캔을 입가로 가져갔다. 차갑고 들쩍지근한 액체가 목 안으로 넘어가는데도 아무런 맛이 느껴지지 않았다. 꾸역꾸역 세 모금쯤 마시다 다애는 불쑥 또다시 입을 열었다.

“미안해.”

침묵은 여전했다. 거의 쥐어짜낸 용기로, 다애는 어렵게 끄집어낸 말을 계속 건져 올렸다.

“나 사과하고 싶어. 내가 취해서 너한테 실수했어. 밤늦게까지 술 퍼마시고 동네방네 시끄럽게 떠드는 짓 다시는 안 하겠다는 약속도 어겼어. 내가, 잘못했어.”

“네가 왜 나한테 사과를 해.”

순간 다애는 당황하고 말았다. 그토록 고대해 온 사과를 하고 나서도 태일과의 사이에 흐르는 이 이상한 기류 때문에. 흐름은 다른 쪽으로 꺾였으나 분위기는 오히려 한층 이질적으로 변해 있었다.

“너 잘못한 거 없어. 그러니 사과할 이유도 없어.”

“……”

“약속 어긴 거? 애초에 내가 네 자유에 간섭할 근거가 없어. 네가 틀린 말 한 것도 없어. 빈정거리고 괜히 뻗대는 게 아니라 진짜 그래. 나 후진 사람 맞아.”

“그렇게 말하지 마.”

“네가 말한 내 행동들, 정말 비겁했어. 내가 보기에도. 난 이제 그걸 좀 인정할 수 있을 것 같아.”

“너…… 왜 그래? 내가 너한테, 뭐 더 잘못했어?”

태일이 방금 전에 분명 잘못한 게 없다고 확인해 주었음에도 불구하고, 다애는 울먹이는 목소리로 그렇게 물었다. 흘러넘친 물처럼 이 상황을 다시 주워 담아 예전처럼 되돌릴 수 없다는 게 느껴졌다. 여전히 분위기는 서먹하고, 태일은 무언가 달라졌다.

“좋아해.”

미처 다 자라지 못한 어린 마음이 바로 그 순간에 튀어나왔다. 태일은 수도 없이 장난스럽게 던졌지만 정작 다애 자신은 한 번도 해본 적 없는 말을, 그의 말대로 너무 울어 더 흘릴 눈물조차 남아 있지 않은데도 또다시 울고 싶은 마음 위에 띄워 전했다. 그럼에도 선뜻 무어라 대꾸하는 대신 설핏 쓴웃음을 짓는 태일을 본 다애는 고개를 마구 내젓다가 제가 한 말을 철회했다.

“아니, 아니야. 다시는 그런 말 안 할게. 너 원망하는 말도 안 할게. 부담스럽게 굴지 않을게. 그러니까……”

“넌 나 안 좋아해. 예전에도 그런 적 없고. 그렇게 착각했을 뿐이지.”

그러는 넌, 네 마음은 어땠는데? 차마 그렇게 묻지는 못하고, 다애는 마지막 소원을 빌었다.

“예전처럼 돌아가자. 그러면 안 돼?”

“네가 말하는 예전이 언제인데?”

높낮이 없는 물음에 어김없이 말문이 닫혔다. 막힘없는 말들로 태일을 설득하고 그의 마음을 붙잡아두고 싶은데 뜻대로 되지 않았다. 그 대신 언젠가 느꼈던 것과 같은 막막함이 찾아왔다. 어디서부터 길을 잃었는지 안다면 돌아갈 수 있을까? 그러나 다애는 여전히 어디에서부터 잘못되었는지, 어느 지점으로 돌아가야 엉킨 실타래를 풀 수 있는지 알지 못했다.

“나도 그걸 모르겠어. 너랑 어느 시점부터 다시 시작해야 하는지. 그래서 그냥 관두려고. 더는 유치하게 굴기 싫어.”

“…….”

“우리, 진짜 여기에서 그만두자.”

사랑, 그 달콤 쓸쓸함에 관하여

생일날의 소동이 한바탕 지나가고 하나가 『L'amour』에 복귀한 이래, 준수는 내내 하나에 관한 의문에 사로잡혀 있었다. 스무 살을 갓 넘긴 어린 친구가 맹랑하게 추궁한 질문이 굴곡 없는 그의 세상에 돌을 던져 커다란 파문을 일으켰다. 서준수는 과연, 주하나와 어떤 사이인 걸까?

다애에게 김빠지게 건넨 답변처럼, 서준수에게 주하나는 일단은 함께 일하는 동료였다. 준수는 해인과 수현, 그리고 규호에게도 그렇듯 하나가 행복하기를 바랐다. 누군가의 행복을 비는 건 서준수에게 그리 특별한 일은 아니었으니까. 하지만 과연 그것뿐일까? 다애의 반론대로 그게 전부는 아니라는 걸 그 자신조차 이제 막 깨닫기 시작한 참이었다.

준수는 며칠을 내리 하나에 대해 곰곰이 정리해 보았다. 그녀는 손사래를 치며 부정하겠지만 주하나는 좋은 사람이었다. 실력이 뛰어날 뿐만 아니라 기존의 구성원들과 자연스럽게 융화될 수 있는 파티시에를 채용하고 싶었는데 하나는 어린 나이에도 불구하고 제 몫을 톡톡히 해내주었다. 그런 하나가 때로 세상 앞에 작아져 눈물짓는 모습이, 준수는 안타까웠다. 어쩐지 신경이 쓰였다.

틈만 나면 하나를 바라보고 그녀의 눈치를 살피다, 준수는 그게 다른 직원들에 대해 느끼는 것과는 조금 다른 종류의 감정이라는 데까지 인정하기에 이르렀다. 그렇다면 그건 과거에 얽힌 특별한 인연 때문일까?

-'사랑에 빠지다'라는 표현은 더할 나위 없이 달콤하고 낭만적으로 들리지만, '빠지다'라는 단어는 과연 그러한가?

불현듯 위험을 감지한 순간 경고처럼 반쯤 읽은 에세이에서 본 글귀가 떠올랐다. 그 자신이 지금 무언가에 빠져 있다는 사실은 명백했다. 그럼 그의 현재 상태는 과연 '빠지다'의 수많은 정의들 중 어떤 갈래에 포섭되어야 할까. 또 한 가지 확실한 건 그가 제 힘으로, 자신의 의지로 이 상태에서 빠져나올 의향이 없다는 사실이었다. 그렇다면······.

늘 일에만 미쳐 살던 준수는 그렇게 오랜만에 타인의 포로가 되어 타인을 중심으로 보고, 듣고, 생각하게 되었다. 하지만 그런 일에는 무릇 언제나 훼방꾼이 있는 법이다.

"안녕, 준수 씨."

찬물을 뒤집어쓴 듯 상념에서 깨어난 준수는 그만큼 온도가 내려간 눈길로 방금 들어온 손님을 응시했다. 전혀 주눅 들지 않고 차분히 인사를 건넨 소희가 그의 앞으로 와 섰다.

"잘 지냈어?"

귀국한 김에 한번 들러본 줄 알았건만 열흘 만에 또다시 나타난 걸 보니 한국에 꽤 길게 머무를 작정인 모양이었다. 시시콜콜한 안부를 주고받는 대신 준수는 고객 응대 매뉴얼에 따라 행동했다.

"곧 브레이크 타임입니다. 그래도 괜찮으십니까?"

"뭐, 좋아. 오늘은 손님으로 온 거 맞으니까."

별로 거리끼지도 않는 말투로 그렇게 답한 소희가 준수를 지나쳐 진열장으로 향했다. 찬찬히 쇼케이스를 살피는 그녀를 보고 있자니 머리가 다 지끈거려서 준수는 미간을 찌푸렸다.

지난 10년간 친구들이, 그리고 태일이 수없이 핀잔을 주었던 대로 준수는 소희의 안부가 궁금했다. 그녀가 어떻게 지내왔는지 알고 싶었다. 그런데 지난번의 만남으로 그걸 알았으니 첫사랑의 존재 가치는 이제 끝이었다.

윤소희가 이별을 고하고 떠나간 날이 서준수의 삶에 있어서 결정적인 터닝 포인트였던 건 부정할 수 없었다. 아이러니하게도, 지금의 서준수를 만든 게 윤소희라는 사실 역시. 그러나 그건 어디까지나 과거의 일이었다. 스무 살의 열병으로 서른이 된 지금까지 야단법석을 떨 생각은 추호도 없었다. 그럼에도 이제 와서 제 영역을 침범하려는 소희의 존재가, 준수는 성가시게 느껴지기 시작했다.

"나 완전히 한국 들어와."

먼발치에서도 준수가 듣고 있으리라는 걸 안다는 듯 소희가 다시 입을 열었다. 여전히 진열장에서 눈을 떼지 않은 채로.

“YN증권에서 헤드 매니저로 일하게 됐어.”

그제야 허리를 편 소희가 준수를 돌아보며 미소 지었다. 원하는 걸 손에 쥐어 만족스러운 얼굴이었다. 그러나 준수는 알았다. 그럼에도 그녀는 언제나 더 많은 걸 가지려 드는 사람이라는 걸.

“축하해.”

건조한 인사에 설핏 쓴웃음이 입가를 스치고 지나갔으나 소희는 금세 표정을 고쳤다.

“진심이 아닌 줄 알았더니, 딱 그만큼만 진심인 거구나 넌.”

한참이나 먼 곳에 서 있는 준수를 바라보던 소희가 다시 말했다.

“질척거리는 것 같니? 그런데, 나 진심이었어. 10년 전에도, 돌아와서 너한테 했던 말도. 정말로 너 좋아했어. 그래서 친구로 더 오래 보고 싶고.”

“친구로 지낼 만큼 우리가 많은 걸 공유할 수 있는 사이는 아닌 것 같다.”

단칼에 잘라내는 대답에도 소희는 낙담하는 기색을 보이는 대신 준수를 가만히 쳐다보았다. 그러다 그녀는 한숨 쉬듯 말했다.

“그래, 맞아. 넌 그런 애였지.”

“…….”

“나 얼마만큼 미워했어?”

“미워한 적 없어.”

“어째서?”

“미워하는 데에도 누군가를 좋아하는 감정에 소모되는 만큼의 에너지가 필요하니까. 그러기 전까지는 몰랐어. 좋아하고 미워하는 감정이 전혀 별개의 범주에 속하는 게 아니라 고작 이름

표 차이에 불과하다는 걸."

"……."

"너를 좋아했던 시간 동안 나는 잠시 내 현실을 잊었어. 네가 떠나고 나서야 깨달았지. 잊었다고 완전히 사라지는 건 아니라는 걸, 그저 내가 억지로 외면했을 뿐이었다는 걸. 그렇게 밀린 현실도 나한테는 빚이나 마찬가지였어. 그러니 네가 떠나고 갈 곳 잃은 감정들을 다시 고스란히 너를 미워하는 데 쏟아붓기에는, 사치였지. 너도 알듯이 나는 낭비할 수 있는 게 그리 많지 않은 사람이니까."

좋았던 시절과 동등한 마음의 크기로 미워할 만한 가치가 없었다는 뜻이었다. 혹은 더는 윤소희에게 허락할 감정이 남아 있지 않았다거나. 어느 쪽이든 그리 기분 좋은 해석은 아니었고 소희는 헛웃음을 지었다. 미워하지 않았다는 말도 뜻밖인데, 그 이유는 더더욱 허를 찔렀다. 더없이 덤덤한 말투에 보기 좋게 당한 셈이었다.

"나는 너의 그런 점이 좋았어. 지금도 그래. 그런데 방금 그 말은 좀 상처다. 이기적이라고 생각하겠지? 그렇지만 내가 너한테 상처를 줬다고 해서 내가 상처 입으면 안 될 이유가 생기는 건 아니잖아."

"……."

"파티를 열려고 해. 다음 주 금요일. 여길 통째로 빌렸으면 하는데."

뜻밖의 요청에 준수의 안색이 살짝 변했다. 이건 명백한 월권 행위였다. 그러나 소희는 당당하게 제 선전포고를 정당화했다.

"고객으로서 문의하는 거야. 물론 합당한 값도 치를 거고. 수

많은 특급 연회장 두고 굳이 왜 여기냐고 뻔하게 묻지는 마. 축하
할 일은 앞으로 얼마든지 더 많을 거고 지금부터 요란 떨고 싶지
는 않거든. 그리고 나, 여기 마음에 들어. 이것도 진심. 그러니까
사적인 감정으로 거절하지는 말아주라.”

“넌 진심이라는 말이 참 쉽구나.”

언뜻 정중한 것 같았으나 소희는 여전히 서준수의 영역을 제
잣대로 구분 짓고 멋대로 드나들려 하고 있었다. 윤소희는 늘 그
랬다. 더없이 우아한 얼굴을 하고 무자비하게 제가 원하는 걸 손
에 쥐고야 말았으니까. 지금도 그녀는 진심을 함부로 무기 삼아
휘두르고 있었다. 그러나 소희는 거기에서 그치지 않고 한 발자
국 더 나아가 준수의 신경을 건드렸다.

“진심은 늘 어렵고 간절해야 한다는 법이라도 있니? 아, 가능
하다면 케이크도 커스텀으로 주문하고 싶어. 이름이…… 주하나
씨였나? 그래, 주하나 씨한테 직접.”

준수의 두 눈이 한층 날카로워졌다. 소희의 입에서 나온 하나
의 이름에.

“매장 대여 여부는 직원들과 상의해서 결정한 후에 말씀드리
죠.”

냉담한 눈으로 소희를 쳐다보다 평범한 고객을 대하듯 다시
말을 높인 준수가 돌아서자마자 멈칫했다. 수현과 규호가 먼발치
에서 난감한 빛을 띠고 이쪽을 바라보고 있었다.

그들은 약속이라도 한 듯 동시에 준수를 향해 고개를 끄덕였
다. 매장을 개인에게 통째로 대여하는 건 그리 흔한 경우는 아니
었으나 전례가 없는 일도 아니었기에 소희의 요구를 거부할 명분
이 그들에게는 없었다. 이유 없는 배척은 오히려 윤소희를 한 명

의 평범한 고객으로 인식하지 않는다는 반증이 될 뿐이었다.

점점 더 골치가 아파졌고 준수는 어쩔 수 없다는 듯 제빵실로 직행했다. 똑똑 노크를 하고 문을 열자 안에서 오븐을 살피고 있던 하나가 고개조차 들지 않은 채 묻지도 않은 대답을 했다.

"브레이크 타임이라고요? 잠깐만요. 이것만 꺼내고 나갈게요."

마침 맞춰둔 시간이 됐는지 땡 하고 오븐이 울렸다. 준수는 문가에 기대서서 분주히 움직이는 하나를 가만히 바라보았다. 저를 떼어놓고 보면 두 여자는 명백히 서로 아무 관계도 없었으나 어쩐지 예감이 썩 좋지 않았고, 그래서 더 말을 꺼내야 할 순간이 망설여졌다.

"다 됐어요 이제. 나가요."

"하나 씨."

"왜요?"

준수는 의아하다는 듯 저를 올려다보는 여자를 새삼스러운 눈길로 바라보았다. 마치 그 얼굴을 빤히 들여다보면 제가 몇 날 며칠째 고민 중인 문제의 답이 나오기라도 하는 듯이.

"저기, 있잖아요…… 아무 말도 없이 계속 그렇게 쳐다보면 숨 막히는데."

마침내 살짝 미간을 찡그린 하나가 먼저 말했다. 저도 모르게 옅은 한숨을 내쉰 준수는 결국 하려던 말과는 전혀 딴판의 화제를 꺼내고 말았다.

"어머님은 좀 어때요?"

"네? 뜬금없이 무슨……."

하나의 얼굴이 더더욱 뜨악하게 변했다. 평상시와 다르게 이 남자가 왜 이럴까?

"엄마는 괜찮으세요. 큰 문제가 있는 게 아니라 너무 무리해서 그런 거라고, 쉬엄쉬엄 관리만 잘 해주면 일상생활에는 지장이 없을 거래요."

하나가 탐색하는 눈길로 살피면서도 질문에 대한 올바른 답을 해주었으나 준수는 여전히 정리가 되지 않았다. 지금 눈앞에 있는 퍽 사랑스러운 여자가 언제까지나 환히 웃을 수 있기를 바라는 마음이, 도대체 어떤 감정인지.

해답을 찾지 못한 채로 또다시 한숨을 내쉰 그가 드디어 본론을 꺼냈다.

"다음 주 금요일에 매장을 빌리고 싶다는 손님이 있어요."

"매장을 통째로요? 와, 무슨 파티라도 여는 건가 봐요."

"그 손님이 직접 하나 씨한테 케이크를 주문하고 싶어 해요."

"주문 제작을 하신다고요? 아, 긴장되네요. 혹시 지금 와 계세요?"

준수는 대답 대신 한 번 고개를 까딱했다. 미지근하기만 한 반응이 점점 더 의아하게 느껴져서 하나는 결국 몸소 밖으로 나섰다. 이 남자가 어울리지 않게 대관절 왜 저러나 싶었는데, 홀에서 기다리던 손님과 마주하고 나자 비로소 준수가 왜 그렇게 마뜩잖은 얼굴이었는지 납득할 수 있었다.

"반가워요. 또 보네요?"

홀을 둘러보다 제빵실에서 나온 하나를 발견한 소희가 웃으며 인사를 건넸다. 엉겁결에 묵례를 한 하나의 심사도 급속도로 불편해지기 시작했다.

"브레이크 타임인데 미안해요. 그렇지만 잠깐 이야기 좀 나누고 싶은데."

“괜찮습니다. 어…… 잠시만요.”

도로 제빵실에 들어가 문을 닫은 하나는 저도 모르게 심호흡을 했다. 흐트러진 머릿속을 정리하고, 뭐라도 내가야 할 것 같아 손에 잡히는 재료로 간단한 디저트를 만들었다. 손에 익은 대로 만들고 보니 이달의 디저트인 일 플로땅뜨였고 그걸 깨달은 순간 하나는 한숨을 내쉬었다. 서준수를 떠올리며 만든 디저트를 그의 첫사랑에게 대접하게 되다니. 아, 첫사랑의 존재는 언제나 얄궂다.

심란한 마음과 별개로 공을 들인 디저트 접시를 직접 손에 쥐고 하나는 다시 홀로 나왔다. 어느새 한쪽 테이블에 자리를 잡고 앉아 있는 소희의 뒷모습이 보였다. 어쩐지 처참한 심정을 안고 그쪽으로 걸어간 하나는 들고 있던 접시를 소희의 앞에 내려놓았다.

“드셔보세요. 편하게 말씀하시고요.”

“고마워요. 아, 그러고 보니 소개가 늦었네요. 윤소희라고 해요.”

스푼을 집어 든 여자가 생긋 웃었다. 이미 알고 있는 이름을 새삼 소개받게 되어 어색했으나 하나는 내색하지 않으려 애쓰며 고개를 끄덕였다.

“음, 아주 맛있네요.”

접시에 묽게 깔린 크림을 살짝 음미한 소희가 우아하게 감탄했다. 오늘 그녀는 몸에 완벽하게 들어맞는 짙은 와인 빛깔의 슈트를 입고 움직일 때마다 사르르 광채를 내는 드롭 귀걸이를 달고 있었다. 그런 여자는 첫인상과는 또 다른 의미로 매혹적이었고, 그래서 하나를 한층 더 주눅 들게 만들었다.

“다음 주 금요일에 여길 빌려서 지인들을 부를 생각이에요.”

“파티요?”

“아, 연회가 될 만큼 거창한 건 아니니까 부담 갖지 말아줘요. 음, 어떻게 표현하는 게 좋으려나. 오랜만에 만난 사람들이 한데 모여서 웃고 떠드는 자리라고 생각하면 돼요. 한국에 온 지 너무 오래돼서 만나야 할 사람들이 아주 많은데, 한 명씩 만나기에는 너무 바빠서.”

“아, 네. 그리고 케이크를 직접 주문하고 싶어 하신다고 들었는데요.”

“하나 씨가 만든 것들 잘 봤어요. 내가 직접 맛을 본 건 몇 가지 없지만, 충분히 마음에 들었어요. 디저트류 전반은 물론 케이크도 하나 씨한테 맡기고 싶어요. 여기에서 시판하는 케이크는 아니지만.”

“어떤 케이크를 원하세요?”

“바슈랭vacherin, 라즈베리 소르베와 바닐라 아이스크림을 구운 머랭으로 감싼 프랑스식 케이크. 가능하겠어요? 너무 달지 않게, 신선한 과일은 아끼지 말고 듬뿍 써줘요.”

“아, 바슈랭을 아세요?”

무심코 되물었다가 뒤늦게야 아차 싶었다. 소희는 아무 말도 하지 않았으나 보이지 않는 기에 눌린 하나는 곧장 사과했다.

“무례하게 들렸다면 죄송합니다. 별다른 뜻은 아니었어요. 직접 주문하기 위해 문의하시는 분들도 대체로 케이크에 대해서는 잘 모르시거든요.”

“태일이랑도 아는 사이라면서요?”

여자는 딴소리로 걸고넘어졌다. 하나는 한층 더 거북해진 기분으로 작게 고개를 끄덕였다.

"아는지 모르겠지만 태일이하고 나는 사촌이에요. 이 정도면 우리, 인연인가 봐요."

소희가 또다시 화사하게 미소 지었다. 과연 구겨지는 법이 있을까 싶은 밝은 낯으로.

"궁금해지네요. 내가 아는 두 사람과 가까운 사이인 하나 씨가 어떤 사람인지."

"가깝다고 할 정도는…… 아니고요."

"그래요? 태일이랑 준수가 얘기하는 거 보면 그렇지는 않은 것 같던데."

"네?"

"준수랑 일하는 건 어때요?"

"아, 뭐……."

"힘든 건 딱히 없겠지만 어렵지 않은 상대는 아닐 거예요. 물러 보이지만 실상은 전혀 그렇지 않은 친구라."

저와는 다른 세계에 사는 듯한 소희의 화법에 정신이 없는 와중에도 하나는 쓴웃음을 지었다. 여자는 참 편하게도 서준수의 이름을 입에 담았다. 어떠한 호칭도 뒤에 덧붙지 않은 채 오롯이 불리는 그의 이름이 참 낯설게 들렸다. 그 앞에서 아무것도 할 게 없어 오히려 안절부절못할 지경이었다. 요청 사항 메모라도 하고 싶은데 여자는 케이크 대신 서준수에 대해서 이야기했고, 그 와중에 결정타까지 날렸다.

"하나 씨도 다음 주 금요일에 와줘요."

"저야 뭐, 파티시에니까 당연히……."

"아니, 손님으로."

"네? 그렇지만 저는 다과 준비도 해야 하고……."

무엇보다 내가 왜? 대체 언제 봤다고 이 여자의 파티에 손님으로 참석하라는 거지? 돈이 많다 못해 차고 넘쳐 나는 이들의 사고 회로에는 대체 어떤 사상이 박혀 있는 걸까. 그러나 소희의 말에는 무시할 수 없는 어떤 권력이 숨어 있었다.

"어차피 디저트랑 케이크는 미리 준비해 놓을 거잖아요. 준비한 게 모자라서 즉석으로 더 만들어야 할 만큼 손님이 많이 오지는 않을 텐데? 그리고 서준수도 있을 거고, 태일이도 부를 거고."

"저는…… 아뇨, 제가 참석할 만한 자리는 아닌 것 같아요."

"자격 같은 게 필요한 것도 아니고 주최자가 부르는 건데 왜요? 난 하나 씨가 와줬으면 좋겠어요. 아, 혹시 격식을 차려야 할 게 부담되는 거라면 그러지 않아도 돼요. 나한테 맡겨줘요. 내가 요정 할머니가 되어볼 테니까."

여자는 단순한 호의인 것처럼 굴었으나 상대 입장으로서는 적선을 받는 느낌이 들어 하나는 조금도 내키지 않았다. 마치《왕자와 거지》속의 거지가 된 듯한 기분이었다. 그 순간 소희는 마침내 정통으로 약점을 찌르고야 말았다.

"궁금하지 않아요? 사적인 자리에서 서준수는 어떤 사람인지."

그 질문 아닌 질문에 하나는 흠칫했다. 고작 두 번 얼굴을 맞댄 이 여자의 눈에 보일 정도로 제 감정이 티가 났던 걸까?

"내가 준수한테 미련이 남아서 이러는 것 같아요?"

곧장 날아온 두 번째 질문 앞에 하나는 다시금 화들짝 놀라고 말았다. 민감할 수도 있는 주제를, 소희는 전혀 꺼리는 기색 없이 당당하게 꺼내놓았다. 저 여자에게는 보통 사람과는 다른 피가 흐르는 걸까? 충분히 질척거리고 있는데도 전혀 그렇게 느껴지지 않을 만큼 여자는 흠잡을 데 없이 세련된 방식으로 말하고 행동했다. 이 여자가 비굴하고 구질구질해 보이는 경우가 과연 있기나 할지, 적어도 하나의 사고 범위 내에서는 상상이 되지 않았다.

"전혀. 준수가 했던 말대로 내 결론은 그때나 지금이나 똑같아요. 이제 와서 변할 거였다면 10년 전에 그런 식으로 서준수를 떠나지는 않았겠죠. 서준수도 그걸 알고, 나도 그 친구의 그런 점이 마음에 들고."

그러니까 가져야겠다. 내가 원하는 방식으로. 뒤에 생략된 결론이 무엇인지, 하나는 왠지 모르게 알 것 같았다. 그와 반대로 점점 눈앞의 여자가 이해할 수 없어졌다. 그러나 소희는 상관없다는 듯 말을 계속했다.

"서준수는 쉬운 남자가 아니에요. 사려 깊지만 속은 어딘가 알 수 없고, 따뜻하지만 모두에게 똑같이 굴죠. 사람 좋은 얼굴, 친절한 태도. 그런 것들만 보고 섣불리 좋아하다가는 여지없이 다쳐요."

"……."

"난 서준수랑 할 거예요, 화해. 내 생각엔 우리가 서로 도울 수 있을 것 같은데."

"다음 주 금요일이라고 하셨죠. 케이크 샘플 제작 후에 다시 연락드리겠습니다."

이쯤에서 대화를 정리하고 싶다는 의도로 하나는 일 얘기를 앞세웠다. 서준수에 대해 잘 안다는 듯 떠드는 여자의 목소리를 더는 듣고 있을 수가 없었다. 그 속에 숨은 의중을 충분히 간파했는지 소희는 고개를 끄덕이고는 자리에서 일어났다. 여전히 생글거리는 미소를 띤 채로.

"기다릴게요. 다시 만나기를."

☕

"언니, 난 정말 이건 아닌 것 같아."

"나도 아닌 것 같아."

"그런데 대체 왜 가려는 거야?"

소희의 파티가 열리는 대망의 금요일 아침이었다. 출근을 앞두고 보통 때와는 달리 자매는 설왕설래하며 실랑이 아닌 실랑이를 벌이고 있었다. 대강의 사연을 전해 들은 다애는 당연하게도 결사반대를 하고 나섰다.

"가겠다고 하지는 않았어."

"언니 얼굴에서 생각이 다 읽혀!"

"난 어차피 남아야 해."

오늘의 일정을 머릿속으로 정리하며 하나는 그렇게 답했다. 오늘 「L'amour」의 직원들은 브레이크 타임 시간대까지 정상적으로 매장을 운영함과 동시에 소희가 친히 골라 주문한 다과 준비와 장소 세팅을 마치고, 늦은 오후에 파티가 시작되면 파티장 유지 및 관리 업무를 맡기로 되어 있었다.

"그래, 어차피 남을 거 미친 척 눈 딱 감고 그 여자 손 잡을 생각인 거잖아!"

아닌 척 외면하려 했던 속마음을 다애가 정확히 찌르자 하나는 그만 입을 다물었다. 실은 머리가 복잡했다. 스스로가 속물 같아 한심하긴 했으나 다애의 표현대로 어차피 남아야 할 자리라면, 하는 생각도 결코 작지 않았다.

"이태일이랑 짝짜꿍 손뼉이라도 칠 거야? 아니잖아. 언니가 대체 그런 자리에서 누구랑 뭘 할 건데?"

"안 될 건 또 뭐야? 난 뭐, 그런 데에는 어울리지도 않는 사람이라는 거야?"

"그런 뜻이 아니잖아!"

"아, 몰라. 죽이 되든 밥이 되든 그때 가서 생각할래. 나 간다."

뒤숭숭한 심정으로 집을 나선 하나는 보통 때처럼 출근해 일을 시작했다. 불행인지 다행인지, 적어도 오전만큼은 평상시 준비하던 메뉴는 물론 소희가 파티를 위해 손수 골라 보내준 리스트 속 디저트들을 만드느라 딴생각을 할 겨를조차 없었다.

브레이크 타임에 슬쩍 살핀 준수의 모습은 평소와 다를 게 없었지만, 표정만큼은 어쩐지 냉랭해 보였다. 하필 서준수가 근무하는 금요일에 파티를 열겠다는 소희의 계획은 지극히 우연에 불과했을까? 소희의 초대에 응해야 할지 여부에 관한 하나의 고민과 갈등은 꼬리에 꼬리를 물고 이어졌다. 머리는 거절해야 한다고 아우성쳤지만 지나간 첫사랑을 눈앞에 두고 서준수는 어떤 표정을 할지, 소희와 같은 곳에 있는 그는 어떤 모습일지…… 알고 싶었다.

최종 라인업을 체크하고 마지막으로 바슈랭까지 완성했을 무렵 때맞춰 소희가 사람을 보냈다. 영업장에서 파티장으로 변신할 「L'amour」에서 파티시에는 더 이상 맡은 임무가 없는지라 직원들

중에서 유일하게 퇴근을 허락받은 하나는 결국 소희의 운전기사라는 남자를 따라 근처 부티크로 향했다. 1층은 각종 고급 의류들로 가득하고 2층에서는 전문가에게 머리 손질과 메이크업을 받을 수 있는 곳이었다.

갖가지 조명이 사방팔방에 환히 켜져 있는 부티크에 입성한 순간부터 하나는 급격히 움츠러들기 시작했다. 화려한 옛 시절이라면 모를까 지금 그녀의 처지에서는 평생 꿈도 꾸지 못할 장소였다.

그 안에서 오늘의 주인공인 소희는 이미 완벽하게 갖춰진 모습을 하고 있었다. 밑단이 플리츠로 되어 있는 재킷 스타일의 블랙 트위드 원피스를 입은 소희가 반갑게 하나를 맞이했다.

"어서 와요. 와줄 거라 믿었어요."

그 인사가 마치 제 속물근성을 한껏 비웃는 언사처럼 들려 하나는 소희와 제대로 눈을 마주칠 수가 없었다. 하기야, 제 발로 이 자리에 나왔으니 아니라고 부정하는 것도 우스운 처사였다.

"하나 씨가 입을 옷이랑 구두는 내가 골라놨어요. 마음에 들었으면 좋겠는데."

소희가 하나를 위해 고른 옷은 밑단으로 갈수록 자연스럽게 퍼지는 A라인 원피스였다. 마찬가지로 끝부분이 넓게 펼쳐지는 긴 소매는 자글자글하게 주름이 잡힌 투명한 실크로 되어 있고 같은 재질의 리본이 목 아래에 달려 있었다. 흰색에 가까운 연한 하늘빛 색상이 고왔다.

피팅룸에 들어간 하나가 옷을 갈아입고 쭈뼛쭈뼛 밖으로 걸어 나오자 소희는 어디로 갔는지 보이지 않았다. 대신 투피스 정장을 입은 부티크 직원이 하나를 거울 앞 의자로 안내했다. 자리에 앉은 하나에게 여러 명이 달라붙어 오로지 한 사람만을 위해 머리를 손질하고 메이크업을 하기 시작했다.

시간이 꽤 흐른 것도, 별로 지나지 않은 것 같기도 했다. 마지막으로 머리를 손보던 직원이 이제 다 됐다며 물러나자 하나는 비로소 오롯이 거울 속의 자신을 마주할 수 있었다. 쇄골 아래까지 물결치는 풍성한 머리카락은 반절만 느슨하게 묶어 반짝이는 크리스털로 장식한 핀을 꽂았고, 하나의 솜씨로는 발끝도 따라잡기 힘든 메이크업 기술은 이목구비를 자연스럽지만 한층 돋보일 수 있도록 섬세하게 바꿔놓았다. 저한테 이런 면모가 있었는지 그녀 자신도 놀라울 정도로, 거울에 비친 건 완전히 다른 사람 같은 모습이었다.

"와, 하나 씨 정말 예쁘네요."

어느 사이에 다시 나타난 소희가 감탄했다. 자리에서 일어나는 하나를 발끝까지 훑은 소희는 그녀의 몸을 꼭 맞게 감싼 검고 단정한 직물로도 감출 수 없는 화사한 미소를 내비쳤다.

"역시, 잘 어울려요. 요정 할머니 놀이는 처음인데 꽤 재미있네요. 나까지 기분이 좋아지네. 하나 씨는 어때요? 마음에 들어요?"

"너무…… 과한 것 같아요."

물론, 소희가 센스 있게 적당한 선에서 골라놓은 원피스는 전혀 과하지 않았다. 그러나 하나의 기분은 그랬다. 옷과 구두는 세상에서 오로지 그녀만을 위한 것인 양 완벽하게 들어맞는데 느낌은 불편하기 짝이 없었다. 그 이유가 뭔지 안다는 듯 소희는 고개를 내저었다.

"그럴 필요 전혀 없어요. 하나 씨는 내 손님이라니까요? 지금 하나 씨가 얼마나 예쁜지 알아요? 원래도 미인이라는 건 알아봤지만 꾸며놓으니까 몰라보게 예쁘네. 꼭 인형 같아요. 그 옷도 하나 씨를 위해 만들어진 것 같고. 나는 그런 옷 엄두도 못 내거든요. 이제 리본과 파스텔 톤을 아무 거리낌 없이 즐기기에는 양심에 찔리는 나이라서."

입을 살짝 가리며, 소희가 웃었다. 길게 풀어 가슴까지 오는 풍성한 흑발을 구불구불하게 손질하고 짙은 장밋빛으로 입술을 칠해 한층 고혹적으로 보이는 여자가 그런 칭찬을 하니 전혀 와 닿지 않았다.

"그럼, 이제 갈까요?"

하나는 앞장서는 소희의 뒤를 따랐다. 운전기사가 모는 세단 뒷좌석에 소희와 나란히 앉아 「L'amour」로 돌아가는 동안 하나는 꾹 다문 입을 열지 않았다. 이게 잘하는 짓인지 머릿속에서 의문이 떠나지 않았으나 이제는 돌이키기도 너무 늦었다.

"어, 눈이 내리네."

내내 창밖을 내다보던 소희의 말에 하나는 그제야 차창 너머를 바라보았다. 다시 보이기 시작한 눈에 익은 풍경 위로 소금 같은 눈송이가 흩날리고 있었다. 11월의 끝자락, 겨울을 알리는 첫눈이었다.

눈발을 머금은 하늘은 먹물 한 방울을 떨어뜨린 것처럼 흐릿했다. 단단하지 못한 눈의 결정이 내려앉자마자 흔적도 없이 녹아드는 낮은 계단을 올라 익숙한 문 앞에 서자 아예 속이 메슥거리기 시작했다. 언제부터인가 서준수를 마주할 때면 찾아오던 울렁거림이 아니었다. 그러나 하나가 지금 이 순간 어떤 감정일지 관심이 없을 소희는 일말의 주저 없이 문을 열고 안으로 들어섰다.

매장은 하나가 떠났던 몇 시간 전과는 딴판으로 변모해 있었다. 주인공보다 먼저 당도한 손님들도 꽤 되어 보였다. 그러나 내부를 미처 찬찬히 둘러보기도 전에 하나는 카운터를 지키고 있던 준수와 눈이 마주쳤다.

그 표정을 읽은 순간 메슥거리던 속이 아예 철렁 내려앉았다. 좋은 의미가 녹아 있는 눈빛이 아니라는 건 하나 스스로가 더 잘 알았다. 마치 여긴 왜 왔느냐고 묻고 있는 듯했다. 서준수는 표정을 바로잡을 의향도 없는지 납득이 되지 않는다는 눈길로 오래도록 한 사람을 쳐다보았다. 다시 돌아온 하나를, 윤소희의 옆에 서 있는 주하나를.

"파티 여는 거 허락해 줘서 정말 고마워. 아, 하나 씨는 내가 초대했어. 이 많은 디저트에 케이크까지 혼자 만드느라 고생했잖아."

소희가 말문을 떼고 나서야 준수는 비로소 하나에게서 시선을 떼고 소희에게로 눈을 돌렸다. 아직 제 두 눈으로 확인하지도 않은 디저트에 관한 치하에는, 준수는 물론 하나도 귀를 기울이지 않았다.

도저히 맨 정신으로 준수를 더 바라보고 서 있을 수가 없어서 눈을 내리깐 채 그 자리를 이탈한 하나는 갖가지 음식들이 늘어져 있는 테이블로 향했다. 그러고는 직업병처럼 디저트와 케이크의 상태를 확인했다. 라즈베리 소르베*sorbet*와 바닐라 아이스크림을 머랭 사이로 층층이 쌓아 올린 케이크라 금세 녹아 모양이 흐트러질 공산이 컸다. 그러나 이상은 발견되지 않았고 하나는 금세 풀이 죽어 발끝을 내려다보았다.

고급스러운 옷을 입고 한껏 치장을 했는데도 들뜨기는커녕 기분은 바닥이었다. 껍데기만 그럴듯할 뿐 값비싼 옷으로 허영과 구차를 포장하는 건 불가능하다는 듯. 가까이 다가오려 들지는 않고 그저 먼발치에서 이해할 수 없다는 듯 쳐다보는 수현과 규호의 시선도 가시처럼 박혔다.

토할 것처럼 속이 울렁거려서 하나는 결국 테이블 위에서 벨리니_Bellini_ 한 잔을 잡아채 벌컥벌컥 마셨다. 복숭아와 석류 과즙의 달콤하고 상큼한 풍미가 청량하게 입안 가득 퍼졌으나 기분은 나아지지 않았다.

"그렇게 마시면 훅 가는데."

그 순간 낯선 목소리가 치고 들어왔다. 고개를 들어 보니 역시나 처음 보는 남자였다. 말끔하게 차려 입었으나 자유분방함은 채 감추지 못한 남자가 씩 웃고는 덧붙였다.

"그래 봬도 도수가 꽤 세요."

"누구…… 세요?"

"그건 이쪽에서 먼저 물으려던 질문인데. 한 번 봤다고 기억 안 날 얼굴은 아닌데, 아무리 생각해도 초면이라."

"아, 저는 여기에서 일……."

그러나 하나는 그쯤에서 말을 끊었다. 그녀도 이 남자와 마찬가지로 엄연히 초대받은 손님이다.

"윤소희 씨한테 직접 초대받았어요."

"아, 그래요?"

고개를 똑바로 들고 대답하는 하나를 재미있다는 듯한 얼굴로 살핀 남자가 이윽고 명함을 꺼내 내밀었다.

"저는 이런 사람입니다. 만나서 반가워요."

이름보다는 소속에 더 눈길이 갔고 하나는 눈을 크게 떴다. 방금 받은 명함에 따르면 눈앞의 남자는 대한민국을 대표하는 문화예술복합기관 산하의 미술관 소속 수석 큐레이터였다. 미술 좀 했다 하는 이들에게는 로망의 집합체나 마찬가지인 곳인지라 하나에게도 예외는 없었고 반가운 마음에 그녀는 저도 모르게 경계마저 내려놓고 말을 붙였다.

"와, 여기에서 일하세요? 멋지네요."

"의외라는 것처럼 들리네요."

"아니에요, 신기해서요. 웬만한 대형 전시회는 다 여기에서 열리잖아요. 자주 갔던 곳인데 그곳에서 일한다고 하시니까."

"어머니가 이사장이니 별로 놀라울 것도 없죠."

예사롭다는 투로 돌아온 대답에 하나의 눈이 다시금 커졌다. 어머니가 한국 최초의 복합 예술 센터 이사장이라니. 그걸 아무렇지도 않게 언급하는 남자를 보며 하나는 이 파티의 주최자인 윤소희가 어떤 사람인지 새삼 되새겼다.

"미술에 관심이 많나 본데, 혹시 미술학도예요?"

남자가 호기심 가득한 눈으로 물어온 말에 또다시 아차 싶었다. 초저녁부터 술이 들어가서 판단력이 흐려지는 모양이었다.

"아…… 예전 일이에요."

어색하게 생긋 웃은 하나가 샴페인 글라스를 다시 입가로 가져갔다. 조용히 혼자 있고 싶다는 염원을 마음속으로만 외고 있는데, 다시 한 번 재미있다는 듯 웃은 남자가 빙글거리듯 말했다.

"미스터리 콘셉트를 추구하나 봐요?"

"네?"

"비밀투성이시네. 윤소희에게 직접 초대를 받았고 한때 미술학도였던 숙녀분, 그래서 이름이 뭐예요?"

선뜻 입을 열지 못하고 입술만 오물거리던 때였다. 하나는 불현듯 눈앞에 서 있는 남자의 어깨 너머로 시선을 뻗으며 당황한 표정을 지었다.

"누나."

태일이 뜻밖이라는 얼굴로 이쪽을 쳐다보고 서 있었다. 저를 뚫어져라 바라보는 그 시선에서 어쩐지 아까 저를 보던 서준수의 눈빛이 읽혀 하나는 얼굴이 뜨거워졌다.

"잠깐 실례할게요."

하나는 눈앞의 남자를 지나쳐 태일에게로 걸어갔다. 그 와중에도 태일의 시선은 내내 하나에게 꽂혀 있었다. 놀란 것 같기도 하고, 못마땅한 것처럼 보이기도 했다. 그 감정의 정체를 구태여 해부하지 않으려 애쓰며 하나는 먼저 인사를 건넸다.

"안녕. 윤소희 씨한테 너도 올 거라는 얘기는 들었는데, 깜빡 잊고 있었어."

태일이 그제야 조금 웃었다. 그러나 하나는 부끄러운 나머지 태일과 제대로 눈을 마주칠 수가 없었다.

"와, 누나 오늘 정말 아름답네요."

"비꼬는 거지?"

"몰라보겠어요. 내가 아는 누나가 아닌 것 같아요."

올바른 대답 대신 태일은 딴소리를 했다. 입은 웃고 있었으나 그 속에서 나오는 말은 어딘가 모르게 냉담했다. 그 뜻을 알아 무안해졌으나 하나는 자존심을 바닥부터 긁어모아 애써 스스로를 포장했다.

"고마워, 칭찬해 줘서."

태일이 더 대꾸하는 대신 하나를 머리부터 발끝까지 빠르게 훑었다. 했던 말 그대로, 유리병에 든 장미처럼 흠잡을 데 없이 아름다우나 동시에 이질적인 모습이었다. 동화 속 신데렐라처럼 한껏 치장한 하나와는 달리 나머지 직원들은 평소와 다르지 않은 모습이었으니, 하나가 「L'amour」의 직원으로서 이 자리에 있는 게 아니라는 건 아무것도 모르는 사람조차 충분히 깨우칠 만했다.

"칭찬이라고는 안 했는데."

그 말이 다시 쿵, 하고 머릿속을 때렸다. 잠시 어색한 정적이 흐르고, 하나는 방금 태일이 한 말을 못 들은 사람처럼 화제를 돌렸다.

"난 네가 안 올 줄 알았어. 윤소희 씨랑 별로 사이가 좋은 것 같지는 않아서."

"맞게 봤어요. 설마 소희 누나 보겠다고 이런 자리에 왔을까. 준수 형 구원 투수로 왔어요. 그러는 누나야말로 소희 누나랑 이렇게 가까운 사이인 줄은 미처 몰랐네요."

"아, 그래."

준수의 이름이 튀어나오니 하나는 또다시 할 말이 없어졌다. 좋은 옷을 입고 가만히 서 있는데도 어쩐지 롤러코스터를 탄 듯 머리가 어지럽고 속이 울렁거려서, 하나는 무의식중에 손에 쥔 잔을 들어 올렸다. 그러자 태일이 다시 입을 열었다.

"술은 적당히 마셔요. 벌써 취한 것 같은데. 내일도 출근해야 되는 거 아니에요?"

안 그래도 얼굴이 뜨겁다는 걸 실감하고 있던 참이었다. 하지만 그게 술 때문은 아니라고, 하나는 확신했다.

"내가 알아서 할게. 그럼, 난 이만."

하나는 다시 태일을 지나쳤다. 걸친 옷은 하늘거리고 한없이 가볍기만 한데, 걸음은 무겁고 얼굴은 터질 것처럼 뜨거웠다. 잔을 쥐고 있는 손이 다 떨려 왔다. 하나는 주위를 두리번거리며 소희의 모습을 찾았다.

파티의 주인공은 금세 눈에 띄었다. 이 수많은 사람들 틈에 자연스럽게 녹아들면서도 단연 돋보이는 모습이었다. 그다지 튀지도 않는 검은색 옷을 입었는데도 좌중의 시선을 사로잡는 소희를 지켜보고 있자니 하나는 제 자신이 한없이 초라하게 느껴졌다. 꼭 스스로가 공작의 깃털을 가져다 붙인 까마귀가 된 듯한 기분이었다. 아무리 똑같이 꾸민다 한들 윤소희처럼 될 수는 없는 걸까.

"아니야, 다르긴 뭐가 달라. 신데렐라라고 해서 언제나 재투성이로 살아가야 한다는 법은 없잖아."

적어도 오늘밤만큼은 지금의 차림에 걸맞은 사람이 되겠다고, 하나는 결심했다. 12시를 알리는 종이 울리기 전까지는 동화 속 마법 같은 시간을 즐기기로. 마침 아까 말을 걸었던 남자가 다시 이쪽으로 다가왔다.

"얘기 좀 더 할까요? 괜찮다면 가까운 친구들도 소개해 줄게요."

"좋아요. 저에 대해 더 많은 걸 알려고 하지만 않는다면."

남자가 소개해 준 이들은 전부 다 예술업계 종사자들이었다. 남자처럼 전시회를 기획하는 사람도 있었고 신예 아티스트도 있었다. 그리고 한결같이 집안이 대단했다.

처음에는 바짝 긴장했지만 익숙한 주제가 오고 가자 하나는 빠르게 낯선 이들과의 대화 속으로 빠져들었다. 오랫동안 저 바닥에 처박혀 있던 본래의 사교적인 성정이 자연스레 튀어 나왔다. 물 대신 칵테일을 마시다 보니 어느새 몇 번째인지 모르게 샴페인 글라스를 바꿔 들었고, 한층 유연해진 태도로 농담까지 던지게 되었다. 심지어는 옛날로 돌아간 듯한 착각마저 들었다.

꿈을 꾸는 기분으로 지금의 순간에 빠져들어 웃고 떠들던 하나는 문득 정신이 든 얼굴로 어느 한곳을 쳐다보았다. 서준수였다.

현실 감각은 물밀듯 빠르게 돌아왔다. 다시 급속도로 얼굴이 뜨거워졌고 그와는 반대로 머릿속은 찬물이라도 끼얹은 듯 차갑게 식었다. 서준수에게서 시선을 뗄 수도, 그렇다고 계속 그를 바라보고 서 있을 수도 없었다. 왜냐하면 지금 그의 두 눈은 명백히 실망을 드러내고 있었으니까.

수도 없이 농담이 오가던 대화에서 떨어져 나와 멍하니 준수가 서 있는 쪽을 바라보던 하나는 버릇처럼 손을 들었다. 달콤하고 부드러운 과즙에 톡톡 튀는 스푸만테*spumante*를 섞은 칵테일이 목구멍 안으로 넘어갔지만 이미 너무 마신 탓에 달콤함은 더 이상 느껴지지 않았고 대신 알코올의 씁쓸하고 독한 끝 맛만 입안을 얼얼하게 만들었다. 머릿속도 마비되긴 마찬가지였다.

"어딜 그렇게 봐요?"

"아, 좀 어지러워서. 취했나 봐요."

옆에 있던 남자가 툭 치며 건넨 말에 대충 둘러댄 하나는 다시 준수가 서 있던 곳을 돌아보았다. 그러나 그는 이미 돌아서서 밖으로 나가고 있었다.

보기 드물게 경직되어 있던 준수의 표정이 어지러이 머릿속을 맴돌았다. 주위에 모여 있는 사람들이 왁자지껄 떠드는 소리가 아스라이 멀어졌다 되돌아오고, 다시 아득해졌다. 결국 처음으로 손에서 잔을 내려놓은 하나는 비틀거리는 걸음으로 준수의 뒤를 쫓아 나섰다.

밖으로 나와 문을 닫으니 거짓말처럼 주위의 온갖 소음이 차단되었다. 모르는 사이 칠흑처럼 까매진 하늘에서는 아까보다 조금 더 굵어진 눈발이 흩날리고 있었다. 그 고요하고도 그림 같은 풍경 속으로 걸어 나가 멀어지는 준수의 뒷모습을 본 순간, 감정 조절 체계를 해제하는 버튼이라도 누른 듯 눈시울이 시큰해지며 뜨거운 눈물이 차올랐다.

"서준수 씨."

계단을 막 내려가려던 준수가 그 자신 없는 부름에 뒤를 돌아보았다. 여전히 굳은 얼굴이었다. 꽤 멀리 떨어져 있는 거리를 거스를 생각이 없는지 그는 멈춘 자리에 서서 말도 없이 가만히 하나를 바라보았다. 그게 애가 타서 하나는 제가 먼저 그에게로 다가가기로 마음먹고 앞으로 걸음을 내딛기 시작했다.

"아!"

그러나 섣불리 마음만 앞선 탓일까, 아니면 술을 지나치게 많이 마셔서일까. 걸음걸이가 어째 불안정하다 싶더니 결국 얼마 가지 못하고 발을 헛디딘 하나는 제자리에 풀썩 주저앉았다.

소희가 골라준 베이지색 메리 제인 펌프스는 꼭 동화 속 주인공들이나 신을 것처럼 어여뻤으나 그 신발을 신은 하나의 기분은 전혀 동화 같지 않았다. 준수가 놀라서 달려오는 것도 모른 채, 하나는 자리를 털고 일어나지 못하고 에나멜 구두 위로 눈물만 뚝뚝 흘렸다.

"괜찮아요?"

곧장 무릎을 굽히고 앉은 준수가 다급히 하나를 살폈다. 흘러내린 눈물이 잔뜩 상기된 뺨 위에서 차갑게 미끄러졌다.

"왜 그렇게 쳐다봤어요?"

준수는 대답을 하지 않았다. 고개를 들어 눈물이 뚝뚝 떨어지는 눈으로 원망스럽게 그를 쳐다보던 하나가 북받친 음성으로 다시 물었다.

"한심해서? 속물 같아서?"

서준수는 여전히 대답이 없다. 종소리는 너무 이르게 울렸고, 환상 같은 파티는 끝이 났다. 그러니 내일 그의 얼굴을 보지 못한다고 해도 상관없었다. 어차피 현실로 돌아가야 할 테니까. 이미 버튼이 눌린 감정도 제어가 되지 않아서 하나는 내친 김에 북받쳐 오른 말들을 그의 앞에 모두 쏟아냈다.

"맞아요. 지금 내 모습 엄청 한심하고, 속물 같아요. 나도 알아요. 그래도 서준수 씨가 그렇게 쳐다보면 막, 마음이 찢어지는 것 같다고요."

"울지 마요. 바람이 차서 얼굴 다 상하니까. 난 하나 씨가 울면 어떻게 해야 될지 모르겠어요."

준수가 어쩔 줄을 몰라 하며 달래주었으나 하나는 눈물을 그치고 싶지 않았다. 줄곧 속에 담아두기만 했던 말들을 이대로 모조리 끄집어내고 싶었다.

"말해봐요. 내가 그렇게 잘못했어요? 난 뭐, 그러면 안 돼요? 예쁜 옷 입고 예쁜 구두 신고 근사한 파티에 가서 멋진 사람들과 어울리면 안 되는 거예요? 난 옛날이 그리워요. 지금처럼 구질구질하게 살고 싶지도 않고, 윤소희 씨처럼 늘 멋지고 우아하게 살고 싶다고요. 그런데 마침 윤소희 씨가 요정 할머니가 되어주겠다고 해서, 그럼 나도 눈 딱 감고 하루만 신데렐라로 살아보자, 그랬어요. 아직 12시 땡 치려면 멀었는데, 그런데 왜 나를 그런 눈으로 봐요?”

“하나 씨.”

“그래요, 나 좋았어요. 이러면 안 될 것 같긴 한데 이렇게 멋지게 꾸미고 나니까 사람들이 다 쳐다보고 예쁘다고 칭찬해 주는 거, 앞으로 평생 있을 수 없는 일인 것 같아서 황홀했다고요. 그런데 서준수 씨가 그런 눈으로 쳐다보면…….”

그 대목에서 하나는 다시금 펑펑 눈물을 쏟아내고 말았다. 그 눈빛을 떠올리니 심장이 너무 아팠다. 진짜로 마음이 찢어지기라도 한 것처럼.

“부엌데기 신데렐라도 하루는 요정 할머니 도움 받아서 근사하게 차려 입고 무도회 가서 왕자님도 만나는데, 왜 나보고는 다들 그러지 말라는 소리만 하는 거야. 신데렐라가 아니라 깃털 붙인 까마귀라는 것처럼. 내가 윤소희 씨 손 잡고 서준수 씨한테 그러면 안 되는 거였어요. 알아요, 다 아는데…… 그거 다 알면서도 나 서준수 씨한테 예뻐 보이고 싶었단 말이에요. 맨날 위생복에 위생모 쓴 주하나 말고, 이리 치이고 저리 치이는 주하나 말고, 가장 예쁘고 멋진 내 모습 보여주고 싶었어요. 다른 어떤 사람들보다 서준수 씨한테 예쁘다는 말 듣고 싶었다고요. 왜냐하면 내가 서준수 씨 좋아하니까.”

“……”

“내가 서준수 씨 때문에 그동안 혼자 마음고생을 얼마나 했는데…… 다애 말이 맞았어, 서준수 씨는 그러면 안 됐어요. 서준수 씨는 너무 다정해요. 쓸데없이 따뜻해서 사람 헷갈리게 만든다고

요. 서준수 씨가 내가 생각했던 것보다 훨씬 더 대단한 사람이라
서, 나는 윤소희 씨에 비하면 정말 아무것도 아닌 초라한 사람인
것 같아서 이제 그만 좋아하려고 내가 얼마나 노력했는데…… 내
가 왜 그렇게 밉다고 말했는지 알지도 못하면서……."

"알아요."

한숨 쉬듯 떨어진 그 세 글자에 하나는 거짓말처럼 눈물을 뚝
그쳤다. 지금 이 남자가 뭐라고 한 걸까?

"알아…… 요? 내가 서준수 씨 좋아하는 거, 알았어요?"

"알아요."

준수는 같은 대답을 반복했다. 어쩐지 복잡해 보이는 얼굴로.

너무 놀라 준수의 얼굴만 빤히 쳐다보던 하나가 느닷없이 딸꾹
질을 하기 시작했다. 어색한 정적을 깬 그 소리에 준수가 오늘밤
처음으로 표정을 풀고 나직이 웃었다.

"조금만 기다려요. 물 가져다줄게요."

준수가 빠르게 파티장 안으로 들어갔다. 홀로 남은 하나는 그
자세 그대로 머리를 두 팔로 감쌌다. 제정신을 찾고 나니 현실적
인 고민이 시작되었다. 5분 전만 해도 이제부터 그의 얼굴을 안
볼 작정으로 일을 쳤으나 현실은 그렇지 못했다. 서준수가 일하
는 곳이 곧 그녀의 직장이었으니까. 잠시 망각하고 있었으나 그녀
가 지금 풀 메이크업 상태라는 것도 문제였다. 화장이 지워졌을
까? 제발, 제발 아니길 바랐다.

"어떡해……."

게다가, 그동안 갖가지 추한 꼴을 선보인 것도 모자라 딸꾹질
이라니. 그가 돌아오기 전에 도망이라도 쳐야 되는 거 아닐까?
그 생각에 하나는 벌떡 자리에서 일어났다. 아니, 그러려 했으나

너무 오래 주저앉아 있었던 데다가 너무 딱 맞는 구두 때문에 피가 통하지 않아서인지 제대로 몸을 일으키기도 전에 휘청거리고 말았다. 거기에다 술까지 퍼마셨으니 균형 감각은 제로. 그렇게 넘어지기 일보 직전, 기적적으로 단단한 팔이 그녀를 부축했다.

"어딜 가려고 그래요?"

눈앞에 다시 서준수의 얼굴이 보여서 하나는 눈을 질끈 감았다. 그의 얼굴을 본 순간 이번에는 너무 창피해서 아까보다 더 울고 싶어졌지만 용케 화장 상태를 되새긴 하나는 초인적인 인내력을 발휘했다. 이토록 현실적인 이유라니, 역시 드라마는 드라마일 뿐이다.

"있잖아요……. 혹시, 화장 번졌어요?"

그 조심스럽고도 어처구니없는 질문에 준수는 또다시 웃고 말았다. 그가 고개를 저었으나 하나는 믿지 못하겠다는 듯 재차 물었다.

"거짓말 말고요. 진짜 안 번졌어요?"

"거울 보여줘요?"

"아니요, 절대 안 돼요. 엄청 못생겼을 것 같아요."

그래도 어마어마하게 비싼 메이크업이 제 값어치를 톡톡히 해내 다행이었다. 1차 난관을 무사히 통과해 조금 안심하고 있는데, 준수가 다시 말했다.

"딸꾹질 그쳤네요."

어? 그러고 보니 그랬다. 넘어질 뻔해서 또다시 한바탕 난리를 치르는 통에 딸꾹질이 멈춘 모양이었다. 어색하게 쭈뼛거리는 하나에게 준수는 들고 온 물컵을 건넸다.

"그래도 이건 마셔요. 춥지 않아요? 옷이 너무 얇은데."

이런 날씨에 과하게 멋을 부리려면 추위 정도는 기꺼이 감수해야 하는 법이다. 울고불고 법석을 떠느라 뒷전이 되긴 했지만 온몸을 에워싸는 한기도 만만치 않았다. 작게 고개를 끄덕이자 준수가 물컵과 함께 챙겨 나온 겉옷을 하나의 어깨 위로 덮어주었다.

"발목은 괜찮아요?"

"발이 너무 아파요."

"발목 말고 발?"

"높은 구두를 너무 오랜만에 신었나 봐요."

"좀 앉을까요? 또 불편한 데는 없어요?"

"머리도 아파요."

"그러게 무슨 술을 연달아 네 잔이나 마셔요. 아무리 칵테일이라도 그렇지. 그리고 또?"

"마음도."

훌쩍거리면서도 하나는 묻는 말에 꼬박꼬박 대답을 내놓았다. 하나의 머리 위에 천천히 쌓여 가는 눈을 털어낸 준수가 빙긋이 미소 지었다.

가게 밖에 딸려 있는 나무 벤치 위에 앉은 두 사람은 한동안 말없이 눈이 내리는 풍경을 전망했다. 첫눈이라 조금 오다 말겠지 싶었는데 어느덧 흰 눈이 소복이 깔린 바닥 위에 옅은 발자취가 남겨졌다.

"하나 씨 소원대로 정말 11월이 가기 전에 첫눈이 왔네요."

"몰라, 관심 없어요. 그게 다 무슨 소용이에요. 내 심정이 지금 말이 아닌데."

그 퉁명스러운 반응에 준수가 다시금 조용히 웃었다. 하나가 발끈했다.

“웃지 마요. 나 보면서 웃지 말라고 몇 번을 얘기했는데…….
서준수 씨는 말을 안 들어요, 진짜.”

“밉다는 얘기는 웬일로 안 하네요.”

“그 말을 이제 어떻게 해요. 좋아한다고 이미 다 말해 버렸는
데.”

그 대답에 다시 대화가 끊겼다. 술을 너무 많이 마셔 머리는
지끈거리고 마음은 그보다 더 아렸다. 아, 이제 어떻게 되는 걸
까. 잠시 갈등하는 사이 손톱이 손바닥을 파고들 정도로 세게 옷
자락을 쥔 하나는 이판사판이라는 각오로 묻고 싶은 걸 전부 다
캐묻기로 했다.

“내가 몇 잔이나 마시는지 다 세고 있었어요?”

“신경이 쓰여서요.”

“내가 서준수 씨 좋아하는 거, 알았다고 했죠. 진짜…… 예
요?”

고개를 끄덕이는 준수의 얼굴 위에는 다시 복잡한 기색이 돌
아와 있었다. 짧은 침묵이 흐르고 그가 다시 입을 열려 했으나
하나는 두 손을 들어 귀를 막으며 고개를 흔들었다.

“아니에요, 안 들을래요. 말하지 마요. 까일 것 같으니까. 하
나 씨는 좋은 사람이에요, 그래서 오래도록 좋은 동료로 지냈으
면 좋겠어요, 뭐 이런 말 하려는 거죠? 그냥 들은 걸로 칠게요.
나 여기에서 오래 일하고 싶어요.”

속사포처럼 제 입장을 쏟아내는 하나의 모습에 말문이 막힌
준수는 결국 또 웃고 말았다. 그가 조용히 웃는 그 짧은 찰나가
하나에게는 억겁처럼 느껴졌다. 앞으로 그와의 관계가 어떻게 될

지 손톱만큼도 가늠이 되지 않고 머리만 어지러웠다. 그러나 준수는 금세 평소의 그 진중하고 느릿한 말투로 천천히 이야기를 시작했다.

"하나 씨. 내가 전에도 말했듯이, 하나 씨를 보면 난 웃지 않을 수가 없어요. 하나 씨가 아무리 웃지 말라고 해도 하나 씨랑 있으면 웃게 돼요. 그리고 이것도 얘기했지만, 하나 씨가 울면 어떻게 해야 좋을지 모르겠어요. 그래서 하나 씨가 울지 않고 늘 밝은 모습이길 바랐어요."

그렇지만 결국 그게 전부라는 뜻일까. 그렇게 말하는 목소리처럼 차분해지기는커녕 하나는 조바심을 내며 준수가 꺼내 펼쳐놓는 단어 하나하나에 온갖 의미를 부여했다.

"하나 씨 마음…… 그래요, 확신한 건 아니지만 알았어요. 그리 오래되지는 않았지만. 그럼에도 답을 줄 수가 없었고, 결국 지금 이 순간까지 왔어요. 하나 씨 동생이 했던 말대로 확실하게 정리를 해야 하는데, 정작 내 마음을 가늠할 수가 없었으니까."

심장이 점점 더 빠르게 뛰었다. 하나는 옆에 내려놓았던 컵을 들어 저도 모르게 두 손으로 꽉 쥐었다. 준수는 그만 마시라고 했지만, 차라리 술이라도 더 들이붓고 싶은 심정이었다.

"하나 씨. 아마 내가 하나 씨를 다시 만난 지 얼마 되지 않았을 때 얘기했던 것 같은데…… 나는 오랫동안 내가 누군가를 만나서 행복하게 해줄 만한 그릇이 안 된다고 생각했어요. 왜냐하면 난 고작 내 인생 하나 짊어지는 것조차 버거운 사람이었으니까. 그리고 여전히 그래요. 가진 게 없다는 말이 어렸던 나에게는 비수였고, 그래서 지금까지도 나는 자신이 없어요. 내가 누군가의 마음을 오롯이 채워줄 수 있을지, 그 사람의 마음을 책임질 수 있을지."

"서준수 씨가 나를 왜 책임져요. 나는 내가 책임져요."

그러면 예의가 아니라는 걸 머리로는 알았지만 무슨 말이라도 하지 않으면 정말 심장이 터져 나갈 것 같아서, 하나는 불쑥 끼어들었다. 말을 끊은 그 대답에 그가 나직이 웃었다. 지극히 주하나다운 반응이라는 듯.

"그래서 지난 몇 주 동안 계속해서 고민했어요. 내가 하나 씨를 어떤 마음으로 바라보는 건지. 고작 예쁘다는 단어로 하나 씨를 규정짓고 싶진 않지만, 그래서 이런 말이 어떻게 들릴지 모르겠지만…… 오늘 하나 씨는 참 예뻤어요. 아니, 하나 씨는 언제나 예뻐요. 사랑스럽고. 아까 엄청 못생겼을 것 같다고 말하던 순간조차."

그래서 저도 모르게 웃고 말았다는 준수의 말이 강력한 펀치를 날렸다. 이제는 다른 의미로 어질어질해진 하나가 말을 이어가는 그를 멍한 눈으로 올려다보았다. 준수가 피하지 않고 고요히, 그러나 강하게 그 눈길을 마주했다.

"왜 그런 표정으로 쳐다봤느냐고 물었죠. 일단, 미안해요. 사과부터 할게요. 오늘 소희하고 나타난 하나 씨를 본 순간, 문득 두려워졌어요. 내가 하나 씨 옆에 어울리지 않는 것 같아서. 대단한 사람들 사이에 둘러싸여 있는 하나 씨한테 나 같은 건 필요하지 않을 것 같아서. 하나 씨가 꼭, 나를 떠나던 소희처럼 보였어요. 그러니까 하나 씨가 한심하고 속물처럼 보여서가 아니라, 그 반대였어요. 하나 씨가 나한테 나쁜 짓 한 게 아니에요. 하나 씨는 그래도 돼요. 나한테는 하나 씨를 막을 자격이 없고."

언젠가 준수가 말한 것처럼 주하나에게 그림이 트리거였듯이 서준수에게는 첫사랑이 남긴 잔상들이 트리거였던 걸까. 또다시 침묵이 흘렀다. 여전히 결론은 알 수가 없었고, 하나는 두려움을 외면하려 아무 말이나 입 밖에 냈다.

"질투나 좀 하시지. 내내 다른 남자들이랑 붙어 있었는데."

"말했잖아요. 신경 쓰였다고."

그쯤 했으면 어지간히 알아들어야 할 것 같다고 스스로 느끼면서도 하나는 여전히 확실히 하고 싶었다. 오랜 시간 동안 혼자 애를 태운 만큼. 그 마음을 알았는지 머뭇거리던 준수가 다시 말문을 뗐다.

"다른 사람을 향한 감정과 다르다는 건 알겠지만, 아직도 나는 정리가 안 됐어요. 하나 씨가 좋은 사람이라고 생각하고, 그런 하나 씨가 울지 않고 더 많이 웃었으면 좋겠고, 다른 그 누구보다 하나 씨한테 신경이 쓰여요. 그래서 아주 곤란하고 헤어 나올 수가 없는데……."

"그게 사랑이에요. 뭘 그렇게 어렵게 생각해요."

하나는 결국 용감하게도 준수가 내려야 할 결론을 대신 가로챘다. 확신이 결여되어 있는데도 어쩐지 벅차오르는 마음으로.

"아니, 실은 나도 잘 몰라요. 사랑이 뭔지. 내가 뭘 알겠어요. 뭐 얼마나 살았다고, 얼마나 대단한 사랑을 해봤다고. 그런데 난 서준수 씨 때문에 어떤 순간은 더없이 달콤하고 황홀하게 느껴지고, 때로는 씁쓸하고 한없이 초라했어요. 오래된 노래 가사처럼 사람을 사랑한다는 건 도무지 알 수 없는 일이지만, 참 쓸쓸한 일이지만…… 그래도 좋았어요. 서준수 씨 안 좋아하려고 해도 잘 안 됐어요. 그래서…… 더 가보고 싶었어요. 지금 이 순간도, 그래보고 싶어요."

하나는 저를 응시하는 준수의 두 눈을 보았다. 제 감정도, 그의 감정도 그 어느 것 하나 자신할 수 없었으나 지금의 눈빛, 그 마음만을 믿고 싶었다. 지금 이 순간 그의 마음도 똑같았는지 준수는 평소와 달리 조금 떨리는 목소리로 하나에게 말했다.

"여전히 나는 이렇게 자신이 없고, 오랫동안 공허하기만 했던 마음은 가난하고, 하나 씨 감정 알면서도 선뜻 손 내밀지 못했어요. 하나 씨가 생각하는 것만큼 나는 대단한 사람이 아니고 좋은 사람도 못 되겠지만, 하나 씨 말대로 이런 게 사랑이라면 구태여 빠져나오고 싶지 않아요. 이런 나라도 괜찮다면, 같이 가볼래요?"

준수의 물음이 채 끝나기도 전에 하나는 세차게 고개를 끄덕이고 있었다. 그제야 진짜 12시를 알리는 종이 울렸다. 그러나 그 종소리는 하룻밤 꿈의 결말이 아니라 사랑의 서막을 알리는 신호가 되었다.

더 이상 혼자 가지 않아도 된다. 수없이 떨어지고, 곤란해지고, 속아 넘어가고, 그러다 다칠지도 모르겠지만…… 그럼에도 지금 두 사람은 기꺼이 몸을 던질 준비가 되어 있었다. 그토록 바라던 첫눈이 내리는 지금 이 순간 달콤 씁쓸한 사랑에, 그리고 서로에게 빠졌기에.

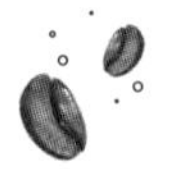

커튼콜, 다시 막이 오르면

일주일간의 기말고사가 끝이 났다. 종강을 해 눈에 띄게 한산해진 학교를 찾은 다애는 교수 연구실이 밀집해 있는 경영본관으로 향했다. 한 학기가 지나가는 동안 어느덧 여러 번 오가게 된, 지도교수를 만나러 가는 길이었다.

11월이 가기 전에 찾아온 첫눈에 이어 시험 기간 도중에 내린 폭설로 인해 교정은 온통 순백 속에 잠겨 있었다. 어딘가 허전하고 스산한 풍경 앞에서 과연 한 해의 끝자락이 다가오긴 했구나 싶어져 조금 헛헛해진 심사를 안은 채 다애는 서서히 녹아가는 눈을 밟으며 건물 안으로 들어섰다.

그간 무려 '가족 관계 상담'이라는 핑계로 여러 번 들락거렸던 곳이지만 교수 연구실 앞에서는 여지없이 긴장이 됐다. 천장 바로 아래 나 있는 창문 틈새로 불이 켜져 있는 걸 확인한 다애는 굳게 닫힌 문에 대고 똑똑 두 번의 노크를 하고는 안으로 들어섰다.

"교수님 안녕하……."

안에 사람이 있다는 걸 제대로 확인하기도 전에 꾸벅 인사부터 꺼낸 다애가 말을 다 끝맺지 못한 건 고개를 숙여 낮아진 시야에 누군가의 발이 걸렸기 때문이었다. 그 발에는 로퍼가 신겨 있었다. 절대 그녀의 지도교수의 것이라고는 할 수 없는.

먼저 온 손님이 있다는 사실에 흠칫한 다애는 허겁지겁 고개를 들었다. 그리고 그녀의 두 눈은 다시금 휘둥그레졌다.

"이태일 네가 왜 여기 있어?"

응접 테이블에 앉아 있던 태일도 마찬가지로 눈을 크게 떴다. 두 사람 모두에게 뜻밖의 조우였다.

이윽고 노교수의 음성이 붕 뜬 침묵을 갈랐다.

"뭐야, 둘이 아는 사이인 게야?"

이제야 사태의 윤곽이 잡히는 듯했다. 이 학교에 다니지도 않는 태일이 왜 이곳에 와 있는 건지. 그건 태일에게도 마찬가지였는지 그는 당황스러움이 역력히 배어 있는 목소리로 입을 열었다.

"설마, 주다애 네가 말하던 중급회계 담당 교수님이자 네 지도교수님이……."

"세상에, 말도 안 돼."

두 손으로 입을 가린 다애는 여전히 커다란 눈만 끔벅거렸다. 태일이 언급을 극도로 꺼린 탓에 자세한 이야기는 들은 적 없었지만 그의 할아버지가 이 대학의 교수로 재직 중이라는 건 익히 알고 있는 사실이었다. 그렇지만 아무리 그래도 어떻게 이런 우연이 다 있을까?

"설마…… 교수님, 손자가 한 명뿐인 건 아니시죠?"

“맞는데. 우리 고모는 딸만 둘이라.”

태일이 노교수가 해야 할 대답을 대신했다. 이제 다 알겠다는 듯 태일은 황당해하면서도 피식거리고 있었다.

“그럼 저게…… 너야?”

다애는 여전히 테이블 위를 장식하고 있는 사진 액자를 가리키며 물었다. 정확하게 말하자면 그 안에서 웃고 있는 귀여운 사내아이를. 아니다, 귀엽다는 표현은 이제 취소다.

“어, 나 맞는데.”

“그럼…… 그렇게 말을 안 듣는다던 교수님 손자가…… 이태일 너…… 세상에.”

말을 잇지 못한 채 똑같은 감탄사만 연발하던 다애는 다시금 손으로 입을 막았다. 노교수의 모습이 지금과 크게 달라 보이지 않아 옛날 사진일 수도 있다는 걸 제대로 간과한 결과였다.

“와, 할아버지 제자들한테 제 험담도 하세요? 말 더럽게 안 듣는다고?”

태일이 제 할아버지를 돌아보며 빙글거렸다. 쯧쯧 혀를 찬 노교수가 그제야 서류들이 산더미처럼 쌓여 있는 책상을 통과해 응접 테이블로 걸어왔다.

“좀 앉지.”

노교수의 권유에 여전히 망부석처럼 제자리에 붙박여 있던 다애는 그제야 더듬거리며 자리를 찾아 앉았다. 그동안 제가 상담이랍시고 그녀보다 인생을 세 배는 더 산 노교수에게 어쭙잖은 설교를 늘어놓으며 가엾게 여긴 ‘아이’의 건너편에.

“그래, 둘이 서로 어떻게 아는 게야.”

“저희 같이 사는데요.”

“무에야?”

“옆집에요.”

의도가 다분히 훤한 그 말에 눈이 휘둥그레졌던 노교수가 다시 급속도로 가늘어진 눈매로 손자를 쏘아보았다. 그 형형한 눈길이 이번에는 다애에게로 향했다.

“옆집에 신세를 많이 졌다는 얘기는 이 녀석한테 간혹 들었는데, 그게 자네일 줄은 몰랐는데.”

“아, 저도…… 지금 상당히 당황스럽습니다, 교수님.”

태일을 생각하는 마음으로 관계 개선 상담을 했던 말썽꾸러기 손자가 바로 다름 아닌 이태일이었다니. 생각할수록 신기한 우연이었다. 그래서 태일이 회계를 그렇게 잘하면서도 동시에 싫어했던 건가?

“그런데, 자네는 어쩐 일로 왔나? 종강도 했는데.”

“아, 네. 인사드리고 싶어서 찾아뵈었습니다. 한 학기 동안 감사했습니다, 교수님. 실례도 많았고요. 좋은 강의 해주셔서 감사합니다.”

“좋은 강의는 무슨. 절반은 졸면서 보낸 것 같구먼.”

노교수가 핀잔을 놓았다. 이런, 젠장. ‘덕분에 많은 걸 배워 갑니다.’라는 상투적인 인사말은 아직 꺼내지도 못했는데.

“그래도 기말 시험 답안지를 보니 이번에는 나름대로 공부를 열심히 한 것 같던데.”

“예? 벌써 채점하셨어요?”

“자네 답안지를 제일 먼저 봤지. 매번 과제는 만점으로 해오면서 중간고사는 형편없었는데, 이번에는 꽤 잘 썼더구먼.”

과제 얘기에 다애는 불안한 눈으로 건너편을 힐끔거렸다. 아니나 다를까, 태일이 주먹을 쥐어 입을 가린 채 티가 나지 않게 킥 킥대고 있었다.

"아, 네…… 열심히 하려고 노력했습니다. 좋게 봐주셔서 감사합니다."

"도핑 테스트 해보세요, 할아버지. 과제는 다른 사람 도움 받아서 했을지 누가 알아."

태일이 슬쩍 끼워 넣은 농담에 다애는 눈을 부릅떴다. 그러나 다행히도 노교수가 대신 방어에 나섰다.

"저, 저 저 말본새 하고는."

끌끌거리며 손자의 말을 일축한 노교수가 다시 다애를 쳐다보았다.

"아무튼, 노력은 가상하지만 최종 성적은……."

"교수님! 지금 외부인도 있는데 그렇게 제 성적을 발설하시면 안 되죠!"

다급해진 다애가 꽥 소리를 질렀다. 그 풍부한 성량에 노교수는 물론 태일도 순간 흠칫했고, 곧 노교수는 떨떠름하게 끊긴 말을 이었다.

"노력은 가상하지만 최종 성적은 내 마음대로 줄 수 없다는 얘기였네."

제가 설레발을 쳤다는 사실을 깨달은 다애의 얼굴이 붉어졌다. 그 앞에서 태일이 대놓고 웃는 소리가 들려와서 한시라도 빨리 이 자리를 뜨고 싶어졌다. 단지 한 학기 동안 결례가 많았던 지도교수님께 종강 인사를 드리러 왔을 뿐인데, 대체 어쩌다 이런 황당무계한 일이 벌어졌을까?

"여하튼, 나도 한 학기 동안 자네한테 고마웠네."

“예? 제가 대체 뭘 했다고…….”

“즐거웠어. 내가 나이가 많다 보니 학생들이 편하게 다가오는 경우가 드문데, 자네 같은 제자는 오랜만이라.”

이게 칭찬인가? 절로 고개가 갸웃거려졌으나 더 놀라운 건 그다음이었다.

“뭐, 덕분에 저 녀석하고 사이도 조금 나아졌고.”

노교수가 객쩍게 헛기침을 하며 턱짓으로 태일을 가리켰다. 뜻밖의 말에 더더욱 당황한 다애가 눈을 깜빡거렸다. 그 시답잖은 상담이 진짜 효과가 있었단 말이야?

“제 덕분에요?”

“자네가 이럴 때는 상담이 필요하다면서 뻔질나게 드나들었던 거 벌써 잊었나?”

지도교수의 확인 사살에 다애는 두 눈을 질끈 감았다. 구태여 그 사실을 짚고 넘어가겠다는 건 아니었는데. 태일이 얼마나 우습게 여길지 감도 잡히지 않았다.

“태일이 녀석은 어차피 집에서 다시 볼 테니 두 젊은이는 이만 가지. 늙은이야 나가고 싶어도 몸이 안 따라주지만, 청춘 남녀는 공부벌레처럼 안에 틀어박혀서 책만 붙들고 있지 말고 밖으로 나가야 하는 거 아닌가? 오늘 날도 좋더구먼.”

“아, 네. 연락도 없이 불쑥 찾아뵈어서 죄송합니다, 교수님. 다음부터는 꼭 미리 연락드리고 오…….”

“그만 와!”

인사를 채 끝맺기도 전에 돌아온 외침에 다애도 끝내는 긴장을 풀고 웃고 말았다. 노교수도, 태일도 웃었다.

“날이 부쩍 추워졌어요, 교수님. 감기 조심하세요. 아, 그리고 얼마 후에 저희 동아리 연극 공연이 있는데, 그럴 리 없겠지만 혹시 시간이 아주 많이 남으시거나 그날 갑자기 기력이 솟으신다면 보러 오세요! 제가 특별히 VIP로 모실게요!”

마지막으로 홍보도 잊지 않고 초대장까지 남겨둔 다애가 꾸벅 인사를 하고는 연구실을 나섰다. 들어서던 순간에는 혼자였지만 나갈 때는 태일도 함께였다.

불을 켜지 않아 다소 어둑한 복도에 둘만 남자 다시 어색함이 찾아왔다. 약속이라도 한 듯 둘 다 갈 길을 가는 대신 제자리에서 머뭇거렸다. 마지막으로 서로를 봤을 때 어떠했는지, 두 사람 모두 똑똑히 기억하고 있었다.

“이런 우연이 다 있네.”

특유의 유들유들한 말투로 먼저 대화의 포문을 연 사람은 태일이었다. 어울리지 않게 뻣뻣이 웃은 다애가 로봇처럼 말을 받았다.

“그러게. 어떻게 이럴 수가 있지.”

“일단 나가자. 나한테는 할아버지고 너한테는 교수님인데 감히 명령을 어길 순 없지.”

“어, 어. 그래.”

계단을 내려와 본관 건물을 벗어난 그들은 교정을 가로질러 걷기 시작했다. 나란하다고 하기에는 조금 비뚤게 엇나간 보조로. 바람은 쌀쌀했으나 내리쬐는 볕은 따사롭게 머리카락을 어루만졌다.

“영영 몰랐을 수도 있었겠네. 나 사실 할아버지 연구실 처음 와봤거든, 오늘.”

“아, 그랬구나…….”

"너야 그렇다 쳐도 나는 다 알면서도 왜 그 생각을 못 했을까. 한 번쯤 담당 교수님 성함을 물어볼 수도 있었을 텐데."

그렇게 말하는 태일의 어조가 참 자연스럽게 들려서, 다애는 자기도 모르게 헛헛하게 웃고 말았다. 벌써 정리가 다 끝난 걸까. 그게, 어떻게 이토록 쉬울까.

"나도 마찬가지지 뭐…… 경영대에 나이 든 교수님들이 꽤 많이 계셔서 상상도 못 했어. 그래서…… 교수님이랑, 그러니까 할아버님이랑 화해는 한 거야?"

"그렇게 쉽게 풀어질 관계였으면 몇십 년을 끌었을까."

건조한 대답에 대꾸할 바를 몰라 다애는 눈만 끔벅였다. 그 반응을 살피고는 픽 웃은 태일이 말했다.

"어떤 그림을 상상한 건지는 모르겠지만 할아버지랑 내 사이 애초에 네 생각만큼 최악은 아니었을걸. 뭐, 그간 할아버지가 나에 대해 얼마나 많은 험담을 하셨는지는 몰라도."

"교수님은 별말씀 안 하셨어!"

서둘러 변명하는 다애의 외침에 태일은 또다시 피식했다.

"아무튼, 최소한 할아버지가 이상해지기 시작했을 때에는 그게 네 작품이라는 걸 알아봤어야 했는데."

"할아버지, 아니, 그러니까 교수님이 너한테 뭐 어떻게 하셨는데?"

"자꾸 할아버지답지 않은 대화를 시도하시더라고. 뜬금없이 오늘 날씨를 어떻게 생각하느냐고 하시지를 않나, 대뜸 전화가 와서 긴장하고 받았더니 고작 밥은 먹었느냐고 물으시지를 않나. 별안간 왜 저러시나 싶었지."

사소한 안부부터 챙겨라. 그건 다애가 1순위로 내세운 대화

원칙이었다. 그러나 다애는 그 사실을 목에 칼이 들어와도 발설하지 않기로 맹세했다.

"드디어 1학년 생활이 끝났네. 잘 지냈어?"

태일이 불쑥 꺼낸 안부에 다애는 그제야 정신을 차리고 그를 돌아보았다. 지금 타이밍에 묻기에는 어중간한 인사였으나, 태일의 얼굴빛은 전혀 어설프거나 어색하지 않았다.

"어…… 아니."

잠시 말을 끌다 다애는 솔직하게 대답했다. 잘 지내지 못했고, 그건 당연하게도 태일 때문이었다. 그것까지 솔직하게 털어놓으려다 다애는 끝내 더는 말을 잇지 못했다. 제 입으로 약속했으니까. 원망하지 않겠다고, 부담스럽게 굴지 않겠다고. 붙잡고 싶은 말들이 목 끝까지 차올랐으나 끝끝내 아무 말도 하지 못하고, 울음을 삼키고, 침묵을 지켰다.

"연극제도 드디어 얼마 안 남았네."

한참의 정적 끝에 이어진 말은 아니라는 대답에 관한 것이 아니었다. 또 한 번의 기회가 날아가 버린 것 같아서 다애는 허무하게 웃으며 발걸음을 멈춰 세웠다. 어느덧 정문 근처까지 내려와 있었고, 다애는 연극 연습을 위해 학교에 남아야 했다. 이곳에 달리 연고가 없는 태일은 아마도 곧장 학교를 떠날 것이다.

"난 더 못 나가. 동아리실로 가야 되거든."

"연습?"

태일의 물음에 다애는 시선을 내리깐 채로 고개를 끄덕였다. 쌓인 눈이 녹아가는 아스팔트 바닥을 괜스레 운동화 앞코로 툭툭 차면서.

"그래, 그럼 가볼게. 그간 열심히 준비했는데 마지막까지 잘 마무리하길 바라. 종강 축하하고.”

“너도, 종강 축하해.”

잘 가라는 인사를 참 어렵게도 꺼내놓은 다애는 다시금 허무하게 웃음 지었다. 그보다 훨씬 자연스러운 미소를 남긴 태일이 먼저 돌아섰다.

정문까지의 길은 줄곧 내리막으로 이어졌다. 멀어지는 뒷모습은 다애가 서 있는 작은 언덕 위에서 훤히 내려다보였다. 태일은 단 한 번도 뒤를 돌아보지 않았고, 다애는 단 한순간도 길 위에서 시선을 떼지 않았다.

잘 짜인 극본처럼 당연히 태일과 함께할 거라 여긴 순간이 있었다. 그러나 그 일이 현실로 이루어지는 건 이제 아마도 불가능할 것이다. 여전히 어렵기만 한 노교수의 앞에서는 잘도 꺼내 늘어놓았던 말을, 그래서 태일의 앞에서는 할 수 없었다.

“너도…… 와주라.”

하지 못한 말이 겨울 햇살과 함께 눈 녹듯 사라졌다. 눈길 위로 내내 이어졌던 두 사람의 발자국이 어느덧 하나의 발자취로 변해 간 것처럼.

일주일이 월화수목금금금처럼 느껴지던 시절이 있었다. 그러나 한 해의 마지막 달인 12월이 찾아온 지금 하나는 일주일이 화목금화목금이기를 간절히 바라게 되었다. 그러니까 주하나의 세상은, 이제 이전과는 완전히 다른 축을 중심으로 자전하고 있었다.

매일매일이 어쩜 이토록 달콤하게 느껴질 수 있을까? 사랑의 시작과 함께 찾아온 12월은 모든 순간이 선물 같았다. 덕분에 하나는 이달의 디저트로 눈이 소복이 쌓인 듯한 뷔슈 드 노엘*buche de Noel*과 진짜 적포도주를 넣고 말린 무화과를 곁들인 크리스마스 선물용 봉봉 오 쇼콜라*bonbon au chocolat*를 동시에 선보이는 저력을 발휘할 수 있었다. 그녀의 뷔슈 드 노엘은 SNS상에서 진짜 통나무인지 아닌지 한바탕 설전이 벌어진 턱에 톡톡히 유명세를 탔고, 본격적인 선물 패키지 라인 출시를 앞두고 시험 삼아 예약을 받은 봉봉 오 쇼콜라는 주문이 폭주해 사흘 만에 완판 신화를 쓰며 예약을 마감했다. 뭐, 그로 인해 한층 눈코 뜰 새 없이 바빠진 덕분에 준수와 보낼 수 있는 시간이 가뜩이나 더 줄어들었다는 건 슬픈 함정이었지만.

"으, 너무 춥다."

말은 그렇게 했으나 하나의 입가에는 미소가 가득했다. 오늘은 「*L'amour*」의 정기 휴일이었고, 바쁜 와중에 단비 같은 휴식이 허락된 하루였다. 그런 날에 만나고 싶은 사람을 떠올리니 웃음이 도무지 떠나지를 않았다.

급작스럽게 닥쳐든 한파에 발을 동동거리면서도 하나는 빠르게 걸음을 내디뎠다. 그러던 끝에 마침내 목적지에 도착한 하나는 입구 앞에 서서 잠시 고개를 갸웃했다.

"어? 여기는……."

한 번도 와보지 않은 곳이라 미리 길을 찾아보고 지금도 열심히 지도 위에 좌표를 찍어가며 찾아온 곳인데 막상 도착하고 나니 어쩐지 낯이 익었다. 한참이나 기억을 헤집다 마침내 답을 찾아낸 하나는 환하게 웃으며 가게 안으로 달려 들어갔다. 드디어 수수께끼가 풀렸다.

"찾았다!"

강추위마저 너그러이 용서하게 만든 남자가 그곳에 있었다. 갑작스럽게 들려온 외침에 카운터를 등지고 서 있던 남자가 뒤를 돌아보았다.

"하나 씨, 여긴 어쩐……."

"나 알았어요!"

뜻밖의 손님을 맞이한 준수가 잠시 눈을 크게 떴다 이내 웃고 말았다. 뭘 알았다는 건지는 모르겠지만, 그의 연인은 역시나 사랑스러웠다. 깜짝 등장만으로 웃음 짓게 될 만큼.

"뭘 알았다는 거예요?"

"준수 씨가 나 처음 본, 아니, 처음 본 거라고 생각했던 곳."

지금 이곳은 준수가 운영하는 이태원의 브런치 카페였다. 그 어떤 연극보다 더 극적이었던 첫 만남 이후로 6년 만에, 서준수가 손님으로 찾아온 주하나를 다시 만났던.

"그때 왔을 때는 가게 이름을 기억 못 했거든요. 그래서 오늘 당연히 처음 오는 거겠거니 했는데, 막상 와보니까 아닌 거예요. 그러다 생각났어요. 미안해요, 기억 못 해서. 그런데 알죠? 나 원래 사람 얼굴 잘 기억 못 하는 거."

"내가 사람 얼굴을 잘 기억해서 그래요."

"그래도요. 아니, 어떻게 몰라볼 수가 있지? 나도 내가 이해가 안 되네. 이렇게 잘생긴 사람이 흔한 것도 아닌데."

"하나 씨한테는 그게 기억에 남을 만한 만남이 아니었나 보죠. 잊은 데는 잊을 만한 이유가 있는 거고."

언젠가 그녀가 했던 말을 고스란히 돌려주는 준수의 답변에 하나가 살짝 눈을 흘겼다. 그러나 그 두 눈은 금세 부드럽게 휘어졌다. 연애라는 걸 시작한 지 고작 한 달도 되지 않았으니 얼굴만 봐도 행복해서 비명을 지르고 싶었다.

같은 마음이 담긴 눈으로 하나를 바라보던 준수가 물었다.

"그런데, 여긴 어떻게 왔어요?"

"쉬는 날이니까 왔죠."

"쉬는 날인 걸 알아서 묻는 거예요. 나날이 바쁘고, 휴일이 많은 것도 아닌데."

"그러니까요. 그런데 쉴 수가 없었어요."

"왜요?"

"보고 싶어서요. 완전."

수줍게 속삭인 하나가 금세 태세를 전환했다.

"서준수 씨는 아니에요? 그럼 나 가요?"

웃음을 터뜨린 준수가 고개를 저었다. 밝고 생기가 넘치는 그녀는 이제야 훨씬 주하나다웠다.

"일주일에 세 번은 너무 적어요. 그렇다고 그 사흘은 뭐 하루 온종일 붙어 있기를 하나."

그래서 머리를 쓴 묘수가 유일하게 시간이 비는 정기 휴무일에 준수가 운영하는 다른 매장을 깜짝 방문하는 것이었다. 준수가 월요일이면 브런치 카페로 출근한다는 정보와 그 카페의 이름을 그로부터 넌지시 캐낸 하나는 마침내 오늘에 이르러 원대한 계획을 실현하기에 이르렀다. 게다가 생각지도 못한 비밀까지 풀었으니 결과는 대성공.

요즘은 준수가 「L'amour」에 없는 날은 한없이 길게만 느껴지고 그가 근무하는 날은 시간이 너무 빠르게 흐르는 듯했다. 같은 곳에서 함께 근무를 하면 무얼 하나, 어차피 홀과 주방은 철저히 단절되어 있으니 말이다. 수현과 규호 모르게 연애를 하려니 시시한 용건으로 작은 창문을 수시로 여닫을 수도 없고 붙어 있기는 더더욱 불가능했다. 그를 마주하고 싶지 않은 날마다 귀신같이 출근 날짜가 겹친다고 억울해하던 시절이 있었다는 게 요새는 도무지 믿기지 않았다. 어떻게 그럴 수가 있었을까? 이런 남자를 두고.

"나 안 반가워요?"

두 팔을 뻗어 준수의 등 뒤로 깍지를 낀 하나가 그를 올려다보며 물었다. 오픈 시간 전에 습격한 덕분에 매장 안에는 아무도 없었다. 완벽한 타이밍이었다.

"왜 내 눈에는 안 반가워하는 것 같지?"

물론 거짓말이다. 서준수는 낯간지러운 애정 표현 같은 건 어색해하고 멋쩍어하지만 그의 눈은 언제나 진실했고 굳이 꾸며 붙이지 않아도 그 속에 듬뿍 담긴 애정의 크기를 알게 했으니까. 하지만 괜한 심술을 부려보는 게 또 연애 초기의 묘미 아니겠는가.

"하나야, 라고 불러 봐요."

여전히 하나에게서 눈을 떼지 않으면서도 그 주문에 준수의 눈빛이 조금 곤란한 듯 변했다. 그가 특히나 어려워하는 몇 가지 일들에는 말을 놓는 것도 포함되어 있다는 걸 아주 정확히 아는 영리한 일격이었다.

"아, 그건……."

"빨리 해봐요. 얼른."

속삭이듯 보채는 공격에는 당해낼 재간이 없다. 영 어색해서 몇 번이나 입을 떼기를 망설이던 준수가 결국 졌다는 듯 살짝 눈을 감으며 말했다.

"하나야."

준수의 목소리로 불리는 제 이름이 상상했던 것보다 훨씬 더 황홀해서, 하나는 순간 제가 뭘 하려고 했는지도 잊어버렸다. 이 남자는 전생에 나라를 몇 개나 구했기에 어쩜 목소리까지도 저리 완벽할까.

"한 번만 더요."

점점 더 뻔뻔해지는 요구에 준수가 어이없다는 듯 웃었다. 실은 그 자신이 더 어처구니없게 느껴졌다. 이게 뭐 그리 대단한 유혹이라고 마음이 흔들리나.

"하나야."

다시 들어도 황홀하다. 결국 고개를 떨군 채 키득거리고 만 하나는 다시 얼굴을 들어 준수를 올려다보았다.

"왜?"

모르겠다는 듯 길게 말끝을 늘여 묻는 목소리가, 그 얼굴이 뻔뻔하면서도 한없이 사랑스럽게 느껴져서 방금 하나가 그랬던 것처럼 웃던 준수가 저도 모르게 손을 뻗어 그녀의 두 뺨을 감싸고 살짝 입 맞췄다. 입술이 맞닿는 순간 몸을 움츠린 하나가 그의 품에 폭 안기며 한탄했다.

"아, 나 진짜 어떡하지."

"왜요?"

"너무 행복해서 이러다 죽을지도 모르겠네."

"죽는 건 곤란해요."

웃으며 그렇게 답한 준수가 문득 정말로 곤란한 표정을 지었다.

"아, CCTV."

고개를 돌린 하나가 가게 구석 사각지대로 시선을 뻗었다. 영업장이라 당연하게도 매장 안 곳곳에 폐쇄 회로 카메라가 설치되어 있었다. 그러나 하나는 아무렇지도 않게 다시 준수를 쳐다보았다.

"뭐 어쩔 거야, 사장이 내 남자친구인데."

천연덕스러운 얼굴을 하고 어깨를 으쓱해 보이는 하나의 말에 준수가 다시금 웃었다. 아르바이트생이 아직 출근하기 전이라 천만다행이었다.

"아침 안 먹고 왔겠죠?"

"당연하죠. 2주에 딱 한 번뿐인 황금 같은 휴일에 누구 얼굴 보겠다고 늦잠까지 포기하고 아침 댓바람부터 달려왔는데."

귀엽게 투덜거리는 하나를, 준수는 가게에서 제일 좋은 명당으로 안내했다. 찬 공기도 이겨내는 포근한 겨울 햇살이 내리쬐는 자리였다. 물을 가져다주고 메뉴판까지 친히 펼쳐 준 그가 물었다.

"뭐로 줄까요?"

"음, 여기 음식은 정말 잘생긴 요리사가 만드나요? 지난번엔 검증을 못 했는데 진짜 그런지 어디 얼굴 한번 보고 싶네."

전에 이곳에 왔을 때 준수가 썼던 표현을 인용한 하나가 짓궂게 대꾸했다. 그러나 그 얼굴에는 금세 고르기 어렵다는 듯 난처한 빛이 떠올랐다.

"다 맛있어 보여서 못 고르겠어요. 지난번에 먹은 피시 앤 칩스도 맛있었는데. 아, 세상에는 맛있는 게 너무 많아요."

"그럼 다 골라봐요. 원하는 대로 만들어줄게요."

“진짜? 그래도 돼요?”

“뭐 어쩔 거야, 사장이 남자친구인데.”

습득력 빠르게 준수는 하나가 아까 했던 말을 그대로 읊어주며 끝에는 장난스러운 미소까지 덧붙였다. 국어책을 읽는 듯한 어조에 하나는 그만 빵 터지고 말았다. 가끔 보면 그는 도저히 어울리지 않을 법한 말들을 전혀 안 어울리는 투로 늘어놔서 사람을 웃기는 재주가 있었다.

한참 지나서야 웃음을 멈춘 하나는 고심 끝에 몇 가지 음식을 골라냈다. 꼼꼼히 받아 적은 준수가 더 필요한 게 없는지 묻자 하나는 반짝거리는 눈으로 그를 올려다보았다. 다시 만난 언젠가 그랬던 것처럼.

“세상에서 제일 잘생긴 바리스타가 내려주는 라떼 한 잔도요. 사랑을 듬뿍 담아서.”

다정하게 고개를 끄덕인 준수가 특별 주문을 주방에 전달하고 오늘의 첫 고객이자 특별한 손님을 위해 손수 커피를 내리기 시작했다. 곧 사랑을 고스란히 담아낸 커피의 향이 크리스마스 분위기 가득한 가게 안에 그윽이 퍼져 나갔다.

“음, 좋다.”

준수가 가져다준 잔을 두 손에 쥐고 라떼를 한 모금 마신 하나가 지그시 눈을 감으며 행복한 미소를 지었다. 그러고는 햇빛이 찬란하게 쏟아지는 테라스를 한 번 쳐다보더니 다시 준수를 보고는 입을 열었다.

“날씨도 너무 좋네. 아님 서준수가 좋은 건가?”

능청스럽게 말하고는 까르르 웃는 모습이 지켜보는 이조차 미소 짓게 만들었다. 아직 손님이 없는 매장 안을 한 번 둘러본 하나는 아예 건너편에 앉은 준수를 보았다. 양 손바닥으로 턱을 받치고 그를 조목조목 참 열심히도 쳐다보던 하나가 말했다.

"누구 애인인데 이렇게 잘생겼을까. 계속 이렇게 둘만 있게 손님 안 왔으면 좋겠네."

"그러다 망하면?"

"어, 더 좋네 그럼. 같이 있을 시간도 늘어나고."

나쁜 소원에도 준수는 그저 웃었다. 왜냐하면 그 마음은 그 역시 마찬가지였으니까.

마침 출근한 아르바이트생이 여느 때처럼 큰 소리로 준수에게 인사를 하려다 말고 핑크빛 분위기를 감지하고는 의미심장한 눈짓을 남기며 카운터로 직행했다. 곧이어 한 무리의 손님들이 문을 연 매장으로 들어왔다. 준수가 자리에서 일어나려는데, 때맞춰 두 사람이 있는 자리로 다가온 아르바이트생이 그를 다시 주저앉히고는 테이블 위에 접시를 내려놓으며 말했다.

"그냥 앉아 계세요, 사장님. 그런데 질문 폭격은 좀 각오하셔야 할 거예요."

"질문 폭격?"

"일단 메뉴판에도 없는 특별 메뉴는 도대체 누굴 위한 것인지 주방장님께서 매우 궁금해하고 계시고요, 사장님한테서 좀처럼 찾아볼 수 없는 이 핑크빛 기류의 정체는 무엇인지 저도 굉장히 알고 싶거든요. 맛있게 드세요. 좋은 시간 보내시고요."

붙임성 좋은 태도로 마지막 말은 하나를 쳐다보며 전달한 아르바이트생이 웃으며 멀어져 갔다. 이마를 짚은 채 골치 아프다는 표정을 지으면서도, 준수의 입꼬리는 올라가 있었다.

"사장님 소리 듣네요, 여기선."

"아르바이트생들은 아무래도 나이 어린 친구들이 대부분이라 이름으로 부르기를 어려워해서, 그냥 부르고 싶은 대로 편히 부르라고 했어요. 저 친구는 들어온 지 몇 개월 안 되기도 했고. 전에 있던 아르바이트생이 가수 지망생이었는데 정식으로 연습생이 되어서 그만뒀거든요."

"바쁜데 내가 괜히 와서 귀찮게 하는 거 같아요."

"천만에요. 휴일인데 하나 씨가 쉬지도 못하고 여기까지 온 게 마음에 걸리긴 하지만, 생각지도 못하게 하나 씨를 봐서 난 오히려 기운이 나요. 흠, 그래도 잠깐만 혼자 식사하고 있어요. 가게 연 직후에는 아무래도 정신이 좀 없어서."

당부를 남기고 자리에서 일어나는 준수의 뒷모습을 조금 아쉬운 눈으로 바라보다 하나는 기념사진을 한 장 찍어 간직하고는 식사를 시작했다. 세상에서 단 하나뿐인 특별한 브런치 플레이트였다.

정식 오픈 시간이 지나기가 무섭게 손님들이 들이닥치기 시작했다. 써니사이드 업*sunny-side up* 달걀을 곁들인 프렌치토스트와 팬케이크를 먹으면서도 하나는 아르바이트생과 함께 이리저리 뛰어다니며 주문을 받아 전달하고, 서빙을 하고, 간혹 커피도 내리는 준수를 열심히 관찰했다.

"저 남자는 일복이 터졌네, 참."

고개를 설레설레 저은 하나가 혼잣말을 했다. 그사이 자리에 들른 준수가 물었다.

"맛이 어때요?"

"엄청 맛있어요. 내가 이건 깜빡 잊고 사랑을 듬뿍 넣어 달라는 말을 빼먹었는데, 누가 알아서 넣어줬나?"

“그런 표현은 대체 어디에서 배워 와요?”

“저절로 막 샘솟아요. 서준수 씨가 너무 좋은가 봐요.”

‘너무’라는 단어를 쓸 때면 튀어나오는 그녀 특유의 발음이 준수를 더욱 웃게 만들었다. 샐러드를 입안에 넣으려다 말고 하나가 물었다.

“여기가, 서준수 씨가 처음 시작한 곳이죠?”

“맞아요. 그 당시만 해도 번화가에서 약간 벗어난 위치여서 주변 상권이 충분히 발달되어 있지 않았는데, 오픈한 직후에 갑자기 이쪽 동네가 주목을 받으면서 비용 회수가 생각보다 빨라졌어요. 임대료가 만만치 않게 상승해서 꼭 좋은 것만은 아니었지만. 운이 좋았죠. 덕분에 다른 매장도 낼 수 있었고.”

“이 남자는 뭐 이리 겸손하기까지 해. 운도 실력이에요.”

“고마워요, 그렇게 말해줘서. 그런데, 어떻게 알았어요? 어디에서 무슨 얘기를 듣고 온 건지 안 그래도 내내 궁금했는데.”

“나, 실은 서준수 씨 인터뷰 읽었어요.”

“인터뷰?”

“동생한테 온 학교 신문에서. 준수 씨랑 같은 학교 같은 학과더라고요.”

준수가 비로소 알겠다는 듯 고개를 끄덕였다. 조금 난처하게 웃은 그가 덧붙였다.

“간혹 매체에서 인터뷰 요청 들어와도 다 거절했는데, 아무래도 모교라…… 나중에는 교수님까지 간곡히 부탁하셔서 거절할 수가 없었어요.”

“알아요. 다 읽었다니까. 서준수 씨가 어떤 사람인지, 얼마나 열심히 살았는지. 그리고 해인 선배님한테도 들었어요.”

“해인 씨한테서 들었어요? 뭘?”

“두 분이 얼마나 영화같이 만났는지.”

짐짓 딴소리를 들먹이며 화난 체하는 하나의 대답에 준수가 소리 내 웃었다.

“난 우리가 만난 게 더 영화 같은데.”

“하긴, 우리는 멜로에 액션, 스릴러까지 있었으니까.”

잠시 키득거린 하나가 다시 진지한 눈을 하고 입을 열었다.

“아무튼 그건 농담이고, 「L'amour」가 서준수 씨한테 어떤 의미인지 들었어요.”

“아. 남다른 의미이긴 하죠.”

“왜요?”

“하나 씨를 다시 만났으니까.”

“그래서 이름을 잘 지어야 된다니까? 봐요, 가게 이름대로 진짜 사랑을 구웠잖아요.”

하나가 장난스럽게 맞장구를 쳤다. 삽질 100단에서 능청 100단으로 거듭난 하나를, 준수는 다정한 눈으로 바라보았다. 그녀의 눈빛 손짓 말투 그 모든 것들은 연인을 향한 애정의 크기를 표현하지 않을 수 없게 만들었고, 겉으로 드러내는 것보다 더 깊은 감정은 그의 마음속에 가득했다.

그러나 하나의 표정이 어쩐지 만족스럽지 않아 보여 준수는 고개를 살짝 기울이며 물었다.

“뭐 하고 싶은 말이라도 있어요?”

“모자라요.”

“모자라요? 뭐가?”

“시간이.”

더없이 시무룩한 얼굴을 하고, 그러나 비장한 어조로 대답한 하나가 말을 이었다.

"있잖아요, 나 사실은 그동안 서준수 씨에 대해 알고 싶은 게 너무 많았어요. 이제는 꽤 많은 걸 알게 됐는데, 그런데도 아직도 궁금한 게 너무 많아요."

"다 물어봐요. 뭐든 대답해 줄 테니까."

"조바심이 나요. 시간은 너무 빠르고 내가 알고 싶은 것들은 매번 더 늘어나기만 하는 것 같아서. 어떡하죠?"

"그럴 필요 없어요. 언제까지나 내가 하나 씨 옆에 있을 거니까."

흘러내린 하나의 머리카락을 넘겨준 준수가 웃으며 답했다. 아직 다하지 못한 이야기들이 산더미였으나 새로이 막이 열린 나날들이 두 팔 벌려 두 사람을 기다리고 있었다. 이미 지나온 길은 때로는 조금 험난했지만, 함께 걷는 길은 행복했고 앞으로 같이 걸어가야 할 길은 더더욱 기대가 됐다. 서로의 곁에 서로가 있다는 이유 하나만으로.

크리스마스를 일주일 앞두고 드디어 전국 대학 연극제의 신호탄이 쏘아 올려졌다. 한 주간 10개가 넘는 대학교의 연극 동아리들이 열정적으로 무대를 꾸몄고, 다애가 소속된 '극예술연구회'는 피날레를 장식할 마지막 공연 시간을 배정받았다. 낮 공연이 끝나기가 무섭게 우르르 무대 위에 세트를 설치하고 조명을 점검한 멤버들은 초조한 마음으로 막이 오르기를 기다렸다.

이미 기획력이 검증된 기라성 같은 기성 작품들 사이에서 '극예술연구회'는 드물게 창작극을 무대에 올리는 팀이었다. 그러니 지난 몇 개월간 동고동락하며 극본을 한 줄씩 쌓아 올린 끝에 하나의 작품을 완성해 낸 동아리원들의 긴장감과 설렘은 다른 팀과 비교할 바가 되지 않았다. 그중에서도 다애는 유달리 초조함을 감추지 못했다.

아주 어린 시절부터 동경해 온 연극 연출가의 꿈이 마침내 한 조각 실현될 순간이 코앞에 다가와 있었다. 오롯이 제 능력으로만 창조해 낸 작품은 아니었으나 제가 적극적으로 아이디어를 내고 기획에 참여한 인생 최초의 연극이 곧 관객들에게 선보여질 거라는 생각에 다애는 거의 제정신이 아니었다.

연극제의 피날레인 데다 금요일 저녁이라는 황금 시간대에 힘입어 티켓은 일찌감치 매진을 기록했고, 객석은 공연 시작 30분 전부터 인산인해를 이루었다. 드디어 막이 오르고, 관객석도 무대 위도 아닌 어두컴컴한 소극장 구석에 숨은 다애는 손톱까지 물어뜯으며 공연을 지켜보기 시작했다.

객석의 반응은 가히 폭발적이었다. 그러나 다애만은 관중들이 폭소를 터뜨릴 때도, 눈물지을 때도 시종일관 입을 꾹 다문 채 무대에서 바짝 긴장한 눈을 떼지 못했다. 온 신경을 곤두세워 집중하고 있긴 했으나 아이러니하게도 내용이 하나도 머릿속에 입력되지 않았다.

마침내 연극이 끝나고 관객석에서 터져 나온 우렁찬 박수갈채가 작은 극장 안을 뒤흔들고 나서야 조금 정신이 들었다. 막이 내렸는데도 여기저기서 쏟아지는 환호성과 휘파람 소리에 귀가 다 얼얼했다. 모든 게 끝이 난 지금 이 상황이 꿈처럼 비현실적으로 느껴져서, 근처에 있던 동아리원들이 서로 얼싸안고 환희를 나누는 틈에서도 다애는 여전히 꼼짝 않고 제자리에 서 있었다. 그때였다.

"축하해."

불쑥 들려온 목소리와 함께 커다란 꽃다발이 앞으로 내밀어졌다. 그러나 미처 그걸 확인하기도 전에 다애는 뒤돌아서 있었다.

"이태일……."

마치 마법처럼 눈앞에 서 있는 태일이 보였다. 아, 이 상황은 역시나 꿈이 맞았던 걸까? 그러면서도 다애는 떨리는 목소리로 말을 걸었다.

"어떻게…… 왔어?"

"차 타고 왔지."

그 싱거운 대답에 다애는 픽 웃고 말았다. 그러나 여전히 꿈결 같은 떨림은 계속되었다.

"장난치지 마. 진짜로 어떻게 온 거야?"

"약속했잖아. 가겠다고."

어느새 머나먼 과거가 되어버린, 연극제 참여가 확정된 날이었다. 잔뜩 들뜬 다애는 제일 먼저 태일에게 전화를 했고 아직 날짜가 정해지지도 않은 연극에 그를 초대하고는 꼭 와야 한다며 신신당부를 했다. 그래놓고 정작 공연 일자가 확정되고 초대장이 나왔을 때는 아무 소식도 전하지 못하고 끝내 주지 못한 초대장을 서랍 한구석에 꽁꽁 숨겨놓았는데, 놀랍게도 그가 나타났다. 아무도 알아보지 못할 캄캄한 소극장 구석에.

"연극…… 어땠어? 재밌었어?"

"글쎄, 내가 보러 온 건 저 무대가 아니라 너의 무대라서."

미처 그 대답이 끝나기도 전에 다애는 앞뒤 재보지도 않고 와락 태일에게 뛰어들어 안겼다. 다시 무대의 막이 열리고 퇴장한 연기자들은 물론 전 스태프가 무대 위에 오르기 시작했는데도 다애는 태일의 목을 끌어안은 채 눈물만 글썽였다.

"넌 안 올라가?"

"안 가. 안 가도 돼."

"네 인생의 무대 위에는 네가 서 있으라니까, 넌 참."

"그게 지금 여기잖아. 내 커튼콜은 지금 이 순간이야."

무대로 올라간 스태프들이 손에 손을 잡고 인사라도 했는지 사방에서 날아오는 환호성과 박수갈채가 한층 커졌다. 그런데도 태일과 다애는 여전히 서로의 눈빛과 서로의 목소리에만 온 신경을 끌어모아 집중하고 있었다.

"사실 인사하러 왔어."

"무슨 인사?"

"미리 메리 크리스마스."

"뭐야, 그게."

"크리스마스에 직접 얼굴 보고 못 할 것 같아서. 나 군대 가."

"뭐?"

뜻밖의 소식에 다애는 품에서 떨어져 나와 멍한 눈으로 태일을 쳐다보았다. 지금 무슨 말을 들은 거지?

"크리스마스이브에 훈련소 들어가."

"거짓말…… 장난치지 말라니까."

"진짜야. 그냥 말 안 하고 가버릴까 고민했는데, 그러면 돌아와서 너한테 엄청 맞을 것 같아서 양심선언 하는 거야."

사방이 시끄러운데도 장난스러운 듯 떨리는 태일의 음성은 또

렷이 귓가에 전해졌다. 이제 막 입대 계획을 잡았다는 것도 아니고, 이미 오래전에 입영 신청을 해서 바로 며칠 후로 입소일이 정해졌다는 거다. 그 소식이 서서히 실감되기 시작한 순간 다애는 바보처럼 엉엉 울고 말았다.

"이게 뭐 그리 대단하고 슬픈 일이라고 울어? 누가 보면 내가 뭐 3개월 후에 죽기라도 하는 줄 알겠다. 남들 다 가는 군대잖아."

"나쁜 놈…… 그동안 군대로 도망가 버릴 준비나 하고 있었던 거야? 네가 어떻게 나한테 그래?"

"네가 좋아한다고 말했을 때, 나 사실 엄청 허탈했어. 그 전날에 입소일 확정됐다는 연락 받았거든. 타이밍이 뭐 이런가 싶더라."

차분하게 말하면서도 태일의 목소리는 여전히 떨리고 있었다. 그럼에도 그는 이내 한숨을 내쉬고는 그동안 차마 전하지는 못하고 홀로 차곡차곡 쌓아 온 진심을 전했다.

"맞아, 나 사실 도망가는 거야. 그래도 지금 이 순간을 너와 함께 나눌 수 있어서 다행이야. 오늘이 오면 언제나 기꺼이 아무도 쳐다보지 않는 무대 뒤를 지켰던 너에게 아낌없는 축하를 해 주고 싶었어. 언제나 꿈을 꾸던 너를, 그 꿈을 향해 성실히 나아가던 너를."

그 진실한 응원이 도리어 마음을 찔러서 코끝이 찡해지며 더 많은 눈물이 흘러내렸다. 그러면서도 다애는 태일에게서 눈을 떼지 않았다. 한 번도 보지 못한 얼굴을 하고 처음으로 제 속마음을 털어놓는 그를.

"너무 늦은 이야기라도 괜찮다면 지금 할게. 네가 표현한 대로 이상은 현실과 너무 멀지만, 현실과 각본은 결코 같을 수 없지만 그럼에도 늘 노력하는 너는 네 무대의 주인공다웠어. 그런 네가, 사실 나는 부러웠어. 너처럼 매일 한 발자국이라도 더 나아가지 못하고 지레 포기해 버린 내가, 그런 네 옆에 서기에는 한없이 부족하게 느껴질 정도로. 그런 주제에 못난 나를 들키고 싶지 않아서 한 번도 말은 안 했지만 결국에는 잠시 네 주위를 스쳐 지나가는 등장인물 1로 끝이 날까 봐, 그저 하염없이 너를 지켜봐야만 하는 무대 아래의 관객으로 끝이 날까 봐, 겁이 났어.”

“……”

“그래서 한 번도 진심으로 말하지 못하고 늘 떠보듯 장난처럼 이야기했어, 좋아한다고. 너는 늘 나를 대단하다는 듯이 말했지만 내 모든 동경은 너였어. 나는 왜 너처럼 될 수 없을까, 그렇게 생각하면서도 그런 네가 좋았어, 나는. 네가 지쳐 쓰러질 때 내가 조금이라도 힘을 보태줄 수 있어서, 그런 너를 가장 가까운 곳에서 지켜볼 수 있어서 이렇게 사는 것도 나쁘지 않겠다 싶었어. 내 꿈은, 네가 행복해지는 거였어. 그래서 나는 조금 더 괜찮은 사람이 되고 싶어. 더는 유치해지기 싫다는 내 말, 진심이야. 매 순간 조금 더 나은 곳을 향해 나아가는 너의 무대를 더 이상 망치고 싶지 않았어, 난.”

“네가 뭐라고 하든 나 안 들어. 너 이렇게 가버리면, 나 너 안 기다릴 거야. 절대로.”

“기다려 달라고 말하는 거 아니야. 내가 기다리는 거야, 네 인생의 무대에 함께 서게 될 날을. 2년 금방이야. 하지만 아마도 나한테는 너무 긴 시간이겠지. 그 시간이 모두 지나가 버리고 많은 게 변해도 너의 마음이 그대로라면, 그때 또다시 막이 오른다면 나도 함께 서고 싶어. 네가 꿈꾸는 무대 위에.”

알고 있었다. 이제 와서 아무리 어깃장을 놓아봐도 달라지는 건 없다는 사실을. 태일을 붙잡고 한바탕 울음을 쏟아내고 그동안 쌓인 눈물을 모조리 털어내고 나서야 조금 진정한 다애는 울먹이며 입을 열었다.

“편지 써야 돼.”

“그건 네가 써줘야 되는 거 아니야?”

“휴가 나올 때마다 꼬박꼬박 신고해.”

“알았어. 할아버지한테는 연락 안 드리고 너한테만 할게.”

“무슨 소리를 하는 거야? 교수님께도 해. 제일 먼저.”

“덤으로 포상 휴가도 받을 수 있도록 사격 열심히 해볼게. 더 할 말 있어?”

“넌 진짜 나쁜 놈이야.”

“무대 위에는 가끔은 악역도 필요한 법이니까?”

말이나 못 하면. 눈을 흘기던 다애가 또다시 울음을 터뜨리며 안기자 태일은 얼른 그녀의 어깨를 끌어안으며 다독였다. 커튼콜마저 끝이 났는지 무대를 향해 다시 우레와 같은 함성이 쏟아지고 사람들이 극장을 빠져나가는 소리가 떠들썩하게 주위를 메웠지만 두 사람은 여전히 서로를 꼭 안은 채 가만히 서 있었다. 막이 오르고 내린 지금 이 순간의 여운을 느끼듯.

연극이 끝나고 막이 내린 뒤 관객들의 환성과 박수는 무대 뒤로 퇴장한 출연자들을 다시 무대 앞으로 불러낸다. 하나의 작품을 위해 무대 위와 아래에서 크고 작은 역할을 맡았던 이들이 모두 나와 열렬한 박수를 받는 벅찬 순간이 지나가면, 그들은 다시 다음 작품을 향해 달려간다. 가슴 뭉클하고 마구 심장이 뛰는 또 한 번의 커튼콜을 꿈꾸며. 이렇듯 막이 내리는 순간에도 인생이라는 연극은 계속된다.

커튼콜, 그 가장 찬란한 여정을 향해.

에필로그
여전히, 당신의 앞날에 행운이 가득하기를

소금 같은 눈발이 흩날리던 어느 날, 해인이 예정보다 이르게 아기를 낳았다. 한 해가 저물어가는 크리스마스 무렵 뜻밖의 선물처럼 찾아온 아이였다. 한 살 어리게 태어날 수 있는데도 제 엄마를 쏙 빼닮아 성질이 급하다며, 전화로 출산 소식을 전하던 해인의 목소리가 밝게 들려 그제야 모두가 마음을 놓았다.

두 팀으로 나눈 「L'amour」의 직원들은 이틀에 걸쳐 해인이 있는 병원에 방문하기로 했다. 하필이면 앙숙인 수현과 규호가 같은 팀이 되고 준수와 하나가 한 팀을 이룬 건 지극히 우연에 불과했지만.

"어서 와. 두 사람 다 정말 오랜만이다."

크리스마스이브 저녁, 잠시 외출한 준수와 하나는 해인을 만나러 갔다. 병실 침상에 누워 있는 해인은 확연히 해쓱해 보이긴 했으나 평상시처럼 명랑했다. 오랜 기다림 끝에 비로소 엄마로 거듭난 그녀에게, 두 사람은 진심 어린 축하 인사를 전했다.

"어머, 어떡해. 엄청 예뻐요."

해인이 제일 먼저 들이민 아이의 사진을 보자마자 하나는 진심에서 우러나온 탄성을 질렀다. 사진으로 만나본 해인과 알렉스의 딸은 프랑스인인 할아버지의 피를 이어받아서인지 벌써부터 이목구비가 뚜렷했다. 웬만한 인사치레는 이미 충분히 되고도 남았지만 하나는 화면에서 오래도록 시선을 떼지 못했다.

"그냥 하는 말이 아니라 정말 인형 같아요. 갓난아기가 어쩜 이렇게 코가 오똑하죠?"

"고마워. 다 하나 씨 얼굴 보면서 태교한 덕분이라니까? 앞으로는 육아에 관한 훈수 좀 부탁할게. 그런데 준수 씨는 뭐 할 말 없어?"

"건강한 모습이라 다행입니다. 조산이라고 해서 염려가 됐는데."

"그거 말고 다른 할 말이 있는 얼굴인데?"

그 예리한 지적에 준수가 잠시 뜸을 들이더니 웃으며 답했다.

"왠지…… 장난기가 더 는 것 같다는 불길한 예감이 드네요."

"역시 준수 씨는 정확하다니까. 있지, 실은 지금 몸이 만신창이라 그렇지 마음으로는 막 에너지가 넘쳐. 아이를 직접 만나고 나니까 엔도르핀이 마구 솟아나는 것 같아."

활기가 넘치는 해인의 말에 준수와 하나는 서로를 마주 본 채 웃었다. 그런 두 사람을 어딘가 짓궂은 눈으로 유심히 살피던 해인이 대뜸 입을 열었다.

"축하해, 하나 씨."

"네? 뭐가요?"

"그리고 준수 씨도."

두 사람은 다시 어리둥절한 얼굴로 서로를 보았다. 축하 인사를 넘치게 받아야 할 사람은 그들이 아니라 해인이었다.

"축하한다고, 두 사람. 내 눈은 못 속여."

그제야 비로소 말뜻을 알아차리고는 흠칫한 하나와 준수가 서로 시선을 한 번 교환하고는 다시 해인에게로 눈길을 돌리며 겸연쩍게 웃었다. 장난기 어린 두 눈을 빛낸 해인이 짓궂게 덧붙였다.

"아하, 두 사람 몰래 만나는구나? 그런데 수현 씨랑 규호 씨가 과연 정말로 모를까?"

다시금 뜨끔한 하나가 준수를 돌아보았다. 절대 티를 내지 않는다고 믿었는데, 실은 아니었던 걸까?

"둘이 서로 쳐다보는 눈에서는 꿀이 떨어지고 깨 볶는 소리가 저 밖까지 나는데 모를 리가 없지. 애쓴다, 두 사람. 하나 씨, 자기가 제일 티 나는 건 알아?"

"네? 저요?"

"내가 솔직히 준수 씨만 봤으면 좀 긴가민가했을 텐데, 자기 덕분에 확신했지. 어쩜 그렇게 얼굴이 활짝 폈어? 유부녀 질투 나게."

말과는 달리 해인은 흡족한 얼굴을 하고 두 손을 맞잡은 채 덕담을 건넸다.

"이렇게 될 거 내가 진즉부터 알았지. 참 오래도 끌었다. 진심으로 축하해. 잘 어울려, 두 사람."

"아…… 이럴 땐 뭐라고 해야 하죠?"

"뭘 뭐라고 해. 오래오래 행복하게 만나. 옆에서 지켜보는 사람 배 아플 정도로."

그런데 이거 궁금해지네, 나 자리 비운 지 얼마나 됐다고 벌써 진도가 여기까지 나간 거야? 호기심에 발동이 걸리려는 해인의 질문을, 준수와 하나는 웃음으로 무마했다. 이미 밤이 깊었고 아무리 건강해 보인다 해도 해인이 아직은 무리하면 안 되는 것을 알기에 두 사람은 다음을 기약하며 병실을 떠났다.

"맞다, 태일이는 잘 들어갔겠죠?"

하다 하다 크리스마스이브에 입대하는 걸로 뒤통수를 치는 놈이라며 욕하면서도 엉엉 울던 동생을 떠올린 하나가 말했다. 태일이 훈련소에 들어가는 날인데도 종일 근무하느라 배웅을 하지 못한 게 두고두고 아쉽게 느껴질 것 같았다.

"다시 볼 때는 태일이가 더 밝아져 있었으면 좋겠어요."

송별회를 하던 날 마지막으로 본 태일을 떠올린 하나가 덧붙였다. 준수도 고개를 끄덕였다. 그때 마주한 얼굴이 그래도 씩씩하고 편안해 보였기에 조금 마음이 놓였다.

"그나저나 주다애 걔는 거기까지 쫓아가서 창피하게 울고불고 난리 친 거 아닌지 모르겠네. 아, 그러고 보니까 다애가 준수 씨에 대해서 한 말이 있어요."

"다애 씨가요? 왜, 절대 붙어 있지 말래요? 아직도 용서가 안 됐나."

"아닐걸요. 서준수 씨 인터뷰 보여줬더니 나보다 더 감명받아서 혼자 막 상상의 나래를 펼치던데? 아무튼 중요한 건 그게 아니에요. 다애가요, 서준수 씨보고 세이렌이래요."

"세이렌?"

"목소리가 너무 좋으니까 절대 홀리지 말래요. 까딱하다 죽는다고, 자기도 죽다 살아났다고."

하나가 키득거렸다. 몇 번 만나지도 않았는데 어쩐지 그렇게 말하는 다애의 말투가 저절로 상상되어 준수도 소리 없이 웃다 다시 물었다.

"그래서 하나 씨는 뭐라고 했어요?"

"뭐라고 하긴요. 너, 지금 내가 눈에 보여? 난 이미 죽었어!"

준수를 쳐다보며 귀신처럼 대사를 읊던 하나가 까르르 웃음을 쏟아냈다. 너무 웃어 그를 붙잡고 있는 팔이 다 떨릴 정도로. 소리 내 웃는 순간이 많아진 연인 덕분에 준수도 웃음을 터뜨리고 말았다.

"와, 그나저나 사람 진짜 많다."

늦은 밤이었으나 성탄 전야의 거리는 온통 인파로 북적였다. 멀리에서도 대번에 눈길을 사로잡는, 휘황찬란한 조명이 외벽 전체를 휘감고 있는 백화점 건물을 하나는 두 눈을 크게 뜬 채 한참이나 쳐다보았다. 웅장한 건물 외관 대신 그런 하나를 바라보던 준수가 물었다.

"그냥 들어가는 거 아쉽지 않아요?"

맡은 바 임무를 완수했으나 그들은 각자 집으로 향하는 대신 「L'amour」로 돌아가야 했다. 성탄절이 내일이니 제과점으로서는 대목이었고 휴업은 당연히 사치였다. 끝도 없이 줄줄이 예약이 잡힌 케이크와 타르트가 하나 혼자 감당하기에는 벅찬 양이라 준수가 함께 남아 작업을 거들기로 되어 있었다.

"음…… 그 대답도 버전이 두 개가 있어요. 지금 이 순간의 주하나랑 며칠 뒤면 나이를 한 살 더 먹을 주하나. 어떤 쪽부터 들을래요?"

"후자."

"지금 이렇게 길에서 버릴 시간이 없어요. 빨리 가요. 우리의 고객들이 과연 어떤 기분으로 크리스마스를 맞이할지, 그 막중한 대사가 내 손에 달려 있으니까."

그 천연덕스러운 연기에 준수가 웃었다. 나머지 대답은 어떠할지 왠지 짐작이 갔으나, 그는 구태여 다시 물었다.

"그럼 현재에 충실한 대답은?"

"엄청 아쉬워요. 진짜 너무 완전 많이 정말."

목소리만 들어도 빤한 대답이었다. 한참을 소리 없이 웃다가, 준수는 히든카드를 꺼냈다.

"그럼 들어가지 말까요?"

"진짜?"

"밥 먹으러 가요. 근무하느라 저녁도 못 먹어서 배고플 텐데."

기대도 안 한 깜짝 데이트의 가능성에 순간 눈이 커졌으나, 하나는 금세 풀죽은 목소리로 대꾸했다.

"이런 날에 자리가 있는 식당이 어디 있어요."

"있어요."

"있어요? 어디? 크리스마스이브에 자리가 남아돌 정도면, 엄청 맛없는 집인 거 아니에요?"

진지하게 놀라는 반응에 벌써 몇 번째인지 모르게 웃고 만 준수가 손을 뻗어 하나의 목을 감싸고 있는 목도리를 고쳐 매주었다. 그러고는 다정히 눈을 맞추며 말했다.

"엄청 맛없는 식당인지, 직접 가서 평가해 봐요."

그렇게 하나는 영문도 모르고 준수의 손에 이끌려 알 수 없는 목적지로 향했다. 15분쯤 걸어 옆 동네로 넘어가자 마찬가지로 사람들로 북적거리긴 하지만 분위기는 조금 다른 거리가 나타났다. 심심치 않게 눈에 띄는 외국인들을 지나쳐 완만한 언덕을 오르던 준수는 골목으로 빠지더니 모퉁이 바로 옆 건물로 들어갔다.

"어서 오십시오."

세련되게 차려 입은 여자 지배인이 입구에서 깍듯이 그들을 맞이했다. 미소를 지으며 준수에게 눈짓을 한 여자가 잠시만 기다려 달라는 안내를 남기고는 안으로 사라졌다. 준수와 서로 잘 아는 사이인 눈치였다.

"이런 고급 레스토랑에 자리가 있겠어요? 봐요, 안에 사람이 저렇게 많은데."

하나가 걱정스럽다는 투로 중얼거렸다. 그러나 그녀는 금세 다시 두 눈을 크게 떴다.

"우리 바쁘신 막내께서 어인 일로 행차를 다 하셨나?"

셰프로 보이는 남자가 지배인을 따라 나오더니 준수에게 격의 없이 알은체를 했다. 뒤늦게 옆에 서 있는 하나를 발견하고 그녀보다 더 깜짝 놀란 남자가 준수의 어깨를 툭 쳤다.

"나 지금 너무 앞서 나가는 거 아니겠지?"

"앞서 나가는 거 맞는데. 앞뒤 없이 대뜸 그게 무슨 말이야?"

"크리스마스이브, 야심한 밤, 동행은 여자. 답은 하난데?"

"어, 그건 제 이름인데."

흠칫한 하나가 엉겁결에 끼어들었다. 그 말에 준수는 웃음을 터뜨렸고, 셰프는 다시 하나에게로 시선을 고정시켰다.

"성탄절에 진짜 메시아께서 강림하셨네. 제가 기대하는 대답을 해주실 분이신가요?"

"어…… 어떤 답을 원하시는데요?"

"얘기는 천천히 하고 자리부터 안내해 줘. 없으면……."

"만들어서라도 대령해야지. 누구 분부이신데 감히 거역하겠습니까."

준수가 적절히 상황을 정리하려 나서자 셰프는 지배인 대신 몸소 두 사람을 빈 테이블로 안내했다. 창문을 투과하는 밤의 빛과 조도가 낮은 조명만이 사위를 밝히고 있어 다소 어둑하긴 했으나 전반적으로 모던하고 깔끔한 분위기의 레스토랑이었다.

"인사가 늦었습니다. 셰프 네이선 윤입니다."

"아, 안녕하세요. 주하나라고 합니다."

"네. 가련한 어린 양을 구원하러 오신 구세주시죠."

"예?"

"보라 세상 죄를 지고 가는 하나님의 어린 양이로다."

셰프가 준수를 돌아보며 진지하게 읊었다. 그러더니 그대로 직격탄을 날렸다.

"그래서, 두 사람은 무슨 사이야?"

잔을 들어 물을 마시다 말고 기습을 당한 하나가 빠르게 냅킨을 집어 참사를 막고는 준수를 쳐다보았다. 그도 곤란한 듯 다정한 눈으로 막 그녀를 돌아본 참이었다.

아직 연애 초기라 둘 다 누군가에게 서로를 소개해 본 적이 없어 무어라 말해야 할지 난감하기만 했다. 결국 겸연쩍게 웃고 만 준수가 다시 셰프를 돌아보며 입을 열려던 찰나, 셰프가 선수를 쳤다.

"됐다, 됐어. 네놈 눈빛만 봐도 알겠다."

흡족하게 웃은 남자가 이번에는 하나에게 말했다.

"이 누추한 곳에 하나님께서 찾아주셨으니 마땅히 셰프 스페

셜 코스로 모시겠습니다.”

“메뉴도 안 주고?”

“걱정 마. 가게 곳간 다 털어서 대접할 테니까.”

“그래도 메뉴판은 줘. 어떤 것들이 있는지 궁금해할 거야. 알려주고 싶어.”

“와, 내가 지금 서준수한테 대체 무슨 말을 들은 거지? 혹시 서준수의 탈을 쓴 사탄인가?”

과장되게 놀란 척을 한 셰프가 멀찌감치 서 있는 지배인을 향해 손짓하자 그녀가 메뉴를 가져왔다. 테이블 앞에 나란히 서서 모종의 시선 교환을 하던 셰프와 지배인은 곧 좋은 시간 보내라는, 의례적이지만 뼈가 있는 인사를 남기고 퇴장했다.

‘기쁘다 구주 오셨네’의 멜로디를 흥얼거리며 주방으로 복귀하는 셰프의 뒷모습을 웃음기를 머금은 채 바라보던 하나가 말했다.

“되게 재미있는 분 같아요.”

“음…… 제정신은 아니죠.”

씩 웃은 준수가 답했다. 금세 다시 나타난 지배인이 화덕에 구운 빵을 담은 바구니를 내왔고 하나는 은은한 재즈 선율이 흐르는 레스토랑 내부를 요리조리 둘러보다 감탄했다.

“와, 나 지금 꼭 꿈꾸는 것 같아요. 내 인생에 이런 근사한 곳에서 크리스마스를 맞이하는 날이 다 오다니.”

게다가 무려 서준수와 함께하는 제대로 된 첫 식사다. 일하다 시간에 쫓겨 허겁지겁 때우는 거 말고, 회식 말고. 그러다 문득 미간을 찡그린 하나가 무언가를 곰곰이 생각하더니 다시 입을 열었다.

“아, 나 알겠어요. 여기, 서준수 씨 가게 세 군데 중에 마지막 남은 한 곳이죠?"

"내 가게라고 부르기 제일 민망한 곳이죠."

"여기에서는 어떤 일 해요?"

"주방 보조."

"아, 그래서 아까 셰프님이 막내라고 불렀구나?"

하나가 키득거렸다. 오너 셰프 뭐 그런 걸 기대했는데 무려 주방 막내라니, 귀여운 포지션이었다.

"그런데 왜 서준수 씨가 어린 양이에요?"

"저 형이 부르는 별명들 중 한 가지예요. 독실한 신자라 종교적인 비유를 많이 쓰거든요. 어린 양, 순례자, 고난의 십자가, 뭐 그런."

"뜻이 하나같이 다…… 알 만하다. 서준수 씨 진짜 그동안 수도사처럼 살았나 봐요. 뭐 이렇게 서준수의 연애를 기원하는 사람이 많지?"

곧이어 아뮈즈 부슈*amuse bouche*와 신선한 샐러드가 나왔다. 꽃잎처럼 얇게 저민 장봉*jambon*으로 감싼 푸아그라를 손도 대지 않고 신기하게 쳐다보기만 하던 하나가 또다시 감탄을 쏟아냈다.

"와, 엄청 섬세하다. 가만 보면 셰프들도 꼭 예술 하는 사람 같아요."

"비슷한 면이 있죠. 저 형도 괄괄해 보여도 요리할 때는 누구보다 예민하고 레스토랑 운영에 관해서는 굉장히 고뇌하거든요. 그럴 때면 창작의 고통을 느끼는 예술가가 따로 없죠."

"그런 얘기 들으니까 먹기가 더 망설여지네."

그렇게 말하고는 정말로 한참이나 더 접시 위의 예술 작품을 감상하던 하나가 이윽고 조심스레 요리를 입에 넣었다. 리코타

치즈와 드라이 토마토에 새콤한 발사믹 드레싱을 곁들인 샐러드
도 한껏 입맛을 돋웠다.

온 우주의 맛을 한데 품은 듯한 두 종류의 애피타이저와 땅콩
호박을 곱게 갈아 만든 수프도 지나가고 메인 요리를 기다리는
동안 하나는 메뉴판으로 시선을 돌렸다. 메뉴마다 아래에 작은
글씨로 간단한 설명이 적혀 있었으나 워낙 평소에 접하기 힘든
음식들이라 알아보기가 어려웠고 피부에 쉽사리 와닿는 건 오로
지 어마어마한 가격뿐이었다.

제일 비싼 코스의 가격을 확인하고 흠칫한 하나는 메뉴판 속
설명들을 읽어보다 살짝 콧잔등을 찌푸리며 준수에게 이것저것
묻기 시작했다. 그는 짜증을 내거나 귀찮아하는 기색 없이 사용
된 재료와 요리의 명칭, 어려운 용어들까지 자세하면서도 알기
쉽게 일러주었다.

어느 순간부터 메뉴판보다 설명을 해주는 준수의 얼굴을 더
많이 힐끔거리던 하나가 불쑥 물었다.

"있잖아요, 듣다 보니까 궁금해졌는데 준수 씨는 요리 얼마만
큼 잘해요?"

"어…… 다른 레스토랑 주방 막내들이 하는 만큼?"

"서준수 씨가 해주는 요리 먹어보고 싶어요."

그 말에 준수가 무어라 답을 하려다 말고 말문을 닫더니 미묘
한 표정을 지었다. 말을 하지는 않았으나 마치 횡설수설하는 듯
한 인상이 그 얼굴에서 느껴졌고 이윽고 싱겁게 웃어 버리는 그
를, 하나는 의아한 눈으로 쳐다보았다. 저 남자가 어울리지 않게
왜 이럴까?

"갑자기 왜 그래요?"

"아, 그게……."

조금 곤란한 얼굴을 하고 또다시 열없는 웃음을 지은 준수가 말했다.

"요리해 줄 테니까 집에 한번 놀러오라고 말하려 했는데……."

"아. 그런데 그게 뭐 어쨌……."

여전히 어리둥절한 채 무심코 대꾸하려던 하나가 말을 끊었다. 이제 알 것 같다.

'집'이라는 더없이 안락하고 평화로운 단어가 뜻밖에 자아낸 묘한 기류에 두 사람은 한동안 시선을 마주치지 못한 채 괜스레 냅킨을 집었다 내려놓고, 연거푸 물이 든 잔을 매만졌다. 결국 준수가 총대를 멨다.

"그런 뜻으로 말한 건 아니었어요."

안다, 아닌 거. 그런데 보기 드물게 난처해하는 준수를 보니 장난기가 발동해서, 하나는 짐짓 이렇게 물었다.

"그런 뜻이 뭔데요?"

준수의 안색에 다시 당혹스러움이 번졌다. 거기에서 그치지 않고 하나는 안타를 날렸다.

"난 별생각 없었는데, 혼자 되게 당황스러워하시네. 어, 귀까지 빨개진 거 봐."

물론 거짓말이다. 좀처럼 할 말을 찾지 못하는 준수를 보며 하나는 한참이나 큰 소리로 웃었다. 너무 귀엽다, 이 남자.

"장난이에요, 장난. 그런데 나 진짜 서준수 씨 집에 놀러 가도 돼요?"

"하나 씨가 원한다면."

"나야 완전 가보고 싶죠. 그런데 언제? 서준수 씨가 워낙 바빠야 말이죠."

"새해 첫날에 쉴 거예요."

"진짜? 웬일로?"

"나야 상관없지만 다른 직원들은 그런 날에는 쉬어야 하니까. 하나 씨도 그날에는 가족들과……."

"맨날 보는 가족들인데 뭐? 1월 1일? 그날 가면 돼요?"

말이 끝나기도 전에 치고 들어온 외침에 준수가 웃음을 터뜨렸다. 행여나 그가 제안을 취소할까 봐 무작정 외치고 본 하나도 민망한 듯 웃었다. 너무 가족은 뒷전인 사람처럼 굴었나?

"가족들이랑 보내고 남는 시간에 와요. 낮이든 저녁이든 다 괜찮으니까."

"아, 아직도 일주일이나 남았어. 벌써부터 기다려지는데 어떡하지. 그런데, 무슨 요리 해줄 거예요?"

"하나 씨가 먹고 싶은 거 전부 다."

"진짜? 그럼 나 엄청 기대할 건데."

"엄청 열심히 준비할게요."

기대에 찬 이야기를 열심히 떠드는 사이 첫 번째 메인 요리가 나왔다. 특제 토마토소스와 삶은 갑오징어, 익힌 야채를 곁들인 농어 구이를 한 조각 입에 넣은 하나가 탄성을 질렀다.

"이거 진짜 맛있어요. 엄청 쫀득쫀득한데 입에서 살살 녹아요."

갑오징어 역시 질기지 않으면서도 식감이 적당히 살아 있었다. 감탄사를 연발하던 하나가 어떤 요리인지 확인하고 싶은 듯 다시 메뉴판을 펼쳤다. 그러나 메뉴를 읽어 내리는 내내 갸웃거리던 그녀는 고개를 들어 준수를 쳐다보았다.

"있잖아요, 우리가 지금까지 먹은 건 메뉴에는 없는 것 같은데."

"그럴 거예요."

"셰프 스페셜이라서?"

"지금까지 나온 것들 다 평소에 내놓는 메뉴가 아니에요. 아마 지금쯤 저 안에서 네이선 셰프가 혼신을 갈아 넣어서 요리하고 있을 거예요."

그 말을 듣고 보니 불현듯 의아함이 느껴져 하나는 불쑥 말했다.

"서준수 씨 진짜 좋은 사람인가 봐요."

"갑자기 그게 무슨 말이에요?"

"그냥, 문득 그런 생각이 들어서. 서준수 씨 지인들 많이 만나 본 건 아니지만 전부 다 준수 씨를 굉장히 아끼고 좋아하는 사람들인 것 같아서요. 덕분에 나까지 덩달아 하나님이 됐고."

"흠, 내가 좋은 사람인 게 아니라 운이 좋아서 좋은 사람들을 만난 거죠."

"또 그 소리. 서준수 씨가 좋은 사람이기 때문에 주위에 좋은 사람들만 모이는 거예요. 셰프님이랑은 어쩌다 알게 됐어요? 이 레스토랑은 어떻게 시작했고?"

"아직 학생이었을 때, 열심히 아르바이트 뛰던 시절이었어요. 그때는 저 형이 갓 들어온 주방 막내였고 난 접시 나르고 주문받는 서버였죠. 피차 사정이 어려운 데다 서로 레스토랑 서열 최하위와 인생 가장 밑바닥을 다투던 형편이었던지라 금방 친해졌어요. 내가 그 레스토랑을 그만두고 나서도 저 형은 꽤 오래 버텼고, 간간이 연락했고…… 그러다 몇 년 전에 같이 술을 마시는데, 더럽고 치사한 꼴 다 보면서 어렵게 수 셰프*sous chef*까지 올라갔는데 총주방장이랑 사이가 틀어져서 힘들다고, 이젠 연차도 쌓였는데 의견 반영도 안 해주고 후배들 앞에서 면박만 주기 일쑤라 죽고 싶다고…… 그러더라고요. 요리에 인생을 걸었고 요리 철학에 있어서는 워낙 자기 주관 확고한 스타일이라, 얘기만 들어도 얼마나 괴로울지 알 만했죠."

"그래서 두 분이 합심해서 창업한 거예요?"

"처음 차린 이태원 카페가 생각보다 일찍 자리를 잡아서, 어느 정도 회수를 마친 자금으로 안 그래도 뭘 해볼까 고민하던 차였어요, 마침. 때려치우기에는 갈 곳이 없고 자기 레스토랑을 차리기에는 모아둔 돈이 턱없이 부족하다고 하기에 그럼 같이 해보겠느냐고 했죠. 아까도 말했지만 여기는 정말 내 가게라고 말하기 뭐한 게, 셰프가 발 벗고 나서서 모든 걸 다 했어요. 난 아주 좋게 봐줘도 그냥 투자자 정도. 서울 변두리 골목에서 비스트로로 시작하는 것만으로도 감지덕지다 했는데 이 동네에 좋은 매물이 나와서 바로 입점하게 된 것도 네이선 셰프가 이리저리 열심히 뛰어다닌 덕분이었고."

"꼭 드라마 같아요."

매번 느끼는 거지만 이 남자는 겉보기와는 달리 뭐 이리도 극적인 인생을 살아온 걸까? 그러나 준수는 말없이 고개를 저었다.

"운이 좋았다는 말이, 남들한테는 불필요한 겸양의 표현으로 들릴지도 모르겠지만 정말로 그렇지 않아요. 네이선은 지금도 요리와 이곳에 관해서만큼은 상상 이상으로 열성적인 사람이에요. 이 레스토랑을 자기 목숨하고 바꿀 수 있을 만큼. 그 형이 아니었다면 지금의 이곳도 없었을 거고, 내가 그대로 주저앉았다면

「L'amour」도 어쩌면 영영 세워지지 못했을 수 있고, 그럼……."

"우리가 다시 만나지 못했을 수도 있고."

"그래서 나는 내가 운이 아주 좋았다고 생각해요."

"맞아, 서준수 씨는 운이 좋은 사람이에요. '만에 하나'를 만났으니까."

손끝으로 저를 척 가리킨 하나가 활짝 웃었다. 준수도 옅은 미소를 지은 채 고개를 끄덕였다.

"아무튼, 평소에는 어린 양이니 뭐니 하면서 구박하지만 저 형은 아직도 만취하면 그때처럼 손 부여잡고 엉엉 울면서 고맙다고 해요. 깨고 나면 자기는 죽어도 기억이 안 난다고 하는데, 진실은 늘 쓰는 표현대로 신만이 아시겠죠."

그림 같은 요리들도, 부드러운 재즈 피아노의 선율도, 나른한 조명도, 무엇보다 곁에 있는 이 그리고 함께 나누는 이야기들까지 모든 게 꿈처럼 완벽한 크리스마스이브였다. 메인 요리를 모두 맛보고 바닐라 아이스크림을 곁들인 크레페와 상큼한 라임 소르베까지 디저트로 해치운 하나는 마지막으로 나온 커피를 마시며 말했다.

"나 한 번만 꼬집어봐요."

"왜, 꿈인 것 같아요?"

"응. 너무 행복해서 이래도 되나 싶어요. 평생 못 잊을 크리스마스로 남을 것 같아요. 고마워요, 진짜로."

"나 때문에 같이 밥 한 끼 먹기도 어려워서 늘 마음이 쓰였어요. 맛있게 먹어줘서 내가 더 고마워요."

다정한 대화를 나누며 두 사람은 출입구로 나갔다. 여전히 자리를 지키고 있던 지배인이 웃으며 인사를 건넸다.

"좋은 시간 보내셨어요?"

"네. 진심으로 좋았어요. 감사합니다."

"잠시만요, 셰프님께서 가시기 전에 직접 인사드리고 싶다고 하셔서."

안으로 들어간 여자가 이내 셰프와 함께 나왔다. 하나를 보고 두 손을 모은 남자가 경건하게 말했다.

"찬양하라, 하나님을 찬양하라."

하나가 입을 가린 채 웃음을 터뜨렸다. 따라 웃은 셰프가 다시 입을 열었다.

"음식은 입에 맞으셨습니까?"

"완전 맛있게 먹었어요. 셰프님 요리 정말 최고예요. 꼭 예술 작품 같아서 먹기 아까울 정도로 보기 좋았는데 맛도 엄청 훌륭했어요. 진짜 별을 드릴 수 없어서 안타깝지만 제 마음속 미슐랭 가이드 3스타 드릴게요."

"걸음만으로 영광이었습니다. 부디 이 친구와 함께 또 들러주세요. 언제나 VIP로 모시겠습니다."

그러고는 그제야 준수를 돌아본 남자가 여태까지와는 달리 매정하게 말했다.

"바득바득 계산하고 갈까 봐 가격 측정 불가능한 코스로 대접했습니다. 안녕히 돌아가십시오."

"오늘 요리 좋았어. 트러플도 아낌없이 쓰고, 전반적으로 보통 때보다 힘을 많이 준 것 같던데."

"알아주니 고맙다. 재미라고는 개미 눈물만큼도 없는 놈이랑 크리스마스를 보내는데 음식이라도 맛있어야 하지 않겠냐?"

옆에 서 있는 하나를 향해 셰프가 눈을 찡긋했다. 저를 대할 때와는 사뭇 다른 태도에 하나는 입술까지 깨물며 웃고 말았다.

셰프와 지배인에게 작별 인사를 한 준수와 하나는 레스토랑을 나섰다. 팔을 붙들고 나란히 걷던 하나가 슬쩍 손을 잡아오자, 준수는 하나를 돌아보았다. 지그시 시선을 맞추던 끝에 하나가 속삭였다.

"좋아해요."

그 기습 고백이 사정없이 마음을 쥐었다 폈다. 놀란 듯 흔들리는 눈으로 하나를 빤히 보던 준수가 이내 웃으며 나직이 중얼거렸다.

"사람을 막 들었다 놨다 하시네."

그러나 진짜 사람 마음을 들었다 놨다 하는 건 서준수였다. 레스토랑을 나오기 전 셰프와 준수가 잠시 대화를 나누는 동안 지배인이 하나에게 슬쩍 귀띔해 준 말은 바로 준수에 관한 것이었다. 아주 소중한 손님과 레스토랑을 방문할 예정이니 가장 좋은 자리로 예약해 달라고, 같이 올 사람이 이러이러한 것들을 좋아하는데 어떤 요리를 주문하는 게 좋을지 조언해 달라며 준수가 한참이나 고민했다던 이야기를 전해 들은 순간 무어라 설명할 수 없는 감정에 빠지고 말았다.

화려한 레스토랑에서 한 번도 먹어본 적 없는 진귀한 음식들을 맛본 시간들은 물론 황홀했지만, 그래서 그가 좋다는 게 아니라 생색낼 줄도 모르면서 보이지 않는 곳에서 세심하게 신경을 써주는 그 마음이 벅차게 다가왔다. 서준수는 역시나 주하나에게 좋아하지 않을 수 없는 사람이었다.

"엄청 맛없는 식당은 아니었죠?"

불과 한두 시간 전 제가 했던 말이 되돌아와 퍼뜩 여운에서 깨어난 하나는 냉큼 손사래를 쳤다.

"그 말 셰프님한테 절대 전하면 안 돼요. 알겠죠?"

대답 대신 웃은 준수가 손이 차네, 하고 중얼거리고는 하나의 손을 잡은 그대로 제 손을 코트 주머니에 넣었다. 하나는 주머니 속에서 손을 꼼지락거리며 괜스레 장난을 쳤다. 그러다 무심코 하늘을 올려다보니 밤이 깊어 불이 꺼진 천체를 가득 수놓은 별들이 눈에 들어왔다.

"와, 진짜 예쁘다."

한참이나 목이 빠져라 고개를 젖히고 위를 쳐다보다 문득 옆을 보니 준수는 저를 쳐다보고 있었다. 고개를 갸웃한 하나가 물었다.

"왜 별을 안 보고 나를 봐요?"

"하나 씨가 더 예뻐요."

그 생각지도 못한 말에 입을 딱 벌렸다가 하나는 그만 빵 터지고 말았다.

"미치겠다 진짜……."

안 어울리게 낯간지러운 칭찬을 하는 건 웃긴데, 그 와중에 안 그럴 것 같던 사람이 그런 말을 해주니 기분은 좋았다. 연애하다 보니 별 오묘한 감정을 다 느껴본다.

"언제는 예쁘다는 말로 평가하고 싶지 않다면서?"

"그건 지금도 마찬가지인데, 단순히 그런 예쁘다는 뜻이 아니라 하나 씨가 순간순간 짓는 표정들, 꺼내는 말들, 하는 행동들…… 하나 씨는 모르겠지만 나한테는 보이는 그런 순간들, 다 예뻐요. 그런 단어로 표현하고 싶지 않을 만큼."

이 남자는 어쩜 말도 이리 잘할까. 예쁘다는 말보다 몇 곱절은 더 마음이 달뜨는, 평생을 살아도 아마 그 어떤 누구에게도 듣지 못할 그 말을 마음속으로 몇 번이나 곱씹다 하나는 장난스럽게 속삭였다.

"나 엄청 좋아하는구나?"

좋아하는 이에 대해 더 많은 걸 알게 된 하루, 그래서 더 좋아진 사람과 함께하고 있는 매 순간들이 마치 조작이라도 한 듯 더할 나위 없이 완벽해서 이제 다시 일터로 돌아가야 한다는 생각을 하니 조금 전까지의 시간들이 정말 꿈결이었던 것처럼 느껴졌다. 아, 이대로 집에 돌아가서 한숨 푹 자면 그야말로 완벽한 크리스마스일 텐데.

그러나 하나가 스스로 표현한 대로 무수한 사람들의 완벽한 크리스마스가 그녀의 손에 달려 있었고 두 사람은 휴식을 뒤로 미뤄둔 채 「L'amour」로 걸음을 재촉했다. 매장으로 돌아오자마자 옷을 갈아입고 경건한 자세로 작업 모드에 돌입한 두 사람은 열심히 할당량을 채우기 시작했다.

"메리 크리스마스."

케이크 위에 장식을 올리다 말고 12시가 지난 것을 곁눈질로 확인한 하나가 준수를 돌아보며 속삭였다. 불행히도 새벽까지 일을 해야 할 운명이지만 크리스마스를 연인과 단둘이 맞이하다니. 작년 이맘때만 해도, 아니, 불과 한 달 전만 해도 상상조차 하지 못한 일이었다.

"메리 크리스마스."

준수도 미소로 화답했다. 한참이나 지그시 저에게서 시선을 떨어뜨리지 않는 하나에게 그는 살짝 입 맞췄다. 저도 모르게 몸을 움츠린 하나가 떨어지려는 그의 입술을 다시 붙잡았다. 아,

행복해서 죽을 것 같다.

"뭐, 이런 날에 일하더라도 애인이랑 같이 있으니까 나쁘진 않네."

벅차고 설레서 팔딱거리는 마음을 조금 덜어놓고 절반 정도만 표현한 하나가 장난스럽게 중얼거렸다. 까딱하다가는 소문나기 십상이라는 치명적인 단점이 있긴 해도 이래서 사람들이 사내 연애를 부르짖는 건가 보다. 게다가, 여기에서는 소문나 봤자 별로 달라질 게 없기도 하고. 연애를 시작한 이래로 그녀는 퍽 대담해졌다. 요새 들어 눈이 마주칠 때마다 자꾸만 의미심장한 표정을 짓는 권규호가 조금 마음에 걸리긴 하지만 뭐…… 지금의 행복을 막을쏘냐.

"와, 그나저나 정말 끝이 없네, 끝이 없어."

중노동의 결과물인 케이크 상자는 이제 천장까지 쌓일 기세인데 남아 있는 리스트도 도무지 끝이 보이질 않았다. 아무래도 작업이 금방 끝날 것 같지 않아 두 사람은 막간의 휴식을 위해 제빵실 밖으로 나왔다. 크리스마스 분위기 가득한 매장 안에, 오로지 둘뿐이었다.

명당을 차지하고 앉은 하나는 커피를 내리는 준수를 지켜보았다. 내내 구부정하게 숙이고 있던 허리를 곧게 펴 두드리다, 그녀는 농담 반 진담 반으로 푸념했다.

"이브에서 크리스마스까지 연장 근무 하는 신세인 것도 모자라 저 수많은 케이크 중에도 내 몫은 없네, 없어."

"케이크 먹고 싶어요?"

"내가 지겹게 만들어대는 게 그건데 먹고 싶겠어요? 말이 그렇다는 거지. 그나저나 벌써 크리스마스라니, 연말이라니! 오늘이 지나면 26일이고 며칠 더 있으면 스물여섯 살이네, 세상에. 그런 말 있잖아요. 여자 나이는 크리스마스 케이크랑 같다는."

"그런 미친 소리를 믿어요?"

커피 두 잔을 들고 자리로 온 준수가 진심으로 황당하다는 표정을 지었다. 서준수가 하는 말치고 제법 과격한 축에 드는 표현이라 하나는 잠시 움찔했다.

"혹시 누가 면전에서 그런 헛소리를 하거든 차라리 그냥 귀를 막아요. 스물다섯 번째 제야의 종이 울리고 스물여섯 새해가 되는 순간 그 사람의 가치가 사라지나? 말도 안 되는 소리예요. 만에 하나 그렇다 치더라도, 나이는 여자만 먹나? 하나 씨가 그렇게 생각한다면 난 하나 씨를 만날 자격이 없어요. 난 하나 씨보다 훨씬 더 나이를 많이 먹은 퇴물이니까."

단호하게 받아치는 준수를 조금 신기한 눈으로 쳐다보던 하나가 퇴물이라는 표현에 피식 웃었다. 고개를 살짝 기울인 그녀가 말했다.

"내 눈에는 그렇게 안 보이는데, 어떡하죠?"

"하나 씨는 더더욱 마찬가지예요. 지금의 하나 씨는 우리가 처음 만났던 때의 나랑 비슷한 나이지만 그때의 나보다 훨씬 더 잘하고 있어요. 그러니 누가 면전에서 그런 헛소리를 한다면 똑같이 받아쳐 줘요. 말 같지 않은 말에 절대 기죽지 말고."

그 말에 하나는 웃으며 열심히 고개를 끄덕였다. 그런 소리를 들으면 기가 꺾인다는 뜻으로 꺼낸 말은 아니었으나 정설처럼 세간에 떠도는 비유를 단칼에 일축하는 준수의 태도는 더욱 확신을 심어주었다.

"맞아, 어렸을 때 난 꿈 많은 아이였어요. 그리고 지금도 그래요. 서준수 씨 말대로 우린 젊은 것도 아니고 아직 어린 건데, 뭐. 100세 시대에서 고작 사반세기밖에 안 살았는걸?"

커피를 한 모금 마신 준수가 그 능청에 비로소 피식 웃었다. 다정히 눈을 맞춘 그가 물었다.

"여전히 나이 먹는 게 무서워요?"

"실은 조금 그래요. 나는 아직 애 같은데, 마음은 아직 열여덟인데 나이는 계속 먹고 내가 져야 할 책임은 늘어나니까. 그게, 부담이 돼요. 아직은 철부지로 살고 싶어서. 그러는 우리 서준수 씨는, 아직도 본인이 누군가를 책임질 만한 그릇이 안 되는 것 같아요?"

"아뇨, 생각을 바꿨어요. 책임질 필요가 없죠."

그 대답에 하나가 눈을 가늘게 떴다. 이 말은, 그녀와 끝까지 가 볼 의향이 없다는 뜻인가?

"왜요?"

"지금 내 눈앞에 있는 사람은, 혼자서도 얼마든지 씩씩하게 제 몫을 해내는 사람이니까."

서준수가 하는 말을 들으면 꼭 세상 그 어떤 장애물이라도 단번에 물리칠 수 있을 것만 같다. 그가 건네는 말들은, 그의 존재 그 자체는 언제나 열렬한 응원 같아 앞으로 나아갈 힘이 되어주었다. 그러다 불현듯 하나는 오랫동안 머릿속을 맴돌았던 의문을 떠올렸다.

"있잖아요, 실은 나 계속 궁금했던 게 있어요."

"오늘은 또 뭐가 궁금해요?"

"우리 처음 만났을 때요. 그때의 내 나이쯤에 서준수 씨가 매일 다리 위에 와서 했다는 생각. 그거, 뭐 때문이었어요?"

과거를 반추하면 늘 자기 자신에게 초점을 맞추곤 했으나 요즘 들어서는 그때 준수가 해줬던 말들을 그의 입장에서 곱씹어 보게 되었다. 지금의 주하나보다도 어렸던 서준수는 깊은 슬픔에 잠겨 한강을 내려다보는 기분이 어떠한지 정확히 이해하고 있었다. 빨려 들어갈 것 같은 검은 강물을 쳐다보고 있으면 괜스레 더 우울해져서 죽는다는 거 생각보다 별거 아니겠구나 싶어졌던 십대의 서준수는 어떤 상황에 처해 있었을까.

준수는 잠시 말이 없어졌다. 잠자코 기다려 줘야 할지, 아니면 섣불리 물어 미안하다며 질문을 취소해야 할지 하나가 좀처럼 갈피를 잡지 못하는 사이 그가 천천히 말문을 뗐다.

"고등학교 3학년 때였는데, 부모님께서 갑자기 돌아가셨어요."

예측 범위를 초월하는 사연에 하나는 그대로 얼음이 되었다. 준수가 이대로 이야기를 계속하도록 내버려 두어야 하는 건지, 아니면 그만 말하게 하고 다독여 주어야 하는 건지 몰라 입만 벙긋거리는 하나를 보며 그는 옅게 미소 지었다.

"10년도 더 지난 얘기예요. 괜찮아요."

"아무리 시간이 지나도 아물지 않는 상처도 있잖아요. 가족에 관한 일은 더 그렇고."

"교통사고라 현실을 파악하고 말고 할 겨를도 없이 하루아침에 혼자가 됐어요, 난. 형제도 없었고 의지할 만한 가까운 친척도 없었으니까. 코앞으로 다가온 수능이 당장 통과해야 할 가장 큰 관문일 줄 알았던 고등학생 앞에 난데없이 더 큰 난관이 나타났어요, 그렇게."

그 심정이 어땠을지 하나는 감히 가늠조차 할 수 없었다. 그렇게 말하는 그의 표정이 너무나도 덤덤해서 더 그랬다. 그렇게 말할 수 있는 오늘이 오기까지 얼마나 고통스러운 세월을 혼자 견뎌내야 했을까.

"무일푼으로 바닥에 나앉을 신세는 면했지만 채 어른이 되기도 전에 느닷없이 모든 걸 혼자 책임지려니 벅찼어요. 일단 살길은 공부다 싶어서 빨리 정신을 차린 덕분에 다행히 수능은 무사히 치렀고, 대학에 들어갔고…… 그러다 소희를 만났고. 첫사랑은 순간이었고, 이 세상에서 살아남기 위해 닥치는 대로 일을 시작했고, 그다음은 아시다시피."

"그렇게 한 줄로 축약할 수 있는 세월이 아니잖아요. 험난하게 여기까지 왔으면서도 그저 운이 좋았을 뿐이라고 말한 거예요?"

하나가 두 손바닥에 얼굴을 묻었다. 준수의 낯빛이 그제야 당혹스러움으로 물들었다.

"설마, 울어요?"

"내가 어떻게 울어요. 이런 얘기를 그런 얼굴로 하는 서준수 씨 앞에서."

다시 고개를 든 하나가 눈물이 글썽거리는 눈으로 준수를 올려다보다 자리에서 일어났다. 그에게로 다가간 하나는 두 팔 벌려 그를 꼭 안아주었다. 그도 얼떨결에 하나를 끌어안는 바람에 누가 누구에게 안긴 건지 구분이 되지 않는 모양새가 되어버렸지만.

"뭐라고 말해야 될지 모르겠어요."

"아무 말도 안 해도 돼요."

"마음이 막, 복잡해요. 한꺼번에 너무 많은 생각이 들어서."

힘껏 준수를 끌어안은 하나가 두 손으로 그의 등을 토닥였다. 그도 달래듯 하나의 어깨를 가만히 다독였다.

"울리려고 한 얘기 아니니까 울지 마요."

"안 운다니까요. 무슨 말을 꺼내야 될지 몰라서 그래요. 태일이 말대로 역시 위로가 세상에서 제일 어렵네. 일단은요…… 정말 고생 많았어요. 내가 감히 이렇게 말해도 될지 모르겠을 만큼. 나였으면 막 세상에 반항하고 삐뚤어졌을 텐데 꿋꿋이 여기까지 온 거, 내가 할 말은 아니지만 정말 잘했어요. 그리고 고마워요. 아무리 시간이 많이 지났다 해도 많이 힘들었을 텐데, 지금도 마찬가지일 텐데 이렇게 이야기해 줘서."

"내가 더 고마워요. 그렇게 말해줘서."

한 단어 한 단어를 조심스럽게 꺼내놓는 하나에게 준수가 속삭였다. 위로가 필요한 만큼 버겁고 아픈 일이었던 시절은 이미 오래전에 지나가 어느덧 까마득해졌지만 지금 보이고 들리는 손짓과 말들이 이 순간 더없는 위안이 되었다.

"이런 사람한테 난 그동안 대체 무슨 철없는 투정을 부린 거야…… 나 지금 너무 창피해요. 서준수 씨 얼굴을 볼 수가 없어요. 고작 그런 시시한 일들로 세상이 무너진 것처럼 한탄하고 땅굴 파던 내가 철부지로 보였을 텐데 그간 어떻게 참았어요?"

"그런 일이 있어도, 죽을 만큼 힘들어도…… 결국에는 살아져요, 하나 씨. 하나 씨도 그랬잖아요. 다들 그렇게 산다고, 이런 상황 앞에서는 좌절하고 삽질 하고 그러다가도 또 일어나는 거라고. 그러니까 아무렇지 않은 척 애쓰지 말라고."

제가 했던 말을 온전히 기억하는 말에 하나는 준수의 품에서 떨어져 나와 물끄러미 그를 바라보았다. 어떤 일에도 흔들리는 법이 없는, 모두가 무르다 생각하지만 보기보다 참 단단한 남자였다.

"서준수 씨 진짜 거리감 드는 타입인 거 알아요?"

"내가요?"

"무슨 사람이 이렇게 인간 같지가 않게 완벽해. 나 그래서 가끔은 초라해진단 말이에요. 서준수 씨에 비하면 내가 너무 별거 아닌 사람 같아서."

준수가 살짝 미간을 좁혔다. 이윽고 그가 한 톤 낮아진 음성으로 입을 열었다.

"하나 씨. 나는 더 이상 과거를 원망하지 않아요. 앞으로 나아가지 못하고 계속해서 그 시절에 머물러 있었다면 지금의 나는 없었을 거고, 내 인생에서 어쩌면 가장 절망적으로 기억될 순간들을 보냈던 그 다리 위에서 기적처럼 하나 씨를 만났으니까."

"……."

"무미건조했던 내 일상이 하나 씨 덕분에 얼마나 달라졌는지, 하나 씨는 아마 모를 거예요. 하나 씨가 언젠가 썼던 표현처럼, 나는 이제야 조금 사람다워졌어요. 재미없고, 표현은 서투르고, 나이도 더 많은 나 같은 사람을 기꺼이 사랑해 주는 하나 씨로 인해서. 난 이제 잘 사는 게 최고의 복수라는 생각 따위는 하지 않아요."

"그럼? 서준수 씨한테 잘 사는 건, 이제 어떤 의미예요?"

"모르겠어요. 그런데, 알고 싶다는 생각이 들지도 않아요. 그건 아마도 지금의 내가 충분히 잘 살고 있다는 증거겠죠. 너무 이르게 가족을 잃은 대신 그만큼 소중한 사람이 지금 내 눈앞에 있으니까. 하나 씨는 나한테 굉장히 소중한 존재예요. 그러니 부족하다는 생각 같은 건 하지 않았으면 좋겠어요. 만약 그렇게 느낀다면, 그건 그런 기분이 들게 만든 내 탓이니까."

그리 특별하지 않은 단어들로 이루어진 문장이 사랑이라는 언어가 되어 마음을 두드렸다. 거리낌 없는 애정 표현들을 하는 건 주로 그녀 쪽이지만 그럼에도 방금 들은 말들이 오롯한 그의 진심이라는 게 와닿아 눈물마저 핑 돌았다.

"크리스마스에까지 울리는 건 너무하잖아요."

"그럼, 크리스마스인데 우리도 케이크로 분위기 좀 내볼까요?"

자리에서 일어난 준수가 어디에선가 케이크를 들고 돌아왔다. 무심코 그쪽을 쳐다본 하나가 눈을 크게 떴다.

"어? 그거 어디서 났어요?"

준수가 가져온 케이크는 하나가 만든 게 아니었다. 매장에서 판매하는 케이크도 아니다.

"엄청 비싸 보이는데?"

언뜻 미니 트리인 줄 알았던 케이크는 군데군데 산딸기 장식과 더불어 슈거파우더로 눈이 켜켜이 쌓인 전나무를 생생하게 재현하고 있었다. 그 섬세한 질감으로 미루어 보아 아무 데에서나 대충 사 온 것도 아닌 것 같았다.

감탄하는 하나의 모습에 준수의 입꼬리가 살짝 휘어졌다.

"명색이 크리스마스인데 케이크를 만들기만 하고 받지는 못하면 섭섭할 테니까. 직업이 직업이다 보니 평소에 케이크를 선물받는 일도 드물 것 같아서, 그래서 준비했어요."

"와…… 이 남자 진짜 뭐지? 내 마음을 어쩜 이렇게 잘 알지?"

어쩐지 아까 푸념하는 말에 너무 피상적으로 반응하는 게 이상하다 싶더라니. 완벽한 저녁식사로도 모자라 크리스마스 느낌을 물씬 자아내는 케이크까지. 이미 충분히 들떴는데도 저 모르게 케이크를 고르러 다니고 숨겨놨을 서준수를 상상하니 하나는 더없이 행복해졌다. 이렇게 행복하다가는 정녕 내일 죽기라도 하는 거 아닐까?

"촛불 켤 테니까 소원 빌어요."

"소원? 음, 좋아요. 크리스마스니까 상상력을 좀 발휘해 볼게요. 성냥팔이 소녀처럼."

두 손을 맞잡은 하나가 생각에 잠겼다. 옅은 미소를 띤 채 준수는 그런 그녀를 가만히 지켜보았다.

"사실은 나 다시 꿈이 생겼어요. 그동안 생각 많이 해봤는데요, 난 여전히 그림 그리는 게 좋아요. 말은 안 했지만 실은 파티시에 일만으로도 충분히 바쁜 와중에 매달 포스터 작업하는 거, 행복했어요. 다애가 꼭 예쁜 옷 입고 우아하게 그림 그리며 살게 해주겠다고 큰소리 떵떵 칠 때마다 허황된 소리 말라고 딱 잘랐지만, 속으로는 정말 그럴 수 있으면 좋겠다고 생각했어요. 그런데 아무것도 실천에 옮기지 않으면서 그저 상상이 현실이 되기를 바라는 것만큼 바보 같은 짓은 없더라고요. 그래서 그렇게 해볼 거예요. 예쁜 옷…… 있으면 더 좋겠지만 뭐, 없어도 괜찮아요. 우아하지 않아도 돼요. 그렇지만 6년 전의 내가 꿈꾸던 것처럼, 갤러리도 운영하고 내가 그린 그림들로 전시회를 여는 주하나가 될 거예요, 난."

조금 멋쩍은 얼굴을 하고 있으면서도 하나는 천천히 자신의 꿈을 꺼내 펼쳐 보였다. 준수는 아무 말도 하지 않았으나 저를 바라보는 그의 눈빛에서 읽어 낸 응원과 지지에 힘입어 그녀는 계속 말을 이었다.

"그렇지만 이 일을 그만두겠다는 건 아니에요. 이것도 많이 생각해 봤는데, 나 이제 확실히 말할 수 있어요. 빵 굽고 케이크를 만드는 나는, 행복해요. 케이크는 여전히 나한테 마법이고 그 마법, 내가 계속 부려보지, 뭐. 그래서 빵 굽는 화가가 될 거예요. 아니면 그림 그리는 파티시에도 좋고. 그러니까 나는 이제 할 일이 아주 많아졌어요."

"더 바빠지겠네요."

"맞아요. 그래서 나는요, 그 꿈에 가까워지는 길이 조금은 평안하길, 그래서 더 떳떳하고 멋진 내가 되길 바라요."

자, 이제 서준수 씨 차례. 그의 소원은 무엇인지 물으려던 하나가 문득 멈칫했다.

"생각해 보니까 벌써 이뤄졌네. 6년 전에 나한테 그랬잖아요. 이쪽 동네에 가게를 여는 게 꿈이라고."

"나도 새로운 꿈이 생겼어요."

"정말? 뭔데요?"

"앞으로 하나 씨가 걸어갈 길 위에 행운이 가득하기를 꿈꿔요, 나는."

"뭐야, 그럼 소원이랍시고 내 바람만 욕심껏 늘어놓은 내가 뭐가 돼요."

하나가 입술을 삐죽거렸다. 그러나 준수는 웃으며 고개를 저었다.

"나는 이미 하나 씨한테 많은 걸 받았어요."

"내가 뭘 줬는데요?"

"행운."

"행운?"

더 대답하는 대신 준수는 트리 케이크 꼭대기에 꽂은 초에 불을 붙였다. 작지만 환한 빛이 두 사람 사이를 밝혔다. 그 빛 너머로 하나의 얼굴을 바라보며, 준수는 그 어느 때보다 다정하고 확신에 찬 눈으로 말했다.

"지금 이 순간 하나 씨랑 같은 길을 걷고 있어서 충분히 행복하지만, 조금 더 욕심을 내보고 싶어졌어요."

"어떤 욕심인데요?"

"어두운 미래를 꿈꾸는 사람은 없지만 내가 아무리 온 힘을 다해 빌어도 다가올 내일이 언제나 밝고 평온하기만 할 순 없을 거예요. 가끔은 안개가 깔리고 천둥 번개가 내리치고, 심지어는 쨍쨍하기만 한 날에도 하늘이 변덕을 부리면 삽시간에 먹구름이 끼고 소나기가 쏟아지기 마련이니까. 그러니 칠흑같이 어두운 밤에 길잡이가 필요하다면 내가 앞장서서 길을 밝혀줄게요. 화창한 날 손잡고 나란히 걸을 사람을 원한다면 옆에서 함께 걸을게요. 만약 아무것도 바라지 않는다면…… 그저 조용히, 씩씩하게 앞서 걸어 나가는 하나 씨를 지켜보며 따라갈게요. 혹시 예상치 못한 돌부리에 걸려 넘어지더라도 얼른 손 내밀어 일으켜 줄 수 있도록. 그러니까 나는, 하나 씨가 꿈을 향해 나아가는 모든 순간 속에 언제까지나 내가 함께이기를, 그래서 내가 언제든 아낌없이 모든 걸 내줄 수 있기를 바라요. 그러니 나랑 계속 같이 걸어줄래요?"

하나의 안색이 조금 심각하게 변했다. 일단 빠르게 타들어 가는 촛불을 불어서 끈 하나는 이윽고 어쩐지 더듬거리기까지 하는 목소리로 되물었다.

"나 진짜 착각하기 싫은데…… 혹시 지금 이거…… 설마 프러포즈예요?"

"말하자면."

"음…… 그렇다면 미안하지만 난 거절이에요."

그러나 준수는 그다지 상처받지 않은 얼굴이었다. 그 반응에 오히려 더 당황한 하나가 다시 입을 열었다.

"뭐예요, 지금 이 반응은?"

"왜 거절하는지 알아서요."

다시금 말문이 막혔다. 엄밀히 따지자면 까인 건 그인데, 왜 그녀가 더 초조해지는 걸까?

"그래요? 내 꿈을 이룰 때까지는 절대 사양이라는 뜻이었는데, 맞아요?"

대꾸 대신 준수가 소리 없이 웃었다. 어쩐지 점점 더 약이 올라서, 하나는 자리에서 벌떡 일어났다.

"아무리 그래도 내 소원이 남자가 될 수는 없어요. 그런 바보 같은 꿈은 이제 다시는 안 꿀 거니까. 그리고, 설마 생에 단 한 번뿐인 프러포즈를 이런 식으로 넘어가려는 건 아니죠? 나중에 꼭 다시 해야 돼요. 정식으로. 약속해요, 얼른."

"약속할게요. 언제든 말해요. 그때까지 같이 걸을 테니까. 언제까지나, 그게 어디든."

《오즈의 마법사》에서 마침내 진짜 심장을 얻은 양철 나무꾼은 말했다. 이제 난 사랑을 할 수 있어, 라고. 무지개 너머 그 어딘가, 달콤한 설탕 속에 감춰진 마법을 꿈꾸던 여자가 부린 진짜 마법 덕분에 양철 나무꾼은 비로소 뜨거워진 심장으로 사랑을 느낄 수 있게 되었다.

"있잖아요, 나 진짜 마지막으로 딱 한 가지만 더 물어봐도 돼요?"

"어렸을 때 꿈 많은 아이였던 게 아니라 호기심 많은 아이였던 거 아니에요?"

"둘 다일걸요. 그건 그렇고, 아까 셰프님이 우리 무슨 사이냐고 물어봤을 때 뭐라고 대답하려고 했어요? 사실 나도 엄청 듣고 싶었는데, 셰프님이 말을 끊어서 나 진짜 궁금했단 말이에요.”

“음…… 버전이 두 개가 있어요.”

“진짜? 뭔데요? 둘 다 대답해 줘요.”

“나의 천재일우, once in a lifetime.”

아주 평범하고 평소와 다를 것 없던 생일, 갑자기 눈앞에 나타난 여자가 세상에서 단 하나뿐인 케이크와 함께 또 한 번의 1년이 무사히 지나가기를, 지나간 해보다 더 좋은 일들이 가득한 한 해가 되기를 대신 빌어주었던 순간을 기억한다. 거짓말처럼 다시 만나 서로에게 빠져들었던, 한순간의 행운 그 이상의 것을 선물받았던 그날을. 그리고 이제, 함께할 미래를 조금씩 꿈꾸게 된 온 마음을 바쳐 고백한다. 여전히, 그리고 언제까지나 당신의 앞날에 행운이 가득하기를 열렬히 소망하는 이 마음을.

당신이, 내 행운이었음을.

그대에게 퐁당. Fin.

작가 후기

안녕하세요, 정예인입니다.

언제 또 만날 수 있을지 모르겠다고 기약 없는 인사를 남겼던 게 엊 그제 같은데 정말로 다시 인사드리기까지 퍽 오랜 세월이 걸렸네요. 이 글을 과연 세상에 내보낼 수 있을까 싶어 참 많이 초조하고 간절한 시간 이었습니다. 그래서 여러분과 다시 만난 지금 이 순간이 저에게는 무척 이나 소중합니다. 감사하다는 말씀 먼저 드리고 싶습니다.

오늘이 오기를 손꼽아 기다리는 동안 문득 돌이켜 보니, 이 글을 처 음 떠올리고 쓰기까지 참 많은 일들이 있었다는 생각이 들었습니다. 출 간 경험이 있는 사람이 되었고, 오랜 시간 끈질기게 자판을 두드려 온 손목에 통증이 생겼고, 석사 과정을 시작하게 되어 오랜만에 학교라는 곳에 다시 돌아왔고, 난생처음 독립을 해 어느덧 3년 차 독거인으로 거듭났고, 한 명의 가족과 영영 이별했고, 또 다른 두 명의 가족이 생사의 기로를 오가는 걸 지켜보았고, 좋아하는 아티스트가 추웠던 계절 갑작스럽게 먼 여행을 떠났습니다. 그 밖에도 지금 당장 떠오르지 않거나 한 조각 기억으로 남지 못하고 저를 스쳐 갔을 무수한 순간들이 있었겠네요.

하나와 준수가 재회하기까지도 그와 비슷한 시간이 걸렸습니다. 두 사람에게는 갑갑하고 모든 게 불확실하기만 한 세월이었고, 그간 두 사람의 이야기를 조금씩 써 내려간 저에게도 마찬가지였죠. 의식하지 못하는 사이 이 책의 기획 의도에 충실한 삶을 살았습니다. 때로는 웃고, 때로는 울었던 그 셀 수 없는 시간들을 건넌 끝에 이 글을 쓰고 있는 지금에 이르러 돌아보니, 6년 전의 저는 6년 후의 제가 설마 이런 모습일 거라고는 손톱만큼도 상상하지 못했네요.

그러니 그만큼의 시간이 앞으로 또 한 번 흘러가는 동안 저에게 어떠한 일들이 일어날지 지금으로서는 아무것도 내다볼 수 없지만, 감히 헤아려 봅니다. 먼저, 서준수 씨의 표현대로 오랜만에 나이 앞자리가 바뀌어 있겠네요. 앞으로 계속 책을 낼 수 있을까 싶은 회의가 종종 들곤 하지만 그럼에도 한 가지의 이야기라도 더 선보이기 위해 여전히 고군분투 중이었으면 좋겠고, 악덕 주인 때문에 일찍부터 혹사한 손목은 열심히 병원 신세를 진다 해도 예전 같아지기는 아마 불가능할 거예요. 아무리 사람 일은 알 수가 없다지만 설마 석사 학위는 받은 후겠죠? 이미 충분히 고통받았으니 박사는 꿈도 꾸지 말라고 미래의 저에게 미리 경고합니다. 지금까지 겪은 것보다 더 많이, 더 자주 예기치 못한 이별의 순간들이 닥칠 때마다 나이를 먹어 간다는 걸 새삼 실감할 테고, 그는 떠났지만 많은 이들이 영원히 그를 기억할 겁니다. 수고했다고, 참 고생 많았다고 너무 늦은 인사를 전합니다. 그리고 무엇보다 바라는 게 있다면 어머니께서 지금으로서는 까마득하기만 한 완치 판정을 받는 날입니다. 그날이 오기만 한다면 자유롭고 홀가분한 심정으로 뛰쳐나왔던 본가로 당장 돌아가게 되어도 좋으니 말이죠.

그리고 지금 마지막 장을 넘기고 계신 여러분은 어떤가요? 6년 후에 스스로가 어떤 모습일지 혹시 상상해 보셨나요? 아닐 수도 그럴 수도 있고, 또 그렇다 하더라도 각자 다른 그림을 그리고 계시겠지만 아마도 그건 결국 지금 이 순간보다 행복해진 스스로의 모습일 거예요. 그날을 꿈꾸며 고단한 하루를 버텨내신 모든 분들, 오늘도 고생 많으셨습니다. 원하는 목적지에 다다르기에 6년이라는 시간은 어쩌면 너무 짧을 테고 비록 저에게 그 시간을 늘릴 재주는 없지만, 적어도 여러분 앞에 놓인 길이 평온히 그리고 무탈하게 이어지도록 행운을 빌어드릴 수는 있을 거예요. 저에게 허락된 한 조각 행운이 있다면 이 책의 마지막 페이지까지 제가 준비한 여정을 함께해 주신 분들께 나누어 드리고 싶습니다. 다음에 다시 만날 땐 여러분 모두가 지금보다 아주 조금이라도 더 나아진 모습이기를 소망합니다.

음, 한 권의 이야기를 마무리 지으며 쓰는 후기에서는 사적인 인사나 바람을 전한 적이 한 번도 없었는데, 여러 사람이 보는 책 위의 활자가 되면 혹여 간절한 바람이 이루어지지 않을까 싶어 이번만큼은 꼭 남기고 싶은 한마디가 있습니다.
엄마.
지금도 무참히 흘러가는 이 시간들이 참 고통스럽고 더디게 느껴지겠지만, 그래도 지금이 우리에게 지우고 싶은 기억으로 남지 않고 먼 훗날 그때 참 힘들었지 하고 가끔 되돌아볼 수 있는 그런 순간이 됐으면 좋겠어, 제발.

고맙습니다. 우리 더 나은 모습으로 만나요.

하루에 한 번 하늘을 볼 수 있는 가을을 바라며.

정예인 드림